Souviens-toi du passé

LAURIE BRETON

Souviens-toi du passé

BEST SELLERS

éditions Harlequin

Si vous achetez ce livre privé de tout ou partie de sa couverture, nous vous signalons qu'il est en vente irrégulière. Il est considéré comme « invendu » et l'éditeur comme l'auteur n'ont reçu aucun paiement pour ce livre « détérioré ».

Cet ouvrage a été publié en langue anglaise sous le titre :
POINT OF DEPARTURE

Traduction française de
CLAIRE POUTIERS-STEPHAN

HARLEQUIN®

est une marque déposée du Groupe Harlequin
et Best-Sellers® est une marque déposée d'Harlequin S.A.

Photos de couverture

Escalier : © CRAIG STEWART VEER / GETTY IMAGES
Visage féminin : © ROYALTY FREE / FOTOLIA

83-85, boulevard Vincent-Auriol, 75013 PARIS — Tél. : 01 42 16 63 63
Service Lectrices — Tél. : 01 45 82 47 47
ISBN 978-2-2808-3792-7 — ISSN 1248-511X

Ce livre est pour Jay et Jen qui,
en grandissant, sont devenus des êtres formidables.
Je vous aime tous deux plus que les mots ne sauraient
le dire ; vous êtes la plus grande joie qui me soit arrivée.

Prologue

Dieu merci, octobre était enfin là.

Jusqu'à la fin septembre, Boston avait enregistré des températures si monstrueusement élevées que Kaye Winslow avait eu plusieurs fois l'impression qu'elle allait se liquéfier au beau milieu des rues étouffantes. Alors que le mois d'octobre frisait tout simplement la perfection, se dit-elle tout en descendant l'avenue du Commonwealth à la recherche d'une place pour se garer. Des journées encore douces, des nuits agréablement fraîches, un ciel d'un bleu étincelant que ne venait pas ternir la brume de chaleur si caractéristique de l'été dans la grande ville de l'est des Etats-Unis : tous les ingrédients étaient réunis pour faire de cette période un moment délicieux, y compris le couvert des arbres qui formaient une sorte de dais verdoyant au-dessus de sa tête.

De plus, la chance était avec elle : elle venait de repérer une place juste de l'autre côté de la rue. A Dartmouth, sans se préoccuper du panneau de signalisation qui le lui interdisait formellement, elle tourna à gauche, grillant un feu rouge au passage et barrant la route à un camion de livraison dont le conducteur protesta à grands coups d'avertisseur.

Sans se démonter, Kaye contourna la grande zone piétonne qui faisait le charme de l'avenue pour revenir en arrière. Il ne lui fallut ensuite que quelques tours de volant pour garer son véhicule dans la place libre qui l'attendait. Elle préféra ignorer tout bonnement le panneau à quelques encablures de là, qui précisait que ces emplacements étaient exclusivement réservés aux riverains de Back Bay.

Après avoir coupé le moteur, la jeune femme examina son reflet dans le rétroviseur. D'un geste précis, elle effaça une trace de rouge à lèvres qui avait débordé sur ses dents parfaitement blanches. Rejetant sa longue chevelure blonde derrière son épaule, elle ramassa le sac à main Gucci qu'elle avait laissé sur le siège passager avant de se glisser souplement hors de l'habitacle capitonné de cuir moelleux de sa BMW.

Le bâtiment qui l'intéressait se dressait fièrement à un demi-pâté de maisons de là : c'était un grand édifice de brique rouge, idéalement placé sur l'une des rues les plus prestigieuses de Boston. L'avenue du Commonwealth pouvait sans rougir mériter sa réputation de plus belle voie de la grande métropole : large et ombragée d'arbres centenaires le long de chaque trottoir, elle faisait immédiatement penser aux grands boulevards haussmanniens, par son élégance paisible qui semblait inviter à la flânerie sans souci. Cette avenue possédait en outre la particularité de disposer d'une bande de verdure au milieu de la chaussée, atout non négligeable si l'on songeait à l'étroitesse générale des rues qui quadrillaient Boston.

Comme les confrères de Kaye le répétaient à qui voulait l'entendre, ce qui primait dans l'immobilier, c'était le quartier.

La résidence Worthington — et l'appeler « résidence »

n'était pas lui rendre justice, étant donné ses proportions monumentales — avait été édifiée par Gerald Worthington en 1886, puis transmise de génération en génération aux descendants du prestigieux ancêtre, comme c'était souvent le cas dans les grandes familles bourgeoises. Lorsque la dernière propriétaire était décédée, six mois plus tôt, la rumeur selon laquelle ses héritiers étaient désireux de vendre la demeure ancestrale pour se partager la somme rondelette que cela ne manquerait pas de leur rapporter s'était répandue comme une traînée de poudre dans le petit monde de l'immobilier local.

Toutes les agences de Boston s'étaient mobilisées pour essayer de remporter la mise. Par miracle, c'était Kaye Winslow que les héritiers Worthington avaient appelée lorsqu'ils s'étaient sentis prêts à mettre la maison sur le marché.

Réussir à vendre ce monument de l'histoire bostonienne — un édifice qui coûtait tout de même la bagatelle de six millions et demi de dollars — constituerait une extraordinaire publicité pour l'agence Winslow & DeLucca, et nul ne douterait qu'elle pouvait en remontrer aux groupes surpuissants comme ERA, Coldwell Banker ou Century 21. Et Kaye pourrait enfin jouer dans la cour des grands si elle parvenait à dénicher le bon acheteur pour ce qui promettait déjà d'être la vente de l'année. D'autant que les propriétaires se montraient plus que motivés. Une fois qu'elle aurait atteint le but qu'elle s'était fixé, plus rien ne l'empêcherait de mettre un terme à son mariage avec Sam Winslow. La farce grotesque dans laquelle elle s'était trouvée embarquée prendrait fin, et ce serait pour elle une délivrance.

La simple évocation de son mari — non, se reprit-elle avec un froncement de sourcils : de son futur ex-mari —

suffit à lui faire pincer la bouche machinalement. Kaye dut faire un effort pour détendre les muscles qui s'étaient contractés nerveusement autour de ses lèvres. Elle n'avait que trente-trois ans, bon sang ! Elle était bien trop jeune pour se faire des rides — ou des cheveux blancs — à cause de Sam ! Cela dit, il savait exactement quels étaient ses points faibles, comment la retenir auprès de lui, et il ne se privait pas de lui rappeler pourquoi elle l'avait épousé. Résultat : depuis deux ans qu'ils vivaient en couple, elle s'était vue contrainte de céder à tous ses caprices.

Deux ans à jouer la compagne distinguée, l'hôtesse souriante et raffinée, l'épouse d'universitaire accueillante et cultivée, mais aussi la belle-mère aimante et attentionnée… C'était vraiment très long.

S'il lui avait été utile au début, Sam ne lui servait plus à rien aujourd'hui. Leur union avait apporté à Kaye ce qu'elle cherchait depuis longtemps : une forme de respectabilité qui constituait la meilleure des cartes de visite, surtout pour un agent immobilier.

En tant qu'épouse dévouée, elle avait été reconnue dans les milieux intellectuels et prestigieux de la ville, ce dont elle avait rêvé toute son existence. A présent qu'elle s'était forgé un nom et une clientèle, elle n'avait plus besoin de Sam. L'heure était venue de se débarrasser de lui sans états d'âme, comme elle l'aurait fait d'une peau morte. Il était temps pour elle de se tourner vers d'autres horizons, d'embrasser une nouvelle existence. Une vie meilleure, sans le professeur Sam Winslow ou son anorexique de fille dont les sautes d'humeur inexplicables l'exaspéraient au plus haut point.

D'un pas assuré, Kaye gravit les marches de granit du perron pour déverrouiller la porte d'entrée à double battant qui s'ouvrit majestueusement devant elle, laissant entrevoir l'immense hall à deux étages. Avec ses torchères électriques de cuivre poli et son escalier monumental qui s'élevait en une courbe impressionnante, cette entrée somptueuse ne manquait jamais de couper le souffle à la jeune femme. Aucune maison de Back Bay, à sa connaissance, ne possédait un escalier de cette envergure. Non, vraiment, le hall de la demeure des Worthington n'avait pas son pareil dans le voisinage, surtout dans cette lumière dorée qui le baignait tout entier, et dont les rayons adoucis transperçaient le petit vantail de verre plombé au-dessus de la porte.

La grande maison vide résonna du bruit de ses escarpins comme elle se hâtait d'aller remonter les stores dans les pièces principales pour faire entrer le soleil de ce bel après-midi automnal.

Dans le bâtiment régnait cette atmosphère si caractéristique des endroits inhabités depuis un certain temps, comme si l'absence de mouvements et de chaleur humaine avait fini par peser sur l'air ambiant qui en était devenu étouffant parce que mort.

Une fois dans la cuisine, Kaye posa son attaché-case sur le plan de travail au centre de la pièce pour en sortir l'arme secrète qui ne la quittait pas : un vaporisateur de parfum d'intérieur. Un pschitt rapide par ici, un autre par là, et en moins de temps qu'il ne faut pour le dire elle chassa l'odeur de renfermé et la remplaça par une ambiance délicatement vanillée. Un vrai tour de magie !

Elle connaissait tous les trucs et astuces qui permettaient de donner à une maison un air attrayant. La plupart de ces ficelles lui avaient été enseignées par son mentor, Marty Scalia, l'homme qui l'avait prise sous son aile pour lui apprendre tout ce qu'il savait sur l'immobilier.

Mais le vaporisateur à la vanille, c'était sa petite touche personnelle, son côté féminin, en somme. Et elle n'en était pas peu fière.

Satisfaite, elle rangea le parfum dans sa mallette avant de se rediriger vers l'entrée pour se regarder une dernière fois dans le grand miroir suspendu non loin de la porte.

Tailleur de businesswoman : O.K. ; coiffure : O.K. ; maquillage : O.K. Impeccable. Elle était tout simplement impeccable. Comme toujours. A cet instant, la sonnette de la porte d'entrée retentit. Jetant un coup d'œil à sa Rolex, Kaye constata qu'il était 14 h 30 précises. Pile à l'heure, comme prévu. Son client venait de grimper d'un ou deux échelons supplémentaires dans son estime : elle appréciait tout particulièrement les gens capables d'arriver à l'heure à un rendez-vous.

Plaquant un sourire de convenance sur son visage mobile, elle ouvrit grand la porte pour accueillir l'acheteur en puissance qui savait au moins respecter les horaires fixés.

Son sourire de bienvenue se figea, puis disparut complètement à la vue de l'homme qui se tenait sur le perron, les mains dans les poches.

Et merde ! songea Kaye. *Merde et remerde !*

Elle qui s'était crue débarrassée de lui pour de bon… Elle pensait pourtant lui avoir donné ce qu'il voulait pour qu'il la laisse tranquille une fois pour toutes. Dire qu'elle s'était imaginé qu'après le petit discours qu'elle lui avait tenu il aurait compris qu'ils n'avaient plus rien à se dire, qu'elle s'était trompée et qu'elle ne comptait pas s'enferrer dans son erreur…

De toute évidence, elle n'avait pas dû se montrer assez claire sur ce point, puisqu'il était là, sur le pas de la porte.

— Qu'est-ce que tu fabriques ici ? demanda-t-elle d'un air pincé.

— Tu sais ce qu'on dit, Kaye, rétorqua-t-il avec un sourire forcé. Tôt ou tard, on revient toujours au bercail…

— Qu'est-ce que tu entends par là ?

— Simplement qu'il faut qu'on discute, tous les deux.

— Et de quoi ? Nous n'avons plus rien à nous dire, je croyais que c'était clair. Fiche le camp tout de suite. J'ai un client qui va arriver d'une minute à l'autre, et…

— Ça ne devrait pas prendre très longtemps, rassure-toi. Alors, tu me laisses entrer ou je vais devoir user de ma force ?

— Si tu ne décampes pas sur-le-champ, je te jure que j'appelle la police ! lança Kaye.

— Non, tu n'iras pas jusque-là. Tu aurais à répondre à trop de questions embarrassantes. Tout ce que je te demande, c'est de m'accorder cinq minutes. De toute façon, si tu refuses de me laisser entrer, tu t'exposes à de gros risques. Je suis tout à fait capable de gâcher cet avenir sans nuages que tu crois t'être assuré. Je peux tout faire foirer, et tu le sais parfaitement.

Acculée, Kaye jeta un coup d'œil paniqué vers l'extérieur, par-dessus l'épaule de l'homme. Le trottoir était désert. Ils étaient seuls, tous les deux. Si elle continuait à lui refuser cet entretien qu'il exigeait, il détruirait l'existence qu'elle s'était construite à force de détermination. Et il n'en éprouverait pas le moindre remords. De tous les gens qu'elle avait pu côtoyer au cours de sa vie, il était le seul qui ait montré moins de scrupules qu'elle.

Dans tous les cas de figure, je suis perdante, se dit-elle. Et je n'ai même pas le choix.

— D'accord pour cinq minutes, alors, fit-elle d'un ton coupant. Mais pas une de plus, tu m'entends ?

S'il sentait à quel point elle était paniquée, il se comporterait comme l'espèce de bête sauvage qu'il était : il la déchiquetterait sans états d'âme avant de l'abandonner à son triste sort.

— Et si jamais mon client se pointe avant la fin de notre discussion tu dégages illico, ajouta-t-elle d'un air qu'elle espérait suffisamment menaçant. Pigé ?

Il n'était pas dupe. Son sourire s'élargit, et elle vit briller dans ses pupilles une lueur d'arrogance qui lui donna envie de lui assener une grande gifle en pleine figure.

— Je savais bien que tu finirais par te ranger à mon avis, déclara-t-il d'un air satisfait.

Ravalant les insultes qui lui étaient montées aux lèvres, Kaye ouvrit plus grand la porte pour laisser son visiteur passer le seuil, puis elle referma le lourd vantail derrière lui, les mains posées bien à plat sur le bois sculpté pour s'empêcher d'exploser de rage. Elle s'obligea à prendre une longue inspiration pour se calmer. Tout irait bien : si elle veillait à employer les mots justes, elle parviendrait à se tirer de ce mauvais pas, comme elle l'avait fait maintes fois au cours de sa carrière. Après tout, Kaye Winslow n'était pas n'importe qui : elle possédait un certain bagout, elle savait faire preuve de persuasion quand elle voulait bien s'en donner la peine.

C'était entre autres grâce à ce don qu'elle avait réussi à gravir si rapidement les échelons dans la bonne société bostonienne. De petite secrétaire insignifiante, elle n'avait pas tardé à passer agent immobilier de premier ordre. Aujourd'hui, on l'écoutait, on la respectait. La preuve : des gens haut placés comme la famille Worthington n'hésitaient pas à lui faire confiance pour une transaction de la plus haute importance. Il fallait qu'elle tienne bon, qu'elle garde la tête froide et surtout qu'elle ne fasse aucun faux pas. Ainsi, elle réussirait à éviter le pire, une fois de plus.

Relevant le menton dans un geste de défi, elle fit face à l'homme qui attendait dans le hall. Croisant les bras sur sa poitrine, adossée contre le double battant de chêne massif qui représentait la concrétisation de ses espoirs les plus fous, elle laissa tomber d'un air suprêmement hautain :

— Je t'écoute. Vas-y.

1.

Doug Policzki avait manqué le début des réjouissances.

L'avenue du Commonwealth était en pleine effervescence. Dans ce quartier où les résidences cossues se monnayaient à des tarifs incroyablement élevés (avec sept chiffres au minimum), il était plutôt inhabituel de voir une demi-douzaine de véhicules de police débarquer toutes sirènes hurlantes. Résultat : les résidents s'agglutinaient sur le trottoir de chaque côté de la maison investie par les forces de l'ordre, rassemblés en petits groupes pour discuter à voix basse de la situation tout en jetant des coups d'œil nerveux vers la scène où s'agitaient policiers, pompiers et même journalistes attirés par l'aubaine.

Une équipe de télévision locale avait été avertie de la situation et s'était dépêchée de rejoindre les lieux pour un reportage à chaud. Si l'incident s'était produit dans un autre quartier, par exemple à Dorchester, un endroit où, chaque jour, des gamins noirs se faisaient descendre en pleine rue, les médias n'auraient pas daigné déplacer une seule personne ni consacrer une demi-minute à couvrir l'événement. Mais un assassinat dans un bastion de la haute bourgeoisie protestante — un voisinage habituellement tranquille où les riches Blancs coulaient des jours paisibles, à l'abri dans leur bulle —, c'était autre chose. Là, il y avait matière à scoop, évidemment.

Policzki reconnut tout de suite la journaliste chargée de l'affaire, une rousse splendide occupée à se refaire une beauté, poudrier en main, avant de passer à l'antenne. Comme si elle avait senti son regard peser sur elle, la jeune femme lui jeta un coup d'œil un peu plus long que nécessaire avant de conclure sans doute qu'il n'était pas quelqu'un d'assez important pour qu'elle interrompe sa séance de rcmaquillage.

La maison était faite pour impressionner la galerie, se dit Policzki tout en s'approchant tranquillement. Une de ces monstruosités de brique et de pierre édifiées par les bourgeois fortunés au tournant du XIXe siècle en guise de forteresse.

Il fit une pause afin de mieux prendre la mesure de cette demeure prétentieuse, puis sortit son insigne d'inspecteur pour le montrer au policier en faction dont le rôle était d'écarter les badauds.

— Policzki. Département des homicides.

Le gars lui fit signe d'avancer.

Enjambant le gros ruban adhésif jaune qui interdisait l'accès à la scène du crime, Policzki gravit les marches du perron d'un pas élastique.

Devant la grande porte à double battant, un autre policier jeta un coup d'œil morne sur sa plaque avant de lui adresser un bref signe de tête pour l'autoriser à entrer.

Policzki poussa le vantail de chêne et se retrouva dans un hall dont la magnificence le laissa bouche bée. Au-dessus de sa tête pendait un énorme lustre façon chandelier à pendeloques de cristal, dont la lumière fragmentée étincelait à travers l'espace gigantesque de l'entrée.

Impressionnant, songea l'inspecteur en contemplant le plus spectaculaire escalier qu'il ait jamais vu de sa vie, illuminé par les torchères de cuivre qui décoraient les murs capitonnés. Et peu commun pour le coin, aussi. La plupart des demeures bostoniennes de cette époque possédaient des cages d'escalier particulièrement étroites et raides, à l'image de la rigueur puritaine dont elles étaient l'apanage. Mais la volée monumentale de marches qui s'élevait en une courbe gracieuse devant ses yeux étonnés donnait une allure hors du commun à cette entrée déjà fabuleuse. On aurait cru que les degrés de l'escalier en spirale flottaient en l'air, comme s'ils avaient pu se placer ainsi de leur propre volonté, témoins d'une élégance aristocratique insolente.

Les pièces de réception étaient vides. Policzki suivit l'écho des voix qui retentissaient sous les hauts plafonds et se dirigea vers le fond. Là, un coup d'œil circulaire lui suffit pour prendre la mesure de la scène : le cadavre était recroquevillé comme un vieux vêtement sale sur le sol de la cuisine, un bras tordu sur le côté, paume tournée vers le haut comme dans un ultime geste de supplication.

L'expert médico-légal sifflotait tranquillement tout en époussetant délicatement l'attaché-case abandonné sur le grand plan de travail central en marbre gris, à la recherche d'empreintes digitales.

Un quinquagénaire bedonnant en costume Ralph Lauren était assis un peu à l'écart sur un siège pliant de toile écrue, apparemment oublié dans son coin, occupé à tamponner son crâne dégarni luisant de sueur à l'aide d'un mouchoir de lin immaculé.

Enfin, deux femmes se tenaient accroupies aux côtés

du mort et l'étudiaient avec un détachement qui trahissait leur habitude de ce genre de scène.

Policzki avait à peine esquissé quelques pas dans leur direction que l'une d'elles, Lorna Abrams, l'apostropha sans même lever les yeux vers lui.

— Eh bien ! On peut dire que tu as pris ton temps, Policzki !

Avec un haussement d'épaules, l'interpellé s'agenouilla auprès du corps inerte pour observer avec intérêt le trou qui avait perforé sa tempe. Sous la tête du mort, le sang avait fait une mare visqueuse qui commençait déjà à sécher sur les ardoises impeccables du sol.

— Bah ! Pas la peine de s'exciter comme ça, fit-il d'un ton égal. J'ai comme l'impression que notre ami est mort depuis un bout de temps, non ?

Neena Bhatti, l'assistante du médecin légiste, leva ses yeux de biche vers lui, une lueur amusée dans ses pupilles sombres. Elle réprima à demi un sourire plein de bonne humeur.

— Salut, Doug ! lança-t-elle le plus naturellement du monde.

Il avait toujours trouvé surprenant l'accent nasillard du Queens qui sortait des lèvres de cette délicieuse créature exotique qu'était Bhatti. C'était un peu comme se trouver en face d'une princesse de la classe de Grace de Monaco avec la voix de Fran Drescher, l'actrice détonante de la célèbre série *Une nounou d'enfer*.

— Bonjour, Neena, répondit-il. Alors, qu'est-ce que c'est que ce cadavre ?

— Eh bien, à vrai dire, c'est un beau M. X ! intervint Lorna.

Policzki haussa les sourcils d'un air perplexe.

— Pas de papiers d'identité ?

— Ni portefeuille, ni alliance, ni même un autocollant sur son T-shirt qui aurait proclamé fièrement « Appelez-moi Bruce ».

— Comme tu peux le constater par toi-même, ajouta Neena, notre inconnu est apparemment décédé de cette unique blessure à la tête. Par balle, sans hésitation possible. Petit calibre, mais beau travail : un seul trou, bien propre, bien net à l'entrée. Par contre, de l'autre côté, c'est moins joli. La balle a arraché un bout de crâne au passage.

— Je te crois sur parole, merci des détails, reprit Policzki. Une idée sur son identité ?

— Pas la moindre, fit Lorna d'un air sombre. Mais nous avons au moins une info sûre : la maison est à vendre. Tu as sûrement remarqué ce type assis tout seul dans son coin ? Il s'appelle Philip Armentrout. Il avait rendez-vous à 14 h 30 avec Kaye Winslow, de l'agence immobilière Winslow & DeLucca, pour visiter la maison. D'après ce qu'il a déclaré, il serait arrivé un peu en retard, aux alentours de 14 h 50. La porte n'était pas fermée à clé, ce qui explique qu'il soit entré sans problème. Là, il est tombé sur notre M. X, à sa grande surprise. Par contre, Mme Winslow n'était nulle part. Du moins, c'est ce qu'il dit.

Policzki se balança quelques secondes sur ses talons, l'air songeur.

— Pas de trace qui nous indiquerait où cette Mme Winslow pourrait bien se trouver à l'heure actuelle ?

— Eh non, tu penses bien ! rétorqua Lorna d'un ton presque guilleret. Mais l'attaché-case que O'Connell est en train de passer au crible lui appartient.

Policzki jeta un coup d'œil dans la direction de l'expert médico-légal et hocha la tête.

— Ce qui veut dire qu'elle a bien mis les pieds ici à un moment ou à un autre.

— Ça m'en a tout l'air, oui.

Conclusion : Kaye Winslow tenait désormais la position peu enviable de suspect numéro un dans cette affaire. A égalité avec Philip Armentrout, jusqu'à ce qu'on trouve des preuves permettant d'innocenter l'un des deux.

Policzki avait appris très tôt dans sa carrière d'inspecteur à n'ajouter foi à aucune évidence et à remettre systématiquement en question le moindre petit détail. Par exemple, ce n'était pas parce qu'Armentrout prétendait avoir buté sur le cadavre en entrant qu'il disait forcément la vérité.

Doug reporta son attention sur le corps sans vie qui gisait sur le sol de la cuisine avant de se retourner vers Neena, l'air inquisiteur.

— On peut avoir une estimation de l'heure du décès ?

— Voyons, Doug, combien de fois devrai-je te rappeler que le travail sur le terrain est une science particulièrement inexacte ? Je pourrai te donner une réponse plus précise quand on aura transporté M. X au labo.

— Et si tu nous donnais juste une fourchette ? fit Lorna.

— Je dirais deux heures, comme ça, à vue de nez. A mon avis, notre bonhomme a dû passer l'arme à gauche à peine une demi-heure avant que M. Armentrout ne le découvre, répondit Neena tout en se relevant pour ôter ses gants de chirurgien d'un geste précis. Bon, eh bien, moi, j'en ai terminé pour le moment.

— Merci, dit Lorna avant de se tourner vers Policzki. Et dire que je pensais rentrer à l'heure à la maison, ce soir, pour une fois !

— Tu devrais pourtant savoir que c'est mission impossible, depuis le temps que tu travailles sur le terrain, lui fit remarquer Policzki d'un air neutre.

Lorna Abrams leva les yeux au ciel d'un air faussement offusqué.

— Un point pour toi, Policzki. Merci du rappel, ça fait toujours plaisir de se faire traiter de vieille ! Bon, revenons à nos moutons : j'ai besoin de quelqu'un pour interroger les voisins, en l'occurrence, toi, mon garçon. Demande-leur s'ils ont vu ou entendu quelque chose d'inhabituel au cours des dernières heures. Après, on essaiera de localiser cette Mme Winslow. Si on ne la retrouve pas rapidos, il va falloir diffuser une annonce interne pour mobiliser l'ensemble des forces de l'ordre. Elle pourrait très bien être notre coupable. Ou alors…

Lorna s'interrompit, le temps d'échanger un regard significatif avec Policzki, puis de hausser les épaules d'un air fataliste.

Le message silencieux qu'ils venaient d'échanger était on ne peut plus clair : si Winslow n'était pas l'assassin, il y avait de fortes chances pour qu'elle soit morte ou qu'elle coure un grave danger.

— Tu veux que je parle à Armentrout ? demanda Policzki sans s'étendre davantage sur le sujet.

— Mmmh, tu peux toujours essayer, oui. Après, j'aimerais que tu vérifies le profil de cette Kaye Winslow. Trouve quelqu'un à contacter parmi ses relations familiales ou autres.

Pendant que Lorna sortait de la maison pour réorganiser ses troupes, Policzki se tourna vers Philip Armentrout, perplexe sur l'attitude à adopter pour l'interroger au mieux. L'homme n'avait pas bougé d'un pouce, affalé sur son siège, les coudes posés sur les genoux, la tête rentrée dans les épaules. Visiblement, il n'était pas enchanté de la situation dans laquelle il se trouvait. L'inspecteur décida qu'il valait mieux s'adresser à lui de façon directe et sincère, sans tourner autour du pot.

— Monsieur Armentrout ? fit-il d'un ton poli mais ferme.

L'interpellé leva la tête pour le regarder fixement. Comme il ne le reconnaissait pas, il dut se dire que ce n'était qu'un énième importun venu le déranger dans sa méditation mélancolique. C'était en tout cas ce que son air pincé semblait indiquer.

— Quand vais-je enfin être autorisé à partir ? grommela-t-il.

— Bonjour, je suis l'inspecteur Policzki, lui dit Doug sans se laisser démonter par sa mauvaise volonté évidente. Si ça ne vous ennuie pas trop, j'aimerais vous poser quelques questions.

— Vous plaisantez, j'espère ? On m'a déjà interrogé deux fois ! C'est ridicule, enfin ! Je vous ai dit tout ce que je savais, et je n'ai pas de temps à perdre à répéter encore une fois mes déclarations. Je suis très occupé : j'ai du travail qui m'attend, et…

Policzki se pencha au-dessus de lui, balançant son grand corps costaud dans un léger mouvement de va-et-vient, comme au rythme d'une musique intérieure.

— Je comprends tout à fait que vous soyez occupé. Et je suis bien conscient de la gêne que cette situation vous cause. Cependant, je peux vous assurer que cela ne prendra pas très longtemps. Dès que nous en aurons terminé, vous aurez toute liberté pour retourner à vos occupations si importantes. Hélas…

Il ménagea une pause dramatique pendant laquelle on

entendit le bruit de la fermeture à glissière qui remontait le long du sac destiné au transport du cadavre. Un bruit sinistre qu'Armentrout avait forcément perçu.

— Hélas pour notre ami, conclut Policzki, il ne sera pas à même d'en faire autant.

D'un air écœuré, Armentrout esquissa une grimace révélatrice tout en fermant brièvement les paupières. Il laissa échapper un long soupir à fendre l'âme avant de rouvrir les yeux, résigné.

— Bon, allons-y. Qu'est-ce que vous voulez savoir exactement ?

— Eh bien, pourquoi ne pas me raconter tout ce qui est arrivé depuis que vous avez mis les pieds ici ? Autant commencer par le commencement.

— Nous avions rendez-vous à 14 h 30, mais j'avais vingt minutes de retard — une réunion prévue à 13 heures qui s'est éternisée. Bref, j'ai dû arriver vers 14 h 50. J'ai frappé à la porte, mais personne ne m'a répondu. Comme ce n'était pas fermé à clé, je me suis permis d'entrer. Je me suis dit que Mme Winslow devait se trouver quelque part à l'intérieur et qu'elle ne m'avait pas entendu. Je l'ai appelée à plusieurs reprises, j'ai traversé le hall en direction de la cuisine et, là, j'ai buté contre les pieds de ce type qui dépassaient du comptoir central ! Vous imaginez le choc…

— J'imagine, en effet. Et après, qu'avez-vous fait ?

D'une main large comme un battoir, Armentrout se massa mécaniquement la nuque, comme pour chasser la tension qui s'y était accumulée. Il avait les yeux rouges, injectés de sang, sûrement à cause du stress auquel il était soumis depuis quelques heures.

— J'ai fait le tour pour vérifier ce qui s'était passé. Au premier abord, j'ai cru que ce bonhomme était tombé dans les pommes. Mais quand j'ai vu tout ce sang sous sa tête j'ai compris qu'il était mort.

— Comment l'avez-vous su avec certitude ? fit Policzki aussitôt, saisissant la balle au bond.

Armentrout jeta un long regard dédaigneux au policier.

— Je ne suis quand même pas né de la dernière pluie, inspecteur. C'était plutôt évident, non ?

Bonne réponse.

— Et qu'avez-vous fait quand vous vous êtes rendu compte que cet homme était mort ?

— Je me suis dépêché de sortir d'ici, vous pensez bien ! S'il y avait un tueur dans les parages, je n'avais pas du tout envie d'être sa prochaine victime. J'ai décampé en vitesse pour appeler les urgences depuis le parc de l'autre côté de la rue. C'est là que j'ai attendu l'arrivée des secours — et de vos collègues flics, par la même occasion.

— Bien. Avez-vous touché à quoi que ce soit sur la scène du crime ?

— Non. Enfin, à part la poignée de porte.

— Connaissiez-vous la victime ? L'aviez-vous déjà rencontrée auparavant ?

Armentrout secoua la tête en signe de dénégation.

— Je me suis dit que ça devait être l'un des associés de Kaye Winslow. Mais je n'en sais fichtre rien, à vrai dire. Peut-être qu'elle pourra vous renseigner mieux que moi.

Sûrement, se dit Policzki, mais pour ça il faudrait mettre la main sur elle.

— Bien, monsieur Armentrout, fit-il avec calme. Cet entretien est terminé. J'aurai besoin d'un justificatif de votre emploi du temps de l'après-midi, ainsi que d'un numéro où je puisse vous joindre à tout instant au cas où j'aurais d'autres questions à vous poser.

— Un justificatif de… Bon Dieu ! Vous me considérez comme suspect ?

— C'est la procédure d'usage, monsieur. Vous avez découvert le corps, ce qui signifie qu'en l'absence de l'arme du crime ou d'une confession signée de la main du coupable vous êtes automatiquement considéré comme suspect jusqu'à ce qu'on puisse vous rayer de la liste provisoire. Avec un peu de chance, ça ne prendra pas trop de temps, du moins, je l'espère pour vous.

— Je n'arrive pas à y croire ! s'exclama Armentrout tout en sortant de sa poche une carte de visite qu'il fourra d'un geste brusque dans la main de l'inspecteur. Dire que j'étais juste venu pour jeter un coup d'œil à cette fichue baraque et que je tombe dans un guet-apens ! J'avais pourtant mieux à faire, croyez-moi. Un après-midi entier de bousillé, vous pensez que ça me fait plaisir, avec le boulot que j'ai ? En tout cas, puisqu'on parle de rayer des noms sur une liste, je vous prie de croire que je n'envisage même plus une seconde d'acquérir cette espèce de mausolée sinistre !

Le visage contracté dans une grimace de colère, il ajouta :

— D'ailleurs, ce n'est pas seulement cette maison qui me donne de l'urticaire, maintenant, mais Boston tout entier ! Même si on me payait pour ça, je ne m'installerais jamais dans cette ville si mal fréquentée. Pas après ce qui vient de se passer. Je vais plutôt aller voir du côté de Newton ou d'Andover. Là, je ne tomberai peut-être pas sur une scène de crime en plein quartier bourgeois ! On m'a dit que Lexington était un endroit plutôt calme et sympathique.

Tout en continuant à rouspéter ostensiblement, l'homme

d'affaires se dirigea vers la sortie, se redressant de toute sa petite taille pour bien montrer à quel point cette affaire lui était insupportable.

Quel prétentieux ! songea Policzki en le regardant s'éloigner. Dire que son emploi du temps de ministre avait été honteusement perturbé par la mort malencontreuse d'un homme ! Pour un peu, il l'aurait presque plaint… s'il n'avait pas été aussi désagréable et hautain.

La porte se referma derrière Armentrout dans un claquement sonore. De l'autre côté de la pièce, O'Connell, l'expert médico-légal, rangeait son matériel avec un air amusé.

— Ça s'est plutôt bien passé, hein ?

— Ça aurait pu être pire.

— Ah, ça ! Pas de doute, rétorqua O'Connell tout en indiquant du menton le container de plastique noir que deux infirmiers avaient chargé sur un brancard pour le faire rouler jusqu'à la porte d'entrée. Tu aurais pu te trouver à la place de ce pauvre type, et là, franchement…

Par les vitres closes, le soleil couchant inondait la salle de conférences d'une lumière sirupeuse et dorée comme du miel liquide, dans une atmosphère étouffante digne d'un véritable sauna. Si la canicule qui avait régné sur Boston tout l'été appartenait au passé, l'air conditionné qui l'avait rendue supportable était malheureusement relégué, lui aussi, au rang de souvenir. La vétusté des bâtiments construits à l'économie expliquait l'isolation quasi inexistante. A cela venait s'ajouter l'étroitesse d'esprit de l'administration qui considérait que le chauffage devait forcément être remis en route dès l'automne. Au lieu de se fier au thermomètre extérieur, les techniciens s'en étaient donc tenus scrupuleusement au calendrier. Résultat : tout semblait conspirer pour rendre les conditions de travail des étudiants absolument insupportables. On se serait cru plongé dans un environnement tropical, tant la chaleur moite vous prenait à la gorge dès l'entrée de la salle où le professeur Sam Winslow surveillait ses élèves.

Assis à son bureau, il lisait le dernier ouvrage de Dan Brown tout en jetant de temps en temps un coup d'œil à ses étudiants en histoire de l'art aux prises avec leur premier devoir sur table du trimestre. Cinquante-huit têtes courbées sur cinquante-huit copies, ça faisait un beau tableau, rythmé par le bruit de griffe que produisaient les cinquante-huit stylos.

Sam s'était lancé dans la carrière d'enseignant six ans auparavant, avec l'enthousiasme d'un jeune idéaliste. Il lui avait fallu un certain temps pour admettre l'évidence : la majorité de ses étudiants se fichait royalement de ce qu'ils étaient censés apprendre.

Back Bay Community College, l'université où Sam exerçait, n'était pas précisément un vivier de spécialistes en art. Ses cours étaient relativement bien suivis, pas parce qu'ils passionnaient ceux qui s'y inscrivaient, mais pour la simple raison qu'afin de décrocher leur licence les élèves de Back Bay étaient contraint d'assister à neuf heures hebdomadaires de sciences humaines, au choix. La rumeur selon laquelle le professeur Winslow donnait généralement des bonnes notes s'était vite répandue, et les étudiants sautaient sur l'occasion. Après tout, ça ne devait pas être bien difficile d'obtenir l'UV d'histoire de l'art, se répétaient-ils entre eux. Mis à part quelques exceptions — essentiellement des étudiants assez motivés pour s'inscrire en plus au cours d'introduction à la peinture que dispensait

Winslow —, les élèves qu'il avait devant lui ne cherchaient qu'une seule chose : voir les trois unités de valeur que leur apportait l'enseignement de l'histoire de l'art validées sur leur bulletin de fin d'année. Pour cela, il suffisait qu'ils suivent les cours avec assiduité, qu'ils soient présents les jours d'examen et qu'ils soient capables de régurgiter les paroles de leur professeur dans un ordre qui fasse à peu près sens. Avec ça, c'était dans la poche.

Voilà ce à quoi son existence se résumait, désormais : apprendre à des jeunes l'art de la régurgitation, se dit Sam en soupirant discrètement. Ce n'était pas franchement agréable comme constatation, surtout à 16 h 45, par un après-midi d'octobre moite et écrasant de chaleur, avec à peu près rien dans l'estomac depuis son petit déjeuner à part les deux ou trois marshmallows rabougris qu'il avait récupérés sur une table de la salle des profs. A en juger par leur consistance cartonneuse et leur peu de goût quand il les avait mâchés consciencieusement, ils devaient avoir été abandonnés là depuis un bon bout de temps.

Soudain, un coup discret à la porte lui fit lever les yeux de son livre : le visage de Lydia Forbes, la doyenne du département des Arts et des Lettres, qui se trouvait être également sa supérieure hiérarchique, venait d'apparaître derrière la vitre.

Reposant son livre sur le bureau, Sam se leva pour traverser la pièce. Avant de poser la main sur la poignée de porte, il promena un long regard circulaire sur la classe silencieuse, par acquit de conscience. Après quoi il ouvrit le battant vitré et sortit dans le couloir où l'attendait sa collègue.

— Bonjour, Lydia, fit-il d'une voix étouffée, sans refermer complètement la porte derrière lui pour que les élèves en plein examen n'aient pas l'impression d'avoir les coudées franches pour tricher.

— Désolée de t'interrompre, Sam, mais tu n'avais pas l'air très occupé, de toute façon.

Du haut de son mètre quatre-vingts, perchée sur des escarpins ultraclassiques à talons carrés, Lydia Forbes en imposait à la plupart de ses collègues masculins, surtout quand elle les fixait sans ciller comme en ce moment précis. Sa silhouette mince, presque émaciée, était engoncée dans un tailleur de tweed brun, ce qui lui donnait un air sévère que venait accentuer le chignon strict dont pas une mèche grise ne s'échappait. Dans son visage invariablement pâle, ses sourcils noirs en oblique donnaient une impression d'étonnement perpétuel. La première fois que Sam l'avait rencontrée, il s'était fait la réflexion qu'elle ressemblait singulièrement à une caricature d'institutrice comme on en voit dans les bandes dessinées. Cependant, il ne lui avait pas fallu longtemps pour découvrir que, derrière son apparence revêche et coincée, Lydia cachait un tempérament plutôt affable et enjoué. Une fois que l'on avait percé sa carapace, on ne pouvait plus résister à son rire contagieux ni à son sens de l'humour décapant, parfois à la limite du convenable. Même son goût immodéré pour les cigarettes sans filtre la rendait humainement accessible et sympathique.

— Viens donc faire un petit tour avec moi, ajouta-t-elle.

Sam hésita une seconde. Voyant qu'il lançait un coup d'œil inquiet à ses étudiants restés sans surveillance dans la salle de cours, Lydia reprit avec impatience :

— Bon sang de bonsoir, Sam, arrête ton char deux secondes, tu veux ? Et sors-moi donc ce balai que tu as dans le cul ! Ils sont tous majeurs et vaccinés, après tout.

Alors, laisse-leur la responsabilité de leurs actes. S'ils sont assez stupides pour risquer l'exclusion en trichant, tant pis pour eux !

Obéissant, Sam referma la porte complètement pour emboîter le pas à sa supérieure. Il dut accélérer un peu pour se porter à sa hauteur — elle avait de grandes jambes et marchait à un rythme soutenu, conformément à son habitude. Il ne leur fallut que quelques minutes pour quitter le long couloir silencieux qui menait vers l'extérieur du bâtiment. Lorsqu'ils débouchèrent dehors, ils furent inondés par la lumière dorée du soleil automnal que la proximité des bâtiments de brique rouge teintait de rose tendre.

S'écartant de quelques pas, Lydia alluma une cigarette pour en inhaler une bouffée avec volupté. Les paupières closes, elle rejeta un long jet de fumée bleutée dans l'air vif avant de constater le plus naturellement du monde :

— Ces lois antitabac à la con !

Derrière elle, Sam chassa discrètement la fumée. Lydia prit le temps de savourer une deuxième bouffée avant de rouvrir les yeux pour s'adresser à lui :

— J'ai transmis ton dossier de demande de titularisation à la commission, hier.

S'écartant du nuage bleu toxique qui environnait la doyenne, Sam prit une bouffée d'air frais. Enfin, frais, tout était relatif… On était à Boston, et la pollution urbaine jointe à la chaleur de l'été indien rendait l'air ambiant plutôt tiède et âcre.

— Et alors ?

Lydia fixa sur lui son regard bleu acéré, tira de nouveau sur sa cigarette, puis déclara posément :

— Et alors il n'y en a qu'un qui m'inquiète : Larsen.

Le professeur Nyles Larsen. La bête noire de Sam.

Malheureusement, il se trouvait également à la tête de la commission de spécialistes chargée d'accorder les titularisations des enseignants. En théorie, si un chargé de cours n'obtenait pas cette ultime qualification, rien ne l'obligeait à démissionner, mais en pratique c'était comme se prendre une grande gifle en pleine figure. Il ne restait plus qu'à essayer de se faire oublier du métier.

Seulement, Sam Winslow n'avait pas du tout l'intention de se laisser écarter du circuit. Il avait peut-être accédé aux fonctions d'enseignant par une route plus longue et plus tortueuse que ses collègues, mais à présent qu'il avait trouvé sa voie il n'avait pas la moindre envie de changer d'orientation. Quitte à s'accrocher bec et ongles pour garder son poste.

Restait le problème épineux posé par Nyles Larsen. Sam fronça les sourcils.

— Tu crois qu'il va nous créer des ennuis ?

— Ce que je crois, c'est qu'il jubilerait littéralement s'il pouvait bloquer ton dossier de titularisation. Il t'a pris en grippe dès l'instant où tu as posé le pied dans cet établissement, alors je ne vois pas comment il pourrait en être autrement.

C'était la stricte vérité. Larsen faisait partie de la commission de recherche qui avait embauché Sam, et il n'avait jamais caché l'aversion qu'il éprouvait pour cette nouvelle recrue. En fait, Sam avait été bien près de perdre au profit d'un autre candidat, plus apprécié de Larsen. Sans l'appui de Vince Tedeschi, un professeur de mathématiques avec lequel il avait immédiatement sympathisé, il se serait retrouvé sans travail. A la rue, ni plus ni moins. Heureusement pour Sam, la commission fonctionnait de façon démocratique. Néanmoins, Nyles Larsen avait poursuivi sa campagne de dénigrement personnelle avec obstination, critiquant ouvertement ses méthodes d'enseignement « brouillon » et le niveau « médiocre » de ses cours comme de ses connaissances.

— Il est jaloux, reprit Lydia. Forcément : tes étudiants t'adorent, alors que les siens s'endorment tellement ses cours sont ennuyeux.

Deux jeunes filles âgées d'une vingtaine d'années, sac à dos sur l'épaule, plongées dans une conversation animée, passèrent près d'eux. Sam attendit qu'elles aient poussé les portes à double battant pour poursuivre sa discussion avec Lydia.

— Comment va-t-on faire pour contrer son influence, alors ?

— On a déjà fait tout ce qui était en notre pouvoir, répondit Lydia avec un hochement de tête. J'ai relu deux fois ton dossier. Je l'ai épluché dans les moindres détails, par précaution, et je n'ai pas trouvé la moindre faille. Tout se tient, rien ne manque. Tu as fourni tous les éléments nécessaires. L'évaluation de ton aptitude pédagogique par tes étudiants est excellente. Le nombre de publications que tu as à ton actif est peut-être légèrement insuffisant, mais ce point-là est contrebalancé par d'autres, extrêmement positifs. Comme par exemple ton travail remarquable au sein des diverses commissions auxquelles tu as pu participer. Ou les appréciations de tes collègues qui sont tout bonnement exceptionnelles.

Et pour cause, songea Sam avec un brin d'ironie. Sans lui et son zèle à toute épreuve, ces mêmes collègues auraient été forcés de siéger aux innombrables réunions de commissions, plus ennuyeuses les unes que les autres. Ils étaient donc tout disposés à garder Sam pour qu'il continue à se charger des tâches rasantes et des besognes ingrates. Mais après tout, si c'était pour obtenir sa titularisation, ça valait le coût.

Quoi qu'on lui demande de faire pour l'université, il acceptait avec le sourire. Les commissions à répétition auxquelles il participait ne servaient pas à grand-chose, mais ça faisait bien d'en être membre « actif ». Et c'était tout ce dont il avait besoin, en l'occurrence.

Désespérément besoin, hélas.

— Bon sang, Lyd ! fit Sam d'une voix tendue qui trahissait son angoisse. Il faut absolument que j'obtienne cette titularisation. Si je ne parviens pas à me faire reconnaître à Back Bay…

Il ne termina pas sa phrase. C'était inutile : Lydia savait bien à quoi il songeait. Quand on commençait au bas de l'échelle, comme lui, il suffisait de rater un barreau pour se retrouver au fond du trou.

— Je ne peux pas vivre de ma peinture, reprit Sam avec un air résigné. Si je me fais jeter d'ici, tout ce qui m'attend, c'est le ménage à la station de bus la plus proche.

Lydia inhala une nouvelle bouffée de sa cigarette puis, d'une pichenette, elle envoya les cendres voler vers la pointe de son escarpin.

— Je te répète qu'il faut attendre le résultat de la commission. Tu as fait tout ce qu'on attendait de toi ; il n'y a donc pas de raison pour qu'on te congédie du jour au lendemain. Ou alors, c'est que tout le monde débloque ici ! Evidemment, il reste ce satané Larsen. Mais, même s'il ouvre sa grande gueule, je doute fort que les autres le suivent. Il n'est pas objectif, tout le monde le sait. En plus, il est caractériel et lunatique. Sa façon de s'acharner contre toi sous le moindre prétexte jouerait plutôt en sa défaveur. Enfin, si jamais on tombe sur un os à ce stade de ta carrière, je tiendrai personnellement Nyles Larsen pour responsable. Si tu as des problèmes pour obtenir ta titularisation, ce sale petit cafard n'aura pas intérêt à croiser mon chemin s'il veut rester en vie !

Le soleil commençait à décliner, et ses rayons affaiblis ne réchauffaient déjà plus l'air vif de cet après-midi d'octobre. Malgré la lumière dorée qui donnait une impression de chaleur, on sentait le froid automnal pointer derrière les coups de vent occasionnels qui ébouriffaient les cheveux souples de Sam Winslow.

— Merci pour ton soutien, en tout cas, dit-il à sa collègue. Je te dois beaucoup.

— Mais non, tu ne me dois rien du tout ! affirma Lydia en jetant négligemment son mégot sur le sol pour l'écraser du talon. Je voulais juste te prévenir. Et aussi te dire que j'étais avec toi.

L'inspecteur Lorna Abrams avait mal à la tête.

Elle fouilla dans son sac à main et en sortit une boîte de paracétamol.

Mais comme il n'y avait pas la moindre bouteille d'eau dans la voiture elle haussa les épaules et avala deux comprimés tout rond.

Policzki, qui était au volant, jeta un regard à sa coéquipière.

— Je me demande comment tu arrives à faire ça, dit-il.

— Bah, c'est simple comme bonjour. Il suffit de se conditionner.

— Ce n'est pas une réponse !

— Arrête de ronchonner, Policzki. Je te rappelle que tu es flic, alors, concentre-toi sur ton boulot.

Policzki ne répondit rien. Quand Lorna était de mauvaise humeur, mieux valait éviter de jeter de l'huile sur le feu, sinon, on courait le risque de voir des têtes tomber. Et comme en cet instant il était le plus proche, il avait tout intérêt à se montrer prudent.

D'autant qu'il y avait de quoi s'énerver. Aucun des trois numéros de téléphone figurant sur les cartes de visite de Kaye Winslow ne s'était avéré utile. Le premier, celui de son portable, n'avait servi à rien du tout, et pour cause : dans son départ précipité, la jeune femme avait laissé son BlackBerry derrière elle. Le deuxième, le numéro de sa ligne personnelle à l'agence Winslow & DeLucca, ne leur avait pas laissé espérer grand-chose non plus : au bout de seulement deux sonneries, leur appel avait été directement transféré sur sa boîte vocale. Lorna avait tout de même laissé un message, mais sans illusion : les probabilités pour qu'on les rappelle au plus vite étaient à peu près nulles. Quant au dernier numéro de téléphone, ils n'avaient pu s'en occuper que tardivement, trop pris par le passage au peigne fin de la scène du crime. Evidemment, ils n'avaient eu que le répondeur de l'agence au bout du fil, dont la voix enregistrée les avait prévenus qu'il fallait rappeler à partir de 8 heures du matin s'ils voulaient parler à Mme Winslow ou Mme DeLucca en personne.

Bref, c'était un échec. Et pourtant il y avait urgence.

— Jamais deux sans trois, grommela Abrams.

Policzki lui jeta un nouveau regard de biais.

— Mauvaise journée ?

— Ça, c'est un pléonasme ! La date de comparution

devant le tribunal pour l'affaire Moldonado a été repoussée, une fois de plus.

Arturo Moldonado était un boucher calme et posé qui travaillait dans un supermarché et habitait depuis une vingtaine d'années dans un appartement de l'est de Boston. On le connaissait pour sa gentillesse à toute épreuve qui se manifestait dans sa propension à recueillir chats et chiens errants, à prêter une oreille attentive aux vieilles dames en manque de confidents, et à distribuer des bonbons aux enfants du quartier. Par un beau jour d'octobre de l'année précédente, il était rentré plus tôt que prévu du travail et avait trouvé sa femme au lit avec un copain de leur fils, un gamin de vingt-deux ans qui avait arrêté la fac pour se consacrer à d'autres occupations visiblement plus attrayantes. En découvrant sa chère et tendre en pleine partie de jambes en l'air avec un jeune homme nettement plus en forme que lui, Moldonado n'avait pas interrompu leurs ébats passionnés. Sans faire de bruit, il s'était glissé dans la cuisine pour sortir un grand hachoir à viande du tiroir où il gardait ses outils de travail. Il n'avait même pas eu besoin de l'affûter : la lame était coupante comme un rasoir. Toujours sur la pointe des pieds, il était retourné dans la chambre, et là il s'était attelé au découpage minutieux du couple adultère. Ensuite, il avait téléphoné aux autorités pour se dénoncer et les avait calmement attendues sur le canapé, son hachoir encore ensanglanté à la main. Il n'avait même pas bronché quand on lui avait passé les menottes pour l'emmener en prison.

— Tu n'y peux rien, dit Policzki. Ce n'est pas de ton ressort, tu le sais aussi bien que moi. Ils finiront bien par le faire comparaître. D'ici là, tout ce qu'on a à faire, c'est patienter.

Il avait raison, comme toujours. Mais c'était justement ce qui énervait Lorna. Comment son coéquipier pouvait-il garder ce calme olympien en toutes circonstances ?

— Il n'y a pas que ça, maugréa-t-elle en se massant les tempes. Il y a aussi toute ma famille qui me tape sur le système à tel point que je me demande si je ne vais pas devenir complètement cinglée. A moins que je ne me jette dans le prochain ravin que je vois pour échapper au guet-apens qui se prépare !

— Un guet-apens ? répéta Policzki qui venait de comprendre. C'est la préparation du mariage qui te tracasse à ce point ?

— Evidemment ! Tu ne sais pas ce que j'ai dû faire, aujourd'hui ? J'ai consacré ma pause déjeuner à regarder ma fille de dix-neuf ans essayer des robes de mariée ! Est-ce que tu as la moindre idée de ce que coûte ce genre de fanfreluches ?

Policzki émit un grognement de compassion qui ne l'engageait à rien. Bien entendu, ce mariage ridicule ne le concernait pas le moins du monde, se dit Lorna avec irritation. Comment aurait-il pu savoir ce qu'il fallait débourser pour une stupide robe blanche qui ne servirait qu'une journée ? Il vivait chez sa mère et épargnait tout son argent !

— Eh bien, figure-toi que ça coûte une fortune ! poursuivit-elle sur le même ton excédé. Tout ça pour une gamine qui fait des plans sur la comète et qui a tellement la tête dans les nuages qu'elle n'a aucune idée de ce que c'est que de vivre au quotidien dans ce monde de dingues !

C'était bien là que le bât blessait : Krissy était beaucoup trop jeune et immature pour se marier. Elle n'avait que dix-neuf ans, elle venait tout juste de terminer le lycée…

bref, ce n'était encore qu'un bébé. Seulement, elle était têtue comme une mule et déterminée à obtenir ce qu'elle voulait.

— Soie et taffetas, tulle et organza, rien que ça ! Et d'abord, l'organza, c'est quoi, hein ? On se le demande quand on voit ce que ça coûte !

— Ça, je n'en sais vraiment rien, admit Policzki d'un ton placide.

Sa coéquipière se tourna vers la vitre et fixa sans la voir une rue adjacente plongée dans l'obscurité du crépuscule.

— Ed et moi, on s'est mariés à la mairie, point final. Je portais un tailleur bleu marine et, comme bouquet de fleurs, j'avais des œillets. On a passé notre nuit de noces dans un hôtel à Revere, et le lendemain on s'est levés comme d'habitude pour aller travailler. C'était notre mariage, d'accord, mais on ne s'est pas offert pour autant deux semaines de vacances dans un bungalow sur l'archipel de Hawaii ! D'ailleurs, tu pourrais me rappeler le nom de l'abruti de service qui a un jour décidé que ce serait les parents de la mariée qui casqueraient pour le mariage ?

— C'est une tradition qui remonte à très loin, répondit Policzki. En fait, autrefois, la famille de la future mariée devait verser une dot à la famille du marié. Apparemment, c'était une sorte de dédommagement, puisque les parents de la jeune fille avaient une bouche de moins à nourrir.

Lorna ne put retenir un sourire ironique.

— Si j'avais su ça avant, j'aurais volontiers payé Derek pour qu'il me débarrasse de Krissy ! En fait, je lui suis plutôt reconnaissante de prendre ma fille en charge et tout ce qui va avec : du piercing dans le nez au désordre permanent qui règne dans sa chambre, en passant par sa passion pour la télé-réalité et les posters immenses d'Orlando Bloom ou autres bellâtres à la mode. Derek est plutôt facile à vivre comme garçon, et je suis sûre que j'aurais pu m'en tirer avec une somme dix fois moins importante que celle que je vais devoir dépenser pour ce foutu mariage ! Mieux : ils auraient même pu s'enfuir pour se marier en cachette. Imagine tout ce que j'aurais économisé s'ils avaient opté pour cette solution !

— Je crois qu'on y est, dit Policzki tout en garant la voiture le long d'un trottoir, juste derrière un vieux break.

De la maison individuelle située juste en face s'échappait une douce lumière dorée qui teintait délicatement les massifs agrémentant la terrasse. L'endroit était accueillant et chaleureux.

Derrière une fenêtre masquée par un voilage, une ombre passa fugitivement. Policzki coupa le moteur et sortit de la voiture exactement en même temps que sa passagère. Ce qui n'avait rien d'exceptionnel : ils étaient totalement « synchro » à force de travailler ensemble.

La chaleur de la journée avait fait place à une soirée fraîche, avec un ciel parfaitement dégagé. Ils avancèrent rapidement vers le but de leur équipée. Ils avaient presque atteint la porte d'entrée quand Lorna éprouva le besoin de récapituler :

— Bon, alors, comme d'hab, moi, je joue le rôle de la flic sympa et, toi, tu fais le flic pas sympa.

— Pourquoi est-ce que ce n'est jamais moi qui joue le flic sympa ?

— Tu plaisantes, j'espère ? Avec ta tête d'enterrement ! D'ailleurs, je me suis toujours demandé si tu la réservais à tes heures de service ou si c'était comme ça vingt-quatre heures sur vingt-quatre, sept jours sur sept.

— Eh, doucement ! protesta Policzki. Je ne suis pas un monstre : j'aime les fleurs, les bébés, les petits chiens…

— Je sais, je sais : je te taquine. C'est juste que tu prends tellement ton boulot au sérieux que ça te donne l'air… je ne sais pas… disons lugubre. Non, plutôt « totalement dévoué à la cause de la justice ». Enfin, un truc de ce genre. En tout cas, pour les gens que l'on vient interroger, ça ne doit pas être franchement rassurant de te voir débarquer.

Ils gravirent les quelques marches du perron et Lorna actionna la sonnette. Il y eut un bruit de pas étouffés à l'intérieur, puis la porte s'ouvrit doucement.

La première pensée qui traversa l'esprit de l'inspecteur Abrams fut que Sam Winslow (si c'était bien lui qui se tenait debout dans l'encadrement baigné de lumière pastel) était un homme d'une beauté absolument époustouflante. Une chevelure de jais qui lui touchait presque les épaules, des yeux bleus électriques, un visage allongé aux traits ciselés dont les pommettes saillantes soulignaient la perfection. Bref, le professeur était tout simplement renversant. Il devait avoir la quarantaine, comme l'attestaient les touches de gris argent qui ornaient ses tempes, et il aurait pu être mannequin ou acteur. Elle l'imaginait parfaitement en couverture de magazine, souriant d'un air énigmatique à une foule élégante et enjouée, en costume Armani, un verre de whisky pur malt à la main.

Bon sang de bonsoir ! Les étudiantes de Sam Winslow devaient se bousculer au portillon, ne serait-ce que pour l'approcher.

Pour l'heure, le professeur les toisait d'un œil interrogateur.

— Que puis-je pour vous ?

— Vous êtes bien Sam Winslow ? demanda Policzki.

— Oui, c'est moi.

Le plus jeune des deux inspecteurs exhiba son insigne sans plus tergiverser.

— Inspecteurs Policzki et Abrams, de la police municipale de Boston. Votre femme est-elle ici, monsieur ?

— Ma femme ? s'étonna Winslow. Il… Non, il se trouve qu'elle n'est pas là. Pourquoi ? Que se passe-t-il ?

— On peut entrer ?

— Ecoutez, c'est l'heure du dîner, et je ne crois pas que…

— Professeur Winslow, le coupa Lorna d'un ton pressant, il y a eu un… incident, cet après-midi, et votre femme est impliquée. Vous devriez vraiment nous laisser entrer.

— Un incident ? répéta Winslow, visiblement décontenancé.

Il hésita encore quelques secondes, l'air perplexe, avant de hocher la tête puis de libérer le passage.

Lorsque les deux policiers eurent passé le seuil de sa demeure, le professeur referma soigneusement la porte derrière eux et s'éclaircit nerveusement la gorge, tout en passant une main dans ses cheveux impeccablement coiffés.

— Allez-vous me dire ce qui se passe ?

— Professeur Winslow, lui demanda Lorna en guise de réponse, quand avez-vous parlé à votre femme pour la dernière fois ?

— Mais… pas plus tard que ce matin. Pourquoi ? Nous avons pris le petit déjeuner ensemble, puis nous sommes partis travailler chacun de notre côté. Mais vous ne m'avez toujours pas expliqué la raison de votre présence ici. Qu'entendez-vous exactement par « incident » ?

— Il est près de 19 heures, intervint Policzki d'un air

volontairement soupçonneux. Votre femme n'est pas encore rentrée, et vous ne vous êtes pas parlé depuis l'heure du petit déjeuner. Ça fonctionne comme ça chez vous ? Ou est-ce inhabituel ?

— Kaye a des heures de travail impossibles, fit Winslow avec un brin d'exaspération. Ecoutez, j'aimerais assez que vous en veniez au fait : qu'est-ce qui se passe, bon sang ? Est-ce que Kaye a des ennuis ? Il lui est arrivé quelque chose ?

— Votre épouse avait rendez-vous cet après-midi avec un client pour lui faire visiter une propriété sur l'avenue du Commonwealth, dit Lorna tout en observant attentivement les yeux du professeur.

On disait souvent que les yeux ne pouvaient mentir ; peut-être y verrait-elle un éclair de culpabilité, ou un signe qui le trahirait d'une façon ou d'une autre ? Mais elle eut beau le fouiller du regard, elle ne reconnut aucun symptôme indiquant qu'il pouvait être au courant.

— Lorsque le client a fini par arriver, Mme Winslow n'était pas là, termina-t-elle d'un ton empreint de gravité.

L'air décidément interloqué, Sam Winslow fronça les sourcils tout en se frottant pensivement le menton.

— Je ne suis pas sûr de bien comprendre. Vous voulez dire qu'elle n'est jamais arrivée sur les lieux du rendez-vous ?

— Oh, ça, pour être arrivée, elle est bien arrivée ! rectifia Policzki. Nous avons trouvé sur place son attaché-case ainsi que son PDA et son portefeuille. Mais elle n'était pas dans la maison. En revanche, il y avait quelqu'un d'autre.

Winslow croisa les bras.

— Et qui était-ce donc ?

— C'est justement ce que nous essayons de savoir depuis

cet après-midi, reprit Lorna. Mais quelle que soit l'identité de notre inconnu une chose est sûre : il a été abattu d'une balle en pleine tête. Votre femme possède-t-elle une arme, professeur ?

2.

Winslow était blanc comme un cachet d'aspirine. Affalé plus qu'assis sur son canapé de cuir beige, il arborait une tête de cent pieds de long, face à Lorna qui s'était octroyé d'autorité un fauteuil confortable en attendant la suite. Quant à Policzki, il arpentait tranquillement la pièce, notant au passage les différents éléments qui composaient le décor quotidien des Winslow. Le professeur avait défait sa cravate ainsi que les deux premiers boutons de son col de chemise. Sa pâleur était peut-être tout simplement due au choc causé par l'annonce de la disparition de sa femme. Mais elle pouvait aussi être interprétée comme un signe de sa culpabilité. Il n'était pas rare que les criminels se trouvent mal quand on leur mettait sous le nez le résultat de leurs actes, se dit Policzki tout en continuant son inventaire silencieux.

— Voyons, c'est totalement… absurde. Invraisemblable, balbutia Winslow sans quitter son air abattu.

— Et pourquoi serait-ce si absurde ? lui demanda Lorna, adossée aux coussins moelleux de son fauteuil.

— Pour deux bonnes raisons : raison numéro un, nous ne possédons pas d'arme dans cette maison. Et raison numéro deux : même si nous en avions une, je vous parierais un bon million de dollars que Kaye ne poserait même pas le bout d'un doigt dessus. Elle aurait trop peur de se casser un ongle ou de se salir les mains en touchant un revolver !

Tout en écoutant leur conversation d'une oreille, Policzki examina de près la collection de masques tribaux africains qui couvrait le mur au-dessus de la cheminée. Ça n'avait pas l'air d'être des faux. Quelqu'un — ce cher professeur Winslow, à n'en pas douter — avait dû pas mal voyager au cours de sa carrière. Il avait certainement vu plus de pays que Douglas Policzki, pur produit de Somerville, Massachusetts, sa ville natale qu'il n'avait quittée que pour passer trois ans à l'université d'Arizona. Pas tout à fait le même genre d'expédition qu'un séjour en Afrique.

Les Winslow avaient des goûts plutôt éclectiques. Non loin des masques, une vitrine qui devait dater du XVIIIe siècle abritait une impressionnante collection de figurines en porcelaine de style Hummel. Au moins, ils les exposaient toutes au même endroit. La mère de Policzki collectionnait aussi ce genre de petits personnages invariablement « mignons » et « chou », mais elle les dispersait un peu partout dans la maison, ce qui faisait grincer des dents à son fils. Tant de douceur sucrée et policée vous donnait mal au cœur quand on s'y heurtait à chaque pas !

— Ma femme n'a tué personne, j'en suis persuadé, disait Winslow d'un air accablé. Il y a forcément une autre explication. Avez-vous parlé au propriétaire de la maison ? Le cadavre retrouvé sur les lieux appartient peut-être à la famille Worthington…

Policzki souleva l'une des figurines de céramique représentant un petit garçon à fossettes et à bouclettes, vêtu de culottes courtes et tenant une houlette de berger à la main. Le summum du kitsch ! se dit-il, tout en caressant distraitement la surface lisse et vernie du petit personnage. Etrange comme Winslow semblait faire peu de cas de la disparition de sa femme, comparé à l'intérêt qu'il semblait porter à la victime.

— D'un point de vue technique, cette maison est la copropriété en indivision des héritiers Worthington, fit remarquer Lorna. L'exécuteur testamentaire répond au nom de Bruce Worthington, mais il est en déplacement en Europe à l'heure actuelle. Nous essayons de le joindre.

Policzki reposa le petit berger pour s'adosser au meuble qui contenait ses congénères, les bras croisés sur sa poitrine, l'air sceptique.

— Peut-être..., dit Winslow en plissant le front comme sous l'effet d'une intense concentration. Peut-être que ma femme a été témoin du drame et qu'elle a pris peur ? Peut-être qu'elle a surpris le tueur en pleine action ?

Il avait les traits tellement tirés qu'on aurait dit qu'il avait enfilé un masque trop petit pour l'ossature de son visage.

— Peut-être..., poursuivit-il du même ton hésitant, peut-être qu'elle se cache quelque part pour échapper au meurtrier ?

Le regard de Policzki croisa celui de Lorna, et il sut qu'ils songeaient à la même chose. Elle se pencha davantage vers le professeur, les coudes appuyés sur ses genoux, dans une posture qui semblait inviter à la confidence.

— Qu'est-ce qui vous fait dire ça, monsieur Winslow ? demanda-t-elle d'une voix assourdie.

L'interpellé desserra encore sa cravate, mais rien n'y faisait : il était toujours pâle comme un linge. Il semblait à la limite de l'évanouissement.

— Je... je ne sais pas. Je ne vois pas de raison particulière à cela. C'est juste que... eh bien, je réfléchissais à voix haute, c'est tout. J'essayais de trouver une explication logique à cette histoire de fous.

— Avez-vous remarqué quoi que ce soit d'inhabituel dans le comportement de votre épouse, ces derniers temps ? Un changement brutal dans sa personnalité ? Une tendance à s'énerver plus facilement qu'en temps normal ? Une nervosité accrue ? Quelques cachotteries ?

— Non, rien de tout cela. Kaye était comme d'habitude.

— C'est-à-dire ?

— Je ne suis pas sûr de bien saisir le sens de votre question, inspecteur.

— Si vous pouviez me décrire votre femme en un seul mot, professeur, lequel choisiriez-vous ?

— Ah ! Je vois. Eh bien, je crois que ce serait le mot « ambitieuse ».

— Ambitieuse ?

Visiblement gêné, Winslow changea de position sur le canapé de cuir souple.

— C'est bien simple : ma femme est un véritable bourreau de travail. A côté d'elle, n'importe qui fait figure de tire-au-flanc. Je sais bien que j'ai l'air d'exagérer, mais c'est la vérité. Qu'elle boive, qu'elle mange ou qu'elle respire, une seule chose compte pour Kaye : son travail. Elle ne s'accorde jamais une minute de répit. Soirées, week-ends, vacances — tout y passe. Quand elle n'est pas en déplacement pour faire visiter des propriétés, elle passe son temps au téléphone pour rameuter des acheteurs ou des investisseurs potentiels.

— Je suppose, intervint Policzki, que cette situation n'est pas sans causer certaines frictions dans votre couple ?

Winslow cligna des yeux comme s'il avait complètement oublié la présence d'une tierce personne dans la pièce.

— Des frictions, vous dites ? répéta-t-il, l'air surpris.

— Eh bien, reprit Policzki en fixant intensément le visage blême du professeur pour essayer de voir clair en lui, si mon épouse travaillait vingt-quatre heures sur vingt-quatre, sept jours sur sept, au bout d'un moment, je commencerais à me sentir quelque peu négligé.

— Négligé ? Ah ! mais vous n'y êtes pas du tout, inspecteur, répliqua Winslow. Il n'y a rien qui cloche dans mon mariage, si c'est ce que vous sous-entendez. Kaye et moi sommes tous les deux des adultes responsables. Ce qui veut dire que je comprends et que je respecte l'importance qu'elle accorde à son travail. Nous faisons de notre mieux pour nous adapter aux besoins et aux envies de l'autre, et cela fonctionne plutôt bien.

De l'autre côté de la pièce, Lorna croisa les jambes, prenant le temps de lisser le bord de sa jupe avant d'ajouter tranquillement :

— Vous ne vous disputez jamais, si je comprends bien ?

— Mais si ! Tous les couples se disputent de temps en temps.

— Bien entendu, acquiesça l'inspecteur. Et quels sont les sujets de discorde entre vous ?

Winslow venait-il de pâlir un peu plus, ou n'était-ce qu'un effet de la lumière tamisée ?

— Eh bien, je ne sais pas, moi…, reprit-il, l'air sincèrement perdu. Des trucs tout bêtes, auxquels tous les couples se trouvent confrontés un jour ou l'autre. Par exemple, si elle n'a pas rebouché le tube de dentifrice après s'en être servi. Ou si j'ai oublié d'acheter le lait en rentrant à la maison…

Policzki quitta sa posture nonchalante pour venir se placer juste derrière le siège de Lorna.

— Tolstoï disait que toutes les familles heureuses se ressemblent, mais que les familles malheureuses sont différentes dans leur infortune.

Le professeur Winslow pinça la bouche, et ses yeux perdirent un peu de leur chaleur.

— Nous ne sommes pas malheureux, dans cette famille, inspecteur.

D'un ton apaisant, Lorna s'empressa d'intervenir :

— Mais personne n'a prétendu le contraire, professeur.

— Si, votre collègue, à l'instant, grommela Winslow. Alors que j'essaie de me montrer coopératif.

— Et nous vous en sommes très reconnaissants, fit Lorna. Si nous changions de sujet, à présent ? Comment votre épouse était-elle habillée quand elle est partie, ce matin ?

— Voyons… laissez-moi réfléchir deux minutes, dit Winslow tout en fourrageant à pleines mains dans sa chevelure souple. Ça y est, j'y suis : elle portait un tailleur rouge. Avec des talons hauts assortis. Et un chemisier de soie blanche sous sa veste.

— Des bijoux ?

— Aucun à part son alliance. Un anneau d'or assez large surmonté d'un solitaire taillé en marquise — un diamant d'un carat… Ah, et puis sa Rolex ! Elle ne sort jamais sans.

— Une vraie businesswoman, en somme, commenta

Lorna d'un air inspiré. Je suppose qu'elle avait pris sa voiture ? La BMW rouge, série 2005 ?

— Oui, bien sûr.

— Professeur Winslow, où étiez-vous cet après-midi entre 14 et 16 heures ? demanda Policzki.

Cette fois, les yeux de Winslow reflétaient une hostilité non déguisée. Cependant, songea Policzki, il fallait accorder au moins un bon point à ce type : il savait se contrôler.

— J'étais dans mon bureau, à l'université. Je travaillais. Je donne deux cours magistraux le mardi, et dans l'intervalle qui sépare mes deux groupes d'étudiants j'ai entrepris des recherches sur Internet pour une communication que je dois faire à un colloque à Kansas City le mois prochain.

— Y a-t-il des témoins qui pourraient corroborer vos dires ? Quelqu'un qui vous aurait vu sur place ? Avez-vous parlé avec des collègues ou répondu au téléphone pendant ces deux heures ?

La mâchoire de Winslow se contracta dans un tic nerveux, et il chercha des yeux une manifestation de soutien quelconque chez Lorna Abrams. Comme elle ne lui répondait pas, il dit en soupirant :

— Non, malheureusement. J'avais même soigneusement refermé la porte derrière moi pour éviter d'être interrompu dans mon travail. Si je la laisse ouverte, il y a toujours quelqu'un — un étudiant ou un collègue — qui s'arrête pour me demander quelque chose. Et ça m'empêche d'avancer dans mes recherches.

— Ce qui veut dire que vous n'avez pas d'alibi valable pour ces deux heures, conclut Policzki d'un air sombre. Inutile de vous cacher que cela risque de poser problème, professeur, si nous n'arrivons pas à retrouver votre épouse très vite.

— Ecoutez…, fit Winslow d'une voix hésitante, les yeux soudainement emplis de larmes. Je suis terriblement inquiet au sujet de Kaye. S'il lui est arrivé quelque chose, je…

Il s'interrompit et ferma les paupières, apparemment submergé par l'émotion. Comme il secouait la tête avec désespoir, une grosse larme s'échappa du coin de son œil droit et roula lentement sur sa joue pâle, sous le regard fasciné de Policzki.

— Non, murmura le professeur en rouvrant les yeux après quelques secondes de silence. Je ne veux pas y penser. Pas encore. Je refuse de croire qu'il soit arrivé quelque chose de grave à Kaye. Il y a forcément une explication logique à tout cela. Je ne sais pas encore laquelle, mais je me fie à vous pour la découvrir.

Lorna reprit la parole avec douceur.

— Votre femme a-t-elle des ennemis, professeur ? Connaissez-vous quelqu'un qui pourrait lui vouloir du mal ?

Reportant son attention sur Abrams, Winslow cligna de nouveau des yeux, comme pour chasser les derniers vestiges de son accès de sentimentalité.

— Des ennemis ? répéta-t-il d'un air songeur. Mais quels ennemis ? Qui pourrait donc en vouloir à ma femme ?

— Je ne sais pas, professeur. C'est la raison pour laquelle je vous pose cette question.

Winslow transpirait à grosses gouttes : les auréoles sous ses bras en étaient un signe clairement identifiable.

— Eh bien… non, je… je ne crois pas qu'elle ait de vrais ennemis, comme vous dites, bredouilla-t-il d'une voix tremblante. En tout cas, je ne vois personne qui puisse chercher à se venger d'elle comme vous semblez le suggérer.

— Elle n'a jamais mentionné de problèmes dans le

cadre de son travail ? insista Lorna. Je ne sais pas, moi, une altercation avec un associé, un client particulièrement mécontent, ou encore une affaire qui aurait mal tourné ? Ou peut-être des manœuvres d'intimidation venant d'une agence concurrente ? L'immobilier est un monde parfois brutal. Peut-être le succès de Winslow & DeLucca a-t-il suscité des rancœurs ? En apprenant que la vente de la résidence Worthington avait été confiée à votre femme, d'autres professionnels du secteur ont pu se sentir lésés ?

— A vrai dire, si ce genre de choses s'est produit, ma femme ne m'en a pas soufflé mot. Vous devriez en discuter avec Mia. Elle est plus au courant que moi.

— Et... qui est donc cette Mia ?

— Mia DeLucca. C'est ma sœur. Et aussi l'associée de Kaye.

L'agence Winslow & DeLucca. Bien sûr ! Lorna et Policzki échangèrent un regard entendu.

— Appelle Mme DeLucca, Doug ! lança Abrams sans perdre de temps. Demande-lui de venir nous retrouver ici le plus vite possible.

Mia DeLucca était coincée au péage. Elle roulait au pas, dans une odeur nauséabonde de fumées d'échappement. Devant elle se profilait la masse impressionnante de Boston, aussi étrange que la Cité d'Emeraude du *Magicien d'Oz*, avec ses gratte-ciel élancés et ses milliers de lumières scintillantes dans l'air du soir.

Le voyage de retour de Springfield s'était avéré un véritable cauchemar. Après huit heures de séminaire sur l'immobilier particulièrement éprouvant et un dîner de clôture en compagnie des autres intervenants, elle avait dû subir cent cinquante kilomètres de bouchons parce qu'un semi-remorque s'était renversé après une série de tonneaux quelque part du côté de Framingham, sur l'autoroute traversant le Massachusetts qu'elle devait forcément emprunter pour rentrer chez elle. Il avait fallu plus d'une heure aux services de la voirie pour rétablir la circulation, pendant que Mia et des milliers — non, des centaines de millions d'autres automobilistes — rongeaient leur frein.

Quand elle s'était rendu compte du retard qu'elle avait pris, elle avait téléphoné à Kevin depuis son portable pour qu'il ne s'inquiète pas. Mais elle aurait pu s'épargner ce coup de fil : son fils avait reçu l'information avec une totale indifférence. Signe qu'il devait être absorbé par un de ces jeux vidéo dont il raffolait. D'ailleurs, elle était prête à parier qu'il avait totalement oublié son existence dès l'instant où il avait raccroché.

Dieu merci, Mia avait prévu d'amasser une petite fortune en fonds d'investissements immobiliers avant d'atteindre l'âge de la retraite. Parce que, si elle avait compté sur Kevin pour prendre soin d'elle plus tard, elle aurait pris un risque inconsidéré…

Les pensées de Mia prenaient vraiment un tour morose, sans doute à cause de la perspective des derniers embouteillages qui l'attendaient encore. La file de voitures devant elle avançait à la vitesse d'un escargot, ce qui n'était pas fait pour arranger l'état de sa voiture. Le moteur de la vieille Chevrolet émettait régulièrement des hoquets de mauvais augure, un indice de la rude épreuve à laquelle sa propriétaire le soumettait.

Quelque part entre Springfield et Boston, le compteur avait dépassé les quatre cent quatre-vingt mille kilomètres — un record pour une voiture qu'elle traînait avec elle, par monts et par vaux, depuis des lustres. Il était plus que temps d'envoyer la pauvre Chevrolet à la casse, mais Mia rechignait à débourser l'argent nécessaire à l'achat d'une voiture neuve. Au moins, celle-ci était entièrement payée. Et puis, elle ne passait pas inaperçue, à tel point que c'en était parfois gênant : son précédent propriétaire, un gamin d'une vingtaine d'années, l'avait personnalisée en la repeignant en noir brillant, en changeant ses pneus ordinaires contre des modèles chromés et en l'équipant de vitres opaques et teintées. Bien entendu, Kev adorait cette foutue charrette ; il trouvait que ça faisait génialement mafia — un look dont sa mère se serait volontiers passée si elle avait pu se permettre de faire la difficile.

Kaye, par contre, la poussait tant qu'elle pouvait à acheter une nouvelle voiture. Sa belle-sœur était une fervente adepte de la philosophie selon laquelle l'habit faisait le moine. Selon elle, pour réussir dans les affaires, il fallait donner l'impression que l'on était déjà arrivé au top. Kaye mettait cette maxime en application sur tous les plans : elle conduisait une splendide BMW rouge, elle s'habillait chez de grands designers… Oui, seulement, elle, elle n'était pas la mère d'un garçon de dix-sept ans à l'appétit insatiable dont les pieds grandissaient à une vitesse vertigineuse ! Elle, elle n'avait pas à économiser pour inscrire son fils à l'université ni à rembourser un emprunt pour payer sa maison. Et, qui plus est, elle n'était pas seule pour faire face à l'avenir : Kaye avait un mari avec qui partager les factures, un homme stable et respectable, avec un emploi lucratif et sérieux.

Mia finit par arriver devant la guérite du péage. Elle tendit un billet de cinq dollars à l'employé, un homme au visage morose qui devait avoir la soixantaine bien tassée et qui lui rendit la monnaie d'un air renfrogné sans lui adresser le moindre mot.

Après avoir jeté un coup d'œil dans son rétroviseur, Mia passa la barrière levée du péage, changea de file et fonça vers le tunnel du Big Dig qui traversait la ville. Elle arriva en vue de sa sortie en un rien de temps. Quel changement par rapport à l'époque où ce tunnel n'existait pas encore — il fallait alors emprunter la voie express surélevée.

En quelques minutes, elle se retrouva au cœur de North End. Le quartier de Little Italy, l'un des endroits les plus délicieux de Boston, lui faisait encore autant d'effet que le jour où elle l'avait découvert avec Nick, son époux. Avec ses rues étroites et tortueuses, ses restaurants à taille humaine, l'endroit possédait un charme fou. Mia n'avait jamais connu ce genre d'atmosphère avant de se marier et de venir vivre dans ce coin de Boston, et aujourd'hui elle n'envisageait plus de s'installer ailleurs.

Elle monta à l'assaut de la colline pour tourner bientôt dans sa rue à la recherche d'une place. Il y en avait une, juste à la bonne taille, à seulement deux maisons d'écart de son domicile, et elle s'empressa d'y glisser sa vieille Chevrolet. Après avoir coupé le moteur, elle resta quelques secondes à l'intérieur, les yeux fixés sur la maison qu'elle adorait. Elle avait un cachet indéniable, avec son air un peu vieillot, sa façade de brique et de pierre, son grand bow-window et sa porte de bois fraîchement repeinte.

Mia avait eu le coup de cœur pour cette maison qu'elle avait acquise à peine sept mois plus tôt. Elle ne cherchait pourtant pas à acheter, à ce moment-là. En fait, il s'agissait d'un investissement qu'elle comptait proposer à un client, un jeune banquier trentenaire désireux de devenir propriétaire dans le quartier récemment remis à la mode de North End. Il lui avait demandé de prospecter pour lui dénicher un logement pas trop cher qu'il pourrait rénover et revendre — avec une plus-value confortable — dans cinq ou six ans. La maison en question venait d'être mise en vente ; son prix de départ était peut-être un peu élevé, mais il restait particulièrement abordable par rapport à l'inflation démesurée qui touchait l'immobilier dans les quartiers résidentiels classiques de Boston et des environs.

La réponse de son client avait été négative : ce n'était pas ce qu'il cherchait — trop cher, trop de travaux à effectuer pour que ce soit rapidement rentable. Mia, par contre, avait eu le coup de foudre aussitôt qu'elle avait franchi le seuil. La maison avait effectivement besoin d'un sérieux rafraîchissement, mais ça ne lui faisait pas peur. Elle s'imaginait déjà ce qu'elle ferait de la maison si elle l'achetait, comment elle transformerait chaque pièce pour créer un endroit à son image où elle se sentirait enfin chez elle.

Lorsqu'elle avait ouvert la porte donnant sur le jardinet derrière la maison, elle avait compris qu'elle venait de trouver l'idéal. Ce n'était pas un très grand espace, mais il lui avait paru tout simplement magnifique, inondé de soleil, pareil à une oasis. Seule une étroite allée que fermait une grille en fer forgé à l'ancienne permettait d'y accéder depuis la rue. On était en février, un mois venteux et glacial, et pourtant Mia avait aussitôt envisagé le petit jardin sous un jour nettement plus printanier. Elle le voyait déjà crouler sous les fleurs, envahi par une explosion de couleurs. Ici, elle mettrait des massifs d'impatientes roses et blanches ; là, elle installerait de grands cache-pots d'où jailliraient une profusion de géraniums rouges. Elle ajouterait un banc de bois vert dans un coin, plus une petite fontaine pour faire joli au centre, et elle planterait de la verdure un peu partout pour recouvrir le moindre centimètre carré de béton. Ce serait superbe : un vrai petit paradis au cœur de la ville. Autant de touches féminines dont Mia avait manqué dans son enfance. Son père, Johnny Winslow, n'avait rien d'une femme au foyer, c'était le moins que l'on puisse dire. De son vivant, il était trop occupé à se soûler ou à commettre des infractions à répétition pour s'intéresser à quelque chose d'aussi frivole et inutile que des bouquets de fleurs. On le connaissait dans le voisinage pour ses vols à l'étalage et ses délires d'ivrogne sur la voie publique, pas pour l'élégance de sa table ou la délicatesse de son intérieur.

En tout cas, après la visite de cette maison, Mia avait longuement réfléchi, une calculette à la main, un bloc-notes devant elle et un crayon dans l'autre main. L'agence Winslow & DeLucca marchait plutôt bien, mais avec Kaye elles s'étaient mises d'accord pour ne pas trop ponctionner les bénéfices qu'elles engrangeraient, du moins tant qu'elles seraient encore « nouvelles » sur le marché ardu de l'immobilier. Toutes deux bénéficiaient d'une commission personnelle relativement importante qui leur suffisait pour couvrir leurs besoins quotidiens. Mais la plus grande part de ce qui revenait à l'agence était automatiquement réinvesti. L'immobilier était un secteur particulièrement instable, tout le monde le savait, aussi Mia devait-elle s'assurer, avant de se lancer dans quoi que ce soit d'hasardeux, qu'elle possédait suffisamment de ressources pour faire face à un éventuel coup du sort. L'année suivante, Kevin entrerait à l'université, et cela ferait un gros trou dans le budget qu'elle s'obligeait à serrer depuis des années.

Elle avait donc aligné des chiffres et comparé la colonne de ses rentrées d'argent à celle de ses dépenses incompressibles. Mais, finalement, la perspective d'habiter enfin chez elle et de pouvoir profiter du petit jardin délicieusement désuet l'avait emporté.

Dès le lendemain matin, quand elle était retournée à son bureau, elle avait appelé l'agent chargé de la mise en vente de la maison pour lui faire une offre qui avait été acceptée presque aussitôt. Un mois plus tard, elle signait les papiers qui la rendaient propriétaire, et elle récupérait les clés.

Aujourd'hui, elle avait un endroit bien à elle. Enfin, quand elle aurait fini de rembourser les trois cent cinquante-six mensualités restantes, ce qui l'empêchait souvent de dormir.

En rentrant, elle trouva Kevin assis devant son ordinateur. Les yeux rivés à l'écran, il exécutait des mouvements saccadés et précis, dans un bruit de moteurs surpuissants et de crissements de pneus provenant des haut-parleurs installés au mur.

Debout sur le seuil, Mia fit le tour de la chambre d'un œil critique : sur un coin du bureau de son fils traînait une boîte à pizza vide. En plein milieu de la pièce, ses baskets démesurées gisaient, l'une à l'endroit, l'autre à l'envers. Il chaussait déjà du 46, et serait peut-être passé au 47 d'ici deux mois — à peine le temps nécessaire pour user la paire de Nike négligemment abandonnée sur le sol.

Au-dessus de son lit défait trônait un poster de Star Wars. Sous le matelas, des chaussettes sales… Mais cette chambre appartenait à Kevin, c'était son espace personnel, et Mia ne s'en mêlait pas. Du moment qu'il n'y avait pas de drogue planquée dans un tiroir au milieu des caleçons, que les chaussettes sales finissaient par atterrir dans le panier à linge et que rien d'étrange ne poussait sous son lit, elle laissait son fils libre de vivre dans le désordre si ça lui plaisait.

S'adossant au chambranle de la porte, elle fit une tentative pour engager la conversation :

— Alors, tu as tué des méchants, ces derniers temps ?

— Et merde ! Oh, pardon, m'man, j'voulais pas dire ça, fit Kevin en lançant un coup d'œil mi-agacé, mi-contrit par-dessus son épaule. Mais j'étais en pleine partie, et maintenant j'suis mort. Il va falloir que je recommence tout depuis le début !

— Oh là là ! répliqua Mia, un sourcil levé. Désolée pour l'intrusion dans ta vie passionnante !

— Nan, mais c'est juste que t'aurais pu frapper avant d'entrer. Tu m'as foutu une de ces trouilles ! reprit Kevin avant de se rappeler enfin les bonnes manières que sa mère tentait de lui inculquer depuis son plus jeune âge.

Il pivota sur sa chaise de bureau, s'appuya confortablement au dossier rembourré et demanda d'un air sincèrement intéressé :

— Et ce colloque, alors ? C'était comment ?

— Tu as déjà regardé de la peinture sécher sur un mur ? Eh bien, imagine un truc de ce genre, mais dix fois plus long, et tu auras une petite idée de ce à quoi ça ressemblait.

Kevin eut un grand sourire amusé.

— C'est exactement la comparaison que j'aurais choisie pour décrire le cours d'anglais de Mlle Crandall !

— Je vois.

— Bon, ben, c'est bien que tu sois rentrée, m'man, parce que j'avais un truc à te demander.

Mia lui adressa un petit signe de tête prudent qui ne l'engageait à rien.

— Vas-y, je t'écoute.

— Voilà : les parents de Michelle l'emmènent à Tampa pour le week-end prolongé de l'anniversaire de Christophe

Colomb. Ils partent jeudi soir en avion, et ils m'ont proposé de les accompagner. Je peux y aller, dis ?

— Ils vont aussi loin pour trois jours ?

— Trois jours et quatre nuits ! Ils font ça vachement souvent, tu sais ? Ils ont un appart là-bas qui donne direct sur la plage. Un grand appart. J'aurai ma propre chambre si j'y vais. Ça me ferait super plaisir, m'man. Imagine : soleil, plage, palmiers… le pied, quoi !

Il n'avait pas parlé du volet « sexe », songea Mia sans rien laisser paraître de ses soucis. Quel genre de surveillance la famille Olson exercerait-elle sur les deux adolescents ? Serait-ce suffisant pour que Kevin ne se glisse pas subrepticement dans la chambre de Michelle pendant que les parents dormiraient ? Elle savait qu'ils étaient très amoureux, tous les deux, et elle avait déjà eu une petite discussion avec Kevin à propos des dangers liés aux rapports sexuels sans protection.

Mia n'était pas certaine que la relation entre Kevin et Michelle ait atteint ce stade, mais si ce n'était pas déjà fait ils passeraient bientôt au niveau supérieur. Ça crevait les yeux quand on les voyait ensemble. En tant que mère, l'une de ses plus grandes peurs était de voir son fils mettre sa petite amie enceinte, ruinant du même coup leurs deux jeunes existences. Pouvait-elle faire confiance à son fils pour se comporter de façon responsable ?

Elle soupira.

— Et qui paye ton billet d'avion ?

Ce n'était pas la question qu'elle aurait voulu poser, et Kevin en était d'ailleurs parfaitement conscient. Mais c'était déjà une ouverture, et il s'y engouffra aussitôt.

— T'inquiète pas pour ça, m'man : je leur ai dit que si je venais je paierais mon voyage moi-même. Je savais que tu ne serais pas d'accord pour qu'ils me l'offrent — déjà qu'ils vont m'héberger sur place. En ce moment, le billet pour la Floride n'est pas cher du tout sur Internet. J'ai assez d'argent de côté pour ça. J'ai déjà parlé de ce projet à Denny, et il m'a dit qu'il voulait bien m'accorder quelques jours de congé pour l'occasion. Quant à mes profs, ils sont d'accord pour me donner les devoirs en avance : comme ça, je ne risque pas de louper un truc important.

Quel malin ! se dit Mia avec un mélange d'amusement et de fierté. Il avait bien prévu son coup.

— Bon, je vais y réfléchir, dit-elle d'un ton neutre. Quand dois-tu donner ta réponse ?

— Demain.

— Très bien, dans ce cas, je te ferai part de ma décision demain matin. Tu m'excuseras, mais pour le moment je vais aller prendre un bain pour me détendre un peu.

Elle s'était déjà éloignée dans le couloir quand la voix de son fils retentit derrière elle.

— M'man ?

Mia se retourna, l'air interrogateur.

— Je sais bien ce qui t'ennuie dans tout ça, reprit Kevin en la regardant dans les yeux. Michelle et moi, on a dix-sept ans ; on n'est plus des enfants, tu sais ? On n'est pas idiots, et on fait attention.

Une rougeur envahit son visage encore enfantin, mais il continua bravement :

— On se respecte l'un l'autre, et on n'a pas du tout l'intention de faire des bêtises : on est bien conscients des dangers qu'on pourrait courir si on faisait n'importe quoi. Alors, s'il te plaît, ne te fais pas de souci pour nous.

Bien ! Apparemment, elle avait la réponse aux questions qu'elle n'avait pas osé poser. Le cœur serré tout à coup, Mia dut retenir ses larmes. Elle venait de prendre conscience que son fils était un homme. Mais il était encore si jeune ! Il lui semblait que ses premiers pas dataient tout juste d'hier, que le temps n'était pas si lointain où elle lui apprenait à faire du vélo sans roulettes et où elle l'accompagnait à son premier camp de scouts. Etait-il vraiment assez mûr émotionnellement pour s'engager dans une relation amoureuse aussi forte ?

Pour la première fois depuis que Kevin était venu au monde, Mia se sentait complètement dépassée en tant que parent. Pourtant, elle avait le sentiment d'avoir plutôt bien géré son éducation, même après la mort de Nick. Mais il y avait des moments où un garçon avait besoin d'un père — précisément dans un cas comme celui qui se présentait aujourd'hui.

Après un instant d'hésitation, elle rentra dans la chambre de son fils pour se pencher sur lui et lui faire un gros câlin.

— Je suis très fière de toi, lui dit-elle, une boule dans la gorge.

La plupart des adolescents de cet âge auraient sans doute rechigné à se faire cajoler comme des gamins. Mais pas Kevin. Au lieu de se tortiller avec gêne pour échapper à son étreinte, il la lui rendit avec tendresse et affection.

— Merci, m'man. Pour tout te dire, je suis assez fier de toi, moi aussi !

Kevin DeLucca était un garçon responsable et sérieux. Il ne laissait pas les autres adolescents l'influencer dans sa conduite, et il se fichait pas mal de ne pas être « cool » si être « cool » impliquait de ne pas aimer ses parents. Ses copains passaient leur temps à râler ou à bouder, alors que Kevin était ouvert, souriant et enthousiaste. La relation qu'il avait avec sa mère était fondée sur la confiance et la sincérité — il ne lui avait jamais donné aucune raison d'en douter. Mia était bien consciente de la chance qu'elle avait : son fils était vraiment un type formidable.

— On en reparle demain matin, d'accord ? fit-elle pour couper court à la vague d'émotion qui était montée en elle. Ne te couche pas trop tard !

Elle venait de mettre son bain à couler quand le téléphone sonna. Il était plus de 22 heures — c'était bien tard pour recevoir un coup de fil. Un instant, les vieilles angoisses de sa jeunesse remontèrent à la surface, lui serrant le cœur dans un étau. Quand elle était enfant, un coup de téléphone après 10 heures du soir signifiait presque toujours que son père avait des ennuis — qu'il était en garde à vue pour état d'ébriété sur la voie publique, ou pire encore.

Mais cette époque difficile faisait partie du passé. Cela faisait quinze ans qu'elle n'avait pas vu Johnny Winslow — quinze ans que personne n'avait appelé tard le soir pour lui dire de venir rechercher son père dans un commissariat quelconque. Elle n'avait donc pas à redouter une nouvelle de ce genre. C'était sans doute Bev qui l'appelait pour lui rappeler un rendez-vous matinal qu'elle aurait pu oublier. Ou alors, c'était un copain de Kev qui ignorait délibérément la règle qu'elle avait fixée aux amis de son fils : pas de coups de fil après 9 heures du soir.

Bien entendu, ce fut Kevin qui décrocha. Seulement, au bout de quelques secondes, elle l'entendit l'appeler :

— M'man ? C'est pour toi !

En maugréant, elle resserra les pans de son peignoir autour d'elle et jeta un regard d'envie à la baignoire à peine remplie, avant de fermer les robinets pour retourner dans sa chambre, pieds nus.

— C'est bon, j'y suis ! fit-elle une fois qu'elle eut

décroché le combiné pour prévenir Kevin qu'il pouvait raccrocher. Allô ?

Contrairement à ce qu'elle croyait, ce n'était pas sa secrétaire qui l'appelait à cette heure tardive. Au lieu de la voix bien timbrée de Bev, ce fut celle de son frère qui retentit à l'autre bout du fil.

— Mia ? C'est Sam. Est-ce que tu pourrais venir à la maison ? La police est là. Kaye a disparu.

3.

Une voiture de police banalisée était garée juste derrière la Volvo de Sam. Mia mit sa Chevrolet un peu plus loin, à trois numéros d'écart, avant d'en claquer la portière pour rejoindre rapidement la maison de son frère, serrant l'une contre l'autre ses mains gantées de cuir souple pour les protéger de la fraîcheur de la nuit. Elle gravit les trois marches du perron, appuya sur la sonnette et attendit qu'on vienne lui ouvrir. Ce fut un policier en civil, un holster à l'épaule, le visage fermé, qui apparut dans l'encadrement de la porte. Il avait beau posséder toutes les caractéristiques de l'officier strict et coincé, c'était un superbe spécimen de la gent masculine : grand, élancé, beau comme un dieu… Seulement, il avait l'air extrêmement jeune. Du coup, elle eut presque honte des pensées égrillardes qui la traversaient. Décidée à les oublier, elle le suivit jusqu'à la pièce principale où son frère l'attendait, assis sur le magnifique canapé de cuir beige choisi par Kaye. Il avait piètre allure, avec ses cheveux tout ébouriffés et son visage chiffonné, comme s'il venait tout juste de se lever en sursaut.

Dans le fauteuil face à lui, un autre représentant des forces de l'ordre se tenait assis. C'était une femme qui devait avoir la quarantaine, vêtue d'un tailleur gris des plus ordinaires, ses cheveux châtains coupés court, dans un style sans prétention. Deux yeux bleus pétillants d'intelligence vinrent se poser sur Mia pour la jauger rapidement.

Sam semblait épuisé et complètement perdu. Lorsqu'il aperçut sa sœur, son expression changea du tout au tout : son regard s'emplit d'une chaleur sincère, et les coins de sa bouche se relevèrent en un sourire si plein de gratitude que Mia sentit son cœur se serrer. Un homme en train de se noyer n'aurait pas accueilli avec plus de soulagement une bouée ou un gilet de sauvetage qu'on lui aurait lancé à l'improviste.

— Mia ! s'exclama-t-il tout en se levant d'un bond pour courir prendre sa sœur dans ses bras. Grâce à Dieu, tu as fait vite !

Par-dessus l'épaule de son frère, la jeune femme jeta un coup d'œil soupçonneux aux policiers qui attendaient patiemment la fin de cette effusion, puis elle murmura, la gorge sèche :

— Sam, qu'est-ce qui se passe ici, bon sang ?

— Madame DeLucca ? intervint la représentante des forces de l'ordre d'une voix assurée et polie à la fois. Je suis l'inspecteur Lorna Abrams, et voici l'inspecteur Policzki (elle eut un bref mouvement de tête en direction de son collègue). Nous vous serions très reconnaissants si vous vouliez bien vous asseoir quelques minutes pour répondre à nos questions.

Après s'être dégagée de l'étreinte de son frère, Mia se passa une main nerveuse dans les cheveux. L'inspecteur Policzki, aussi raide que quand il lui avait ouvert la porte, s'était posté devant le balcon, les jambes légèrement écartées, les bras croisés, le visage impassible, aussi silencieux et rigide que les gardes anglais du palais de Buckingham.

La jeune femme fut prise d'un irrésistible désir d'aller le chatouiller, juste pour voir s'il était vraiment fait de chair et de sang.

Bien entendu, il n'était pas question pour elle de se livrer à de pareils enfantillages. L'heure était grave, et elle se força à enlever lentement ses gants et son manteau pour avoir le temps de chasser ces pensées absurdes. Posant ses affaires sur le dossier du canapé, elle s'assit juste à côté de l'endroit où son frère se tenait l'instant d'avant.

— Alors, d'après ce que j'ai compris, Kaye a disparu, c'est ça ? demanda-t-elle, interrogeant du regard les deux inspecteurs.

— C'est un peu plus compliqué que cela, répondit Lorna Abrams.

— Ce qui veut dire ?

— Cet après-midi, Kaye Winslow avait rendez-vous avec l'un de vos clients pour lui faire visiter une maison. Le manoir Worthington, sur l'avenue du Commonwealth. Est-ce exact ?

— Tout à fait. Elle m'en avait parlé ce matin, au bureau.

— Quand l'acheteur est arrivé, personne n'est venu lui ouvrir la porte. A tout hasard, il a appuyé sur la poignée, qui n'était pas bloquée. Il est donc entré dans la maison, et…

Abrams s'interrompit quelques secondes, échangea un regard énigmatique avec son collègue, et se tourna de nouveau vers Mia.

— Il est tombé sur une scène de meurtre. Un homicide, madame DeLucca. Rien de moins.

Sur le coup, Mia se sentit blêmir.

— Un… un homicide ? chuchota-t-elle, horrifiée. Mais alors… Kaye est… ?

— Nous ne savons pas où est Kaye Winslow, madame, la coupa Abrams. La victime est un homme, c'est tout ce que nous pouvons dire à l'heure actuelle. Nous ne l'avons pas encore identifié. Mme Winslow ne se trouvait pas sur place. Par contre, nous avons trouvé son attaché-case.

— Oh, mon Dieu ! souffla Mia.

C'était un vrai cauchemar ! Tous les agents immobiliers éprouvaient cette sourde inquiétude au fond d'eux-mêmes : celle d'être agressé par une personne peu recommandable. Combien de fois Mia s'était-elle retrouvée seule avec un inconnu dans une maison vide ? A chaque nouvelle visite, l'angoisse désormais familière revenait la tarauder. Elle essayait bien de l'ignorer, mais il n'y avait rien à faire : la peur de se faire attaquer était toujours présente. C'était le lot des femmes qui travaillaient dans ce secteur. Certaines de ses collègues s'étaient décidées à porter un pistolet à impulsion électrique pour se protéger d'éventuels assaillants. Pas plus tard que la semaine précédente, l'une d'entre elles lui avait montré l'arme paralysante qu'elle gardait toujours dans son sac à main en cas de besoin.

— Et l'acheteur ? demanda Mia. Quelqu'un a pu l'interroger ?

Policzki prit la parole.

— Il s'appelle Philip Armentrout. Il est P.-D.G. de Geminicorp à Cambridge, une entreprise spécialisée dans les fournitures médicales. M. Armentrout a été interrogé, et nous avons vérifié son emploi du temps avant qu'il n'arrive à la résidence de l'avenue du Commonwealth. Il n'est pas totalement hors de cause, mais il y a de fortes chances pour qu'on le laisse rapidement tranquille. Apparemment, il a dit la vérité.

— Comment ça, *apparemment* ? s'indigna Mia.

Policzki fixa sur elle un regard empreint de douceur et de bonté, à l'extrême opposé de son comportement froid et strictement professionnel.

— Cela signifie que nous n'avons aucune raison valable de penser que Philip Armentrout puisse être impliqué dans ce meurtre.

— Quelle perspicacité ! s'exclama Mia. A part ça, vous faites quoi exactement pour retrouver Kaye ?

Cette fois, ce fut Abrams qui prit la parole :

— Nous suivons le protocole habituel qui…

— Le protocole habituel ? Mais qu'est-ce que ça veut dire, cette expression toute faite ? Ma belle-sœur a disparu, un homme a été assassiné, et c'est tout ce que vous trouvez à fairc ? Suivre le *protocole habituel* ? Enfin, elle est peut-être en danger de mort ! Et vous, vous êtes plantés là à discutailler tranquillement… Si vous vous éternisez, on risque de ne plus pouvoir la localiser. Elle est peut-être même déjà…

— Mia, l'interrompit Sam d'un air suppliant, je t'en prie, arrête ! Ecoute plutôt ce que l'inspecteur Abrams a à nous dire.

— Si vous voulez bien me laisser terminer ma phrase, fit Lorna d'une voix empreinte de gentillesse, malgré la sortie peu élégante de Mia DeLucca. Je voulais juste vous signaler que nous mobilisions toutes les ressources imaginables pour retrouver Mme Winslow. Mais ce genre de choses ne se fait pas en un clin d'œil, malheureusement. En l'absence d'une boule de cristal qui pourrait nous indiquer l'endroit où elle se trouve, nous devons interroger le plus de gens possible pour réunir un maximum d'informations. Ce qui explique ma présence ici ce soir, et les questions que je m'apprête à vous poser et auxquelles, je l'espère, vous aurez la bonne grâce de répondre.

Mia inspira profondément : il fallait qu'elle reste calme. Après tout, ces deux inspecteurs connaissaient leur métier, et ils savaient ce qu'ils avaient à faire. C'était des professionnels, rompus à ce type d'événement par la force des choses. Alors qu'elle, c'était la première fois qu'une histoire pareille se produisait dans son entourage ; c'était pour cela qu'elle était si nerveuse, si inquiète. Il fallait absolument qu'elle se reprenne : elle savait d'expérience — à cause des frasques de son père — qu'il valait mieux ne pas se mettre les flics à dos.

Au bout de quelques secondes de silence, elle reprit d'une voix beaucoup plus posée :

— Désolée. C'est juste que... enfin, je n'ai encore jamais été confrontée à une situation pareille, alors vous comprenez... Mais je vous en prie, allez-y, posez-moi vos questions. Je vous promets d'y répondre de mon mieux.

Depuis l'autre côté de la pièce, Policzki se lança :

— Madame DeLucca, d'après vous, Kaye Winslow avait-elle une raison valable de vouloir disparaître ?

— Vous plaisantez ? Vous n'êtes pas en train de suggérer qu'elle aurait pu s'évanouir dans la nature de son plein gré ?

— Nous devons examiner toutes les possibilités, même les moins évidentes.

Décidément, il commençait à l'énerver, avec son calme à toute épreuve ! Elle se sentait bouillir rien qu'à le regarder.

— Eh bien, je ne vois aucune raison. Mais alors, vraiment pas la moindre. De toute façon, je suis certaine que Sam vous a déjà répondu la même chose.

Policzki lança en direction de Sam un regard si rapide qu'il aurait presque pu passer inaperçu.

— Nous avons écouté ce que le professeur Winslow avait à nous dire. A présent, c'est vous que nous voulons entendre.

— Mais vous venez juste de m'entendre ! C'est ridicule, enfin ! Dites-moi, inspecteur, que savez-vous exactement de cette affaire ?

— Très exactement, trois choses, répondit Policzki avec un flegme qui rappela instantanément à Mia l'affreux Dr Spock de *Star Trek* (il ne lui manquait que les oreilles pointues, et le tableau serait complet). Primo, un homme est mort. Deusio, l'attaché-case de Mme Winslow est retrouvé sur la scène du crime avec dedans son BlackBerry, son portefeuille, ses cartes de crédit et ses papiers d'identité. Tertio, Mme Winslow manque à l'appel.

Il ménagea une petite pause, ses beaux yeux bruns fixés sur Mia si intensément qu'elle se sentit rougir.

— Faites le calcul vous-même, ajouta-t-il sans se départir de son calme.

— Ce ne sont que des coïncidences ! Ça ne veut rien dire du tout ! répliqua Mia.

— C'est justement pour ça, intervint Lorna Abrams, que nous devons poser toutes ces questions. C'est le seul moyen de découvrir la vérité.

— Bien, dans ce cas, reprit Mia d'un ton sec, voici ma version de la vérité : je ne vois vraiment pas pourquoi Kaye aurait voulu disparaître. Elle mène une vie de rêve. Vous n'avez qu'à regarder autour de vous, inspecteurs : elle possède une affaire florissante, une maison charmante, une famille parfaite… Pour quelle raison aurait-elle laissé tout ça derrière elle ?

— Un homicide, par exemple, fit Policzki d'un ton froid. Ce serait une raison tout à fait valable, vous ne croyez pas ?

— Mais… mais enfin rien ne prouve qu'elle ait été impliquée dans cet homicide dont vous me rebattez les oreilles ! lança Mia. Elle s'est juste trouvée au mauvais endroit au mauvais moment !

— C'est une possibilité que nous n'avons pas écartée, madame DeLucca, fit Abrams d'un ton apaisant. Si nous passions à la question de ses ennemis ? A votre connaissance, Mme Winslow avait-elle dans son entourage des gens qui ne l'aimaient pas ?

Mia serra ses mains l'une contre l'autre entre ses genoux, ne sachant quelle formule employer pour répondre de façon diplomatique à cette question embarrassante.

— Eh bien, nous connaissons tous des inimitiés, commença-t-elle d'un air ennuyé. Je ne connais personne qui puisse se vanter de n'avoir que des amis. Kaye est une femme d'affaires dynamique, vive et déterminée. C'est une vraie commerciale, avec tous les clichés qui correspondent à l'image que l'on se fait de ce genre de personne. Ce qui veut dire qu'elle excelle en marketing, qu'elle sait se montrer extrêmement persuasive quand elle l'a décidé, et qu'elle n'hésite pas à manipuler les gens pour les amener à faire ce qu'elle souhaite. Elle est… implacable, si ce terme peut avoir un côté positif. Grâce à sa ténacité, elle traite beaucoup d'affaires immobilières, la plupart du temps avec succès. Dans notre métier, c'est un signe de compétence. Kaye peut se montrer absolument charmante et délicieuse. Mais elle peut aussi se révéler — comment dire ? Difficile. N'est-ce pas, Sam ? Un peu agressive, même. Disons qu'elle sait ce qu'elle veut et qu'elle n'hésite pas à employer les grands moyens pour l'obtenir. Du coup, elle utilise quelquefois des méthodes qui ne sont pas spécialement propices à lui attirer les sympathies des gens qu'elle côtoie.

Mia eut un haussement d'épaules, comme pour excuser la conduite de sa belle-sœur.

— Cela dit, je n'imagine pas que quelqu'un ait pu lui vouloir du mal. Non, vraiment pas, conclut-elle d'un air sincère.

— Y a-t-il des noms qui vous viennent à l'esprit ? insista Abrams. Des gens avec lesquels elle aurait eu des différends récemment ? Quelqu'un qui se serait senti floué par une transaction immobilière menée par Mme Winslow ? Ou peut-être un automobiliste auquel elle aurait coupé la route dans les embouteillages ? N'importe quoi qui pourrait nous mettre sur une piste ?

— Non, je suis désolée. Si vous voulez mon avis, vous faites fausse route en cherchant dans cette direction. Ce type que vous avez retrouvé mort, c'était sûrement lui qui était visé. Pas Kaye. Sinon… sinon, vous auriez retrouvé deux cadavres, ajouta-t-elle en jetant vers Sam un regard inquiet. Ou un seul, mais pas du même sexe. Je me trompe ?

— Pas nécessairement, fit Abrams. Seulement, il est trop tôt pour commencer à élaborer des hypothèses sur ce qui a pu se passer. Il faut d'abord que nous ayons toutes les cartes en main, et ce n'est pas le cas.

— D'accord, mais pendant que vous cherchez à rassembler des informations ma belle-sœur est peut-être en danger de mort ! Qui sait ? Elle est peut-être même déjà morte à l'heure qu'il est !

Mia lança un autre regard angoissé à son frère. Prostré sur le canapé, à la place où il se tenait quand elle était entrée, il avait posé les mains sur ses genoux et arborait une expression hébétée, comme s'il était encore sous le choc.

— Avez-vous imaginé une seconde que Kaye pouvait être blessée ? reprit-elle en se tournant vers les policiers d'un air furieux. Qu'elle s'était peut-être traînée jusqu'à un hôpital pour demander assistance ? Vous avez pensé à vérifier auprès des urgences du secteur ?

— Nous avons quelqu'un qui s'en occupe en ce moment même.

— Excusez-moi, mais j'aimerais revenir en arrière une minute, fit Policzki. Vous avez bien dit que Kaye pouvait se montrer difficile, n'est-ce pas ? En avez-vous déjà fait l'expérience dans vos rapports personnels avec elle ?

Mia n'appréciait pas tellement la tournure que prenait cette conversation. Aussi répondit-elle plus froidement qu'elle ne l'aurait voulu :

— Seulement de manière occasionnelle. Je suis plus coulante, dirons-nous, que Kaye. Pour l'essentiel, nos personnalités se complètent et nous nous entendons plutôt bien. Nous n'avons qu'occasionnellement des sujets de discorde. A part ça, les choses fonctionnent à merveille entre nous.

— Bon, reprit Abrams après avoir jeté un coup d'œil à Sam qui ne se manifestait toujours pas. Faisons le point, si vous le voulez bien, madame DeLucca : Kaye est mariée avec votre frère, vous êtes associées toutes les deux, vous vous voyez donc tous les jours. Deux femmes dans ce genre de situation partagent généralement les détails de leur vie, même les plus intimes. Votre belle-sœur avait-elle des secrets inavouables ? Peut-être quelque chose qu'elle voulait cacher à son époux ?

Mia fronça les sourcils. Le fait que l'inspecteur ait

employé l'imparfait pour parler de Kaye la choquait. C'était comme admettre d'ores et déjà que sa belle-sœur ne reviendrait jamais.

— Avec Kaye, nous ne sommes pas si proches que vous semblez le croire, répondit-elle en insistant à dessein sur le présent. Nous entretenons une très bonne relation de travail, mais nous n'allons pas jusqu'à nous confier les détails de nos vies personnelles. Elle n'est pas du genre à se laisser aller à des confidences. Pas plus que moi, d'ailleurs.

Ni confiance ni confidence. C'était la maxime qu'elle avait apprise sur les genoux de Johnny Winslow, alors qu'elle était haute comme trois pommes. Moins on en disait aux étrangers, mieux on se portait. Moins on avait de confidents extérieurs au cercle familial, plus on vous laissait tranquille. On lui avait inculqué ces notions alors qu'elle n'était qu'une petite fille. Résultat : aujourd'hui, à trente-six ans révolus, elle n'avait pas réussi à les éradiquer totalement. *Si tu ne racontes tes secrets à personne, au moins, ils resteront vraiment secrets.* Elle avait encore l'impression d'entendre ces conseils pseudo-philosophiques résonner dans sa tête, comme quand son escroc de père les lui répétait inlassablement. Johnny Winslow n'avait pas laissé grand-chose à ses deux enfants, mais il leur avait collé ces notions handicapantes dans le crâne, aussi sûrement qu'il leur avait transmis son ADN.

Merci, papa, songea-t-elle amèrement. Grâce à toi, je ne ferai jamais entièrement confiance à qui que ce soit.

Les yeux bleus de l'inspecteur Abrams étaient toujours fixés sur elle, lui donnant l'envie absurde de se trémousser sur son siège comme une petite fille convoquée dans le bureau du proviseur. Mia n'avait rien fait de mal, et pourtant le regard acéré de cette femme entre deux âges la mettait mal à l'aise. Pour un peu, elle se serait presque sentie coupable. De quoi ? Elle n'en avait aucune idée.

— Mme Winslow était-elle une amie pour vous ? demanda Abrams.

Mia prit le temps de réfléchir avant de répondre avec précaution :

— Nous nous entendions très bien.

— Ce n'est pas tout à fait la même chose qu'être amies !

— Il existe différents niveaux d'amitié, inspecteur Abrams, rétorqua Mia.

— Intéressant, comme point de vue. Depuis combien de temps étiez-vous associées ?

— Depuis trois ans. J'ai monté cette agence il y a quatre ans. Le marché était prospère, et les affaires ont vite afflué. Du coup, j'étais un peu submergée. C'est à ce moment-là que j'ai décidé de chercher un associé. Je n'ai pas regretté d'avoir fait appel à Kaye : elle nous a apporté un nombre impressionnant de nouveaux clients. Et pas seulement des acheteurs : il y avait aussi des vendeurs à la pelle. Comme je vous l'ai dit, c'est une vraie gagnante, et quand elle a décidé quelque chose elle va jusqu'au bout.

— L'agence est donc une affaire lucrative ?

— Tout à fait. Bien sûr, il y a des frais quand on démarre sa propre entreprise. En général, il faut un an ou deux avant de commencer à engranger des bénéfices. Mais depuis l'arrivée de Kaye je dirais que, oui, l'agence tourne bien.

— Et depuis combien de temps est-elle mariée avec votre frère ?

— Deux ans et demi. Ils se sont rencontrés lors d'un dîner chez moi.

— Ce qui signifie, si je ne m'abuse, que vous avez connu Kaye avant qu'elle n'épouse votre frère ?

— Oui. Nous nous étions déjà croisées deux ou trois fois avant de nous associer. Vous savez, le monde de l'immobilier n'est pas si grand que cela. Même dans une ville comme Boston, on finit toujours par rencontrer les mêmes gens dans ce métier. Cela dit, nous ne nous connaissions pas plus que cela. Elle m'a été recommandée par Marty Scalia, un ami très proche qui dirige l'agence portant son nom. J'ai travaillé pour lui pendant cinq ans avant de quitter mon poste pour fonder ma propre agence. Quand je me suis rendu compte que j'allais avoir besoin d'un associé, j'ai demandé conseil à Marty : je savais qu'avec ses connexions il serait à même de m'indiquer le meilleur plan du moment. Kaye était venue travailler pour lui après être passée par différentes agences. Elle était en pleine ascension — une vraie battante, m'avait-il dit en me la recommandant chaudement. J'ai donc opté pour une association avec elle, et je ne l'ai pas regretté.

— Est-ce habituel dans votre métier de passer ainsi d'une agence à une autre ? demanda Policzki.

— C'est assez courant, répondit Mia d'un ton passablement énervé — ce type avait vraiment le don pour la mettre sur la défensive. Un agent immobilier peut vendre des biens dans n'importe quelle structure, théoriquement. Mais il se trouve que, comme dans tout autre secteur, il est quand même plus agréable de travailler dans une entreprise qui vous convient.

Comme s'il avait perçu son hostilité, Policzki quitta son poste pour venir s'installer sur l'accoudoir du canapé où se trouvait Mia. Un peu trop près, à son goût.

— Où vous trouviez-vous aujourd'hui, madame DeLucca ? lui demanda-t-il d'une voix détachée qui la fit bondir.

Encore une facette de l'éducation fournie par Johnny Winslow : la tendance à la paranoïa. Mia n'aurait pas dû réagir si violemment, mais c'était plus fort qu'elle.

— Qu'est-ce que vous vous imaginez ? Que j'ai quelque chose à voir avec ce... cette affreuse histoire ? Si c'est ce que vous suggérez, inspecteur, autant vous prévenir tout de suite : ça ne m'amuse pas. Mais alors, pas du tout !

— Ce n'est qu'une question de routine, déclara Abrams. Un passage obligé, rassurez-vous. Vous êtes l'une des personnes les plus importantes dans la vie de Kaye Winslow. L'homicide tout comme sa disparition se sont produits sur un site figurant dans votre listing commun. Il est donc normal que nous nous intéressions à votre emploi du temps.

Un peu radoucie, Mia leva tout de même le menton d'un air de défi avant de répondre :

— Je me trouvais à Springfield pour un colloque. Je devais donner une conférence. J'ai quitté Boston à 6 h 30 ce matin, et je ne suis rentrée chez moi que tard ce soir : il y a environ une demi-heure.

— Y a-t-il quelqu'un qui puisse confirmer vos dires ? fit Policzki du même air impassible qui l'exaspérait tant.

Chaque fois que le jeune inspecteur ouvrait la bouche, il baissait d'un cran dans son estime : il avait vraiment l'art de la mettre mal à l'aise. D'eux-mêmes, ses poings se fermèrent. Elle s'obligea à les desserrer pour lancer avec une ironie amère :

— Oh, pas grand monde ! Seulement les cent cinquante agents immobiliers qui assistaient au séminaire que j'ai dirigé de 14 à 16 heures aujourd'hui ! Le sujet, c'était « Comment maintenir des ventes à la hausse dans une conjoncture économique incertaine ». Je peux même vous fournir une brochure récapitulative si vous ne me croyez pas.

Comme si elle n'avait pas perçu la note de sarcasme qui pointait dans la voix de Mia, Abrams griffonna quelque chose sur un petit calepin.

— Si nous en éprouvons le besoin, nous vous la demanderons, fit-elle tout en refermant son carnet pour le ranger dans son attaché-case avant de se lever de son siège. Professeur Winslow, nous allons avoir besoin d'une photo récente de votre épouse.

— Vous n'avez qu'à aller faire un tour sur la page d'accueil de l'agence, fit Mia. Vous en trouverez une sans problème.

Policzki fouilla dans la poche intérieure de sa veste, laissant brièvement entrevoir la crosse de son revolver de service qui dépassait de son holster. Il sortit deux cartes de visite assorties d'un stylo, en tendit une à Mia et nota au verso de l'autre l'adresse Internet du site de l'agence Winslow & DeLucca.

— Ce sera tout pour le moment, conclut l'inspecteur Abrams. Je présume que vous et votre frère serez disponibles si nous avons d'autres questions à vous poser ?

Ce n'était pas vraiment une question. Mia prit même ça pour un avertissement. Elle adressa un regard peu amène à l'inspecteur Abrams puis à son collègue dont les traits réguliers n'avaient toujours pas exprimé le moindre sentiment.

— Et ensuite ? Qu'est-ce qui va se passer ?

— Nous allons poursuivre notre enquête en espérant découvrir une piste sérieuse. Nous vous contacterons si jamais nous estimons devoir vous mettre au courant de quoi que ce soit. Bien entendu, nous apprécierions que vous fassiez de même de votre côté. Si vous pensez à quelque chose, même si cela vous paraît minime ou totalement insignifiant, surtout, n'hésitez pas à nous appeler à n'importe quelle heure. Ah ! J'allais oublier une chose, encore : nous aurions besoin que vous établissiez une liste détaillée des connaissances de Kaye Winslow. Cela inclut ses amis, ses collègues, bref, tous les gens qu'elle voit régulièrement ou qui occupent une place importante dans sa vie. Avec leurs noms, leurs adresses et leurs numéros de téléphone si vous les connaissez. Le plus tôt sera le mieux, évidemment.

Mais bien sûr ! songea Mia avec impatience. Comme si c'était une simple formalité ! Pour qui se prenait-elle, cette policière aux allures de cerbère, avec ses exigences aberrantes ? Enfin, mieux valait ne pas montrer à quel point tout cela la mettait sur les nerfs, se dit la jeune femme tout en raccompagnant les deux inspecteurs à la porte.

Abrams sortit sans même lui dire au revoir. Quant à Policzki, il marqua une courte pause sur le seuil. Son regard intense croisa celui de Mia et le temps parut s'arrêter brusquement.

— Bonne fin de soirée, fit-il d'un ton plus chaleureux que celui qu'il avait employé jusque-là.

— Mmm, répondit Mia, un peu abasourdie par cette volte-face soudaine. A vous aussi.

Reprise par son exaspération de tout à l'heure, elle claqua violemment la porte sur les deux policiers.

La maison semblait calme — trop calme. Même le bruit de la circulation provenant de la rue Tremont toute proche paraissait assourdi. Sam, qui s'était levé au départ des inspecteurs, était revenu dans le salon. Il était pâle à faire peur, et ses cheveux tout ébouriffés n'arrangeaient rien à son allure générale : il avait tout d'un homme frappé par la foudre.

— Je… je peux t'offrir un verre ? proposa-t-il à sa sœur d'une voix mal assurée. Un peu de vin ? Quelque chose de plus fort ? Tu dois en avoir besoin, vu ta tête.

— Je pourrais te renvoyer le compliment, rétorqua Mia. Et oui, je veux bien un whisky, si tu en as. Qu'est-ce que c'est que cette foutue histoire, Sam ?

Il se dirigea vers le bar où il prit deux verres à apéritif dans lesquels il laissa tomber des glaçons avant d'y verser deux doigts de scotch hors d'âge.

— Je n'en sais rien du tout, répondit-il, l'air toujours aussi perdu, en tendant un verre à sa sœur.

— C'est qui, ce macchabée ? Est-ce qu'il y a quelque chose que j'ignore ? Dis-moi, Sam !

Il s'assit juste en face d'elle, dans le fauteuil que Lorna Abrams occupait quelques instants plus tôt.

— Bien sûr que non, répondit-il.

Mais il avait eu un moment d'hésitation presque imperceptible qui n'avait pas échappé à Mia. Pas plus que la façon dont il avait rapidement détourné les yeux.

Une main de glace la saisit à la gorge, et elle dut forcer sa voix pour insister :

— Sam ?

Fermant les paupières, il laissa échapper un long soupir épuisé. Puis il rouvrit les yeux, sans pour autant la regarder en face.

— Bon, d'accord, admit-il d'un air las. Autant que je te raconte tout. Nous avons eu une terrible dispute l'autre soir.

Il s'arrêta, apparemment obnubilé par le léger tintement des glaçons dans son verre d'alcool.

— Je lui ai dit des choses affreuses. Ce n'était que la vérité, mais…

Il soupira de nouveau, porta le verre à ses lèvres et le vida d'un trait.

— Bref, je ne leur en ai pas parlé.

— Aux policiers ? Mais pourquoi ?

Les yeux de son frère vinrent enfin se poser sur elle. Ils reflétaient un tel abattement qu'elle en eut la gorge serrée.

— Pas la peine d'ajouter à la confusion, marmonna-t-il. Je ne veux pas qu'Abrams et Policzki perdent leur temps à se concentrer sur moi. Il faut d'abord qu'ils retrouvent Kaye.

Mia le fixa sans comprendre. Quelque chose clochait dans son raisonnement — ou alors, elle était trop fatiguée pour suivre.

— Et pourquoi crois-tu qu'ils se concentreraient sur toi ?

— C'est une blague ? Tu sais bien que l'on commence toujours par soupçonner le mari dans ce genre d'affaire. Et il se trouve que je n'ai pas d'alibi valable pour le créneau qui les intéresse. Si seulement j'avais su que Kaye disparaîtrait, je me serais débrouillé pour en fabriquer un ! ajouta-t-il avec un petit rire sans joie.

— Oh, Sam !

— Heureusement que maman n'est plus là pour voir ça : ça l'aurait tuée sur le coup, dit-il d'un air sombre.

Leur mère était morte prématurément. La vie avec Johnny Winslow avait sûrement hâté sa fin, ce que Mia reprocherait longtemps à son père. Mais il était inutile de ressasser le passé : le décès de leur mère n'avait rien à voir avec la situation dans laquelle ils se trouvaient aujourd'hui. C'était juste une tentative de Sam pour détourner l'attention de sa sœur.

— Ça y est, encore une fois, tu t'apitoies sur toi-même ! lui fit-elle remarquer.

— Pour le coup, c'est vrai ! Je m'apitoie nettement sur mon sort, mais il y a de quoi ! Hier encore, mon existence se déroulait tranquillement, sans heurt. Peut-être était-elle un peu ennuyeuse, mais au moins c'était sécurisant de savoir où j'allais. Alors qu'aujourd'hui ma femme a disparu, elle est peut-être impliquée dans un homicide, et je ne peux même pas dire tout ce que je voudrais à la police par crainte de me retrouver avec des menottes aux poignets !

— Tu penses que sa disparition peut avoir un rapport avec votre dispute ?

— Si tu veux la vérité, je ne suis plus sûr de rien.

— De quoi s'agissait-il ? Je veux dire, votre dispute, c'était à quel propos ?

Il leva les yeux vers sa sœur, l'air suppliant.

— Je t'en prie, laisse-moi au moins une parcelle de dignité, même infime ! Disons que ce n'était pas beau à voir ni à entendre, point final.

— Et depuis quand les disputes devraient-elles être belles ? rétorqua Mia, un peu vexée par son refus de se confier à elle. Tu ne veux pas m'en parler, soit. Mais pourquoi ne pas l'avoir dit à la police, si tu n'as rien à cacher ?

Elle s'interrompit, lança un long regard interrogateur à son frère, puis reprit plus lentement :

— Tu n'as rien à cacher, n'est-ce pas, Sam ? Tu me le jures ?

— Enfin, Mia, c'est insensé comme question ! On dirait que tu ne me connais pas !

Elle croyait le connaître. Mais ce soir son attitude était pour le moins bizarre. Avait-il des problèmes de couple ? Des ennuis dont elle n'avait pas entendu parler jusqu'à présent ? Elle avait pourtant cru leur relation solide. Ni l'un ni l'autre ne lui avait jamais donné la moindre raison de penser le contraire.

Mais maintenant, avec ses remarques sibyllines, il avait semé le doute dans son esprit. Elle eut envie d'insister, de le pousser dans ses retranchements, de le secouer comme un prunier pour lui faire cracher la vérité. Mais elle le connaissait assez bien pour savoir que ça ne servirait à rien. S'il avait voulu la mettre au courant, il l'aurait fait depuis longtemps. Inutile donc de se montrer indiscrète. Au lieu de le harceler de questions, elle changea donc de sujet :

— Tu as parlé de tout ça à Gracie ou pas encore ?

Sam secoua la tête en signe de dénégation.

— Elle est là-haut. Il va falloir la mettre au courant, ne serait-ce que partiellement, non ?

— Bien sûr. Tu veux que je m'en charge ?

Dans les yeux bleus de son frère, Mia lut une lueur de soulagement. Mais il réagit comme un père devait le faire, et elle lui sut gré de son effort.

— Non, mais merci quand même. C'est ma fille : c'est à moi de lui annoncer la nouvelle.

— Comment comptes-tu t'y prendre ?

— Je ne sais pas. Je ne suis pas sûr de trouver les mots adéquats. Je ne sais même pas ce que je vais pouvoir faire dans les jours qui viennent, alors…

Il se leva pour aller se servir un autre verre. Cette fois,

il n'atténua même pas la force de l'alcool par le moindre petit glaçon.

— Je dois aller travailler demain matin, quoi qu'il arrive. J'ai des cours à donner, des copies d'examen à corriger, des réunions à préparer… Le monde ne va pas s'arrêter sous prétexte que ma femme a disparu.

Pour la première fois depuis le coup de téléphone de la police, Mia entrevit l'énormité de la situation qui leur était brusquement tombée dessus. Avec lenteur, elle reposa le verre auquel elle n'avait même pas touché.

— Je crois vraiment que tu devrais mettre la police au courant de votre dispute, fit-elle d'un air songeur. Il vaudrait mieux qu'ils apprennent ça de ta bouche plutôt qu'indirectement, à cause d'une indiscrétion de l'un de tes voisins.

— Et comment diable veux-tu que je m'y prenne ? lança-t-il en fourrageant de plus belle dans sa chevelure déjà hirsute. Tu crois que je peux appeler cet inspecteur Abrams et lui annoncer comme ça, la bouche en cœur, que j'ai juste oublié un petit détail dans mes déclarations ? C'est ça ? Ça va prendre des dimensions faramineuses, et je n'y aurai rien gagné !

— De toute façon, Abrams ne sera pas très contente d'apprendre ça après coup, que ça vienne de toi ou de quelqu'un d'autre. Mais si jamais elle l'apprend par une tierce personne elle va penser que tu as des choses à te reprocher. Et, comme tu le suggérais tout à l'heure, elle va perdre un temps précieux à essayer de prouver que tu as une part de responsabilité dans la disparition de Kaye. Un temps qui devrait plutôt être consacré à chercher ce qui s'est vraiment passé. On ne sait pas qui est cet homme qu'on a retrouvé mort. Ni où se trouve Kaye à l'heure actuelle. Si jamais quelqu'un l'a enlevée — le vrai coupable, par exemple…

Mia s'interrompit, le temps de raffermir un peu sa voix qui tremblait d'inquiétude. Lorsqu'elle reprit la parole, elle eut l'impression qu'une autre personne parlait à sa place, tant ce qu'elle disait lui semblait fou.

— Le temps est précieux, Sam, répéta-t-elle avec gravité. Et il risque de faire cruellement défaut si nous ne mettons pas tout en œuvre pour faire avancer l'enquête.

Gracie Lee Winslow était grosse.

Kaye n'arrêtait pas de lui dire que ce n'était qu'une question de point de vue, qu'elle se faisait des idées, mais Gracie le savait bien : elle était grosse. Ça lui sautait au visage chaque fois qu'elle se regardait dans la glace : elle était grassouillette et trapue. Et moche aussi. Affreuse, même. Pour essayer de limiter les dégâts, Gracie avait suivi à peu près tous les régimes existant sur terre : le fameux régime Atkins, le régime de South Beach, des régimes sans graisses, sans hydrates de carbone, des régimes à base de pamplemousse, de pastèque, des régimes végétariens… Elle avait même tenté de se priver complètement de nourriture ou de suivre un régime complètement dingue inspiré de la Bible, selon lequel on avait le droit de consommer uniquement des nourritures mentionnées dans les Ecritures ! Elle s'était inscrite à un programme Weight Watchers sur Internet ; elle avait acheté une vidéo d'aérobic complètement gay (elle ne s'en était rendu compte qu'après visionnage, évidemment) qu'elle avait utilisée pour faire des exercices à outrance, jusqu'à ce qu'elle se sente sur le point de tomber dans les pommes. Elle avait même testé les laxatifs pendant un moment. Mais, quoi qu'elle fasse, rien ne semblait pouvoir modifier l'apparence répugnante que lui renvoyaient les miroirs. Tout ce qu'elle voyait d'elle la dégoûtait : depuis ses joues d'écureuil jusqu'à son ventre boudiné qui faisait une bosse disgracieuse au lieu de s'incurver élégamment, en passant par ses cuisses rebondies qui frottaient l'une contre l'autre quand elle marchait.

Gracie détestait aussi son nez trop grand, ses cheveux frisottés, son école privée snob et prétentieuse avec ses régiments de filles toutes minces, au visage et aux cheveux parfaits, au corps et aux vies impeccables. Elle détestait ne plus avoir de mère, tout comme elle détestait avoir un père qui faisait à peine attention à elle. Oui, Gracie Winslow détestait le moindre aspect de sa pitoyable existence.

En particulier, elle haïssait sa belle-mère.

Si Kaye avait été un peu plus gentille, Gracie aurait peut-être toléré sa présence. Mais il y avait chez cette femme quelque chose de profondément malhonnête. Bien sûr, elle comprenait parfaitement que son père ait été séduit au point de vouloir l'épouser : elle n'était pas sotte, tout de même. Tout comme les filles de son école, à leur niveau, sa belle-mère était époustouflante de beauté et de sensualité. Elle suait le sex-appeal par tous les pores de sa peau de pêche. Comme si elle s'était parfumée aux phéromones. Quel homme aurait pu résister ? Ils étaient tous pareils : il leur fallait du sexe. Du coup, ils se retrouvaient pieds et poings liés dès qu'une créature du genre de Kaye pointait le bout de son nez.

Rien que d'y penser, Gracie avait envie de vomir.

Depuis deux ans et sept mois très exactement, sa belle-mère s'ingéniait à lui pourrir la vie. Comme Casper le fantôme, Kaye la suivait silencieusement dès qu'elle le pouvait. Sauf que ce n'était pas pour la protéger, mais bien pour l'espionner. Quand elles se trouvaient toutes les deux à la maison, Kaye écoutait aux portes, inventait des excuses pour venir déranger sa belle-fille à tout moment… bref, elle lui rendait la vie impossible. Et tout ça avec cet air supérieur qui énervait tellement l'adolescente ! Une fois, la seconde femme de son père s'était glissée en douce dans la chambre de Gracie pendant qu'elle était en classe pour fouiller dans son sac à la recherche de Dieu sait quoi. Elle s'en était rendu compte parce que tout était dérangé à l'intérieur. La peste que son père avait épousée s'était même permis de vérifier la liste des appels passés et reçus par Gracie sur son portable, pour savoir à qui elle avait parlé récemment. Quelle sale bonne femme ! Nul doute qu'elle aurait aussi lu tous les e-mails de sa belle-fille si cette dernière n'avait pas mis un mot de passe pour restreindre l'accès aux données de son ordinateur personnel.

C'était vraiment rageant ! A quinze ans, Gracie avait tout de même le droit à une certaine intimité. Mais Kaye semblait décidée à découvrir tous les petits secrets que Gracie préservait jalousement.

Enfin ! Si cette saleté de Kaye se croyait toute-puissante, elle se trompait lourdement, parce que Gracie n'était pas la seule dans cette famille à avoir des secrets. Sa chère belle-mère n'était pas en reste, loin de là. Et ses secrets à elle étaient nettement plus graves. A vrai dire, si jamais le père de Gracie en avait vent, leur mariage volerait vite en éclats.

Grâce au parquet qui recouvrait le sol de sa chambre, Gracie était aux premières loges pour écouter tout ce qui se passait au rez-de-chaussée. Il lui suffisait de rouler le tapis persan pour coller son oreille sur les lattes du plancher, et elle entendait tout. Elle avait ainsi réuni pas mal d'informations sur sa belle-mère. Et c'était plutôt moche pour tout dire.

Mais tout cela n'était rien du tout comparé à ce qu'elle venait d'entendre. Là, c'était du sérieux : une vraie panade.

Quand les flics avaient sonné à la porte, elle avait paniqué : elle s'était dit qu'ils venaient pour elle. Qu'ils savaient ce qu'elle avait fait. Mais ce n'était pas ça du tout, en fait. Quelque chose de terrible s'était produit aujourd'hui : Kaye avait disparu, et un homme avait été retrouvé mort. Ils avaient parlé de pistolet. De meurtre. Et Gracie avait la désagréable impression que c'était peut-être à cause d'elle que toute cette histoire avait été déclenchée.

Il devait juste suivre Kaye. Rassembler le maximum d'informations sur ses déplacements, ses rendez-vous, sa vie en dehors de la maison. Gracie lui avait pourtant donné des instructions très strictes : *Sois discret. Quoi qu'il arrive, ne te fais pas remarquer. Il ne faut surtout pas qu'elle se rende compte que tu la suis.*

Quelque chose avait dérapé quelque part. Son père était en bas, dans le salon, en train de faire les cent pas et de boire du whisky direct au goulot. Ce n'était pas bon signe : papa n'était pas particulièrement porté sur la bouteille, et cet alcool-là était vraiment dégueu — tellement fort que ça vous arrachait la bouche. Elle le savait bien : elle allait en piquer en douce une gorgée de temps en temps depuis ses treize ans. Plus exactement, depuis la première fois où papa avait ramené cette bonne femme à la maison et qu'il lui avait lancé un regard qu'elle n'oublierait jamais. On aurait dit qu'il reluquait une grosse brochette de viande appétissante.

Ce soir-là, la vie de Gracie avait basculé sur la mauvaise

pente. C'était aussi la première fois de sa vie qu'elle s'était pris une cuite. Une vraie de vraie, qui l'avait complètement déchirée. Le lendemain, elle s'était réveillée avec une gueule de bois atroce. Heureusement, elle s'était forcée à émerger assez pour remplir la bouteille avec de l'eau, de manière à ce que personne ne remarque la baisse de niveau.

Pour le moment, il y avait plus urgent. Et plus grave aussi. Elle remit le tapis en place, se releva et s'installa à son bureau pour se connecter sur son ordinateur portable dernier cri.

Pourvu qu'il soit en ligne ! songea-t-elle.

Les doigts tremblants d'impatience, elle entra ses coordonnées pour vérifier s'il était disponible.

Magnum357 n'est pas connecté.

Gracie laissa échapper un profond soupir. La peur panique qu'elle avait senti monter en elle s'était intensifiée d'un bon degré. Elle déglutit avec difficulté. Elle n'avait pas d'autre moyen de le joindre. Ça ne faisait que deux mois qu'ils traînaient ensemble, et elle ne connaissait ni son adresse réelle ni son numéro de portable. Tout ce qu'elle avait comme info sur lui, c'était son pseudo sur Internet — Magnum357 — et son vrai prénom — Carlos. Enfin, c'était le nom qu'il lui avait donné. Mais c'était peut-être du pipeau.

Non, décidément, tout ça ne lui disait rien qui vaille. C'était la cata complète. Si jamais papa apprenait qu'elle avait eu des rendez-vous avec Carlos, un type qu'elle ne connaissait pas vraiment, qui avait largement dépassé la vingtaine et qui pouvait donc s'avérer dangereux pour elle, elle serait privée de sortie pour les trente prochaines années. Et si les flics apprenaient qu'elle savait peut-être quelque chose sur la disparition de Kaye… Bon, elle n'était pas du tout sûre qu'il y ait un lien entre ce qu'elle avait fait et cette histoire, mais si les inspecteurs qui étaient venus chez elle ce soir découvraient la mission qu'elle avait confiée à Carlos, ils la soupçonneraient du pire, c'était sûr. Et elle irait peut-être en prison. Pour un bon bout de temps. Même si elle était encore mineure.

Dans tous les cas, elle n'avait rien à gagner et tout à perdre. Dans quelle galère était-elle donc allée se fourrer ? Tôt ou tard, la vérité apparaîtrait, et on saurait ce qu'elle avait demandé à Carlos. Alors là, elle serait dans la merde jusqu'au cou.

Bref, quoi qu'il arrive, elle était grillée. Carbonisée, même.

4.

— Tu es rentré tard la nuit dernière.

Doug Policzki se tenait debout dans le soleil matinal qui pénétrait à travers la fenêtre de la cuisine. Il gardait exprès les yeux fixés sur le grille-pain couleur argent, comme s'il voulait être sûr que les deux prochains toasts de pain de mie complet seraient parfaitement cuits.

— Nouveau dossier, fit-il juste au moment où l'appareil livrait sa cargaison avec un bruit discret.

Il sortit ses deux tranches de pain impeccablement dorées, rejeta sa cravate derrière son épaule pour éviter de la salir et saisit le couteau à beurre.

— Quand est-ce que tu vas trouver le temps de tondre la pelouse ? Le jardin commence à ressembler à une jungle.

Policzki ouvrit le lave-vaisselle pour y déposer précautionneusement le couteau qu'il avait fini d'utiliser.

— Je ne sais pas trop, répondit-il d'un air ennuyé. C'est un cas assez complexe qui risque de me prendre pas mal de temps, et…

— C'est toujours des cas complexes !

Il sentit une pointe de culpabilité le tirailler désagréablement. Sa mère avait raison, comme toujours. Depuis sa plus tendre enfance, on lui avait inculqué la notion selon laquelle ses obligations premières allaient à sa famille, parce que c'était à elle qu'il devait d'avoir été élevé convenablement, nourri, logé et éduqué comme un être humain civilisé.

Jusque-là, il s'était toujours comporté comme un fils digne de ce nom. Quand son père était mort, il était revenu s'occuper de sa mère. Mais depuis deux ans il avait tendance à négliger ses devoirs filiaux. Pour être honnête, son travail au département des homicides accaparait la plupart de ses journées, et même de ses soirées. Il estimait donc normal que sa mère ne soit pas très contente de ce nouveau rythme de vie. En somme, au lieu de lui accorder la première place, il la reléguait au deuxième, voire au troisième rang de ses préoccupations : derrière les cadavres de gens qu'il ne connaissait ni d'Eve ni d'Adam et les témoins de meurtres qui ne le touchaient absolument pas sur un plan personnel. Il y avait de quoi se vexer !

— Peut-être que Bernie pourrait s'en charger ? suggéra-t-il sans grande conviction. Ou alors, un des garçons ?

Debbie, la sœur aînée de Doug, vivait à trois numéros de là avec son mari Bernie ; ils possédaient une tondeuse flambant neuve, et leurs fils, deux adolescents costauds comme tout, auraient très bien pu s'occuper du jardin de leur grand-mère. Seulement, ils ne levaient pas le petit doigt pour elle. En l'occurrence, ils auraient tout de même pu faire un petit effort pour venir tondre cette maudite pelouse avant qu'elle n'atteigne une hauteur vraiment démesurée : elle montait déjà largement au-dessus du genou.

D'un air exaspéré, Linda Policzki protesta avec véhémence :

— Et ça ne te tracasse jamais, hein ?

Policzki lui lança un regard interloqué avant de couper ses toasts en triangle d'un geste précis et rapide.

— Quoi ? La jungle dans le jardin ?

— Oh, pour l'amour du ciel, tu sais très bien que je ne parle pas de ça ! s'exclama sa mère en levant les bras au ciel, abandonnant momentanément la préparation de pain de viande sur laquelle elle s'échinait sans doute depuis une bonne heure.

Devant le regard assassin qu'elle lui lançait, Doug se sentit redevenir tout petit et eut envie de se réfugier dans sa chambre. Ce n'était pas bon signe quand Linda Policzki vous regardait comme ça.

— Je veux parler du fait que tous les gens que tu rencontres dans ton travail sont des macchabées ! lança-t-elle avec force.

— Ah, ce n'est que ça ! fit Doug avec un soupir de soulagement. Mais voyons, m'man, je rencontre aussi plein de gens vivants !

— Ah oui, parlons-en, tiens ! s'esclaffa Linda Policzki d'un air suprêmement méprisant. Des flics et des assassins : belles fréquentations, en vérité !

— Tu oublies les avocats, les juges, et aussi..., commença Policzki avant de s'interrompre in extremis pour mordre dans son toast.

Il avait failli mentionner le nom de Mia DeLucca : elle lui avait fait une forte impression la veille au soir, avec son allure follement élégante et son physique de rêve. Seulement, de son côté, elle semblait plutôt le considérer comme un objet vaguement répugnant.

— Et aussi des tas d'autres personnes, conclut-il de façon vague.

— En effet, tu rencontres plein de gens intéressants. Et

je ne doute pas que vos conversations mondaines soient particulièrement brillantes, surtout si elles tournent essentiellement autour des rapports d'autopsie ou autres abominations de ce genre.

— Ce sont des collègues, m'man, fit Policzki pour la énième fois. Des relations de travail. Nous n'avons pas l'habitude d'engager des conversations *mondaines*, comme tu dis.

Linda Policzki se concentra de nouveau sur sa tâche, avec tant de vigueur que son fils se demanda si elle ne se vengeait pas sur la viande. D'autant qu'il ne serait vraisemblablement pas là pour apprécier le repas qu'elle lui confectionnait de si bon matin. Une nouvelle fois, il ressentit la morsure familière de la culpabilité, et se demanda si sa mère ne faisait pas exprès de lui mettre la pression. En fait, elle voulait qu'il se sente coupable : c'était ce qui la maintenait en forme. Elle avait besoin de se plaindre constamment.

Au moins, se dit Doug avec une certaine amertume, il pouvait se vanter d'exceller dans le statut peu enviable du bouc émissaire. C'était rassurant, dans un certain sens, de se savoir performant dans un domaine. Mais de temps en temps il aurait tout de même apprécié que sa mère se trouve quelqu'un d'autre à torturer. Pourquoi pas l'une de ses sœurs ? Il en avait trois, que diable ! Pourquoi ne se mêlerait-elle pas de leurs affaires pour changer ? Toutes étaient mariées, et à elles trois elles avaient donné sept petits-enfants à Linda. Pourquoi ne s'occupait-elle pas de ses descendants au lieu de l'enquiquiner, lui ? Cela aurait suffi à remplir ses journées. Surtout si elle s'était concentrée sur Jake et Jesse, les deux fils de Debbie et Bernie, qui auraient eu bien besoin d'une main un peu plus ferme pour les remettre dans le droit chemin. Leurs parents étaient avocats tous les deux, ce qui signifiait que l'éducation de leurs deux rejetons avait pour l'essentiel été confiée à une série de gouvernantes plus ou moins qualifiées. Peu de règles fixes, encore moins de discipline — bref, les garçons auraient pu tirer des avantages non négligeables de l'influence de leur grand-mère.

Peine perdue : Linda Policzki avait visiblement décidé que sa mission principale était de concentrer toute son attention, toute son énergie sur une seule et unique personne : son fils, le plus jeune de ses quatre enfants.

Quelques mois plus tôt, il avait voulu lui offrir une croisière de luxe. Il y croyait tellement qu'il s'était même fait des films façon romance à l'ancienne : ç'aurait été tellement charmant d'apprendre que sa mère avait rencontré un homme de son âge, veuf évidemment, à bord du paquebot où il lui aurait loué une cabine pour découvrir les mers exotiques ! Ils seraient tombés follement amoureux tous les deux, et elle aurait pu recommencer une nouvelle vie. Ils seraient partis comme deux jeunes mariés pleins de fougue explorer le monde pour une lune de miel sans fin… Doug s'était imaginé quelle étonnante aventurière sa mère pourrait devenir, en tenue de randonneuse pour gravir les pentes montagneuses de l'Himalaya ou en burnous oriental pour traverser le désert à dos de chameau, aux côtés de l'homme qu'elle aurait choisi pour couler des jours heureux et bien remplis. C'était tout à fait son style : elle était forte et solide comme un roc. Et elle aurait fait le bonheur de n'importe quel grand-père prêt à redonner un peu de sel à son existence.

Il avait rapporté toute une pile de brochures spécialisées à la maison, mais elle lui avait ri au nez en criant haut et fort qu'elle ne pouvait tout simplement pas le laisser tout seul : il avait besoin d'elle, et elle ne comptait pas faillir à ses devoirs de mère. Point final.

Policzki se demandait parfois s'il ne s'était pas fait avoir sur toute la ligne. Il était revenu s'installer au domicile de ses parents pour s'occuper de sa mère devenue veuve, mais la plupart du temps c'était plutôt sa mère qui s'occupait de lui. A tel point qu'il en venait à soupçonner ses trois sœurs de l'avoir mené en bateau. Quand elles s'étaient réunies pour le supplier de revenir prendre soin de leur mère, elles avaient sans doute prévu que cette dernière se montrerait particulièrement dirigiste et têtue.

Sans lever les yeux du pain de viande qu'elle était en train de transférer dans un moule pour le faire cuire, Linda Policzki reprit la parole :

— J'ai une faveur à te demander.

Doug se figea sur place, sa tasse de café à mi-chemin entre la table et sa bouche entrouverte. Même l'atmosphère de la cuisine avait brusquement changé. De toutes ses forces, il pria intérieurement pour que ce ne soit pas ce qu'il soupçonnait.

Non ! hurla-t-il en silence. *Je t'en prie, maman, arrête ! Tu n'as pas le droit de me faire ça. Pas cette fois ! Arrête, par pitié…*

Mais il était déjà trop tard.

— Brenda Petrucci a reçu la visite de sa nièce, fit Linda de cet air innocent qui hérissait invariablement le poil de Doug. Elle s'appelle Melissa, et c'est la première fois qu'elle vient à Boston. Brenda m'a dit que c'était une fille adorable. Peut-être un peu timide, ce qui n'a rien d'étonnant puisqu'elle a été élevée dans une ferme au fin fond de l'Iowa. En tout cas, elle a fait des études : elle vient de décrocher son diplôme de vétérinaire. Comme Brenda ne connaissait personne de l'âge de Melissa à Boston, je lui ai dit que tu serais ravi de l'emmener en ville, histoire de lui faire visiter les endroits les plus intéressants.

Doug ferma les yeux, accablé.

— M'man ! soupira-t-il.

— Quoi ? Qu'est-ce qu'il y a ? rétorqua Linda. Tu es trop important et trop occupé pour accorder une toute petite faveur à ma meilleure amie, c'est ça ?

— Mais non, tu sais bien que ce n'est pas ça…

— C'est quoi, alors ?

— J'aimerais que tu arrêtes de jouer les marieuses. Je suis tout à fait capable de trouver moi-même une partenaire.

— Jouer les marieuses ? Mais je ne joue pas les marieuses du tout. Je voudrais juste aider ma plus ancienne amie, voilà tout. D'ailleurs, j'ai aussi demandé à ta sœur d'inviter cette petite à dîner. Tu trouves que c'est *jouer les marieuses*, toi ?

— Arrête de noyer le poisson, m'man. Sérieux. Je commence à te connaître. J'ai trente ans, alors il serait grand temps que tu arrêtes de me traiter comme si j'en avais douze.

L'air boudeur, Linda se lava consciencieusement les mains au robinet de la cuisine avant de les sécher à l'aide d'un torchon propre.

— Très bien, puisque ça a l'air de t'ennuyer à ce point, tu n'as qu'à dire non, voilà tout, fit-elle, la bouche pincée. Brenda sera très déçue, mais elle comprendra quand même.

— M'man, voyons, je viens de te dire que j'avais sur les bras une affaire compliquée. Un cadavre non identifié, plus une disparue qui pourrait être soit la coupable, soit la victime d'un homicide. Même si j'arrivais à trouver un créneau dans mon emploi du temps pour m'occuper de ta Melissa, de quoi est-ce que je pourrais bien lui parler ? Je ne connais rien à la médecine vétérinaire, et je doute fort que les procédures d'usage dans les enquêtes pour meurtre lui soient familières.

— Mais oui, tu as raison, j'ai bien compris ! rétorqua Linda sans quitter son air contrarié. Je vais dire à Brenda que tu ne peux pas t'occuper de sa nièce, c'est tout. Il faudra qu'elle se débrouille autrement — comment, je ne sais pas, mais bon…

Doug ferma les yeux. Comme toujours, avec sa mère, la partie était perdue d'avance. Et il le savait, c'était ça le pire.

— Je n'ai jamais dit que je ne m'occuperais pas de Melissa…, marmonna-t-il à contrecœur.

— Merci, je savais que je pouvais compter sur toi, répondit Linda vivement, comme si elle craignait qu'il ne change d'avis.

Puis, sur ces mots, elle prit la tête de son fils dans ses mains pour l'obliger gentiment à lui faire face. Mais au lieu de se sentir réconforté par ce geste familier il eut l'impression soudaine qu'un nœud coulant se refermait autour de son cou.

— Je ne te demande pas de l'épouser, cette fille, ajouta Linda d'une voix apaisante. Je voudrais juste que tu passes un peu de temps avec elle pour apprendre à la connaître. Qu'elle puisse s'offrir un peu de bon temps en ta compagnie.

Il n'osa pas lui demander ce qu'elle entendait par « s'offrir du bon temps ». Jusqu'où était-il censé aller avec la nièce de Brenda Petrucci fraîchement émoulue de l'école vétérinaire qui débarquait de sa ferme de l'Iowa ? Il était sans doute préférable qu'il ne pose pas cette question : il n'aurait sûrement pas apprécié la réponse de sa mère.

Enfin, il allait obéir. Comme toujours. Après tout, ça n'était pas dangereux, comme mission. Il pouvait bien emmener la nièce campagnarde de cette chère Brenda voir une ou deux pièces de théâtre, visiter le musée des Beaux-Arts et peut-être faire une minicroisière dans le port. Ça ferait plaisir à sa mère et, du même coup, il se sentirait un peu déchargé de ces satanées obligations familiales qu'il avait du mal à respecter.

Doug prit sa Thermos pleine de café avant de se pencher vers Linda pour déposer un baiser sur sa joue lisse et délicatement parfumée.

— Dis à Brenda qu'à moins qu'une nouvelle mort violente ne se produise dans mon secteur je serai ravi d'emmener sa nièce en ville. Et pour la pelouse je vais appeler l'un des fils de Debbie. Ah ! Et ne m'attends pas pour dîner ce soir : je risque fort de ne pas être rentré à une heure raisonnable.

Il avait déjà atteint la porte quand sa mère lui lança :

— Tu croyais quoi ? Que j'allais être surprise ? Je m'en doutais, figure-toi…

Sam Winslow déverrouilla la porte de son bureau et appuya sur l'interrupteur. Les néons du plafond crachotèrent avant de répandre leur lumière crue et bleutée sur l'espace réduit dont il disposait. Dans la pièce cubique couleur cendre, il y avait juste assez de place pour sa table de travail, une armoire où il classait ses cours, une étroite bibliothèque et une unique chaise raide et inconfortable dont l'horrible couleur mauve aurait dû suffire à décourager les visiteurs les plus tenaces.

Sam déposa sur son bureau encombré de paperasse le café qu'il avait pris chez McDonald's, laissa tomber les dossiers d'examen qu'il avait récupérés dans son casier et referma soigneusement la porte derrière lui. Il espérait que personne ne l'avait repéré sur le court trajet qui séparait la salle des professeurs de son bureau personnel. L'histoire de l'homicide non identifié et de l'agent immobilier évanoui dans la nature avait fait la une des journaux locaux ce matin, et il n'avait même pas pu prendre son petit déjeuner tranquillement parce que le téléphone n'avait cessé de sonner. C'était un véritable harcèlement : entre les journalistes en mal d'informations exclusives et les amis qui avaient appris la nouvelle et qui voulaient lui témoigner leur sympathie, il avait dû répondre à une bonne dizaine de coups de fil, ce qui n'avait pas arrangé son humeur. La dernière chose dont il avait besoin, c'était d'une rencontre avec un collègue qui n'aurait qu'une envie : discuter de cette déplaisante affaire. S'il ne se cachait pas dans son bureau, il était certain que Nikki Voisine, la nouvelle prof de français, viendrait lui tirer les vers du nez avec son insistance coutumière.

Il n'avait pratiquement pas fermé l'œil de la nuit. Qui aurait pu dormir sur ses deux oreilles dans les circonstances où il se trouvait ? Il revoyait sans cesse le visage de Kaye la dernière fois où ils s'étaient fait face, avec cette lueur accusatrice qu'il pouvait lire dans ses yeux… A présent, la culpabilité lui rongeait les entrailles à la manière d'un ver solitaire.

Depuis que les flics étaient venus chez lui, il n'en pouvait plus. Il se faisait l'effet d'une épave. Que savaient ces inspecteurs Abrams et Policzki exactement ? A qui avaient-ils parlé ? Sa propre sœur ne connaissait pas le fin mot de l'histoire, et il n'avait pas du tout l'intention d'en discuter avec elle. Il savait qu'il ne pourrait pas supporter la déception qu'il lirait sur son visage lorsqu'elle mesurerait l'étendue de sa faiblesse.

A moins qu'il ne trouve un moyen pour freiner l'enquête, Abrams et Policzki ne mettraient pas bien longtemps à découvrir la vérité sur lui. Et lorsqu'ils la mettraient au jour ce serait toute son existence qui s'en trouverait bouleversée — cette existence qu'il avait eu tant de mal à se construire et qui exploserait inévitablement, aussi sûrement que si on l'avait minée avec une tonne de TNT.

D'une main tremblante, Sam prit son gobelet de café pour en avaler une gorgée. L'ironie de sa réaction le frappa de plein fouet : au fond, la tremblote, c'était de son père qu'il la tenait, sauf que Johnny Winslow la devait à ses beuveries excessives et répétées. Mais lui non plus n'arrivait pas à tenir fermement sa tasse de café, le matin…

Sam secoua la tête, décidé à se reprendre en main. Il fallait qu'il cesse de trembler, de ressasser des idées noires en se demandant ce qui risquait d'arriver si les choses continuaient dans cette direction, mais aussi si elles changeaient du tout au tout. Il fallait qu'il mette un terme à ses ruminations, ou bien il deviendrait complètement dingue… Il devait absolument faire comme si tout était normal.

Oui, c'était ça, la solution. Il allait prétendre que tout était normal dans cette histoire. C'était si simple, finalement. Avec détermination, Sam sortit son stylo rouge de son sac, régla sa radio sur une chaîne de musique classique et se mit en devoir de corriger les examens qu'il avait ramassés la veille.

Ce n'était pas ce qu'il préférait dans le métier d'enseignant, mais c'était un passage obligé. Ses étudiants venaient d'horizons très différents, de classes d'âges variées, mais pour l'essentiel ils partageaient au moins une caractéristique commune : celle de n'être absolument pas préparés aux exigences de l'université. La plupart de leurs devoirs écrits étaient truffés de fautes d'orthographe. Pourtant, à un moment de leur vie, ils avaient tous obtenu leur diplôme de fin d'études secondaires. Mais ils se révélaient presque tous inaptes à produire la moindre page intelligente et même seulement intelligible. Du coup, quand il les récupérait en première, deuxième ou troisième année, Sam se voyait forcé de combler leurs gigantesques lacunes. Au lieu de se concentrer sur le contenu de leur premier devoir de l'année — un exposé de trois pages sur un sujet plus ou moins traité en cours —, il se retrouvait en train de leur apprendre les bases de la rédaction, avec force rappels de règles de grammaire.

Tout ça, il le savait depuis belle lurette. Habituellement, ça ne l'ennuyait pas outre mesure ; mais ce matin il n'arrivait pas à se concentrer. Impossible de se rappeler avec précision quels préceptes grammaticaux ses élèves bafouaient avec constance. Il n'arrivait même pas à se souvenir de la différence pourtant évidente entre les ordres dorique, ionique et corinthien de l'architecture antique. Pour la troisième fois en moins de cinq minutes, il se surprit à jeter un coup d'œil absent à sa montre. Avec un soupir, il reposa son stylo pour frotter ses yeux fatigués. Décidément, faire semblant que tout allait bien n'était pas la bonne solution. Il pouvait toujours essayer de donner le change : ça ne ramènerait pas la paix dans sa vie dévastée.

Hélas ! Qui blâmer pour cela, sinon lui-même ?

Il ouvrit le tiroir du bas de son bureau, et en sortit, cachée derrière les livres de promo de ces six dernières années, la photo encadrée de Rachel.

Kaye aurait été furieuse d'apprendre qu'il gardait un cliché de sa première femme sur son lieu de travail et qu'il le sortait régulièrement de sa cachette pour avoir de longues conversations avec son épouse décédée.

Même après tout ce temps, il avait mal rien qu'à la contempler. Pourtant, huit ans s'étaient écoulés depuis sa disparition ; mais sa blessure ne s'était jamais vraiment refermée. Chaque fois qu'il posait les yeux sur le doux visage de Rachel, il sentait son cœur saigner. Et aucun médicament ne pourrait soigner cela.

— J'ai vraiment tout bousillé, cette fois, hein ? fit-il d'une voix étranglée en s'adressant à la jeune femme qui souriait sur la photo. Bon sang, Rachel, comme j'aimerais que tu sois là pour me conseiller ! Remarque, je sais ce que tu me dirais : « Tire-toi de là, Sam Winslow. La vie est trop courte pour qu'on la gâche bêtement à se faire du souci. » C'est ce que tu me répétais quand il m'arrivait de broyer du noir. Et tu avais raison — du moins, en ce qui concerne la brièveté de la vie. Parce que, pour toi, on ne peut pas dire qu'elle ait été particulièrement longue.

Il marqua une courte pause avant de reprendre dans un murmure :

— J'ai peur, Rachel. Je ne sais pas ce que je dois faire. Tu sais, parfois, je me demande si je ne devrais pas porter un écriteau pour prévenir les femmes de ne pas s'intéresser à moi. Un truc du genre « N'épousez pas Sam : vous ne survivrez pas à un mariage avec lui ».

Rachel ne répondit pas. Elle ne disait jamais rien. Quoi qu'il lui confie, elle restait là, à lui sourire tendrement, sans le juger ni le condamner, avec tout l'amour du monde dans ses grands yeux sombres.

— Tout s'écroule autour de moi, poursuivit Sam. Mon mariage, ma vie professionnelle… Je suppose que ce n'est qu'une juste rétribution de mes fautes passées. Tu vois de quoi je veux parler, n'est-ce pas ?

Rachel continua à lui sourire gentiment. Avec un soupir, Sam pivota sur son siège pour contempler un nuage qui passait de l'autre côté de la fenêtre.

— Je me suis vraiment montré indigne comme mari. Je n'ai même pas fait le moindre petit effort. Ça en dit long sur mon caractère, hein ? Un homme qui laisse son mariage se désintégrer sans même essayer de recoller les morceaux, c'est qu'il ne s'est pas tellement investi dedans…

Quelqu'un frappa à la porte, arrachant à Sam une grimace de contrariété. S'il ne répondait pas, peut-être qu'on lui ficherait la paix ? Mais il se ravisa aussitôt : jusqu'ici, faire semblant ne lui avait pas précisément porté chance. Et puis, il ne pourrait pas faire le mort bien longtemps. Il valait mieux la jouer au culot s'il ne voulait pas avoir l'air encore plus coupable. Il rangea prestement la photo de Rachel à sa place, s'écarta du bureau et prit une voix ferme et assurée pour répondre à l'importun :

— Entrez !

La porte s'ouvrit sur le visage soucieux de Vince Tedeschi.

— Salut, fit-il d'un air compatissant. Je me disais que tu avais peut-être envie d'un peu de compagnie ?

Pas vraiment, faillit répondre Sam avant de se mordre les lèvres. Après tout, Vince était son ami. Il ne pouvait pas l'envoyer sur les roses.

— Je t'en prie, entre ! dit-il avec lassitude.

Après avoir refermé la porte derrière lui, Vince saisit la chaise à roulettes qui attendait contre le mur, lui fit faire un demi-tour et s'assit dessus à califourchon, les bras croisés sur le dossier violet, l'air sincèrement concerné.

— Je viens d'apprendre pour Kaye. C'est dingue, cette histoire. Tu as eu du nouveau ?

— Non.

— Eh ben, mon vieux, quel coup du sort ! Comment Gracie prend-elle la chose ?

— Gracie ? Pas de changement : elle reste muette comme une tombe. De toute façon, avec Kaye, elles ne se sont jamais très bien entendues, alors, si ça se trouve, elle est peut-être ravie de ce qui se passe. Je n'en sais strictement rien. De toute façon, elle prononce rarement plus de trois mots à la suite. De temps en temps, je me demande si elle ne me déteste pas, moi aussi.

— Mais non, elle ne te déteste pas ! C'est une ado, voilà tout. A cet âge-là, si tu appartiens à la classe « parents », tu peux faire ou dire ce que tu veux : tu seras toujours perdant. Tu peux me croire, je te parle d'expérience : Kari et Katie sont en plein dedans, et c'est à peine si elles se souviennent que j'existe. Enfin, à part quand elles ont envie qu'on leur offre un truc ; dans ce cas, elles n'hésitent pas à s'arrêter à la case « banque paternelle » pour piocher dans la cagnotte !

Il y eut un silence pendant lequel les deux hommes considérèrent pensivement le mystère de l'adolescence.

— Avec Gracie, ça ne se passe vraiment pas bien, avoua Sam d'un air triste. On ne peut même pas discuter de la moindre petite chose. Ça fait des années que ça dure. J'ai l'impression que je lui parle une langue inconnue.

— T'inquiète, ça finira par lui passer !

Vince se leva et resta planté devant Sam, visiblement mal à l'aise.

— Au fait, est-ce que la police a déjà une idée de ce qui a bien pu arriver à Kaye ?

— Pas que je sache. En tout cas, s'ils en ont une, ils se sont bien gardés de m'en faire part.

Vince remua les pieds d'un air gêné avant d'ajouter :

— Ecoute, si tu as besoin de rester un peu tranquille chez toi ou si Gracie se sent trop seule, tu sais qu'elle est la bienvenue chez nous n'importe quand. Le jour comme la nuit.

Vince et sa troisième épouse avaient une petite fille. Tous les étés, les deux familles passaient une quinzaine de jours ensemble dans une maison en bord de mer qu'ils louaient à Cape Cod. Gracie considérait Deirdre, âgée de cinq ans, comme sa petite sœur. Elle adorait passer du temps avec la fillette.

— Merci, répondit Sam. C'est gentil de me proposer ça. J'apprécie le geste, crois-moi.

Avec un enthousiasme forcé, Vince esquissa un grand geste majestueux.

— Bon, eh bien, si tu veux bien m'excuser, je vais aller pourfendre les dragons de l'ignorance !

Il remit la chaise à sa place et jeta un dernier regard à son collègue, la main sur la poignée de porte.

— Tiens bon, Sam, fit-il d'une voix empreinte de compassion. Si tu as besoin de quoi que ce soit, tu sais que tu n'as qu'à passer un coup de fil chez nous : Ellen et moi, on sera là pour toi.

Après son départ, Sam n'y tint plus : accablé, il enfouit sa tête dans ses mains et soupira à fendre l'âme. Comment sa vie avait-elle pu se détraquer à ce point ? Il ne voyait pas le bout du tunnel…

A cet instant, quelqu'un frappa discrètement à la porte et entra aussitôt sans attendre d'y être invité. Intrigué, Sam leva les yeux pour découvrir un jeune homme vêtu d'un jean délavé, d'un coupe-vent bleu marine et d'une casquette de base-ball aux couleurs des Red Sox[1]. Son visage ne lui disait rien.

— Professeur Sam Winslow ?

— Oui.

— C'est pour vous, fit le coursier en lui tendant une épaisse enveloppe. Bonne journée, m'sieur.

Le livreur était déjà parti depuis une ou deux minutes que Sam n'avait pas encore bougé. Hébété, il resta à contempler l'enveloppe qu'il tenait à la main avant de secouer sa léthargie pour prendre le coupe-papier sur son bureau.

Lorsqu'il eut ouvert l'emballage, il sortit une grosse liasse de documents pliés en deux qui avaient tout l'air d'un courrier officiel. Il lui fallut quelques secondes de plus pour que son esprit engourdi par le manque de sommeil enregistre la teneur des mots qui dansaient devant ses yeux fatigués. Et même à cet instant il eut du mal à comprendre ce que signifiait l'en-tête en gros caractères qu'il venait de découvrir.

Pourtant, c'était écrit noir sur blanc. Et c'était simple comme bonjour.

Ce qu'il avait entre les mains, c'était une DEMANDE DE DIVORCE.

1. Les Red Sox sont l'équipe de base-ball résidente de Boston (*NdlT*).

5.

Les bureaux de la brigade des homicides étaient particulièrement bruyants ; on se serait cru dans la cafétéria d'un lycée, pile au moment du déjeuner, tant le brouhaha était assourdissant. Entre les conversations à bâtons rompus, les sonneries de téléphone et le lent martèlement de l'antique photocopieuse qui rythmait les journées des officiers de police, Lorna avait la tête qui tournait. Assis à sa table de travail, juste de l'autre côté de l'allée centrale, Policzki répondait au téléphone.

— Merci, mon gars, fit-il d'une voix forte et posée. J'apprécie ton aide, et je suis sûr que ta grand-mère sera contente. Passe-moi un coup de fil ce week-end et on ira voir ce fameux film, d'accord ? Si tu veux, on pourra même s'arrêter pour manger une pizza, après.

Il raccrocha, surprit le regard interrogateur de sa coéquipière et lui adressa un sourire d'excuse.

— C'était mon neveu. Ma mère me tanne depuis des semaines pour que je tonde sa pelouse. J'ai préféré acheter les services du gamin pour être débarrassé de cette corvée.

— Ça fonctionne exactement de la même manière chez moi, lui dit Lorna en souriant. Par contre, attention à ne pas te faire avoir ! Quand tu auras vu ce que coûtent deux places de ciné plus le pop-corn et les boissons, sans oublier les pizza, tu vas vite regretter ta proposition, c'est moi qui te le dis ! Avec cet argent, tu pourrais te payer les services d'un jardinier professionnel sans être obligé de sortir avec ton neveu.

— Peut-être, mais ça me vaudra plus de bons points si ça reste à l'intérieur du cercle familial.

— Bon sang de bois, Policzki ! C'est ça la vie, pour toi ? Réveille-toi, mon gars ! La première chose à faire, ce serait déjà de vivre chez toi et pas chez ta mère. Ça fait combien de temps que tu habites chez elle ?

— Six ans, répondit Policzki en soupirant. Six longues, très longues années.

— Bon sang de bonsoir ! Si je devais cohabiter six ans avec ma mère — ou, pire encore, avec ma belle-mère —, je crois que je me passerais une corde autour du cou pour en finir une bonne fois pour toutes.

— Vivre avec ma mère, ce n'est pas si terrible que ça, répliqua le jeune inspecteur sans grande conviction. Elle ne veut que mon bien, après tout, et…

— Evidemment qu'elle ne veut que ton bien : c'est ta mère, bougre d'imbécile ! Mais quand un gars de vingt-cinq ans révolus est toujours dans les jupes de sa môman il y a un problème : aucun doute là-dessus.

— Ce n'est pas moi qui ai insisté pour retourner vivre avec elle, fit Policzki dans une tentative évidente pour se disculper.

— O.K., alors il n'y a aucune raison pour que tu n'ailles pas vivre ailleurs, maintenant que le plus dur est passé. Ecoute, Doug, je sais de quoi je parle. Tu as largement rempli tes devoirs de fils. Si tu ne coupes pas le cordon vite fait, tu vas te réveiller un de ces quatre matins tout étonné de constater que tu vis toujours chez ta mère à plus de quarante ans. Ça te paraît sympathique, comme avenir ? Allons, secoue-toi un peu, Policzki ! Je suis sûre que tu pourrais t'offrir un appart en ville. Pas un truc trop grand, mais un endroit bien à toi. Quitte à le revendre d'ici quelques années quand tu te seras marié, que tu voudras des enfants et que tu auras besoin de plus de place.

— Abandonner ma mère ? fit Policzki d'un air choqué. Je ne crois pas que je m'en remettrais. Je me sentirais tellement coupable que ça me minerait de l'intérieur.

— Ah, mais justement c'est là que tu te trompes, mon garçon ! Encore un truc qu'on manie à la perfection, nous, les mères : la vieille carte de la culpabilité. Mais tu sais quoi ? Eh bien, je te parie à dix contre un que tu ne rends pas service à ta mère en restant chez elle comme un ado attardé.

— Ah oui ? Et comment peux-tu en être aussi sûre ?

— Je le sais, c'est tout. Appelle ça comme tu veux : le sixième sens des femmes, l'expérience maternelle, peu importe. Mais le fait est qu'en habitant encore avec elle tu prolonges une relation de codépendance qui n'est pas saine, ni pour toi ni pour elle. C'est une sacrée bonne femme, ta mère. Alors, laisse-la un peu tranquille et attends de voir ce qui va se passer. Je suis sûre qu'elle s'épanouira de façon incroyable.

— Dis-moi, tu n'aurais pas fait une nouvelle overdose d'Oprah Winfrey[1] ? lança Policzki d'un ton sarcastique.

— Je suis sérieuse, Policzki. Vous avez besoin de prendre de la distance tous les deux, sinon vous n'arriverez jamais à vivre pour vous-mêmes. Et justement tu as une occasion

1. Célèbre présentatrice de talk-show américaine (*NdlT*).

rêvée en la personne d'une ravissante jeune femme, agent immobilier de son état, à qui tu as eu la bonne idée de donner ta carte !

— Tu ne penses pas à Mia DeLucca, tout de même ? Voyons, Lorna ! Elle me déteste cordialement !

— Pas si sûr. Difficile de te détester quand on te connaît ne serait-ce qu'un peu.

— Je te rappelle quand même que j'ai eu le mauvais goût de soupçonner son frère de meurtre, répliqua Doug avec une petite grimace significative.

Lorna resta pensive quelques secondes avant d'esquisser un haussement d'épaules.

— Là, effectivement, si c'était moi, je suppose que ça me ferait un peu l'effet d'une douche froide.

— Tu crois vraiment ? lança Policzki d'un ton ironique, tout en s'étirant sur sa chaise. Bon, dis-moi plutôt si tu as reçu des nouvelles du coroner ?

— Non, rien. Pourtant, ce n'est pas faute d'avoir insisté, crois-moi. Et toi, du nouveau de ton côté ?

— Salvatore vient de commencer à travailler sur le BlackBerry. Il va nous faxer une liste de tous les appels passés et reçus par Kaye Winslow, plus tous ses rendez-vous. On devrait la recevoir vers midi. Delvecchio vient de m'envoyer un mail avec des photos de la victime en pièce jointe. Peut-être que ça va nous aider à trouver son identité ?

— Et merde ! jura Lorna entre ses dents. Tu es sûr que Salvatore ne peut pas travailler plus vite ? J'ai comme l'impression qu'on a intérêt à se dépêcher si on veut avoir des résultats.

— Je crois vraiment qu'il ne peut pas faire mieux. Ce n'est pas parce que tu t'enfiles chaque matin une demi-boîte de Wheaties, le « petit déjeuner des champions », que tout le monde en fait autant, Abrams. On n'est pas tous gonflés à bloc vongt-quatre heures sur vingt-quatre, comme toi.

— Merci de cette remarque instructive, répliqua l'inspecteur d'un ton pincé. Je tâcherai de m'en souvenir.

— J'ai envoyé les photos de notre cadavre à l'imprimante laser pour un tirage express, poursuivit Policzki. Et pendant que tu étais au téléphone avec le bureau du coroner je suis allé consulter la page d'accueil du site Winslow & DeLucca pour trouver une photo de Kaye Winslow. J'en ai envoyé des copies un peu partout — elles doivent être en train de circuler. J'ai aussi chargé Jiminez de débroussailler un peu la liste des contacts de notre disparue que Mia DeLucca nous a déposée tôt ce matin. Si jamais il tombe sur quelque chose qui lui paraît nécessiter un déplacement, il me préviendra et j'irai rendre une petite visite aux personnes concernées.

Lorna posa son menton sur sa main, l'air soucieux.

— Tu sais, Policzki, il y a un truc qui me chiffonne vraiment dans cette affaire.

— Tu veux dire un truc différent de ce qui saute aux yeux ?

— Exactement. Kaye Winslow a disparu de la scène du crime. Qu'est-ce que tu en conclus spontanément ?

— Que c'est elle la coupable. Mais on n'est même pas sûr qu'elle se soit enfuie. Si ça se trouve, on l'a forcée à quitter les lieux contre son gré.

— Mon problème, c'est Sam Winslow. Sa tête ne me revient pas. Je suis sûre qu'il nous cache quelque chose.

— Moi aussi. Mais ça n'a peut-être aucun rapport avec ce qui nous intéresse.

— Mmm… Tu as vu ses larmes ? Rassure-moi : je ne les ai pas inventées ?

— Non, non, moi aussi, j'ai vu ses larmes.

— Des larmes de crocodile ! trancha Lorna. L'émotion de ce type était aussi mince que du papier toilette, si tu veux mon avis. Il était tout sauf sincère.

— Poli et prêt à coopérer en apparence, fit Policzki en hochant sentencieusement la tête, mais en réalité il aurait préféré nous voir à mille lieues de là. J'ai lu l'hostilité dans ses yeux, et, ce sentiment-là, il n'était pas feint.

— Exact. Pas besoin d'être très observateur pour se rendre compte qu'il y a un truc qui ne tourne pas rond chez les Winslow.

— En tout cas, pour un mari aimant, il ne m'a pas semblé très éprouvé par la disparition de sa femme.

— Non seulement elle a disparu, mais elle est peut-être déjà morte ! L'autre option, c'est qu'elle se serait enfuie parce qu'elle serait responsable d'un meurtre, ce qui n'est pas tellement plus enthousiasmant pour le mari. Il ne s'est même pas préoccupé d'elle jusqu'à ce qu'il comprenne qu'il avait intérêt à jouer la carte sentimentale s'il ne voulait pas faire mauvaise figure devant nous. C'est à ce moment-là qu'il a eu recours aux larmes de crocodile.

Lorna fit une courte pause, le temps de rassembler ses idées. Puis elle reprit d'un ton interrogateur :

— Et la sœur, tu en penses quoi ?

— Elle a l'air plutôt honnête. Avec peut-être une tendance à surprotéger son frère.

— Moi, j'ai trouvé très intéressante la façon dont elle s'est débrouillée pour ne pas nous dire que Kaye Winslow et elle étaient de vraies amies tout en nous laissant supposer le contraire.

— Moi aussi, ça m'a frappé. Qu'est-ce que ça signifie, à ton avis ?

— Ça, je n'en sais rien, fit Lorna d'un air songeur. En tout cas, elle avait l'air sincèrement embêtée à propos de son associée, et elle n'a pas hésité à nous dire qu'elles s'entendaient bien côté boulot. Mais elle n'est pas allée jusqu'à parler d'amitié réciproque. Peut-être qu'elle n'aime pas sa belle-sœur autant qu'elle veut nous le faire croire.

— Bah ! Si détester sa belle-famille constituait un crime, une bonne moitié de la population américaine serait derrière les barreaux !

— Un point pour toi. Ce qui ne veut pas dire que je compte éliminer immédiatement la belle-sœur de notre liste de suspects. Mais j'avoue que je trouve le mari nettement plus dans le style de ce qu'on recherche.

— Alors, tu penses que c'est lui qui a tué sa femme ?

— Tant que je ne suis sûre de rien, je préfère ne pas faire de conjectures, rétorqua Lorna tout en griffonnant distraitement des hiéroglyphes incompréhensibles sur un coin de son sous-main. Mais, si on prend l'exemple de Scott Peterson, il était poli et plutôt coopératif avec les autorités. En apparence, du moins. Comme Winslow. Et il n'avait pas l'air trop perturbé par la disparition de sa femme, si je me rappelle bien.

Doug opina du chef.

— Si on va dans ce sens, il y a aussi l'exemple de Mark Hacking qui a déclaré que sa femme avait disparu juste avant de sortir tranquillement de chez lui pour aller s'acheter un matelas neuf.

— Ça fait beaucoup de femmes portées disparues ces derniers temps, conclut Lorna.

— Et beaucoup d'hommes qui en ont visiblement assez d'être mariés.

— Winslow me rappelle aussi ce salopard de Chuck Stuart, dit l'inspecteur Abrams d'un air sombre. Quelqu'un de très lisse et propre sur lui. Bel homme, qui plus est. Mais avec un côté obscur qui perce derrière sa surface bien policée.

— Je suis sûr que je vais le regretter, mais j'ai juste une question : c'est qui, Chuck Stuart ?

Un demi-sourire étira les lèvres de Lorna.

— J'oubliais que tu n'es qu'un gamin. Tu portais encore des couches-culottes quand l'affaire Stuart a attiré l'attention des médias !

— Hé ! Arrête avec ça, s'il te plaît ! lança Policzki. Le nom de Stuart m'évoque vaguement quelque chose, mais rien de très précis, alors, j'aimerais autant que tu m'éclaircisses sur ce point au lieu de te payer ma tête.

Lorna se leva pour aller se verser une tasse de la lavasse brune qui constituait le café quotidien de l'équipe des homicides. En revenant, elle se percha sur le bord de son bureau, près d'une pile de gobelets vides qui commençaient à se fossiliser, et croisa les jambes avant de commencer son récit.

— O.K., alors, c'est parti pour l'histoire de Charles Stuart : il rentrait avec sa femme enceinte d'un cours de préparation à l'accouchement. Ils se trouvaient aux alentours de Mission Hill, pas très loin de Boston, quand le type appelle les secours en racontant un truc de dingue : ils se seraient fait braquer et tirer dessus par un Black. Effectivement, quand les urgences arrivent sur place, le gars a une balle dans la jambe, une autre dans l'abdomen, et sa femme est déjà morte, une balle en pleine tête. Aucune chance de survie pour elle. Quant au bébé, on le fait naître par césarienne, mais lui non plus ne survit pas. Inutile de te faire un dessin : cette histoire a déclenché une véritable tempête médiatique. Normal : une famille de Blancs issue de la classe moyenne qui ne cherche d'ennuis à personne et qui se fait sauvagement attaquer par un criminel noir, ça suffit à vous remuer une communauté. Tout le monde plaignait ce malheureux type qui se retrouvait seul, sans femme ni bébé. On entendait des trucs du genre « Ce pauvre Chuck, quelle tragédie » et blablabla… Tout ça jusqu'au jour où le petit frère de *ce pauvre Chuck* a fini par avouer qu'il était allé se débarrasser d'un flingue que lui avait confié son aîné le soir du drame. Bref, de fil en aiguille, on a fini par découvrir le fin mot de l'histoire. Et Chuck s'est effondré pas bien longtemps après. Environ deux ou trois mois après la mort de sa femme et de leur enfant, il s'est balancé du haut du pont Tobin. Mais ça n'a pas mis fin aux tensions raciales, au contraire : imagine un peu la réaction des gens quand on a annoncé qu'il n'y avait jamais eu de tueur noir, mais que c'était Chuck qui s'était lui-même infligé ses blessures après avoir dégommé sa femme et son futur gosse pour faire croire qu'il était innocent !

— Eh bien ! On dirait un mauvais scénario pour un film de série B ! conclut Policzki.

— Exactement, dit Lorna en sirotant une gorgée de café tiède.

Policzki tapota le bord de son bureau du bout de son stylo.

— Si je comprends bien où tu veux en venir, tu penses que Winslow en a eu ras le bol de son mariage ?

— Je n'en mettrais pas ma main à couper, mais tu sais ce qu'on dit : pas de fumée sans feu.

— Pigé, dit Policzki.

— Ce qui nous plonge dans le vif du sujet : je pense qu'on devrait mener une petite enquête sur ce cher et respectable professeur Winslow. Et fouiller un peu au fond de ses placards, pour voir si on n'en ressort pas deux ou trois vieux trucs qui pourraient nous servir.

The show must go on[1].

C'était un cliché éculé, une formule rebattue, et pourtant c'était la seule expression qui traduisait ce que ressentait Mia en ce mercredi matin. Les rouages de la grande machine immobilière n'allaient pas s'arrêter brusquement de tourner, uniquement parce qu'un homicide et une disparition la touchaient de près, malgré l'impression tenace qu'elle avait d'une sorte de mini fin du monde. Son associée avait beau ne pas être joignable, les affaires continuaient. Et elle allait même devoir mettre les bouchées doubles si elle ne voulait pas perdre de clients en l'absence de la deuxième patronne de l'agence Winslow & DeLucca.

Il fallait qu'elle vérifie le serveur commun aux agences immobilières à la recherche de nouveaux biens à prospecter, qu'elle réponde aux e-mails qui s'étaient accumulés depuis deux jours et qu'elle écoute la bonne douzaine de messages vocaux sur le répondeur de l'agence. Non, elle n'allait pas chômer aujourd'hui : elle avait aussi une analyse comparative à terminer pour un nouveau client qui voulait mettre son appartement en vente dans les plus brefs délais, pour cause de relocalisation par son entreprise à San Francisco. Il fallait qu'il déménage dans trois semaines maximum :

1. Littéralement, « le spectacle doit continuer » (*NdlT*).

autant dire que l'affaire était urgente. Sans compter les inévitables coups de téléphone à passer aux contacts qu'elle s'était faits la veille pendant le colloque, histoire de ne pas les perdre de vue au cas où elle aurait besoin de leur appui plus tard.

Mieux valait battre le fer tant qu'il était chaud, comme disait le vieil adage. Elle devait aussi être présente pour la signature d'un acte de vente à 11 h 30 ; elle n'aurait probablement une copie des documents officiels qu'aux alentours de 11 heures moins le quart, ce qui lui laisserait peu de temps pour avertir le client par téléphone et s'assurer qu'il était bien d'accord avec les termes de l'acte avant de le retrouver à l'endroit où la signature et la passation de propriété devaient avoir lieu. Et pour couronner le tout elle allait devoir rappeler une acheteuse indécise pour l'inciter gentiment à faire une offre ferme sur un bien qu'elle avait déjà visité trois fois sans donner le feu vert à Mia pour le départ de la transaction.

Tant de choses à régler en si peu de temps ! Dommage que la matinée ne soit pas extensible… D'autant qu'il y avait aussi les inévitables conséquences de la disparition brutale de son associée. La presse locale s'était emparée de l'affaire avec une sorte de délectation malsaine, et le téléphone n'arrêtait pas de sonner depuis le début de la matinée. Bev, la secrétaire, compétente et efficace comme toujours, filtrait les appels avec une maîtrise consommée tout en jonglant avec les affaires en cours et la paperasse administrative, sans paniquer malgré l'atmosphère de crise qui régnait dans les bureaux de Winslow & DeLucca. Elle paraissait tellement à l'aise qu'on aurait pu croire qu'elle exécutait une chorégraphie parfaitement rodée. Elle pouvait passer d'un ton abrupt et cassant — celui qu'elle employait pour décourager les reporters avides d'infos sensationnelles — à une voix douce et chaleureuse pour répondre aux clients qui s'inquiétaient du sort de Kaye.

Yolanda Lincoln, l'agent que Mia et Kaye avaient recruté pour un temps partiel six mois auparavant, faisait de son mieux pour éponger le surcroît de travail suscité par la disparition de Kaye. Mais, comme Mia, elle avait déjà un emploi du temps surchargé, ce qui rendait la tâche délicate et pratiquement impossible. Par exemple, Kaye devait normalement assister à deux signatures d'actes de vente dans la journée. Mia avait organisé le remplacement du premier rendez-vous fixé pour 9 heures du matin — c'était Yolanda qui s'y était rendue. Par contre, ni l'une ni l'autre n'étaient disponibles pour aller au rendez-vous de 13 heures. Mia avait donc dû exprimer ses regrets à l'autre partie, puis téléphoner à l'acheteur qu'elle représentait pour le rassurer, ce qui avait pris vingt bonnes minutes. Tout allait bien, avait-elle répété au moins une dizaine de fois. De toute façon, la signature était maintenue, et il s'en sortirait très bien sans elle.

Mia n'était pas précisément informée de l'emploi du temps de Kaye, à l'exception des signatures d'actes de vente. Comme elles travaillaient dans une petite agence, les trois femmes connaissaient un bon nombre de leurs clients respectifs. C'était tout le reste qui posait problème : étant donné que Mia n'avait pas accès à l'agenda électronique de Kaye, elle n'avait aucun moyen de savoir si cette dernière était attendue quelque part. Elle devait improviser au coup par coup, comme quand un client mécontent appelait pour se plaindre d'avoir vainement attendu Kaye ou qu'un inconnu passait la porte de l'agence pour annoncer qu'il avait rendez-vous avec Mme Winslow.

Mia avait paré au plus urgent : elle avait fait transférer tous les appels pour Kaye sur sa ligne directe à l'agence, et mis un message sur la boîte vocale de son associée pour prévenir les gens qu'elle était absente jusqu'à nouvel ordre. La vie reprendrait son cours normal dans peu de temps. Kaye finirait par revenir à son poste avec une explication satisfaisante à toute cette histoire absurde, et sa disparition ne serait plus qu'un mauvais souvenir.

Kevin l'appela depuis le lycée, aux alentours de 10 heures.

— M'man, tu ne m'as toujours pas donné ta réponse pour le voyage à Tampa !

Prise par le chaos qui résultait de la disparition de Kaye, Mia avait complètement oublié le week-end de son fils. Ou peut-être était-ce un acte manqué… Elle n'avait pas tellement envie de prendre cette décision en plus du reste.

Jetant un coup d'œil à sa montre, elle fronça les sourcils.

— On peut savoir pourquoi tu n'es pas en cours à cette heure-ci ? rétorqua-t-elle d'un ton sec.

— Eh, reste cool, m'man ! J'ai une heure de battement. Je bois un jus d'orange à la cafétéria. Tu devrais me féliciter au lieu de t'énerver : j'ai résisté à l'envie de prendre un Coca !

Elle ne put s'empêcher de sourire : c'était une façon maladroite mais attendrissante de s'attirer les bonnes grâces de sa mère. Mia se battait depuis des années pour venir à bout des mauvaises habitudes alimentaires de son fils qui persistait à se nourrir exclusivement de cochonneries grasses ou sucrées. Ils avaient eu plusieurs accrochages à ce sujet. Elle lui avait fait la leçon pour essayer de lui inculquer des principes nutritionnels sains ; ce à quoi il avait répondu qu'en tant qu'adolescent il se devait, culturellement et psychologiquement, de manger ce genre de saletés. Finalement, ils étaient parvenus à un compromis : il savourait les petits plats équilibrés que sa mère lui préparait à la maison, et en échange elle ne cherchait pas à savoir comment il se nourrissait à l'extérieur. Qu'aurait-elle pu faire d'autre ? Il serait bientôt majeur, et le peu de contrôle qu'elle avait encore sur lui passerait aux oubliettes.

— Alors ? insista Kevin. Je peux y aller ou pas ? Il faut que je leur donne ma réponse aujourd'hui, m'man.

Elle l'aimait tendrement. Elle savait bien qu'elle avait tendance à le materner, à le surprotéger, mais c'était plus fort qu'elle.

— Bon, d'accord, répondit-elle un peu à contrecœur. Tu peux y aller. Mais à une condition : je veux parler avec Mme Olson avant votre départ. Et tu dois me promettre que tu m'appelleras pendant ton séjour.

— Voyons, m'man, je ne pars pas au bout du monde ! Et puis, ce n'est que pour quatre jours.

— Peut-être, mais je suis ta mère. Alors, doucement les basses, Kev !

— Pardon, m'man. Je t'adore, tu sais ? Merci beaucoup pour l'autorisation… Bon, il va falloir que j'y aille : si je suis en retard pour le cours d'anglais, Mlle Crandall va me faire encore tout un cirque. A ce soir !

Sur ce, il raccrocha.

Mia aurait dû se sentir heureuse de le voir grandir, fière de découvrir quel jeune homme il promettait de devenir. Elle l'était, bien sûr. Mais elle avait le sentiment que ce tournant arrivait trop vite. Elle ne se sentait pas prête. Mais le serait-elle jamais ?

Elle venait de raccrocher d'un air pensif quand son frère

fit irruption dans le bureau, l'air furibond, les cheveux en bataille, la chemise toute froissée, ses beaux yeux bleus lançant des éclairs de colère. Avec brutalité, il jeta une liasse de documents sur sa table de travail tout en éructant :

— Tu étais au courant ?

— De quoi ? Qu'est-ce qui se passe ? demanda Mia, abasourdie par cette sortie inattendue. On a retrouvé Kaye ?

Sam planta violemment ses deux poings sur le bord du bureau pour se pencher au-dessus d'elle, l'air sombre et menaçant.

— Tu m'as entendu, bordel de merde ! Tu étais au courant, oui ou non ?

Elle n'avait jamais vu Sam dans un état pareil, pas même lorsqu'ils étaient plus jeunes et qu'il s'emportait contre leur ivrogne de père. La fureur ne seyait pas particulièrement à ses traits élégants et racés : sous l'effet de la colère, sa peau se marbrait de taches rougeâtres tirant sur le violet, et ses yeux injectés de sang prenaient une lueur effrayante, presque meurtrière. On aurait dit une bête sauvage.

— De quoi parles-tu ? demanda-t-elle en maîtrisant son propre agacement.

Posant ses lunettes sur son nez, elle jeta un coup d'œil rapide aux papiers qu'il avait lancés au milieu des contrats de vente, des prospectus et des centaines de milliers de notes qui encombraient le bureau.

— Demande de divorce, lut-elle à voix haute. Plaignant : Katherine Bradford Winslow.

Mia fit une courte pause, leva des yeux étonnés vers son frère, puis continua :

— Corps défendant : Samuel L. Winslow… Oh, mon

Dieu, Sam ! Quelle affreuse nouvelle ! Je ne savais pas que…

Elle s'interrompit, frappée par le regard presque haineux que lui renvoyait son frère. Il était si près qu'elle sentait son souffle chargé d'alcool. Il avait donc bu avant de venir ? A 10 heures et quart ?

— Tu ne savais pas, hein ? répéta-t-il avec une grimace sceptique. Vous êtes associées et belles-sœurs, tu la vois tous les jours, tu lui parles plus souvent que moi, et tu voudrais que je te croie quand tu prétends qu'elle ne t'a même pas mise au courant de son intention de demander le divorce ?

Cette fois, Mia se fâcha. Rien n'autorisait Sam à lui parler sur ce ton.

— Crois ce que tu voudras ! lança-t-elle tout en ôtant ses lunettes pour les reposer sans douceur sur son bureau. Mais à ta place je me poserais plutôt des questions sur moi-même avant de venir accuser les autres. Parce que visiblement ta femme a pris cette décision sans même juger utile d'en parler avec toi.

— Nom de Dieu ! jura Sam en se passant nerveusement les doigts dans les cheveux.

A travers la porte ouverte, Mia vit que Bev les regardait d'un air inquiet, une main posée sur le téléphone, prête à appeler la police si le besoin s'en faisait sentir.

Discrètement, Mia lui fit un signe de tête pour la rassurer. Bev comprit tout de suite et se replia dans le coin le plus éloigné du bureau pour se plonger dans la lecture d'un dossier, comme si de rien n'était.

— Ferme la porte ! ordonna Mia à son frère.

La bouche tordue, les traits tirés, Sam claqua le battant avec plus de force qu'il n'était nécessaire.

— C'est un lieu de travail, ici, poursuivit la jeune femme du même ton tranchant. Tu ne peux pas te permettre de débarquer comme ça pour me crier des accusations au visage et terroriser mes collaboratrices. Tu es prié de te comporter comme un homme civilisé, et non comme une espèce de brute épaisse !

— Comment est-ce qu'elle a pu me faire ça ? reprit Sam sans paraître avoir entendu les reproches de sa sœur. Après tout ce que j'ai enduré à cause d'elle, comment a-t-elle pu me faire un coup pareil ? Je suis en pleine bataille pour obtenir ma titularisation définitive, bon sang ! Le moindre petit hic pourrait me coûter ma place. Si je m'écoutais, je l'étranglerais, cette garce !

Abasourdie, Mia contempla cet inconnu aux yeux fous qui ressemblait étrangement à son frère, mais dont les paroles n'avaient aucun rapport avec l'homme qu'elle connaissait depuis si longtemps.

— Etant donné les circonstances, lui fit-elle remarquer sèchement, tu ferais mieux de choisir d'autres termes.

— Enfin, Mia ! Si je n'obtiens pas cette titularisation, ma carrière est foutue !

— Ta femme a disparu. Pire, elle est peut-être morte à l'heure qu'il est. Et tout ce qui te préoccupe, c'est ta *carrière* ? Je n'arrive pas à le croire, Sam. Honnêtement, je ne te reconnais plus. Et je ne souhaite pas en découvrir plus sur cette facette déplaisante de ta personnalité.

Comme un ballon de baudruche qu'on aurait piqué avec une aiguille, Sam parut se dégonfler brusquement.

— Et merde…, murmura-t-il, l'air accablé.

— Vas-tu enfin t'asseoir et te calmer ? fit Mia d'un ton instantanément radouci. Commençons par le plus pressé : as-tu mis l'inspecteur Abrams ou son collègue au courant ?

Sam s'affala sur la chaise chromée de l'autre côté du bureau.

— Non, mais je compte le faire.

— Tu *comptes* le faire ? Dois-je te rappeler que ta femme est portée disparue ? Si ça se trouve, elle est blessée ou elle a été kidnappée… A moins qu'elle soit morte ! Et toi, tu oses me dire que tu *comptes* mettre la police au courant ? Mais quand vas-tu le faire ? Bon sang, Sam, ça s'appelle de la rétention d'informations, ce que tu fais !

— Mais non !

— Mais si ! Et par-dessus le marché tu as menti. Tu peux être accusé d'obstruction à la bonne marche de cette enquête.

— Je n'ai pas tout dit à Abrams, d'accord, mais je ne lui ai pas menti. Et de toute façon ça n'a pas d'importance parce que ma dispute avec Kaye est d'ordre privé. Ça n'a rien à voir avec toute cette histoire.

— Et comment diable peux-tu en être si sûr ?

— Oh, la ferme ! grommela Sam avec une mauvaise foi évidente qui acheva d'exaspérer sa sœur.

— Non, toi, la ferme ! reprit-elle sans douceur. Tu vas m'écouter, maintenant. Il faut absolument parler à la police de cette demande de divorce. Parce qu'ils vont le découvrir, de toute façon. Et le fait que tu le leur aies caché ne fera qu'aggraver ton cas. Jusqu'ici, tout ce qu'ils ont contre toi, c'est un vague soupçon. Mais s'ils mettent la main sur ces papiers ils y trouveront un mobile. Et si je ne m'abuse la police est particulièrement friande de mobiles dans les affaires d'homicide.

— Tu sais très bien que je n'ai rien fait à Kaye, voyons !

— Ce n'est pas mon avis, mais celui des flics qui compte. Il est grand temps de leur parler franchement, Sam, si tu ne veux pas voir ta situation empirer. A moins…

Elle lui jeta un regard soucieux avant de poursuivre d'une voix hésitante :

— A moins que tu aies une bonne raison de préférer que l'on ne retrouve pas ta femme.

— Mia ! s'exclama Sam, l'air peiné et choqué. Je n'arrive pas à croire que tu puisses suggérer une chose pareille.

— Et pourquoi pas ? Après tout, Kaye a engagé une procédure de divorce, non ? Ce qui veut peut-être dire qu'elle te quitte pour aller vivre avec un autre. Et que ton ego ne le supporte pas. Qui sait ? Elle t'a peut-être menacé de te dépouiller jusqu'au dernier centime ? De te laisser juste une brosse à dents et une tente de camping ? De t'enlever la garde de ta fille en prétendant que tu la battais ? Je n'en sais rien, moi ! Peut-être qu'elle t'a tellement poussé à bout que tu as décidé de te débarrasser d'elle une bonne fois pour…

— Arrête ! hurla Sam. Par pitié, arrête !

— Qu'est-ce que tu crois, Sam ? Je ne fais qu'anticiper le discours des flics quand ils auront découvert l'existence de cette satanée demande de divorce. C'est pour ça que tu dois absolument leur en parler avant qu'ils ne tombent dessus par une voie détournée.

— Tu ne sais pas de quoi tu parles, dit Sam d'un air de plus en plus accablé. Tu ne sais vraiment rien, n'est-ce pas ?

A ces mots, Mia se figea. Il existait donc des secrets qu'elle ignorait ? Désemparée, elle croisa ses mains tremblantes devant elle et attendit, les yeux fixés sur le visage décomposé de son frère. Elle n'était pas certaine d'avoir vraiment envie d'entendre ce qu'il avait à lui avouer. Elle avait déjà encaissé beaucoup de choses depuis la veille. Elle n'avait pratiquement pas dormi, et ce matin elle s'était sentie incapable d'avaler quoi que ce soit au petit déjeuner. Elle était complètement épuisée, et il n'était même pas 11 heures !

— Quoi ? demanda-t-elle avec lassitude. Qu'est-ce que je suis censée savoir, à présent ?

— Si les flics commencent à fourrager dans mes affaires, ils ne manqueront pas de mobiles : Kaye me trompe depuis déjà pas mal de temps.

— Je… Quoi ?

Les yeux de Sam s'adoucirent un peu, reprenant une expression qui lui ressemblait davantage.

— Alors, tu n'étais pas au courant, hein ?

— Voyons, Sam, ce n'est pas possible, balbutia Mia. Tu dois te tromper…

— Elle l'a admis devant moi, Mia. Je l'ai mise au pied du mur, et elle n'a pas cherché à nier.

— Oh, Sam ! s'exclama Mia. Je suis tellement désolée pour toi…

Adoptant l'attitude d'un gamin déçu, il enfouit les mains dans ses poches et alla se poster devant la fenêtre.

— Pas tant que moi, fit-il d'une voix atone. La première fois que c'est arrivé — ou du moins la première fois que je m'en suis rendu compte —, c'était l'hiver dernier. J'ai découvert sa liaison en mars, mais ça durait déjà depuis plusieurs mois. Il s'appelait Mickey Slattery. Elle l'avait rencontré dans le cadre de son travail. Un client, apparemment.

Il marqua une courte pause, les yeux fixés sur Mia comme s'il attendait une réaction de sa part. Que voulait-il donc qu'elle lui dise ?

— Je ne le connais pas, si c'est ce que tu cherches à insinuer, répliqua-t-elle avec plus de sécheresse qu'elle ne l'aurait voulu — c'était sa faute, aussi, avec sa façon de la mettre sur la défensive depuis le début de la conversation !

Elle n'avait pourtant rien à se reprocher. Ce n'était tout de même pas sa faute si sa belle-sœur possédait une libido dévorante.

— Nous avons eu une sérieuse prise de bec à ce sujet, comme tu t'en doutes sûrement, poursuivit Sam d'une voix morne. Je lui ai hurlé dessus comme jamais. Sous le coup de la colère, j'ai même bousillé quelques-uns de ses précieux bibelots. Elle pleurait toutes les larmes de son corps. Elle m'a juré qu'elle regrettait, qu'elle allait se faire pardonner et qu'elle jetterait ce Slattery aux orties. Elle m'a promis de ne plus jamais recommencer. Evidemment, moi, comme un pauvre con, je l'ai crue.

— Mais elle n'a pas tenu parole, je suppose, fit Mia, le cœur serré devant la détresse de son frère.

— Une semaine plus tard, je suis tombé sur des préservatifs dans son sac à main. Je sais bien ce que tu vas m'objecter : je n'avais pas à fouiller dans ses affaires. Mais c'était un pur hasard ; elle m'avait emprunté ma voiture ce jour-là parce que la sienne était en réparation. J'avais besoin d'aller faire des courses d'appoint — il n'y avait plus de lait. Elle était occupée à relire des dossiers dans son bureau, et elle m'a dit d'aller prendre les clés de la voiture dans son sac. Je ne m'attendais pas à y trouver une boîte de Durex !

Mia resta sans voix. Il n'y avait rien à ajouter. Sauf que la Kaye Winslow qu'elle connaissait n'était pas du genre à se faire piéger aussi stupidement. Elle prenait le temps de réfléchir et de tout planifier, sans jamais rien laisser au hasard. La conclusion s'imposait d'elle-même : si Kaye avait laissé ces preuves flagrantes dans son sac, cela signifiait forcément qu'elle voulait que Sam soit au courant de son infidélité.

C'était trop dur à porter, comme secret. Trop lourd, trop consternant. Mia n'avait jamais eu l'intention de se retrouver impliquée dans les déboires conjugaux de son frère. Mais c'était fait, à présent : même si elle répugnait à se l'avouer, elle s'était totalement trompée sur Kaye. Dire qu'elle avait fait d'elle son associée, et qu'elle avait commis l'erreur de la présenter à son frère ! La pilule était difficile à avaler.

Mais d'un autre côté elle ne pouvait pas en vouloir à Sam de s'être confié à elle. Après tout, il portait ce lourd fardeau sur ses épaules depuis plusieurs mois. Il avait beau être plus âgé qu'elle de trois ans, Mia s'était toujours occupée de lui comme si elle avait été l'aînée. C'était elle qui le protégeait quand leur ivrogne de père devenait violent ; elle aussi qui l'avait consolé quand Rachel était morte. Aujourd'hui encore, elle ferait ce qu'elle considérait comme son devoir : elle l'aiderait à surmonter ce nouveau cap.

— Tu as pu dormir cette nuit ? lui demanda-t-elle brusquement.

— Pas vraiment. J'ai dû somnoler une heure ou deux, pas plus, répondit-il d'un air exténué.

— Alors, rentre chez toi, Sam. C'est ce que tu as de mieux à faire. Mange un petit truc, prends un somnifère si nécessaire et repose-toi. Je t'appellerai plus tard dans la journée, d'accord ?

Il faisait vraiment peine à voir, debout devant elle, les

épaules affaissées, le visage exsangue. Un pâle reflet de l'homme charmant et brillant qu'elle chérissait tendrement.

— D'accord, dit-il en hochant la tête.

D'un geste saccadé, il ramassa les papiers de divorce qu'il avait apportés avec lui et sortit du bureau sans ajouter un seul mot. Mia le regarda s'éloigner sans faire un mouvement pour le retenir, incapable de trouver des paroles apaisantes ou réconfortantes.

Elle sursauta légèrement quand la clochette de la porte d'entrée retentit au passage de son frère, et faillit se boucher les oreilles pour ne pas entendre le battant trembler sur ses gonds quand Sam le claqua violemment derrière lui.

— Et merde ! marmonna-t-elle.

Ce n'était pas dans ses habitudes de jurer, mais là elle en avait besoin pour ne pas exploser. Et faute de solution pour calmer sa frustration elle saisit le premier objet qui lui tomba sous la main — en l'occurrence un marqueur bleu —, et le lança de toutes ses forces contre le mur d'en face.

6.

L'université Back Bay Community College était installée dans un site absolument affreux — un bâtiment gris bétonné datant de l'après-guerre qui avait dû servir d'entrepôt avant d'être transformé en faculté. Caché dans une rue étroite, non loin de Kenmore Square, le campus de l'établissement n'était pas très éloigné de Fenway ni des bars et des discothèques de la rue Lansdowne, l'un des axes de Boston les plus animés le soir, pour le plus grand bonheur des étudiants. Ils avaient peut-être un voisinage intéressant, mais les bâtiments dans lesquels ils étaient censés accéder aux arcanes du savoir avaient de quoi dégoûter les plus enthousiastes d'entre eux — c'est du moins ce que songeait Lorna Abrams en découvrant les lieux.

— Ça m'a tout l'air d'un endroit sans prétention, où on ne cherche pas à faire de l'esbroufe, déclara Policzki.

— Tu trouves ?

Lorna jeta un coup d'œil surpris à son coéquipier dont les yeux, dissimulés derrière des lunettes noires, ne trahissaient pas ses véritables pensées.

— Pour moi, on dirait plutôt une prison.

Sur cette remarque, ils pénétrèrent à l'intérieur du bâtiment. La première impression de Lorna ne s'améliora pas, bien au contraire : le dallage vert et blanc du hall d'entrée ne datait visiblement pas d'hier, vu les craquelures et les éclats qui le parsemaient allègrement. On avait dû vouloir rendre l'endroit un peu plus lumineux en peignant les murs d'un jaune pâle, mais c'était un échec total.

D'un pas assuré, Lorna vint se planter devant le bureau de l'accueil pour demander à la réceptionniste — une femme plantureuse vêtue d'une robe fuchsia et coiffée d'un casque avec écouteurs et micro intégré — où l'on pouvait trouver le professeur Sam Winslow.

— Au bout du couloir, sur la gauche, département des Arts et des Lettres, répondit la standardiste d'une seule traite avant de retourner à sa conversation téléphonique comme si de rien n'était.

Les deux inspecteurs suivirent la direction indiquée. Ils passèrent devant une pièce pleine de distributeurs automatiques de boissons, puis ils suivirent une enfilade de classes vides, et tombèrent enfin sur un panneau d'affichage encombré d'affichettes et de feuilles volantes. Toutes les informations ou annonces personnelles étaient plus ou moins mélangées. Entre autres choses, l'Administration rappelait aux étudiants de ne pas manquer la séance de vaccination gratuite et annuelle contre la grippe. Il y avait aussi une soirée poésie le dimanche suivant au café du coin, et un élève avait mis sa Toyota à vendre, photo à l'appui, avec le texte suivant : « Superaffaire, modèle à peine usé, moteur impec, faible kilométrage ; 1 500 $ tout compris, à discuter. Appelez le 555-3372. »

Le département des Arts et des Lettres était un peu moins déprimant que le hall d'entrée. Le bureau de la secrétaire standardiste était vaste et offrait une forme profilée des plus modernes. Les habituels plafonniers de néon et leur lumière crue avaient été remplacés par des lampes sur pied qui dispensaient un éclairage plus intime. Quant à la moquette, si elle était d'un brun laid — sans doute choisi pour sa résistance aux taches et aux traces de pas —, elle devait être relativement neuve, comparée à celle du couloir que Lorna et Doug avaient emprunté.

A l'accueil, une jeune femme mince au visage encadré de splendides boucles rousses, installée devant son ordinateur, les toisa du regard quelques secondes avant de leur adresser la parole. D'après l'expression qui se peignit sur ses traits mobiles, Lorna sut qu'elle les avait presque immédiatement identifiés comme représentants des forces de l'ordre. Cela dit, elle n'avait pas l'air inquiet ni surpris. Par contre, son regard s'attarda plus longuement sur Policzki, le détaillant avec intérêt. En dépit des manières distantes et presque hautaines qu'il affichait, les femmes lui accordaient généralement toute leur attention.

— Je peux vous aider ? fit la jolie rousse d'une voix mélodieuse en décochant à Doug un sourire renversant.

— Inspecteur Policzki, dit-il en montrant son insigne. Et voici l'inspecteur Abrams. Nous sommes à la recherche du professeur Winslow.

— Sam ? Pourquoi ? Il a des ennuis ?

— Non, mademoiselle, s'empressa de répondre Policzki avec cet air honnête et sincère que les femmes avaient tendance à trouver irrésistible. Nous avons juste quelques questions à lui poser. Si vous pouviez nous dire où le trouver, nous vous en serions très reconnaissants.

— Je serais très heureuse de vous aider, mais malheureusement je ne crois pas que vous le trouverez ici. Il est passé tout à l'heure pour travailler dans son bureau, mais ensuite il est parti. Il n'a pas de cours aujourd'hui. Du coup, je ne peux pas vous dire où il est allé ni s'il a l'intention de revenir plus tard dans la journée.

Doug et Lorna savaient déjà tout cela : ils avaient vu ce cher Sam quitter les lieux une demi-heure plus tôt, et ils avaient attendu tranquillement dans un parking au coin de la rue pour être sûrs que leur suspect numéro un n'allait pas refaire son apparition dans le secteur.

— Dans ce cas, fit Lorna d'un air sévère, nous voudrions parler à son supérieur hiérarchique.

Ce fut à regret manifestement que Boucles Rousses détacha son regard de Policzki.

— Eh bien, fit-elle, son supérieur hiérarchique, c'est Lydia Forbes, le doyen du département.

— Pouvons-nous la voir ?

— Elle est ici, mais je ne sais pas si elle est disponible. Si vous voulez bien patienter, je vais m'en assurer.

Sur ce, la secrétaire les laissa seuls et disparut dans un étroit couloir. Lorna profita de son absence pour inspecter les lieux. A vrai dire, il n'y avait pas grand-chose d'intéressant : un palmier en pot se languissait dans un coin, non loin d'une série d'armoires de métal gris où devaient s'amonceler des dossiers administratifs. Il y avait aussi une espèce de grande étagère de bois qui servait de boîte aux lettres pour les membres du corps enseignant. L'inspecteur Abrams s'approcha pour lire les noms inscrits sous chaque case. Celle du professeur Sam Winslow était vide, ce qui voulait dire qu'il avait déjà pris son courrier dans la matinée.

De retour de sa mission d'éclaireuse, Boucles Rousses leur annonça d'un air pénétré de respect :

— Mme le Doyen a une matinée extrêmement chargée. Cependant, elle accepte de vous recevoir quelques minutes.

Vous la trouverez dans son bureau : deuxième porte sur votre droite.

Les deux policiers prirent la direction du couloir et arrivèrent bientôt devant l'entrée du bureau. La porte était ouverte, et ils s'arrêtèrent sur le seuil, attendant un signe du doyen qui les autorise à pénétrer dans son sanctuaire.

Lydia Forbes devait avoir la cinquantaine bien tassée. Avec ses cheveux grisonnants, son tailleur de tweed et son allure raide et digne, elle correspondait exactement à l'idée que l'on pouvait se faire d'un respectable doyen de département universitaire, pour peu qu'il s'agisse d'une femme. Pour le moment, elle paraissait plongée dans l'étude d'un dossier posé sur son bureau. Au bout de quelques secondes d'attente, Lorna s'éclaircit discrètement la gorge pour attirer son attention. Aussitôt, le doyen leva les yeux de sa tâche, enregistra la présence des deux visiteurs et repoussa ses papiers.

— Bonjour, inspecteurs Abrams et Policzki, fit-elle d'une voix ferme et décidée — la voix d'une personne habituée à se faire obéir et respecter. On m'a dit que vous étiez ici au sujet de Sam Winslow.

— C'est exact, madame, répondit Lorna tout en pénétrant de deux pas dans le bureau, suivie de près par Policzki. Nous enquêtons sur une affaire d'homicide, et nous avons quelques questions à vous poser. Si vous avez le temps de nous recevoir, bien sûr.

— Je suis au courant de cette histoire, reprit Lydia Forbes. Etant donné la couverture médiatique de ce matin, je ne vois pas bien comment j'aurais pu passer à côté.

— Vous savez donc que nous sommes à la recherche de Mme Winslow.

Lydia Forbes fronça les sourcils, visiblement peu satisfaite du tour que prenait la conversation.

— Que cherchez-vous exactement ici, inspecteur Abrams ? Vous voulez mon opinion sur cette situation, c'est ça ? Parce que si c'est le cas je serai ravie de vous la donner : en ce qui me concerne, je trouve que Sam est bien mieux sans son épouse.

D'un geste de la main, elle leur indiqua deux chaises.

— Asseyez-vous, ajouta-t-elle d'une voix qui n'admettait pas de réplique. Vous êtes tous deux debout alors que moi je suis assise, et c'est particulièrement désagréable. Je n'ai pas du tout l'intention de me laisser décontenancer par une position d'infériorité évidente.

Lorna s'assit sans rechigner sur un siège dur et inconfortable. A l'image du doyen, en somme. Forbes lui rappelait sa maîtresse de CM 2, une femme particulièrement sèche et sévère qui n'hésitait pas à assener des coups de règle sur les phalanges de ses élèves récalcitrants si cela lui permettait de mieux asseoir son autorité. Certes, les choses avaient changé depuis cette époque : aujourd'hui, si un enseignant s'autorisait ce genre de méthode, il serait immédiatement congédié, voire arrêté pour agression sur enfant…

Ce fut Policzki qui se hasarda à reprendre l'interrogatoire, adoptant d'instinct le rôle du « méchant flic » impassible et direct.

— Et pour quelle raison pensez-vous que le professeur Winslow serait, je vous cite, « bien mieux sans son épouse » ?

L'attitude du jeune inspecteur n'eut absolument aucun effet sur Lydia Forbes.

— Tout simplement parce que cette femme n'a fait

que lui causer des ennuis depuis le jour où il l'a épousée, répondit-elle sans la moindre hésitation.

Haussant un sourcil interrogateur, Lorna se pencha légèrement vers leur interlocutrice, comme à l'affût de détails croustillants.

— Quel genre d'ennuis ?

— Si vous posez ce genre de question, c'est que vous n'avez pas rencontré Kaye Winslow. Si vous la connaissiez, vous sauriez ce que j'entends par là.

— Pourriez-vous être un peu plus précise sur ce point ?

— Kaye Winslow est une femme particulièrement attirante et sexy, déclara Lydia d'un air suprêmement méprisant. Toujours impeccablement coiffée, maquillée, habillée… Un vrai mannequin. Sa voiture est à son image : un coupé BMW rouge vif. Bref, elle se comporte exactement comme si son salaire la plaçait dans la catégorie des millionnaires — un clone de Jackie Onassis n'afficherait pas sa réussite de manière plus ostentatoire.

— Ce n'est pas un crime.

— C'est vrai, vous avez raison. Mais cette façon de se comporter ne représente que la partie visible de l'iceberg. Il n'y a pas que cela, malheureusement.

— C'est-à-dire ?

— C'est vous les inspecteurs, rétorqua Lydia Forbes. Je pense que vous devriez pouvoir tirer vous-mêmes vos conclusions. Sam est beaucoup trop indulgent avec elle. En fait, elle se moque ouvertement de lui. Je ne comprends pas pourquoi il se laisse traîner dans la boue et humilier ainsi. Il devrait la renvoyer d'où elle vient et se trouver une femme capable d'apprécier ses talents. Mais je crois qu'il a peur de faire le premier pas. D'une certaine manière, cette situation le rassure. Mieux vaut affronter un mal connu que se retrouver face à un mal inconnu, en somme.

Le visage impassible, Policzki reprit :

— Vous considérez donc Kaye Winslow comme un mal ?

— C'était une figure de style, inspecteur, répliqua le doyen avec un demi-sourire.

— Pourriez-vous nous expliquer un peu mieux ce que vous entendez par « se moquer ouvertement de Sam Winslow » ? reprit Lorna.

— Ce n'est pas mon rôle de laver le linge sale de Sam en public. Si vous voulez une réponse à cette question, vous devriez la lui poser directement.

— Nous aimerions pouvoir le faire, intervint Policzki, mais il y a comme un hic : à en croire les déclarations précédentes du professeur, son mariage va pour le mieux.

— Je vous le répète : cela ne me regarde pas, fit Lydia Forbes tout en ouvrant un tiroir de son bureau pour en sortir un paquet de cigarettes.

Elle en extirpa un cylindre sans filtre qu'elle alluma avec un vieux briquet à essence. Refermant le couvercle de son Zippo avec un claquement sec, elle tira une longue bouffée de sa cigarette avant de recracher un jet de fumée bleutée par les narines.

Policzki émit une petite toux discrète. Quant à Abrams, elle ignora volontairement cette entorse au règlement qui interdisait que l'on fume dans les lieux publics. Visiblement, le doyen les provoquait. Son sourire pétillant de malice le prouvait bien.

Lydia Forbes exhala une seconde bouffée de tabac avant de reprendre la parole :

— Une ou deux fois par semaine, je m'autorise un acte

de désobéissance flagrant. Je considère cela comme une sorte d'assurance contre la sénilité précoce provoquée par l'ennui et la conformité aux lois. Ça vous contrarie ? Vous allez me mettre les menottes et m'emmener en cabane ?

Lorna ne put retenir un sourire amusé. Lydia Forbes avait du cran, et ça la rendait plutôt sympathique.

— Nous préférerions de beaucoup que vous nous permettiez de jeter un coup d'œil dans le bureau de Sam Winslow.

Forbes posa sa cigarette à moitié consumée sur le bord du cendrier de cristal taillé qui trônait sur son bureau. Une volute de fumée s'en éleva paresseusement, semblable à un serpent aux écailles d'un bleu transparent.

— Vous avez un mandat de perquisition ?

— Pas encore.

— Dommage pour vous. Qu'est-ce que vous cherchez exactement ?

Ce n'était pas le genre de femme à qui l'on pouvait raconter des bobards. Lorna décida donc de lui dire la vérité.

— Si je le savais, j'aurais déjà obtenu un mandat.

— En somme, vous n'avez pas la moindre idée de ce que vous pourriez trouver, conclut le doyen. Vous tirez au hasard, en espérant toucher quelque chose dans le noir, c'est ça ?

Plutôt bien trouvé comme image, songea Lorna. L'enquête n'avançait pas beaucoup pour le moment, et ils tâtonnaient, il fallait le reconnaître.

— Soyons sérieux, reprit Forbes. Honnêtement, je ne vois pas qui pourrait croire Sam Winslow responsable de la disparition de sa femme, et encore moins de ce meurtre d'inconnu.

— D'après ce que vous me dites, je pense au contraire

qu'il aurait mille raisons pour vouloir se débarrasser de Kaye Winslow.

— Certes. Mais Sam est assez intelligent pour comprendre que le divorce est nettement plus avantageux qu'une solution crapuleuse. Si toutefois vous suggérez qu'il pourrait avoir eu recours à ce genre d'extrémités.

— Nous ne suggérons rien, rétorqua Lorna. Mais, si jamais un malheur était effectivement arrivé à Mme Winslow, ne croyez-vous pas qu'il serait préférable d'éliminer le professeur de notre liste de suspects le plus rapidement possible ?

— Je ne vois pas en quoi une fouille en règle de son bureau vous permettrait de le rayer de votre liste, contre-attaqua le doyen d'un air sceptique. Une liste assez réduite, je présume, étant donné les circonstances.

— Ça, nous le saurons peut-être quand nous aurons eu accès au bureau du professeur.

Un nouveau sourire éclaira le visage austère de Lydia Forbes.

— Vous savez, j'adorerais bavarder avec vous plus longtemps, mais je suis déjà en retard pour une réunion. Par conséquent, si vous voulez bien m'excuser…

Elle tira une ultime bouffée de sa cigarette, puis l'écrasa impitoyablement dans le cendrier en se levant. Assise, elle en imposait déjà par sa prestance, mais debout elle était encore plus impressionnante.

— Avant de mettre à sac le bureau de M. Winslow, poursuivit-elle du même ton détaché, vous devrez me présenter un mandat de perquisition en règle.

— Il est très dommage, fit Policzki d'une voix glacée, que vous ne vous montriez pas plus coopérative. L'image que nous allons garder de cet entretien risque d'en être fortement ternie.

Tout en passant la lanière de son énorme sac noir sur son épaule, le doyen laissa échapper un grand rire de gorge.

— J'en tremble ! s'exclama-t-elle avec autant de naturel que si elle avait annoncé la fin d'un cours à des étudiants de première année. Bonne journée à vous, inspecteurs.

Boucles Rousses s'appelait en fait Maureen Grogan. Pendant que Policzki lui servait son petit numéro de charme pour essayer d'obtenir des informations supplémentaires, Lorna se glissa dans le couloir afin de mener sa petite enquête discrètement. Elle passa devant une classe dont la porte était ouverte, et aperçut un professeur à l'embonpoint déjà marqué, debout devant un tableau couvert d'inscriptions algébriques des plus sibyllines. Il essayait visiblement d'initier son auditoire réduit — une trentaine d'étudiants seulement — aux mystères des mathématiques, et cela avec plus ou moins de succès : seuls deux ou trois élèves hochaient la tête tout en prenant des notes, alors que les autres affichaient une expression vague et légèrement perplexe.

Un peu plus loin, elle tomba sur la bibliothèque. La porte était ouverte, là aussi, et Lorna n'hésita pas à entrer.

Des sortes de boxes permettaient de s'isoler pour travailler tranquillement. Il y avait aussi plusieurs grandes tables de bois poli où des étudiants étaient installés, des piles de livres devant eux, un stylo à la main. D'autres élèves s'affairaient du côté de la réserve. Sur une table dans un coin de la grande pièce était exposée une jolie collection de céramiques guatémaltèques, dont les vases, bols et tasses mettaient une note joyeusement colorée au milieu de ce temple du savoir qu'était la bibliothèque universitaire.

Sur chaque centimètre carré de mur libre s'étalaient des posters. Il y en avait pour tous les goûts : des photos de la tour Eiffel clignotant la nuit au-dessus de Paris avoisinaient des clichés montrant les pyramides d'Egypte, splendides et austères dans leur mystère immémorial. D'autres affiches rappelaient aux étudiants l'importance de la culture littéraire, tandis qu'un certain nombre de reproductions d'œuvres d'art célèbres venaient ajouter leur touche picturale : Lorna reconnut sans peine la Joconde, ainsi que des tableaux de Rembrandt et de Van Gogh. Visiblement, le personnel du Back Bay Community College — ou BBCC, comme on appelait familièrement l'université — avait à cœur de proposer aux étudiants d'élargir l'horizon de leurs connaissances au-delà du sigle Citgo[1] qui délimitait le quartier de Kenmore Square. Le BBCC n'était pas aussi prestigieux qu'Harvard, mais au moins les membres du corps enseignant essayaient autant que possible d'offrir à leurs ouailles l'opportunité de se cultiver.

Lorna retourna sur ses pas et trouva Policzki qui l'attendait.

— Alors, qu'est-ce que tu as à m'apprendre ?

— J'ai l'emploi du temps complet de Winslow. Plus un nom : David Briggs, chargé de la maintenance de l'atelier de peinture mis sur pied par notre cher professeur.

— Beau travail, Policzki. Peut-être que de temps en

1. Sigle triangulaire géant d'une compagnie pétrolière, associé dans la culture populaire aux Red Sox de Boston, équipe de base-ball résidente de Boston dont le stade se trouve vers Kenmore Square (*NdlT*).

temps je pourrais te laisser jouer le gentil flic, en échange de tes bons et loyaux services.

L'atelier de peinture se trouvait au premier étage, dans une petite pièce encombrée de chevalets où trônaient des œuvres en cours de réalisation. Sur le mur à droite de l'entrée, il y avait des rangées d'étagères pleines de fournitures destinées aux artistes en herbe qui se hasardaient dans cet étroit espace. Sur l'appui de la fenêtre, une pile de magazines spécialisés aux pages cornées jaunissaient au soleil d'octobre. Dans le fond, une jeune fille assise sur un tabouret devant une peinture inachevée paraissait totalement absorbée par son examen minutieux de « l'œuvre » qu'elle était en train de peaufiner. Pinceau en main, elle plissait les yeux, aussi concentrée que les enfants de Lorna quand ils regardaient un clip sur MTV. A l'entrée du « studio » de peinture, derrière le bureau réservé aux professeurs, un trentenaire vêtu d'une blouse constellée de taches de peinture semblait fasciné par la lecture d'une BD, à tel point qu'il en oubliait de mordre dans son sandwich entamé ou de porter sa cannette de soda à ses lèvres.

Lorna toussota pour attirer son attention. Levant les yeux de son livre, le jeune homme sourit aux deux policiers.

— Vous êtes bien David Briggs ? fit l'inspecteur Abrams.

— Mais oui. Que puis-je faire pour vous ?

Lorna lui mit son insigne sous les yeux.

— Je suis l'inspecteur Abrams, de la police municipale, et voici l'inspecteur Policzki. Vous êtes à la tête d'un joli petit atelier, monsieur Briggs, dit-elle en faisant mine de découvrir les lieux.

— Oui, c'est le professeur Winslow qui en a eu l'idée, il y a deux ou trois ans. C'était un débarras, avant. Il a dû se battre pour convaincre les instances dirigeantes de l'université : on parlait de compression de budget, d'impossibilités politiques et autre charabia administratif. Bref, ça paraissait inenvisageable au début, mais Sam a fini par venir à bout des réticences du comité chargé d'étudier le projet. Son argument majeur, c'était qu'après son lancement l'atelier fonctionnerait plus ou moins en autonomie. Et aussi que les étudiants allaient s'inscrire en masse à ce cours optionnel. Il avait raison, d'ailleurs : les places sont généralement toutes prises, deux ou trois jours après le début du trimestre. Et voilà le travail.

— Et quel travail ! s'exclama Lorna tout en examinant de plus près une ébauche de nature morte sur le chevalet juste à côté du bureau de David Briggs.

Elle n'était pas critique d'art, mais à ses yeux le tableau était déjà très prometteur.

— Joli début, dit-elle d'un air sincère.

Abandonnant BD, sandwich et boisson, Briggs se leva pour venir se poster aux côtés de l'inspecteur Abrams.

— Ça ? C'est une toile de Julie Coulter. Ce n'est pas fini, bien sûr, mais elle a un certain talent, vous ne trouvez pas ? Avant de s'inscrire à ce cours, Julie n'avait jamais suivi le moindre cours de peinture ou de dessin. Grâce aux conseils de Sam, elle a fait des progrès énormes. Vous seriez surprise de constater le nombre d'étudiants qui suivent cette option. D'autant que BBCC n'est pas à proprement parler une école d'art.

Sans répondre, Lorna continua sa visite du « studio ».

— Bien sûr, dit Briggs qui ne la quittait pas d'une semelle, apparemment enchanté de l'intérêt qu'elle portait aux œuvres en devenir exposées dans la pièce, nos étudiants ne sont pas tous aussi doués les uns que les autres, mais ça ne fait rien. Ce cours est réservé aux débutants. N'importe qui peut s'y inscrire.

— Je vois. Et c'est M. Winslow qui est responsable de cet atelier ?

— Oui. C'est bien normal : sans lui, jamais cet endroit n'aurait vu le jour.

— Est-ce qu'il enseigne aussi dans les niveaux supérieurs ?

— Ça fait trois ans qu'il réclame à l'administration la possibilité de proposer un cours d'approfondissement aux élèves qui le désirent. Malheureusement, jusqu'ici, il s'est toujours vu opposer un refus catégorique. C'est vraiment dommage, parce qu'après avoir suivi ce cours beaucoup de nos étudiants aimeraient continuer, et ils se retrouvent le bec dans l'eau.

— J'en conclus que M. Winslow est peintre, lui aussi ?

— Et un excellent peintre, qui plus est ! Un véritable artiste. Regardez donc ce tableau, là-bas, sur le mur : c'est l'une de ses dernières œuvres. Je ne connais personne d'aussi habile dans l'utilisation de la couleur et du mouvement sur une toile. Il y a tellement de vie dans ses peintures…

Lorna resta sans voix devant la toile que lui désignait Briggs. C'était un de ces tableaux abstraits pleins de couleurs criardes et de formes asymétriques dont la juxtaposition audacieuse lui semblait toujours incompréhensible. Elle était complètement hermétique à l'art abstrait. Par exemple, Picasso, avec sa fichue manie de placer sans raison le sein d'une femme en haut de sa tête au lieu de le laisser là où il devait être. Comment Briggs pouvait-il prétendre que le « tableau » qu'elle avait devant elle était l'œuvre d'un « véritable artiste » ? Comment était-on censé juger des mérites d'un truc qui donnait l'impression qu'un type avait balancé des jets de peinture au hasard sur une toile vierge ?

Ne sachant trop ce qu'elle devait dire, Lorna préféra changer de sujet.

— Vous travaillez ici avec M. Winslow ?

— Oui. Enfin, je devrais plutôt dire que je travaille pour lui, et non avec lui. Hiérarchiquement, c'est lui mon supérieur.

— Et quel poste occupez-vous ?

— Je suis assistant affecté exclusivement à l'atelier. Je suis là pour donner un coup de main pendant les cours, ranger et nettoyer les lieux, et aussi assurer une permanence à certaines heures de la journée pour que les étudiants puissent venir travailler sur leurs tableaux.

— Depuis combien de temps officiez-vous ici ?

— Trois saisons universitaires, répondit Briggs avec un bon sourire. Je suis moi-même étudiant moniteur, ce qui veut dire qu'on me renouvelle mon contrat de manière semestrielle. Ça fait partie de la bourse qu'on m'a attribuée pour me permettre de poursuivre mes études.

— J'en déduis que vous connaissez relativement bien le professeur Winslow ?

— En effet.

— Et vous aimez travailler avec lui ?

Posant négligemment sa basket sur un barreau de chaise, Briggs répondit avec complaisance :

— Eh bien, je dirais que c'est plutôt cool. Sam est aussi sympa qu'en cours devant ses étudiants. Il a un peu tendance à s'énerver, mais en général il se retient.

Lorna et Policzki échangèrent un regard rapide mais significatif.

— Tiens donc ! fit Policzki. Et ça vous est déjà arrivé de pâtir de sa tendance à l'énervement ?

— Non, vraiment jamais. Avec moi, il s'est toujours montré charmant. Tout comme avec ses étudiants, d'ailleurs. La preuve, c'est qu'ils l'adorent, répondit Briggs.

Puis il se pencha vers ses interlocuteurs et reprit, l'air soudain confidentiel :

— Seulement, l'autre jour, je l'ai entendu parler au téléphone avec sa femme, et croyez-moi ça bardait ! Je ne sais pas ce qu'elle lui avait fait, mais il semblait prêt à l'étrangler tellement il était furieux.

— Vraiment ? fit Lorna en masquant l'étincelle d'intérêt qui s'était allumée dans ses yeux vifs. Et Mme Winslow, vous la connaissez ?

— Pas personnellement, non. Mais j'ai beaucoup entendu parler d'elle. Avec la réputation qu'elle a…

— Quelle réputation ?

— Eh bien, expliqua Briggs avec un mouvement de sourcils évocateur, disons que le sex-appeal de cette dame est légendaire !

— Vous voulez dire que le professeur Winslow se vante ouvertement d'avoir une épouse particulièrement attirante ?

— Non, non, pas du tout. Ce n'est pas son genre, de jouer les prétentieux. Ce sont les autres qui en font des gorges chaudes. Vous savez, à l'université, on s'ennuierait à mourir s'il n'y avait pas de ragots croustillants à échanger… Mais bon, c'est quoi, toutes ces questions ? Il se passe un truc louche ?

Apparemment, le jeune homme ne lisait pas la presse, pas plus qu'il ne suivait les infos à la télé. Lorna ignora délibérément sa question pour en poser une autre — une technique classique pour n'importe quel inspecteur débutant.

— Quand avez-vous parlé au professeur Winslow pour la dernière fois ?

— Eh bien, pas aujourd'hui, en tout cas. Ni hier, puisque c'était mon jour de congé. Je crois bien que je ne l'ai pas vu depuis vendredi.

— Et vendredi, comment allait-il ? Il avait l'air normal ? Comme d'habitude ?

— Oui, pourquoi ? Enfin, sauf que… Maintenant que vous le dites, il avait effectivement l'air un peu… comment dire ? Un peu distrait, peut-être. Sur une autre planète, quoi ! Je suis allé le voir dans son bureau pour lui demander un truc, et il a fallu que je lui dise trois fois bonjour pour qu'il prenne conscience de ma présence. Il était assis, les yeux dans le vague, à fixer le mur d'un air bizarre. Sûr qu'il n'était pas dans son assiette.

— Et ce n'est pas dans ses habitudes ?

— Pas du tout ! Généralement, il a plutôt la pêche, et il réagit au quart de tour quand on lui demande un conseil. Je me suis dit qu'il avait peut-être des soucis personnels. C'est ce jour-là que je l'ai entendu se disputer au téléphone avec sa femme. Ils ne devaient pas avoir réussi à régler leur différend — c'est du moins ce que j'ai conclu en le voyant perdu dans ses pensées.

— En tout cas, merci d'avoir bien voulu nous répondre, fit Lorna tout en esquissant un geste en direction du sandwich entamé qui attendait toujours sur le bureau de Briggs. Et désolés d'avoir interrompu votre…

— Bah ! C'est pas bien grave ! répondit le jeune homme avec un bon sourire.

Les inspecteurs avaient à peine quitté l'atelier qu'il était déjà retourné à sa BD.

Assise à une table de la cafétéria du lycée, Gracie Winslow faisait rouler du bout de sa fourchette les petits pois qui se trouvaient dans son assiette. Lentement, avec une précision méticuleuse, elle aligna toutes les petites boules vertes avant de les compter : il y en avait onze. Onze petits pois pâteux et exécrables, tout droit sortis de leur boîte et chauffés jusqu'à ce qu'ils menacent d'exploser dans leur peau.

Depuis mardi soir, elle essayait vainement de retrouver la trace de Carlos : on aurait pu croire qu'il s'était tout simplement volatilisé. De leur côté, les flics n'avaient pas encore réussi à localiser Kaye, pas plus qu'ils n'avaient identifié le cadavre. Ce qui n'arrangeait rien à l'état de son père : il s'était mis à boire plus que de raison. Rien que ce matin, au petit déjeuner qu'ils avaient partagé avant de quitter la maison, elle avait pu sentir l'odeur du whisky imprégner son haleine. S'il continuait sur cette pente dangereuse, il allait falloir qu'elle appelle tante Mia au secours pour redresser la barre.

Tante Mia, elle était super : elle, au moins, elle botterait les fesses de papa si c'était ce qu'il fallait pour que leur vie reprenne son cours normal. Gracie l'avait déjà vue officier, et elle en gardait un souvenir impressionné. En apparence, tante Mia était exquise, policée, distinguée — une vraie femme du monde. Mais elle pouvait se montrer implacable quand il s'agissait de faire bouger les choses et les gens. A part sa mère, que Gracie idolâtrait, mais dont elle ne se souvenait plus très bien (huit ans, c'était long à son échelle), personne ne lui paraissait aussi fort ni digne de respect que sa tante Mia.

A l'autre bout de la table de Formica gris d'une laideur sans nom, Ashlee Jordan tenait en haleine sa cour habituelle d'admiratrices écervelées.

— Ouais, tu vois, il a fait genre « tu sais bien que c'est pas ça que je veux », et moi j'ai répondu genre « ouais, c'est ça, c'est pour ça que tu m'as menti sur Bunny et que t'es sorti avec elle ». Alors, lui, il a dit genre « mais je t'ai déjà dit que c'était largement avant que je te demande de sortir avec moi », et moi je lui ai balancé, cash, « ouais, ben, dégage, espèce de loser minable ! »

Amanda Elkins et Kim Farrell, les deux meilleures copines de cette cruche d'Ashlee, hochèrent leurs petites têtes blondes en cadence. Elles avaient vraiment l'air complètement débiles et inintéressantes, comme les petits chiens en feutrine qui opinent bêtement du chef sur les plages arrière de certaines voitures de beaufs, se dit Gracie tout en levant les yeux au ciel devant la stupidité de ses congénères.

Reprenant sa fourchette bien en main, elle harponna le premier petit pois de la ligne, insensible à ses hurlements de douleur silencieux. Avec précaution, elle le porta à sa bouche pour le mastiquer consciencieusement dix-sept fois de suite (elle comptait toujours ses mouvements de mâchoire) avant de l'avaler. Dix-sept — c'était son chiffre miracle, son porte-bonheur. Si elle mâchait dix-sept fois chaque bouchée de nourriture avant de l'envoyer au fond de son estomac, elle serait récompensée par les instances célestes qui lui accorderaient les cuisses fuselées et le ventre plat dont elle rêvait depuis si longtemps.

— Et alors, qu'est-ce que tu vas faire ? demanda Amanda

à Ashlee. C'est terrible de plus avoir de cavalier pour le bal d'Halloween, non ? Comment tu vas t'en sortir ?

— Je m'en fiche pas mal ! s'exclama Ashlee d'un air suprêmement dédaigneux. C'est terminé avec ce naze — vous m'entendez, les filles ? *Ter-mi-né* ! De toute façon, il doit y avoir, allez, genre au moins huit cents autres mecs qui n'attendent que ça, de savoir que je suis libre, pour me demander de sortir avec eux. Je vous parie que si je faisais une annonce genre là, tout de suite, en deux minutes, pas plus, j'aurais tous les mecs de la cafétéria à mes pieds ! Tout le monde dit que je ressemble trooop à Jessica Simpson — aussi sexy, genre trop la classe, quoi !

Gracie transperça de la pointe de sa fourchette le petit pois numéro trois, laissant un répit momentané au petit pois numéro deux qu'elle comptait quand même exécuter impitoyablement, ne serait-ce que pour le punir de cette couleur verte et de cet aspect luisant qui lui donnaient envie de vomir.

Sous son T-shirt à l'effigie du groupe Modest Mouse, son estomac gargouilla faiblement, comme pour protester contre les mauvais traitements qu'elle lui faisait subir. Ignorant volontairement les rappels à l'ordre de son organisme affamé, Gracie mit le malheureux petit pois dans sa bouche, le fit rouler de gauche à droite et commença à le mâcher méthodiquement. *Un, deux, trois, quatre, cinq, six…*

— Hé, Gracie ! J'suis au courant pour ta belle-mère.

Interrompue au beau milieu de sa manœuvre délicate, Gracie lança un regard glacial à Victoria Roberts installée juste en face d'elle, de l'autre côté de la table. Cette peste de Vicky était tout simplement sensass dans son petit haut court et ajusté qui laissait entrevoir son ventre lisse et plat, dont le dessin style Lolita contrastait avec son jean délavé à la limite de l'usure. L'adolescente fixait Gracie d'un œil rond tout en ouvrant sa briquette de lait. Sans doute attendait-elle une réponse ? Mais laquelle ? Sa remarque n'avait pas pris la forme d'une question ; elle avait juste dit qu'elle était « au courant pour sa belle-mère ». Ce n'était pas franchement une ouverture pour entamer une vraie conversation.

Gracie continua donc son masticage silencieux jusqu'à ce qu'elle atteigne le nombre d'or — dix-sept. Ensuite, elle prit la bouteille d'Evian qui attendait sur son plateau, et fit couler les deux petits pois qui lui collaient encore au fond du gosier.

De son côté, Vicky prit une petite gorgée de lait avant de lui adresser un sourire moqueur.

— Alors comme ça, d'après ce qu'on m'a dit, le type qu'on a retrouvé mort, c'était son amant, mais il voulait casser avec elle. Ils étaient en train de se payer une dernière partie de jambes en l'air — juste comme ça, genre une ultime petite folie à deux — et paf ! Comme ça, sans prévenir, ta belle-mère sort son flingue et le bute. Alors qu'ils étaient en pleine action. Tu imagines un peu ? Il y avait du sang partout quand on l'a retrouvé, et des morceaux de cervelle qui lui sortaient du crâne, à ce pauvre type — bref, un vrai carnage. Dégueu, quoi !

Décidément, on pouvait dire que les rumeurs se répandaient comme une traînée de poudre, dans ce lycée détestable. Complètement mythos, ces filles — l'histoire déjà complexe à la base prenait une dimension proprement rocambolesque avec elles. Plutôt que de rectifier le récit totalement idiot de cette potiche de Vicky, Gracie préféra noyer les insultes qui lui montaient aux lèvres dans une nouvelle gorgée d'eau minérale.

— Tu sais, poursuivit Vicky tout en déchirant le haut d'une dosette de ketchup pour l'étaler généreusement sur son hamburger, t'es vraiment zarbi, des fois. T'es un mutant ou quoi ?

— Quoi, répondit Gracie avec une pointe d'ironie triomphante.

Plissant les yeux, Vicky resta sans voix quelques instants, comme si elle avait besoin d'un temps infini pour comprendre la repartie humoristique de sa congénère.

— Ouais, enfin, t'es pas nette, en tout cas. T'as des allures de Gremlins, des fois, avec ton look strange. T'as sûrement des tendances meurtrières, en plus. Comme ta mère.

— C'est pas ma mère, répliqua Gracie d'un ton sec.

— Ouais, enfin, c'est du pareil au même, fit Vicky tout en haussant ses jolies épaules.

— C'est pas ma mère, mais elle m'a quand même appris deux trois trucs sur la meilleure façon de tuer les emmerdeurs, ajouta Gracie en prenant un air mystérieux.

— Ouaaais, c'est ça, j'te crois ! lança Vicky en pouffant.

— Ne rigole pas, c'est pas drôle : j'ai des pouvoirs très spéciaux, déclara Gracie. Je peux les utiliser pour faire le bien — ou le mal. Par exemple, si t'es quelqu'un que j'apprécie, je peux t'aider à ne pas être coincée dans un embouteillage. Par contre, si t'es quelqu'un que j'aime pas, eh bien…

Elle laissa exprès sa phrase en suspens, et pour plus d'effet elle haussa les épaules, l'air de dire « je t'aurai prévenue ; ne viens pas te plaindre si tu as des ennuis ».

Si cette crétine prétentieuse avait la trouille, ça lui ferait les pieds !

Avec un petit reniflement de mépris, Vicky lui lança ce qu'elle considérait sans doute comme l'insulte suprême :

— Je ne comprends même pas comment tu as pu être acceptée dans cette école.

— Facile : j'ai passé les mêmes tests de sélection que toi, Einstein ! rétorqua Gracie avec une grimace. Un seul test, en fait. L'intitulé, c'était : « Mon père peut payer les frais de scolarité monstrueux de ce trou à rats ! » Ça te dit rien, *Carrie* ?

— C'est qui, cette Carrie ?

— C'est le titre d'un roman de Stephen King, pauvre naze ! Mais t'as peut-être jamais ouvert un bouquin de ta vie ?

— Stephen King ? répéta Vicky, l'air plus stupide que jamais. C'est pas ce type qui écrit des trucs vraiment zarbis, genre limite du taré ? Tout à fait ton style, quoi !

— Eh bien, dans le roman, Carrie possède des pouvoirs psychokinétiques, et…

— De quoi ? fit Vickie en fronçant son ravissant petit nez. Psychokimachin quoi ?

— T'y connais vraiment rien ! Ça veut dire qu'elle peut faire arriver des trucs rien qu'en y pensant très fort dans sa tête.

Vicky parut complètement abasourdie par l'étendue des possibilités ouvertes à son imagination restreinte.

— Du genre elle pouvait gagner à la loterie ? Ou alors faire que Jake Gyllenhaal tombe amoureux d'elle ?

— Du genre elle pouvait faire mourir des gens sans même les toucher, plutôt, pauvre nouille ! reprit Gracie avec exaspération. Tu comprends, les autres à l'école traitaient la pauvre Carrie comme de la merde ; ils s'étaient arrangés pour lui faire croire qu'ils avaient envie qu'elle aille au bal de fin d'année avec eux, et là ils lui ont fait tomber un seau plein de sang de porc sur le crâne. Seulement, ils avaient pas prévu qu'elle se vengerait, et pas qu'un peu : ils lui avaient tellement cassé les pieds qu'elle a détruit toute la ville où ils habitaient, et elle a fait crever pratiquement tout le monde du même coup. Trop horrible — et trop génial comme histoire !

Le front de Vicky se contracta dans un plissement d'incompréhension.

— Et alors, où tu veux en venir, espèce de mutante ?

Gracie se leva dignement, ramassa son plateau, passa négligemment une bretelle de son sac à dos sur son épaule et décocha un regard lourd de signification à cette idiote de Vicky qui la fixait toujours d'un air bête.

— C'est tout simple : fais attention à qui tu casses les pieds.

Sur ce, elle se dirigea vers la poubelle pour y jeter les restes de son frugal déjeuner avant de déposer son plateau vide en haut de la pile. Lorsqu'elle eut poussé la porte battante de la cafétéria pour quitter ce lieu de perdition, elle tomba sur un couloir désert et silencieux. Sans hésiter, elle prit la direction de la salle multimédia. Il lui restait encore dix bonnes minutes avant la fin de la pause déjeuner, c'est-à-dire bien assez de temps pour consulter sa boîte mail afin de voir si Carlos lui avait par hasard laissé un message.

Elle n'était pas censée se balader dans le coin sans passe. L'administration de cette école pourrie traitait vraiment les élèves comme des gamins de quatre ans. On n'avait même pas le droit de se rendre aux toilettes si on n'avait pas demandé au préalable un passe vous autorisant à fouler le sol sacré de ce foutu couloir ! Mais comme, pour le moment, il n'y avait absolument personne pour le lui faire remarquer elle s'en fichait pas mal. De toute façon, si elle rencontrait un prof, elle garderait la tête haute et elle lui décocherait un sourire tellement assuré que ça passerait comme une lettre à la poste. Comme sa tante Mia le répétait souvent, quand on ne peut pas en mettre plein la vue aux gens par un vrai talent, autant y aller au culot : ça marche toujours.

Gracie atteignit la porte vitrée de la salle multimédia. Il n'y avait pas de lumière à l'intérieur, à part celle qui était dispensée par la douzaine d'écrans qui scintillaient faiblement. L'adolescente regarda à gauche, puis à droite : personne à l'horizon. Elle posa la main sur la poignée et soupira de soulagement : ce n'était pas fermé à clé. Elle allait pénétrer dans le sanctuaire de l'école quand une voix de jugement dernier retentit derrière elle, l'arrêtant net dans son élan.

C'était Felicia Marlowe, la redoutable directrice de cette respectable académie. Autant dire qu'elle était cuite ! Figée sur place, Gracie dut se retenir pour ne pas céder à la panique.

— Gracie Winslow ? fit la directrice d'un ton impérieux qui aurait terrorisé n'importe quel individu doué d'un peu de sens commun. Et que croyez-vous donc faire ici, jeune fille ?

7.

La vente s'éternisait, et Mia piaffait d'impatience. En tant qu'agent immobilier, elle représentait les propriétaires qui voulaient vendre leur maison de famille pour aller passer une retraite dorée en Floride à jouer au golf et au tennis. Les Bennett étaient vraiment des clients de rêve ; c'était plutôt les acheteurs qui posaient problème. Brett Gunderson travaillait dans une banque d'investissement et sa femme, Brenda, exerçait le métier de comptable. Ils avaient insisté pour relire attentivement chaque ligne de l'acte de vente, y compris les petits caractères, avant d'y apposer leur signature. Résultat : ce qui n'aurait dû prendre qu'une quarantaine de minutes avait duré pratiquement deux heures. Leur agent immobilier, Marty Scalia, n'arrêtait pas de jeter des coups d'œil exaspérés à sa montre, pendant que Greg Dubrowski, l'avocat de la compagnie, tambourinait impatiemment des doigts sur la table de la salle de conférences où ils se trouvaient réunis. Malgré l'alliance en or qu'il portait à la main gauche, Dubrowski ne se privait pas de jouer de son charme, et notamment auprès de Mia, mais elle ne l'avait jamais trouvé attirant. Un ego surdimensionné comme celui de Dubrowski n'était pas précisément la qualité qu'elle préférait. A cela s'ajoutait l'alliance qu'il ne se souciait même pas de dissimuler.

Mais, si Mia se montrait difficile, quantité d'autres femmes ne s'encombraient pas des mêmes scrupules, et, si ce séducteur concluait nombre d'affaires autour d'une table, il ne se privait pas d'en mener d'autres, tout aussi rondement, dans des draps de soie.

Quoi qu'il en soit, à présent que Mia connaissait la triste vérité au sujet des mœurs répréhensibles de Kaye, elle ne pouvait s'empêcher de se demander si sa belle-sœur avait figuré un jour au palmarès de ce beau parleur de Greg.

A cette idée, Mia se sentit aussitôt coupable. Ce n'était pas dans ses habitudes de se préoccuper des ragots plus ou moins justifiés qui couraient dans le petit monde de l'immobilier. Allait-elle passer le reste de ses jours à se demander si Kaye avait couché avec tous les hommes raisonnablement attirants de son entourage ? Cela ne servirait à rien. Pourtant, elle n'arrêtait pas d'y penser. Même s'il n'était pas parfait, Sam ne méritait pas d'être traité de cette façon. Comment ne s'était-elle pas rendu compte de ce qui se passait ? Cela faisait des années que Kaye et elle travaillaient ensemble cinq jours par semaine, et elle n'avait rien vu ? Elle était vraiment aveugle, ou trop prise par ses soucis domestiques et personnels. Ou alors, elle avait préféré ignorer les signes évidents de l'infidélité chronique de son associée, peut-être parce qu'elle refusait de croire qu'elle avait pu se tromper à ce point sur la vraie nature de celle à qui elle avait fait confiance. D'autant que le cocu dans cette histoire navrante n'était autre que son propre frère…

Les Gunderson finirent par signer les documents qu'on

leur avait présentés, et elle faillit laisser échapper un soupir de soulagement.

Greg se leva, donnant le signal de la fin des négociations, et l'on échangea des poignées de main enthousiastes.

Mia réussit à s'échapper discrètement. Elle avait l'estomac dans les talons et une terrible envie d'aller aux toilettes. Pas étonnant après les vingt litres de café qu'elle avait ingurgités depuis son réveil !

Après avoir paré au plus pressé, elle s'examina en détail dans la glace tout en se lavant les mains : elle n'était pas bien belle à voir. Sa pâleur et les cernes qui soulignaient ses yeux fatigués témoignaient des soucis qui la minaient. Elle aurait pu essayer de camoufler les dégâts sous une couche de maquillage, mais elle n'en avait même pas le courage : ce n'était pas avec du fond de teint et un soupçon de blush que la situation s'améliorerait. Jusqu'à ce qu'on retrouve sa belle-sœur, Mia savait bien qu'elle ne recouvrerait pas la paix.

Elle se dirigea vers les ascenseurs pour descendre. Comme elle était seule dans la cabine, elle s'autorisa à sortir son portable pour appeler sa boîte vocale, au cas où il y aurait un message avec des nouvelles de Kaye.

Evidemment, il n'y en avait pas. Découragée, elle referma son téléphone juste au moment où les portes de l'ascenseur s'ouvraient. Elle traversa le hall de granit sans s'arrêter, et elle allait atteindre la sortie quand Marty Scalia la rattrapa.

— Salut, ma beauté ! lui lança-t-il. Ça te dirait d'offrir à ton plus fervent admirateur un café et un sandwich pour le déjeuner ?

Sans ralentir, elle lui répondit d'un ton chargé de reproche :

— Tes clients ont été vraiment horribles, Marty.

— Je sais, je sais. Mauvais tirage. De vrais emmerdeurs, ces deux-là ! Désolé, ma belle. Ça ne se reproduira pas.

— Attention aux promesses intenables ! répliqua Mia avec un demi-sourire.

Si n'importe quel autre homme l'avait appelée « ma beauté », elle lui aurait collé son poing dans la figure pour manque de respect. Mais pas Marty : il lui avait donné ce surnom dès la première semaine où elle était venue travailler avec lui. C'était neuf ans plus tôt ; elle venait de perdre son mari et se retrouvait toute seule, perdue, sans savoir où aller ni vers qui se tourner. Avec son caractère entier et son affection bourrue, Marty lui avait tout simplement sauvé la vie.

Ils sortirent ensemble du bâtiment et se mêlèrent à la foule qui encombrait le trottoir. De l'autre côté de la rue, Mia aperçut un stand de hot dogs pas très loin de l'entrée du parc. Même à cette distance, elle percevait l'odeur des oignons frits qui couvrait partiellement celle des pots d'échappement. En pleine journée, il y avait toujours une circulation monstre dans cette partie de la ville. En tout cas, l'estomac de Mia avait reçu le message olfactif envoyé par le vendeur de hot dogs. L'heure du déjeuner était largement dépassée, et elle avait affreusement faim. Alors, pourquoi ne pas déjeuner avec Marty ? Surtout qu'en discutant tranquillement autour d'un hot dog elle obtiendrait peut-être des informations intéressantes. Son ancien patron était constamment aux aguets : peut-être savait-il quelque chose qui permettrait de localiser Kaye plus rapidement ? Et, même si ce n'était pas le cas, ça ferait du bien à Mia de lui confier ses angoisses et ses doutes.

Lui, au moins, n'était pas du genre à aller répéter partout ce qu'elle lui aurait dit.

— Ecoute, voilà ce qu'on va faire, fit-elle en se tournant vers Marty. Si au lieu d'un sandwich et d'un café, tu es partant pour un hot dog et une cannette de soda que l'on dégustera dans le parc, j'accepte de t'inviter.

— D'accord, je veux bien me lancer, répondit Marty tout en lui décochant un regard de biais pendant qu'ils attendaient le feu rouge pour traverser. Tu m'inquiètes un peu, Mia : tu n'as vraiment pas l'air en forme. Mal dormi ?

Ils s'engagèrent sur le passage piéton pour traverser la rue Tremont, imités par une bonne centaine de personnes affairées.

— Oh, Marty ! soupira la jeune femme. Tu n'as pas idée…

— Eh bien, je crois que je devine un peu ce que tu dois ressentir, reprit-il. Je suis au courant pour Kaye. Ecoute, ma beauté, il y a justement quelque chose dont je veux te parler, et…

— Je m'occupe des hot dogs, déclara Mia d'un ton décidé. Toi, trouve-nous un banc de libre dans le parc. Je reviens tout de suite : on va enfin pouvoir déjeuner, et discuter par la même occasion.

Sam perdit une bonne demi-heure à rouler sans but à la périphérie de la ville, marmonnant dans sa barbe des mots sans suite et des imprécations. Il allait devenir dingue, à ce rythme ! Comment sa vie avait-elle pu dérailler à ce point ? D'accord, il n'était pas un saint. Mais qui pouvait prétendre se conduire de manière totalement irréprochable ? Personne. Quand on creusait un peu, même les gens les plus parfaits en apparence dissimulaient des secrets honteux et inavouables. Il avait peut-être de gros défauts, mais en quoi était-il pire que son prochain ? Il avait fait une bêtise, d'accord, et il payait excessivement cher ce malheureux faux pas.

Lorsqu'il eut brûlé un feu rouge et qu'un routier l'eut copieusement arrosé d'insultes, il se dit qu'il valait peut-être mieux faire une pause pour éviter de se retrouver à la morgue. Il gara donc sa voiture dans une rue secondaire, mit des pièces dans le parcmètre, but un café bien chaud et se promena sans autre but que de recouvrer un minimum de calme.

Au-dessus de sa tête, les feuillages d'octobre constituaient une véritable explosion de couleurs chaudes. En temps normal, il aurait pris plaisir à les admirer. Mais aujourd'hui il ne les remarquait même pas. Sa vie ne tournait plus rond. Comme aurait dit sa sœur, il était dans la merde jusqu'au cou. Sans espoir de s'en sortir.

Son portable se mit brusquement à sonner, et il sentit son cœur s'emballer. Seulement, il s'était fait une fausse joie : ce n'était que Lydia. Machinalement, il regarda par-dessus son épaule avant de décrocher. Pourquoi donc avait-il eu ce geste ? Il n'y avait pas de méchants monstres derrière lui, tout de même. Ni de gens prêts à l'égorger sur place. Quoique… Cet étudiant asiatique avec son sac à dos négligemment jeté sur l'épaule, c'était peut-être une espèce de brute sanguinaire qui n'attendait qu'un instant d'inattention pour lui régler son compte une fois pour toutes ! La rue Newbury n'avait pas précisément l'allure d'un coupe-gorge, mais par les temps qui couraient il fallait se méfier de tout et de tout le monde…

Ou peut-être bien que Sam perdait la boule, tout simplement.

— Salut, Lydia ! fit-il dans le combiné.

Il lui semblait étrange, presque irrespectueux, compte tenu du bouleversement de son existence, que la terre continue de tourner comme si de rien n'était. A BBCC, la vie suivait son cours tranquille et routinier, comme chaque jour depuis la rentrée universitaire. Les étudiants bavardaient dans les couloirs, les professeurs donnaient des interros surprise, les secrétaires tapaient des mémos, et les commissions universitaires persistaient à prendre des décisions absurdes qui finiraient par faire couler leur institution. Au moins, c'était rassurant de se dire que certaines choses ne changeaient pas, quoi qu'il arrive.

Hélas ! Sam n'avait pas prévu que Lydia l'alpaguerait aussi violemment.

— Pourquoi tu ne m'as rien dit, bordel de merde ? hurla-t-elle à l'autre bout du fil.

Fermant les paupières, Sam dut lutter pour ne pas céder à la nausée qui menaçait de le terrasser depuis que ces deux flics avaient passé sa porte pour lui annoncer que sa femme avait disparu.

— Je suppose que j'étais encore sous le choc, répondit-il d'une voix accablée.

Ce n'était qu'un demi-mensonge : il continuait effectivement d'accuser le coup, mais ce n'était pas pour cette raison qu'il avait consciencieusement évité sa collègue.

— Tout ça me semble si… irréel, Lydia ! Si complètement fou et absurde !

Là, au moins, il disait la vérité. L'entière vérité.

— Si tu m'avais prévenue ce matin en arrivant à la fac,

j'aurais peut-être pu limiter les dégâts. Mais il est un peu tard pour s'en soucier, à présent.

— Quels dégâts ? demanda Sam, soudain inquiet.

— Oh, bon sang, Sam ! Pour une fois dans ta vie, tu veux bien arrêter de jouer le professeur ahuri trop plongé dans ses élucubrations intellectuelles pour comprendre comment ça marche dans la vraie vie ? Ça m'arrangerait que tu fasses fonctionner tes méninges pour de bon. Tu croyais vraiment que Nyles Larsen et sa joyeuse bande de partisans dévoués passeraient à côté d'une occasion en or comme celle que tu viens de leur offrir ?

— Et merde ! jura Sam. La commission de titularisation… J'avais complètement oublié. Comment ça se présente ?

— Pas bien du tout, tu t'en doutes. Après le ratissage minutieux du campus par Mme l'inspecteur souriante et son acolyte spécialiste de l'impassibilité glaciale, autant te dire que l'excitation de Larsen était à son comble. Il a profité de l'émotion qui secouait notre petite communauté pour convoquer une session extraordinaire de la commission. C'était le meilleur moyen d'obtenir ta tête. Le vote a été de cinq contre un en ta défaveur. Résultat des courses : ta titularisation est mise en suspens, jusqu'à ce que toute cette histoire soit clarifiée. Après tout, c'est compréhensible : personne ici ne voudrait porter la lourde responsabilité d'accorder un emploi à vie à quelqu'un dont la moralité paraît discutable.

— Je n'arrive pas à le croire ! marmonna Sam.

— Crois-le ou non, c'est la vérité. Ecoute, mon vieux, ta vie est en train de se détricoter à la vitesse grand V. Je veux bien faire mon possible pour te défendre auprès de la commission, mais…

Il y eut un court silence du côté de Lydia, plus terrifiant encore que les nouvelles qu'elle venait d'annoncer à Sam.

— Pour conclure, reprit-elle, il faut impérativement que tu te débrouilles pour que cette affaire se termine au plus vite. Si tu ne t'actives pas un peu, j'ai bien peur que ton avenir au sein de cette faculté ne soit très largement compromis. Autant dire qu'il risque fort de passer à la trappe, en moins de temps qu'il n'en faut pour le dire.

L'après-midi était déjà entamé lorsque Rafferty demanda à Lorna Abrams de passer dans son bureau. Par la fenêtre dont le store était baissé, on entrevoyait un ciel d'un bleu éclatant.

— Ferme la porte derrière toi, Abrams, ordonna le lieutenant. Et raconte-moi un peu : l'affaire de Comm Ave[1], ça se présente comment ?

Lorna obéit et poussa le battant vitré avant de venir se percher familièrement sur le coin du bureau de son patron. Avec Conor Rafferty, ils formaient une solide équipe. Leur amitié remontait à l'époque où ils s'étaient assis ensemble sur les bancs de l'école de police. Il était le parrain de ses deux petits derniers, et au début de leur carrière ils avaient été coéquipiers. Elle le connaissait trop bien et depuis trop longtemps pour être intimidée par son grade.

— Jiminez s'efforce de réunir des infos auprès des amis ou même des simples connaissances de Kaye Winslow. Apparemment, ils sont tous d'accord sur un point : cette femme n'est pas le genre à se trouver impliquée dans un homicide.

1. Surnom bostonien de la célèbre avenue du Commonwealth (*NdlT*).

— Foutaises ! Toi et moi, on sait bien qu'il n'y a pas de profil type pour un meurtrier.

— Eh là, doucement ! Je ne fais que te rapporter le résultat du boulot mené par un autre !

— C'est bon, c'est bon, t'emballe pas, Abrams ! Continue, tu veux ?

— Les quelques informations dont nous disposons vont plutôt dans ce sens. Certes, on n'a retrouvé aucun indice permettant de conclure à un enlèvement ou à une séquestration. Mais le fait qu'elle ait abandonné son attaché-case avec toutes ses affaires prouve au moins deux choses : un, Kaye Winslow était bien présente sur la scène du crime. Et, deux, elle n'a vraisemblablement pas quitté les lieux seule. Je ne sais pas comment tu réagirais, mais moi, si je me retrouvais responsable d'un cadavre et que j'avais un flingue encore fumant dans la main, je ne laisserais sûrement pas mon nom, mon adresse et mon permis de conduire derrière moi !

— Mouais... J'ai déjà vu des criminels stupides faire des choses encore plus surprenantes que ça.

— Un point pour toi. Sauf que Kaye Winslow est tout sauf stupide. C'est une étoile montante dans l'univers de l'immobilier. Ce qui élimine d'emblée la possibilité qu'elle soit limitée sur le plan intellectuel.

— Faux ! Dans certaines circonstances, même les gens les plus intelligents peuvent devenir complètement idiots. La panique, l'adrénaline, que sais-je encore ? On a une identité pour le corps ?

— Aucune. On attend toujours le rapport d'autopsie. Si ça ne donne rien, je dépêcherai Policzki à la section des disparus, pour qu'il jette un coup d'œil à la liste la plus récente.

— Et la voiture de Kaye ?

— Si elle est restée dans le Massachusetts, on ne devrait pas tarder à la localiser.

— Pas de suspects sérieux ?

— Pas encore. Mais on s'intéresse de près au mari. Il n'a pas l'air très fiable.

— Comment ça ?

— Eh bien, je suis pratiquement sûre qu'il nous ment.

— A quel propos ?

— Je ne sais pas encore. Mais on finira bien par trouver ce qui cloche. Il faut juste qu'on aille un peu fouiller dans ses affaires, et on devrait y arriver.

Conor parut réfléchir intensément.

— Bon, si on récapitule, on a un cadavre non identifié, pas d'arme du crime, et aucune piste sérieuse… Et la belle-sœur ?

— Elle n'a probablement rien à voir là-dedans, à moins qu'elle n'ait embauché quelqu'un pour faire le sale boulot à sa place. L'alibi qu'elle nous a fourni est en béton armé : à l'heure où l'homicide a été commis, elle était à Springfield ; elle participait à un colloque qui rassemblait environ cent cinquante professionnels de l'immobilier.

— Dans ce cas, mets-la tout au bas de ta liste de suspects, mais ne l'efface pas tout de suite. Pas avant que je ne te donne le feu vert, fit Conor tout en posant les mains à plat sur son bureau. Autant te le dire tout de suite : un groupe de voisins de Comm Ave s'est mobilisé pour protester vigoureusement contre cette affaire qui les éclabousse et les traumatise, comme ils disent. Ils sont même allés se plaindre auprès des instances municipales. En gros, ils exigent que tout soit réglé d'ici… hier, si on les écoutait. Pour que les rues du quartier soient de nouveau sûres, et blablabla… N'empêche qu'ils ont été pris au sérieux : le maire vient de m'appeler pour me demander à quel rythme progressait notre enquête.

— Je parie qu'il t'a demandé d'enterrer cette affaire au plus vite.

— Gagné.

— Bon, eh bien, on va mettre les bouchées doubles. Tu sais ce qu'on dit : quand le maire s'en mêle…

— Et gnagnagna et gnagnagna !

Lorna ne put réprimer un sourire.

— J'adore quand tu mets les formes avec moi. On t'a déjà dit que tu étais un fabuleux orateur ?

— Arrête de me charrier et va plutôt résoudre cette affaire qui m'enquiquine au plus haut point ! Comme s'il n'y avait pas plus urgent, franchement : en ce moment même, des gangs d'ados se tirent dessus dans les rues de Dorchester. A la fréquence où ils se dégomment, il n'en restera bientôt plus un seul. Des gamins, tu vises un peu ? Il y a un ou deux morts par semaine. Plus les maris qui zigouillent leurs femmes et vice versa. Plus des inconnus qui flinguent d'autres inconnus pour de mystérieuses raisons. Et il faut que ce soit pile au moment le plus critique que deux de mes meilleurs inspecteurs se retrouvent à faire du sur-place à propos d'un cadavre non identifié qui s'est pointé comme par magie dans une baraque à six millions et demi de dollars !

— C'est dingue, hein ? lança Lorna tout en sautant prestement à bas du bureau. Mais rassure-toi : je sens qu'on va avoir du nouveau d'ici vingt-quatre à quarante-huit heures.

Quelqu'un frappa discrètement à la porte, empêchant le lieutenant d'exprimer son scepticisme.

— Oui ?

Un énorme bouquet de roses jaunes apparut comme par enchantement, suivi de près par Isabel, la secrétaire de Rafferty qui lui servait aussi de bras droit.

— C'est pour vous, inspecteur Abrams, fit-elle de sa voix rocailleuse à l'accent portoricain qui avait l'art de transformer les hommes les plus avertis en adolescents timides et énamourés. Un livreur vient de les apporter. Votre mari, c'est vraiment quelqu'un qui sait s'y prendre avec les femmes, y'a pas à dire !

Et elle tendit les fleurs à Lorna qui les prit pour les contempler d'un air étonné. Des roses jaunes ? Ed et elle étaient mariés depuis longtemps, ils avaient eu quatre enfants ensemble — oui, quatre, elle ne se trompait pas —, et ils avaient connu des hauts et des bas. Mais Ed ne lui avait jamais envoyé de fleurs. Et surtout pas sur son lieu de travail ! Il devait se sentir horriblement coupable pour une raison encore inconnue, c'était la seule explication. Ou alors, il y avait eu une grosse confusion chez le fleuriste.

— Lisez la carte ! lui suggéra Isabel. Je veux savoir ce qui vous vaut un traitement aussi exceptionnel — et tellement romantique !

Lorna plongea la main au centre du bouquet et en retira une petite enveloppe blanche. Elle posa les fleurs sur le coin du bureau de Conor, le temps de l'ouvrir.

— Creusez davantage, lut-elle à voix haute.

Intriguée, elle leva les yeux sur Conor qui la regardait d'un air tout aussi perplexe.

— Creusez davantage, répéta-t-elle. Un indice : Rachel Winslow, août 1999.

Une nouvelle fois, elle se tourna vers Conor.

— Qui est-ce, cette Rachel Winslow ?

*
* *

Mia posa son hot dog en équilibre sur son genou, sortit un mouchoir en papier de son sac et s'en servit pour essuyer précautionneusement le dessus de sa cannette de soda.

— La police t'a déjà interrogée ? lui demanda Marty qui contemplait son déjeuner d'un œil sceptique.

— Oh oui ! répondit la jeune femme en glissant dans l'ouverture de la cannette la paille qu'elle avait sortie de son emballage de papier. D'ailleurs, je les ai trouvés complètement stupides et sans aucun tact. Tu imagines un peu ? Ils ont eu le mauvais goût de nous questionner, Sam et moi, comme si on était de vulgaires suspects dans cette affaire !

Une bourrasque de vent menaça d'emporter l'emballage de la paille, et Mia se hâta de le froisser pour le mettre dans sa poche, en attendant de croiser une poubelle.

— Eh bien, dit Marty, ça ne me paraît pas si absurde de vous avoir interrogés. Il faut bien commencer quelque part, et comme vous êtes les deux personnes les plus proches de Kaye ça me semble plutôt logique, comme ordre de priorités.

Il élimina d'une pichenette une goutte de moutarde venue se poser sur sa cravate.

— A mon avis, reprit-il, ils suivent le processus habituel. Après avoir questionné les proches, si ça n'a rien donné, ils élargiront leur champ d'investigation.

— Mais c'était tellement… insultant, Marty ! Tu te rends compte qu'ils m'ont demandé où je me trouvais mardi après-midi, et qu'ils n'ont même pas accordé complètement foi à ma réponse ? Ils veulent des preuves ! Comme si j'allais leur mentir effrontément !

— Eh bien, dis-moi, tu m'as l'air drôlement remontée contre eux !

— Je ne suis pas spécialement remontée contre eux, mais je ne suis pas très contente, ça, c'est sûr. Et puis, j'ai peur, aussi. Je ne sais plus quoi penser. Je ressens tellement d'émotions conflictuelles que j'ai l'impression d'être sur le point d'exploser. Et le pire, c'est ce terrible sentiment d'impuissance.

— Je comprends, ça doit être dur. Comment la gamine prend-elle tout ça ?

— Je l'ignore : je n'en ai pas encore parlé avec elle. Mais elle n'a jamais été très proche de Kaye, alors si ça se trouve elle est plutôt contente de ce qui se passe. De toute façon, il est très difficile de savoir ce qu'elle pense : elle est constamment sur la défensive, et Kaye n'a jamais réussi à percer sa carapace.

Mia observa un instant de silence, les yeux fixés sur un SDF qui passait de banc en banc pour quémander des pièces ou des cigarettes.

En soupirant, elle ajouta :

— Je ne sais vraiment pas quoi faire, Marty. Je suis perdue.

Son compagnon croisa les jambes et parut se plonger dans la contemplation de ses mocassins. Il y eut un silence de quelques secondes avant qu'il ne reprenne la parole d'une voix tendue :

— Tu crois qu'elle a tué ce type et qu'elle est allée se cacher quelque part ?

— Non, pas du tout. J'ai bien réfléchi et je refuse de croire que Kaye ait pu se conduire avec autant de désinvolture. Pour commencer, je ne l'imagine pas jetant à la poubelle une commission sur la vente d'un bien estimé à plusieurs millions de dollars. A mon avis, elle n'a pas quitté les lieux de son plein gré pour se volatiliser dans la nature. Quelqu'un a dû l'emmener de force. Ce qui nous laisse avec un bon nombre de questions non résolues.

— Dont la plus importante est de savoir qui a bien pu l'emmener de force.

— Exactement. Où peut-elle donc être, bon sang ? Personne n'a signalé son arrivée dans les hôpitaux de la région. Personne ne l'a vue, pas plus qu'on n'a repéré sa voiture. Mais elle s'est pourtant bien trouvée dans cette maison à un moment — au pire moment, sans doute, étant donné sa disparition subite. Un meurtre, tu te rends compte ? Et mon associée qui disparaît comme ça, sans laisser de trace… Ce n'est pas possible : quelqu'un doit bien savoir où elle se trouve !

— Et ce quelqu'un fait l'objet de la question suivante, reprit Marty avec une logique imparable. Qui est donc ce mystérieux kidnappeur ? Un inconnu qui aurait sauté sur une occasion ? Ou…

— Ou une personne avec qui Kaye s'était compromise et qui la tient à la gorge ? continua Mia tout en reposant son soda à moitié vide sur le banc. Effectivement, c'est la question suivante — et elle vaut au moins un million de dollars, si ce n'est plus !

— Et la police ? Ils n'ont pas réussi à identifier le corps ?

— Pas que je sache, non.

Marty prit une grosse bouchée de hot dog qu'il mastiqua pensivement, les sourcils froncés, avant de s'essuyer délicatement la bouche avec sa serviette en papier. Se penchant légèrement en avant, il prit une grande inspiration, comme s'il était sur le point de faire une déclaration de la plus grande importance. Mais il parut se raviser, et secoua la tête d'un air soucieux avant de mordre de nouveau dans son déjeuner.

— Marty ? lui demanda Mia avec une certaine nervosité. Il y a quelque chose que tu voudrais me dire ?

Il prit le temps de faire couler sa bouchée avec une bonne gorgée de limonade avant de répondre par une autre question :

— Qui s'occupe de vos comptes ?

— Bev, répondit Mia, étonnée du tour que prenait leur conversation. Pourquoi ?

— Tu lui fais confiance ?

— A deux cents pour cent.

— Rien de bizarre dans son comportement ? Pas de mouvements suspects ? Pas d'attitude inhabituelle ?

— Non, rien de tout cela, répondit Mia, de plus en plus perplexe. Ecoute, Marty, ça rime à quoi, cet interrogatoire ? Où veux-tu en venir exactement ?

— Tout ce que je peux te dire, c'est que tu devrais garder un œil sur tes sous, déclara-t-il d'un air énigmatique.

— Et qu'est-ce qui te fait croire que je ne le fais pas ? rétorqua Mia, légèrement vexée par ces insinuations.

— Rien, rassure-toi. C'est juste qu'il y a des rumeurs qui courent. Des ragots. Des racontars.

— A quel sujet ?

Marty lui lança un regard de biais avant de jeter le reste de son hot dog sur le sol, pour le plus grand bonheur d'une bonne douzaine de pigeons qui se précipitèrent pour le picorer allègrement, faisant miroiter les plumes irisées de leur cou dans le soleil d'octobre.

— Si j'étais friand de ce genre de murmures infondés..., fit-il d'un air neutre, j'aurais sûrement retenu la rumeur qui court à propos d'un deal immobilier aussi peu clair que le port de Boston entre deux séances de nettoyage.

— Ce qui signifie ?

— Que, d'après les bruits qui courent, ta belle-sœur aurait été impliquée dans une transaction particulièrement juteuse.

— Je vois. Et qui d'autre est supposé avoir eu un rôle dans cette prétendue affaire, tellement mystérieuse et secrète que si ça se trouve elle n'a peut-être jamais existé ?

Marty fit mine de chasser une poussière invisible de sa chemise.

— Ecoute, je ne prétends pas que tout cela soit vrai, loin de là, mais si jamais tu veux vérifier par toi-même tu n'as qu'à poser quelques questions à ce cher Grant Ashford.

Grant Ashford — le vice-président de la First Boston Savings Bank —, un homme trop beau pour qu'on lui accorde d'emblée sa confiance. Il était l'arrière-petit-fils de l'illustre fondateur de cet établissement bancaire, et il avait été outrageusement gâté. La preuve : on lui avait offert sur un plateau les commandes du département des prêts aux particuliers et aux entreprises. Comme son service se spécialisait dans les prêts immobiliers et les hypothèques, il travaillait en étroite collaboration avec les agences. Mia avait entendu dire qu'un de ses cousins au deuxième degré faisait partie des experts chargés des travaux et de la maintenance du tunnel du Big Dig, et qu'il avait obtenu ce poste grâce à ses connexions familiales plus qu'à ses talents réels. Elle avait aussi entendu dire qu'Ashford était en relation avec certaines figures de la mafia locale. Selon la légende, son père aurait même compté parmi les familiers du redoutable Whitey Bulger, l'un des truands les plus connus de Boston. Mais où était la vérité dans tout ce ramassis de racontars ? Il y avait trop de rumeurs qui circulaient au sujet de Grant Ashford et de sa famille pour qu'on démêle le vrai du faux. D'autant qu'il comptait aussi beaucoup d'ennemis jaloux de sa réussite fulgurante.

Pourtant, face à la possibilité que venait de lui suggérer Marty, Mia sentit une nouvelle flambée de colère monter en elle.

— Bon sang de bonsoir, Marty ! Si jamais elle a eu la bêtise de se fourrer dans une combine illégale, je te jure que je vais l'étrangler sur place !

Sans s'offusquer de la violence des paroles de Mia, Marty inclina la tête en arrière pour offrir son visage aux rayons du soleil.

— Pour ça, il va d'abord falloir qu'on la retrouve, dit-il.

— Franchement, qu'est-ce qui cloche chez moi ? marmonna Mia. Je ne vis pas en ermite ni en recluse, au fond d'une caverne, à me nourrir de mousse et d'insectes, sans parler à personne ! J'ai des œillères permanentes, c'est ça ? Ou alors, je suis tellement stupide et bornée qu'on pourrait flanquer le feu à mon canapé et l'emporter devant moi sans que je remarque quoi que ce soit d'anormal ?

— Ne sois pas si dure envers toi-même, ma beauté, lui dit Marty tout en lui tapotant paternellement le genou. Tu n'es ni stupide ni bornée. Tu es juste un peu naïve, c'est tout. Tu fais partie des gens bien, alors tu t'attends plus ou moins à ce que tout le monde soit aussi honnête et scrupuleux que toi.

Naïve, vraiment ? Ce n'était pas du tout l'adjectif qu'elle aurait utilisé pour se décrire — ou qu'elle aurait souhaité se voir appliquer. Et pour cause : dans son métier, on ne pouvait pas se permettre de se laisser aussi facilement abuser.

— En tout cas, poursuivit-elle pensivement, si cette transaction véreuse a bien été effectuée, il y a forcément une trace écrite quelque part.

— Forcément. Mais où ? Bonne chance pour la retrouver !

— Quand cette histoire est-elle censée avoir eu lieu ?

— Bah ! fit Marty en haussant les épaules. L'année dernière, en gros — mais je n'ai pas plus de précisions. J'en ai entendu parler il y a quelques mois.

— Et pourquoi tu ne m'as rien dit à ce moment-là ?

— Parce que ce n'était qu'une rumeur. C'est toujours le cas, d'ailleurs.

— Qui d'autre serait impliqué dans ce micmac ?

— Désolé, ma beauté, mais là je n'en ai pas la moindre idée. Pas même un soupçon. Les seuls noms que j'aie entendu prononcer sont ceux de Grant Ashford et de Kaye Winslow, point final. Sinon, j'ai aussi entendu dire qu'un certain nombre de personnes n'étaient pas particulièrement satisfaites de cette affaire et en voulaient à nos deux bidouilleurs potentiels.

— Il faut que j'y aille, Marty ! fit Mia d'un air pressé, tout en se levant brusquement pour jeter les restes de son déjeuner dans la poubelle la plus proche. Je dois absolument mettre mon nez là-dedans.

— O.K., mais ne fais pas de bêtises, d'accord ?

— Moi ? Et quand est-ce que j'ai pu faire des bêtises ? Non, non, je préfère que tu ne répondes pas ! s'exclama la jeune femme avant de se pencher vers son ami pour lui planter un baiser rapide sur la joue. Merci de m'avoir écoutée, en tout cas.

Elle s'était déjà éloignée d'une bonne centaine de mètres quand elle entendit Marty l'appeler. Elle se retourna, une main au-dessus de ses yeux pour les protéger du soleil. Son ami la regardait d'un air sérieux, la cravate coincée par précaution dans la poche de sa chemise, son complet veston un peu chiffonné après cette matinée chargée.

— Sois prudente ! lui cria-t-il de loin en agitant la main. Tu m'entends, ma beauté ? Surtout, sois prudente !

8.

La First Boston Savings Bank était une vénérable institution, dépourvue du côté clinquant et surfait des bureaux modernes agglutinés dans le quartier des affaires. L'édifice en granit du New Hampshire pouvait s'enorgueillir d'un passé remarquable, puisque quatre générations de directeurs issus de la même dynastie s'y étaient succédé sans qu'il perde un centième de sa solidité à toute épreuve.

On racontait que le fondateur de la banque, Jacob Ashford, avait été proche de la scandaleuse Isabella Stewart Gardner, dont la demeure splendide de Fenway avait été transformée de son vivant en un musée qui attirait toujours la majeure partie des touristes venant visiter Boston. Encore une rumeur sur les Ashford. Seulement, celle-là avait de fortes chances d'être exacte. Les deux magnats avaient vécu à la même époque, évolué dans les mêmes cercles restreints, posé pour les mêmes photos de groupe. Une preuve certaine qu'ils se connaissaient relativement bien — d'autant qu'à cette période les retouches numériques n'existaient pas encore, si bien que l'on pouvait se fier aux clichés les montrant côte à côte lors de réunions mondaines incluant la haute société bostonienne.

Dans le hall d'entrée de la banque, une huile sur toile

représentait le vénérable fondateur au sommet de sa gloire. Son image, fixée pour la postérité par l'illustre John Singer Sargent[1], montrait un homme assez beau dans la pleine force de l'âge, aux longs favoris encadrant un visage énergique et moustachu, selon les usages de son siècle, assis bien droit dans un fauteuil capitonné de velours rouge.

L'ancêtre de la dynastie des Ashford était parti de rien. Sa fortune colossale, il l'avait amassée à la sueur de son front, en travaillant sans relâche. Il se retournerait sûrement dans sa tombe s'il savait que son arrière-petit-fils avait non seulement obtenu son titre de vice-président sans fournir le moindre effort, mais attendait impatiemment que son père, l'actuel président, prenne sa retraite pour s'installer dans son fauteuil et précipiter la banque familiale dans le fossé.

Grant n'avait hérité aucun des talents de son respectable ancêtre. Les valeurs d'économie, de prudence et de foi en un travail bien fait ne lui avaient jamais fait battre le cœur. Par contre, outre la fortune familiale, il avait reçu la ressemblance physique en héritage : si l'on avait ôté à Jacob Ashford ses favoris, sa moustache et qu'on l'avait habillé en homme d'affaires d'aujourd'hui, il aurait été la copie conforme de son arrière-petit-fils.

A cette heure de la journée, en pleine semaine, l'endroit était aussi silencieux qu'un tombeau. Assis sur une chaise de bois inconfortable, une tasse de café à la main, le garde chargé de veiller à la sécurité des lieux semblait s'ennuyer ferme. Un client solitaire se tenait devant l'un des guichets,

1. Peintre américain (1856-1925) ayant connu la célébrité de son vivant pour ses portraits réalistes, dont un d'Isabella Stewart Gardner, la grande mécène de cette époque (*NdlT*).

occupé à terminer une transaction dans la chaleur étouffante qui régnait à l'intérieur du bâtiment — sans doute le système de ventilation n'avait-il pas été réactualisé depuis un bon bout de temps.

Bien décidée à obtenir les renseignements qu'elle désirait, Mia traversa le hall d'entrée à grandes enjambées, le bruit de ses escarpins étouffé par l'épaisse moquette qui recouvrait le dallage d'origine. Elle atteignit l'ascenseur principal et appuya sur le bouton, tout en admirant l'antique machinerie. L'ensemble datait très certainement de la fondation de la banque : la cabine capitonnée de cuir se fermait par une grille de fer forgé peinte en doré du plus bel effet. Le tout faisait invariablement penser à une cage à oiseaux, ou à une prison raffinée. Comme chaque fois qu'elle empruntait cet ascenseur, Mia éprouva la peur irrationnelle que les câbles ne lâchent, victimes de trop d'années d'effort constant. Elle aurait alors été précipitée dans un gouffre sans fond, vers une mort atroce et prématurée.

Malgré ses appréhensions, et comme chaque fois qu'elle l'empruntait, l'ascenseur la conduisit à bon port : avec un gémissement, il s'arrêta au deuxième étage, là où se trouvaient les bureaux de Grant Ashford.

Sa secrétaire, une jeune femme noire répondant au nom exotique de Deondra, accueillit Mia avec le grand sourire qu'elle réservait aux habitués des lieux.

— Bonjour, madame DeLucca.

— Bonjour, Deondra. Est-ce que Sa Majesté est visible ?

— Absolument, répondit la secrétaire avec un sourire amusé. M. Ashford vient juste de revenir de son déjeuner. Si vous voulez bien attendre quelques instants, je vais le prévenir de votre arrivée.

Quelques secondes plus tard, la porte du bureau monumental de Grant Ashford s'ouvrit sur le vice-président en personne, main tendue, tout sourire.

Comme à son habitude, il était vêtu d'un costume noir que venait tout juste éclaircir le rouge de sa cravate. Sans doute une tentative pour ressembler à l'idée qu'il se faisait d'un vice-président de banque respectable, même si Mia trouvait que cette tenue lui donnait l'air d'un entrepreneur de pompes funèbres.

Mais le sourire qu'il lui adressait rattrapait l'ensemble. Ses yeux bleus en étaient tout illuminés, comme le reste de son visage viril. Mâchoire carrée, lèvres pleines, nez grec… il avait hérité l'allure de son arrière-grand-père, y compris sa chevelure noire aux mèches folles et souples, qu'il confiait aux mains d'un coiffeur émérite de Boston pour lui garder cette apparence à la fois décoiffée et naturelle qui lui valait bon nombre de regards admiratifs.

— Mia ! s'exclama-t-il. Quelle bonne surprise !

— Bonjour, Grant. Aurais-tu deux minutes à me consacrer ?

Le titre de vice-président de la banque Ashford en aurait imposé à plus d'un, mais en ce qui concernait Grant Mia savait que cette appellation ronflante ne correspondait pas à grand-chose. Selon toute vraisemblance, ses journées étaient plutôt ennuyeuses, et les tâches qu'il accomplissait ne devaient pas avoir beaucoup d'intérêt ni de valeur. Il sauterait sûrement sur l'occasion de discuter avec elle pendant quelques instants, ce qui lui fournirait une salutaire distraction dans un après-midi morne et vide.

— Mais bien sûr ! répondit-il vivement, comme elle s'y attendait. Je t'en prie, entre donc ! Tu veux boire quelque chose ? Café ? Thé ?

Ce qu'elle avait à lui demander n'était pas spécialement agréable, et elle se prit à considérer brièvement l'ironie de la situation : Grant semblait s'attendre à une discussion mondaine autour d'une tasse d'Earl Grey délicieusement parfumé ! Cela dit, elle avait besoin d'un petit répit, juste le temps de réfléchir à la meilleure façon d'aborder le sujet. D'autant que ça n'était pas facile pour elle. Certes, elle savait que Grant Ashford n'avait pas beaucoup de consistance, mais elle l'aimait bien. Ça lui faisait un drôle d'effet de devoir l'interroger sur un délit qu'il n'avait peut-être même pas commis…

— Eh bien, fit-elle après une brève hésitation, je ne dis pas non à une tasse de café bien chaud. Avec du lait et sans sucre.

Pendant qu'il s'éloignait, elle promena son regard sur le bureau. Elle était déjà venue ici à plusieurs reprises, mais chaque fois c'était pour affaires, et elle n'avait jamais pris vraiment le temps de s'intéresser au décor. Au-dessus du bureau de Grant, son diplôme de la Harvard Business School trônait dans un cadre sobre. En dessous s'étalait toute une collection de photos montrant Grant en pleine action : en train de serrer la main du maire, de poser aux côtés du gouverneur devant un chantier, ou de sourire à une femme apparemment aux anges à laquelle il remettait un énorme chèque pour une association d'aide aux enfants défavorisés.

Sur le mur de gauche, une vitrine de bois précieux aux portes de verre fermées à clé abritait la fierté de Grant Ashford : une balle de base-ball signée de la main de Carl Yastrzemski, le plus illustre joueur des Red Sox. Il avait obtenu ce qu'il considérait comme son plus grand trésor quand il n'était encore qu'un gamin, peu de temps avant que « Yaz », comme on le surnommait familièrement à Boston, ne prenne sa retraite. Grant avait raconté à Mia qu'il avait déjà eu des offres fabuleuses de rachat de cet autographe unique en son genre, mais que, pour lui, cette balle n'avait pas de prix. Il ne la revendrait jamais, et il comptait bien la transmettre un jour à son fils.

Il revint avec deux tasses de café fumant et en tendit une à sa visiteuse avant de s'installer confortablement derrière son bureau pour l'examiner avec une curiosité bon enfant.

Mia but une gorgée du liquide odorant pour se donner du courage, avant d'en venir au vif du sujet. Inutile de tergiverser : cela n'aurait fait que rendre les choses encore plus malaisées.

— Quand as-tu vu Kaye pour la dernière fois ?

Elle crut discerner une lueur bizarre dans le regard bleu de Grant, mais elle s'était peut-être trompée car le sourire de son interlocuteur n'avait pas faibli.

— Il y a deux ou trois semaines, je crois, répondit-il d'une voix tranquille. Je ne me souviens pas bien…

Il but lui aussi une gorgée de café. Lorsqu'il reprit la parole, ce fut d'un air grave et solennel.

— J'ai entendu dire qu'elle avait disparu. Je suis désolé, Mia. Toutes mes condoléances.

Ses condoléances ? C'était peut-être un peu prématuré… Mais c'était gentil quand même. Aussi Mia hocha-t-elle la tête en guise de remerciement.

— Alors, la police est sur une piste ou pas ? poursuivit Grant.

— Non, je ne crois pas.

— C'est tellement incroyable ! Est-ce que tu crois qu'elle est…

Il ne termina pas sa phrase, ménageant une pause dramatique, comme s'il hésitait à prononcer le terrible mot.

— Morte ? dit Mia à sa place. C'est une possibilité, oui.

Grant se mit à tambouriner du bout des doigts sur le dessus de sa table de bois verni.

— Pourquoi ? Il y a d'autres hypothèses envisageables ?

— Au moins une, d'après ce que je sais : elle a peut-être tué l'inconnu qu'on a retrouvé sur place. Dans ce cas, elle aurait plutôt choisi de prendre la poudre d'escampette.

— Elle aurait tout quitté ? fit Grant en fronçant les sourcils. Son travail, sa famille, sa vie entière ? Mais pourquoi donc ?

Les choses allaient se compliquer, maintenant. Mia reprit une gorgée de café avec l'envie soudaine d'une boisson plus stimulante — un whisky sec, par exemple. Les yeux rivés à ceux d'Ashford, elle articula lentement :

— Elle était peut-être impliquée dans une sombre affaire. Un truc louche.

— Et qu'est-ce qui te fait penser ça ? demanda-t-il sans ciller.

— Quelqu'un m'a rapporté une rumeur qui circule dans le milieu depuis quelque temps déjà. Ma belle-sœur et associée aurait pris part à une transaction immobilière véreuse.

— Et pourquoi est-ce que tu viens me dire tout ça ?

— Parce que, toujours selon cette vilaine rumeur, toi aussi, tu aurais joué un rôle dans l'affaire.

Sa réaction la prit totalement de cour. Elle s'attendait à ce qu'il se mette en colère, qu'il nie tout en bloc ou même qu'il la jette dehors sans autre forme de procès. Mais pas à ce qu'il se mette à rire comme un fou, si fort qu'il faillit en renverser la tasse qu'il tenait à la main.

Bouche bée, elle le regarda s'adonner à ce surprenant accès d'hilarité.

— Je… Désolé, bredouilla-t-il entre deux éclats de rire. C'est juste que… C'est tellement… ridicule ! Absurde ! Oh, Mia ! ajouta-t-il en s'essuyant les yeux. Jusqu'ici, je trouvais ma journée plutôt banale, mais grâce à toi j'aurai eu au moins une occasion de m'amuser franchement !

Mia était trop abasourdie pour répondre. Etait-ce une tactique pour lui faire baisser sa garde ? Ou une réaction spontanée ? Impossible de le savoir.

— Ce « quelqu'un » si friand de rumeurs, reprit Grant, une étincelle de bonne humeur dans ses yeux bleus pétillants, ça ne serait pas Marty Scalia, par hasard ?

Mia en serait tombée à la renverse.

— Je… Comment as-tu deviné ?

— Bah ! Ce n'est pas très difficile : ce type me hait. Viscéralement. Il dirait n'importe quoi pour essayer de me nuire. Mais alors là cette histoire de transaction véreuse… Oh là là ! C'est vraiment trop drôle !

— Alors, tu… tu n'es pas impliqué dans cette affaire ? Pas du tout ? balbutia Mia, affreusement mal à l'aise.

Le visage de Grant prit une expression indulgente, presque paternelle. Comme si Mia n'était qu'une enfant charmante et particulièrement naïve, qui aurait fait une blague follement amusante.

— Eh bien non, je ne suis pas impliqué. Par contre, je ne peux pas jurer que Kaye n'ait rien à voir dans cette « affaire »…

Mia avait l'impression désagréable d'être une idiote finie,

ce qui ne lui arrivait pour ainsi dire jamais. Ce n'était pas franchement une situation qu'elle appréciait.

— Ecoute, reprit-elle tout en essayant de surmonter sa gêne, ça n'a rien de personnel, comme attaque. Je ne fais qu'investiguer sur les bases de ce qu'on m'a raconté. Il fallait vraiment que je te pose la question, tu comprends ? Parce que si Kaye était effectivement impliquée dans une affaire louche…

— Tu aimerais bien être au courant, termina Grant à sa place, une expression soudain sérieuse sur son beau visage. Je comprends tout à fait, Mia. Ne t'inquiète pas. Sans rancune.

— Tu sais, Grant, Marty et moi, on se connaît et on s'apprécie depuis neuf ans. Peut-être que vous ne vous entendez pas très bien, tous les deux, mais je serais prête à jurer qu'il est incapable d'inventer des choses aussi tordues, même à ton sujet. Il n'a fait que me transmettre une rumeur déjà largement répandue. Ce qui nous ramène à une question cruciale : comment crois-tu que toute cette histoire ait démarré ? Qui irait raconter des choses aussi énormes ? Et pour quelle raison ?

— Du diable si je le sais ! rétorqua Grant en haussant les épaules d'un air fataliste. Une jalousie professionnelle ? Une tentative de nous discréditer, Kaye ou moi ? Un désir de revanche par rapport à une injustice réelle ou imaginaire ? Ou, tout bêtement, un fauteur de troubles en manque d'occupation ? On n'a que l'embarras du choix, en somme.

Grant fit tourner pensivement le café dans sa tasse, comme s'il pouvait y lire un indice qui démêlerait cette situation sans queue ni tête.

— Je ne veux pas médire d'une absente, ajouta-t-il,

mais il y a pas mal de gens qui ne portent pas Kaye dans leur cœur.

Sur ce point, il avait totalement raison. Pourtant, Mia se refusait à croire que quelqu'un ait pu être assez malintentionné pour lancer une rumeur sans aucun fondement en pâture aux langues de vipère que comptait le secteur immobilier. Cela lui semblait tellement bas et inutile… Il y avait forcément un fond de vérité dans cette histoire, sinon Marty ne l'aurait pas mentionnée. Ou alors, le monde de l'immobilier était soudain redescendu au stade d'une cour de récré, ce qu'elle ne pouvait tout simplement pas envisager. Il y avait quelque chose qui clochait sérieusement.

Seulement, il lui fallait davantage de temps et de calme pour y réfléchir. Elle se leva et sourit à Grant.

— En tout cas, merci de ta contribution, lui dit-elle.

— Mais je t'en prie, répondit-il avec courtoisie. J'espère de tout cœur qu'on va finir par retrouver Kaye, et en un seul morceau, si possible.

Il l'escorta jusqu'à l'ascenseur, un bras amicalement passé sous son coude, comme pour bien lui faire comprendre qu'il ne lui tenait pas rigueur des accusations injustifiées qu'elle lui avait lancées à la tête sans le moindre préambule.

Pendant qu'ils attendaient la cabine, il lui tendit la main avec bonhomie.

— On reste amis, n'est-ce pas ?

La jeune femme l'étudia intensément, à la recherche d'un tic nerveux ou d'un signe qui trahirait le double jeu qu'il jouait peut-être. Mais dans ses yeux bleus elle ne lut rien de tel. Pas la moindre trace de culpabilité.

Les portes de l'ascenseur s'ouvrirent sans bruit, et Mia prit la main que Grant lui offrait pour la serrer brièvement.

— Mais oui, on reste amis, répondit-elle avant de monter dans la cabine.

Les portes se refermèrent sur la silhouette élégante de Grant Ashford, et Mia demeura songeuse. Si son « ami » n'avait vraiment rien à se reprocher, alors pourquoi avait-il les paumes si moites ?

Rachel Winslow.

Ce nom lui disait quelque chose. Mais Lorna n'arrivait pas à se souvenir de qui il s'agissait. Ce fut Rafferty qui mit le doigt dessus.

— Tu te rappelles cette fusillade à une station de métro, il y a sept ou huit ans ? fit-il au bout de quelques instants de silence. La ligne orange. L'arrêt New England Medical, il me semble. Il y avait eu quelques blessés légers et un mort. Une morte, pour être exact. Je crois bien qu'elle s'appelait Rachel Winslow.

— Mais oui ! Maintenant que tu le dis, ça me revient. L'affaire n'a jamais été résolue, n'est-ce pas ?

— Exact. Je suppose que, par une coïncidence presque miraculeuse, cette fameuse Rachel Winslow a un lien avec Kaye Winslow ?

— Oh ben ça, alors ! Tu crois, vraiment ? lança Lorna en ouvrant des yeux faussement ébahis.

A la grimace que fit Rafferty, elle comprit qu'il ne goûtait pas forcément ce genre de plaisanterie, et reprit d'un ton moins sarcastique :

— En fait, je pense qu'elle aurait plutôt un lien avec Sam Winslow. Je te rappelle que Kaye ne s'appelle Winslow que depuis son mariage avec ce cher professeur, ce qui remonte seulement à trois ans. Mais notre lascar a une fille de quinze ans, ce qui laisse supposer qu'il n'en est pas à sa première épouse. Qui a travaillé sur cette affaire Rachel Winslow ?

— De mémoire, je dirais Ted Rizzoli et Jan Harding.

— Rizzoli n'est plus opérationnel. Mais Harding ? Où est-elle maintenant ?

— Aux dernières nouvelles, elle travaillait pour la brigade des mœurs. Mais elle est peut-être partie à la retraite, entre-temps.

Jetant un coup d'œil dubitatif au bouquet de roses jaunes, Lorna se mit à tapoter machinalement la carte qu'elle avait gardée à la main.

— Ce mystérieux indic, qui cela peut-il bien être ? Et pourquoi avoir choisi cette manière alambiquée de me mettre au courant ? Pourquoi est-ce qu'il ne m'a pas tout simplement appelée pour m'avertir anonymement ? Isabel, vous avez vu le gars qui est venu livrer ce bouquet ?

— Malheureusement, non. Il l'avait confié au sergent en faction à l'accueil — Hinkley. C'est lui qui m'a appelée pour que je descende chercher les fleurs.

— Bien. Dites-lui de monter sur-le-champ en compagnie de toutes les personnes susceptibles d'avoir vu le livreur. Il n'y a pas d'adresse de boutique sur le bouquet ? Un nom de fleuriste, quelque chose dans ce genre ?

Lorna lança un nouveau coup d'œil circonspect aux roses jaunes, comme si une énorme bestiole venimeuse risquait d'en jaillir d'un instant à l'autre pour leur pomper le sang.

— Non, conclut-elle. Il n'y a rien à part cette carte on ne peut plus banale. Impossible de déduire d'où ça pourrait venir. En tout cas, si Rachel Winslow était bien la première femme de Sam Winslow, la personne qui veut nous le faire remarquer n'a pas lésiné sur les moyens…

— Peut-être que c'est seulement un citoyen lambda désireux d'accomplir ce qu'il considère comme son devoir civique ?

— Mouais… Quoique cette petite mise en scène avec des roses… Tu m'excuseras, mais je vois mal un « citoyen lambda » se donner autant de mal.

— De toute façon, il y a deux possibilités : soit Winslow est coupable de quelque chose…

— Soit quelqu'un veut nous le faire croire, termina Lorna à la place.

A cet instant, Isabel resurgit en trombe. Cette femme était un véritable torrent d'énergie quand elle s'en donnait la peine.

— Hinkley était au téléphone quand les fleurs ont été livrées, fit-elle d'une voix légèrement essoufflée. Le type qui les a déposées sur le bureau à l'accueil était plutôt jeune ; il portait des lunettes noires et une casquette de base-ball. Couleur noire. La casquette, pas le type. Hinkley n'a même pas échangé la moindre parole avec lui. Bref, il ne sait pour ainsi dire rien de ce mystérieux livreur, et il n'a pas d'autre détail sur son apparence physique.

— Eh bien, avec ça, on va pouvoir ratisser large, c'est moi qui vous le dis ! grommela Lorna. Evidemment, à part Hinkley, personne d'autre n'a rien remarqué, je suppose ?

— Non, désolée, répliqua Isabel d'un air indifférent. En tout cas, c'est dommage que ce bouquet ne vienne pas de votre mari.

S'approchant des fleurs, elle en huma ostensiblement

les pétales délicats avant de lancer un regard de biais à Lorna.

— Au fait, si vous n'en voulez pas, vu qu'elles n'ont pas été envoyées par votre époux…

— C'est une preuve à conviction, l'interrompit l'inspecteur qui voyait très bien où la secrétaire voulait en venir. Et nous devons les traiter en tant que telle. On va faire une recherche d'empreintes sur le vase. Peut-être qu'on en retirera enfin quelque chose de concret.

Isabel eut l'air un peu déçu, mais elle reprit rapidement contenance — une de ses qualités, et non des moindres.

— C'est quand même triste de penser qu'un aussi joli cadeau va finir dans une salle de labo, conclut-elle.

— Eh, là, doucement ! protesta Lorna pour la forme. Si vous avez envie de fleurs, vous n'avez qu'à aller vous en acheter un bouquet au coin de la rue pendant votre prochaine pause.

Après avoir demandé à la secrétaire de faire des recherches sur l'homicide de Rachel Winslow, Lorna prit congé de son patron et ami.

En regagnant son bureau, elle passa devant celui de Policzki. Il venait de rentrer de sa « tournée des voisins » autour du domicile des Winslow, et mangeait un yaourt à la fraise. Lorna lui jeta un coup d'œil sceptique.

— On peut savoir ce que c'est que ce truc pas très ragoûtant sur le dessus ? fit-elle d'un air légèrement écœuré.

— Des germes de blé. C'est bon pour la santé.

— Et blablabla et blablabla… Arrête ton couplet sur l'alimentation équilibrée, Policzki : tu me l'as déjà servi, et ça ne prend pas avec moi. Parle-moi plutôt d'une bonne côtelette de porc avec une sauce bien riche ; là, je te comprendrai mieux ! Bon, revenons à nos moutons : du nouveau ?

— Un des voisins a entendu les Winslow se disputer, l'autre soir. Apparemment, ils faisaient pas mal de bruit.

— Est-ce qu'il a compris ce qu'ils disaient ?

— Non. Il n'a pas fait vraiment attention.

— C'était quel jour ?

— Le voisin n'était pas très sûr, mais ça devait être samedi dernier.

— Soit trois jours avant la disparition de madame. Comme c'est intéressant !

Policzki enfourna une grosse cuillerée de yaourt et déglutit avant d'ajouter, l'air placide :

— On savait déjà qu'ils s'étaient disputés il n'y a pas très longtemps. David Briggs nous l'a dit tout à l'heure.

— Exact. Mais peut-être qu'il s'est passé quelque chose de grave samedi soir. Peut-être que la tension qui existait entre eux est encore montée d'un cran, et qu'un événement supplémentaire a fait déborder le vase.

— Mmmh, fit Policzki tout en avalant une nouvelle cuillerée. Seulement, il y a un hic : si vraiment les choses se sont dégradées à ce point le samedi soir, pourquoi Winslow aurait-il attendu jusqu'au mardi pour agir ? Kaye Winslow était bien vivante jusqu'à cette date. S'il l'a tuée, ça ne peut pas être considéré comme un crime passionnel, vu le temps qui s'est écoulé entre leur dispute et la disparition de Mme Winslow.

Il n'avait pas tort sur ce point.

— Eh bien, peut-être que la dispute du samedi soir n'était pas terminée, hasarda Lorna. Et s'il l'avait suivie jusqu'à Comm Ave le mardi pour reprendre leur discussion musclée ? C'est possible, non ?

— Ce qui nous ramène au mardi, dans tous les cas, et à ce cadavre non identifié. C'est qui, ce M. X ? Qu'est-ce qu'il vient fabriquer là-dedans ?

— Aucune idée. Mais si ça se trouve c'est lui qui détient la clé de cet embrouillamini. Tant qu'on ne sait pas qui il est, on a les mains liées, et c'est bien ce qui m'ennuie.

— Mmmh... Difficile de trouver un mobile sans l'identité du mort.

— Au fait, où est ce foutu rapport d'autopsie ? Je vais finir par en assassiner un au labo : ça les incitera peut-être à accélérer les recherches !

— Pas la peine, répondit Policzki avec son flegme à toute épreuve. Je viens de discuter avec Neena, et elle m'a promis qu'on aurait le rapport dans l'après-midi. Ça, c'est la bonne nouvelle.

— Pourquoi ? Il y en a une mauvaise ?

— Oui : les empreintes ne correspondent à rien. Notre M. X n'est pas enregistré.

— Et merde ! Merde, merde et remerde ! lança Lorna.

— Comme tu dis, commenta prudemment Doug.

— Bon, et les empreintes relevées sur la scène du crime ?

— Pour l'instant, rien. Les experts ont dit qu'il fallait attendre encore un peu — jusqu'à ce soir ou demain. Au fait, Salvatore a envoyé les infos collectées sur le BlackBerry ; elles sont sur ton bureau. J'y ai jeté un coup d'œil rapide, et à mon avis ça va nous prendre un bon bout de temps de les éplucher. Il y a une tonne de noms et de numéros de téléphone en vrac. Par contre, il y a tout de même quelque chose qui m'a sauté aux yeux : un coup de fil passé par Kaye Winslow juste au moment où l'on pense qu'elle a disparu. Du coup, j'ai appelé le numéro qui était affiché sur la liste.

— Et alors ?

— Je suis tombé sur le standard de Back Bay Community College.

— Ça alors ! Sam Winslow nous a bien soutenu qu'il ne lui avait pas parlé depuis le petit déjeuner ?

— Mmmh.

— Et il a aussi prétendu qu'il n'avait pris aucun appel à son bureau.

— Exact.

— Ça sent le mensonge à plein nez, cette histoire !

— En effet. A moins qu'il ne nous ait pas menti, et que ce soit sa boîte vocale qui ait pris l'appel. Si vraiment il était occupé, il avait sûrement mis sa ligne sur répondeur pour ne pas être dérangé. Ce qui voudrait dire qu'en nous concentrant sur lui on se planterait royalement.

— Ça fait un peu beaucoup de suppositions, non ? rétorqua Lorna, les sourcils froncés. Tu penses vraiment que Winslow est innocent ?

— Je n'ai jamais dit ça. J'essayais juste de jouer l'avocat du diable, pour voir si nos hypothèses tiennent vraiment la route.

— Bon sang, Policzki, arrête un peu de faire le flic parfait, tu veux ? Notre cher professeur Winslow n'a pas été clair avec nous, un point c'est tout. Ça suffit largement pour faire de lui notre suspect numéro un. Et puis, pour l'instant, c'est la seule piste un peu sérieuse. Alors, ne m'ôte pas le pain de la bouche, s'il te plaît !

— Je ne t'enlève pas le pain de la bouche, je trouve juste que nous n'avons pas encore de vue d'ensemble. Difficile de se faire un jugement ferme dans ces conditions. On n'a que des indices minimes. On a besoin de davantage d'infos.

— C'est précisément la raison pour laquelle je te demande de faire une vérif' globale sur nos trois protagonistes principaux, à savoir les Winslow, mari et femme, et la sœur / belle-sœur / associée, Mia DeLucca. Relève tout ce que tu peux : crédits, antécédents judiciaires ou financiers, procès intentés par ou contre eux, mouvements suspects sur les comptes, achats importants payés par carte… la routine, quoi. Tu connais les procédures. Je veux tout savoir sur eux, jusqu'à leur menu du petit déjeuner !

Avec son côté méthodique et son énergie infatigable, Policzki était le limier parfait pour ce genre d'enquête. S'il y avait quelque chose à trouver, il le découvrirait : Lorna en était persuadée.

— Jusqu'où faut-il que je creuse ?

— Aussi loin que tu pourras. Allez, au boulot, petit !

Pendant que Policzki s'intéressait de près à la vie privée des Winslow, Lorna se mit en devoir d'appeler Jan Harding.

— Je me rappelle très bien cette affaire, dit l'inspecteur Harding. Une vraie saloperie : ce type sorti de nulle part qui avait tiré dans la foule à l'arrêt du métro… Deux blessés légers, qui s'en étaient tirés avec des bosses et quelques égratignures, rien de plus. Par contre, Rachel Winslow n'avait pas eu cette chance : une balle en plein cœur. Notre maniaque du pistolet n'aurait pas mieux fait s'il avait visé le centre d'une cible. D'ailleurs, ça m'a toujours laissée perplexe : est-ce que c'était fait exprès et calculé au millimètre ? Une telle coïncidence, franchement…

Lorna laissa échapper un sifflement évocateur.

— Tu veux dire que Rachel Winslow aurait été visée

intentionnellement ? Que sa mort n'aurait pas été due au hasard ?

— J'ai pensé que je me faisais des idées. Que cette fusillade, c'était un règlement de comptes entre bandes de voyous et que Rachel Winslow s'était malencontreusement retrouvée coincée au milieu de tout ça. Mais c'est quand même bizarre. On a interrogé tous les témoins sur place le soir du drame, et personne n'avait apparemment de lien avec un gang quelconque. Il ne s'agissait que de citoyens ordinaires qui vaquaient à leurs occupations, point final.

— Mais, dans ce cas, pourquoi Winslow aurait-elle trouvé la mort dans cette histoire, alors que tous les autres citoyens ordinaires s'en sont sortis avec des égratignures ?

— C'est bien là la question.

— Elle était mariée ?

— Oui. Et elle avait une petite fille. On a mené notre enquête auprès du mari, mais il n'a jamais été vraiment suspecté. Le pauvre type était complètement déboussolé. Et la gamine… Elle devait avoir six ou sept ans, pas plus.

— Tu ne te rappellerais pas le prénom du mari, par hasard ?

— Attends, laisse-moi réfléchir… C'est vieux, cette histoire… Ça commençait par un S. Du genre… Syd ? Non, c'est autre chose. Sam ? Oui, c'est ça. Sam Winslow.

Bingo ! songea Lorna avec une certaine jubilation.

— Et il n'y a jamais eu de piste sérieuse ?

— Non. Pour un peu, on aurait pu croire que le tireur s'était pointé pour exécuter une mission avant de s'évanouir dans la nature. Il aurait ménagé ses arrières, en quelque sorte, et pas qu'un peu…

— Tu crois que c'était un type engagé pour faire le sale boulot ?

— Je ne crois rien, pas plus aujourd'hui qu'il y a huit ans. Mais je n'écarterais aucune hypothèse, même les plus tordues. De temps à autre, cette affaire non résolue revient me tourmenter quand je m'y attends le moins. C'est souvent comme ça avec les cas qu'on n'a pas réussi à élucider : ils vous tracassent. On n'arrive jamais à s'en débarrasser complètement. Les échecs vous font toujours plus d'impression que les victoires — ça doit être notre métier qui veut ça.

Après avoir raccroché, Lorna posa son menton sur la paume de sa main gauche pendant qu'elle extirpait de l'autre un bloc-notes du capharnaüm qui encombrait son bureau. Stylo en main, elle griffonna vaguement des inscriptions sibyllines sur la feuille du dessus tout en réfléchissant à ce que venait de lui raconter Harding.

Elle examina la situation sous tous les angles, essaya de dresser une comparaison minutieuse entre les circonstances de la disparition de Kaye Winslow et celles de l'assassinat de Rachel Winslow. Le nombre d'années qui séparait ces deux événements, les parallèles et les similarités, les mobiles potentiels, les personnes impliquées, le pourcentage de coïncidences... elle ne laissa rien de côté. Mais ça ne lui donnait toujours pas grand-chose de concret : il y avait trop de questions sans réponse et sans lien apparent. Elle avait l'impression de se retrouver en face d'un gigantesque puzzle dont elle n'aurait eu que la moitié des pièces — et encore ! Elle tenta de reprendre les éléments dont elle disposait point par point : la première femme de Sam Winslow avait été abattue par un tueur qu'on n'avait jamais retrouvé ni pu identifier. Et voilà que sa deuxième épouse disparaissait en plein jour, comme ça, sans prévenir, en laissant derrière elle son attaché-case, son BlackBerry et un cadavre non identifié.

Et personne n'avait rien vu.

De l'autre côté de l'allée qui séparait leurs bureaux, Policzki se redressa sur son siège tout en marmonnant :

— C'est bizarre…

— Quoi ? lança Lorna, arrachée à ses méditations peu enthousiasmantes. Qu'est-ce qui est bizarre ? Tu as trouvé quelque chose ?

— Disons plutôt qu'il y a quelque chose que je n'ai pas trouvé, répondit Policzki d'un air énigmatique. Tout ce que j'ai pu rassembler comme infos sur Kaye Winslow couvre ces cinq dernières années. Avant ça, rien. Nada. Ni relevés bancaires, ni adresse, ni coordonnées, ni employeur précédent. A croire qu'il y a cinq ans tout juste elle est sortie de nulle part. Génération spontanée. Avant ça, c'est comme si elle n'avait jamais existé.

— Hum hum ! Ça paraît louche, effectivement. La théorie du big bang ? Pour une personne en particulier ?

— C'est à peu près ça, oui.

— Marrant. On dirait qu'elle a disparu comme elle était apparue, il y a cinq ans : comme ça, pouf ! Sans prévenir.

Ils échangèrent un regard perplexe.

— Qu'est-ce que ça veut dire, ce micmac ?

— Une seule chose, à mon avis : il faut qu'on aille chercher plus loin. Plus profond, dit Policzki tout en se retournant vers son ordinateur pour faire voler ses doigts au-dessus du clavier à une vitesse impressionnante. On dirait que notre chère Kaye Winslow a quelques petits secrets en réserve. Si seulement on pouvait réussir à en déterrer un ou deux… Waouh ! C'est quoi, ça ?

— Quoi ? répéta Lorna avec impatience. Qu'est-ce que tu as trouvé ?

— Tiens-toi bien : la veille de sa disparition, Kaye Winslow avait déposé une demande de divorce en bonne et due forme.

Les deux inspecteurs se regardèrent de nouveau, incrédules.

— Ça, alors ! souffla Lorna. Quel indice ! Maintenant, on peut considérer qu'on a non seulement l'occasion mais le mobile pour un crime tout ce qu'il y a de plus classique. Sans parler du fait que Winslow n'a pas d'alibi, et que sa première femme est morte dans des circonstances mystérieuses…

— Ça ne suffit pas, tu le sais aussi bien que moi, lui rappela Doug d'un air impassible. Ce ne sont que des coïncidences et des présomptions. On n'a aucune preuve flagrante à produire. A moins de découvrir un lien solide entre Winslow et cette affaire, ça ne tiendra jamais la route. Le procureur nous rigolerait au nez si on lui présentait le dossier tel quel.

— Peut-être, mais au moins on progresse. A en croire les déclarations de Winslow, son mariage avec Kaye était tout ce qu'il y a de plus normal — parfait, presque sans nuages. Je t'avais bien dit qu'il mentait comme un arracheur de dents !

— Le moment est peut-être venu de lui mettre un peu plus la pression ?

— Mouais. Ou alors, on pourrait se concentrer sur la sœur : Mia DeLucca. A mon avis, on aurait plus de chances avec elle. Elle le surprotège, c'est évident, mais au fond elle m'a l'air de quelqu'un d'honnête et droit. Tu pourrais jouer de ton charme légendaire sur elle, histoire de voir si tu arrives à lui soutirer des infos utiles.

— Je ne suis pas convaincu que ça marche, dit Policzki d'un air pénétré. Elle n'a pas l'air de m'apprécier des masses.

— C'est parce que tu avais le mauvais rôle, coupa Lorna d'un ton assuré. Mais si je te laisse jouer le gentil, pour une fois…

A cet instant, le téléphone sonna, arrachant une grimace d'exaspération à l'inspecteur Abrams. Parfois, elle avait envie de balancer cette saloperie d'engin par terre, de couper les fils et d'en faire de la charpie !

Roulant des yeux excédés, elle tendit la main vers le combiné, décrocha et aboya un « Allô ? Ici Abrams ! » particulièrement revêche.

— M'man ?

Lorna sentit son cœur bondir dans sa poitrine. Sa fille pleurait comme une madeleine ! L'inspecteur cynique céda instantanément la place à la mère poule : elle commença à dresser mentalement la liste de toutes les catastrophes qui pouvaient être tombées sur la tête de ses proches. Une crise cardiaque, un accident de voiture ne fusillade à l'école…

— Quoi ? Qu'est-ce qu'il y a, ma chérie ? fit-elle d'un ton paniqué.

— Derek et moi, on a eu… on s'est d… disputés, et… Oh, m'man ! fit Krissy d'une voix brisée tout en reniflant copieusement. C'est fini, entre nous ! On a cassé. Le mariage… c'est… On se marie plus, voilà ! C'est annulé !

Sur ce, elle se mit à sangloter.

Fermant les yeux, Lorna compta lentement jusqu'à dix pour donner à son cœur le temps de se calmer. Dire qu'elle s'était fait des frayeurs sans nom ! Elle aurait dû se rappeler qu'à dix-neuf ans les larmes n'étaient pas forcément le signe d'une tragédie. Du moins, pas au sens propre du terme. A cet âge, le moindre mot de travers, la moindre petite querelle pouvait prendre des allures disproportionnées…

Lorna tenta de se ressaisir, de se radoucir malgré son envie d'envoyer sa fille sur les roses. Peut-être sa carrière de flic lui avait-elle fait oublier ce que c'était que d'avoir dix-neuf ans et de ne rien connaître du monde cruel des adultes.

Avec un soupir discret, Lorna couvrit le récepteur d'une main pendant qu'elle chuchotait à l'intention de Policzki :

— Problème familial. Il faut que je m'en occupe tout de suite. Mais toi, vas-y, ne m'attends pas.

De sa main libre, elle farfouilla dans les papiers qui encombraient sa table de travail, et finit par trouver les clés de la voiture de service, qu'elle lança à son coéquipier.

— Tu es tout seul sur ce coup-là, petit. Essaie de voir ce que tu peux tirer de Mia DeLucca, et on fait le point après.

9.

Mia avait une douzaine de personnes à rappeler, une annonce à faire paraître dans la prochaine édition dominicale du *Boston Globe*, plus une liste de visites à établir pour le compte d'un client qui souhaitait acheter. Mais au lieu de s'atteler à la tâche elle perdait son temps — et l'argent de l'agence, par la même occasion — à regarder sans cesse par la fenêtre tout en détruisant machinalement des trombones qui ne lui avaient rien fait. C'était plus fort qu'elle : elle n'arrêtait pas de penser à des choses qu'elle aurait préféré oublier.

Grant Ashford avait pourtant semblé sincère… peut-être trop, à la réflexion. Et puis, pour un homme innocent, il n'avait pas protesté très vigoureusement ! A sa place, si elle avait été injustement accusée, elle se serait sûrement mise en colère. Elle se serait sentie insultée, offensée, si on lui avait fait comprendre qu'on la croyait impliquée dans une affaire louche. Et elle l'aurait fait savoir à son interlocuteur.

Ashford, lui, n'avait rien laissé paraître. Au lieu de se défendre, il avait semblé prendre tout ça comme une bonne plaisanterie, voire la plus grosse farce qu'il lui ait jamais été donné d'entendre. Il avait totalement renversé les rôles et, du coup, c'était Mia qui s'était sentie sur la défensive.

Bien sûr, on ne pouvait pas écarter l'hypothèse que sa réaction soit effectivement celle d'un homme de bonne foi, sûr de son innocence. Mais c'était peut-être une habile manœuvre pour détourner l'attention et étouffer dans l'œuf les soupçons qu'elle nourrissait à son égard. En tout cas, en tournant l'affaire au ridicule, il avait réussi à faire douter Mia de ses convictions et du bien-fondé de sa démarche.

Jusqu'à cette poignée de main moite. Plus elle y repensait, plus elle se disait que ce n'était pas normal. Il ne faisait pas spécialement chaud dans le bureau de Grant. Et pour autant qu'elle le sache il n'était pas atteint d'une maladie quelconque. Bref, une chose était certaine : Grant Ashford avait transpiré au cours de leur entretien. Ce qui l'amenait à une conclusion évidente : il lui avait menti. Elle aurait parié un mois de salaire là-dessus si les jeux d'argent l'avaient amusée.

D'un geste brusque, elle cassa net un énième trombone.

— Bon sang, donne-moi ça ! s'exclama Bev tout en s'approchant à grands pas du bureau de Mia, pareille à un ange vengeur, pour lui arracher des mains la tasse de céramique que Kevin avait confectionnée quand il n'était encore qu'un gamin et qui lui servait de récipient à trombones. Si tu continues à manger les profits de l'agence, on devra bientôt mettre les clés sous la porte !

A cet instant, la clochette de la porte d'entrée tinta, et les deux femmes levèrent la tête en même temps.

— Je peux vous aider ? lança Bev au visiteur qui se tenait dans l'encadrement de la porte.

De là où elle se trouvait, Mia ne pouvait pas le voir.

Elle entendit juste un vague murmure qui dut sembler particulièrement convaincant à sa collaboratrice. Avec une promptitude qui la laissa pantoise, Bev quitta son allure décidée et archicompétente pour se transformer en une espèce de caricature d'adolescente énamourée.

— Mais bien sûr, balbutia-t-elle d'un air absolument ravi. Entrez donc. Elle est là.

L'homme qui vint se poster sur le seuil du bureau de Mia portait une chemise d'un blanc immaculé sous un costume gris, et dissimulait ses yeux sous une paire de Ray-Ban noires.

Pour qui se prenait-il donc ? songea Mia avec une pointe d'énervement. James Bond ? Dans ses rêves, peut-être ! En tout cas, Bev n'était pas indifférente à son charme. Au lieu de le toiser sans aménité comme elle le faisait ordinairement avec les inconnus, elle restait là, accrochée à la tasse remplie de trombones comme une huître à son rocher, et elle adressait des signes éloquents à sa patronne derrière le dos du visiteur.

En guise d'explication, Mia lui renvoya une grimace discrète avant de s'adresser à l'homme qui attendait toujours patiemment.

— Je ne m'attendais pas à vous revoir si vite ! lui dit-elle avec un brin d'agacement. Et où est passée votre moitié ? Elle alpague des voleurs à la tire dans le commerce d'à côté ?

— Nous ne sommes pas inséparables, vous savez ? répliqua l'homme. Nous sommes seulement coéquipiers. Comme vous et Kaye, en quelque sorte.

Un point pour lui. Mia avait dû toucher un point sensible pour qu'il éprouve le besoin de se justifier.

— Bev, fit-elle, je te présente l'inspecteur Policzki. Inspecteur, voici mon assistante, Bev Constantine.

Avec fébrilité, Bev changea sa tasse de main pour tendre la droite à Policzki avec un empressement significatif. Ce dernier ne parut pas comprendre tout de suite ce qu'elle attendait de lui, car il resta quelques secondes à la regarder pensivement avant de prendre la main qu'elle lui offrait.

Sans doute cette coutume ne lui était-elle pas familière ? Sur la planète d'où il venait, on devait se saluer en agitant ses antennes ou un truc de ce genre, songea Mia en observant son manège.

— Ravi de vous rencontrer, fit l'inspecteur au bout de quelques instants, tout en serrant finalement la main de Bev.

— J'allais vous dire la même chose, assura la jeune femme. Je présume que c'est vous qui enquêtez sur la disparition de Kaye ?

— C'est exact. Et j'espère que vous et Mme DeLucca accepterez de m'accorder quelques minutes de votre temps pour que nous discutions de cette affaire.

Bev adressa à Mia un regard interrogateur.

— Ferme la porte à clé et mets le panneau « Fermé », lui répondit Mia avec un soupir.

Puis elle ajouta à l'intention de Policzki :

— Asseyez-vous, je vous prie. Vous êtes plus grand que moi et vous portez une arme en plus de votre insigne officiel. Je ne peux donc pas refuser de répondre à vos questions.

L'inspecteur s'assit à côté de la fenêtre. De là, il pouvait tout à la fois dominer la pièce et surveiller la porte.

Mia avait toujours entendu dire que les flics ne s'installaient jamais dos à une porte. Visiblement, ce n'était pas qu'une rumeur.

Bev, qui s'était débarrassée de la tasse à trombones, revint s'asseoir sur la chaise restante.

Impeccable ! songea Mia. La configuration parfaite pour une petite « tea party » des plus conviviales !

— Alors, comment avance l'enquête ? demanda-t-elle d'un ton qui ne révélait rien de son énervement.

Policzki ôta ses lunettes de soleil, perdant du même coup un peu de son allure d'extraterrestre.

— Vous savez très bien que je n'ai pas le droit de répondre à cette question.

— Par contre, vous vous permettez d'en poser un nombre incalculable ! rétorqua Mia du tac au tac.

— Ça fait partie de mon travail, fit Policzki sans se démonter. Je n'y peux rien.

— Vous savez, en général, je ne suis pas particulièrement revêche ni agressive, mais on dirait que vous avez l'art de faire ressortir mon mauvais côté !

Pendant un bref instant, elle retint sa respiration dans l'attente de le voir sourire. Elle vit les coins de sa bouche tressaillir brièvement, mais à sa grande déception l'inspecteur parvint à garder le contrôle de ses émotions, et aucun signe d'amusement ne vint fissurer le masque d'homme dur et impassible qu'il portait en permanence.

— Vous n'êtes pas la seule personne à qui je fais cet effet, déclara-t-il d'un ton neutre.

Agacée, Mia jeta ostensiblement un coup d'œil à sa montre.

— Ecoutez, j'adorerais continuer à bavarder tranquillement avec vous, mais j'ai beaucoup de travail. Alors, si vous avez quelque chose à me dire, arrêtez de tourner autour du pot et crachez le morceau tout de suite, qu'on soit débarrassés !

— D'accord. Je vais être direct, puisque c'est ce que vous voulez. La veille de sa disparition, votre belle-sœur avait déposé une demande de divorce. Des commentaires ?

Mia lança un regard à Bev dont les yeux exprimaient la plus grande stupéfaction. Ce qui signifiait que, lorsque Sam était venu trouver sa sœur pour lui annoncer la nouvelle le matin précédent, Bev n'était pas restée à écouter aux portes. Un point de plus pour la secrétaire, s'il était besoin de prouver sa valeur.

— Je sais, confessa Mia à contrecœur. Sam me l'a dit.

— Ah ! fit Bev en écarquillant les yeux. C'est pour ça que…

Elle s'interrompit, jeta un regard suspicieux à Policzki et referma vivement la bouche.

— Vous saviez ? répéta l'inspecteur tout en se tournant vers Mia.

— Sam a reçu les papiers du divorce par courrier. Il est venu ici aussitôt après. Il était un peu…

Mia suspendit sa phrase, cherchant le mot juste. Elle tourna machinalement son regard vers la fenêtre, en quête d'inspiration, mais tout ce qu'il y avait de l'autre côté, c'était le mur de brique de l'immeuble d'en face.

Haussant les épaules, elle poursuivit :

— Je dirais qu'il était complètement déboussolé. En fait, il ne s'attendait pas du tout à une telle demande.

— C'est ce qu'il vous a dit ? Qu'il ne s'y attendait pas du tout ?

— Il n'a pas employé ces termes-là, si c'est ce que vous voulez savoir, mais en substance c'était le message.

— Alors comme ça il ignorait que sa femme n'était pas

heureuse de leur vie de couple ? Pas la moindre anicroche, pas d'indices, pas de soupçons ? Ils seraient passés de la lune de miel au divorce comme ça, sans avoir le temps de dire ouf ?

— Ecoutez, je ne me mêlais pas de leur vie privée, d'accord ? Tout ce que je sais, c'est ce que Sam m'a raconté. Ça ne peut pas être considéré comme une preuve flagrante de quoi que ce soit. Et ce n'est pas le genre de déclaration qui a la moindre utilité devant un tribunal, n'est-ce pas ?

Une nouvelle fois, les lèvres de Policzki esquissèrent une ébauche de sourire, qui n'aboutit pas plus que la précédente.

— Mais nous ne sommes pas au tribunal, répliqua-t-il avec flegme. Il n'y a ni juge, ni jurés, ni accusation, ni défense. J'essaie juste de dresser un tableau de la situation au moment des événements qui nous intéressent. Et généralement, quand un mariage bat de l'aile, il y a certains symptômes révélateurs.

— Merci pour le diagnostic, docteur ! rétorqua Mia d'un ton sarcastique que Policzki s'abstint de relever.

— J'entends par là des choses comme des chamailleries continuelles, ou au contraire une absence prolongée de communication. Ou une augmentation du temps passé tête à tête. Cela peut même aller jusqu'à faire chambre à part. L'un des deux partenaires, voire les deux, peut aussi travailler de plus en plus. Devenir complètement grippe-sou, ou à l'inverse se lancer dans des dépenses extravagantes et injustifiées. Cela peut se traduire par des tickets de carte de crédit ne correspondant pas à des achats habituels. Ou, sur le plan social, par une nervosité et une irritabilité accrue vis-à-vis des cercles amicaux et professionnels.

Ou encore… (petite pause dramatique) par des infidélités, réciproques ou non.

Bev laissa échapper une exclamation étouffée qui leur fit tourner la tête.

— Etes-vous en train de suggérer que Sam était infidèle ? fit Mia d'un air offensé qui lui valut l'attention immédiate de Policzki. Parce que si c'est le cas…

— Je ne suggère rien du tout, la coupa l'inspecteur avec une fermeté polie. Je ne fais qu'exprimer à voix haute la teneur de mes réflexions. Votre frère nous a affirmé que tout allait pour le mieux dans le meilleur des mondes en ce qui concernait son couple, et nous apprenons subitement que sa femme avait fait une demande de divorce. Ce qui nous laisse en face d'un épineux dilemme : soit M. Winslow nous a menti sciemment, soit il s'est montré totalement aveugle et sourd face à ses problèmes de couple.

Exaspérée par la logique implacable du policier, Mia ramassa un stylo qui traînait sur son bureau et se mit à couvrir de griffonnages rageurs le bloc-notes qui se trouvait à portée de sa main.

— Ecoutez, il y a quelque chose que vous devez savoir à propos de mon frère, dit-elle au bout de quelques instants de silence tendu. Il a tout de la caricature du savant dans la lune. A l'école, il avait beau récolter les meilleures notes de toute la classe, il ne possédait pas le moindre sens commun. Et ça n'a pas changé par la suite. Il a mené ses études supérieures avec brio. C'est une grosse tête, pour être franche — un cerveau archidoué, rempli d'informations qu'il parvient apparemment à transmettre à ses étudiants avec l'adresse qui le caractérise dans le domaine intellectuel. Mais quand il s'agit de la vie concrète il est nul.

Elle s'arrêta de martyriser son carnet pour regarder Policzki dans les yeux.

— Il est capable de vous faire un brillant exposé critique d'une bonne heure sur le plus petit coup de pinceau de Michel-Ange au plafond de la chapelle Sixtine, mais il a du mal à attacher ses lacets correctement. Si vous voyez ce que je veux dire…

— Je vois. Vous entendez par là que si son épouse lui avait envoyé des signaux trahissant son mécontentement ou son exaspération votre frère aurait très bien pu passer à côté.

— Exactement.

Policzki se tourna de nouveau vers Bev.

— Mademoiselle Constantine, souhaitez-vous ajouter quelque chose ?

Et merde ! songea Mia. Elle pensait pourtant avoir suffisamment détourné l'attention du policier pour qu'il oublie la réaction de sa secrétaire. De toute évidence, elle avait sous-estimé son professionnalisme. Ce n'était pas parce qu'il était jeune et plutôt beau garçon qu'il était forcément stupide et malléable. Pour l'heure, Bev arborait une expression qui faisait peine à voir : visiblement, elle se sentait déchirée entre sa loyauté envers sa patronne et un sens inné de la justice. Elle lança un regard éperdu à Mia qui soupira fortement et se massa les tempes avant de lui adresser un imperceptible signe de tête approbateur. Elle avait toujours prôné la franchise et la vérité. Alors, si Bev savait quelque chose qui pouvait servir à éclaircir un peu cet embrouillamini, autant l'autoriser à parler. Cela ne pouvait que faire avancer les choses.

— Eh bien, je ne suis pas du genre à cancaner, commença la secrétaire. Et j'évite en général de dire du mal des personnes avec lesquelles je travaille… Je ne devrais peut-être même pas vous parler de ça… surtout dans les circonstances actuelles… Je veux dire que, si ça se trouve, Kaye est peut-être déjà morte, et que je ne souhaiterais ça à personne de ma connaissance. Mais pour être honnête…

Elle s'interrompit, l'air terriblement gêné.

— Pour dire la vérité, si tu n'étais pas là, Mia, il y a longtemps que j'aurais quitté cette boîte.

Pour le coup, Mia tomba littéralement des nues : elle ne s'attendait absolument pas à une déclaration de ce genre !

— Mais… mais pourquoi ? balbutia-t-elle, abasourdie.

— Toi, tu me traites toujours avec respect. On travaille d'égale à égale. La preuve : depuis le début, on se tutoie, alors que tu es techniquement au-dessus de moi. Mais avec Kaye ce n'est vraiment pas pareil. Elle a ce côté exigeant et tyrannique qui peut s'avérer extrêmement pesant. Bien sûr, les patrons, c'est fait pour vous donner des ordres, sinon plus personne ne mène la barque dans l'entreprise. Mais ce n'est pas une raison pour me rabaisser en permanence. Or, Kaye ne s'est jamais privée de me rappeler que par rapport à elle, avec ses diplômes universitaires, son prestige dans le milieu et son compte en banque bien garni, je ne suis qu'une petite employée minable qui trime pour un salaire somme toute modeste. Et que si j'ai la chance de travailler pour elle il est normal que je fasse ses quatre volontés, pas moins.

— Oh mon Dieu, Bev ! s'exclama Mia d'un air désolé. Je ne savais rien de tout ça. Pourquoi tu ne m'en as pas parlé ?

— Oh, je n'allais pas réagir comme une gamine ! Je connais le monde du travail, et je sais bien qu'il y a toujours des gens qui vous mènent la vie dure dans ce métier comme dans les autres. Je ne suis pas en sucre ; j'ai appris qu'il fallait se taire et continuer à faire de son mieux.

— Ça, tu n'es pas en sucre ! confirma Mia. Et tu es bien davantage qu'une simple secrétaire, ici. En fait, tu es mon bras droit.

— Merci, Mia. Mais Kaye m'a toujours traitée comme un rouage sans âme ni sentiments. Une pièce dans une machine, rien de plus. Vouée à la servir, évidemment.

— Je suis tellement désolée…

— Tu ne devrais pas. Ça ne m'a pas empêchée de dormir, rassure-toi. Mais le problème, ce n'est pas seulement son attitude avec moi. En fait, c'est une femme à deux visages. Je l'ai vue jouer la charmeuse avec des clients de l'agence et dire des horreurs sur eux dès l'instant où ils avaient passé la porte. Je l'ai aussi entendue faire des promesses au téléphone qu'elle n'a pas tenues par la suite, ajouta Bev en pinçant les lèvres. Je suis bien consciente que dans toute transaction commerciale il y a une certaine part de manipulation : ça fait partie du jeu. Mais avec Kaye ça allait plus loin. Nettement. Pour être honnête, je ne lui ai jamais fait confiance. Elle ne respecte pas les règles. Et puis…

Pour la première fois depuis le début de ses révélations, Bev parut hésiter sérieusement avant de continuer.

— Je ne sais vraiment pas si je devrais en parler. Ça n'a rien à voir avec le travail, et ça ne me regarde pas. Ça me gêne d'évoquer ce point, mais…

Elle pointa le menton dans la direction de Policzki.

— C'est à propos de ce dont vous avez parlé tout à l'heure. Vous savez, cette histoire de couple à la dérive… Eh bien, ça m'a rappelé un détail et je me sentirais mal si je ne vous en parlais pas, maintenant que vous avez évoqué cette possibilité.

— Allez-y ! l'encouragea l'inspecteur. Nous n'en pouvons plus d'attendre.

Vraiment ? songea Mia. Elle n'était pas certaine qu'ils attendent tous les trois la même chose en cet instant précis. Policzki voulait voir l'affaire résolue. Bev devait avoir surtout envie de vider son sac une bonne fois pour toutes. Et Mia souhaitait par-dessus tout… quoi donc ? Elle n'en était plus certaine. Deux jours auparavant, elle aurait répondu sans hésiter qu'elle voulait qu'on retrouve Kaye saine et sauve, blanchie de l'accusation de meurtre qui pouvait peser sur elle. Mais à ce moment-là son frère ne s'était pas encore vu jeter au visage une demande de divorce. Et Mia n'était pas encore au courant du comportement désagréable de son associée vis-à-vis de leur assistante dévouée. Pas plus qu'elle ne savait pour Mickey Slattery…

Elle se rendit brusquement compte que Bev était en train de lui dire quelque chose, et qu'elle n'écoutait pas. Elle se força à se concentrer sur ses paroles.

— Tu te rappelles ces somptueuses roses rouges que Kaye a reçues pour la Saint-Valentin ? disait la secrétaire. On l'avait taquinée à ce sujet, en vantant le romantisme de son mari.

— Bien sûr, je m'en souviens.

— Eh bien, ces roses ne venaient pas de Sam.

Mia ferma les paupières et laissa échapper un soupir suivi d'un juron étouffé.

— Tu te rappelles comme elle s'est tue brusquement ? Elle a piqué un joli fard. Ensuite, elle a pris la carte livrée avec le bouquet et elle l'a déchirée pour la jeter à la poubelle avant qu'on puisse la lire. J'ai trouvé ça bizarre et…

Bev prit un air contrit.

— Enfin, je me suis débrouillée pour récupérer le carton et recoller les morceaux. Le message était signé d'un certain Mickey.

Policzki se pencha en avant, l'air nettement intéressé.

— Mickey ? répéta-t-il. Mickey comment ?

— Ça, je ne sais pas, répondit Bev. Ce prénom ne m'évoque rien du tout, même si je présume que c'est un client de l'agence. On pourrait rechercher ses coordonnées complètes dans les dossiers archivés…

Elle s'arrêta, comme si elle s'apercevait subitement que ce serait une tâche particulièrement fastidieuse.

Mia sentit son estomac se contracter de façon désagréable. A ce rythme, elle allait avoir un ulcère, c'était certain !

D'un air las, elle prit la parole :

— Ce ne sera pas nécessaire.

Bev et Policzki se tournèrent vers elle, comme s'ils venaient seulement de se rappeler qu'ils n'étaient pas seuls dans la pièce.

— Vous savez qui est ce mystérieux admirateur ? demanda l'inspecteur.

Mia soupira profondément.

— Oui, répondit-elle. Son nom est Mickey Slattery. Sam m'a parlé de lui.

A la seconde où la porte se referma sur Policzki, Bev sauta sur Mia, telle une lionne affamée sur une innocente gazelle.

— Ce type est absolument renversant ! s'exclama-t-elle. Pourquoi tu ne m'en avais pas parlé ?

— Parce que, de mon point de vue, ce type est absolument casse-pieds ! rétorqua Mia d'un air ennuyé. En plus, c'est un gamin !

— Mais non, il n'est pas si jeune que ça ! Il doit avoir dans les vingt-cinq ans. Et puis, tu sais ce qu'on dit des hommes plus jeunes : moins de rides, plus de tonus…

— Par pitié, arrête ! murmura Mia en passant une main sur ses yeux d'un air exténué.

— N'empêche que les hommes jeunes traitent souvent les femmes mûres avec respect, poursuivit Bev.

— Arrête, tu vas finir par me faire croire que je suis une petite vieille en manque d'amour ! Je ne suis pas à la recherche d'un gigolo, figure-toi. Et même si c'était le cas je ne jetterais sûrement pas mon dévolu sur Policzki.

— Pourquoi ? Qu'est-ce qui ne te plaît pas chez lui ? Si tu veux mon avis, il est totalement craquant.

— Parfait. Dans ce cas, vas-y, lance-toi à sa poursuite et lâche-moi avec ça. Le sujet est clos, en ce qui me concerne. Il y a plus grave. Explique-moi, par exemple, pourquoi tu ne m'avais rien dit sur la façon dont Kaye te traitait. Pourquoi tu ne t'es jamais confiée à moi ? Et comment se fait-il que je n'aie rien remarqué ?

— Primo, comme je l'ai dit devant l'inspecteur, ce n'est pas mon genre de jouer les rapporteuses. Deusio, pour me houspiller, elle choisissait toujours un moment où tu n'étais pas dans les parages.

— Bon sang ! souffla Mia tout en enfouissant sa tête dans ses bras croisés, comme si elle n'avait plus la force de la soutenir. Comment vais-je réussir à tenir le reste de la journée ?

— J'ignore quelle stratégie tu comptes appliquer, ma cocotte, mais moi je serais partante pour une bonne dose de caféine. Et de chocolat aussi, pour compléter le traitement.

Mia songea brièvement à l'énorme quantité de café qu'elle avait déjà ingurgitée depuis le début de cette journée marathon. Haussant les épaules, elle se dit qu'une tasse de plus ne pouvait pas tellement aggraver la situation.

Relevant la tête, elle demanda presque timidement :

— Ça ne t'ennuie pas de descendre au Starbucks le plus proche ?

— Si je te l'ai proposé, ce n'est pas pour te dire non maintenant ! répliqua Bev. Va pour Starbucks. Qu'est-ce qui te dit comme boisson ?

— Eh bien, un cappuccino avec plein de mousse et de chocolat dessus, ça me tenterait bien. La grande taille, si ça n'est pas trop lourd à porter. Ça ne va pas résoudre tous les problèmes qui me sont tombés dessus depuis deux jours, mais au moins ça me rendra la pilule un peu moins amère.

— C'est noté. Et je vais en prendre deux pour t'accompagner. Par contre, si je te surprends à démantibuler un seul trombone quand je reviens, j'enferme cette tasse à clé dans mon bureau et je t'oblige à t'inscrire illico à un programme de réduction de stress !

Sur ce, Bev lui adressa un grand sourire complice et quitta l'agence, faisant tinter gaiement au passage la clochette de la porte d'entrée.

D'un air songeur, Mia la regarda s'éloigner. Elle avait déjà des crampes d'estomac atroces, et le fait d'ingurgiter une immense tasse de cappuccino n'arrangerait rien, c'était évident. Mais son envie de caféine était trop forte. Elle adorait le café, alors autant s'accorder un petit plaisir, compte tenu des circonstances.

En attendant que Bev revienne, Mia décida de ranger son bureau. Avec une détermination méthodique, elle empila les papiers qui pouvaient attendre pour les poser dans le tiroir qui leur était réservé. Puis elle remit bien en place son agrafeuse, son dérouleur de ruban adhésif et son organiseur, avant de s'attaquer aux morceaux de trombones qui jonchaient son bureau. D'une main, elle les fit glisser dans la corbeille à papier, pendant que de l'autre elle saisissait un dossier qui traînait sur le bord de son plan de travail. Elle allait le ranger dans l'armoire quand le téléphone se mit à sonner.

Mia eut un bref instant d'hésitation. Quelques secondes lui suffirent pour reprendre le contrôle de ses nerfs et passer en mode « agent immobilier ». D'une main qui ne tremblait pas, elle décrocha le combiné :

— Agence Winslow & DeLucca, bonjour, fit-elle d'une voix faussement enjouée — celle qu'elle utilisait toujours pour répondre aux clients, quelles que soient les circonstances.

— Vous êtes bien Mia DeLucca ? demanda une voix rauque à l'autre bout du fil.

— Oui. Que puis-je faire pour vous ?

— J'ai un message pour votre frère.

La phrase avait été prononcée si bas que Mia crut d'abord qu'elle avait mal compris.

— Pour mon frère ? répéta-t-elle, intriguée.

— Ouais. Dites-lui qu'on le surveille.

Le cœur de Mia se mit à tambouriner dans sa poitrine. Fébrile, elle lâcha le dossier, et les feuillets allèrent s'éparpiller à terre sans qu'elle se rende compte qu'il lui avait échappé des mains.

— Je… Pardon ? balbutia-t-elle.

— Vous m'avez parfaitement entendu. Rémétez-lui ce que je viens de vous dire, un point c'est tout. Il comprendra.

Gracie attendait sur le trottoir devant l'académie Bellerose que son père vienne la chercher. Elle ne tarda pas à apercevoir la vieille Volvo qui lui faisait honte chaque fois qu'elle montait dedans, comparée aux berlines de luxe conduites par les parents de ses camarades de classe. Avec un soupir résigné, elle ouvrit la portière passager, balança son sac à dos à l'intérieur et se laissa tomber sur le siège usé.

— Bonjour, ma puce, lui dit son père. Tu as passé une bonne journée ?

Gracie l'examina du coin de l'œil, mi-amusée, mi-désespérée. Vraiment, il n'habitait pas sur la même planète qu'elle ! Un extraterrestre, voilà l'effet qu'il lui faisait quand il sortait des trucs pareils. Etre naïf à ce point, c'était invraisemblable. Il ne se souvenait donc pas que le lycée, c'était pire qu'un camp de prisonniers de guerre ? La seule chose qui changeait, c'était les fringues — des tenues ultra mode au lieu des uniformes à rayures. Enfin, peut-être qu'il avait traversé l'adolescence avec les mêmes œillères qu'il portait aujourd'hui…

— Ouais, ouais, maugréa la jeune fille. Si tu le dis, p'pa, ça doit être ça…

Il n'eut pas l'air de percevoir la note de sarcasme contenue dans sa réponse, et il tourna le bouton de l'autoradio sans ciller. Sans doute préférait-il écouter de la musique plutôt qu'entamer une conversation forcément languissante avec sa fille unique ? Tant mieux, se dit Gracie. Le seul problème, c'est qu'il avait vraiment des goûts de chiotte en matière de musique. Tout ce qu'il écoutait, c'était ces morceaux classiques qui lui donnaient envie de grincer des dents et de s'arracher les yeux. Du Mozart, du Tchaïkovski, bref, que des trucs rasoir au possible ! Si seulement il se mettait au rock, ça améliorerait nettement l'ambiance. Un bon titre d'Aerosmith, par exemple, ça réchaufferait l'atmosphère. Ou même un truc des années 1980, genre AC/DC ou Bruce Springsteen. A douze ans, elle avait découvert les vieux vinyles de sa mère, lors d'une de ses fouilles au grenier. Certains titres étaient vraiment nuls. Par exemple, Adam Ant. C'était qui, d'abord, Adam Ant ? Jamais entendu parler. Mais la plupart étaient tout simplement géniaux. Depuis, le bon vieux rock'n roll était devenu son style favori. Ça en jetait grave aux yeux des autres imbéciles de son école. Sans compter que, par rapport à ce que les pauvres cruches de sa classe considéraient comme de la musique, ça dépotait nettement plus.

Elle soupira. Elle aimait bien son père, mais vraiment son cas était désespéré. Et pas seulement en matière de musique. Son évolution avait dû s'arrêter en 1962. Il retardait nettement, ça, on ne pouvait pas le nier. Et, en tant que parent, il n'était vraiment pas doué. Leur relation restait dans l'ensemble superficielle, leurs seules conversations de père à fille se bornant généralement à « Qu'est-ce qu'on mange ce soir ? » ou « Tu veux bien me passer le sel ? ». Pas franchement enthousiasmant comme sujets de réflexion ! Elle aurait parié n'importe quoi qu'il ignorait quel étaient sa couleur préférée, son groupe de rock favori, son livre de chevet. Il était tellement déconnecté du réel que, si on lui avait parlé de Madonna, il aurait sûrement ouvert des yeux ronds comme des billes et pris son air d'ahuri. La dernière chanteuse qui avait dû entrer dans son écran radar avait certainement cessé d'aligner les succès depuis un bon demi-siècle !

Gracie continuait à observer son père à la dérobée, et elle s'aperçut soudain qu'il n'avait pas l'air en forme. Il était pâle et il avait encore oublié de se raser ce matin. S'il avait eu dix-sept ans, la barbe de trois jours qui lui ombrait les joues aurait pu lui donner un look attirant et sexy, mais sur un homme de l'âge de son père ça n'allait pas du tout. Cette barbe naissante le faisait plutôt ressembler à un clodo. Il n'aurait pas déparé au milieu d'un groupe de SDF agglutinés autour d'une bouteille de whisky mal enveloppée dans un sac de papier kraft déchiré…

Bon, d'accord, elle exagérait peut-être un brin, mais une chose était sûre : son père était dans un sale état. C'était compréhensible qu'il ne pète pas la forme, vu que sa femme avait disparu et qu'on n'avait aucune idée de ce qui avait bien pu lui arriver. Sauf qu'en y réfléchissant bien son allure actuelle ne datait pas précisément d'hier. A vrai dire, ça faisait bien deux semaines qu'il avait les traits tirés en permanence. Et Kaye ne s'était évanouie dans la nature que depuis un peu plus de deux jours. Alors, peut-être que le laisser-aller du paternel n'avait rien à voir avec la disparition de la belle-doche…

Ce qui n'avait rien de rassurant. C'était même particulièrement inquiétant.

Gracie ne décela dans la voiture aucun relent d'alcool. C'était déjà ça ! Au moins, elle ne risquait pas de mourir dans un accident de voiture entre l'académie Bellerose et Union Square, puisque son père n'était pas ivre. Si jamais ils se trouvaient pris dans un carambolage, ce ne serait pas sa faute : ce serait un coup du destin, point barre.

Elle se dit qu'elle allait quand même devoir poser la

question inévitable, même si elle n'avait pas tellement envie d'entendre la réponse. D'un air décidé, elle se pencha pour baisser le volume de la radio avant de se jeter à l'eau :

— Alors ? On a retrouvé Kaye ou pas encore ?

Elle vit les doigts de son père se crisper sur le volant jusqu'à ce qu'il en ait les phalanges toutes blanches.

— Pas encore, répondit-il.

— Et les flics n'ont pas voulu t'en dire plus ?

— Non, fit-il, tout aussi laconique, les yeux obstinément fixés sur la route encombrée de véhicules qu'il tentait de contourner sans heurt.

— Tu crois qu'il lui est arrivé quelque chose ? insista Gracie.

— Bien sûr que non ! répondit-il un peu trop vite.

Visiblement, il avait décidé de protéger sa fille en refusant d'admettre l'évidence devant elle. Gracie aurait pu trouver ça touchant si cette attitude de déni perpétuel ne l'avait pas autant énervée.

— Ecoute, p'pa, reprit-elle avec brusquerie, je n'ai plus quatre ans, d'ac ? Alors, arrête de faire comme si je croyais encore tout ce que me dit mon petit papa chéri, O.K. ? Je suis assez grande pour comprendre la situation. Et pour entendre la vérité, pas ce ramassis de mensonges que tu t'obstines à me servir. C'est très gentil de vouloir m'épargner, mais il fallait le faire plus tôt — genre, quand j'avais pas encore dix ans, tu vois ?

Lentement, son père se tourna vers elle. Son visage était d'une pâleur affligeante, et ses joues creusées accusaient les rides qui commençaient à se former au coin de sa bouche et de ses yeux éteints.

Pour la première fois de sa courte existence, Gracie prit conscience que son père n'était plus tout jeune. Ça lui fit l'effet d'un coup de poing en pleine poitrine. Jusqu'ici, elle n'avait jamais envisagé l'idée que papa puisse vieillir : papa, c'était papa, un point c'est tout. Un type grand et plutôt beau gosse, pas très efficace dans le domaine pratique, mais dans l'ensemble sympa et pas trop casse-pieds. Seulement, là, il semblait avoir pris dix ans depuis la veille. Elle savait pertinemment que ce n'était pas vrai, qu'elle était victime d'une illusion passagère. N'empêche que la lueur désespérée qui scintillait dans ses yeux bleus la cueillit au dépourvu. Le cœur serré, elle comprit soudain la raison de son comportement absurde. Ce n'était pas elle, Gracie, que papa voulait protéger de la cruelle réalité : c'était lui-même.

Après tout, il avait déjà perdu une femme. Alors, la perspective de se voir privé de la seconde devait lui sembler absolument terrifiante. Gracie n'avait pas envisagé les choses sous cet angle, mais maintenant qu'elle y songeait elle comprenait mieux pourquoi son père était tellement abattu. D'accord, pour elle, sa belle-mère n'était qu'un suppôt de Satan, mais elle restait malgré tout l'épouse de papa. Son choix à lui. Sa compagne. La femme qu'il avait juré de chérir et de protéger jusqu'à ce que la mort les sépare. Gracie ne s'entendait peut-être pas avec Kaye, mais c'était vraiment injuste que son pauvre père ait à revivre une épreuve aussi dure.

D'autant que, si ça se trouvait, tout était la faute de Gracie…

La culpabilité qui la rongeait depuis l'annonce de la disparition de sa belle-mère revint à l'assaut, et elle dut détourner la tête pour ne pas trahir son angoisse.

N'importe quoi ! se dit-elle avec véhémence. Ça ne pouvait tout simplement pas être entièrement sa faute, cette histoire de fous ! Elle devenait parano, voilà tout. Pas étonnant, vu le stress qui régnait à la maison depuis quelques jours. Elle y avait longuement réfléchi, la veille, allongée sur son lit, les yeux rivés au plafond dans l'attente d'un sommeil réparateur qui refusait de venir. Et la conclusion qui s'imposait, c'était que s'il y avait un responsable ce n'était pas elle. Ce n'était pas parce qu'elle n'arrivait plus à contacter Carlos qu'il avait forcément joué un rôle clé dans la disparition de Kaye. A fortiori dans cette affaire de meurtre qui leur tombait dessus comme ça, sans prévenir. Ce n'était qu'une coïncidence, voilà tout. Carlos était sûrement occupé à bosser ou à voyager, qui sait ? C'était la raison de son silence radio depuis deux jours. Elle se faisait des idées, victime de son imagination débordante, comme toujours.

Pourtant, un doute subsistait en elle. Un doute qui lui faisait comme un nœud à l'estomac.

Lorsqu'ils arrivèrent enfin à la maison, Gracie monta directement dans sa chambre. Son chat, Ralph, l'attendait en haut des marches, comme tous les jours quand elle rentrait de l'école. D'une main, elle le souleva contre son cœur pour lui faire un gros câlin. Marrant qu'elle n'ait pas changé son nom, même quand elle avait découvert que ce n'était pas un mâle, contrairement à ce que leur avait affirmé la dame qui le leur avait donné à adopter. En fait, comme elle et son père s'en étaient rendu compte pas très longtemps après, Ralph n'était pas un chat, mais bien une chatte. Tant pis. Son nom lui était quand même resté.

Avec affection, Gracie enfouit son visage dans la fourrure de l'animal qui ronronna aussitôt de plaisir.

— Salut, mon cœur, lui murmura-t-elle à l'oreille. Je

suis sûre que je t'ai manqué aujourd'hui, autant que toi tu m'as manqué.

En guise de réponse, la chatte ronronna de plus belle. Ralph évitait soigneusement Sam. Il tolérait la présence de Kaye et il raffolait de Gracie, sa véritable maîtresse. C'était devant sa chambre qu'elle se postait pour lui faire fête tous les soirs après les cours, et elle dormait toujours avec elle, sur son lit. Gracie n'avait pas beaucoup d'amis, mais au moins, avec Ralph, elle ne se sentait pas seule.

Sans lâcher la chatte, elle s'assit devant son ordinateur, la caressant distraitement d'une main pendant qu'elle pianotait de l'autre sur son clavier pour se connecter à son réseau de « chat ».

— Allez, allez ! marmonna-t-elle impatiemment. Il faut vraiment que tu répondes, cette fois.

Mais celui dont elle espérait la présence n'était pas en ligne. Pour un peu, elle aurait pu croire qu'il s'était évanoui dans les airs. Comme sa belle-mère. Pas rassurant du tout, comme perspective. En fait, ça lui glaçait le sang rien que d'y songer. Dans un effort pour contenir l'angoisse qu'elle sentait monter en elle, Gracie visita quelques autres sites de messagerie instantanée où elle savait que son correspondant postait régulièrement des commentaires. Autant demander de l'aide à la communauté, puisqu'elle n'arrivait à rien par elle-même.

> Quelqu'un a eu des news de Magnum357 récemment ? écrivit-elle à plusieurs reprises. J'essaie de le contacter, mais ça foire chaque fois.

Hélas ! Les seules réponses qu'elle obtint étaient toutes négatives. Personne n'avait eu de contact avec Carlos depuis plusieurs jours.

Découragée, Gracie se déconnecta. Elle connaissait plusieurs endroits où il aimait passer du temps — ailleurs que sur Internet, puisqu'elle n'arrivait pas à le localiser dans le monde virtuel. Elle pouvait peut-être aller jeter un coup d'œil au centre commercial de Prudential, ou à Harvard Square, histoire de voir si elle tombait sur lui ? Après tout, ce n'était pas bien loin de chez elle. Et puis, si elle faisait chou blanc au centre commercial, elle n'aurait qu'à sauter dans un wagon de la ligne rouge pour rejoindre Cambridge. Là, elle pourrait faire le tour de la place deux ou trois fois pour vérifier s'il était dans les parages.

Au rez-de-chaussée, la sonnette retentit trois fois de suite. Visiblement, c'était quelqu'un de pressé — et d'énervé.

Gracie posa Ralph par terre et alla se poster en haut de l'escalier. En bas, les coups de sonnette avaient repris, encore plus rapprochés, faisant presque courir son père jusqu'à la porte de la maison.

Lorsqu'il ouvrit, la silhouette élégante de tante Mia s'engouffra littéralement dans le hall d'entrée. Avec son pantalon noir moulant que complétaient des bottes souples à talons hauts, elle avait autant d'allure qu'un top model.

Mia avait un style bien à elle pour lequel Gracie aurait volontiers sacrifié un bras ou une jambe si elle avait pu le copier sans se ridiculiser. Mais elle savait que, sur elle, la garde-robe sophistiquée de sa tante n'aurait eu aucune classe.

Tante Mia était toute décoiffée. On aurait dit qu'elle venait d'essuyer une bourrasque particulièrement forte. En tout cas, même de là où elle se trouvait, la jeune fille était sûre d'une chose : tante Mia n'était pas là pour discuter tranquillement du temps qu'il faisait. Visiblement, elle était en pleine ébullition.

— Tu ferais mieux de fermer cette porte, dit-elle à papa d'un ton sec. A moins que tu ne tiennes à ce que tout le voisinage soit au courant de tes affaires.

Gracie s'aplatit contre le plancher tout en se dissimulant dans la pénombre qui envahissait le palier. Ralph vint enrouler son corps souple et chaud autour du bras de sa maîtresse, cependant qu'au bas des marches Mia passait nerveusement ses doigts dans ses mèches tout ébouriffées, dans une vaine tentative pour les recoiffer.

— Je ne sais pas ce qui se passe dans cette famille, continua-t-elle du même ton fâché, mais je te préviens, Sam Winslow : on doit discuter sérieusement, tous les deux. Et cette fois tu vas me dire toute la vérité, que ça te plaise ou non !

10.

Mickey Slattery exerçait le métier de cuistot dans un restaurant de fruits de mer nommé pompeusement « Le Beachcomber » et situé près des docks à Southie. L'appellation ronflante évoquait des images exotiques de sable chaud, de brise tiède et de piñas coladas glacées. En réalité, c'était une sorte de cabanon miteux, sombre et humide, aux murs défraîchis, aux tables branlantes recouvertes de toile cirée à carreaux rouges et blancs d'une banalité à pleurer. A l'intérieur, il régnait une odeur puissante de graisse rance. Coincé entre deux entrepôts, l'établissement n'avait rien qui rappelle la plage, hormis les étoiles de mer desséchées et les coquillages ébréchés qui avaient été accrochés à un vieux filet de pêche derrière le bar en guise de décoration « marine ». C'était un endroit typiquement populaire, avec une clientèle à l'avenant.

A cette heure de la journée, le coup de feu du soir était encore loin : le restaurant était désert. Une serveuse sans âge regarda entrer les deux inspecteurs de ses yeux las et cernés, son torchon à la main, l'air bougon. Elle ne prit même pas une carte pour la leur tendre. Policzki et Abrams n'étaient pas les premiers policiers à pénétrer dans le Beachcomber, et ils ne seraient sûrement pas les derniers.

— J'peux vous aider ? leur demanda-t-elle finalement d'une voix dénuée de chaleur.

C'était quand même frappant de constater à quel point les gens leur étaient hostiles d'emblée, songea Policzki avec philosophie.

— Nous sommes à la recherche de Mickey Slattery, dit-il.

— Allez donc voir dans la cuisine ! lança la serveuse tout en reprenant son essuyage languissant du comptoir qu'elle avait interrompu à leur arrivée.

Ils n'eurent pas grand mal à trouver la cuisine en question. L'endroit aurait sûrement été fermé sans autre forme de procès si les services sanitaires s'étaient risqués à y effectuer une inspection. Passé son premier mouvement de recul face à la crasse et à l'odeur, Policzki s'obligea à fermer les yeux sur le manque d'hygiène qui régnait dans ces lieux. C'était tentant de les épingler, mais ils n'étaient pas là pour ça.

Dans le fond, une radio déversait en crachotant les notes d'un standard de musique country. L'inspecteur reconnut les intonations si particulières de Ray Price, avec son accent nasillard du Texas. Un gamin maigrichon affublé d'un strabisme divergent était occupé à nettoyer le sol, amoureusement accroché à son balai comme à une partenaire de danse, le visage perdu dans un songe que devait lui évoquer le balancement rythmé de la chanson mélancolique.

Doug et Lorna échangèrent un regard amusé avant de se diriger d'un commun accord vers l'homme penché sur le gril, dont la voix de ténor couvrait presque celle de Ray Price. Les manches relevées au-dessus des coudes, les avant-bras copieusement tatoués, Mickey Slattery était plutôt beau garçon pour qui aimait le genre rude et canaille. Grand, solidement bâti, les cheveux couleur de paille, il possédait un teint délicat de roux ainsi qu'un corps pour l'instant musclé, mais qui risquait fort, dans une dizaine d'années, de s'épaissir s'il n'y prenait pas garde.

Levant le nez de sa tâche, il aperçut les deux représentants des forces de l'ordre et s'immobilisa brièvement.

— Mickey Slattery ? demanda Policzki.

— Ça dépend qui le demande, rétorqua l'homme d'un ton rogue.

Il se payait leur tête : il avait tout de suite compris qui ils étaient. Avec un brin d'énervement, Lorna sortit son insigne pour le lui mettre sous le nez.

— Peut-être que cela vous rendra la situation plus claire ? fit-elle sans douceur.

— Au cas où vous auriez pas remarqué, je bosse, moi.

Policzki se retourna vers le passe-plat. Par la vitre, on voyait très nettement que la salle de restaurant restait désespérément vide. Les yeux écarquillés, comme s'il était extrêmement surpris, il se tourna de nouveau vers Slattery.

— Mais oui, vous avez raison ! D'ailleurs, regardez-moi tous ces clients affamés dans la salle qui réclament leur dîner à cor et à cri !

— Nous voulons juste vous parler, Mick, reprit Lorna.

— A quel sujet ?

— Ce nom devrait vous suffire : Kaye Winslow. Vous ne sauriez pas où elle se trouve, par hasard ?

Slattery leur renvoya un regard vide d'expression.

— Et pourquoi je devrais le savoir ?

— Quand l'avez-vous vue pour la dernière fois ? continua Lorna.

— Pourquoi ?

— On vous demande juste de répondre à la question, point final, intervint Policzki.

— Ça fait des mois que je n'ai pas vu Kaye. Je ne sais pas du tout où elle peut être. Si elle est repartie pour une période de « j'm'envoie en l'air à droite et à gauche », eh ben, c'est pas dans mon lit qu'vous la trouverez, ça, c'est certain.

— Vous lisez la presse ? demanda Policzki.

— Ça m'arrive, répondit Slattery laconiquement.

— Vous avez vu les journaux ce matin ? Vous avez peut-être aperçu l'article sur la disparition d'un agent immobilier ?

— Ecoutez, j'ai rien à voir avec cette histoire. Je viens de vous le dire.

— Donc, vous avez bien lu la presse, conclut Policzki d'un air sombre.

— Nous avons déjà vérifié votre casier, Mick, reprit Lorna. Nous savons que vous avez été condamné pour violence aggravée.

— C'était il y a huit ans, protesta Mickey. J'ai fait mon temps derrière les barreaux, d'accord ? Vous avez qu'à en parler avec mon juge de tutelle. Il vous dira que j'ai plus rien commis comme délit, depuis.

— C'est déjà fait, poursuivit Lorna. Nous savons qu'il vous reste encore huit mois avant d'être complètement blanchi. Alors, vous feriez mieux de ne pas tout gâcher et d'accepter de nous dire ce que vous savez.

Slattery jeta un regard de biais au gamin qui passait toujours son balai sur le sol, puis il posa la spatule avec laquelle il nettoyait son gril pour s'essuyer les mains sur un torchon peu reluisant qui pendait à une patère.

— Garde un œil sur la cuisine, mon gars ! dit-il au petit jeune. Je pars en pause, O.K. ?

D'un geste du menton, il indiqua aux deux inspecteurs la porte du fond. D'un œil morne, le gamin les regarda s'éloigner vers la sortie et resta là, les mains posées sur son balai, au beau milieu de la cuisine crasseuse.

La porte grillagée se referma derrière eux avec un claquement sonore. L'allée qui serpentait derrière le restaurant était encombrée de détritus, à l'image de l'intérieur de l'établissement dont la propreté laissait franchement à désirer.

Une grosse mouche verte se précipita sur eux, arrêtée en pleine attaque bombardière par une claque de Doug. Avec une nonchalance affectée, Mickey Slattery alluma une cigarette et prit le temps d'en savourer une bouffée avant de leur adresser de nouveau la parole.

— Alors, on y va ? fit-il d'un air faussement assuré.

— Où étiez-vous mardi après-midi ? demanda Policzki.

— Oh ben ça, j'en sais trop rien ! Je devrais peut-être consulter mon carnet de rendez-vous pour vérifier si j'prenais pas le thé avec la reine d'Angleterre… Laissez-moi réfléchir… Eh ben non ! J'étais là, comme tous les jours, à m'échiner au-dessus d'un gril qui me crame la figure pour un salaire de misère.

— Y a-t-il des gens qui peuvent en témoigner ? demanda Lorna.

— Ouais. Edith, la serveuse. Et puis aussi Lenny, le gamin avec l'œil qui louche, répondit Slattery tout en esquissant une mimique moqueuse avant de jeter sa cigarette à moitié consumée par terre pour l'écraser du bout du pied. J'essaie d'arrêter, ajouta-t-il.

— Dites-nous-en un peu plus sur Kaye, suggéra Policzki. Comment vous êtes-vous rencontrés, tous les deux ?

— Je cherchais à investir dans une baraque. Je l'ai appelée, et on a fait des visites dans les alentours. De fil en aiguille… bref, vous saisissez, quoi, conclut Mickey en haussant les épaules.

— J'espère que vous ne m'en voudrez pas de cette remarque, fit Lorna, mais a priori vous n'êtes pas le type d'homme qui pourrait intéresser Mme Winslow. Je veux dire, comparé à son mari.

Slattery laissa échapper un rire bref.

— Détrompez-vous ! Quand je m'en donne la peine, je peux avoir fière allure. Et puis, je ne crois pas que Kaye ait jamais eu un « type d'homme ». Du moment qu'on a un matos correct, si vous voyez ce que je veux dire, ça l'attire comme une mouche au-dessus d'un pot de miel. C'est une vraie tigresse, cette fille-là ! Alors que son mari, c'est vraiment un loser de première. D'accord, il est peut-être beau gosse, mais en dehors de ça quelle lavette !

— Vous l'avez rencontré ? fit Policzki.

— Non, mais j'ai entendu parler de lui. Et puis je l'ai vu. Kaye l'a amené ici deux ou trois fois, juste histoire de s'amuser un peu. Vous voyez le genre ? Je crois que ça la faisait kiffer de nous avoir tous les deux en même temps au même endroit. Le mari, la femme, l'amant — le coup classique, quoi. Ça la titillait, vous comprenez ? Pauvre type ! J'vais presque pitié de lui. Mais bon, il aurait dû voir venir le coup. Un gars comme lui, c'est fait pour les deux-chevaux tout au plus, pas pour les grosses cylindrées comme Kaye ! Franchement, ça a jamais été une femme pour lui. Bien trop au-dessus de ses moyens, si vous voyez ce que je veux dire.

— Et les vôtres, de moyens, elle n'était pas au-dessus ? rétorqua Lorna.

— Ah, mais c'est pas du tout la même chose ! Moi, j'étais pas son régulier. J'ai jamais été m'imaginer qu'elle tomberait amoureuse de moi : je suis pas si bête !

— Donc, vous aviez une liaison purement sexuelle, c'est bien ça ? conclut Policzki.

— Et comment ! Vous devez savoir de quoi je parle, non ? Une femme de ce genre, ça vous ferait bander un pape, nom de nom !

— Est-ce qu'elle vous aurait confié des peurs au sujet de son mari ? reprit Lorna. Est-ce qu'il l'aurait brutalisée ou menacée de quelque façon que ce soit ?

— Nan, il était bien trop passif pour ce genre de trucs. Tout ce qu'elle m'a dit de lui, c'est qu'il était pas franchement futé côté relationnel. Et aussi qu'il était pas très branché sexe. Cette femme-là, elle a besoin qu'on la satisfasse au pieu, et c'est pas évident, vu son appétit.

— Etait-il au courant de votre relation avec son épouse ?

— Ouais, il a fini par découvrir le pot aux roses, mais au bout d'un certain temps quand même. Je suppose qu'ils ont dû s'engueuler sérieusement.

— Que s'est-il passé exactement ?

— Elle a rompu avec moi. Comme ça, du jour au lendemain. Mais j'avais senti le vent tourner. Je savais que c'était cramé avant même qu'elle me plaque.

— Cramé ? Comment ça ? demanda Lorna.

— C'est simple : Kaye aime vivre dangereusement. Je crois que ce qui la fait surtout kiffer, c'est les poussées d'adrénaline. Ouais, c'est ça, son trip : l'idée qu'elle risque de se faire piquer en flag.

Slattery alluma une deuxième cigarette pour en inhaler presque amoureusement une grosse bouffée, l'air songeur.

— On faisait ça dans les maisons vides, ajouta-t-il au bout de quelques secondes.

— Des maisons vides ? répéta Lorna. Vous voulez dire dans des endroits abandonnés ? Déserts ?

Nouveau rire.

— Nan, j'voulais dire dans des maisons à acheter ! J'vous rappelle que je cherchais à investir dans l'immobilier. On a visité des tonnes de baraques. On s'envoyait en l'air dans les chambres quand les proprios n'étaient pas dans le coin. Ou alors dans les cuisines ou les salons. Après, on remettait tout en ordre et les gens n'y voyaient que du feu. Marrant, comme délire, hein ?

Les implications de ce que venait de leur confier Slattery étaient tout simplement choquantes. Quel manque de conscience professionnelle ! Si cet homme disait vrai, Kaye Winslow avait risqué non seulement son mariage, mais également sa réputation personnelle, plus celle de son agence — et donc de son associée. Elle aurait pu perdre gros, très gros même, dans ces parties de jambes en l'air extravagantes.

— Et vous n'aviez pas peur de vous faire prendre ? demanda Policzki, un peu estomaqué par l'ampleur de cette découverte.

— Mais si : c'était justement ça, le truc ! s'exclama Slattery avec un sourire entendu. Le goût du risque, je vous l'ai dit, c'était ça qui la faisait grimper au plafond. Cela dit, moi, je m'en foutais pas mal. Tout ce qui m'intéressait, c'était la… balade avec elle. Et quelle balade, mes cocos !

*
* *

Plutôt que de repasser par la cuisine qui empestait le graillon et la salle de restaurant crasseuse et sombre, les deux inspecteurs préférèrent regagner leur véhicule officiel en empruntant le reste de l'allée jonchée de détritus. Ils enjambèrent avec précaution des objets en décomposition difficilement identifiables, des cannettes de bière brisées et des flaques graisseuses avant de revenir dans la rue où ils avaient garé leur voiture.

En s'installant sur le siège passager, Lorna poussa un soupir de soulagement.

Sans un mot, Policzki mit le contact. Il devait être aussi choqué qu'elle, car il ne démarra pas tout de suite, comme s'il avait besoin d'un peu de temps pour digérer l'énormité de ce qu'on venait de leur apprendre. Toute cette histoire n'était pas spécialement ragoûtante, il fallait bien l'avouer.

Après quelques minutes de décontamination psychologique, Lorna demanda à son coéquipier d'une voix étrangement faible :

— Qu'est-ce que tu penses de tout ça ? On pourrait classer ces infos dans un dossier spécial qu'on intitulerait… je ne sais pas, moi : « Secrets d'agent immobilier » ?

— Que dirais-tu de « Plus de renseignements que vous n'en auriez voulu » ?

— En tout cas, une chose est sûre : jamais de la vie je ne mettrai ma maison en vente ! Après ce qu'on vient d'entendre… Et, si j'y étais vraiment obligée, je passerais les lieux au karcher après chaque visite.

— Tu crois qu'un jour des proprios ont retrouvé… Non,

oublie ma question. Je ne veux même pas y songer, ça me répugne trop.

— D'accord. Moi non plus, je n'ai pas précisément envie d'aller fouiller dans cette direction, si tu vois ce que je veux dire.

— En tout cas, ça donne un drôle d'éclairage à l'histoire de « Boucles d'Or et les trois Ours », tu ne trouves pas ?

— « Mais quelqu'un a dormi dans mon lit ! » fit Lorna d'une voix enfantine avec un éclat de rire nerveux qu'elle essaya vainement d'étouffer. Oh, bon sang, arrête, Policzki, c'est pas drôle !

— Je n'ai jamais prétendu que je trouvais ça drôle.

Elle lui décocha un regard en coin et vit qu'il était sur le point de répliquer.

— La ferme, Doug ! lui lança-t-elle avant même qu'il ait ouvert la bouche. Tais-toi et roule !

— Je peux ajouter juste une petite chose ? Vu qu'il va falloir vérifier l'alibi de ce type, je serais ravi de t'abandonner cette partie cruciale de l'enquête.

— Qu'est-ce qui te chiffonne, Policzki ? Tu n'as pas apprécié l'atmosphère toute spéciale de ce restau ? Ou bien ce sont les cafards planqués dans les coins qui te défrisent ?

— Rien de tout ça. C'est juste que je te trouve plus douée que moi avec certaines couches de la population.

— Je me demande comment je dois prendre cette remarque.

— Comme ça te chantera. Mais c'était un compliment de ma part.

— Tu cherches à accumuler les bons points, c'est ça ?

— Je ne sais pas. Pourquoi ? Ça marcherait ?

Ce gamin commençait à prendre sa place, ce qui n'était

pas un mal, songea Lorna avec une pointe d'attendrissement. Au début, elle avait détesté travailler avec cette espèce de boy-scout irréprochable. Policzki était trop parfait, trop policé, trop regardant sur les sacro-saintes règles des officiers de police. Au contraire, Lorna avait déjà adopté des habitudes de vieille roublarde ; cela ne la dérangeait pas outre mesure de prendre des raccourcis plus ou moins tolérés quand les circonstances l'exigeaient. Résultat : au départ, leurs façons d'opérer étaient en contradiction. Mais finalement elle avait réussi à faire ressortir le côté rebelle de son acolyte, et elle n'en était pas mécontente. De temps à autre, il se laissait aller sur cette pente-là, ce qui rendait leur collaboration nettement plus efficace. Avec un peu plus de bouteille, Policzki deviendrait un flic d'exception, même s'il gardait son apparence de jeune premier prétentieux, surtout quand il chaussait ces lunettes noires absolument ridicules, ce qui était le cas chaque fois qu'il posait un pied dehors.

— Alors, tu vas me dire à quoi ça rime, cette tentative lamentable pour m'amadouer ? reprit Lorna d'un air faussement bougon.

— Ça veut dire tout simplement que ce soir j'ai l'intention de rentrer chez moi plus tôt que d'habitude.

— Je n'y crois pas, Policzki ! Tu t'es enfin décidé à partir à la fin de ta journée de boulot au lieu d'accumuler les heures sup ? C'est une vraie révolution ! Par pitié, dis-moi que tu as prévu un truc absolument génial à faire au lieu de traîner au bureau comme une âme en peine. Allez, ne me fais pas languir ! Tu sais que j'adore m'amuser par procuration.

— Je n'ai encore rien de prévu. Enfin, pas pour le moment. Mais ne t'inquiète pas : je te tiens au courant.

Lorsqu'ils regagnèrent le QG, Lorna se sentit rassurée par le chaos frénétique et bon enfant qui régnait dans les lieux. Ça, c'était la vie. Sa vie. Elle aimait cet endroit presque davantage que sa petite maison qu'elle n'aurait sans doute jamais fini de payer… Oui, les locaux de la brigade lui apportaient quelque chose de vital. De vivifiant. Même l'air lui semblait bénéfique à l'intérieur de ces bureaux exigus ; elle avait besoin de cette atmosphère chargée d'électricité, de cette odeur pénétrante de café réchauffé et d'air conditionné mal entretenu. C'était son quotidien, et elle s'y sentait plus à l'aise qu'un poisson dans l'eau.

Comme pour confirmer l'impression de soulagement qui l'avait saisie dès l'entrée, le rapport d'autopsie l'attendait sur son bureau.

— Il était temps ! grommela-t-elle en se laissant tomber sur son siège pour ouvrir le document tant attendu.

Pendant ce temps-là, Policzki enleva tranquillement sa veste et l'accrocha soigneusement au dossier de sa chaise. Puis il décrocha son téléphone.

Lorna essayait bien de se concentrer sur sa lecture, mais c'était trop tentant d'écouter la conversation de son coéquipier. Lorsqu'il demanda à parler à une certaine Melissa, Lorna leva la tête, tous ses sens en alerte, pour l'étudier avec curiosité. Ce garçon était décidément plein de surprises.

— Bonjour, fit-il au bout de quelques secondes de silence. Ici Doug Policzki. Le fils de Linda… exactement. Je sais que je vous préviens un peu tard, mais si vous n'avez rien de prévu pour ce soir nous pourrions peut-être… Parfait. Absolument parfait.

Levant les yeux, il prit Lorna en flagrant délit d'espionnage. Un peu honteuse, elle replongea le nez dans le rapport dont elle n'avait que rapidement parcouru les premières pages.

— Vers six heures ? Ça me paraît impeccable. Alors, à ce soir.

Et, sur ce, il raccrocha.

Derrière son rapport d'autopsie qui, comme elle s'en doutait, ne lui apprenait rien sur l'identité du cadavre, Lorna fredonna une petite mélodie insouciante.

— Avant que tu ne me harcèles de questions indiscrètes, fit Doug, je tiens à te prévenir que ce n'est pas un rendez-vous galant.

— Mais je n'ai rien suggéré de tel ! répliqua Lorna d'un air faussement indigné.

— C'est juste une obligation familiale. Melissa vient de l'Iowa. Elle a décroché son diplôme de vétérinaire, et comme sa tante et ma mère sont les meilleures amies du monde… Je n'ai d'ailleurs jamais rencontré cette fille, alors…

Lorna le fixa d'un air franchement amusé.

— Cette femme, pas cette fille, Policzki. Même si elle vient du fin fond de l'Iowa, ça ne t'empêche pas de mettre un peu les formes.

Devant la mine de trois pieds de long qu'il affichait, elle ne put s'empêcher de le taquiner.

— Ne fais pas cette tête d'enterrement, mon garçon ! Avec un peu de chance, elle sera même mignonne, ta vétérinaire en balade !

— Super. C'est justement ça qui m'inquiétait : de savoir si elle serait mignonne ou pas. Trêve de plaisanterie, que dit le rapport d'autopsie ?

— Rien de bien folichon, tu t'en doutes. Notre cadavre non identifié reste M. X pour l'instant.

— Demain matin, je contacte le service des personnes

portées disparues et j'épluche leurs listes à fond. Et toi ? Tu comptes rester tard ce soir ?

— Je ne sais pas, répondit Lorna tout en se tortillant sur sa chaise. Je vais sûrement traîner encore un peu dans le coin. J'ai l'intention de relire le dossier sur Rachel Winslow, histoire de voir si on n'aurait pas loupé un truc important — une coïncidence bizarre, un détail qui clocherait…

— Si tu veux mon avis, tu ferais mieux de rentrer retrouver Ed. Demain, il fera jour.

Il avait employé un ton sentencieux qui fit grimacer Lorna.

— Qu'est-ce qu'il ne faut pas entendre ! Surtout venant d'un type qui ne quitte jamais son bureau avant 10 heures du soir !

— Justement. Je crois que je suis le mieux placé pour repérer les signes d'une addiction au boulot.

— Dégage, Policzki ! Va donc retrouver ta miss Iowa et paie-toi un peu de bon temps. Roule-lui une pelle, emmène-la dans ton pieu, mais fais quelque chose de ta soirée, bon sang ! C'est de ton âge, gamin !

Tout en haussant les épaules, Policzki se leva et enfila sa veste.

— Ton mari est au courant de la façon particulièrement élégante dont tu t'exprimes ? fit-il, pince-sans-rire.

— Tu plaisantes ? rétorqua Lorna avec un sourire éblouissant. Pourquoi crois-tu qu'il m'ait épousée, petit ?

Mia était furieuse, et elle n'avait pas l'intention de le cacher à son frère.

— Je te signale que j'ai eu un coup de fil particulièrement intéressant il n'y a pas deux minutes ! lui dit-elle.

— De la part de qui ?

— Eh bien, justement, Sam, voilà le hic : je n'en ai pas la moindre idée. Par contre, on m'a demandé de te faire passer un message.

Un craquement discret provenant de la cage d'escalier lui fit tourner brusquement la tête : là-haut, elle aperçut la silhouette accroupie de Gracie qui se blottissait dans l'ombre du palier.

— Allons dans la cuisine, murmura-t-elle à l'adresse de Sam.

Lorsqu'ils entrèrent dans la pièce, elle enregistra en un éclair le désordre qui y régnait. La grande table était pleine de miettes de pain ; un couteau tout taché de beurre traînait à côté d'un pot de confiture de raisins ouvert. Quant à l'évier, il était encombré de vaisselle sale. Kaye aurait explosé de colère si elle avait débarqué à l'improviste. Dire que cette cuisine était équipée d'un lave-vaisselle dernier cri !

— Tu as du café quelque part ? demanda-t-elle d'un ton sec.

Après le coup de téléphone anonyme qu'elle avait reçu, elle était dans un tel état qu'elle n'avait même pas pris le temps de boire son cappuccino. Elle avait griffonné à la hâte un mot qu'elle avait laissé sur le bureau de Bev, puis elle avait sauté dans sa voiture pour rejoindre le domicile de Sam. Résultat : elle était encore plus énervée. Il lui fallait sa dose de caféine, sinon elle n'était pas sûre de pouvoir garder son sang-froid. Et tant pis si ça l'empêchait de dormir une bonne partie de la nuit : au moins, ça lui éviterait de gifler le beau visage de son incapable de frère.

— Si tu me disais ce qui se passe ? lui demanda-t-il.

— Fais-moi un café. Ensuite, on verra.

Sam s'exécuta avec une grimace de mécontentement et des gestes presque violents.

— Si tu continues, tu vas casser quelque chose !

En guise de réponse, il s'appuya des deux mains sur le rebord du comptoir, inspira profondément et regarda sa sœur bien en face.

— Bon. Maintenant, tu veux bien me dire ce qui se passe ?

— J'allais justement te poser la même question.

— Ne joue pas à ce petit jeu avec moi, Mia. Je ne suis pas d'humeur à le supporter.

— Pas plus que moi je ne suis disposée à recevoir des coups de fil de types flippants qui déguisent leur voix ! rétorqua-t-elle. Ni à réceptionner des messages de menace pour mon frère. Au fait, au cas où ça t'intéresserait, voilà le texte : « Dites-lui qu'on le surveille. » Point final. Tu peux m'expliquer, frérot ?

Sam blêmit instantanément, et Mia eut le cœur serré à la vue des émotions confuses qui passaient sur son visage : choc, étonnement, culpabilité… rien ne manquait.

— Bon sang, Sam, tu vas enfin me dire ce qui t'arrive ? fit-elle d'une voix étranglée.

— Je n'en sais rien.

— Ne me raconte pas de conneries ! explosa la jeune femme. Comment veux-tu que je t'aide si tu refuses de me dire la vérité ? Est-ce que tu as…

Elle ferma les paupières brièvement, incapable de supporter l'idée qui la harcelait depuis ce coup de téléphone anonyme.

— Est-ce que tu as fait quelque chose à Kaye ? Tu l'as… tuée ?

— Non.

— Est-ce que tu sais où elle se trouve ?

— Non.

— Bon Dieu, Sam, je suis sûre que tu ne me dis pas tout. As-tu quelque chose à voir avec sa disparition ? Es-tu impliqué d'une façon ou d'une autre ?

Pour toute réponse, son frère ferma les yeux, l'air accablé. Lorsqu'il les rouvrit, elle y vit briller un sentiment qu'elle ne parvenait pas à identifier. Que lisait-elle donc dans les yeux injectés de sang de son unique frère ? Du remords ? De la colère ? De la stupéfaction ? Elle n'aurait su le dire, mais quelque chose le tourmentait, elle en était certaine.

— Je ne peux pas t'en dire plus, murmura-t-il d'une voix presque inaudible.

Le mince espoir auquel elle s'accrochait encore cassa net, comme un fil trop ténu.

— Tu as donc un rôle dans cette sombre histoire, conclut-elle d'une voix éteinte.

— Je n'ai jamais dit ça ! protesta Sam faiblement.

— Alors, où te places-tu, Sam ? Soit tu es impliqué dans sa disparition, soit tu ne l'es pas. C'est l'un ou l'autre.

L'air buté, Sam contracta les mâchoires sans rien répondre.

Un sentiment de découragement puissant s'empara de Mia. C'était vraiment absurde, et elle n'y pouvait rien. Pas tant que Sam s'obstinait ainsi. Parfois, le pire ennemi de son frère, c'était lui-même. Mia ne comptait plus le nombre de fois où elle s'était évertuée à le sauver de ses propres démons. Le processus avait commencé quand ils n'étaient encore que des enfants, et il s'était prolongé à l'âge adulte. Sam avait toujours été un peu différent des autres : plus secret, plus fragile, plus étrange aussi. Ce qui amenait Mia à une considération très peu enthousiasmante — un soupçon qu'elle aurait préféré ne jamais envisager, tant il lui semblait injuste et déloyal : et si Sam possédait un côté obscur dont elle n'avait jamais pris conscience ? Après tout, il avait reconnu devant elle qu'il était au courant des infidélités de Kaye. Et si cette humiliation l'avait secoué plus qu'il ne voulait l'avouer ? Et s'il avait suivi sa femme jusqu'à cette maison de l'avenue du Commonwealth pour la surveiller ? Quand il l'avait surprise avec cet autre homme — celui dont on avait retrouvé le cadavre sur les lieux du crime — peut-être avait-il perdu tout contrôle et commis l'irréparable ?

Une vague de sueur froide parcourut Mia des pieds à la tête. Elle avait peur — pas de son frère, mais bien *pour* lui.

— Je ne suis pas un assassin, dit-il comme s'il avait lu dans ses pensées. Tu dois me croire, Mia.

— Et comment veux-tu que je te croie, alors que tu me mens depuis le début, Sam ?

— Je t'en ai déjà trop dit. Oublie cette conversation, sœurette. Et pour l'amour du ciel ne va surtout pas faire de déclaration à la police ! Il faut que je règle cette histoire tout seul.

La bonne odeur de café qui avait envahi la cuisine ne parvint même pas à redonner du tonus à Mia. Soudain, le poids qui pesait sur ses épaules lui semblait écrasant, insoutenable. Sa colère fit place à une lassitude infinie, et elle regarda d'un œil désillusionné son frère verser le café dans deux grandes tasses de porcelaine blanche aux bords usés.

— J'ai du sucre, fit-il avec brusquerie, mais pas de lait, je te préviens. Kaye ne faisait jamais les courses, et je n'ai pas eu tellement de temps à consacrer à ça depuis quelques jours.

Elle prit l'une des tasses entre ses mains, mais elle était trop bouleversée pour qu'une simple dose de caféine suffise à la rasséréner. Tout ce en quoi elle croyait avait été chamboulé, à tel point qu'elle ne se faisait même plus confiance.

— Bien, marmonna-t-elle sans trop savoir à qui elle s'adressait, tout en faisant les cent pas dans la cuisine. Bien, bien, bien…, répéta-t-elle.

Ironie de cette formule, rien n'allait bien pour le moment. Elle n'était même pas certaine que les choses s'arrangent un jour.

— Alors, tu me promets de ne rien dire aux flics ? Tu ne leur raconteras pas ce dont nous venons de parler ?

— Que voudrais-tu que je leur dise, de toute façon ? fit Mia d'un ton las. Je ne sais rien de plus que tout à l'heure. Je ne suis même pas sûre que nous ayons eu une discussion !

— C'est mieux comme ça, crois-moi, répliqua Sam, les lèvres pincées.

Mia se posta devant la fenêtre, les yeux dans le vague, essayant vainement de remettre de l'ordre dans ses pensées. De sa main libre, elle se massa machinalement le poignet, pesant le pour et le contre… Finalement, son sens du devoir et de l'honnêteté prit le dessus : elle n'avait pas le droit de cacher ce qu'elle savait à son frère. Même si lui ne se montrait pas aussi scrupuleux, de toute évidence.

— Il y a quelque chose que je voulais te dire, reprit-elle du même ton morne. La rumeur court que Kaye aurait été impliquée dans une transaction immobilière pas très nette avant de disparaître de la circulation.

Elle attendit quelques secondes, espérant contre toute logique que son frère se récrierait aussitôt, quitte à ce qu'il la traite de folle. Elle aurait tellement voulu l'entendre jurer que Kaye était incapable d'agir de cette manière… Seulement, il ne prononça pas une parole pour démentir cette accusation.

Mia poursuivit donc sa confidence :

— J'ai déjeuné avec Marty Scalia, fit-elle en se détournant de la fenêtre. C'est lui qui m'a dit ça. Il m'a bien précisé qu'il ne se fondait que sur des racontars, que rien n'avait été vérifié ni prouvé. Mais tu sais ce qu'on dit : généralement, pas de fumée sans feu.

Toujours aucune réaction de la part de Sam. Il restait là, debout derrière le comptoir de la cuisine, les yeux battus, avec cet air de pauvre chien maltraité qui l'exaspérait parfois. Il n'était vraiment pas fait pour le monde cruel d'aujourd'hui.

— Je pense que je vais inspecter tous les dossiers de Kaye, continua Mia. Je ne sais pas trop quoi chercher. Une rentrée d'argent injustifiée, ou autre chose… n'importe quoi qui puisse paraître suspect. Ça va me prendre du temps, c'est certain. Et ça ne donnera peut-être rien. Mais je refuse de rester sans rien faire, comme une idiote, à attendre que Winslow & DeLucca implose et moi avec.

— Si tes soupçons se confirment, reprit Sam, si Kaye a vraiment commis une action illégale, qu'est-ce que ça signifie pour toi ?

Mia reposa sa tasse intacte sur la table de la cuisine. Pas la peine de s'acharner : elle savait qu'elle n'en boirait pas une seule gorgée. Soudain, plus rien ne lui semblait posséder d'intérêt.

— Oh ! Trois fois rien, à la vérité, ironisa-t-elle avec un

sourire amer. La ruine financière, le dépôt de bilan, la perte de ma licence immobilière, le chômage, l'impossibilité de payer les traites de ma maison… Plus une condamnation à passer un, deux, voire cinq ans derrière les barreaux pour fraude. Rien de bien méchant, tu vois ?

Sam la regarda d'un air désolé.

— Tu sais, ce ne sont peut-être que des cancans, dit-il d'un ton peu convaincu.

— En somme, tout va pour le mieux dans le meilleur des mondes, c'est bien ça ? Arrête de te voiler la face, Sam ! Je ne peux pas me permettre de jouer la survie de mon agence sur des « on-dit » et des « peut-être ». Cette affaire, j'ai mis des années à la monter et à la faire prospérer. Et maintenant qu'elle marche enfin, qu'elle me permet d'économiser pour les études supérieures de Kevin, de rembourser les mensualités de mon prêt immobilier et, avec un peu de chance, de me constituer un petit pécule en vue de ma retraite, je devrais regarder tout ça s'écrouler sans lever le petit doigt ? Impossible, Sam. Il faut que je fasse tout ce qui est en mon pouvoir pour éviter la catastrophe, tu comprends ?

— Je suis désolé, vraiment.

— Désolé ? C'est tout ce que tu trouves à dire ? Bon sang, Sam, on est au bord du gouffre, et toi tu réagis comme… comme…

Elle s'arrêta net, incapable de trouver les mots justes pour exprimer la frustration qui l'envahissait devant l'attitude puérile de son frère. Elle préféra changer de sujet pour ne pas laisser cours à la colère rageuse qu'elle sentait bouillonner en elle.

— Comment Gracie prend-elle toute cette histoire ? Tu ne m'as rien dit à ce sujet.

— Elle n'a pas l'air tellement traumatisée.

L'espace d'une seconde, Mia eut envie d'étrangler son frère. Il pouvait se montrer tellement obtus, parfois, qu'il en devenait insupportable. De toute façon, lui souffla la petite voix de la raison, le tuer n'arrangerait rien : ses problèmes ne s'en trouveraient pas résolus pour autant. Au contraire.

Résignée, elle se borna donc à répondre :

— Gracie ne peut pas prendre ça bien, Sam. Elle est forcément touchée par ce qui se passe. Sa belle-mère a disparu ; ce n'est pas rien, que diable ! Il doit se passer des choses dans sa tête d'adolescente.

— En tout cas, je n'ai pas la moindre idée de ce qu'elle peut ressentir, rétorqua Sam. De toute façon, elle et Kaye ne se sont jamais très bien entendues.

— Si tu ignores ce qu'elle ressent, c'est ta faute, trancha Mia d'un ton coupant. Tu ne te préoccupes pas assez d'elle, Sam, surtout dans des circonstances pareilles. Je suppose que tu ne t'es même pas donné la peine de lui demander si ça allait ? Remarque, je te comprends : c'est tellement plus commode de faire comme si de rien n'était et de laisser cette pauvre gamine souffrir en silence ! Mais tu es son père, quand même ! Tu as des responsabilités envers elle.

— Je ne crois pas qu'elle souffre en silence, comme tu le prétends, répliqua Sam. Tu sais aussi bien que moi qu'elle n'a jamais tellement apprécié la présence de Kaye.

— Et alors ? Ma parole, tu es vraiment bouché, mon pauvre frère ! D'accord, ta fille ne pleure peut-être pas toutes les larmes de son corps à l'idée d'avoir perdu une belle-mère dont elle ne raffolait pas. Mais il n'empêche que sa vie s'en trouve complètement sens dessus dessous. Tu as beau être nanti d'un doctorat et bardé de diplômes universitaires, tu n'es vraiment pas doué en ce qui concerne le contact humain, ça, c'est le moins qu'on puisse dire. C'est bien la peine de disserter inlassablement sur tous les artistes de la création si tu n'es pas fichu de trouver le moyen de parler à ta propre fille ! Franchement, parfois, tu te conduis comme un débile profond.

Elle vit à la lueur soudaine de ses yeux clairs qu'elle l'avait heurté dans sa sensibilité. Tant mieux, se dit-elle. Ça le secouerait peut-être.

— Va donc parler avec ta fille. Et sérieusement : pas entre deux portes ou deux trajets maison école. Dis-lui que tu l'aimes très fort, qu'elle reste ta fille chérie et que toute cette histoire finira par se régler pour le mieux.

— Mais je ne sais pas…

— Si les choses finiront effectivement par se régler pour le mieux ? Et alors ? Aucune importance : la santé psychologique et affective de ton enfant vaut bien un pieux mensonge. D'ailleurs, ça ne devrait pas te poser trop de problèmes : apparemment, tu es plutôt doué pour cet art délicat.

— Ce n'est pas ce que je voulais dire. Le hic, c'est que je ne sais pas du tout comment je vais m'y prendre pour discuter avec Gracie.

— Enfin, Sam, réfléchis deux minutes ! explosa Mia. C'est elle, l'ado mal dans sa peau, pas toi, bon sang ! Tu es son père : alors, pour une fois, conduis-toi en adulte.

Incapable de supporter davantage son allure indécise et son ton geignard, Mia laissa son frère en plan au beau milieu de sa cuisine, attrapa sa veste et ses clés de voiture et repartit chez elle comme une furie, les mains crispées sur le volant.

Qu'est-ce qui clochait chez Sam ? Comment avait-il

pu se transformer en infirme du sentiment ? Ses années d'études fumeuses lui avaient-elles lavé la tête à ce point qu'il ne puisse même pas faire un effort pour sa fille unique ? Lui et Mia avaient pourtant grandi dans le même environnement familial instable, avec un ivrogne sujet aux coups de sang pour père et une mère absente. Cette enfance difficile avait marqué Mia, mais elle lui avait aussi donné l'énergie nécessaire pour se battre et s'en tirer à la force du poignet. Elle en était sortie grandie et plus forte, alors que Sam s'était retranché derrière son fameux doctorat et ses petites lunettes rondes d'intellectuel déconnecté du monde réel.

Bon sang, le ciel lui tombait sur la tête, en ce moment. Elle allait de surprise en surprise — et de mal en pis, hélas. Une belle-sœur évanouie dans les airs, un frère qui lui cachait des choses graves… Cela faisait beaucoup à digérer pour une seule personne. Et si jamais Sam avait été assez stupide pour se retrouver mêlé à la disparition de Kaye et à l'homicide découvert par la police ? Il avait beau se montrer particulièrement idiot et dénué de sens commun, parfois, il restait son frère. Il attendait d'elle qu'elle continue à le protéger comme lorsqu'ils étaient enfants. Qu'elle lui dissimule les dures réalités de la vie comme elle l'avait toujours fait.

Malheureusement, les dures réalités en question prenaient beaucoup d'ampleur, ces derniers temps. L'agence risquait la faillite, ni plus ni moins. Si les révélations de Marty étaient exactes, Kaye avait joué un jeu dangereux. Elles étaient deux patronnes liées par la même affaire ; autant dire que, si Kaye méritait la prison pour une action illégale, Mia pouvait aussi bien être arrêtée pour cette même raison. Et elle aurait beau déclarer sur l'honneur qu'elle n'était pas au courant des activités parallèles de son associée, il n'était pas certain que la police veuille bien la croire. Quand on montait une affaire ensemble, c'était pour le meilleur… comme pour le pire !

Tout, elle pouvait tout perdre en moins de temps qu'il ne faut pour le dire, et cela, uniquement à cause de cette satanée Kaye qui ne se décidait toujours pas à refaire surface.

Songeuse, Mia gara sa voiture juste devant chez elle. Pour une fois, elle n'avait pas eu à tourner des heures pour trouver une place. Lorsqu'elle ouvrit la porte d'entrée de sa maison, ce fut pour trouver à l'intérieur un silence glacé — et glacial, à vrai dire. Pas un bruit, pas un murmure.

Kevin travaillait ce soir, et il ne rentrerait pas avant 22 heures. Sans lui, la maison semblait si vide, si lugubre. Mia éprouva soudain le besoin irrésistible de quitter cet endroit pour aller se plonger dans une débauche étourdissante de lumières, de couleurs et de bavardages gais et entraînants. Il fallait qu'elle reprenne pied, et le plus tôt serait le mieux. Un bain de réalité, voilà ce qu'il lui fallait.

En deux temps trois mouvements, elle prit une douche, écrivit un petit mot d'explication à Kevin au cas où il rentrerait plus tôt que prévu, enfila un ensemble en jean et récupéra ses clés de voiture avant de filer.

Elle ne réfléchit pas longtemps au but de sa promenade : dans un vrombissement de moteur, elle mit le cap sur le centre commercial de Prudential.

11.

Melissa, la vétérinaire de l'Iowa, se révéla absolument époustouflante. C'était une vraie beauté, aux cheveux sombres et souples, avec un piercing dans le sourcil et un minuscule tatouage outrageusement sexy, juste dans le creux du cou. Elle était végétarienne et s'intéressait de près au bouddhisme. Instruite, ouverte et aventureuse, elle avait visité des endroits insolites dont Policzki n'aurait jamais rêvé. Elle passa d'ailleurs la plus grande partie du dîner à raconter à son cavalier les histoires incroyables qui lui étaient arrivées pendant son dernier trek à travers les montagnes du Cachemire.

— J'espère que je ne vous ai pas trop ennuyé, fit-elle d'un air un peu gêné, après s'être élégamment tamponné les lèvres du bout de sa serviette. Parfois, je me laisse un peu aller — j'ai tendance à être bavarde comme une pie. Et le pire, c'est que je ne m'en rends même pas compte, jusqu'à ce que tout le monde me fixe comme si j'étais une extraterrestre.

— Détrompez-vous, j'ai trouvé votre récit fascinant, affirma Doug.

Il disait la vérité : il était resté suspendu à ses lèvres, enthousiasmé par le tableau qu'elle avait peint de ces lieux étranges et exotiques qu'elle avait traversés. Les vallées fertiles du Cachemire et la majesté rude de l'Himalaya avaient pris pour lui des allures paradisiaques. Evidemment, comparé à la ville où il avait passé toute son existence, cela avait nettement plus de cachet. Dire qu'il existait des endroits pareils et qu'il s'était contenté de Somerville, à part ses trois ans d'université en Arizona…

— En tout cas, je voulais m'excuser d'avoir mobilisé votre temps, reprit la jeune femme. J'ai bien essayé d'expliquer à tante Brenda que si j'arrivais à retrouver mon chemin au beau milieu des montagnes de l'Himalaya je devrais pouvoir me débrouiller dans Boston sans risquer de me perdre ou de me faire enlever, mais elle n'a rien voulu entendre. Je la soupçonne de m'avoir caché la véritable raison de son insistance.

— Laissez-moi deviner : elle vous a laissé entendre que je pourrais passer du rôle de guide d'un soir à celui de compagnon pour la vie ?

— Exactement. On dirait qu'elle s'est mise en tête de jouer les entremetteuses, vous ne croyez pas ?

— Non, je ne le crois pas : j'en suis sûr à cent pour cent ! Ma mère est aussi dans le coup. Elle m'a affirmé le contraire, mais elle n'est pas douée pour les mensonges. Quand elle se risque sur cette pente, elle a l'œil gauche qui se met à cligner nerveusement. Ce n'est d'ailleurs pas beau à voir, je vous assure, fit Policzki avant de reporter son attention sur le beau visage de sa compagne. Enfin, sans vouloir vous offenser, vous n'êtes pas du tout ce que j'attendais.

— Pourquoi ? Vous pensiez trouver une gamine aux allures de fermière, avec deux grands yeux bleus tout ronds d'étonnement et deux longues nattes blondes ?

— Peut-être bien, oui.

— Ça ne m'étonne pas vraiment : c'est ce que la plupart des gens pensent quand ils apprennent que je viens d'une ferme de l'Iowa. C'est vrai, j'ai grandi dans un village tellement insignifiant que l'école élémentaire a été fermée, faute d'effectifs suffisants, quand j'avais neuf ans. Pour suivre une scolarité normale, on était obligés de se rendre en bus dans la circonscription voisine. Là d'où je viens, il n'y a rien d'autre que des vaches et des champs de maïs à perte de vue.

— Et maintenant c'est vous qui allez soigner toutes ces vaches…

— Exactement, acquiesça la jeune femme d'un air enjoué. Je ne vous ai pas dit que mon surnom, c'était Miss Véto ? En tout cas, je vous assure que vous ne savez pas ce que c'est que la vraie vie tant que vous n'avez pas aidé une génisse à accoucher !

— Merci bien, mais je crois que je préfère travailler aux homicides, fit Policzki avec une grimace qui fit rire sa compagne.

— Vous n'avez pas d'histoires croustillantes à me raconter sur votre job ?

— Croustillantes ? Tout dépend de ce que vous entendez par là.

— Eh bien, je ne sais pas… l'enquête la plus bizarre que vous ayez eu à mener ?

Doug réfléchit quelques secondes.

— Eh bien, fit-il d'un air pénétré, c'est sans doute le cas de cette fille de sénateur. Vous comprenez, elle avait tué son mari parce qu'elle en avait plus qu'assez qu'il lui pique son maquillage et ses bas sans arrêt.

— Oups !

— Bien entendu, le fin mot de l'histoire a été étouffé. A la brigade, on avait bossé dur pour découvrir la vérité ; mais en fin de compte la mort de ce type a été classée comme accidentelle, et on a enterré l'affaire en deux temps trois mouvements.

— Comme d'habitude, l'argent finit toujours par avoir le dernier mot. Enfin, c'est comme ça ! conclut Melissa en reposant sa serviette sur le bord de la table. Bon, maintenant que nous avons passé l'étape « dîner » avec succès, qu'avez-vous prévu pour la suite des réjouissances ?

— A vrai dire, j'avais envisagé de vous montrer les merveilles de Boston by night, mais à la réflexion je ne suis plus certain que ce soit une bonne idée. Comparé à vos pérégrinations exotiques, j'ai peur que vous ne trouviez notre bonne ville du Massachusetts ennuyeuse et banale au possible.

— Vous voulez rire ? Boston me semble être un endroit absolument fabuleux.

— Dans ce cas, je pense que nous devrions monter.

— Monter ? répéta Melissa en levant les yeux vers le plafond. Mais où ça ?

— Tout en haut. Le Skywalk ne soutient peut-être pas la comparaison avec l'Everest, mais si vous visitez Boston sans passer par là vous manquez quelque chose d'exceptionnel. Enfin, c'est mon avis.

— Ça m'a l'air passionnant, comme expérience ! s'exclama Melissa. Allez, on y va !

Ils prirent l'ascenseur express pour rejoindre le cinquantième étage avec un couple de Japonais à l'air sérieux. La femme avait déplié une carte de la ville ; quant à son compagnon, il portait un appareil numérique dernier cri autour du cou. Ils ne parurent pas surpris par la vitesse à laquelle la cabine s'élevait, trop occupés à étudier leur plan et à murmurer des commentaires dans leur langue.

En arrivant devant le guichet des admissions à la salle panoramique du Skywalk, Melissa insista pour payer les deux entrées.

— C'est vous qui avez réglé l'addition au restaurant. C'est mon tour, maintenant.

— Voyons, vous n'êtes pas du tout obligée de..., commença Policzki.

— Ah, mais si, j'insiste ! le coupa la jeune femme tout en tendant un billet de vingt dollars à l'employé derrière le comptoir, qui suivait leur conversation avec un intérêt non dissimulé. Je suis partisane de l'égalité entre les sexes, vous savez ?

— Mais je...

— Pas de « mais » ! Vous êtes un homme charmant, Doug, mais si vous continuez vous allez me contrarier.

Le guichetier décocha un sourire entendu à Doug.

— Suivez mon conseil, lui dit-il sur le ton de la confidence. Quand une femme propose de payer sa part, surtout, ne la contrariez pas.

— Vous voyez bien ? rétorqua Melissa tout en refermant son portefeuille.

Si cette soirée n'avait pas été organisée par sa mère et la tante de Melissa, Doug ne se serait sûrement pas laissé convaincre aussi facilement. Mais étant donné les circonstances, et pour ne pas froisser sa compagne, il capitula.

Ce qui ne voulait pas dire qu'il le faisait de bon cœur. Mais il capitula tout de même.

— J'ai besoin de me rafraîchir un peu, lui dit Melissa une fois qu'ils eurent passé le guichet. Mais que ça ne vous empêche pas de faire un tour, surtout ! Ne vous occupez pas de moi : je vous retrouverai sans problème.

Obéissant, Policzki la regarda s'éloigner vers les toilettes pour dames, puis il fourra les mains dans ses poches et se dirigea vers la baie vitrée d'où il savait pouvoir profiter d'une vue admirable sur la Cité d'Emeraude. Ce panorama lui coupait invariablement le souffle, même après des années d'exercice dans les rues plus ou moins recommandables de Boston. En bas, quand on restait au niveau du sol, la réalité n'était pas toujours enthousiasmante, noyée dans les fumées d'échappement et les embouteillages monstres des heures de pointe. Mais à cette hauteur cinquante étages le séparaient des vicissitudes de la vie quotidienne, des voleurs à la tire, des prostituées et des dealers de crack ou d'héroïne. Cinquante étages plus haut, ce n'était plus du tout la même chose. De là où il se trouvait, les lumières de la grande ville tentaculaire s'étendaient à l'infini, pareilles à un tapis étincelant et changeant : l'effet était tout simplement magique.

Dans la partie supérieure de ce tableau vivant, la voie express de l'I 93 serpentait du nord au sud. Au niveau du centre, elle plongeait sous terre, empruntant le tunnel du Big Dig, souvent décrié, perpétuellement encombré par le flux de la circulation qui ne cessait jamais. Malgré l'heure tardive, les tours du centre des affaires restaient pour la plupart allumées. Sans doute les équipes de nettoyage qui s'activaient après le départ des cadres ; certains bureaux dont il voyait les lumières clignoter doucement dans la nuit devaient être encore occupés par des travailleurs acharnés dans son genre, des irréductibles qui s'obstinaient à bosser en dehors des heures normales au lieu de rentrer chez eux pour profiter un peu de la vie.

Un mouvement sur le côté lui fit tourner la tête. A peine six ou sept mètres plus loin, une femme qu'il reconnut immédiatement admirait elle aussi la vue qui s'étalait à ses pieds avec une concentration particulièrement intense.

Même vêtue d'un jean tout simple, elle possédait une élégance, une classe peu commune. Son allure sophistiquée attirait le regard, mais Policzki décela aussi sur son visage une sorte de désespoir qui lui donna brusquement envie de la protéger envers et contre tout. Y compris l'endurcissement que réclamait son métier de flic. En tant qu'inspecteur, il n'était pas du tout censé éprouver ce genre de sentiment pour une personne impliquée dans une enquête. Il se devait de rester objectif, et pour ça il lui fallait maintenir une certaine distance, quelles que soient les circonstances. Après tout, c'était la belle-sœur de la disparue et la sœur du principal suspect, pas une vague rencontre due au hasard.

Seulement, elle avait l'air tellement vulnérable, tellement perdu…

Pendant de longues minutes, il resta là, à la contempler. Il fallait être raisonnable : cette femme le détestait, il l'avait bien senti. Il ferait mieux de s'éclipser sans dévoiler sa présence et d'aller retrouver Melissa pour l'entraîner de l'autre côté de l'observatoire où il pourrait lui montrer la vue spectaculaire qu'on avait sur Fenway Park.

Policzki jeta un coup d'œil plein d'espoir en direction des toilettes pour dames, mais sa cavalière n'avait toujours pas reparu. Avec un soupir, il s'efforça de reporter son attention sur les jets qui attendaient de décoller depuis l'aéroport de Logan. A cette distance, ils étaient à peine plus gros que des têtes d'épingles ; ils formaient un alignement lumineux aussi ordonné que les rangs d'une compagnie de soldats de plomb, prêts à partir pour la bataille. Il les fixa si fort que sa vue finit par se brouiller. C'était ridicule : il n'allait pas se faire mal aux yeux juste pour éviter de regarder sa voisine. Il suffisait qu'il se fasse une raison : il n'avait aucun motif valable de se tourner de nouveau vers elle. Elle ne lui avait rien demandé, et il était certain qu'elle n'apprécierait pas qu'il la dévisage ainsi. Non, ce n'était pas la peine de s'embarquer dans un échange qui se terminerait forcément par une fin de non-recevoir.

A l'instant même où il allait lui tourner le dos, la jeune femme leva une main frêle pour la porter à sa tempe. Elle avait de longs doigts fins et racés. Au majeur de sa main droite, elle portait un solitaire du plus bel éclat, en parfaite harmonie avec la montre en or discrète et élégante qui ornait son poignet. Sa main gauche ne portait pas d'alliance. Ou plutôt, elle n'en portait *plus*, corrigea Policzki. Il savait qu'elle était veuve depuis neuf ans. Mais pourquoi donc était-elle encore célibataire ? Peut-être n'avait-elle jamais rencontré un homme vraiment digne d'elle…

Incapable de détourner les yeux, cette fois, il la vit repousser doucement une mèche de cheveux qui lui barrait le visage. Un peu paniqué, il vérifia une dernière fois si Melissa se trouvait dans les parages : elle n'était visible nulle part. Il n'y avait donc personne pour l'empêcher de se jeter à l'eau — et de se prendre la plus grosse claque de sa vie, vraisemblablement.

Malgré ses appréhensions, il ne put s'empêcher de rejoindre Mia DeLucca.

— On se sent tout petit et insignifiant, pas vrai ?

Cette voix qui résonnait à ses oreilles, tout près, arracha Mia à ses pensées pour la rappeler brusquement à la réalité.

Jetant un coup d'œil par-dessus son épaule, elle reconnut celui qui venait de la faire redescendre sur terre, et sentit une onde de choc la traverser. Que diable venait-il faire ici ? Il ne lui avait donc pas causé assez de soucis comme ça ? C'était du harcèlement, ma parole ! Il n'existait donc pas de lois pour la protéger de cet inspecteur trop zélé ? Peut-être que, si elle fermait les yeux, il disparaîtrait, tout simplement…

Mais non. Quand elle rouvrit les paupières, il était encore là. Mais il ne la regardait pas ; il paraissait exclusivement absorbé par la vue.

— Tous ces gens, ajouta-t-il d'un ton rêveur. Toutes ces vies humaines qui fourmillent en bas… On se rend compte qu'on n'est qu'un petit grain de sable, un individu minuscule, perdu dans la masse des six milliards d'habitants de cette pauvre petite planète, grain de sable en rotation dans l'immensité de l'univers. Ça remet les choses en perspective, n'est-ce pas ? C'est une expérience d'humilité comme j'en connais peu.

Mia inspira profondément pour calmer les battements précipités de son cœur.

— Vous faites quoi, là, au juste, inspecteur Policzki ? lui demanda-t-elle d'une voix qu'elle espérait ferme et assurée. Vous me harcelez ? Parce que je vous préviens : il existe des lois contre ça.

Il finit par lui accorder un regard neutre.

— Du calme, ne vous emballez pas ! répondit-il avec son flegme habituel. Je suis venu ici avec quelqu'un.

— Quelqu'un ? Quel genre ? rétorqua Mia en plissant les yeux.

— Puisque vous tenez tant à le savoir, je suis avec une femme.

— Une femme ? répéta Mia d'un air faussement étonné, tout en regardant autour d'elle avec une lenteur délibérée. Je ne vois aucune femme à vos côtés.

— Elle est aux toilettes. Je suis surpris, moi aussi, de vous rencontrer ici.

— Désolée, inspecteur, mais je ne crois pas aux coïncidences.

— Je partage votre scepticisme. Nous pourrions donc mettre cette rencontre sur le compte du destin, qu'en pensez-vous ? Peut-être était-il écrit quelque part que nous devions nous retrouver ici ce soir ?

Mia émit un petit reniflement de mépris très peu élégant.

— Et pour quelle raison le destin, comme vous dites, aurait-il cru bon de provoquer cette rencontre ?

Sans trahir ses sentiments, Policzki reporta ses regards vers la vue de Boston qui scintillait toujours à leurs pieds, imperturbablement.

— Ça, je n'en sais rien. Vous m'excuserez si je n'ai pas de boule de cristal avec moi. Je ne suis qu'un inspecteur de police, pas un devin.

Tout en le dévisageant avec un mélange de colère et de lassitude, la jeune femme se demanda si elle devait lui faire confiance.

— Alors, comme ça, vous vous habillez de la même façon quand vous êtes en service et quand vous emmenez une femme dîner dehors ?

— Oui. Pourquoi pas ?

— Vous avez raison. De toute façon, vous avez toujours l'air d'un flic, quelle que soit votre tenue vestimentaire.

— Je sais bien, dit-il en haussant les épaules. Je n'y peux rien, c'est comme ça.

— Vous devriez peut-être faire appel à un spécialiste du relooking.

— Je me demande si ce serait vraiment efficace. Même si j'adoptais le style gothique, si je me faisais poser des piercings dans tous les endroits qui se voient, et même dans d'autres nettement plus intimes, je ressemblerais toujours à ce que je suis : un inspecteur de police. Impossible d'y échapper.

— Si vous essayiez de sourire de temps en temps, ça arrangerait peut-être un peu vos affaires. Vous êtes bien trop jeune pour avoir l'air aussi lugubre.

— Je n'ai absolument pas l'air lugubre ! Et par ailleurs je ne suis pas aussi jeune que vous semblez le croire.

— Allons bon ! Pardonnez-moi si j'estime qu'à vingt-quatre ou vingt-cinq ans on est encore un gamin !

— Vous êtes loin du compte. J'aurai bientôt trente et un ans.

— Là, vous vous payez ma tête, Policzki.

Ses yeux sombres et sérieux la happèrent littéralement. Sans la quitter du regard, il plongea la main dans sa poche arrière, en sortit son permis de conduire et le lui lança.

Elle attrapa le précieux sésame en plein vol. Le porte-cartes était encore tiède, et portait la trace de son propriétaire. C'était un objet personnel, intime, et Mia se sentit vaguement gênée de le tenir entre ses mains.

Après avoir jeté un coup d'œil à l'inspecteur, comme pour vérifier qu'il n'avait rien saisi des pensées qui la traversaient, elle étudia le document. La photo n'était pas mal, plutôt ressemblante. Son prénom non plus n'était pas mal : Douglas. Ça lui allait bien. Quant à son âge, comme elle le découvrit avec étonnement sous le tampon de la communauté de communes du Massachusetts, il était effectivement proche de trente et un ans.

— Désolée, dit-elle. Je n'aurais jamais cru ça.

— Au cas où vous ne seriez pas championne de calcul mental, je vous signale que nous n'avons que cinq ans de différence.

Une fois de plus, elle plissa les yeux d'un air soupçonneux.

— Et on peut savoir comment vous connaissez mon âge ?

— Je suis flic, ne l'oubliez pas. C'est mon boulot de retenir les infos personnelles. Vous voulez que je vous dise tout ce que je sais sur vous ?

— Non, merci. Rien que d'y penser, j'en frissonne à l'avance, répliqua Mia. Et qui sont ces jeunes sportifs ? demanda-t-elle en désignant la photo qui côtoyait son permis de conduire, et où l'on voyait deux adolescents poser crânement, le pied sur un ballon de foot.

— Mes neveux, répondit Policzki d'une voix brusquement chargée d'émotion qui surprit agréablement la jeune femme.

Pour une fois, il avait l'air presque… humain. Elle avait donc trouvé la faille dans cette cuirasse apparemment indestructible ? Incroyable mais vrai : l'inspecteur Policzki n'était pas une machine dépourvue d'âme ni de sensibilité !

— Ce sont de bons garçons, reprit-il sans paraître s'apercevoir de l'étonnement de sa compagne. Ils s'appellent Jake et Jesse. Des ados typiques, avec tout ce que ça implique de problèmes au quotidien, surtout pour leurs parents. Mais dans l'ensemble ils sont vraiment super.

Intriguée, Mia tourna les pochettes de plastique transparent pour découvrir d'autres clichés.

— Ça, c'est Hannah, déclara fièrement Policzki qui s'était rapproché. Et là vous avez, dans l'ordre : Heather, Bobby, et les jumeaux, Owen et Olivia.

— Vous appartenez à une famille nombreuse, dites donc !

— J'ai trois sœurs plus âgées que moi. Toutes mariées avec des enfants.

— Et vous vous êtes le gentil tonton Doug, c'est ça ? fit Mia d'un air rêveur, cependant qu'elle tentait de l'imaginer en plein match de foot avec les deux adolescents de la première photo.

Elle lui tendit son porte-cartes, l'air mi-amusé, mi-dépité.

— A vrai dire, je suis un peu déçue de votre côté normal. Moi qui vous imaginais en habitant de Vulcain !

— Vulcain ?

— Mais oui, vous savez bien : les extraterrestres aux oreilles pointues ! Comme le docteur Spock de Star Trek. Un pro de la logique incapable de ressentir la moindre émotion.

— Ah, je vois… Mais vous savez, Mia, je ne suis pas votre ennemi. Je suis juste quelqu'un qui essaie de faire son boulot le mieux possible, point final.

Elle se sentit légèrement honteuse d'une telle remarque. C'était vrai, finalement : même si cet homme cristallisait tous les dérapages récents de son existence, même si elle était persuadée qu'il n'hésiterait pas à envoyer son frère derrière les barreaux, il ne faisait que son travail, en somme. Il avait beau paraître arrogant et insistant, en fait, ce n'était qu'une façade qu'il réservait à ses heures de service. Ce qui prouvait, si besoin était, à quel point il était taillé pour le dur métier d'inspecteur de police. D'autant que, là, il semblait sincère à deux cents pour cent. Et puis, il avait de beaux yeux. Tendres, honnêtes et pleins de compassion. En opposition complète avec sa dure carapace de représentant de l'ordre.

Bon sang ! Elle ne voulait surtout pas trouver ce type sympathique ! Car, si c'était le cas, elle n'aurait plus personne contre qui se retourner, à part son frère, en grande partie responsable de la situation impossible où elle se trouvait engluée…

— Ah ! Vous voilà.

Ils se retournèrent d'un même mouvement. La femme qui se dirigeait vers eux d'un pas élastique, le sourire aux lèvres, était jeune et particulièrement jolie.

— Je me présente : Melissa Hardesty, fit-elle avec amabilité, tout en tendant la main à Mia.

La compagne de Douglas Policzki devait avoir au bas mot dix ans de moins qu'elle, songea Mia. Et non contente de posséder un physique absolument sensationnel elle faisait preuve d'une parfaite éducation. D'un seul coup, le crédit que Mia avait accordé à l'inspecteur remonta d'une bonne centaine de points. Ce type devait posséder d'autres qualités que sa belle apparence s'il était capable de s'attirer la sympathie d'une jeune femme aussi exceptionnelle.

— Ravie de vous rencontrer, continuait Melissa du même ton plaisant et dépourvu d'affectation. Vous êtes une amie de Doug ?

— En fait…

— Mia est agent immobilier, la coupa doucement Policzki. Je songe à investir pour mon compte, et je lui demandais justement conseil dans ce domaine.

Comme ce mensonge lui était venu aisément ! songea Mia. Quelle différence avec son frère et ses explications embrouillées… Ne pas oublier que Policzki était flic avant tout : bien savoir mentir devait faire partie des cours que l'on dispensait à l'école de police. Leçon numéro 101 : comment inventer de pieux mensonges.

— C'est exact, dit-elle, à son propre étonnement. N'hésitez pas à m'appeler, inspecteur, et nous ferons le point sur les options qui s'offrent à vous. Je suis certaine que nous allons réussir à dénicher quelque chose dans votre fourchette de prix.

Sur ce, elle adressa un petit signe de tête courtois à Melissa Hardesty.

— Ce fut un plaisir. Maintenant, si vous voulez bien m'excuser, je vous souhaite une excellente soirée.

Sans attendre de réponse, elle s'échappa.

L'ascenseur lui sembla mettre un temps infini à arriver. L'espace d'une seconde, elle éprouva la crainte absurde de voir l'inspecteur la rattraper. Mais il n'avait visiblement pas l'intention de l'ennuyer davantage, car elle ne vit arriver personne. Quand les portes de la cabine s'ouvrirent enfin dans un tintement discret, Mia se rua à l'intérieur et appuya frénétiquement sur le bouton du rez-de-chaussée. Puis elle poussa un soupir de soulagement, ferma les yeux et tenta de faire abstraction du sentiment de claustrophobie qui menaçait toujours de s'emparer d'elle dans les endroits clos comme celui-ci.

Elle avait la gorge nouée, mais comment savoir si c'était dû à la vitesse de l'ascenseur ou à sa petite conversation avec Doug Policzki ? Cet homme la mettait mal à l'aise. Quand ils se retrouvaient face à face, elle avait invariablement l'impression de manquer d'oxygène. Sans doute parce qu'il était si sérieux et professionnel — si beau et attirant, aussi…

Trop jeune. Il était bien trop jeune pour elle, se répéta Mia, honteuse des pensées coupables qui lui avaient effleuré l'esprit.

Enfin, l'ascenseur atteignit sa destination. Sans perdre de temps, Mia se dirigea vers la cafétéria du centre commercial. Elle mourait de faim : son estomac gargouillait. Elle prendrait n'importe quoi : une tasse de thé, un beignet, même une simple cannette de soda ferait l'affaire. On était en semaine, et à cette heure avancée de la soirée il n'y avait pas grand monde. La plupart des gens qui faisaient la queue étaient soit des ados désœuvrés, soit des mères de famille débordées.

Comme elle attendait patiemment son tour dans la queue, Mia posa un œil morne sur une jeune fille affublée d'une veste militaire kaki et d'un béret noir. Elle lui tournait le dos, apparemment très occupée à chercher quelqu'un du regard.

Intriguée, Mia fronça les sourcils. Il y avait quelque chose de familier dans cette silhouette élancée. Dans sa façon de se tenir. Dans l'affaissement soudain de ses épaules indiquant à coup sûr qu'elle n'avait pas trouvé la personne qu'elle cherchait.

A l'instant même où Mia allait la héler, la jeune fille se retourna dans sa direction. Lorsque leurs regards se croisèrent enfin, toutes deux faillirent pousser un cri de surprise. Elles se connaissaient bien — très bien, même, en fin de compte.

— Tante Mia ! s'exclama Gracie, les yeux écarquillés. Mais qu'est-ce que tu fais là à cette heure-ci ?

*
* *

L'été, le marchand de glaces de la rue Newbury servait ses clients dans un patio extérieur ombragé par une tonnelle. Mais Gracie et Mia préférèrent s'installer à l'intérieur, de part et d'autre d'une table de bois sombre, dans un recoin de la salle aux murs de granit.

— Je prendrai un sundae avec une sauce au caramel chaud, dit Mia à la serveuse qui était venue prendre leur commande.

Il était rare qu'elle s'autorise une telle débauche de sucreries, mais tant qu'à faire une incartade à son régime équilibré autant prendre un maximum de plaisir !

— Gracie ? Qu'est-ce qui te tente ? demanda-t-elle à sa nièce qui étudiait la carte avec sérieux.

— Je prendrai juste un yaourt glacé à la vanille, sans garniture. Et sans cornet, s'il vous plaît.

— C'est tout ? s'étonna Mia. Je t'emmène dans le paradis des amateurs de glaces, je te donne carte blanche pour choisir la composition la plus chère et la plus extravagante, et tu prends juste un yaourt à la vanille ? Franchement, ma puce, tu passes à côté d'un des plaisirs simples de l'existence.

Toute rougissante, Gracie marmonna d'un air gêné :

— Je fais juste attention à ma ligne.

— Ta ligne ? répéta Mia tout en la regardant de haut en bas. Honnêtement, ma chérie, si tu continues à y faire attention, tu vas finir par disparaître tout à fait !

— Au fait, tu ne m'as pas dit pourquoi tu étais au centre commercial ce soir ?

Gracie ne manquait pas d'habileté dans l'art du changement de sujet, se dit Mia.

— Bah ! J'avais envie de changer d'air. Je suis d'ailleurs bien contente d'avoir eu cette idée, puisque ça nous a permis de nous retrouver toutes les deux. Je me sentais un peu déprimée ce soir, et j'avais besoin de compagnie pour me remonter le moral.

— Dans ce cas, tu aurais pu tomber mieux, rétorqua Gracie. Parce que moi je n'ai aucun talent pour le remontage de moral, surtout en ce moment.

— C'est bien compréhensible, ma puce, vu ce qui te tombe sur la tête. Je trouve que tu as déjà subi beaucoup d'épreuves pour ton âge.

— Et encore, tu n'en connais pas la moitié ! s'exclama l'adolescente.

— Pourquoi ? Tu voulais me parler de quelque chose en particulier ?

Gracie marqua un temps d'arrêt. Oh ! Pas bien long, mais suffisant pour alerter sa tante.

— Non, c'est juste que... enfin, à l'école, c'est pas le pied, et puis... ben, p'pa, tu sais comment il est... Il y a aussi cette histoire avec Kaye... Bref, ça fait un peu beaucoup. J'ai pas dormi des masses, et... Enfin, tu vois, quoi, fit Gracie en haussant les épaules.

Elle affectait un air d'indifférence tel que Mia, en mère avertie, comprit immédiatement que sa nièce lui mentait. Qu'elle lui cachait quelque chose — vraisemblablement quelque chose de grave. Les ados n'étaient pas si difficiles à percer à jour : il suffisait d'un peu d'entraînement, voilà tout.

Leurs consommations arrivèrent. Mia prit sa cuillère et fit mine de s'absorber dans la contemplation de la montagne de glace à la vanille Bourbon dégoulinante de sauce au caramel qu'on lui avait apportée. Elle prit le temps de déguster une grosse bouchée recouverte de garnitures croustillantes et sucrées avant de demander, l'air de rien :

— Tout va bien, ma puce ?

— Mais oui, tout va très bien, répondit Gracie. Vraiment, je t'assure. Impec.

Ce qui signifiait, dans le langage codé des adolescents, que ça n'allait pas du tout, évidemment. Mia n'était pas dupe ; pourtant, elle décida de ne pas insister pour le moment. Cela ne servirait qu'à braquer Gracie, et c'était la dernière chose qu'elle désirait. Un jour viendrait peut-être, pas si éloigné que cela, où la jeune fille aurait besoin de se confier à quelqu'un. Et, comme ce quelqu'un ne risquait pas d'être son père, autant conserver des rapports amicaux avec la petite. Sam avait beau être gentil avec sa fille, il serait sûrement la dernière personne à laquelle elle aurait envie de parler de choses importantes ou intimes. Normal : c'était son père, et elle était en pleine crise d'adolescence. De toute façon, même si Gracie avait essayé d'entamer une conversation sérieuse avec lui, elle n'aurait pas eu la patience d'attendre qu'il se mette à son niveau. Sam avait un bon fond, mais son esprit d'intellectuel déconnecté des réalités le rendait incapable d'entretenir une relation profonde avec sa fille unique. Gracie ne pouvait pas se tourner vers lui si elle avait des problèmes. Et, comme elle n'avait plus de mère ni même de belle-mère auprès de qui s'épancher, il ne restait qu'une oreille compatissante de disponible : celle de sa tante Mia.

Pour le moment, la jeune fille faisait fondre lentement dans sa bouche la petite cuillerée de yaourt glacé qu'elle avait prélevée sur sa part. Elle prit un temps infini pour l'avaler avant d'adresser de nouveau la parole à sa tante.

— Tu sais, tante Mia, ce que j'aime vraiment, avec toi, c'est que tu ne me traites jamais comme une attardée ni comme une gamine. Parfois, papa me tape sur les nerfs :

il est persuadé qu'il doit me cacher certains trucs pour me protéger ou je sais pas quoi. Comme si j'étais tellement fragile et timorée qu'il risquait de me casser en mille morceaux s'il était honnête avec moi ! Mais il se plante royal : j'ai quinze ans, bordel de… Pardon, tante Mia. Mais c'est vrai, quoi ! Je ne suis plus un bébé.

Comme si quinze ans était un âge vénérable ! Quoi qu'elle en dise, dans bien des domaines, Gracie n'était encore qu'une gamine, effectivement. Et, si son père éprouvait le besoin de la surprotéger, il ne faisait qu'obéir à des lois ancestrales qui n'avaient pas changé depuis l'âge des cavernes : un papa n'était jamais prêt à admettre que sa petite fille grandissait. Enfin, dans le cas de Sam, il était possible qu'il ne l'ait même pas remarqué.

— Tu sais, ton père ne veut que ton bien, fit Mia dans une tentative pour ramener sa nièce à de meilleurs sentiments.

— Ouais, mais il retarde grave, grommela Gracie tout en jouant distraitement avec une cuillerée de yaourt glacé qu'elle promenait d'un bout à l'autre de sa coupelle. Il me croit trop stupide pour avoir remarqué qu'il s'engueulait tout le temps avec Kaye.

— Vraiment ? s'étonna Mia.

Sam ne lui avait rien confié de tel. Il lui avait bien parlé d'une grosse dispute, mais pas d'un climat de mésentente constant. Encore une fois, il ne lui avait pas dit toute la vérité.

— Enfin, peut-être que le mot « s'engueuler » est un peu fort, reconnut Gracie. C'est juste qu'ils n'arrêtent pas de s'asticoter et de se critiquer, quoi. Et puis, quand ils se sont pris la tête, ils boudent chacun dans leur coin, ou alors ils s'ignorent, comme les filles de mon école quand elles se font la gueule. Sauf qu'elles elles ont quinze ans. Alors que p'pa et Kaye ils devraient se comporter comme des adultes responsables, pas comme des gamins débiles.

La description imagée de Gracie rappela aussitôt à Mia la liste détaillée de « symptômes » que lui avait dressée l'inspecteur Policzki. L'estomac noué, elle demanda prudemment, sans avoir l'air trop insistante :

— Bon, si je comprends bien, ça n'allait pas très fort à la maison ces derniers temps ?

— Ces derniers temps ? Tu veux rire, tante Mia. C'est comme ça depuis le début.

— Vraiment ? J'étais loin de m'en douter.

— T'inquiète pas, tu n'es pas la seule. Personne ne se doute de ça. Ils font semblant que tout va bien quand ils sont en public. C'est seulement à la maison qu'ils se balancent des trucs à la figure.

Evidemment, songea Mia, le cœur serré à l'idée que sa nièce de quinze ans ait été aux premières loges pour assister à des disputes dont elle n'aurait jamais dû être au courant. Vraiment, son frère ne tournait pas rond. Il aurait dû passer un scanner pour qu'on trouve ce qui clochait dans sa grosse tête d'intellectuel égoïste ! Quoique, à bien y réfléchir, ça n'aurait peut-être pas donné grand-chose puisque, apparemment, côté sensibilité, c'était le zéro absolu.

La jeune femme repoussa son sundae à peine entamé et ramassa l'addition laissée par la serveuse.

— Ecoute, ma puce, je ne sais pas ce que tu en penses, mais moi, finalement, je n'ai plus tellement envie de cette glace. A moins que tu ne veuilles à toute force terminer l'espèce de ratatouille que tu as fabriquée avec ton yaourt ?

— Non, non, répondit vivement Gracie tout en reposant sa cuillère avec une expression de soulagement. Au contraire. En fait, je t'avouerai franchement que je n'ai pas tellement faim.

— Moi non plus. Qu'est-ce que tu dirais de s'arracher d'ici ? Il faut que je m'arrête au bureau pour récupérer un truc avant de rentrer. D'ailleurs, si tu pouvais m'aider, ça m'arrangerait bien. Qu'est-ce que tu en dis ?

Pour la première fois depuis longtemps, Mia vit un enthousiasme non feint se peindre sur le visage de sa nièce. Laquelle se dépêcha, bien entendu, de camoufler sa réaction sous le masque d'indifférence typique des adolescents de son âge.

— Ouais, ça peut être cool — enfin, si vraiment tu as besoin d'un coup de main. De toute façon, ce sera forcément moins ch… moins casse-pieds que de rester à la maison à regarder p'pa se morfondre pendant des heures.

Gracie avait toujours adoré l'ambiance de l'agence immobilière : chaude et accueillante, elle était à l'opposé de l'endroit lugubre et étriqué où travaillait son père. Comme tante Mia, les bureaux de Winslow & DeLucca étaient élégants. Chics. Classieux. Ce n'était pas le genre d'adjectif qu'elle employait tous les jours, mais ça correspondait parfaitement à ce qu'elle ressentait chaque fois qu'elle pénétrait dans ces lieux. Rien que l'aspect extérieur l'enthousiasmait : de la brique rouge, classique et distinguée. Le panneau indiquant que c'était une agence immobilière était lui aussi un modèle de sobriété : des lettres d'or manuscrites sur fond noir. La porte était peinte en noir brillant. A l'intérieur, des plantes dont les feuilles retombaient en cascade ajoutaient une note de verdure bien agréable qui rehaussait les photos et les listings régulièrement mis à jour des propriétés gérées par l'agence.

Mia déverrouilla la porte avant de la pousser d'un coup d'épaule. Elle posa sa veste et celle de sa nièce sur le dossier d'une chaise dans la salle d'attente, puis se dirigea vers le placard à fournitures. En fait, ce n'était pas un placard, mais une pièce jugée trop petite pour servir de bureau. C'était là que Mia et Kaye avaient installé l'imprimante laser, la photocopieuse, le fax et la cafetière électrique dont elles faisaient un usage assez copieux. Sur le mur du fond s'élevaient des étagères encombrées de fournitures — ramettes de papier, cartouches d'encre, stylos en tout genre et autres éléments indispensables à la maintenance d'une agence.

— Qu'est-ce qu'on cherche exactement ? demanda Gracie.

— Des boîtes vides. Deux ou trois, pas plus, ça devrait suffire, répondit Mia tout en fouillant la pièce du regard.

Elle avisa rapidement deux grosses boîtes de papier à imprimante, non loin des étagères, posées à même le sol. Prévus pour accueillir environ 500 feuilles chacun, les emballages étaient renforcés sur les côtés et avaient l'air suffisamment solides pour être transportés pleins sans dommage.

— Bingo ! s'exclama Mia. Voilà exactement ce dont j'ai besoin. File me chercher des ciseaux sur le bureau de Bev, tu veux, ma puce ?

Lorsque Gracie revint avec le matériel demandé, sa tante était occupée à réorganiser le contenu des étagères pour libérer celle du bas. Après quelques minutes, elle dit à Gracie :

— Coupe-moi ces grosses bandes de plastique qui maintiennent les couvercles des deux boîtes et, ensuite, passe-moi les feuilles de papier par petits paquets. Pas tout à la fois, surtout : tu risquerais de te faire un tour de rein.

Elles se mirent au travail, formant une équipe particulièrement efficace. Gracie vidait les boîtes pendant que Mia empilait le papier vierge sur l'étagère libre. En un rien de temps, elles eurent terminé. Reculant d'un pas, les mains sur les hanches, elles admirèrent leur ouvrage.

— Ouf ! fit Mia d'un air satisfait. J'espère que ces étagères sont plus solides qu'elles n'en ont l'air, sinon elles vont s'écrouler sous le poids de toute cette paperasse. Si jamais Bev arrive au bureau demain matin et qu'elle trouve deux ramettes entières éparpillées sur le sol, elle va croire que j'ai perdu la tête.

Gracie s'approcha de l'une des équerres métalliques qui soutenaient les planches d'aluminium brossé pour tester sa stabilité. Elle eut beau la secouer en tous sens, la branche resta solidement arrimée dans le mur.

— Je crois que ça tiendra, conclut-elle.

Puis elle suivit sa tante jusqu'au bureau de Kaye.

Après avoir allumé les néons du plafond, Mia posa les boîtes vides sur la table et ouvrit l'armoire à documents de son associée. Elle inspecta le contenu des tiroirs : les deux premiers étaient remplis de dossiers, le troisième contenait des fournitures de bureau, et le quatrième était vide.

— Bien, fit Mia d'un air décidé. Maintenant, j'ai besoin que tu sortes tous ces dossiers et que tu les mettes dans les boîtes proprement, sans en déranger l'ordre. D'accord ?

Elle fit une petite pause pour regarder sa nièce d'un air inquiet.

— Ensuite, il faudra qu'on emporte tout ça jusqu'à ma voiture. Tu n'as pas l'air bien costaude…

— Oh ! Mais ne t'inquiète pas, tante Mia : je suis bien assez costaude pour transporter deux petites boîtes de rien du tout !

— Bien. Tout ce qu'il nous reste à espérer, c'est que les boîtes ne vont pas craquer en cours de route. Si jamais nous en laissons tomber dans la rue, ça me prendra des semaines pour tout remettre en ordre. Alors, surtout, ne charge pas trop les boîtes, d'accord ? Nous pourrons toujours en récupérer d'autres si ça ne suffit pas.

Gracie resta silencieuse quelques instants, debout devant l'armoire ouverte, l'air intrigué.

— Au fait, pourquoi est-ce que tu veux transporter ces dossiers en dehors du bureau, tante Mia ? finit-elle par demander.

Elle vit les mâchoires de sa tante se crisper légèrement.

— Je pars à la pêche aux infos, répondit-elle.

Plutôt léger, comme explication. Gracie n'était pas tellement plus avancée. Mais tante Mia ne paraissait pas disposée à lui donner davantage d'éclaircissements, car elle ajouta presque aussitôt :

— Il faut que je passe quelques coups de fil. Appelle-moi si jamais tu as des problèmes, d'accord ?

Sur ce, elle quitta la pièce, laissant Gracie s'attaquer aux dossiers du tiroir du haut qu'elle empila méthodiquement dans la première boîte. Est-ce que tante Mia avait l'intention de lire toute cette paperasse d'un bout à l'autre ? Merde, alors ! Pourquoi est-ce qu'elle aurait fait une chose aussi rasoir ? Surtout que ces dossiers n'étaient même pas les siens : c'était ceux de Kaye. Elle n'avait donc pas assez de travail avec ses propres clients ? Et puis, qu'est-ce qu'elle avait voulu dire avec son histoire de « pêche aux infos » ?

C'était bizarre. Tante Mia devait être à la recherche d'un truc important caché dans toute cette masse de papiers ennuyeux comme la pluie.

Un truc qui concernait Kaye. Ou, du moins, ses dossiers.

Kaye qui avait disparu sans laisser de trace.

Gracie eut soudain l'impression qu'elle comprenait tout. Elle n'était peut-être pas très vive, mais à présent cette histoire semblait prendre un sens pour elle. Après tout, elle n'était pas une néophyte complète en matière de coups fourrés. Elle adorait les feuilletons policiers. *Les Experts, New York Police Blues…* elle connaissait plusieurs épisodes par cœur. La conclusion s'imposait d'elle-même : sa chère belle-maman avait dû tremper dans une affaire louche. Ou envisager de le faire. Et maintenant tante Mia, qui avait eu vent de cette histoire, cherchait des preuves de la culpabilité de Kaye dans ses dossiers. Pareil qu'à la télé dans les enquêtes criminelles.

Eh bien ! songea l'adolescente avec une certaine jubilation. Qui aurait cru que les événements prendraient un tour aussi intéressant ?

Le premier coup de fil de Mia fut pour son frère.

— Au cas où tu t'inquiéterais pour ta fille, lui lança-t-elle d'un ton un peu rogue, elle est avec moi. Je me suis dit que ce serait une bonne idée de la garder à la maison cette nuit, si ça ne te pose pas de problème, bien entendu.

— Non, non, aucun problème, répondit Sam, l'air un peu gêné. Ecoute, Mia, je… je suis désolé de m'être comporté comme le dernier des rustres tout à l'heure. Mais en ce moment je ne vais vraiment pas bien. Ça fait beaucoup à la fois, entre cette histoire avec Kaye, les papiers du divorce, plus ces satanés flics qui ne me lâchent pas d'une semelle…

Il prit un ton indigné pour continuer :

— Tu te rends compte qu'ils me mettent tellement sur les nerfs que j'en arriverais presque à douter de moi-même !

— Ils ne font que leur boulot, répliqua Mia. Et leur boulot, c'est de te pousser à bout pour te faire craquer. Ils espèrent peut-être que tu vas leur avouer ce qu'ils veulent, y compris le dernier enlèvement d'enfant et l'assassinat de Kennedy ! Ecoute, Sam, je…

Elle hésita, tiraillée entre la colère justifiée qu'elle éprouvait encore à l'encontre de son frère et l'inquiétude quasi maternelle qu'elle ressentait à son égard depuis des années. Il avait beau être plus âgé qu'elle de trois ans, elle se sentait incapable d'abandonner le rôle de protectrice qu'elle avait endossé quand ils n'étaient encore que des enfants déboussolés. Pourtant, elle avait beaucoup de choses à lui reprocher, et ça lui aurait sûrement fait du bien de les lui avouer une bonne fois pour toutes. Mais comme d'habitude elle décida de prendre son mal en patience et de parer au plus pressé. En mettant de côté ses propres soucis, comme toujours.

— Je suis inquiète pour toi, dit-elle.

— Tu ne devrais pas.

— Si. Parce que j'ai bien compris qu'il se passait quelque chose de grave. Quelque chose que tu me caches délibérément. Comment veux-tu que je ne m'inquiète pas ?

— Tu n'y peux rien, de toute façon. Alors, laisse tomber. Je m'en charge. Mais, pour Gracie, est-ce que… enfin, elle va bien ? Elle a quitté la maison en douce, et je n'avais même pas vu qu'elle n'était plus là.

— Elle fait ça souvent ?

— Non, non… Quoique… en réalité, elle pourrait très bien faire le mur tous les soirs pour aller fumer du crack et vendre son corps dans la rue que je ne m'en rendrais même pas compte, tellement nous sommes des étrangers l'un pour l'autre.

— Arrête, Sam ! Ta fille est trop maligne pour commettre ce genre de bêtises. Et pour répondre à ta première question, oui, elle va bien. Enfin, pour le moment, rien à signaler. Sauf que…

— Sauf que quoi ?

— Eh bien, je l'ai emmenée chez un superglacier, et elle n'a commandé qu'un yaourt glacé allégé dont elle n'a avalé en tout et pour tout que deux petites bouchées, et encore. Elle m'a raconté qu'elle surveillait sa ligne.

— Ah bon ? Mais elle n'est pas grosse du tout !

— C'est justement ça qui m'a paru inquiétant. Je me demande si elle n'a pas des problèmes d'anorexie. Elle mange normalement, à la maison ?

— Bien sûr ! Enfin, il me semble.

— Je suis sérieuse, Sam. Tu l'as déjà vue manger un repas complet ? Vous avez partagé combien de petits déjeuners ou de dîners ensemble cette année ? Tu as pu vérifier qu'elle se nourrissait correctement ?

Le silence qui lui répondit à l'autre bout du fil était plus éloquent qu'un long discours.

— Tu as un adolescent à la maison, toi aussi, reprit Sam d'une voix accablée. Tu sais bien comment ça se passe. Ils vivent leur vie de leur côté. Kaye et moi avons des horaires impossibles ; il est très rare qu'on se retrouve tous les trois à la maison pour déjeuner ou dîner. Et la plupart du temps Gracie décide qu'elle n'a pas envie de manger la même chose que nous. Du coup, elle se trouve autre chose à grignoter et elle se monte un plateau dans sa chambre. C'est comme ça, on n'y peut rien : c'est la vie d'une famille du XXIe siècle.

— Il n'empêche qu'elle est trop maigre pour une fille de son âge, insista Mia.

— Tu ne crois pas sérieusement ce que tu disais tout à l'heure ? Qu'elle serait anorexique ?

— Ce n'est pas impossible, malheureusement. Et même si son cas n'est pas encore pathologique, à mon avis, elle est sur la mauvaise pente. Je crois que ta fille aurait besoin d'un suivi psychologique. Ça l'aiderait sûrement.

Elle entendit son frère pousser un soupir à fendre l'âme.

— Je me sens vraiment le dernier des imbéciles de n'avoir rien remarqué.

— Mais non, tu n'es pas le dernier des imbéciles ! Enfin, c'est vrai que parfois tu peux te montrer vraiment obtus pour les questions pratiques. Mais avec les ados ce n'est pas évident d'y voir clair, crois-en mon expérience. Ce qu'il y a, c'est que tu devrais juste t'occuper un peu plus de ta fille, essayer de communiquer avec elle, par exemple. Elle a besoin d'un père présent, Sam.

— Merci, murmura-t-il. C'est gentil de ne pas m'enfoncer alors que je me sens déjà si minable.

— Tu as mangé correctement depuis qu'on s'est vus ? Et tu as trouvé le temps de te reposer un peu ?

— Ne t'inquiète pas autant pour moi, Mia. Je suis tout à fait capable de me prendre en charge.

Ça, Mia en doutait fortement. Sans vouloir rabaisser son frère au niveau d'incapable, elle n'avait que trop souvent constaté à quel point il avait besoin d'aide pour la vie quotidienne. Cela dit, elle était trop épuisée, trop sur les nerfs aussi, pour le contredire.

— Va dormir, lui conseilla-t-elle. On discutera plus sérieusement demain.

Elle raccrocha, attendit quelques secondes, redécrocha le combiné et composa un autre numéro qu'elle connaissait par cœur.

— Allô, Marty ? fit-elle au bout de quelques secondes. C'est Mia à l'appareil. Ecoute, j'ai récupéré les dossiers de Kaye. Quel genre de bizarrerie me suggérerais-tu d'y rechercher ?

12.

Quand Gracie lui proposa de l'aider à trier les dossiers, Mia répondit aussitôt par la négative. Pas parce que ces papiers contenaient des informations confidentielles — elle doutait fort que sa nièce porte le moindre intérêt aux affaires financières conclues par des gens dont elle n'avait jamais entendu parler. Et certainement pas non plus parce qu'elle pensait que la petite n'était pas assez intelligente pour comprendre quel genre de choses il fallait chercher dans cette gigantesque botte de foin. Non, si Mia refusait d'associer la jeune fille à son entreprise d'épluchage de paperasses, c'était parce qu'elle ne tenait pas à ajouter un problème supplémentaire au fardeau de l'adolescente dont la famille menaçait d'éclater, si ce n'était déjà fait.

Seulement, la gamine ne l'entendait pas de cette oreille.

— Je sais très bien ce que tu essaies de faire, rétorqua-t-elle d'un air assuré lorsque sa tante eut bredouillé des excuses hâtives pour décliner sa proposition. Tu veux me protéger. Comme papa. Mais je ne suis pas complètement idiote. Si tu as rapporté tous les dossiers de Kaye à la maison, ce n'est pas pour les ranger bien proprement : c'est parce que tu cherches quelque chose. Et vu que c'est un truc que tu ne peux pas faire pendant les heures de bureau — sinon, pourquoi tu te serais cassé la tête à tout rapporter ici ? —, je suppose que tu cherches des preuves dans une affaire pas très nette. Je chauffe ou je brûle ?

Un peu surprise par la clairvoyance de sa nièce, Mia ne put que s'incliner.

— Tu as raison. Mais, si ça se trouve, je me fais des idées. Je ne suis même pas sûre de ce que je dois chercher ni du bien-fondé de mes soupçons. Ce n'est qu'une hypothèse, rien de solide ni de fondé. Mets-toi bien dans la tête que je n'accuse pas Kaye. D'ailleurs, toi non plus tu ne devrais pas la tenir pour responsable de quoi que ce soit. Du moins, pas avant d'avoir découvert une preuve tangible. Ces dossiers sont là pour ça : s'il y a quelque chose à y trouver…

— Tu as bien l'intention de le découvrir, termina Gracie d'un air entendu avant de pincer les lèvres dans une grimace de dégoût. Ecoute, tante Mia, je sais des trucs sur Kaye qui te feraient dresser les cheveux sur la tête. Alors, franchement, rien de ce qu'on pourrait trouver dans ces documents ne risque de me choquer outre mesure. Tu ferais aussi bien de me laisser te donner un coup de main. On abattra deux fois plus de boulot à deux. Dis-moi juste ce qu'on est censées chercher dans toute cette paperasse, et mettons-nous au travail.

Cette fois, Mia resta bouche bée. Gracie ne réagissait vraiment pas comme une gamine de quinze ans ! Quelques phrases lui avaient suffi pour anéantir tous les arguments que Mia avait voulu lui servir. Résultat : c'était elle, l'adulte, qui se sentait gauche et stupide devant la finesse d'analyse de son adolescente de nièce.

— Bien, bien, marmonna-t-elle, incapable de trouver ses mots.

— Allez, je prends une boîte et, toi, tu te charges de l'autre, d'accord ? poursuivit Gracie tout en tirant le premier carton au milieu de la grande pièce pour en ôter le couvercle. Je suis sûre que je peux me débrouiller. Après tout, j'ai réussi à ne pas mourir d'ennui avant d'avoir terminé *Moby Dick*, alors je devrais résister à la lecture de tout ce fatras. Si j'ai tenu bon dans la marée noire de descriptions symbolistes de ce vieux fou de Melville, je devrais trouver les polices d'assurance aussi agréables qu'une mer d'huile !

Impossible d'argumenter face à ce genre de logique. Aussi Mia prit-elle le parti d'accepter l'aide de sa nièce.

— Bon, fit-elle tout en s'installant de l'autre côté de la table basse, le deuxième carton sur les genoux. Je ne sais pas ce que tu es capable de comprendre aux transactions immobilières, mais…

— A vrai dire, je m'y connais un peu, l'interrompit Gracie avec une certaine fierté. Quand on habite avec Kaye, c'est difficile d'échapper à ça.

— Tant mieux : on va pouvoir entrer directement dans le vif du sujet. Surtout, si tu ne comprends pas un détail ou si tu as des questions, n'hésite pas à me demander des explications, d'accord ?

— D'accord.

— Voilà : juste après avoir appelé ton père, j'ai eu Marty Scalia au téléphone. Il est dans la partie depuis plus longtemps que moi, et il est particulièrement intelligent. Il voit tout, il entend tout — un vrai radar, en somme. Je lui ai demandé de me faire un résumé exhaustif de ce qu'il sait sur la fraude immobilière. Selon lui, il y a deux types d'embrouilles assez classiques dans ce milieu. Numéro un, la plus-value injustifiée : quelqu'un acquiert une propriété pour une bouchée de pain, lui donne un bon coup de peinture, et la revend ensuite avec un bénéfice énorme que ne justifient absolument pas les quelques travaux d'embellissement auxquels il s'est livré. C'est très différent de l'investissement immobilier classique : il y a plein de gens qui achètent un bien pour l'embellir réellement et le revendre au bout de deux ou trois ans avec une plus-value conséquente. Ça, c'est légal. Lucratif, mais tout à fait honnête. Ce dont Marty m'a parlé correspond au premier cas de figure : la plus-value injustifiée.

Mia s'interrompit brièvement, tambourinant machinalement du bout des ongles sur un dossier pendant qu'elle ruminait cette possibilité.

— Le hic, c'est que je ne vois pas comment Kaye aurait pu se livrer à ce genre de trafic. D'une part, si elle avait acheté et revendu des biens immobiliers, cela aurait impliqué un mouvement de capitaux considérable, et j'aurais forcément été au courant, en tant qu'associée. En plus, c'est une combine à haut risque : pour que ce soit rentable, il faut que la propriété se revende bien. Si ce n'est pas le cas, on se retrouve avec un éléphant blanc sur les bras, comme on dit dans le métier.

— Bon, je crois que j'ai pigé, fit Gracie. C'est quoi, l'embrouille numéro deux ?

— C'est un peu plus complexe, parce que ça implique plusieurs personnes. Pour que ça fonctionne, il faut que l'agent immobilier, l'expert, l'acheteur et l'avocat de la compagnie de titres se mettent d'accord pour participer à l'arnaque. En fait, tout ce petit monde se débrouille pour faire établir une évaluation du bien largement supérieure à sa véritable valeur marchande. Ensuite, on prépare deux actes de vente différents. Tu sais ce que c'est qu'un acte de vente ?

— Ouais. C'est le papier plein de chiffres qu'on apporte au moment de la signature du contrat de vente : dessus, il y a le prix établi pour la cession du bien, l'acompte à verser, le nom de l'organisme de financement du prêt… ce genre de trucs, quoi.

— Bravo, tu as retenu l'essentiel. Bref, on en établit deux : le premier, celui qu'on présente au vendeur de la propriété, c'est le vrai. Avec la vraie valeur du bien fondée sur une estimation honnête et juste. Mais sur le deuxième — le « faux », celui qu'on donne à l'organisme de prêt — il y a le prix surévalué. Du coup, l'organisme qui finance l'opération fait à l'acheteur une offre de prêt fondée sur cette estimation frauduleuse du bien à acquérir. Le vendeur, lui, récupère son argent et quitte la table des négociations sans même se douter qu'une arnaque a été commise dans son dos, puisqu'il n'est en rien affecté par la transaction faussée. Et, ni vu ni connu, les quatre escrocs se partagent le reste de la somme versée par l'organisme de financement. Si la conjoncture est à la hausse, comme c'est actuellement le cas dans le secteur immobilier, inutile de te préciser que ça peut atteindre des montants considérables. Evidemment, tout cela passe au black, et le fisc ne voit jamais la couleur de cet argent détourné, ce qui rend l'opération encore plus lucrative. Une fois que les sous sont répartis, l'acheteur, qui a généralement pris soin de contracter son prêt sous une fausse identité, se dédit de son engagement immobilier et s'en tire sans dommage. Par contre, celui qui se retrouve le bec dans l'eau, c'est l'organisme de prêt : coincé avec un bien sur les bras, il découvre bientôt que la propriété dont il avait financé l'achat vaut considérablement moins que ce qu'il croyait. Bref, il est roulé dans la farine. Si on se débrouille bien, on arrive à engranger un beau petit pactole avec ce genre de transaction véreuse. Mais si jamais on se fait prendre on risque cinq à dix ans de prison ferme, et, là, tous les billets verts du monde n'y peuvent rien changer.

— Tu penses que Kaye aurait pu tremper dans une combine de ce style ?

— Jamais cette idée ne m'aurait effleuré l'esprit jusqu'à ce que Marty me parle de rumeurs persistantes sur une affaire louche dans laquelle elle aurait eu un rôle. Là, j'ai commencé à me poser des questions. Je sais bien que ça a l'air tiré par les cheveux comme manipulation, mais apparemment c'est monnaie courante dans le milieu immobilier. Bien entendu, cela impliquerait que Kaye ait eu des acolytes. Trois au moins : un dans chaque branche.

Mia soupira avant de reprendre, les sourcils froncés en signe de perplexité :

— J'ai déjà passé en revue les différents experts et avoués avec lesquels j'ai l'habitude de travailler, et aucun d'eux ne me semble assez téméraire pour se mouiller dans une arnaque pareille.

— Ouais, mais l'appât du gain, ça peut faire changer les gens du tout au tout, fit remarquer Gracie d'un ton docte. Ça les métamorphose complètement.

— Tu as tout à fait raison, dit Mia, étonnée une fois de plus. Comment fais-tu pour être aussi avertie à ton âge ?

— J'ai vécu avec p'pa pendant cinq ans avant qu'il n'épouse Kaye. Il fallait bien que quelqu'un dans la famille se montre un peu adulte, répondit simplement l'adolescente en haussant les épaules d'un air évasif. Alors, qu'est-ce qu'on cherche exactement dans toute cette paperasse ? Des actes de vente en deux exemplaires ?

— Pas forcément. N'importe quoi qui te paraisse bizarre :

des sommes inexactes, des irrégularités, des bilans tronqués… On n'a que l'embarras du choix. Par exemple, ça peut être un gros nombre de transactions impliquant le même nom d'agent immobilier, de compagnie d'experts ou d'avoués. Ou autre chose de suspect. Sans oublier, bien sûr, la possibilité d'un acte de vente en deux exemplaires avec des différences de prix.

— Ça ne serait pas un peu risqué de garder la trace d'une transaction louche dans un dossier ? objecta Gracie.

— De toute façon, c'est le procédé dans son ensemble qui est risqué. Et s'il existe des risques de se faire prendre au cours de son élaboration ils deviennent pratiquement nuls à partir du moment où la transaction est terminée. Généralement, les dossiers classés qui terminent dans l'armoire à documents ne sont jamais rouverts. Ils sont juste archivés par principe.

— Hum ! Je vois…

— Hum, comme tu dis. Encore une chose que je voulais ajouter : dans tes recherches, si tu pouvais me mettre de côté dans une pile à part toutes les transactions ayant impliqué Grant Ashford ou la First Boston Savings Bank, ça me serait très utile.

— C'est qui, Grant Ashford ? demanda Gracie d'un air intrigué.

— Le vice-président de la banque en question. C'est lui qui dirige le service des prêts et investissements. Il était impliqué dans la rumeur qui courait sur Kaye, d'après ce que m'a raconté Marty.

Sur ce, Mia et Gracie se mirent au travail, laissant le temps tourner et leurs deux cannettes de soda light tiédir lentement, tant elles étaient absorbées par leur tâche. Elles n'avançaient pas bien vite ; les termes et les noms qui apparaissaient sur les documents qu'elles compulsaient étaient tellement nombreux et complexes qu'elles avaient plutôt l'impression de faire du surplace. D'autant qu'elles ne savaient même pas ce qu'elles cherchaient.

Comment venir à bout d'une telle montagne de papiers ? songea Mia avec une lassitude qui ne lui était pas coutumière. Noms de sociétés ou de représentants, chiffres en pagaille, offres et contre-offres, versements d'arrhes, clauses de rétractation… les mots se brouillaient devant ses yeux fatigués. Avant de commencer sa carrière, elle pensait naïvement que les fonctions d'agent immobilier se résumaient pour l'essentiel à faire visiter des maisons à d'éventuels acheteurs. Mais elle s'était vite rendu compte que ce n'était que la partie visible de l'iceberg. Vue de l'extérieur, cette profession semblait enthousiasmante, lucrative et plutôt amusante, alors qu'en réalité elle exigeait des nerfs solides et un sens de l'organisation à toute épreuve, plus une capacité à traiter les papiers administratifs en un temps record afin de pouvoir gagner sa vie. Si la conjoncture du marché vous était favorable et que l'on avait du flair, on pouvait engranger pas mal de bénéfices. Mais l'argent que l'on empochait était durement gagné, et il fallait pour réussir passer des heures à établir des documents irréprochables, à en rassembler d'autres indispensables et à discuter au téléphone pour négocier au mieux avec les différentes parties. En bref, l'immobilier n'était pas un métier pour les poules mouillées ni pour les fainéants.

Tout près d'elle, Gracie tourna une énième page et la rappela ainsi à la réalité. Jetant un coup d'œil rapide à sa montre, Mia s'aperçut avec stupéfaction qu'il était très tard. Cela faisait deux bonnes heures qu'elles avaient entamé leur longue et fastidieuse recherche ; d'ailleurs, elle commençait à avoir des fourmis dans les jambes. Malheureusement, elle n'était pas tellement plus avancée : rien de ce qu'elle avait lu ne lui avait paru digne d'intérêt.

A l'étage, elle entendait le bruit de la douche : Kevin était rentré tout à l'heure, et avait ouvert de grands yeux en les voyant plongées dans leurs recherches. Avant qu'elles ne l'enrôlent de force, il s'était éclipsé dans sa chambre, bien entendu.

Il était dix heures et demie. Pourtant, Mia ne pouvait se résoudre à jeter l'éponge : à circonstances exceptionnelles, horaires exceptionnels. Elle dormirait plus tard, quand cette histoire serait réglée.

— Alors, t'as trouvé des trucs intéressants ? lui demanda Gracie.

— Hélas, non ! Rien du tout. Et toi ?

— Pareil. La routine, quoi, fit la petite d'un air blasé qui faillit faire rire sa tante, malgré la gravité de la situation.

Elle referma lentement le dernier dossier qu'elle avait parcouru avant de poursuivre d'un ton différent :

— Tante Mia ? A ton avis, c'est important de toujours dire la vérité ?

Oh là là ! Dans quoi allait-elle s'embarquer ? Que signifiait cette question ? Etait-ce un test ? Un piège ?

— Eh bien, je dois admettre que dans l'ensemble je trouve préférable de dire la vérité, oui, répondit Mia d'un ton prudent. Mais tout dépend des circonstances. Par exemple, pour quelque chose de minime, est-ce que ça vaut la peine d'en parler si ça doit causer du chagrin à certaines personnes ? Est-ce qu'il n'est pas préférable de régler certains problèmes tout seul pour ne pas blesser son entourage ? Comme pour beaucoup de choses dans la vie, il faut relativiser, tu comprends ?

— Et si on a fait un truc qui a pu causer du tort à quelqu'un, même si c'était pas exprès, comment on doit s'y prendre ?

Un sentiment de peur irraisonnée prit possession de Mia.

— Gracie ? demanda-t-elle d'une voix inquiète. Qu'est-ce qui se passe exactement ?

Tout à coup, l'adolescente cessa de crâner.

— Je... j'ai fait quelque chose de grave, bredouilla-t-elle. Si jamais je raconte ça à p'pa, il va me tuer. Mais il faut que je le dise à quelqu'un : j'ai bien peur que ce ne soit entièrement ma faute s'il est arrivé quelque chose à Kaye.

Le dossier consacré à Rachel Winslow était un épais classeur tout poussiéreux qui n'avait pas dû être bougé d'un pouce depuis des années. D'un revers de manche, Lorna épousseta la couverture avant de l'ouvrir. A l'intérieur, elle découvrit tout un assortiment de mémos dactylographiés, de photos de la scène du drame et de notes écrites à la main. Avec la conscience professionnelle qui la caractérisait, elle parcourut l'ensemble du dossier, s'arrêtant sur des clichés plus nets que d'autres et portant un intérêt tout particulier aux comptes rendus d'interrogatoire des témoins.

Les documents réunis dans ce classeur étaient on ne peut plus clairs : Rachel Winslow avait été tuée par un psychopathe, un soir de décembre glacial, alors qu'elle se trouvait au beau milieu de la foule sur le quai du métro. Le type armé d'un flingue avait dû décider, comme ça, de but en blanc, de tirer sur les gens. Sans motif. Sans raison.

Juste parce que ça lui était passé par la tête. Deux individus avaient été blessés légèrement, mais Rachel Winslow n'avait pas eu cette chance : elle était morte sur le coup.

Le tireur fou n'avait jamais été arrêté. Il faisait sombre ce soir-là, et personne n'avait réussi à le repérer. Dans la panique et le chaos qui avaient suivi la fusillade, le coupable s'était tout simplement volatilisé. Les policiers avaient questionné des témoins, mais personne n'avait été en mesure de leur fournir une description précise du meurtrier. Aucune déclaration ne se recoupait : pour certains, le tueur était blanc ; pour d'autres, c'était un Noir. Un coup, il était grand ; un coup, il était petit. Pour les uns, il s'agissait d'un adolescent malingre ; pour les autres, c'était un homme d'âge moyen avec un début de bedaine… Après une année entière au point zéro, les enquêteurs avaient fini par jeter l'éponge et reléguer le cas Rachel Winslow aux oubliettes.

En tant qu'inspecteur de la brigade des homicides, Lorna s'était endurcie par rapport aux cas de mort violente qu'elle traitait quotidiennement. Pourtant, de temps à autre, certains dossiers en particulier lui faisaient de l'effet, fissurant la carapace d'insensibilité qu'elle s'était forgée pour sa propre santé mentale. Le cas Rachel Winslow faisait partie de ceux-là. Toutes les indications scrupuleusement notées dans les rapports soulignaient l'injustice criante qui avait fait de cette femme une victime innocente. Elle était jeune, mariée, mère d'une petite fille, et on l'avait abattue sans raison apparente. Elle se trouvait tout simplement au mauvais endroit, au mauvais moment. Elle avait laissé derrière elle une enfant de sept ans, un mari éploré, mais aussi des parents désespérés d'avoir survécu à leur unique enfant.

Touchée au plus profond d'elle-même par cette histoire

absurde et dramatique, Lorna se plongea dans des considérations qu'elle chassait généralement de son esprit pendant les heures de service. Le côté éphémère et fragile de l'existence. La façon dont le bonheur pouvait vous fuir en une fraction de seconde et faire place à un chagrin qui ne vous laissait plus en repos, même si on essayait tant bien que mal d'y échapper. Autant de questions graves qui lui rappelaient qu'elle aussi avait une famille, et qu'elle avait peut-être tort de ne pas passer davantage de temps avec eux, alors que le destin pouvait les lui arracher dans la minute.

Ce soir, par exemple, il était près de vingt-deux heures, et pourtant elle était toujours au bureau, penchée sur un dossier vieux de plusieurs années qui ne la concernait pas directement, au lieu de s'occuper des êtres qui lui étaient chers. Dans un sens, le métier de policier était plus facile pour ses collègues masculins, car la société les blâmait rarement de se consacrer corps et âme à leur travail.

Quand on choisissait d'entrer dans la police, on savait qu'on allait avoir des horaires impossibles qui rendraient la vie de famille difficile. Oui, être flic, c'était renoncer à être seul juge du rythme de son existence. C'était sacrifier les repas avec son conjoint et ses enfants, faire l'impasse sur des vacances prévues de longue date, tout ça parce que quelqu'un se faisait assassiner au mauvais moment.

Dans le foyer de Lorna, c'était son époux, Ed, qui avait toujours veillé au grain. C'était Ed qui avait véritablement élevé leurs enfants, assisté aux réunions de parents d'élèves, aux fêtes de fin d'année. C'était lui qui avait emmené les garçons au basket et les filles à la danse.

Parfois, le sentiment d'être une mauvaise mère assaillait Lorna. Dans ces moments-là, elle aurait presque rendu arme et insigne pour toujours. Mais quelque chose en elle l'empêchait de claquer définitivement la porte du commissariat. Elle était accro à son métier, voilà tout : il lui fallait sa dose d'enquêtes criminelles, sinon il lui manquait quelque chose. Une vraie junkie de la justice, en somme ! songeait-elle parfois avec autodérision.

C'était tellement grisant de sentir qu'une enquête progressait dans la bonne direction, tellement « kiffant », comme disaient les jeunes, de voir se profiler le bout du tunnel pour un cas particulièrement épineux ! Une confession inattendue, une nouvelle preuve ajoutée tardivement au dossier en cours — il y avait tant de façons de toucher au but après des heures de recherches inutiles… Un suspect pouvait très bien se retrouver coincé pour une infraction mineure, du genre feu de position cassé sur son véhicule, et révéler en fait qu'il possédait des preuves accablantes que personne n'avait remarquées auparavant. Ou alors, après avoir réfléchi des jours entiers sur un cas particulièrement complexe, c'était Lorna qui était touchée par la grâce : les pièces du puzzle semblaient s'imbriquer toutes seules dans son esprit, et elle entrevoyait alors la solution du problème, avec une clarté presque aveuglante.

Tout ça, c'était sa récompense. C'était pour cette seconde de jubilation profonde que Lorna continuait sa carrière faite de hauts et de bas. C'était en général la même raison pour laquelle les autres flics, à sa connaissance, n'abandonnaient pas leur boulot : pour la satisfaction personnelle de faire triompher la justice, encore et encore.

Au coin de son bureau, sa petite radio portative déversait des flots de musique jazzy dans la touffeur de la nuit. Il était temps pour elle de rentrer retrouver ses enfants et son mari, si elle ne voulait pas qu'à la longue Ed en vienne à se demander ce qu'ils faisaient ensemble. Ce cher Ed… si patient, si compréhensif, si dévoué ! C'était grâce à lui que leur famille tenait debout. Ce soir encore, elle était certaine de le trouver assis sur le canapé quand elle glisserait sa clé dans la serrure. Il aurait somnolé devant la télé en l'attendant, et il serait ravi de la retrouver, comme toujours. Ils avaient beau s'être mariés très jeunes, elle n'avait jamais éprouvé la moindre déception, le moindre regret d'avoir choisi Ed comme compagnon pour le restant de ses jours. C'était vraiment un mari parfait, à tel point que de temps en temps Lorna se demandait pourquoi il ne l'avait pas encore laissée tomber. Beaucoup d'hommes n'auraient pas supporté d'être l'éternel second, de passer systématiquement après le boulot de leur femme. Mais pas Ed. Quoi qu'elle fasse, il restait à ses côtés, solide, inaltérable, et lui apportait son soutien inconditionnel. Peu de femmes pouvaient se vanter d'avoir cette chance-là.

Le téléphone se mit à sonner, l'arrachant à ses pensées émues. Elle décrocha et dit d'une voix lasse :

— Allô ? Ici Abrams.

— Lorna, mon ange ! s'exclama une voix qu'elle aurait reconnue entre mille — et qu'elle aurait mille fois préféré ne pas entendre, à vrai dire. Je savais bien que je te trouverais là, le nez collé à tes sacrées paperasses. Ton pauvre mari n'en a pas ras le bol, depuis le temps ? Si j'étais à sa place, j'aurais sûrement divorcé depuis un bon bout de temps pour me trouver une petite fée du logis.

Cette voix… elle était aisément reconnaissable. Sans doute même trop pour la tranquillité d'esprit de Lorna. Elle n'avait eu aucun mal à identifier le ton gouailleur et si terriblement réaliste de Tommy Malone. Ce type s'était fait un nom et une réputation de fouille-merde en officiant au sein des troupes de la très peu recommandable *Boston Tribune*, le journal à scandale qui donnait presque au *Boston Herald* des allures de missel.

Malone était capable de tout quand il s'agissait de soutirer des infos croustillantes à quelqu'un pour faire sa prochaine une. Peu lui importait d'ailleurs de se trouver face à un refus de collaborer : les faits qu'on ne lui confirmait pas, il les inventait, tout simplement. Les scrupules ne l'étouffaient pas, c'était certain, du moment qu'il sortait des gros titres susceptibles d'enthousiasmer les foules et de faire bondir les recettes du torchon auquel il avait voué son existence.

— Ah ! Malone, répondit Lorna d'un ton sec. Tu ne t'arrêtes donc jamais de bosser ? Ou alors, tu es comme ces vampires qui se terrent dans l'ombre de la nuit pour sucer le sang de leurs infortunées victimes ?

— Au contraire, ma jolie, fit le journaliste d'un ton suave particulièrement suspect. Bien peu de mes « victimes », comme tu dis, le sont vraiment. En réalité, la plupart d'entre elles sont coupables… Mais tout cela ne me dit pas comment tu vas, amour de ma vie !

— Arrête ton numéro, Malone, rétorqua Lorna. Je sais très bien que tu ne m'appelles pas pour prendre des nouvelles de ma santé, alors venons-en au fait : qu'est-ce que tu veux ?

— Facile : je veux que tu quittes Ed pour venir vivre avec moi loin des tracas de Boston. Ça t'inspire, mon programme ?

— Jolie tentative, Malone. Allez, je te donne encore une chance avant de te raccrocher au nez.

— Tu n'as aucun sens de l'humour, inspecteur Abrams. Mais alors, pas le moindre ! Bon, puisque tu l'exiges, voilà :

on m'a dit que tu travaillais sur le cas Kaye Winslow. Je suis même prêt à parier que tu as le nez dessus en ce moment. C'est un petit oiseau futé qui m'a mis au courant. Il m'a aussi raconté que le mari de notre fille de l'air exerçait le respectable métier de prof à l'université de BBCC, et qu'il occupait la place peu enviable de suspect numéro un. Vrai ou faux ?

— Sans commentaire, grommela l'inspecteur.

Malone laissa échapper un soupir à fendre l'âme.

— Vraiment, tu me déçois, Lorna. Tu me fais beaucoup de mal. A t'entendre, je me demande même si tu me fais confiance ! Voyons, tu pourrais quand même me filer quelques infos de premier ordre pour ma une de demain matin. Qu'est-ce qui te ferait craquer comme pot-de-vin ? Je sais ! Que dirais-tu d'une énorme portion de ton cheesecake favori ? Avec plein de coulis dessus ? Je parie que ça te délierait la langue, ma cocotte !

Cet homme était décidément impossible. Difficile de le prendre au sérieux avec le charme qu'il faisait en permanence. Mais c'était justement là son arme secrète : il donnait l'apparence d'un type blagueur et plein de légèreté, alors qu'en fait ses capacités d'analyse et son sens des affaires étaient aussi affûtés qu'une lame de rasoir. Il jouait les bouffons pour mieux endormir la méfiance de ses victimes, et ensuite il les achevait d'un trait bien senti, juste là où ça faisait mal. Comme les gens avaient tendance à le sous-estimer, il arrivait à leur soutirer des renseignements qu'ils n'auraient jamais pensé lui donner.

— Je veux bien te confirmer une chose, dit Lorna pour avoir la paix. Effectivement, nous travaillons sur cette affaire. Mais je ne te dirai rien de plus.

Comment avait-il pu deviner que Sam Winslow était

leur suspect numéro un, en l'absence d'autres coupables potentiels ? Les seules personnes censées connaître la progression de l'enquête étaient son coéquipier et le lieutenant qui les supervisait — deux hommes dont elle était sûre à cent pour cent. Qui donc avait bien pu aller raconter des détails aussi confidentiels à cette ordure sans scrupule de Malone ?

— Que dirais-tu d'inverser les rôles, pour une fois, et de répondre à mes questions au lieu de m'en poser à la pelle ? répliqua Lorna. Je serais curieuse de connaître l'identité de ton mystérieux informateur.

— Impossible, ma pauvre chérie ! Tu sais parfaitement que les journalistes ne sont pas tenus de révéler leurs sources. Par contre, j'ai une autre question pour toi. Il se trouve que, par une coïncidence absolument extraordinaire, ce cher Sam Winslow dont la femme a disparu avait d'abord été marié à une certaine Rachel Winslow qui a reçu une balle un beau soir d'été, il y a huit ans de cela, dans une station de métro bondée de notre belle métropole. Est-ce que ce n'est pas fabuleusement intéressant ?

Lorna faillit s'étrangler de fureur.

— Qui t'a raconté ça ? lança-t-elle, tout en serrant le combiné du téléphone à le briser.

— Ah ha ! On dirait que ça te passionne, tout à coup ! Ce qui confirme ce que je pensais, à savoir que tu es déjà en possession de cette information cruciale. Passons donc à ma deuxième question : existe-t-il un lien entre la mort de la première Mme Winslow et la disparition de l'actuelle ?

— Sans commentaire, répondit Lorna. Laisse tomber, Malone, et retourne chez ta mère, puisque tu vis toujours chez elle… Tu vois, moi aussi, j'ai mes sources.

— Encore une question ! Est-ce que tu crois que le professeur Winslow…

— Bonne nuit, Thomas.

Et elle raccrocha.

Policzki venait de se mettre au lit quand son téléphone portable sonna. Tendant la main à tâtons pour le récupérer, il jeta un coup d'œil sur le cadran lumineux qui affichait un numéro inconnu. Intrigué, il décida de prendre l'appel.

— Allô, ici Policzki.

— Bonsoir, c'est Mia DeLucca. Je suis désolée de vous déranger à cette heure tardive, mais j'ai un problème et je ne sais pas trop comment m'en dépatouiller. Enfin, ce n'est pas tellement moi qui ai un problème, c'est plutôt ma nièce. Ça pourrait avoir un rapport avec la disparition de ma belle-sœur — pas nécessairement, cela dit, mais dans le doute… Enfin, je ne me sens pas qualifiée pour juger de l'importance de ce que la petite vient de m'avouer, et… Oh, et puis zut ! C'est trop compliqué à expliquer par téléphone !

Policzki s'assit au bord du lit.

— Vous voulez que je vienne chez vous ?

— Je sais bien que je ne devrais pas vous demander ça, bredouilla la jeune femme. Vous êtes sûrement très occupé avec votre charmante compagne — dont je ne me rappelle plus le nom, d'ailleurs —, et ça m'ennuierait vraiment beaucoup de vous déranger en plein…

— Ne vous donnez pas tant de peine, l'interrompit gentiment Policzki. Je suis chez moi. Au lit. Et seul.

Il n'aurait pas dû ajouter cette dernière précision. Il ne lui devait pas d'explications sur sa vie privée. Ou, plutôt, sur son absence totale de vie privée. Mais ç'avait été plus fort que lui.

— Oh ! fit la voix de Mia DeLucca.

— Je serai chez vous dans une vingtaine de minutes, reprit Doug. Ça vous va ?

— Parfait. Mais vous connaissez mon adresse ?

— Bien sûr !

Il y eut un silence éloquent, suivi d'un soupir résigné.

— J'aurais dû m'en douter. Dites-moi, inspecteur, qu'est-ce que vous ne savez pas sur moi ? Je suppose que vous êtes même au courant de la marque de mes sous-vêtements ?

— Non, je ne vous connais pas suffisamment, répondit Policzki. Enfin, pas encore.

Et il raccrocha sans lui laisser le temps de protester.

Doug se perdit à deux reprises dans le dédale de ruelles qui sillonnaient le quartier de Little Italy. Enfin, il arriva à destination. La maison de Mia DeLucca était à l'image de sa propriétaire : élégante mais sans prétention, charmante et distinguée. Elle était séparée de la propriété voisine par une simple allée que fermait une grille de fer forgé, et elle possédait cet attrait typiquement européen du début du XXe siècle qui faisait totalement défaut aux immeubles plus récents.

Mia l'attendait probablement, car la porte d'entrée s'ouvrit avant même qu'il ne l'ait atteinte. Elle portait encore ses vêtements de travail, et malgré l'heure tardive elle était resplendissante. Dans ce jean noir ajusté que venait compléter une chemise de soie de la même teinte, avec son épaisse chevelure noire qu'éclairaient de fins anneaux d'or passés à ses oreilles délicatement ourlées, elle avait un air de gitane sophistiquée qui lui allait à ravir.

— Merci de vous être déplacé, fit-elle avec un sourire las. A la réflexion, cela aurait peut-être pu attendre demain matin, mais je tenais à en être sûre. C'est certainement une fausse alerte, seulement Gracie est tellement perturbée par cette histoire que je me suis sentie obligée de réagir. Vous êtes la seule personne à qui je pouvais faire confiance, alors…

Elle s'interrompit, l'air confus.

— Et voilà qu'une fois de plus je parle à tort et à travers.

— Un peu, admit Policzki. Mais ça ne me dérange pas. Au contraire, ça me plaît. Surtout la dernière phrase.

— Pas la peine de vous prendre pour Superman, Policzki ! C'est juste une expression comme ça. En fait, j'ai procédé par élimination : je ne connais que deux policiers, vous et votre coéquipière. Elle, elle me semble tellement imprévisible que je ne lui confierais pas les secrets de mon pire ennemi. Dites-moi, elle n'aurait pas des ascendants d'ogresse ? Elle me paraît capable d'avaler tout cru ceux qui veulent lui tenir tête.

— Lorna ? Bah ! C'est du bluff. En fait, elle a un cœur gros comme ça, mais elle préfère ne pas le montrer à tout le monde.

— Mais bien sûr ! s'exclama Mia. Je parie que les gens disaient la même chose quand Attila débarquait chez eux avec ses hordes de Huns.

— J'en conclus que vous m'estimez davantage qu'Attila le Hun, rétorqua Policzki du tac au tac. Vous m'en voyez particulièrement flatté.

Mia réprima un sourire amusé.

— Gracie est dans la cuisine, dit-elle.

Policzki lui emboîta le pas dans un couloir étroit. Au passage, il eut un bref aperçu de la salle de séjour. Un endroit où il devait faire bon vivre, assis dans les fauteuils confortables dont il imaginait bien le moelleux.

— Désolée pour le désordre, dit Mia en le précédant dans la cuisine. Je rénove ma maison pièce par pièce, quand j'ai du temps et de l'argent pour ça. En ce moment, c'est le tour de la cuisine, alors ne faites pas trop attention au bazar.

La pièce était effectivement en plein chantier. Le vieux plancher vermoulu avait été arraché et remplacé en partie par un parquet provisoire. On avait aussi enlevé le papier peint des murs et commencé de reboucher les trous dans le plâtre. Un plan de travail tout neuf, en granite sombre, longeait les deux murs du fond dont la partie risquant d'être éclaboussée portait un revêtement de cuivre du plus bel effet. Au-dessus s'alignait une série de placards blond pâle, élégants et familiers à la fois. Au centre de la cuisine, il y avait un comptoir pour le petit déjeuner et un évier de graphite qui apportait une touche résolument moderne et audacieuse.

Cette pièce encore en devenir promettait d'être particulièrement accueillante. Nettement plus, songea Policzki, que l'adolescente qui semblait scotchée à son tabouret de bar, les coudes posés sur le comptoir étincelant. Elle n'était pas grosse, c'était le moins qu'on puisse dire, et ses cheveux d'un noir de jais à la coupe savamment déstructurée encadraient son visage aux traits fins et racés. Bref, elle avait beaucoup d'allure.

Il n'était pas difficile de deviner qu'il s'agissait de la fille de Sam Winslow : même couleur de cheveux, même peau pâle et aristocratique, mêmes yeux bleu électrique. C'était d'ailleurs une marque de fabrique de la famille, car les yeux de Mia DeLucca étaient exactement de la même couleur.

En fait, la jeune fille qui le regardait s'avancer vers elle avec un air de terreur mêlée de défi devait beaucoup ressembler à sa tante au même âge, ce qui n'enlevait rien, bien au contraire, à sa beauté inhabituelle. Du moins, c'était le point de vue de Policzki.

Le mélange de sentiments qu'il lut dans les yeux de l'adolescente acheva de le rallier à sa cause, avant même qu'il entende ce qu'elle avait à lui dire. Elle avait l'air tellement perdu, tellement désemparé, qu'il laissa son côté « gentil flic » prendre le dessus. De toute façon, il n'avait pas tellement le choix : s'il ne trouvait pas les bons mots pour l'interroger ni les bons gestes pour l'approcher, la gamine s'enfuirait probablement comme un lapin effarouché.

— Salut, Gracie ! lança-t-il d'un air affable tout en lui tendant la main. Moi, c'est Doug.

Elle le fixa pendant quelques secondes, comme si elle hésitait à répondre à son invitation, puis elle prit la main qu'il lui offrait pour la serrer brièvement. Elle avait une poignée de main plutôt ferme, nota mentalement le policier, même s'il la sentait trembler légèrement.

Une fois cet échange de politesse réglé, la jeune fille le toisa de haut en bas, les lèvres un peu pincées.

— Vous êtes l'un des deux inspecteurs qui sont venus l'autre soir interroger mon père, non ?

— C'est bien ça, répondit Policzki pendant que de son autre main il tapotait doucement le siège à côté de celui où s'était perchée la fille de Sam Winslow. Ça ne t'ennuie pas si je m'assieds ici pour discuter un peu avec toi ?

— Mmm, marmonna vaguement Gracie.

Doug décida de prendre cette onomatopée pour un encouragement. Il s'assit donc à côté d'elle, assez près pour entamer une conversation sérieuse, mais pas assez pour lui donner le sentiment qu'il empiétait sur son espace vital.

— Il paraît que tu as un gros problème, commença-t-il prudemment. Tu veux qu'on en parle ?

L'adolescente jeta un coup d'œil paniqué à sa tante qui s'était postée non loin d'eux, les bras croisés, les sourcils légèrement froncés. Mia lui fit un petit signe de tête affirmatif, et Gracie se jeta à l'eau.

— J'ai rencontré un type sur Internet. Par chat. Son pseudo, c'est Magnum357.

— Mmm, hmm…

— Son vrai nom, en fait, c'est Carlos. Enfin, c'est ce qu'il m'a dit. On s'est tout de suite bien entendus, tous les deux. Je me plains souvent du comportement de Kaye, et il est toujours prêt à m'écouter. Il me comprend : lui aussi, il a une belle-mère, vu que ses parents ont divorcé quand il était encore tout gamin, alors il sait de quoi je parle. Il y a environ deux mois, on s'est donné rendez-vous pour se rencontrer en vrai au centre commercial de Prudential. Ensuite, on s'est revus régulièrement. Je sais que mon père flipperait grave s'il était au courant. Il me dirait que je suis timbrée, que je ne sais rien de ce mec… Et il aurait raison, en plus. Parce que c'est vrai que, depuis la première fois où on a chatté, Carlos ne m'a pas raconté des masses de trucs sur lui. A part qu'il vient de l'est de Boston, que son père et sa belle-mère ont eu trois autres mômes ensemble, et qu'il est toujours moins bien traité qu'eux.

Comme si le courage lui faisait subitement défaut,

Gracie prit une grande inspiration avant de poursuivre sa confession.

— L'autre truc qui ferait sûrement baliser p'pa, c'est que Carlos est plus vieux que moi. Il doit avoir vingt ans au moins — vingt-cinq, peut-être, j'en sais trop rien… Mais bon, l'important, c'est qu'il me comprend, vous voyez ce que je veux dire ? Les autres, à l'école, ils sont tellement… tellement… immatures. C'est le mot. Et aussi tellement snobs qu'ils me donnent envie de gerb… pardon, tante Mia, de vomir. En fait, moi, je les trouve plutôt pathétiques. Si vous leur demandiez ce qu'ils pensent de moi, je suis sûre qu'ils vous répondraient la même chose : que je suis pathétique. Je me sens différente d'eux, voilà tout. Enfin, pour en revenir à Carlos, lui, au moins, il est sympa avec moi. Il ne me traite pas comme une sorte d'extraterrestre vaguement répugnant. Et il me parle comme à une adulte.

Malgré la peur qu'il pouvait lire dans ses yeux, Doug constata avec étonnement que l'adolescente le fixait sans ciller. Comme pour le jauger. Ne sachant pas trop où elle voulait en venir, il décida de la laisser poursuivre sans l'interrompre.

— Attention, il n'y a rien de sexuel dans notre relation, précisa-t-elle d'un air supérieur qui aurait pu faire sourire l'inspecteur si l'heure n'avait pas été aussi grave. Autant mettre les choses au point tout de suite : avec Carlos, on est amis, c'est tout. On apprécie le même genre de musique, on a le même sens de l'humour, on rigole de trucs que les autres ne trouvent pas marrants du tout, bref, on est bien ensemble. Mais ça s'arrête là, rassurez-vous.

Policzki lança un coup d'œil rapide à Mia dont il sentait le regard peser sur lui. Après quelques secondes, il reporta son attention sur l'adolescente assise à ses côtés. C'était pour elle qu'il était venu, et puisqu'elle faisait l'effort de lui confier ses soucis il n'avait pas le droit de la décevoir.

— Il y a une semaine à peu près, ajouta-t-elle, p'pa et Kaye étaient en pleine crise, comme souvent, et je l'ai dit à Carlos. Je sais que Kaye trompe mon père régulièrement : elle a déjà ramené des mecs à la maison quand elle croyait que je n'étais pas dans les parages, et c'était pas pour faire des parties de dames. Bon, je sais bien que mon père n'est pas irréprochable, mais il reste quand même mon père, vous saisissez ? Je l'aime, je m'inquiète pour lui, et j'en ai marre que cette sale bonne femme se moque de lui et lui pourrisse la vie. C'est ce que j'ai expliqué à Carlos. Je lui ai dit aussi que je serais supercontente si je pouvais avoir des preuves tangibles de son double jeu. Un truc que je pourrais montrer à mon père pour lui faire comprendre qu'il ferait mieux de la plaquer une bonne fois pour toutes. Du coup, Carlos m'a proposé de la prendre en filature avec son appareil numérique. Il m'a promis que, si jamais il la surprenait en flagrant délit, il s'arrangerait pour la prendre en photo et qu'il me refilerait les clichés pour que je les montre à mon père. J'ai trouvé que c'était pas une mauvaise idée, alors j'ai dit oui.

Doucement, en veillant bien à ne pas élever la voix, Policzki l'encouragea à continuer :

— Et ensuite, qu'est-ce qui s'est passé ?

— On s'est parlé sur Internet, lundi soir. Il m'a dit qu'il avait suivi Kaye pendant deux ou trois heures dans la journée, mais qu'elle n'avait fait que bosser. Des trucs immobiliers, rien de plus. Il m'a dit qu'il allait retenter l'expérience le lendemain. Le mardi.

— Le jour où votre belle-mère a disparu ?

— Tout juste. Sauf que depuis je n'ai pas pu le joindre. Ni

par chat ni par e-mail. Comme s'il avait disparu en même temps que Kaye. Ça m'a foutu les jetons, et j'ai commencé à me poser des questions du genre : et s'il avait quelque chose à voir avec la disparition soudaine de Kaye ? Et si… je ne sais pas, moi… s'il lui était arrivé un truc grave à lui aussi ? Je n'aime pas Kaye. Elle est ce qui est arrivé de pire à ma famille, mais je n'ai jamais souhaité qu'il lui arrive des ennuis. Enfin, des gros ennuis. Je ne pourrais plus me regarder en face si jamais… je ne veux même pas y penser, mais… enfin, si elle était… morte à cause de moi, ou un truc dans ce genre, ou si…

La voix de la jeune fille se brisa, et pour la première fois depuis le début de leur entretien Policzki vit des larmes briller dans ses yeux clairs.

— Ou si j'étais responsable de quelque chose de grave qui serait arrivé à Carlos, termina-t-elle dans un souffle.

Doug jeta un nouveau coup d'œil du côté de Mia, puis il demanda à l'adolescente :

— A quoi ressemble-t-il, ce fameux Carlos ?

Gracie baissa le nez sur ses mains crispées sur ses genoux comme une écolière prise en faute.

— Ni très grand ni très petit. Taille standard, quoi. Enfin, c'est ce que je dirais comme ça, fit-elle d'une voix à peine audible. Il a des yeux foncés, comme vous. Plutôt beau garçon. Et puis, il a les cheveux foncés aussi, mais en ce moment il a la boule à zéro, alors on ne peut pas le deviner.

Plutôt vague, comme description : elle pouvait s'appliquer à quasiment la moitié des jeunes de Boston ! Policzki secoua brièvement la tête à l'intention de Mia qui ne l'avait pas quitté des yeux. Il l'entendit soupirer en même temps qu'un soulagement se répandait sur ses traits crispés. Le cadavre non identifié qu'ils avaient retrouvé sur la scène du crime mesurait au moins un mètre quatre-vingts, et il possédait une tignasse blonde. Le copain de Gracie n'avait donc pas trouvé la mort sur Comm Ave. Ce qui ne voulait pas dire qu'il était toujours en vie, mais, bon, c'était toujours ça.

— Et que fait-il dans la vie, ce Carlos ? demanda Policzki. Est-ce qu'il a un job ?

Gracie haussa les épaules.

— Il fait des livraisons, je crois.

— Pour qui ? Il te l'a dit ?

Les yeux toujours baissés, la jeune fille murmura un « Non » dépité.

Décidément, autant chercher une aiguille dans une botte de foin. Carlos — si c'était son vrai prénom — pouvait aussi bien travailler comme chauffeur routier, comme coursier à vélo ou comme trafiquant de drogue. Sans exclure la possibilité que tout cela ne soit que mensonges. Il y avait plein de mythomanes en liberté sur Internet. Ça ne leur rapportait pas grand-chose, à part une crédibilité auprès de jeunes assez naïfs pour ajouter foi à leurs dires et, éventuellement, se mettre à leur merci par la suite, comme l'avait fait cette petite imprudente de Gracie.

Pour le moment, l'imprudente reniflait discrètement. Elle semblait vraiment culpabiliser. Policzki aurait préféré la rassurer, lui dire qu'elle n'avait rien fait de grave, mais il ne pouvait se le permettre. Aussi dur que cela puisse paraître, il allait devoir ajouter aux tourments de la gamine.

— Gracie, fit-il d'un ton sévère, regarde-moi.

Pour une adolescente de quinze ans, elle avait vraiment du cran : sans protester, elle leva la tête pour plonger ses yeux bleus dans ceux de l'inspecteur.

— Que ce soit bien clair entre nous : ce que tu as fait,

c'est très grave, dit Policzki. Et je refuse d'entendre des excuses du genre « mais je l'ai fait parce que j'aime mon père » ou autre. Tu sais parfaitement que tu n'avais pas le droit d'agir de cette façon. Ce que vous avez manigancé avec Carlos, ça s'appelle du harcèlement, et c'est totalement illégal. Tu as le droit de ne pas apprécier ta belle-mère, mais ça ne t'autorise pas, ni toi ni personne d'autre, à violer son intimité ni à espionner sa vie privée. Est-ce que c'est bien compris ?

Gracie ne cilla pas. Et ce fut d'une voix claire et forte qu'elle répondit :

— Oui.

— Parfait, conclut Doug d'un air satisfait. Maintenant que les choses sont bien nettes, inutile de te préciser ce que j'attends de toi : tu vas aller tout raconter à ton père et tu lui feras des excuses sincères.

Cette fois, l'adolescente eut l'air complètement paniqué. Bouche bée, elle regarda Doug avec des yeux suppliants.

— Je… quoi ? Mais il va me tuer !

— Tu sais bien que non. Je ne te cache pas qu'il risque d'être très déçu par ton comportement inqualifiable, mais…

Policzki ménagea une pause suffisamment longue pour que la gamine prenne bien conscience de ce qu'impliquaient ses propos, puis il reprit :

— … je suis sûr qu'il ne va pas te tuer. Par conséquent, tu lui raconteras tout. Dès demain.

Gracie comprit aussitôt qu'il n'y avait pas à tergiverser.

— D'accord, marmonna-t-elle d'un air misérable.

— Ne crois pas en avoir terminé avec moi pour autant.

Il reste un point à éclaircir : celui de ton amitié avec ce mystérieux Carlos. Franchement, qu'est-ce qui t'a pris d'accepter une rencontre avec un inconnu ? Tu n'as pourtant pas l'air d'être une idiote. Tu dois bien savoir que les sites de chat regorgent de dangereux individus à l'affût de proies faciles comme toi.

— Arrêtez de traiter Carlos de dangereux individu ! lança Gracie. C'est pas du tout son genre !

— Peut-être que tu as eu de la chance, cette fois, admit Policzki. Mais un autre jour qui te dit que tu ne tomberas pas sur un détraqué ? Tu crois que ça m'amuserait d'aller repêcher ton cadavre dans une benne à ordures du quartier chinois ?

Il avait fait exprès d'employer une image violente : il fallait absolument qu'il fasse comprendre à cette gamine à quel point elle avait agi de manière irréfléchie. Rien de tel qu'un électrochoc pour y parvenir. Ses paroles eurent l'effet désiré : d'un geste furtif, Gracie essuya une larme avant qu'elle n'ait eu le temps de couler le long de sa joue pâle. Puis elle reprit d'une voix rauque :

— Qu'est-ce que vous voulez que je vous dise ?

— Je veux que tu arrêtes de jouer la victime et que tu me promettes solennellement de ne plus jamais faire de bêtises aussi énormes. Tu as un père qui t'aime, une tante qui tient énormément à toi. A ton avis, comment réagiraient-ils s'il t'arrivait quelque chose de grave ?

— C'est bon, j'ai compris. Message reçu, fit Gracie en hochant vigoureusement la tête.

A ces mots, Policzki se rendit compte que ses muscles étaient tout crispés. Au soulagement qui l'envahit devant cette réponse, il sut qu'il pouvait se détendre un peu.

— Bien, dit-il. Encore une chose : je veux que tu arrêtes

de te prendre la tête avec cette histoire. Ça n'est plus de ton ressort, maintenant : c'est moi qui m'en occupe. C'est mon affaire, d'accord ? Je vais essayer de retrouver Carlos pour lui demander de s'expliquer un peu. Si jamais il a quelque chose à voir avec la disparition de ta belle-mère, ne t'inquiète pas : je le saurai et j'en tirerai les conséquences qui s'imposent. Ce que je te demande, à présent, c'est de laisser tomber tout ça. Tu as porté ce lourd fardeau pendant trop longtemps, alors maintenant profite de l'insouciance à laquelle tu as droit. Je me charge de tout. Toi, tu n'as plus qu'à faire une croix là-dessus. Tu penses que tu vas pouvoir ?

Une fois de plus, l'adolescente haussa les épaules.

— Ouais, comme vous voudrez, marmonna-t-elle tout en baissant de nouveau le nez sur ses mains aux ongles rongés, comme si elle se désintéressait du sujet.

Policzki prit le temps de se lever avant de conclure :

— Au fait, Gracie…

Soupirant à fendre l'âme, elle leva vers lui un visage strié de larmes.

— Quoi encore ?

— Merci de m'avoir dit la vérité. Ça demandait un sacré courage.

Il vit la surprise, puis le contentement se peindre sur le visage mobile de la jeune fille avant qu'il ne reprenne un air d'indifférence glaciale.

— Comme vous voudrez, répéta-t-elle du même air bougon.

Mais, cette fois, sa voix était moins tendue, signe qu'elle commençait déjà à surmonter son angoisse de tout à l'heure.

Mia raccompagna Doug à l'entrée. La main sur la poignée

de la porte, elle lui dit à voix basse, pour qu'on ne puisse pas l'entendre de la cuisine :

— Merci beaucoup. Merci d'être intervenu aussi vite et d'avoir ramené un peu de jugeote dans cette petite tête de linotte. Elle n'est pas méchante, vous savez : juste étourdie et imprudente, comme la plupart des adolescentes.

— Je sais, répondit l'inspecteur. Enfin, vous devez penser que j'ai été un peu dur avec elle.

— Pas du tout ! En plus, j'ai l'impression que vous avez dû vous forcer pour lui parler comme ça. Mais je suis sûre que ça lui a fait du bien. Elle avait besoin qu'on lui dise ses quatre vérités, inspecteur. Peut-être que, venant de vous, ce sera vraiment efficace.

— Je l'espère, en tout cas. Elle est intelligente, cette petite, et elle a du cran. Malheureusement, les pédophiles qui infestent les sites de chat sont souvent plus malins et plus retors que leurs jeunes victimes.

Mia frissonna.

— Vous pensez que ce Carlos peut être impliqué dans la disparition de ma belle-sœur ?

— Honnêtement ? Je n'en crois rien. Mais nous allons tout de même creuser dans cette direction. Après tout, on ne sait jamais. Déjà, pour donner des rendez-vous à des gamines rencontrées sur Internet, ce type ne doit pas être très clair. Si ça se trouve, il appartient à un gang des quartiers sensibles. Surtout avec un pseudo comme le sien. Magnum357, ça fait gros dur. Mais c'est peut-être juste histoire d'impressionner la galerie.

— Personnellement, je trouve ça plutôt sinistre et inquiétant, comme surnom. Et quand je songe qu'il s'est promené avec ma nièce en plein jour, brrr ! J'en ai froid dans le dos.

Il n'y avait pas grand-chose à ajouter, et un silence teinté de gêne s'établit entre eux.

— Votre petite amie, finit par murmurer la jeune femme, les yeux baissés vers le sol. Elle est vraiment très jolie…

— Ça, je suis bien d'accord avec vous, dit Policzki. Sauf que ce n'est pas ma petite amie. C'est juste la nièce d'une très bonne amie de ma mère qui vient visiter Boston. Notre rendez-vous de ce soir était le résultat direct des manigances de deux femmes âgées qui, comme elles ont beaucoup de temps libre, se sont mis en tête de jouer les marieuses.

— Je vois.

Policzki s'éclaircit brièvement la gorge, ne sachant s'il devait poursuivre une conversation qui s'étiolait visiblement.

— Quand je parlais d'investir dans une propriété pour moi, tout à l'heure, vous savez, j'étais sérieux. Je voudrais vraiment trouver quelque chose.

— Eh bien, dans ce cas, vous n'avez qu'à m'appeler pendant mes heures de bureau et nous cernerons un peu plus précisément votre demande. Je verrai ce que je peux faire pour vous.

C'était une invitation polie à la laisser tranquille pour le reste de la soirée, mais Policzki n'avait pas du tout envie de partir. Comme il ne bougeait pas, au bout d'un moment, la jeune femme leva vers lui un regard interrogateur.

— Vous vouliez me dire autre chose ? fit-elle d'un air innocent.

Oh que oui ! songea Policzki. Seulement, il n'en avait pas le courage. Pas la peine de passer pour un cinglé auprès d'elle. Elle trouvait sûrement sa présence assez pénible comme ça.

— Non, non, bredouilla-t-il. Juste que je vous appellerai sûrement d'ici peu.

Et, sur ces mots, il s'enfuit avant de tomber carrément dans le ridicule.

13.

La sonnerie du téléphone arracha Sam Winslow au sommeil. A tâtons dans le noir, il chercha le combiné.

— Allô ? fit-il d'une voix pâteuse.

— Sam ? lui répondit une voix douce et féminine qui lui était indéniablement familière, mais qu'il ne reconnut pas tout de suite.

Il jeta un coup d'œil à son réveil : il était un peu plus de 3 heures du matin.

— Oui, c'est moi, reprit-il. Qui est à l'appareil ?

— Je n'arrive pas à croire que tu ne reconnaisses pas ma voix ! s'exclama la femme à l'autre bout du fil d'un ton irrité.

Il arrivait presque à se figurer la moue désapprobatrice qui devait se peindre sur sa bouche. Pas tout à fait, cela dit ; il ne parvenait toujours pas à mettre un nom et un visage sur cette voix.

— Tu ne vois vraiment pas qui je suis ?

— Non, répondit Sam sèchement. Et je n'apprécie pas tellement qu'on m'appelle à 3 heures du matin pour jouer aux devinettes. Alors, si vous ne voulez pas que je vous raccroche au nez, vous feriez mieux de me dire tout de

suite qui vous êtes et pourquoi vous m'appelez à cette heure impossible !

— Si je t'appelle, c'est pour une raison bien simple : tu me manques. Toi et Gracie, vous me manquez tous les deux. Terriblement. Ça fait si longtemps, Sam…

— Bon sang, mais qui êtes-vous donc ?

— Oh, Sam !

La voix était chargée de tristesse et de déception. Il eut l'impression de sentir une main de glace s'enrouler autour de son cœur, tant la femme qui lui parlait avait l'air désolé et perdu.

— Tu ne vois vraiment pas ? C'est Rachel au téléphone.

Abasourdi, complètement désemparé, il se souleva sur un coude pour jeter un regard affolé autour de lui.

— Rachel est morte, bredouilla-t-il, les yeux écarquillés dans la pénombre qui envahissait la pièce.

— Pourtant, je t'assure que je suis vivante.

C'était bien la voix de Rachel. Il la reconnaissait parfaitement, à présent, et avec elle une palette d'émotions conflictuelles l'envahit : du ressentiment, de l'extase, de la confusion aussi.

— Mais… mais je ne comprends pas, balbutia-t-il. Je suis allé identifier ton corps ; je les ai regardés t'enterrer…

— Ce n'était qu'un mensonge, Sam. Un gigantesque et terrible mensonge. Ce n'était pas moi que tu as vu mettre en terre. Pendant toutes ces années, j'ai survécu dans l'attente de te retrouver. Avec l'espoir que tu chercherais à me revoir, que tu découvrirais toute la vérité. Mais tu n'as rien fait, Sam.

La voix se teinta de nouveau de ressentiment.

— Non, tu n'as rien fait pour savoir la vérité. Et tu

sais pourquoi ? Parce que tu n'as plus besoin de moi, maintenant que tu as épousé cette Kaye de malheur. Voilà pourquoi.

— Enfin, Rachel, tu ne comprends donc pas ? J'étais persuadé que tu étais morte ! Je me suis retrouvé seul… et j'avais tellement besoin de quelqu'un à mes côtés… Gracie aussi, d'ailleurs. Nous étions complètement perdus tous les deux après ton départ.

— Si tu avais vraiment tenu à moi comme tu le prétendais, tu aurais dû deviner que je n'étais pas morte. Tu aurais dû le sentir au plus profond de toi. Tu serais allé jusqu'au bout du monde pour me retrouver, si tu m'avais vraiment aimée.

— Mais je ne savais pas que tu étais vivante !

— Je n'en crois rien, Sam. Tu sais ce que je pense ? Que ça t'était bien égal, finalement. Tu as laissé notre fille appeler « Maman » une autre femme que moi, et tu m'as complètement oubliée. Voilà ce que je crois.

— Non, non ! s'écria Sam, paniqué à l'idée de ne pouvoir lui faire comprendre ce qu'il avait ressenti. Rachel, tu te trompes du tout au tout ! Je ne t'ai jamais oubliée. Je n'ai pas cessé de penser à toi, chaque jour que Dieu a fait, pendant ces huit longues années. Tu es la plus belle chose qui me soit arrivée de toute ma vie. Et quand tu as disparu j'ai bien failli mourir de chagrin.

— De toute façon, je m'en vais, maintenant, Sam. Je t'appelais juste pour te dire adieu.

Une sorte de terreur sans nom s'empara de lui, l'empêchant presque de respirer.

— Attends, Rachel, je t'en supplie ! Dis-moi où tu es, et je te jure que je viendrai te chercher. Où que tu sois.

— Je suis désolée, mais c'est trop tard. Il faut que je te quitte. Adieu, Sam.

— Non ! Je t'en prie, Rachel, non, ne me laisse pas ! Ne me laisse plus !

Sam se réveilla dans un violent sursaut, le cœur battant à tout rompre, le souffle court, le dos trempé de sueur. Son réveil affichait 2 h 27, et le combiné du téléphone n'avait pas quitté sa place habituelle.

— Bon Dieu ! jura-t-il entre ses dents, incapable de recouvrer son calme.

Il enfouit son visage dans ses mains tremblantes, et passa nerveusement les doigts dans ses cheveux ébouriffés. Même maintenant qu'il était réveillé, il avait du mal à reprendre le contrôle de lui-même. Les sentiments aigres-doux qui l'avaient assailli pendant son rêve ne se dissipaient pas : ils étaient trop puissants pour qu'il s'en débarrasse si facilement. Tout cela lui avait paru trop réel, trop vrai — peut-être parce que c'était ce qu'il désirait au plus profond de lui ? En tout cas, s'il avait étendu la main de l'autre côté du lit et qu'il avait trouvé Rachel allongée là, dormant paisiblement, il n'aurait pas été surpris outre mesure. Mais n'était-ce pas là le propre des songes que de vous faire croire à l'impossible ?

Il avait rêvé de Rachel plusieurs fois dans les années qui avaient suivi son décès, mais jamais de façon aussi forte ni aussi violente. C'était sûrement toute cette histoire avec Kaye qui avait fait resurgir les fantômes du passé — la peur et la culpabilité qu'il avait éprouvées à la mort de sa première femme n'avaient été qu'enfouies dans son subconscient et non effacées de sa mémoire. Tout comme cette haine de l'espèce de monstre qui vivait en lui.

Il était terriblement tenté d'aller tout raconter à la police. Ils pouvaient bien le mettre devant un peloton d'exécution, c'était tout ce qu'il méritait, après tout. Mais il n'était pas seul : il y avait Gracie à prendre en compte. Que deviendrait-elle si la vérité éclatait au grand jour ? Il avait bien conscience de n'être pas le père idéal, mais il tenait à préserver sa fille autant qu'il le pouvait. Combien de coups fatals la petite pourrait-elle endurer avant de devenir amère et irrémédiablement perturbée, comme lui l'avait été à cause de son père ? Combien de temps résisterait-elle ? Il n'était peut-être pas un très bon père, mais il ne se sentait pas le droit de lui gâcher la vie.

Sam s'assit sur le bord du lit pour ôter son pyjama trempé de sueur. Nu comme un ver, il avança dans le noir jusqu'à la salle de bains de marbre prétentieux qui faisait la joie et la fierté de Kaye. Une fois à l'intérieur, il alluma la lumière, cligna des yeux sous l'intensité de l'éclairage et se regarda sans complaisance dans la gigantesque psyché encastrée dans le mur.

Il était pâle à faire peur, le teint cireux, les pupilles dilatées, le menton hérissé d'une barbe sombre qui faisait ressortir ses cernes. Il avait davantage l'air d'un ivrogne après une folle virée que d'un respectable professeur d'université. Surtout avec ses cheveux trop longs. A trente-neuf ans passés, il était bien trop vieux pour se promener avec les cheveux flottant sur les épaules. On n'était plus à l'époque de *Hair*, que diable !

Il tourna le bouton de la douche pour se glisser sous le jet brûlant. Ensuite, il resta là, sans bouger, les épaules affaissées, dégoulinantes d'eau chaude, à attendre que la douche bienfaisante apaise un peu la tension qui nouait tout son corps. Au bout de quelques instants, il se sentit vaguement mieux. Mais il n'allait pas rester là toute sa vie.

Jusqu'à quand tiendrait-il ? Il n'en savait rien.

Il était en train de se sécher quand la sonnerie du téléphone retentit. Il écarquilla les yeux, stupéfait, et vit son reflet dans le miroir faire écho à son étonnement. Cette fois, il ne rêvait plus. Cette fois, il était bien réveillé. Il était 2 h 45 du matin, la police recherchait Kaye, et voilà que son téléphone se mettait à sonner. C'était forcément de mauvaises nouvelles. Vite, il noua sa serviette autour de ses reins, et se précipita vers le combiné.

— Allô ? Allô ? fit-il d'une voix angoissée.

Personne ne répondit. Il n'y avait même pas de bruit à l'autre bout du fil. Seulement ce silence particulier qui signalait que la connexion était établie.

— Allô ? répéta-t-il, cette fois avec une pointe d'irritation.

— Sssaaammm…, susurra une voix dans un murmure qui lui sembla résonner affreusement fort dans l'obscurité.

Impossible d'identifier la personne qui lui parlait. Il ne pouvait même pas dire si c'était un homme ou une femme.

Un frisson le parcourut, pareil à un long serpent visqueux qui l'aurait enserré dans ses anneaux. Furieux, terrifié, il demanda d'une voix plus ferme qu'il ne l'aurait cru :

— Qui est à l'appareil ?

Pas de réponse. Puis, de nouveau, ce murmure qui lui glaçait le sang :

— Sssaaammm…

— Mais bon sang qu'est-ce que vous me voulez ?

— Tu le sais très bien, répondit la voix avec un petit rire

rauque avant que la communication ne soit brusquement interrompue.

Tremblant de tous ses membres, Sam raccrocha et se laissa tomber sur le bord du lit. Il ne pourrait pas supporter ce rythme bien longtemps. Il avait déjà assez peur comme ça, il se sentait déjà assez coupable sans qu'on le harcèle en plus au téléphone. Et à moins de faire couper sa ligne il n'avait aucun moyen de stopper ça. Qu'arriverait-il si Gracie décrochait à sa place ? Que se passerait-il si on lui révélait le fin mot de l'histoire ? Comment diable Sam lui expliquerait-il la vérité ?

Avec l'impression que son corps pesait une tonne, il se leva péniblement pour aller prendre la bouteille de whisky qu'il gardait dans son bureau pour des urgences de ce style. Il buvait beaucoup trop, ces derniers temps, mais il ne connaissait pas d'autre moyen pour alléger la tension insoutenable qui pesait sur lui. L'alcool était son seul remède pour ne pas sombrer dans la folie. De sa main libre, il fouilla parmi les paperasses et les objets hétéroclites qui encombraient le dessus de sa table de travail, à la recherche d'un verre. Comme il ne parvenait pas à en trouver un, il renonça, déboucha la bouteille et la porta directement à sa bouche pour en avaler deux grandes lampées.

Le résultat fut quasiment instantané : une douce chaleur se répandit dans son corps, apportant avec elle une sorte d'euphorie qu'il ne trouvait nulle part ailleurs. Avant de sombrer dans la torpeur, il eut juste le temps de se demander ce que penseraient les membres de la commission d'attribution des titularisations s'ils le voyaient en cet instant, nu comme au premier jour, debout au beau milieu de sa chambre à 2 h 45 du matin, en train de boire au goulot une bouteille de whisky pur malt.

*
* *

Avec l'aurore, Sam recouvra un peu de bon sens. Gracie était toujours chez sa tante, comme convenu la veille au téléphone, ce qui voulait dire qu'il était seul à la maison. Il se prépara une pleine cafetière de café bien fort pour faire passer sa gueule de bois, et en avala une tasse, sans sucre ni lait, histoire de se donner un coup de fouet. Tout en la sirotant, il feuilletait les pages du *Boston Globe* d'un œil soupçonneux, craignant d'y trouver un nouvel article tapageur sur la disparition de sa femme. Mais il n'y avait rien de tel. Avec un soupir de soulagement, Sam reposa son journal pour préparer le petit déjeuner. C'était une tâche qu'ils se partageaient, normalement, avec Kaye, et son absence le frappa soudain, plus encore qu'il ne l'avait ressentie en se couchant, la veille, dans la maison vide. Les hommes prenaient vite des habitudes, songea-t-il avec philosophie. Quand ils avaient adopté un certain mode de vie, ils se sentaient tout de suite plus à l'aise, en sécurité, tant que le statu quo durait, bien abrités derrière des gestes cent fois répétés. Mais qu'une petite modification, même minime, se produise dans l'ordonnancement de leur existence, et ils se sentaient brusquement désemparés. Sans repères auxquels se raccrocher. Les petits riens du quotidien constituaient souvent le dernier rempart contre le désespoir, et sans eux on se retrouvait complètement perdu.

Après avoir déjeuné sans grand appétit, Sam partit pour l'université. Sur la minuscule dalle de béton qui servait de parking aux membres de la faculté, il rencontra Vince Tedeschi qui descendait d'une voiture de sport flambant neuve. Sam s'arrêta pour faire semblant d'admirer la belle cylindrée au volant de laquelle son ami devait prendre plaisir à parader, mais le cœur n'y était pas. Pourtant, ce bolide était absolument splendide, avec ses lignes élégantes et racées, sa peinture couleur cuivre poli et ses sièges de cuir noir.

— Jolie voiture, fit-il d'un air faussement enthousiaste. Et quelle couleur !

Vince claqua la portière avec satisfaction, un café dans une main, le journal du matin coincé sous son autre bras.

— Pas mal, hein ? Le nom exact, c'est « Coucher de soleil perlé ». Ça en jette drôlement plus que « cuivre », non ?

— Ça, c'est bien vrai. C'est une Mitsubishi ?

— La Spyder, pour être précis. Ma chère épouse a fini par céder, depuis le temps que j'en avais envie. Son excuse, c'était qu'une voiture de ce genre, ça ne permet pas de trimbaler la petite famille, vu que l'arrière est bien trop étroit pour qu'on arrive à y caler un siège bébé. Mais maintenant que Deirdre a grandi plus besoin de siège bébé ; elle peut s'asseoir toute seule sur la banquette.

— Tu es sûr que cette petite folie n'est pas une manière de pallier ta crise de la cinquantaine ?

Vince avait quelques années de plus que Sam, et c'était devenu une blague récurrente entre eux de se lancer les crises de la quarantaine ou de la cinquantaine à la figure. Ils s'éloignèrent ensemble en direction du bâtiment principal de l'université.

— Pas mal, comme vanne ! fit Vince d'un air amusé. Seulement, tu te trompes au moins sur un point : ma nouvelle voiture n'est pas rouge. Or, si je me rappelle bien les clichés classiques de la crise de la cinquantaine, il faut au moins un coupé rouge vif, plus si possible une blonde pulpeuse assez jeune pour être votre fille, non ? Sinon, on ne peut pas mettre ça sur le compte du démon de midi !

— Ça, ce n'est pas à moi qu'il faut le demander. Au cas où tu l'aurais oublié, je suis bien trop jeune pour me trouver confronté à ce genre de problème.

— Bien trop jeune ? Plus pour longtemps, rassure-toi. Bon, tu as des nouvelles de Kaye ?

— Non, aucune, répondit Sam, la mâchoire crispée. Et en plus tu ne sais pas ce qui m'arrive ? Une espèce de cinglé m'a appelé à 2 h 30 du matin. Comme si je n'avais pas déjà assez de stress à gérer !

— Bon sang de bonsoir ! Quel genre de type peut être assez taré pour se livrer à des farces pareilles ?

Sam ne répondit pas. Pour son malheur, il avait une idée assez précise du genre de type capable de faire ça. Il se demanda brièvement s'il n'allait pas tout raconter à Vince. Mais il se ravisa : ça ne les avancerait ni l'un ni l'autre. Il devait se résigner à porter seul le fardeau qui l'accablait.

— Bah ! fit-il évasivement. Tu connais la chanson : le malheur des uns fait le bonheur des autres…

— Tu n'as pas vérifié son numéro, à ce dingue ? Tu aurais pu le rappeler chez lui, histoire de lui flanquer une bonne frousse.

— Oh ! Tu as raison, mais pour être honnête j'étais tellement déboussolé que je n'y ai même pas pensé.

C'était la pure vérité. Et de toute façon, même s'il avait eu la présence d'esprit de relever le numéro de son correspondant pour le rappeler, ça n'aurait pas servi à grand-chose. Il n'avait pas besoin qu'on lui mette les points sur les i : il ne savait pas qui l'avait appelé en pleine nuit, mais il était pratiquement sûr d'en connaître la raison.

— C'était en pleine nuit, il faisait noir comme dans un four, poursuivit-il en guise d'explication. Mes facultés d'analyse n'étaient pas précisément aiguisées, si tu vois ce que je veux dire.

— Allez, ne t'inquiète pas ! fit Vince en lui tapotant familièrement l'épaule pendant qu'ils montaient ensemble les marches de la faculté. A mon avis, ça ne se reproduira pas tous les quatre matins. Si ça se trouve, ce n'était qu'une blague de gamin. Les ados raffolent de ce genre de farces stupides : l'un d'eux aura pris ton numéro au hasard dans l'annuaire, voilà tout.

— Oui, tu as sûrement raison.

Ils traversèrent le hall d'entrée. Au passage, ils adressèrent un bref signe de tête à Claire, la réceptionniste, qui leur lança un regard neutre sans interrompre sa conversation téléphonique. Lorsqu'ils furent arrivés devant les portes menant aux départements des Arts et des Sciences, ils se séparèrent sur une poignée de main.

A l'intérieur, Maureen, la secrétaire standardiste de choc, tapait de toute la vitesse de ses dix doigts laqués de rouge.

— Bonjour ! lui dit Sam d'un air affable.

Elle s'arrêta de marteler son clavier pour le fixer comme s'il débarquait d'une autre planète. Elle avait l'air si éberlué qu'il vérifia discrètement s'il n'avait pas oublié de fermer sa braguette.

— Quoi ? Qu'est-ce qu'il y a ? demanda-t-il.

— Rien, rien, marmonna la jeune femme avant de se remettre à taper de plus belle.

Haussant les épaules, Sam prit le courrier qui encombrait sa boîte aux lettres. Quel que soit le jour de la semaine, elle était invariablement pleine à craquer. Il recevait toujours des tonnes de paperasse inutile : brochures émanant d'éditeurs de manuels universitaires, rappels pour les prochaines réunions des commissions les plus diverses, annonces d'événements à venir sur le campus, mémos indigestes de l'administration, notes jetées à la hâte sur des bouts de papier par des étudiants paniqués… Il tria rapidement la grosse pile de courrier qui lui était destinée, en jeta les trois quarts sans même les lire et mit de côté une question posée par l'une de ses étudiantes du groupe du vendredi soir, plus la seule vraie lettre qu'il ait pu trouver parmi tout ce fatras. A vrai dire, elle n'avait pas été très difficile à repérer : dans sa boîte aux lettres, il n'y avait qu'une enveloppe timbrée qui soit écrite à la main, proprement libellée à ses nom, prénom et adresse universitaire.

— Est-ce que Lydia est là ? demanda-t-il distraitement à la secrétaire.

— Pas encore, répondit Maureen en évitant consciencieusement de le regarder, les yeux obstinément fixés sur l'écran de son ordinateur.

— Vous savez quand elle doit arriver ?

— Elle avait une réunion de prévue. Ça risque de lui prendre la journée, fit la jeune femme tout en lui glissant un regard de biais.

Elle vit qu'il avait remarqué son coup d'œil et, aussitôt, elle reporta son attention sur son clavier qu'elle se remit à marteler énergiquement, apparemment trop concentrée pour poursuivre la conversation.

— Je laisse un paquet de copies d'examen corrigées dans ma boîte, d'accord ? lui lança Sam. Si jamais un étudiant demande à consulter la sienne…

— Je lui dirai qu'elle est là, comme d'habitude, termina Maureen sans plus lever les yeux de son ordinateur. Bien reçu.

Sam resta interdit devant le ton abrupt qu'avait employé la secrétaire. Que lui arrivait-il donc ?

Renonçant à comprendre, il se dirigea vers son bureau. Pas question de se lamenter sur son sort : il n'était plus un gamin, que diable ! Il n'allait pas pleurer dans les jupes du doyen, tout ça parce que la secrétaire du département le traitait comme un pestiféré. D'ailleurs, il ne pouvait pas en vouloir à Maureen : lui non plus ne savait pas comment réagir en ce moment. Bien sûr, elle aurait dû rester professionnelle et ne pas montrer ses sentiments, mais ce n'était pas à lui de le signaler. Lydia gérait son équipe comme elle l'entendait. Et puis, il avait d'autres soucis nettement plus graves à régler.

Au bout du couloir, Nikki Voisine discutait avec un étudiant à l'entrée d'une salle de cours. La jeune professeur de français avait la tête légèrement tournée dans la direction de Sam, et il aurait pu jurer qu'elle l'avait vu arriver. Il lui adressa un petit signe de tête amical, mais, au lieu de lui répondre, elle d'habitude si chaleureuse détourna son regard, termina hâtivement sa conversation avec son élève et rentra dans la classe sans même paraître l'avoir remarqué.

Décidément, Sam commençait à se sentir aussi perdu qu'une Alice fraîchement débarquée au pays des merveilles. Rien ne tournait plus rond depuis qu'il avait franchi la porte de l'université en compagnie de Vince. Le comportement de Maureen, mais aussi celui de Nikki étaient des plus surprenants. Pourtant, il s'était toujours bien entendu avec sa jeune collègue ; ils partageaient généralement leur café du matin en bavardant…

Que se passait-il donc dans cette université pour qu'on le traite comme un paria ? Il comprit au bout de quelques minutes que la série ne faisait vraisemblablement que commencer : il n'avait pas fait dix pas dans le couloir menant à la bibliothèque qu'on le regardait encore de travers. Il s'agissait cette fois de deux étudiants qu'il n'avait jamais eus en cours. Mais visiblement ils le connaissaient de réputation, car lorsqu'il passa près d'eux ils s'arrêtèrent brusquement de bavarder pour s'éclipser en lui jetant des coups d'œil soupçonneux, presque craintifs. Ils battaient en retraite, pour ainsi dire ! songea le professeur tout en les regardant s'éloigner, plongés dans une conversation à voix basse, mais qui paraissait animée.

Sam s'arrêta pour essayer de comprendre ce qu'ils se disaient. Peine perdue : les étudiants étaient déjà trop loin. Parlaient-ils de lui ? Que pouvaient-ils se raconter à son propos ?

Près de la fontaine à eau, une ravissante étudiante qui s'était penchée pour boire se redressa sur son passage. Rejetant ses longs cheveux bruns en arrière, elle lui décocha un large sourire avant de se courber de nouveau pour reprendre une gorgée.

« Bon, se dit Sam avec détermination. Celle-ci, au moins, elle ne t'a pas regardé comme si tu étais un ogre ou un monstre à trois têtes. Peut-être que tu te fais des idées, après tout ! Si ça se trouve, vu ton état de nerfs, tu ferais mieux de prendre un Valium et d'aller te reposer pour arrêter la parano. »

Devant la porte entrouverte de la bibliothèque, il fit une petite pause, moins pour reprendre son souffle que pour essayer de se composer une attitude normale et digne.

Penelope Weller, la bibliothécaire en chef qui officiait dans ce temple de la culture depuis toujours ou presque, était installée sur son éternel tabouret haut, derrière le comptoir des prêts au personnel enseignant. Elle le regarda s'approcher, les yeux écarquillés, l'air absolument médusé. Quant à Becky Swanson, la bibliothécaire adjointe chargée du référencement des ouvrages, elle ouvrit des yeux ronds comme des billes dans lesquels Sam eut la désagréable impression de lire une sorte de peur panique.

— Allez, ça suffit, maintenant ! grommela-t-il tout en franchissant les quelques mètres qui le séparaient encore des deux femmes pour poser sur le comptoir le livre qu'il avait emprunté et qu'il était venu rendre. Qu'est-ce qui se passe, bon sang ?

Mme Weller, qu'il avait toujours vouvoyée et infiniment respectée à cause de sa grande expérience, se redressa, le dos raide comme un piquet, l'air suprêmement hautain.

— Je ne vois absolument pas de quoi vous voulez parler, professeur Winslow, répondit-elle. Mais dois-je vous rappeler que nous sommes dans une bibliothèque ? Je vous serais reconnaissante de ne pas élever la voix. Il y a des étudiants qui essaient de travailler, ici !

Derrière elle, Becky Swanson parut se ratatiner davantage. Avec un empressement suspect, elle replia rapidement un périodique dont Sam n'avait pas eu le temps de voir le titre pour le fourrer à la hâte dans un dossier ouvert. Moins d'une minute plus tard, elle croisait les mains sur le dessus de son bureau, offrant l'image même de l'innocence.

— Qu'est-ce que c'était ? lui demanda Sam.

— Quoi donc ?

— Ce que vous venez de cacher dans ce classeur. Et n'essayez pas de me raconter des salades : s'il y a quelque chose à savoir dans le coin, je finirai bien par être au courant !

— Ecoutez, professeur, fit Penelope Weller d'un ton

de maîtresse d'école outragée, je ne crois pas qu'il soit nécessaire de…

— Evidemment, comme d'habitude ! cria Sam.

Puis il regretta aussitôt son mouvement d'humeur. Il n'avait réussi qu'à froisser Penelope en réagissant avec brusquerie.

Tant pis, après tout ! lui souffla une petite voix, tandis qu'il contournait le comptoir pour s'approcher des deux femmes.

Becky sursauta légèrement, comme si elle avait craint qu'il pose les mains sur elle. Pour qui le prenait-elle donc ? Un bandit de grand chemin ?

Quant à Mme Weller, elle resta simplement là, plantée sur son tabouret, à le foudroyer du regard.

— Professeur Winslow, dit-elle en le menaçant du doigt, si vous ne vous arrêtez pas tout de suite…

Il ne l'écoutait déjà plus : de l'autre côté du bureau, il avait saisi le dossier que Becky avait précipitamment laissé tomber sur la table. A l'intérieur, il y avait un article de journal plié en quatre.

— … appeler la sécurité pour que…

Il laissa la vieille Mme Weller pérorer à son aise pendant qu'il ouvrait la page de journal toute grande devant ses yeux. Après l'avoir un peu défroissée, il se rendit compte que c'était la une du *Boston Tribune*. Un journal minable, qui ne vivait que de scandales. Tout le monde critiquait le manque d'intégrité de cette publication, mais par-derrière, en fait, on la lisait avec avidité, même dans les cercles dits « intellectuels » ou universitaires.

Juste sous les gros titres apparaissait une mauvaise copie de sa photo officielle qui figurait sur l'organigramme de l'université, consultable sur le site Internet de BBCC. En guise de légende, une question avait été imprimée noir sur blanc en grosses majuscules que seul un aveugle aurait manquées :

UN NOUVEAU BARBE BLEUE ???

— Merde alors ! s'écria Sam Winslow.

— Merde alors ! s'exclama Lorna tout en frappant du plat de la main la une du journal que Policzki avait jeté sur son bureau, deux minutes plus tôt. Quel salopard de première, ce Malone ! Il ne pourrait pas nous ficher la paix deux minutes ?

Avec le flegme qui le caractérisait, Policzki ne broncha pas. Tranquillement, il décapsula une dosette de crème liquide pour la verser proprement dans son café avant de mélanger le tout à l'aide d'un petit bâtonnet de bois. Puis il prit une serviette en papier dans un tiroir de son bureau pour s'essuyer soigneusement les mains. Ce n'était qu'après avoir sacrifié à ce rituel immuable qu'il daignait porter sa tasse à ses lèvres.

— Eh ! lança l'inspecteur Abrams, tu ne pourrais pas te décoincer un peu, Policzki ? Tu m'exaspères avec tes manières de sainte-nitouche !

Sans même frémir sous l'insulte, Doug se contenta d'interrompre momentanément son geste.

— Dis donc, Abrams, ce n'est pas moi qui suis allé raconter les détails de l'enquête à Malone !

— Pas question de me faire porter le chapeau ! répliqua Lorna. Tu sais parfaitement que je ne suis pas plus responsable que toi. Jamais je ne serais allée divulguer des infos confidentielles à ce fumier. Il a dû obtenir des renseignements par quelqu'un d'autre.

— Dans ce cas, fit Policzki avec un calme exaspérant, tout en sirotant précautionneusement une gorgée de café, inutile de s'énerver. Ce qui est fait est fait.

S'il y avait bien une chose dont Lorna n'avait pas besoin en ce moment, c'était d'entendre des remarques pondérées comme celle que venait de lui servir son acolyte.

— Ecoute-moi bien, Policzki : si tu ne la fermes pas illico, je te jure sur la tête de toute ma famille que je te flingue à bout portant avec mon arme de service !

— Mais non, tu ne feras jamais ça parce que, malgré tous les efforts que tu déploies pour te persuader que je t'insupporte, tu m'apprécies énormément en réalité.

Il avait raison, c'était bien ça le plus énervant. Pourtant, il ne se passait pas une seule journée sans qu'il l'exaspère au moins une bonne douzaine de fois. Elle ne se privait d'ailleurs pas de le lui faire remarquer. Mais, pour une raison qui demeurait obscure, elle avait de l'affection pour ce garçon. Elle n'aurait su expliquer pourquoi, mais c'était un fait indéniable. L'un des mystères insondables de l'existence, comme celui des chaussettes qui ressortaient toujours dépareillées après un passage dans le sèche-linge.

— Là n'est pas la question, répondit Lorna. Le problème majeur, c'est que je voulais y aller doucement avec Winslow, au lieu de lui assener des coups de maillet sur le crâne. Ecoute plutôt, fit-elle tout en reprenant le journal pour retrouver le passage qu'elle voulait lui lire. « Selon des sources bien placées que nous ne divulguerons pas car elles appartiennent à la police, il n'y a pas d'autre piste sérieuse dans cette affaire. A l'heure actuelle, la brigade des homicides concentre son enquête sur un seul et unique témoin. Une seule personne connaît la vérité sur ce qui est réellement arrivé à Kaye Winslow. Serait-ce son époux ?

Un nouveau Barbe Bleue se promène-t-il en toute impunité dans notre respectable cité ? »

Ecœurée, Lorna envoya ce qu'elle considérait comme un torchon rejoindre le fatras qui encombrait son bureau.

— C'est quoi, ce style à la mords-moi-le-nœud ? Barbe Bleue, mon œil ! C'est plutôt le grand Inquisiteur et ses troupes ! Je suis sûre que Malone n'hésiterait pas à débarquer chez Winslow en robe à capuchon noir, la faucille à la main, pour lui pointer un doigt décharné sur le cœur, si ça pouvait lui rapporter quelque chose ! Il est cinglé, ce type. Une telle calomnie, c'est passible d'une amende ou même d'une peine de prison !

— Mmm, rétorqua Policzki, toujours aussi placide. En tout cas, ça fait vendre.

Lorna eut un petit reniflement de mépris.

— Je t'en ficherais, moi, des Barbe Bleue, tiens ! Malone ne sait vraiment pas où s'arrêter quand il se lance. Je suppose qu'il ne me reste plus qu'à appeler ce crétin pour le remercier d'avoir flanqué la frousse à notre suspect numéro un ? Si l'idée de quitter la ville avait déjà effleuré Winslow, cet article devrait suffire à le décider.

— Winslow n'ira nulle part, déclara tranquillement Policzki.

— Et comment le sais-tu ?

Tournant sur sa chaise à roulettes, il prit une gorgée de café avant de poursuivre :

— Deux possibilités : soit il est coupable et il sait que nous n'allons pas le lâcher d'une semelle. Soit il est innocent et il se doute qu'un départ précipité le désignerait forcément comme coupable. Dans les deux cas, il n'a aucun bénéfice à en tirer. Cela ne ferait qu'aggraver une situation déjà assez embrouillée.

— Je te ferai remarquer que ce genre de considérations n'a pas arrêté Scott Peterson, grommela Lorna.

— Oui, mais il n'est pas allé bien loin ! répliqua Doug qui sirotait toujours son café tout en continuant à pivoter machinalement sur sa chaise.

Il parut hésiter quelques secondes, puis jeta un regard rapide à Lorna, tout en lui demandant d'un air faussement détaché :

— Alors, tu veux que je te raconte ma soirée ?

— Avec ta miss Iowa ? Plutôt deux fois qu'une ! Allez, mon garçon, vas-y, lance-toi ! Et ne t'inquiète pas si je rougis aux détails croustillants que tu ne vas pas manquer de me donner !

— Laisse tomber miss Iowa, tu veux ? Ce n'est pas de ça que j'avais l'intention de te parler. Je pensais que tu aimerais savoir ce qui s'est passé en deuxième partie de soirée, quand Gracie Winslow nous a gracieusement fourni un deuxième suspect numéro un, avec emballage cadeau, s'il vous plaît.

— Je… quoi ? Qu'est-ce que tu dis ?

Policzki ne se fit pas prier davantage, et raconta par le menu son entretien tardif avec la fille de Sam Winslow.

— Ces gosses, quand même, quels sacrés numéros ! s'exclama Lorna quand il eut terminé son récit. Je commence à croire qu'ils ne font l'acquisition d'un cerveau à peu près normal qu'à vingt-cinq ans révolus. Quand je pense qu'ils acceptent des rendez-vous avec des tarés qu'ils ne connaissent même pas, et qu'ils s'étonnent après ça de se retrouver dans la mouise jusqu'au cou ! Cette petite a bougrement de la chance d'avoir eu l'occasion de te parler avant qu'il ne lui soit arrivé quelque chose à elle aussi.

— Bref, résultat des courses : j'essaie de retrouver la

trace de ce Carlos, conclut Policzki tout en pointant son index vers l'annuaire ouvert sur son bureau. J'ai décidé de tout vérifier : les compagnies de transport routier, les services de livraison à domicile, les entreprises de courtage... C'est peut-être un coup d'épée dans l'eau, mais il faut bien commencer par quelque chose.

— Ça ne va pas être facile de localiser ce type, dit Lorna. Il doit y avoir au moins cinq cents Carlos dans la région !

— Tu veux une image parlante ? Voilà l'effet que ça me fait : j'ai l'impression d'être à genoux au beau milieu d'une plage, à essayer de retrouver un grain de sable bien précis.

— Dis-moi, Policzki, tu pètes le feu, ce matin ! On t'a déjà dit que tu n'apportais que des bonnes nouvelles ?

— Eh là ! Doucement, Abrams. Je t'ai quand même fait une faveur sur le chemin du commissariat. Pour ta gouverne, je me suis arrêté au Beachcomber.

— Vraiment ? Incroyable ! Tu as réussi à passer outre aux cafards sous les meubles, aux menus tout collants de crasse et aux dix bons centimètres de graisse puante sur les murs de la cuisine ? Qu'est-ce que tu as demandé comme petit déj ? Une omelette au tofu et une eau minérale ?

— Ha ha ! répliqua Policzki. Au cas où ça t'intéresserait, j'ai pu interroger les deux témoins de Slattery, pile au moment où ils arrivaient au travail. Séparément, bien entendu. Ils m'ont affirmé l'un et l'autre que le cuistot avait travaillé le mardi toute la journée, comme il nous l'avait dit. Il a fait douze heures avec seulement une demi-heure de pause pour prendre son déjeuner assis au comptoir, avec le *Boston Globe* à portée de main — page des sports, comme à son habitude, apparemment.

— Mouais, fit l'inspecteur Abrams d'un air dubitatif. Enfin, ça ne l'innocente pas pour autant. Ce cher Mickey compte parmi ses connaissances des lascars qui auraient assassiné leur grand-mère contre un pack de bières et un billet pour un match des Red Sox !

— Donc, on ne raye pas son nom de la liste, conclut Policzki.

— Non. Surtout qu'elle est déjà bien courte !

— Arrête de te plaindre, Abrams. Au moins, on n'est pas gênés par le nombre.

Isabel débarqua alors comme une tornade pour déposer un gros paquet de courrier sur le bureau déjà très encombré de l'inspecteur.

— Merci bien, mais j'aurais pu m'en passer, bougonna Lorna.

— Vous croyez que vous êtes à plaindre ? fit Isabel avec une moue boudeuse. Vous devriez vous mettre à ma place : c'est moi qui suis chargée de tout distribuer, et je vous prie de croire que ce n'est pas une partie de plaisir. On s'en prend toujours au messager, alors qu'il n'y peut rien. Et quand est-ce qu'on me remercie pour mon travail ? Jamais. Tout le monde me regarde d'un sale œil, sans une parole aimable, comme vous en ce moment, tiens ! Le seul qui soit un peu gentil avec moi, c'est Douglas.

Sur ce, elle décocha au jeune inspecteur une œillade assortie d'un sourire éblouissant.

— Lui, au moins, il est poli et courtois. Je suis sûre qu'il offre des fleurs à sa mère même quand ce n'est pas sa fête.

— Epargnez-moi le couplet sur les qualités remarquables de Policzki, merci, ronchonna Lorna tout en jetant un coup d'œil rapide à la montagne d'enveloppes qu'Isabel avait déposée devant elle.

Elle y trouva enfin le rapport de l'expert médico-légal concernant les empreintes relevées sur la scène du crime.

Voyons ce que ça donne, songea-t-elle.

Elle déchira l'épaisse enveloppe kraft et en sortit une liasse de documents dont la lecture promettait d'être ennuyeuse au possible. Il y avait des noms, des dates de naissance, des extraits de casier et des photos d'identité en pagaille. Un dossier complet pour chaque empreinte différente relevée et identifiée au labo. Pour la plupart, c'était des agents immobiliers ou des bourgeois fortunés en quête d'un nouveau logement. Elle remarqua au passage plusieurs Worthington, mais aucun des autres noms ne lui était familier. Lorsqu'elle atteignit la fin du dossier, elle s'aperçut qu'elle n'avait vu le nom de Kaye Winslow nulle part. Bizarre ! Comment était-ce possible ? Elle avait pourtant bien vu O'Connell relever les empreintes sur l'attaché-case de la disparue. Interloquée, Lorna parcourut de nouveau la longue liste.

Cette fois, elle prit son temps et repéra, au milieu des visages inconnus, une tête qui lui rappela quelque chose. De l'autre côté de l'allée, son coéquipier venait de raccrocher après un énième coup de fil infructueux.

— Eh, Policzki ! Je crois que j'ai trouvé pourquoi ta recherche sur Kaye Winslow a terminé dans le mur. Viens donc voir ça !

Douglas prit le temps de corner la page de l'annuaire où il s'était arrêté avant de faire rouler sa chaise jusqu'au bureau de sa collègue.

— Regarde cette photo, et dis-moi si tu la reconnais, fit Lorna d'un air triomphant.

Au bout de trois secondes à peine, Policzki releva la tête.

— C'est Kaye Winslow. Un peu plus jeune, avec une coupe et une couleur de cheveux complètement différentes, mais c'est bien elle.

— Maintenant, tu peux me dire le nom qui est associé à cette photo ?

Il se pencha davantage sur la feuille que tenait Lorna.

— Sheila Cunningham ?

Ils se regardèrent pendant une bonne minute avant de reporter leur attention sur la photo qui semblait les narguer.

— Eh bien, si je m'attendais à ça…, murmura Policzki. Bonjour, bonjour, Sheila !

14.

Sam lut d'abord l'article in extenso avant de le reprendre ligne par ligne, point par point, pour être sûr de n'avoir rien manqué. Tommy Malone l'avait dépeint comme un Jack l'Eventreur des temps modernes. A en croire sa description caricaturale, il avait tout du Barbe Bleue des contes, celui dont les épouses disparaissaient dans des circonstances mystérieuses. Ce n'était qu'un ramassis de spéculations sans fondement — de la diffamation pure et simple, destinée à accrocher un lectorat avide de sensations fortes. Sam était parfaitement en droit d'exiger une rétractation de la part du journal, mais à quoi cela aurait-il servi ? Le mal était fait. La *Tribune* pourrait s'excuser mille fois que cela ne rétablirait pas la réputation de Sam. Malone avait agi en traître, sachant très bien qu'une fois son article imprimé et lu par des centaines de gens il serait impossible de revenir en arrière. Maintenant que l'estocade avait été portée, la blessure infligée à Sam Winslow ne se refermerait pas de sitôt. La médisance possédait une puissance insoupçonnée, mais bien réelle, hélas.

Enfin, songea Sam avec amertume, au moins, maintenant, il comprenait pourquoi tout le monde lui battait froid.

Repliant le journal, il le reposa sur le bureau de Becky

Swanson. Les deux bibliothécaires n'avaient pas bougé d'un pouce, les yeux emplis de ce qu'il reconnaissait à présent comme une terreur presque superstitieuse. Il se demanda ironiquement s'il n'allait pas se faire confectionner un badge avec comme surnom Barbe Bleue pour mieux retenir l'attention de ses étudiants la prochaine fois qu'il leur ferait cours. Au moins, cela les empêcherait de somnoler au fond de l'amphi. D'autant que cette nouvelle appellation ne manquait pas de panache. Le seul hic, c'était qu'à cause de cet article racoleur sa carrière était à l'eau. Tout ça par la faute d'un pseudo-journaliste qui s'était emparé de sa vie privée pour la transformer en une espèce de tableau de chasse sanglant, sans aucun rapport avec la réalité. Pour sûr, avec une première page pareille, il avait dû se vendre un bon paquet d'exemplaires de la *Tribune*. Mais où étaient donc passés les principes éthiques qui avaient fait le renom de la presse américaine ? Aux oubliettes, tout comme l'avenir de Sam !

Sans ajouter un mot, il quitta la bibliothèque pour rejoindre la salle des profs, déserte à cette heure. La porte claqua derrière lui et il se laissa tomber sur un canapé inconfortable à la couleur indéfinissable, constatant qu'il tremblait comme une feuille. Le cœur battant la chamade, la rage au ventre, il avait des envies de meurtre : ce salopard de Tommy Malone aurait bien mérité qu'il aille lui ouvrir les entrailles en guise de remerciement ! Pourtant, si forte que soit sa colère contre ce reporter à la noix qui venait de lui pourrir irrémédiablement l'existence, une autre partie de son être n'aspirait qu'à une chose : se cacher dans un trou de souris jusqu'à ce que ce désastre soit complètement oublié.

Ce qui n'était pas près d'arriver, malheureusement.

Barbe Bleue… Un vrai cauchemar qui le poursuivrait longtemps, il n'en doutait pas une seconde. Ce surnom lui collerait aux basques pendant le restant de son existence. Autant dire que sa vie sociale était complètement fichue.

La porte s'ouvrit sur la haute silhouette de Nyles Larsen. Son déjeuner à la main, il ne vit pas Sam, tout d'abord, et fila tout droit vers le réfrigérateur pour y déposer son plateau en attendant l'heure du repas. Ce ne fut qu'après avoir refermé la porte qu'il aperçut son collègue affalé sur le divan. Aussitôt, il eut un sourire mauvais.

— Eh bien, dites-moi ! fit-il d'un ton sarcastique. Mais c'est le fameux Barbe Bleue !

Sam leva un regard brouillé de larmes vers le professeur de littérature.

— Si tu pouvais la fermer, Nyles, ça m'arrangerait, répondit-il avec lassitude. Je n'ai vraiment pas besoin que tu remues le couteau dans la plaie.

Le sourire féroce de Larsen s'élargit encore.

— J'ai toujours su que tu possédais quelque chose de spécial, Winslow. Quelque chose qui te rendait différent du reste du corps professoral. Maintenant, je sais ce que c'était : ta face cachée de meurtrier sanguinaire !

— Tu sais, Nyles, tu me surprends : un universitaire de ton acabit s'abaisserait donc à lire la *Tribune* ? Littérairement parlant, c'est à peu près l'équivalent d'un menu Big Mac, plein de frites et de graisse. Avec une bonne dose de mort-aux-rats en guise d'assaisonnement. D'ailleurs, je m'étonne que tu aies pu digérer cette lecture indigne de toi.

Larsen émit un petit ricanement particulièrement désagréable.

— Vas-y, fais le malin, Winslow. Si tu savais ce que je m'en fiche ! Ce n'est pas ma carrière qui s'écroule, mais la tienne. Admets-le : tu es grillé sur ce campus. Et vu la vitesse avec laquelle les ragots se propagent je ne serais pas étonné d'apprendre qu'aucune autre faculté ne veut de toi dans un proche avenir.

— Je suppose que ça te ravit ? fit Sam avec mépris.

— Oui, je l'avoue. Et le plus drôle, c'est que je n'ai même pas eu à lever le petit doigt : tu t'es chargé toi-même de détruire ta carrière, sans l'aide de personne. Et avec un certain sens du spectaculaire, il faut le reconnaître. Le seul aspect du problème qui m'ennuie réellement, c'est le destin de cette pauvre Kaye. Comment t'es-tu débarrassé d'elle, Winslow ? En lui explosant le crâne avec un tisonnier avant de la balancer à l'eau ? Elle n'aurait jamais dû t'épouser. Je ne vois toujours pas ce qu'elle a bien pu te trouver. Tu es un type insipide, creux, nombriliste et stupide. Tu n'as jamais été assez viril pour une femme de sa trempe.

— Alors que, toi, tu l'aurais été, si je suis bien ton raisonnement ?

Larsen n'avait jamais fait mystère de son admiration pour la femme de son collègue. Il l'avait rencontrée à plusieurs reprises, lors d'événements qui réunissaient les membres de la faculté et leurs conjoints, et comme la plupart des hommes présents il avait été sous le charme. D'après Vince Tedeschi, Larsen aurait même décrit Kaye comme une véritable déesse descendue de l'Olympe.

Si seulement il connaissait la vraie Kaye, avait songé Sam avec ironie, il ne parlerait sûrement pas d'elle en ces termes ! S'il avait dû supporter les humeurs et les débordements de cette femme au quotidien, nul doute que son enthousiasme d'adolescent énamouré aurait vite disparu.

— En tout cas, moi, j'aurais su l'apprécier à sa juste valeur, répondit Larsen tout en se dirigeant vers la sortie.

Ce qui n'est pas ton cas, de toute évidence. C'est dangereux de négliger une si jolie femme, Winslow. On apprend vite qui sont vos vrais amis, et qui est prêt à vous poignarder dans le dos à la première occasion.

— Ma femme te fait donc tellement envie, Nyles ? fit Sam dans un petit rire sans joie. Eh bien, vas-y, ne te prive pas : tu es plus que le bienvenu si tu veux tenter ta chance. Mais autant te prévenir dès maintenant : je ne suis pas sûr qu'elle veuille de toi. Les types du genre cérébral et intello ne l'intéressent pas plus que ça. Pour autant que je sache, elle préfère les fauves implacables.

Les sourcils de Larsen se contractèrent en un froncement orageux.

— Des hommes de Neandertal dans ton genre, hein ? Laisse-moi rire, Winslow : si tu crois m'abuser sur ce coup, tu te fourres le doigt dans l'œil. Ta petite remarque ratée ne prouve qu'une chose : tu es un imbécile fini. Ah ! Et, avant que j'oublie, un dernier détail, ajouta-t-il, la main sur le battant de la porte, l'air suprêmement satisfait. Je préfère te prévenir tout de suite, au cas où tu te ferais encore des illusions, stupide et borné comme tu l'es : ce matin, j'ai déchiré ta demande de titularisation. Tu ne croyais tout de même pas qu'elle allait être examinée en commission, n'est-ce pas ? Et, surtout, ne te fatigue pas à établir un dossier pour une nouvelle demande : aussi longtemps qu'il me restera un souffle de vie, tu n'obtiendras jamais gain de cause dans cet établissement. Ni dans aucun autre si je peux l'éviter.

Et, sur ce, il sortit de la salle des professeurs avec un rire sarcastique qui résonna aux oreilles de Sam longtemps après que la porte se fut refermée sur son ennemi juré.

*
**

C'était une journée idéale pour se balader. Rien de tel qu'un ciel d'azur et un paysage aux couleurs automnales pour se sentir réconcilié avec le monde entier. Mais les inspecteurs Abrams et Policzki ne profitaient guère du spectacle. Lorna se concentrait sur la route. Ils devaient suivre l'I 95 en direction du nord et traverser le pont sur la rivière Piscataqua qui séparait le Massachusetts du Maine. Pendant qu'elle conduisait, Policzki, portable en main, continuait à téléphoner à diverses entreprises pour essayer de localiser le fameux Carlos. La dernière partie de leur voyage les emmena sur une route secondaire si pleine de nids-de-poule que, malgré les suspensions impeccables de leur véhicule de patrouille, ils avaient les dents qui s'entrechoquaient à chaque cahot.

Trowbridge, dans le Maine, ne pouvait pas être décrit autrement que comme un trou. Le centre-ville — et encore, c'était un bien grand mot pour un bled pareil — était constitué en tout et pour tout d'un bâtiment officiel abritant à la fois la mairie et la bibliothèque municipale, d'une école élémentaire dont la construction terne et morne remontait visiblement aux années cinquante, et d'un magasin d'alimentation générale qui vendait dans le désordre des pizzas, des sandwichs italiens sous Cellophane, des appâts vivants et de l'essence sans plomb pour trois dollars le bidon.

Les mobile homes habités étaient rassemblés en un seul endroit pompeusement nommé « Les Vertes Prairies », qui n'était pas bien difficile à trouver. Installé près de la voie express, à moins d'un kilomètre au nord du centre-ville, il s'étendait sur un grand carré de terre poussiéreuse où les mauvaises herbes poussaient dru, contrairement à la verdure luxuriante promise par le panneau installé à l'entrée. Qui avait bien pu baptiser ainsi ce coin de terre déprimant ? songea Doug, perplexe. L'endroit était désertique, et aucun brin d'herbe digne de ce nom n'aurait eu le courage de pousser dans ce taudis. La plupart des mobile homes étaient vieux et mal entretenus ; ils étaient alignés comme une série de dominos prêts à s'écrouler les uns sur les autres, si serrés que, si l'un d'entre eux avait pris feu, l'incendie se serait propagé instantanément à tous les autres.

L'inspecteur Abrams gara la voiture devant le numéro 38 et s'extirpa de l'habitacle avec autant de réticence que son coéquipier. Devant la maison, un enfant à moitié nu, tellement crasseux qu'il aurait été difficile de dire si c'était une fille ou un garçon, jouait accroupi dans la poussière, sa couche pendouillant presque jusqu'à ses chevilles. Lorsque les deux policiers l'enjambèrent précautionneusement, le petit — ou la petite — ne leva même pas les yeux, trop occupé à jouer avec une petite voiture rouge qu'il faisait rouler sur le sol.

La courette du domicile servait visiblement de dépotoir aux membres de la famille qui y vivait : des sacs-poubelle encombraient l'espace, tellement pleins qu'ils craquaient par endroits, laissant apercevoir des ordures qui ne devaient pas dater d'hier.

Retenant une grimace de dégoût, Policzki tenta de s'imaginer Kaye Winslow dans ces lieux. Sans succès. Ça ne collait vraiment pas avec son goût pour la décoration intérieure soignée ni avec son talent de businesswoman avertie, encore moins avec son appartenance au cercle très fermé des intellectuels de Boston, de par son mariage avec le professeur d'université Sam Winslow. Non, décidément, cet endroit sinistre ne pouvait avoir de lien avec Kaye

Winslow. Et, pourtant, c'était la dernière adresse connue de Sheila Cunningham.

La porte n'était pas fermée. A l'intérieur, un téléviseur ronronnait. Lorna frappa deux coups brefs sur le mur du mobile home.

— Bonjour ! Il y a quelqu'un ?

Ils entendirent un pas traînant, puis virent apparaître une femme aux cheveux gras et plats, chaussée de tongs usées, cigarette au bec. Elle avait dû être plutôt jolie autrefois, mais la mauvaise alimentation et l'abus de tabac avaient eu raison de ses charmes. Elle les étudia en silence, une lueur méfiante dans ses yeux bleu clair, avant de remarquer la voiture de patrouille stationnée devant chez elle. Ce fut d'un ton assez rogue qu'elle leur répondit :

— Ouais, qu'est-ce que vous voulez ?

— Inspecteurs Abrams et Policzki, de la police municipale de Boston, dit Lorna. Vous avez une minute à nous accorder ?

La cigarette que la femme avait ôtée de sa bouche pour leur parler n'était plus qu'un mégot. Elle en tira une ultime bouffée avant de l'envoyer voler à l'extérieur d'une pichenette.

— La police de Boston ? répéta-t-elle d'un air sarcastique. Vous avez dû vous gourer de route, m'sieurs dames.

— Nous enquêtons sur un homicide, expliqua Policzki avec sa froideur habituelle. Nous avons repéré un nom et une adresse qui nous ont paru intéressants.

— Ah ouais ? rétorqua la femme tout en reluquant Doug avec un intérêt non dissimulé, ce à quoi il était habitué, depuis le temps.

— Nous sommes à la recherche de Sheila Cunningham, reprit Lorna. Vous la connaissez ?

Sans détacher son regard de Policzki, la femme répondit en haussant les épaules :

— Pour sûr que je la connais. C'est ma sœur, alors vous pensez…

— C'est elle ? demanda Policzki en tendant à la femme un tirage de la photo qu'il avait récupérée sur le site web de l'agence Winslow & DeLucca.

Elle jeta au cliché un coup d'œil intéressé.

— Ouaouh ! s'exclama-t-elle. On dirait que ma p'tite sœur s'est pas mal débrouillée depuis le temps.

— Vous vous appelez comment ? fit Policzki.

— Deb, répondit la femme en souriant de toutes ses dents jaunies. Deb Rideout.

— Avez-vous vu votre sœur récemment, Deb ? demanda Lorna.

Comme d'habitude, elle et Doug se partageaient les rôles et les questions, pour ne pas effaroucher leur témoin.

A contrecœur, Deb Rideout s'arracha à la contemplation du bel inspecteur pour se tourner vers sa coéquipière.

— Nan, j'l'ai pas revue depuis qu'elle s'est tirée d'ici y a… laissez-moi réfléchir… ça doit bien faire six ou sept ans, maintenant.

— Vous savez où elle est partie ?

— Nan, désolée. Faut dire qu'elle avait pas vraiment de raison de laisser une adresse pour faire suivre son courrier. On s'est pas précisément séparées en bons termes.

— Une brouille entre sœurs, c'est ça ?

— Ouais, on peut dire ça, fit Deb en se frottant pensivement le coude. Qu'est-ce qui se passe ? Elle a des emmerdes ?

— Peut-être. Pourquoi ? Elle en a souvent ?

— Bah ! Pas plus que les autres, je dirais. C'est juste qu'elle avait une façon de se comporter… Vous comprenez, elle a toujours pensé qu'elle valait mieux que nous autres. Pour être honnête, ça m'a pas franchement brisé le cœur quand elle s'est barrée en claquant la porte. A l'époque, je me suis dit « Bon débarras ! », et j'ai pas tellement changé d'avis, depuis. C'était une emmerdeuse, Sheila. Elle était jamais contente de c'qu'elle avait. Il lui fallait toujours plus. Soi-disant qu'elle méritait mieux que tout ça… En tout cas, un jour, sans prévenir, elle a pris ses cliques et ses claques et elle a plaqué Charlie. Comme ça. Sans même lui laisser un petit mot d'adieu ou une explication. Enfin, si vous voulez mon avis, vaut bien mieux pour lui qu'elle se soit tirée.

Lorna et Policzki échangèrent un regard surpris.

— Charlie ? fit Lorna d'un ton interrogateur.

— Ben ouais, Charlie, répéta Deb en haussant les épaules. Charlie Cunningham. Le mari de Sheila, quoi !

Sam acheta un exemplaire de la *Tribune* sur le chemin du retour. Il n'était pas certain de la raison qui l'avait poussé à effectuer cette emplette : il hésitait entre encadrer l'article infamant pour l'accrocher au-dessus de son bureau en guise de trophée et le jeter au feu pour le regarder se consumer lentement — piètre consolation dans les deux cas. Peut-être obéissait-il à un penchant masochiste qu'il ne se connaissait pas avant de se voir décrit comme un nouveau Barbe Bleue ? En tout cas, il se sentait épié de toutes parts, comme si la population entière de Boston surveillait ses faits et gestes, maintenant qu'il était officiellement étiqueté comme un monstre sanguinaire. C'était probablement de la paranoïa, mais il éprouvait tout de même l'envie absurde de se trouver un déguisement adéquat. Et s'il mettait un cache sur son œil gauche ? Avec ses cheveux mi-longs, ça lui donnerait l'air d'un pirate — quelque chose d'un peu plus glamour que le mythe auquel on l'identifiait désormais. Ou alors, pourquoi ne pas se teindre les cheveux en bleu ? Au moins, les gens auraient une bonne raison de le regarder de travers, et il serait en harmonie avec son surnom…

Arrêté à un feu rouge, il jeta un coup d'œil circonspect au conducteur de la voiture qui attendait dans l'autre file. Ce dernier le regarda d'un air morne et las. Ouf ! Il y avait au moins une personne dans la ville qui ne poussait pas les hauts cris en le voyant. C'était déjà ça. Finalement, il ne se ferait peut-être pas enduire de goudron et de plumes par une horde de Bostoniens furieux, décidés à l'expulser de leur respectable cité.

N'empêche qu'il allait devoir déménager. Quand les esprits se seraient un peu calmés et que l'enquête serait terminée, il faudrait désinscrire Gracie de la prestigieuse académie Bellerose pour l'emmener poursuivre ses études ailleurs, si possible très loin de Boston, dans un endroit où sa réputation de tueur vicieux ne l'aurait pas précédé.

Son portable se mit à sonner. Quoi encore ? songea-t-il avec irritation avant de regarder s'il reconnaissait le numéro qui s'était affiché sur l'écran. Mais il ne lui était pas familier. Il décrocha donc en étouffant un soupir de lassitude.

— Allô ? Ici Sam Winslow.

— Professeur Winslow, je suis bien contente de vous avoir en personne. Ici Felicia Marlowe, de l'académie Bellerose.

— Oui, bien sûr. Que puis-je faire pour vous ?

Il n'avait rencontré la directrice de l'établissement où il avait inscrit Gracie qu'une seule fois. Mme Marlowe faisait partie de ces personnes si correctes et distinguées qu'elles avaient l'air pincé en permanence, et que leurs démonstrations de bonté doucereuse sonnaient immanquablement faux. Sam avait toujours laissé Kaye gérer les entretiens avec la directrice de Bellerose, car il exécrait les faux jetons dans son genre. Il avait du mal à contrefaire une amabilité de circonstance, même quand la situation l'exigeait. Contrairement à Kaye qui affichait volontiers un sourire artificiel et jouait les grandes dames sans aucune difficulté.

— Je crains que nous n'ayons un petit problème, poursuivit la très distinguée Felicia Marlowe d'un ton faussement léger. Oh ! Rien de bien grave, mais je crois qu'il serait préférable de le régler dès que possible. Je sais bien que vous êtes un homme très occupé, et…

Elle eut le bon goût d'observer une courte pause, et quand elle reprit la parole ce fut d'une voix légèrement voilée, comme les convenances l'exigeaient en pareilles circonstances.

— Et je tenais à vous assurer de notre entière et profonde sympathie dans la situation malheureuse où vous vous trouvez plongé.

A quelle « situation malheureuse » faisait-elle précisément allusion ? se demanda Sam avec une pointe de cynisme. Le fait que sa femme ait disparu ? Que son visage s'étale en première page d'un journal à scandale ? Ou parlait-elle d'encore autre chose ? Au point où il en était, rien ne pouvait plus l'étonner. Elle allait peut-être lui annoncer qu'un nouveau fléau s'était abattu sur sa tête. De toute façon, c'était sa semaine, alors une bombe de plus ou de moins… Il commençait à se sentir dans la peau du pauvre Job des Ecritures, ce malheureux innocent qui avait enduré les pires tourments durant son existence terrestre. Brûlures, sauterelles, peste, rien ne lui avait été épargné. Mais Job n'avait pas éprouvé la honte de voir son portrait placardé à la une d'un tabloïd qui lui attribuait le sinistre surnom de Barbe Bleue.

— … et bien entendu le moindre problème qui pourrait affecter la sécurité de nos élèves…

— Attendez ! s'écria Sam, s'apercevant tout à coup qu'il avait complètement occulté le bla-bla ennuyeux de son interlocutrice jusqu'à ce que le mot « sécurité » résonne à son oreille. Il est arrivé quelque chose à Gracie ?

— Oh, non ! Non, bien sûr que non ! Si je vous ai effrayé, vous m'en voyez confuse. Non, Gracie va bien, mais il se trouve que…

Le rythme cardiaque de Sam recouvra peu à peu son allure normale. Encore une fausse alerte de ce genre, et il aurait sûrement une attaque avant l'âge de quarante ans !

— Si Gracie va bien, que se passe-t-il exactement, madame Marlowe ? la coupa-t-il avec impatience. Cela fait cinq bonnes minutes que vous tournez autour du pot. Pourrions-nous en venir au fait avant d'être tous les deux à la retraite ?

A l'autre bout de la ligne, il y eut un silence de quelques secondes. Puis, la directrice de Bellerose reprit d'une voix nettement moins suave qu'au départ :

— Ecoutez, il y a un problème. Il faut absolument que nous en discutions de vive voix. Le plus tôt sera le mieux.

— Je suis à votre entière disposition, chère madame ! J'arrive immédiatement. Ça ne peut pas tomber mieux : je n'ai aucune obligation en ce moment.

Il raccrocha d'un geste rageur, jeta un coup d'œil dans le rétroviseur et passa dans la file de gauche à quelques encablures seulement du capot du gros 4x4 vert qui le suivait. Il s'attira force coups de klaxon et crissements de freins, mais parvint sans encombre à prendre l'embranchement en direction de l'école de sa fille. Sa vieille Volvo n'avait pas la puissance du coupé sport de Kaye, mais quand c'était nécessaire elle savait réagir au quart de tour.

Il déboucha bientôt dans l'avenue du Commonwealth, puis tourna sur la gauche pour filer vers l'ouest, direction Newton.

Cette journée de cauchemar ne finirait donc jamais ?

Felicia Marlowe adressa à Sam un regard énigmatique.

— Comme vous vous en doutez certainement, dit-elle de sa voix la plus distinguée, depuis la parution de cet article infamant dans la *Tribune* ce matin, les rumeurs sont allées bon train dans notre établissement. Et malheureusement votre fille a été touchée de plein fouet par cette épidémie de racontars. Il y a déjà eu deux incidents…

Sam se redressa brusquement, soudain inquiet.

— Quel genre d'incident ?

— A la cafétéria, juste après l'heure du petit déjeuner, un groupe d'élèves s'est ligué contre votre fille, et…

Le cœur battant, Sam interrompit une nouvelle fois la respectable et ennuyeuse Mme Marlowe.

— Et quoi ? Je croyais vous avoir entendue dire que Gracie allait bien !

— Mais c'est la stricte vérité : il y a eu des échanges verbaux assez violents, certes, mais les choses ne sont pas allées jusqu'à la confrontation physique. Pour sa défense, je tiens à vous préciser que Gracie s'est comportée avec une maturité qui lui fait honneur. Mais depuis la disparition de votre femme il y a eu d'autres dérapages. Pas plus tard qu'hier, Gracie a été surprise à l'entrée de la salle multimédia où elle tentait de pénétrer subrepticement, sans autorisation. Et si j'en crois les rapports de plusieurs enseignants, récemment, sa conduite a été plutôt… comment dire ? Bizarre. Inhabituelle. Et dérangeante.

Il songea à ce que Mia lui avait dit, la veille au soir.

— Ma fille n'est pas bizarre ni dérangeante, fit-il d'un air sévère.

— Sans doute, sans doute, s'empressa d'affirmer la directrice de Bellerose, sûrement pour temporiser. Néanmoins, je suis certaine que vous comprendrez pourquoi sa présence au sein de notre institution risquerait de s'avérer problématique.

— Vous voulez dire que vous la renvoyez ? Ma fille ? Vous l'expulsez de Bellerose, c'est bien ça ?

— Quel vilain mot qu'*expulser*, professeur Winslow ! Nous vous demandons simplement d'accepter une décision difficile prise par les instances dirigeantes de cet établissement pour le bien du plus grand nombre.

La respectable directrice de l'académie Bellerose rajusta ses lunettes sur son nez tout en prenant une expression de martyre, avant d'ajouter sentencieusement :

— Vous êtes vous-même enseignant, professeur Winslow. Vous comprendrez certainement que nous souhaitions pardessus tout assurer à nos élèves les meilleures conditions possible pour étudier.

— Les meilleures conditions, hein ? répéta Sam qui n'en croyait pas ses oreilles. Dois-je vous rappeler, chère madame, que ma fille fait partie de vos élèves ? Où est le bon côté de cette histoire pour elle ?

Au lieu de répondre, la directrice tapota nerveusement son bureau de bois ciré du bout des ongles. Les yeux baissés, elle déclara lentement, comme à regret :

— Parfois, comme je tente depuis tout à l'heure de vous le faire comprendre, le bien du plus grand nombre doit prendre le pas sur les destins individuels. Gracie est une jeune fille intelligente, monsieur Winslow. C'est une élève remarquablement douée, comme vous le savez sans doute mieux que nous, ajouta-t-elle en lançant un regard appuyé à Sam, comme pour bien lui enfoncer cette information dans le crâne — elle pensait visiblement qu'il était totalement inconscient des qualités de sa fille, vu son peu d'implication dans son cursus scolaire. Elle réussira très bien, quelle que soit l'école où elle poursuivra ses études.

— Si je comprends bien, vous avez l'intention de la jeter en pâture aux requins en espérant qu'elle saura se débrouiller seule, commenta Sam avec amertume. Quelle délicate attention, vraiment !

— Ecoutez, je vais être franche avec vous, professeur : Gracie n'est plus la bienvenue dans cet établissement. Nous n'avons rien contre elle en particulier, mais nous avons déjà reçu cinq coups de téléphone de parents hystériques qui nous menaçaient de retirer leurs enfants de l'école si votre fille était autorisée à y rester. Ils ne veulent pas que leur progéniture soit liée de près ou de loin à une affaire aussi sordide. Ils refusent que la chair de leur chair soit en contact avec…

Sam n'eut aucun mal à terminer mentalement la phrase interrompue de la directrice : avec le monstre sanguinaire qu'il était devenu…

Il aurait dû s'y attendre. A vrai dire, il n'était pas réellement surpris.

— Je comprends mieux, maintenant, fit-il d'un ton sarcastique. C'est une question d'argent, n'est-ce pas, madame Marlowe ? Si jamais les parents se mettent à retirer toute leur précieuse progéniture de l'académie Bellerose, vous n'aurez plus qu'à mettre la clé sous la porte. Mieux vaut sacrifier une seule élève pour le bien de votre portefeuille, surtout si ça vous débarrasse par la même occasion de la fille de Barbe Bleue !

L'expression froidement polie qu'arborait Felicia Marlowe depuis le début de leur entretien ne changea pas ; seul le pincement de ses lèvres indiquait qu'il avait touché un point sensible.

— Où est Gracie ? demanda Sam sans plus se préoccuper des convenances.

— Elle est actuellement en cours d'anglais, mais…

— Allez la chercher.

— Il n'est pas nécessaire de perturber le déroulement du cours, monsieur Winslow. Nous sommes tout à fait disposés à garder Gracie jusqu'à la fin de la journée.

Sam se leva d'un bond pour se pencher au-dessus du bureau de la directrice, les deux mains fermement posées devant lui.

— J'ai dit : allez la chercher ! Tout de suite.

Un léger tremblement parcourut la lèvre inférieure de la respectable Mme Marlowe. Sans quitter Sam des yeux, comme si elle tenait en respect un fauve imprévisible, elle décrocha le téléphone pour composer un numéro interne.

— Allô, Marie ? fit-elle d'un ton posé. Pourriez-vous aller chercher Gracie Winslow, je vous prie ? Elle est en cours d'anglais avec Mme Marshall. Dites-lui de prendre toutes ses affaires avec elle. Merci, Marie.

Après avoir calmement raccroché, la directrice soutint le regard de Sam, l'air plus hautain que jamais, le menton légèrement en avant, comme si elle le défiait. Mais dans ses pupilles dilatées il n'eut aucun mal à déceler une étincelle de terreur pure. Elle aussi avait peur de lui — le tueur de femmes sans pitié.

— Vous savez, ajouta-t-il d'un ton presque amusé, comme s'il tenait une conversation mondaine, jusqu'à ce que je passe la porte de votre bureau, je croyais que ce que les gens pensaient de moi m'importait beaucoup. Mais je comprends maintenant que je m'en contrefiche. Les gens peuvent bien dire ce qu'ils veulent de moi : cela me passe bien au-dessus de la tête. Seulement, je préférerais être lynché sur place que de laisser toutes ces insanités blesser ma fille unique. Elle n'a rien à voir avec cette situation. Ce n'est pas à elle d'y faire face, mais à moi seul. Finalement, vous aviez raison : Gracie n'a pas sa place ici. Elle sera bien mieux dans un endroit où l'on saura reconnaître ses qualités exceptionnelles. Tout ce que je peux vous dire, c'est que si les gens qui dirigent cette institution sont tous aussi étroits d'esprit et mesquins que vous, chère madame, alors, c'est une faveur que vous nous faites en refusant de garder Gracie.

Gracie marqua un temps d'arrêt devant le bureau de Mme Marlowe. Puis elle prit une profonde inspiration et frappa timidement à la porte.

— Entrez.

Elle poussa le lourd battant de bois, découvrant le visage pincé de celle que les élèves surnommaient le Dragon. Pas de changement de ce côté-là.

Gracie s'avança d'un pas hésitant dans ce qu'elle considérait comme une chambre de torture, et découvrit brusquement que son père était là. Elle se figea sur place. Pour une surprise, c'en était une, et de taille ! Son père et le Dragon face à face ? C'était forcément mauvais signe. La cata complète, sans aucun doute.

Elle les dévisagea rapidement, essayant de deviner à leurs expressions ce qu'ils avaient bien pu se raconter, mais ils n'étaient pas faciles à déchiffrer. Son père avait l'air plutôt contrarié. Quant à cette vieille peau de Marlowe, eh bien, elle avait son air habituel de Mme Marlowe, point barre.

Mais pourquoi l'avait-elle convoquée dans son bureau en plein milieu du cours d'anglais ? Pour la réprimander sévèrement en présence de son père à propos de sa tentative avortée à la salle multimédia ? Ou pour lui annoncer qu'on avait retrouvé Kaye ?

— Papa ? Qu'est-ce que tu fais ici ? Quelque chose ne va pas ?

Le sourire que lui adressa son père ressemblait plus à une grimace qu'à autre chose.

— Mais non, ne t'inquiète pas, ma chérie. Tout va bien. Je suis juste venu te chercher. Où est ton casier ?

Interloquée, Gracie lança un regard en coin à Mme Marlowe. Peine perdue : la directrice avait les yeux tournés vers la fenêtre.

— Viens, Gracie, fit Sam d'un air décidé avant de quitter le bureau à grandes enjambées sans même dire au revoir.

Le visage sombre, sans un mot, il accompagna sa fille perplexe dans le couloir désert qui menait aux casiers des élèves pour l'aider à transvaser toutes ses affaires dans son sac à dos. Feuilles volantes, stylos de toutes les couleurs, blocs-notes, il y avait un sacré bazar là-dedans.

Papa avait-il enfin décidé de la faire sortir de ce trou à rats ? Ce serait la bonne nouvelle de l'année ! Pour le moment, il était en train d'empiler soigneusement tous les livres de cours pour les emporter dans ses bras. Gracie, elle, passa une bretelle de son sac sur son épaule avant de refermer son casier vide.

— Pas étonnant que la moitié des ados américains aient des problèmes de dos, grommela Sam, les bras chargés de bouquins.

Ils refirent ensemble le chemin inverse. Lorsqu'ils eurent atteint l'accueil, son père déposa le gros tas de livres sur le comptoir avec un claquement sonore. Carmen Souza, la secrétaire, leva les yeux de son ordinateur, visiblement surprise par ce bruit inattendu.

— C'est à vous, tout ça : gardez-le ! fit Sam sèchement.

Sans même attendre la réponse de la secrétaire, il entraîna sa fille hors du bureau d'accueil et la fit sortir devant lui.

Dehors, Gracie eut l'impression de marcher sur l'eau, tant elle se sentait libérée. Sans rien dire, ils traversèrent côte à côte la pelouse vert tendre qui s'étendait devant l'académie Bellerose, donnant occasionnellement un coup de pied dans une feuille morte.

Ils arrivèrent au parking en un temps record. Sam déverrouilla la Volvo, l'air toujours aussi renfrogné. Gracie, qui avait jeté son sac et sa veste à l'arrière, s'installa confortablement sur le siège passager, bien décidée à ne rien dire tant que son père n'était pas prêt à parler.

Il s'était assis au volant pour mettre la clé de contact, mais au lieu de démarrer en trombe comme elle s'y attendait il resta immobile, les yeux rivés au tableau de bord.

— Je suis vraiment nul comme père, hein ? dit-il enfin.

Gracie se sentit aussi émue que surprise. Ce n'était pas sa faute s'il vivait sur une autre planète. S'il ne savait jamais quoi lui dire ni quoi faire. C'était son père, et malgré ses défauts elle n'en aurait pas voulu d'autre.

— Mais non, p'pa : tu es super. Génial. Le top du top. Je t'assure !

Elle eut une brève hésitation.

— Je me suis fait virer, c'est ça ?

Il tourna vers elle deux yeux rougis et fatigués dans lesquels elle lut de la désolation. Et aussi quelque chose qui ressemblait à de la contrition.

— Oui.

— Quelle bande de cons !

Les mains crispées sur le volant, Sam ne réagit pas.

— Quand on a des enfants, on fait du mieux qu'on peut pour assurer leur sécurité. On se saigne aux quatre veines, on est prêt à donner sa vie pour eux si besoin est. Mais parfois tout ça ne suffit pas pour les protéger. Il vous arrive des choses affreuses et imprévues, et avant qu'on ait eu le temps de réagir on se fait aspirer par un vrai tourbillon. Et, même si on essaye de remonter à la surface, on coule. Irrémédiablement… Tu comprends ce que je veux dire ?

En fait, elle n'avait pas la moindre idée de ce que tout ce charabia signifiait. Mais pour ne pas l'arrêter ni le décevoir elle opina du chef.

— Je comprends, p'pa, murmura-t-elle.

— Et si on n'a pas fait assez attention, si on n'a pas donné des bouées de secours à ses enfants, ils coulent à pic avec vous.

Gracie ne comprenait toujours rien aux élucubrations de son intellectuel de père. Il parlait dans un langage inintelligible au commun des mortels. Peut-être qu'il venait vraiment d'une autre planète, en fin de compte ? Est-ce qu'il existait quelque part un établissement où elle aurait pu prendre des cours de martien ou de vénusien afin de se trouver sur la même longueur d'onde que son père ?

— C'est ma faute, continuait-il sur le même ton désabusé. C'est à cause de moi que tu t'es fait virer. Cette Felicia Marlowe est vraiment une sale bonne femme. D'ailleurs, je l'ai envoyée se faire voir.

Gracie lui jeta un regard empreint d'un respect tout neuf.

— Allez, p'pa, démarre !

— Je ne crois pas que tu mesures la gravité de ce renvoi, Gracie. Cette école est l'une des meilleures de…

— Cette école, elle pue, p'pa.

— Tu as besoin d'un enseignement de haut niveau. Pas du tout le genre de ce qu'on propose dans les lycées publics, et…

— Ecoute, p'pa, je regrette si je te fais de la peine, mais je te signale que je n'ai pas du tout l'intention d'entrer à Harvard.

Elle avait déjà repéré une petite école d'art à Chicago. Mais, de toute façon, il lui restait encore trois longues années de secondaire. Impossible de savoir ce qui allait se passer d'ici là.

— J'ai pris de mauvaises décisions, poursuivait son père. Des décisions qui ont eu un effet néfaste sur toi. J'aimerais pouvoir remonter le temps et changer tout ça, mais ce n'est pas réaliste. Alors, voilà ce que je t'annonce : je vais faire mon possible pour mieux m'occuper de toi, à l'avenir. Quand nous serons sortis de cette impasse, nous repartirons de zéro, toi et moi, et nous construirons notre relation sur de nouvelles bases, plus stables, plus solides. Il n'est pas trop tard pour ça : tu n'as que quinze ans, après tout.

Ce n'était probablement pas le meilleur moment pour lui parler de Carlos, songea Gracie. Mais elle avait promis à ce satané inspecteur qu'elle le ferait, et elle était persuadée qu'il viendrait vérifier si elle avait bien tenu parole. Doug. C'était comme ça qu'il s'appelait. A la vérité, elle l'avait trouvé vachement beau gosse pour quelqu'un de son âge. Bien sûr, il était largement trop vieux pour elle, même si ses yeux avaient une lueur sexy qu'elle n'avait pu s'empêcher de remarquer. En plus, malgré le stress que lui avait causé sa confession de la veille, la jeune fille avait bien vu qu'il n'arrêtait pas de regarder sa tante Mia. Laquelle, de son côté, avait l'air complètement subjuguée par le séduisant policier. Gracie aurait mis sa main à couper qu'il se passait quelque chose entre ces deux-là.

De toute façon, ce n'était pas son problème. Elle en avait un de taille à régler, et mieux valait s'en débarrasser tout de suite.

— Papa ? fit-elle après avoir inspiré profondément pour se donner du courage. Il y a un truc que je dois t'avouer…

15.

La matinée du jeudi se résuma pour Mia à une suite ininterrompue de rendez-vous avec des acheteurs et des vendeurs potentiels. Du coup, elle ne mit le pied à l'agence qu'à midi. Bev était déjà partie déjeuner, non sans laisser un gros tas de messages sur des Post-it roses, plus une liste manuscrite d'un demi-million de trucs à faire d'urgence. En dessous, proprement plié, Mia découvrit un article de journal flanqué d'un autre Post-it, jaune celui-là, où Bev avait griffonné de son écriture pressée :

« Désolée si ça te pourrit la journée, mais j'ai pensé que, si tu n'avais pas encore entendu parler de cette histoire, il valait mieux te mettre au courant rapidement. PS : toujours pas de nouvelles de Kaye. PS2 : ne saute pas le déjeuner. Je répète : NE SAUTE PAS LE DEJEUNER ! Signé, Maman Ours. »

Réprimant un sourire amusé, Mia feuilleta rapidement les messages téléphoniques. La plupart émanaient de clients de l'agence ; il y avait aussi plusieurs appels d'organismes de presse : le *Globe* et le *Herald* pour les journaux, plus diverses radios et chaînes de télévision locales. Que se passait-il donc ? La journée de la veille avait été difficile, mais Mia ne s'attendait certes pas à ce harcèlement médiatique. D'accord, Kaye était une personnalité du monde de l'immobilier, mais elle n'avait jamais atteint le statut de célébrité. Elle n'était qu'une femme d'affaires de plus parmi les milliers de gens comme elle qui réussissaient dans leur carrière. Alors, d'où venait ce soudain intérêt des médias ?

Avec un soupir, Mia se pencha sur l'article. Lorsqu'elle y découvrit la photo de Sam, son cœur manqua un battement. Ce fut bien pire quand elle lut la légende en gros caractères : Barbe Bleue…

— Merde ! chuchota-t-elle. Merde et remerde !

C'était vraiment la catastrophe. Cette méchante caricature allait pourrir définitivement la vie de son frère. Sans compter les ennuis que ça allait causer à cette pauvre Gracie.

Le téléphone sur son bureau se mit à sonner, mais Mia décida de l'ignorer. C'était probablement un autre reporter assoiffé d'informations croustillantes qui voulait un scoop pour sa une du lendemain, et elle n'était vraiment pas d'humeur à supporter ce genre d'intrusion. Elle se concentra sur l'article qu'elle parcourut à la hâte pour mieux mesurer l'étendue des dégâts. Ce n'était pas joli joli : ce Tommy Malone de malheur avait dressé un tableau effrayant de Sam. Il avait collé les uns aux autres des événements épars afin de présenter Sam sous le jour d'un criminel aussi effroyable que Ben Laden !

Accablée, Mia reposa la coupure de presse sur un coin de son bureau pour se replonger dans le tri des Post-it roses. Elle ne garda que ceux qui avaient un rapport avec son travail ; les autres atterrirent dans la corbeille.

Puis elle prit son téléphone pour composer le numéro de son frère.

La ligne était occupée. Il était probablement harcelé par

les journalistes. Bon, elle réessaierait plus tard. D'ici là, elle avait du pain sur la planche. Entre autres, une foule de messages à trier. Mais avant il fallait qu'elle avale quelque chose, sinon elle tomberait d'inanition.

Elle ouvrit le tiroir de son bureau, et en tira un paquet de barres particulièrement caloriques que Kev avait oublié la semaine précédente. Est-ce que cela méritait le nom de « déjeuner », ou allait-elle se faire enguirlander par Bev ? Haussant les épaules, Mia vérifia la date limite de consommation. Rassurée, elle ouvrit l'emballage et croqua dans la première barre avec un vague sentiment de honte. Si jamais Kevin la surprenait en flagrant délit d'avalage de cochonneries grasses et outrageusement sucrées, quel savon il lui passerait ! Surtout après tous les sermons qu'elle lui avait servis sur les dangers de la malbouffe… Enfin, à la guerre comme à la guerre : c'était tout ce qu'elle avait sous la main pour le moment, et cela suffirait bien en attendant qu'elle puisse prendre un repas plus substantiel.

Elle alluma son ordinateur, et pendant qu'il se mettait en route elle écouta un à un les messages vocaux sur son répondeur, un stylo à la main pour noter les choses importantes. Dès qu'elle entendait un journaliste, elle effaçait le message sans même en écouter la teneur.

Une fois cette corvée terminée, elle s'occupa des messages sur sa boîte mail : il y en avait deux bonnes douzaines, et elle se mit en devoir de les trier tout en continuant à s'emplir la bouche de nourriture indigeste et collante.

A part les spams habituels du genre « Augmentez la taille de votre pénis » et autres insanités classiques, elle ouvrit chaque mail pour être sûre de ne rien manquer d'important. Comme pour son répondeur, elle effaçait les courriers indésirables ou inutiles. Les demandes d'informations étaient retransmises à Bev, et le reste partait directement à la salle d'impression.

Lorsqu'elle eut terminé, au lieu d'aller récupérer ses nouveaux documents de travail pour s'y atteler sans tarder, elle sortit un bloc sténo de son tiroir et se mit à griffonner des notes en désordre. Doug Policzki avait trente ans : cela faisait donc vraisemblablement moins de dix ans qu'il travaillait dans la police, ce qui signifiait que son salaire était encore modeste. Elle compta dans sa tête, fit quelques opérations sur sa calculatrice pour prendre en considération les taux d'intérêt plus les remboursements mensuels et les frais d'entretien, et finit par trouver une fourchette de prix qui lui sembla raisonnable. Un jeune célibataire dans le genre de Policzki souhaitait probablement habiter dans une zone centrale de la ville, pas trop loin de son lieu de travail ni des restaurants et des cinémas, et si possible à quelques pâtés de maisons seulement de la station de métro la plus proche.

Son bloc sténo devant elle, Mia réfléchit quelques minutes avant d'établir une liste des quartiers susceptibles d'intéresser son futur client.

Est-ce qu'il voudrait aussi une belle vue ? se demanda-t-elle tout en mordillant le bout de son stylo d'un air pensif. Non, conclut-elle. Etant donné les horaires impossibles de son boulot de flic, il ne passerait sûrement pas assez de temps chez lui pour prêter beaucoup attention à ce qu'il verrait de sa fenêtre. Donc, à moins qu'il ne l'avertisse du contraire, elle laisserait de côté les appartements en haut des gratte-ciel. Policzki devait être le genre de type à valoriser avant tout le côté pratique plus qu'esthétique…

C'était la partie de son travail qui lui plaisait le plus : trouver les maisons qui correspondraient parfaitement à leurs futurs propriétaires, où ils se sentiraient aussi à l'aise que dans une seconde peau. Elle se connecta au service de listings où l'agence Winslow & DeLucca était inscrite et lança une recherche avec les critères qu'elle avait établis au préalable. Bien vite, elle élimina la plupart des logements que le programme avait sélectionnés pour elle : trop grands, trop petits, mal situés… Finalement, elle se retrouva avec six ou sept possibilités, qu'elle transféra aussitôt vers l'imprimante. Une fois les pages sorties, elle les rassembla dans un dossier sur lequel elle inscrivit « Doug Policzki » avant de le ranger dans le tiroir de son bureau.

A cet instant, le téléphone se mit à sonner. Elle n'avait pas franchement envie de répondre, mais après tout elle avait une agence à faire tourner. Et sans téléphone… autant dire qu'elle se coupait du monde et mettait la clé sous la porte ! Il y avait mieux à faire que se terrer en attendant que l'orage passe.

— Agence Winslow & DeLucca, bonjour ! fit-elle d'un ton faussement enjoué.

— Je souhaiterais parler à Mme DeLucca, s'il vous plaît, lui répondit une voix féminine qu'elle ne reconnaissait pas.

Après une seconde d'hésitation, Mia décida de répondre avec courtoisie.

— C'est moi, fit-elle sans trop de chaleur.

— Madame DeLucca ? Ici Emily Olson. La mère de Michelle.

Il fallut à Mia une bonne minute pour comprendre de qui il s'agissait. Machinalement, elle se redressa sur son siège et passa une main nerveuse dans ses cheveux ébouriffés, comme si sa correspondante avait pu la voir.

— Mais bien sûr, pardonnez-moi, dit-elle vivement. Je

manque à tous mes devoirs, alors que c'est si gentil à vous de m'appeler.

— Kevin m'a dit que vous vouliez me parler avant que nous ne partions. Je voulais vous dire que… enfin, je serais bien incapable de vous jeter la pierre ! A vrai dire, j'agirais exactement comme vous si ma fille unique partait en Floride avec des gens que je n'ai jamais rencontrés.

— Alors, vous ne me soupçonnez pas d'être parano ? Surprotectrice ? Mère poule ?

Emily Olson eut un rire absolument charmant.

— Je pense que vous êtes tout à fait du même genre que moi ! Je sais bien qu'il est temps de laisser ma fille voler de ses propres ailes, mais honnêtement je n'arrive pas à me faire une raison. Mon mari me trouve complètement cinglée ; mais le temps file si vite, et nos enfants ne passent qu'une si petite partie de leur vie sous notre responsabilité ! C'est terriblement dur de s'imaginer ce que sera notre existence une fois qu'ils seront partis pour de bon.

Mia soupira de soulagement : enfin une femme qui pensait comme elle ! Cela faisait du bien de ne plus se sentir seule.

— C'est exactement ce que je ressens, avoua-t-elle.

— Michelle est la plus jeune de nos quatre enfants, et j'ai dû en passer par là chaque fois, vous savez ?

— Et alors ? demanda Mia avec une sorte d'avidité. Comment avez-vous réussi à supporter la séparation ? Comment survit-on au départ de ses enfants ?

— Ma pauvre amie, si j'avais la réponse à cette question, je ne serais pas là à m'inquiéter de l'avenir de ma cadette ! Vous savez comment c'est : on commence par être en admiration devant un adorable petit bébé, on passe dix-huit années complètes à ses côtés, à le regarder grandir, à l'éduquer, à lui apprendre des tonnes de choses, à lui donner tant d'amour et d'attention qu'il ne vous en reste presque plus pour vous-même. Et puis, un beau matin, au réveil, on s'aperçoit que le bout de chou vous dépasse d'une tête. Et on se demande si la transformation s'est passée pendant qu'on dormait, tellement ça paraît soudain. Ensuite, pas le temps de dire ouf : votre bébé s'est envolé, et on reste désemparé avec l'impression que toutes ces années ont filé comme le vent et qu'on n'en a pas profité comme on l'aurait voulu.

Mme Olson fit une petite pause pensive avant de reprendre d'un ton serein :

— Pour Michelle, c'est encore plus dur. C'est ma plus jeune, et c'est aussi ma seule fille. Elle va entrer à l'université en septembre prochain, et je dois bien admettre que cette éventualité me terrifie. Que vais-je bien pouvoir faire de tout mon temps libre ? De mon trop-plein d'émotion ? Tout cet amour maternel qui remplissait mes journées, que va-t-il devenir ? Mon mari est un type génial, aimant et compréhensif, mais son travail l'occupe pendant la plus grande partie de la semaine. Et je ne peux pas reporter sur lui toute la tendresse que je ne pourrai plus partager avec ma fille, sinon il étoufferait. Je crois qu'il va falloir que je me trouve une autre occupation pour combler le vide. Peut-être que je pourrais me lancer dans la fabrication de porcelaine ? Ou dans la vannerie ?

— Ou vous initier au golf ? suggéra Mia qui comprenait parfaitement le désarroi de son interlocutrice.

— Oh, non, par pitié ! s'exclama Emily Olson. Tout sauf le golf.

Elles éclatèrent de rire ensemble, avant d'observer un silence de connivence pendant quelques secondes.

— Est-ce que je peux être franche avec vous ? fit Mia.

— J'espère bien que vous le serez toujours.

— Je suppose que c'est mon côté paranoïaque qui ressort, mais je suis un peu inquiète de voir nos enfants se… rapprocher autant, si vous voyez ce que je veux dire.

— Ah, je vois ! Le problème des relations intimes… Ecoutez, je peux bien vous le dire, puisque je suis déjà passée par là trois fois. Quand ils auront décidé que le moment sera venu, rien, à part peut-être une explosion nucléaire, ne les arrêtera. Je sais que c'est dur à entendre, et que ça ne va pas vous aider à mieux dormir la nuit, mais c'est la stricte vérité. Bien sûr, vous pouvez leur vanter les joies de l'abstinence. Vous pouvez leur exposer cent cinquante mille raisons de ne pas passer à l'étape suivante, d'attendre jusqu'à ce qu'ils soient vraiment prêts à devenir des adultes. Et ils vous écouteront bien sagement, jusqu'à ce que leurs hormones se déchaînent et leur fassent tout oublier à part ce désir fulgurant. A ce moment-là, ils seront prêts, quels que soient les principes que vous aurez tenté de leur inculquer. Il ne vous restera alors qu'à leur faire la leçon sur les responsabilités que cela implique, sur les dangers des MST et la nécessité d'utiliser des préservatifs. Après quoi, vous passerez des nuits entières les yeux grands ouverts, incapable de dormir, à prier le ciel que vos enfants vous écoutent malgré tout. Que vos conseils aient suffisamment porté leurs fruits pour qu'ils n'attrapent pas le sida et qu'ils ne se retrouvent pas confrontés à une grossesse non désirée. Mais de toute façon le résultat dépend d'eux, et d'eux seuls.

— A vous entendre, ça a l'air si simple ! dit Mia en soupirant.

— Vous plaisantez ? C'est l'une des épreuves les plus

difficiles qu'il m'ait jamais été donné de connaître. Mais je me suis raisonnée pour mes trois garçons, et j'essaie de faire pareil pour ma petite Michelle : après tout, il y a pire. Ils pourraient essayer beaucoup d'autres choses nettement plus dangereuses pour eux, alors, autant se résigner. Quand on considère la chose sous cet angle, on se sent nettement mieux.

— Vous avez sûrement raison…

— En tout cas, je suis sûre d'une chose : c'est qu'il y a un moment où on doit lâcher la bride. Sinon, on finit par se rendre malade d'inquiétude. Ecoutez, madame DeLucca, il y avait autre chose que je voulais vous dire : mon mari et moi, nous aimons beaucoup Kevin. C'est un garçon épatant. Je sais que vous l'avez élevé seule : il nous a parlé de ce qui était arrivé à son père. Je voulais juste que vous sachiez que, de notre point de vue, vous avez vraiment fait un travail formidable avec votre fils.

— Merci, murmura Mia tout en tortillant une boucle de cheveux autour de son index. Ecoutez, est-ce que… est-ce que vous seriez d'accord pour que nous nous rencontrions après votre retour pour discuter de tout ça ?

Elle espérait ne pas avoir été trop directe. Elle ne voulait pas s'imposer à cette charmante femme. Mais quelque chose en elle lui soufflait qu'elle pourrait bien tisser des liens d'amitié avec Mme Olson.

— Au contraire, ça me ferait très plaisir ! s'exclama Emily. Etant donné que nos enfants ont l'air très amoureux, je crois que rien ne serait plus bénéfique, pour eux comme pour nous. Ecoutez, je vous passerai un petit coup de fil à notre retour de Floride et nous déjeunerons ensemble, d'accord ?

— Oui, c'est parfait.

Après s'être remerciées l'une l'autre, les deux femmes mirent fin à leur conversation. La main sur le combiné qu'elle avait reposé sur sa base, Mia resta songeuse quelques instants. Emily Olson avait mille fois raison : quand un enfant atteignait un certain âge, l'influence maternelle s'étiolait d'elle-même. Il ne vous restait plus qu'à espérer lui avoir suffisamment montré la voie qu'on estimait la meilleure pour lui, en croisant les doigts pour qu'il ne se brûle pas les ailes.

Mia tamponna discrètement le coin de ses yeux avec un mouchoir en papier. C'était inutile de se morfondre ou de se ronger les sangs pour son fils : il serait bientôt adulte, et l'important, c'était de toujours aller de l'avant. Si on faisait du surplace, si on s'encroûtait, on ne s'en sortait pas. Pas question de devenir une de ces mères aigries et castratrices. Kevin changerait, de toute façon, alors autant s'y habituer dès maintenant.

Ragaillardie par sa conversation chaleureuse avec la mère de Michelle, Mia reprit son téléphone pour essayer de joindre Sam. Peine perdue : la ligne sonnait toujours occupée. Bon, il valait mieux laisser tomber pour le moment, d'autant que d'autres e-mails étaient arrivés pendant qu'elle établissait une liste de propriétés susceptibles de plaire à l'inspecteur Policzki.

Le métier d'agent immobilier n'était vraiment pas de tout repos, songea la jeune femme tout en parcourant les nouveaux messages. Le premier venait d'un client qui désirait prendre rendez-vous afin de visiter un bien qui l'intéressait. Après avoir cliqué sur « Imprimer », Mia poursuivit sa lecture. Les deux mails suivants lui proposaient l'un d'acquérir « un petit bout de paradis » sur les terres du Costa Rica, l'autre de contracter un crédit « à taux exceptionnel » sur une base de 20 000 dollars. Quel ramassis de propositions stupides ! songea-t-elle tout en supprimant les deux messages inutiles. Il lui en restait un quatrième et dernier à lire.

Lorsqu'elle l'ouvrit, elle réprima un sursaut de stupeur. Sur un fond noir comme de l'encre, de grosses lettres sanguinolentes s'étalaient, dans une police de caractères tellement large que son écran en était rempli.

RESTEZ EN DEHORS DE ÇA !

En dehors de quoi ? Il s'était passé tellement de choses complètement invraisemblables ces deux derniers jours que cet avertissement pouvait s'appliquer à quantité d'événements. A vrai dire, elle n'avait que l'embarras du choix. Mais qui avait bien pu lui envoyer ce message ? Et pourquoi cherchait-on à lui faire peur ?

En tout cas, la tactique n'était pas franchement au point : ce message était tout sauf effrayant. On aurait dit une blague de gamin. Restez en dehors de ça — sinon quoi ? L'expéditeur ne s'était même pas donné la peine de préciser ce qu'elle encourait si elle faisait fi de cette mise en garde. Restez en dehors de ça, sinon je viens vous taper dessus ? Restez en dehors de ça, sinon je vous envoie un méchant virus qui détruira votre ordinateur ? Restez en dehors de ça, sinon, je serai très fâché contre vous ? Non, décidément, la menace était bien trop vague pour qu'elle la prenne au sérieux.

Un peu agacée tout de même, Mia jeta un coup d'œil à la ligne mentionnant l'expéditeur : c'était un certain John Smith, ce qui équivalait à Monsieur Tout-le-monde. Quant à l'adresse électronique qui allait avec ce nom passe-partout, elle renvoyait à l'un de ces comptes mails gratuits, anonymes et ultrarépandus. Impossible de retrouver la trace de son mystérieux correspondant. Mia aurait parié à dix contre un que le compte mail avait été annulé deux secondes à peine après l'envoi du message. Juste pour vérifier qu'elle ne se trompait pas, elle envoya une page blanche de réponse à l'expéditeur. Pour être sûre. Après avoir patienté quelques minutes, elle ouvrit de nouveau sa boîte de réception. Comme par hasard, son message lui était revenu avec la mention « adresse inconnue ». Tiens, tiens ! Quelle surprise ! songea-t-elle avec ironie.

Elle se demanda comment on avait fait pour obtenir son adresse, puis hocha la tête. Ses coordonnées professionnelles étaient indiquées sur la page d'accueil du site web de l'agence. N'importe qui pouvait donc les avoir. C'était d'ailleurs pour cette raison qu'elle recevait tellement de spams. Mais, de nos jours, personne ou presque ne pouvait faire marcher une affaire sans page web ni adresse e-mail. Peut-être pourrait-elle rechercher la trace de l'expéditeur du message ? N'importe qui d'un peu doué en informatique devait pouvoir y arriver. Par exemple, la police municipale et son département d'experts informatiques. Mais, si elle allait voir les inspecteurs Abrams et Policzki pour leur exposer sa demande, ils risquaient fort de lui rire au nez : la dangerosité de la menace qui lui avait été adressée ne justifiait sûrement pas qu'elle mobilise les ressources informatiques du département des homicides !

Faute de mieux, elle transféra le mail en question vers l'imprimante avant de composer le numéro de Sam pour la troisième fois. Toujours occupé. Ça commençait à devenir exaspérant. Qui donc pouvait monopoliser la ligne de son frère aussi longtemps ? Peut-être sa connexion à Internet bloquait-elle son téléphone ? Mais non, personne ou presque n'utilisait plus ce genre de connexion. La plupart des abonnés à Internet disposaient de l'ADSL ou du câble. D'ailleurs, elle imaginait mal Kaye se satisfaire du bas débit. Non, il devait s'agir d'autre chose. Peut-être que Sam en avait eu assez d'être harcelé au téléphone et qu'il avait tout simplement débranché la prise.

A l'instant où elle raccrochait, le téléphone sonna de nouveau. Mia eut un instant de découragement, mais elle se ressaisit vite : si elle voulait continuer à faire des affaires, elle avait besoin qu'on l'appelle — et il fallait qu'elle réponde. Absolument. C'était vital.

Bien décidée à tenir bon, elle décrocha.

— Allô, vous êtes bien à l'agence Winslow & DeLucca.

— Mia ? Ici Doug Policzki.

Il l'avait appelée par son prénom… Elle sentit une bouffée brûlante monter de sa poitrine jusqu'à son visage qui rosit presque instantanément. Sous le choc, elle faillit laisser échapper le téléphone. Mais que lui arrivait-il donc ?

Ignorant volontairement le léger tremblement qui secouait sa main, elle passa la langue sur ses lèvres étrangement sèches et déglutit avec difficulté avant d'articuler presque posément :

— Oui, inspecteur ?

— Comment va Gracie ?

— Elle se sent un peu honteuse, répondit Mia tout en gribouillant rêveusement le coin de son sous-main déjà constellé de taches. Mais, surtout, ne vous sentez pas coupable : c'est une très bonne chose.

— Vous m'aviez dit de vous rappeler pendant les heures de bureau. Pour l'appartement, poursuivit Policzki d'une voix entrecoupée de friture.

Il devait appeler de son portable, songea Mia. La communication était plutôt mauvaise.

— Ah, oui ! s'exclama-t-elle tout en ouvrant précipitamment son tiroir pour en sortir la présélection qu'elle avait établie à son intention. Justement, je voulais vous informer que j'avais déjà fait une première recherche sur le serveur des agences immobilières pour mettre de côté un certain nombre de biens susceptibles de vous intéresser. Si vous êtes d'accord, nous pourrions prendre rendez-vous pour les visiter.

— Quelles sont vos disponibilités ? Je ne suis pas en ville actuellement, mais je peux peut-être me libérer ce soir. Enfin, si vous êtes…

Sa phrase fut interrompue par des parasites. Mia tendit l'oreille, et parvint à saisir le reste.

— … et que ça ne vous embête pas trop de faire des heures supplémentaires.

— Ecoutez, ne vous en faites pas pour ça : je suis agent immobilier, ce qui veut dire que, question horaires, je suis à peu près aussi flexible que vous. Dans mon métier, nous travaillons le soir et le week-end si nécessaire, alors, vous savez…

— Dans ce cas, je peux vous passer un coup de fil ? Disons, vers 19 heures ? Avec la réserve suivante : si… (nouvelle interruption due aux parasites)… arrivait, je me verrais dans l'obligation de reporter notre rendez-vous.

— Vous avez mon numéro de portable ?

— Non. Attendez, donnez-moi juste une seconde…

Elle l'imagina en train de fouiller ses poches à la recherche d'un bout de papier et d'un stylo.

— O.K., fit-il au bout de quelques instants. Allez-y, je note.

Elle lui donna son numéro personnel et ils vérifièrent ensemble qu'il avait bien entendu.

— Impeccable, conclut Policzki avant de raccrocher sans même lui avoir dit au revoir.

D'un geste lent, Mia raccrocha. Puis, repoussant machinalement une mèche de cheveux humides derrière son oreille, elle se demanda si elle avait bien fait d'accepter un rendez-vous avec ce trop séduisant inspecteur.

Quand Lorna ressortit du magasin d'alimentation, les bras chargés de cannettes de soda, de hot dogs et de sandwichs aux boulettes de viande, Policzki était au téléphone, nonchalamment appuyé contre leur voiture de fonction. Pas étonnant que les femmes lui courent après, songea l'inspecteur Abrams. Dans cette posture qui lui donnait l'air encore plus grand et mince, tout auréolé de la lumière de cet bel après-midi automnal, il était craquant. Elle s'approcha de lui à travers le nuage de poussière soulevé par un pick-up qui venait de faire demi-tour dans le parking. Au moment où elle le rejoignait, son coéquipier referma le clapet de son portable qu'il fourra dans sa pochette de ceinture.

— J'ai décidé de suivre ton conseil, lui annonça-t-il. Je vais m'acheter un appartement et déménager.

— Comme quoi, il n'y a que les imbéciles qui ne changent pas d'avis ! remarqua Lorna du ton le plus paternaliste qu'elle puisse prendre. Où est-ce qu'on s'installe pour manger ?

— Là-bas : table de pique-nique à 8 heures, chef.

Ils traversèrent le parking pour aller s'asseoir de part et d'autre d'une table de bois usé par les intempéries.

Les sourcils froncés, Policzki fit mine d'épousseter le dessus du plateau fendillé tout en marmonnant quelque chose à propos des contrôles sanitaires.

— Arrête deux minutes de penser à ce genre de trucs, tu veux ? lui dit Lorna. Tu dormirais sûrement mieux si tu n'avais pas constamment ça à l'esprit.

— Mais je dors très bien, affirma l'inspecteur tout en déballant d'un air soupçonneux son sandwich aux boulettes de viande du papier aluminium qui le gardait au chaud. Je suppose qu'on ne t'a pas donné de fourchette pour manger ce truc bizarre ?

Lorna prit une grosse bouchée de son hot dog encore fumant.

— Il doit y en avoir une quelque part au fond du sac.

D'un air dégoûté, Policzki fouilla précautionneusement dans l'emballage de leur repas avant d'en extirper du bout des doigts une fourchette en plastique si fine et fragile qu'elle risquait fort de se casser en deux s'il la plantait trop brusquement dans l'une de ses boulettes.

Les fourchettes de pique-nique ne sont plus ce qu'elles étaient, songea-t-il tout en mâchant consciencieusement son premier morceau de viande— on aurait dit du caoutchouc vaguement bouilli.

— Difficile de croire que cette femme est bien la sœur de Kaye Winslow, fit-il après avoir dégluti avec difficulté.

— Je me demande si Sam est au courant de son existence.

— Je suis prêt à parier que non. Pas plus qu'il ne doit avoir vu ce mobile home miteux.

— Ou cette ville déprimante, renchérit Lorna, la bouche pleine. Au fait, qu'est-ce qui t'a pris, tout à l'heure ? J'ai pratiquement dû te coller des coups dans les côtes pour que tu donnes ta carte à cette charmante Deb !

— Tu n'as pas vu la façon dont elle me regardait ? Elle m'aurait avalé tout cru si elle avait pu.

— Bah ! Ce ne serait pas la première fois qu'une femme aurait envie de te croquer, mon garçon. Tu les attires comme des mouches !

— Peut-être, mais ça ne veut pas forcément dire que j'apprécie.

Un demi-sourire éclaira le visage de Lorna.

— Nerveux, hein ?

— Tu parles ! N'importe qui le serait à ma place : elle est affreuse, cette bonne femme !

— Arrête de jouer les martyrs, Policzki. J'avais une bonne raison d'insister : elle avait l'air de t'apprécier tellement qu'elle remarquait à peine ma présence. Conclusion : c'était absolument logique de lui donner ta carte et non la mienne. Parce que, si elle a quelque chose à nous dire, elle préférera t'appeler, plutôt que moi. CQFD.

— C'est justement ce qui m'inquiète. Et au fait merci bien de m'utiliser comme vulgaire appât ! rétorqua Policzki avant d'abandonner la fourchette et de mordre voracement dans son sandwich.

— Eh bien ! Après tout ce que je fais pour toi, tu pourrais faire preuve d'un minimum de reconnaissance !

Policzki avala sa bouchée, en prit une autre, la mâcha avec application.

— Merci pour le sandwich, fit-il sans cesser de mastiquer. C'est ça que tu voulais entendre ?

— Pour l'instant, ça ira. Au fait, tu viens de faire une grosse tache de sauce tomate sur ta cravate.

Policzki baissa le nez sur son costume.

— C'est pour ça que j'essayais de le manger proprement, avec une fourchette, comme quelqu'un de civilisé, grommela-t-il.

A l'aide d'une serviette en papier, il tenta de nettoyer

la tache sans grand succès. En fait, il aggravait plutôt la situation.

— Tu n'auras qu'à l'apporter au pressing, lui dit Lorna. Pour l'instant, essaie de ne pas trop traîner, petit. On a encore pas mal de choses à faire et de gens à voir.

— Je sais, je sais. Et un bon paquet de kilomètres à parcourir avant d'aller se coucher. La routine, quoi.

Après avoir repris une énorme bouchée de sandwich, Policzki s'essuya la bouche avec une autre serviette, referma soigneusement le papier alu autour du reste de son frugal repas, le remit dans le sac, jeta les deux serviettes sales dans la poubelle la plus proche et se leva d'un air décidé.

— Allez, en voiture ! lança-t-il à sa coéquipière qui se hâtait de terminer son hot dog dégoulinant de moutarde.

Charlie Cunningham habitait dans une modeste maison de plain-pied dans le style « rancher », avec une pelouse qui n'avait pas dû voir une tondeuse depuis des lustres. Un vieux pick-up était garé sur une grosse touffe d'asclépiades et de solidages jaune d'or, non loin de l'allée qui menait à la maison. Sur le côté de la pelouse, il y avait une niche — mais pas de chien dedans. L'endroit n'était pas particulièrement luxueux, mais comparé au mobile home de Deb Rideout c'était presque un palace.

— Notre ami Charlie est quand même un cran au-dessus de sa belle-famille, commenta Lorna.

Il n'y avait pas de perron. Les deux policiers se dirigèrent donc vers la porte située sur le côté de la maison, et frappèrent discrètement. Au bout d'une minute, comme personne ne répondait, Lorna frappa de nouveau, cette fois un peu plus fort.

— On dirait qu'il n'y a personne, dit Policzki.

— La sœur de Kaye nous a bien dit qu'elle ne l'avait pas vu depuis un bout de temps, non ?

— Mmmh. Je me demande ce que ça veut dire.

— J'en sais rien, Policzki. Tu penses à la même chose que moi ?

Ils firent le tour de la maison pour aller vérifier la courette à l'arrière du bâtiment. Il y avait aussi un petit garage en piteux état, dont les fenêtres couvertes de crasse ne laissaient pas voir grand-chose : en collant le nez aux carreaux, ils jetèrent un coup d'œil à l'intérieur, mais il n'y avait personne non plus. Ils remontèrent donc en voiture pour retourner au centre-ville, et s'arrêtèrent à la mairie bibliothèque. Le bâtiment qui abritait les deux services municipaux n'était pas très grand ni très beau, et la pièce où l'on entrait directement servait pour l'ensemble des demandes. Dans un sens, c'était plutôt pratique : il n'y avait qu'un seul bureau où l'on pouvait payer ses impôts, obtenir la carte grise de son véhicule ou emprunter des livres. Derrière l'espèce de comptoir surélevé où les visiteurs devaient attendre leur tour, une employée solitaire regardait un feuilleton à l'eau de rose sur une petite télé noir et blanc. D'après le nom affiché à côté du stylo mis à disposition de la communauté, elle s'appelait Temple Hopkins.

La jeune femme leva les yeux vers Abrams et Policzki, l'air étonné. Elle les étudia pendant quelques instants avant de jeter un coup d'œil ennuyé vers l'écran de télévision, au cas où elle aurait manqué un détail crucial pour la suite de l'histoire.

— Je peux vous aider ? demanda-t-elle, visiblement peu enthousiaste.

— Nous sommes à la recherche de Charlie Cunningham, déclara Lorna. Vous le connaissez ?

La série télé s'interrompit le temps d'une page de publicité, ce qui permit à la dénommée Hopkins de s'occuper un peu mieux de ses visiteurs.

— Tout le monde connaît Charlie, répondit-elle. Pourquoi êtes-vous à sa recherche ?

En guise de réponse, Lorna lui montra son insigne.

— Vous l'avez vu dans le coin récemment ?

— Pas depuis une semaine. Je passe devant sa maison en voiture tous les matins quand je viens travailler ici, et je n'ai pas vu son véhicule.

— Vous auriez une idée de l'endroit où il pourrait se trouver ?

— Désolée, mais on ne se connaît pas assez pour ça. On est allés à l'école ensemble, mais on ne traînait pas avec les mêmes bandes de copains.

— Que savez-vous de lui ? demanda Policzki, l'air sérieux, comme toujours.

— Il est plutôt tranquille, comme garçon. Pas très expansif ni très sociable. Ses parents sont morts il y a quelques années. Sa mère a succombé à un cancer, et son père est décédé à peine quelques mois après. Charlie était enfant unique, c'est pour ça qu'il a hérité de leur maison. Si ça peut vous aider, il conduit généralement un vieux tas de ferraille bringuebalant — une Pontiac modèle Tempest de 1968. Voilà. Je ne peux pas vous donner plus d'infos sur lui.

— Est-ce qu'il travaille quelque part ?

— Pas comme salarié. C'est un travailleur indépendant. Il fait des petits boulots : de la menuiserie, un peu de tout.

— Est-ce qu'il a déjà eu des ennuis ? reprit Lorna.

— Pas à ma connaissance. A part un petit accrochage avec un voisin, il y a deux ou trois ans. A cause du chien de Charlie qui aboyait toute la journée quand son maître était au travail. Je m'en souviens parce que mon mari est agent de police. C'est lui qui a dû régler leur différend.

— Et alors ? Comment cela s'était-il terminé ?

— Très simplement : Charlie a emmené son chien au fond de la cour et il lui a mis une balle dans la tête.

— Effectivement, c'est une méthode efficace, conclut Lorna. Il est marié, Charlie Cunningham ?

— Plus maintenant. Lui et sa femme se sont séparés il y a quelques années. Sheila Rideout, je me souviens encore de son nom de jeune fille. Quel morceau, celle-là !

— Pourquoi dites-vous cela ? intervint Policzki.

— Parce qu'elle avait la folie des grandeurs. Sheila croyait qu'elle méritait d'aller à Hollywood et de devenir une actrice célèbre ; vous voyez un peu le genre. Elle a même commencé des études supérieures pour ça : elle s'était inscrite à la fac du Maine, à Orono, pour suivre un cursus d'art dramatique. Mais elle a échoué à ses examens. D'après ce qu'on m'a dit, elle faisait trop la fête pour réussir sa licence. Du coup, elle est revenue au pays et elle a épousé Charlie. Vous imaginez un peu la déception !

Il y avait une pointe de sarcasme dans la voix de la jeune femme, mais les inspecteurs firent comme s'ils ne s'en rendaient pas compte.

— Vous ne sauriez pas, par hasard, où nous pourrions nous procurer une photo de Charlie Cunningham ? fit Policzki de sa voix grave et bien timbrée.

— Mais si ! Vous pouvez toujours regarder dans le livre d'or de sa promo : il y a un exemplaire à la bibliothèque.

Par contre, il a un peu changé depuis : c'était il y a quinze ans, tout de même.

Lorna échangea un regard rapide avec Policzki avant de rassurer l'obligeante employée municipale.

— Ça ira très bien, ne vous inquiétez pas.

Temple Hopkins passa de l'autre côté du comptoir pour aller chercher sur une étagère le livre d'or du lycée local. D'un geste précis et assuré, elle l'ouvrit presque au milieu, tourna quelques pages et tomba enfin sur celle qu'elle cherchait.

— Tenez, fit-elle tout en tapotant une photo du bout de son index. Voilà Sheila quand elle s'appelait encore Rideout.

Même avec son brushing des années quatre-vingts, elle était particulièrement attirante. Lorna parcourut rapidement la liste des clubs auxquels appartenait la lycéenne : club de théâtre, association des pom-pom girls, chorale, français pour débutants… Elle ne manquait pas d'activités.

— Et Charlie ? Où est-il ? demanda l'inspecteur Abrams.

Hopkins tourna une autre série de pages avant de pointer de nouveau son doigt sur une photo.

— Le voilà.

Charlie Cunningham. Un beau garçon aux cheveux blond clair, au visage constellé de taches de rousseur, au sourire un peu niais et emprunté. A l'époque où la photo avait été prise, il lui restait le monde entier à découvrir. Il faisait partie de l'équipe de base-ball de son lycée, il jouait de la trompette dans l'orchestre de l'école, et il était membre du club des Fermiers de l'Amérique future. Il devait avoir les mêmes rêves, les mêmes espoirs que des milliers d'autres adolescents de son âge ; il avait dû expérimenter les mêmes déconvenues, les mêmes difficultés que ses petits camarades quand il avait découvert que la réalité du monde du travail était bien plus dure à supporter que sa vie tranquille de lycéen de province. Mais, quelque part sur la voie qu'il avait empruntée, Charlie Cunningham était tombé sur un os. Un vrai. Son parcours pépère avait pris un tournant inattendu, une direction différente qui l'avait mené tout droit sur le sol froid et dur d'une somptueuse cuisine dans un manoir de l'avenue du Commonwealth, où il s'était pris une balle en pleine tête.

— Doug ? fit Lorna, les yeux rivés à la photo, comme pour lui demander confirmation qu'elle ne se trompait pas.

Policzki s'éclaircit discrètement la gorge avant d'afficher son sourire le plus charmeur pour demander à Temple Hopkins :

— Pourriez-vous nous fournir une photocopie des deux pages que vous nous avez montrées, s'il vous plaît ?

16.

Sam et Gracie terminaient tout juste leur déjeuner quand la sonnette de la porte d'entrée retentit. Gracie s'arrêta net, à mi-chemin de l'évier, son verre de Coca light vide dans une main, son assiette où trônait encore une moitié de sandwich au thon dans l'autre. Il restait une chose dont ils avaient à discuter, tous les deux : les habitudes alimentaires de Gracie. Ou, plutôt, son habitude de ne pas manger suffisamment. Un travers qu'il n'aurait sûrement jamais remarqué si sa sœur ne le lui avait pas signalé. La matinée avait été difficile pour tous les deux. Surtout quand Gracie lui avait avoué à contrecœur qu'elle avait chargé un type rencontré sur Internet — mais où avait-elle la tête, cette gamine, avec toutes les horreurs qu'on entendait sur les dangers du cybermonde ? — de filer Kaye et de la prendre en photo. La vie de Sam était vraiment sens dessus dessous en ce moment. Il avait l'impression d'être sur le point de basculer dans la quatrième dimension !

La sonnette se fit de nouveau entendre. Pourvu que ce ne soit pas l'un de ces casse-pieds de journalistes ! Ils semblaient s'être tous donné le mot pour harceler le fameux Barbe Bleue — une interview exclusive du monstre sanguinaire qui hantait les rues de Boston, quel fabuleux sujet pour leur prochaine une ! Jusqu'ici, aucun d'entre eux n'avait encore osé se présenter à sa porte, mais ils ne s'étaient pas gênés pour le harceler au téléphone.

— Attends ici, ordonna Sam à sa fille qui faisait une drôle de tête.

Il n'avait pas ouvert la porte en entier qu'il regrettait déjà de s'être déplacé. Une furieuse envie de claquer le battant au nez des visiteurs, de le fermer à double tour et de s'enfuir le prit subitement. Mais il était trop tard : il avait ouvert une brèche dans laquelle l'ennemie n'hésiterait pas à s'enfoncer. Son cauchemar était si proche qu'il voyait le blanc de ses yeux. Pendant que son époux garait leur voiture, elle resta là, debout sur le pas de la porte, collier de perles au cou, son étole de vison embaumant le Chanel, une lueur de fureur combative dans ses yeux glacés. Elle n'était pas là pour discuter tranquillement de la pluie et du beau temps : on aurait dit un militaire en mission.

— Evelyne, fit Sam d'un air résigné. Comme c'est gentil à vous de passer nous voir !

— Où est ma petite-fille ? tonna la mère de Rachel en écartant majestueusement son ex-gendre pour pénétrer dans l'entrée comme si elle était chez elle.

Le problème, c'était justement que cette maison lui avait appartenu avant que Sam n'épouse sa fille ; aussi ses manières de propriétaire n'étaient-elles pas totalement injustifiées.

Derrière elle, Jack Wise, le père de Rachel, gravit lentement les quelques marches du perron, suivant docilement son épouse.

— Bonjour, Sam, fit-il d'un air compatissant. Est-ce que vous tenez le coup ?

— Bonjour, Jack, répondit Sam tout en hochant la tête

en signe de bienvenue. Je dois dire que j'ai connu des jours meilleurs…

— Où est-elle ? lança Evelyne, sans se soucier d'interrompre la conversation entre les deux hommes. Je sais qu'elle est ici. Nous nous sommes arrêtés à l'académie Bellerose en venant, et on nous a répondu qu'elle ne faisait plus partie des élèves. Où est ma petite-fille ? J'exige de la voir tout de suite !

En son for intérieur, Sam pria pour que Gracie, qui avait toujours été intimidée par sa grand-mère, ait eu la bonne idée d'aller se cacher au fond du jardin.

— L'académie Bellerose et moi-même n'avons pas tout à fait la même philosophie, rétorqua Sam d'une voix faussement calme. Nous avons donc décidé de nous séparer, et cela pour le bien de Gracie.

— Evidemment, j'aurais dû m'en douter ! s'écria Evelyne tout en jetant un regard acéré par-dessus l'épaule de son ex-gendre pour apercevoir l'adolescente qui dansait d'un pied sur l'autre, à moitié dissimulée derrière la porte de la cuisine. Ah ! La voilà enfin ! Gracie, ma chérie, viens voir grand-mère !

Visiblement peu enthousiaste, Gracie sortit de sa retraite en traînant les pieds pour venir se poster juste à côté de son père, l'air ennuyé.

— Salut, grand-mère. Salut, grand-père.

Jack Wise ouvrit la bouche pour lui répondre, mais sa femme le prit de vitesse, comme toujours. D'un seul élan, elle enveloppa sa petite-fille dans ses bras pour la serrer contre sa poitrine généreuse et parfumée.

— Ma pauvre chérie ! s'exclama-t-elle tout en retenant Gracie contre elle pour l'empêcher de se dégager. Tout ceci doit être tellement horrible pour toi !

Au bout de quelques secondes malaisées, la jeune fille parvint à échapper à l'étreinte forcée de sa grand-mère. Reculant d'un pas, elle passa son bras sous celui de Sam, d'un air de défi qui mit du baume au cœur de son père.

— Ne t'inquiète pas pour moi, grand-mère. Je vais très bien.

— Tu es si courageuse, ma pauvre petite ! Je comprends parfaitement que tu te montres loyale envers ton père, mais tu peux te laisser aller avec moi. Je devine à quel point tout ceci doit te perturber, ma chérie. C'est d'ailleurs pour ça que nous sommes ici.

— On peut savoir ce que vous entendez par là ? demanda Sam.

Son ex-belle-mère le toisa d'un air dédaigneux, comme s'il avait été une vile créature vaguement répugnante.

— Enfin, même vous, vous devez bien comprendre que toute cette histoire est dangereuse pour la santé physique et psychologique de Gracie ! Quand je pense que par votre faute elle est exposée à une situation sordide…

Le petit reniflement qu'elle émit en guise de conclusion était particulièrement significatif.

— Ma femme a disparu, Evelyne, répliqua Sam sans se démonter. Seriez-vous assez aimable pour m'expliquer en quoi cette situation peut être qualifiée de sordide ?

— Vous êtes peut-être capable d'abuser les autres, répondit-elle d'un air venimeux, mais moi j'ai su ce que vous valiez dès la seconde où j'ai posé les yeux sur vous. Et tout ce que vous avez pu faire par la suite n'a jamais modifié cette première impression. Vous êtes quelqu'un de dangereux, Sam Winslow. Vous avez causé des ennuis à toutes les femmes que vous avez côtoyées, et vous êtes une source de problèmes pour ma pauvre petite-fille. Dieu seul sait quels dommages irréversibles votre présence a pu causer à Gracie depuis la mort de sa mère. Franchement, je ne comprends pas qu'on vous ait laissé la garde de votre fille ! Pour moi, il est évident que vous êtes un père exécrable, et j'ai bien l'intention de remédier à cet état de fait déplorable. C'est la raison de notre présence ici. Gracie, mon petit, va chercher tes affaires. Tu viens vivre chez grand-mère et grand-père.

Sam entendit Gracie hoqueter de surprise. La main qu'elle avait posée sur son bras se crispa, et il fut pris d'une bouffée de tendresse pour sa fille mêlée de juste colère envers ce dragon femelle qui prétendait lui arracher son seul enfant. A cet instant, il était tellement furieux contre son ex-belle-mère que, s'il avait eu une arme à portée de main, il n'aurait peut-être pas résisté à l'envie de s'en servir pour lui fracasser le crâne. On avait beau être doux comme un agneau, bien élevé, bardé de diplômes, bref, « civilisé », le vernis craquait vite quand la chair de votre chair était menacée. On retrouvait alors des instincts de survie pareils à ceux d'une bête traquée, et on était prêt à tout pour sauver ce qu'on estimait le plus précieux : la vie des siens.

— Ma fille n'ira nulle part, déclara-t-il le plus posément possible.

Outragée, Evelyne se raidit.

— Soit vous la laissez partir avec moi, répliqua-t-elle, soit j'appelle le département des services sociaux pour exiger qu'ils lui fassent quitter un environnement éminemment instable et traumatisant pour une enfant de son âge.

C'en était trop : d'un seul coup, la fureur que Sam contenait à grand-peine déborda, emportant les fragiles barrières qu'il avait tenté d'élever pour l'endiguer. D'une voix glaciale et tendue, il répondit :

— Cela fait plus de douze ans que je tolère votre comportement écœurant, Evelyne, et pour une seule raison : parce que vous étiez la mère de Rachel, et que vous deviez donc avoir au moins un bon côté, même si je n'ai jamais pu le repérer. Je me suis montré d'une patience d'ange avec vous, uniquement à cause de votre fille qui était la personne la plus remarquable qui ait jamais foulé cette terre. Mais aujourd'hui Rachel n'est plus là, et vous êtes chez moi. Cette maison est la mienne, pas la vôtre, et je refuse de laisser votre venin m'empoisonner plus longtemps. Sortez d'ici, sinon, j'appelle la police qui vous fera jeter dehors.

Il fallait au moins reconnaître une chose : la vieille avait du cran. Et visiblement elle n'avait pas du tout peur de lui ni de sa menace. Au lieu de reculer, elle s'avança, le menton relevé, un air de défi sur son visage ridé, jusqu'à ce qu'elle soit pratiquement collée à lui.

— Je ne partirai pas sans ma petite-fille, siffla-t-elle d'un air mauvais.

— Gracie, lança Sam sans quitter son ex-belle-mère des yeux, appelle la police. Dis-leur que nous sommes victimes d'une violation de domicile.

Evelyne retint sa respiration.

— Vous n'oseriez tout de même pas !

— Comptez là-dessus, répliqua Sam sans se départir de son air déterminé.

Juste à côté de lui, Gracie hésita. Sans doute cherchait-elle à deviner si son père bluffait ou s'il parlait sérieusement. Pour la première fois depuis le début de cette confrontation, Jack ouvrit la bouche.

— Evelyne, commença-t-il, et si nous laissions…

Il n'eut pas le loisir de terminer sa phrase.

— La ferme, vieux fou ! lui cria sa terrible épouse.

— Allez-vous-en, Evelyne, poursuivit Sam. Sinon, je vous promets que vous le regretterez.

— Il m'a menacée ! lança-t-elle en se tournant vers son mari comme pour le prendre à témoin. Tu l'as entendu comme moi, n'est-ce pas, Jack ? Il a osé me menacer, moi !

Elle fit volte-face pour se mesurer une fois de plus à son ex-gendre, l'air plus vindicatif que jamais. Agitant son index au niveau du visage de Sam, vibrante de haine, elle parut se hausser de quelques centimètres, tant elle était sûre de son bon droit.

— Vous feriez mieux de me croire quand je vous dis que cette affaire n'en restera pas là : je n'hésiterai pas une seconde à la porter devant la justice. On va vous enfermer dans une cellule, et quand vous en sortirez Gracie ne se souviendra même plus de vous !

Se tournant vers sa petite-fille, elle prit une voix nettement plus douce :

— Gracie, ma chérie, ne t'inquiète pas et tiens bon, surtout. Sois patiente : grand-mère finira bien par te tirer de là, mon petit.

Reprenant son attitude hérissée, elle replongea son regard dans celui de Sam :

— Dès cet après-midi, j'appelle le département des services sociaux. Mais avant ça j'aurai déposé une plainte officielle auprès de la police. Je vous garantis que les assistantes sociales viendront enquêter dans les vingt-quatre heures qui suivent. Et quand elles se présenteront à votre porte j'ai bien l'intention d'être là. Quand j'aurai sauvé ma petite-fille, j'appellerai mon avocat et je vous ferai comparaître devant la cour de justice pour qu'on vous retire définitivement la garde de Gracie et qu'on nous l'accorde exclusivement, à moi et mon époux, qui sommes les seuls membres de sa famille dignes de prendre soin d'elle. Surtout, ne vous faites pas d'illusions, Sam : je gagnerai ce procès. J'en fais le serment.

La bouche pincée, elle se tourna vers son époux.

— Jack ? Nous partons. Mais nous allons revenir, et plus tôt qu'on ne le pense.

Menton en avant, tête haute, l'ex-belle-mère de Sam pivota sur ses talons et sortit à grands pas décidés de la maison, sans même vérifier si son mari la suivait. La main sur la poignée de la porte, les épaules affaissées, l'air abattu, Jack lança un coup d'œil contrit en direction de son gendre et de sa petite-fille qui étaient restés bouche bée devant cette sortie monumentale.

— Sam, murmura-t-il, je suis vraiment désolé pour tout ça. J'ai essayé de lui expliquer que ce n'était pas une bonne idée, mais depuis quarante ans que nous sommes mariés est-ce qu'Evelyne m'a jamais écouté ?

— Il faut que vous l'empêchiez de mettre ses menaces à exécution, Jack ! le supplia Sam. Vous ne pouvez pas la laisser nous faire ça, à Gracie et à moi. Si elle aime vraiment sa petite-fille, dites-lui de ne pas la séparer de son père.

— Je veux bien essayer, répondit Jack Wise en soupirant. Mais vous la connaissez : quand elle a une idée en tête…

Deux coups de klaxon mécontents l'interrompirent.

— Il faut que j'y aille, dit-il d'un air résigné. Gracie, sois une bonne fille et aide ton père autant que tu le pourras, d'accord ?

— D'accord, répondit l'adolescente, accrochée au bras de son père comme à une bouée de sauvetage.

Le klaxon retentit de nouveau, bref et strident.

— C'est bon, c'est bon, grommela Jack. J'arrive !

Debout dans l'encadrement de la porte, Sam et Gracie regardèrent la Cadillac s'éloigner.

— Ben dis donc, p'pa ! fit Gracie. Je ne t'avais jamais vu te fâcher comme ça !

Sam referma posément la porte et posa ses paumes à plat sur le battant de bois.

— Il va y avoir du changement, annonça-t-il d'une voix qui tremblait un peu.

— Elle se plante grave si elle croit que j'ai envie d'aller vivre avec elle, dit Gracie. Au fait, tu n'aurais pas une ou deux gousses d'ail à suspendre au-dessus de la porte pour l'éloigner ?

Sans l'ombre d'un sourire, Sam tourna la clé dans la serrure et mit la sécurité.

— Malgré sa personnalité plutôt caractérielle et ses maladresses, je pense sincèrement qu'Evelyne veut ce qu'il y a de mieux pour toi. Elle se trompe peut-être de solution, mais elle ne veut que ton bien.

— C'est vraiment une peau de vache, des fois !

— C'est vrai, mais essaie un peu de te mettre à sa place : elle a déjà perdu sa fille unique, et tu es tout ce qui lui reste d'elle.

— J'ai toujours eu du mal à comprendre comment m'man a fait pour la supporter.

Le souvenir de Johnny Winslow traversa fugacement l'esprit de Sam.

— Crois-moi, dit-il à sa fille. Il y a bien pire que ta grand-mère en matière de parent.

— Mais… est-ce qu'elle peut vraiment mettre sa menace

à exécution ? Ce n'est pas possible, si ? Tu crois qu'elle a le droit de m'emmener de force ?

C'était une question à laquelle Sam n'avait pas du tout envie de répondre, parce qu'il savait trop bien qu'étant donné les circonstances ce scénario était tout à fait envisageable. Si les services sociaux le soupçonnaient de n'être pas un bon père, ils pouvaient lui retirer la garde de Gracie. Cela nécessiterait peut-être un passage devant les tribunaux, mais l'issue en était presque certaine.

Et malheureusement il ne pourrait rien y faire.

Lorna serra le volant entre ses doigts et jeta un coup d'œil dans les rétroviseurs avant de changer de file pour dépasser une Toyota qui se traînait lamentablement sur la route.

— Alors, qu'est-ce que ça peut bien vouloir dire ? demanda-t-elle à son coéquipier sans détourner les yeux de la circulation.

Policzki referma l'annuaire qu'il avait posé sur ses genoux — le mystérieux Carlos demeurait introuvable malgré ses efforts pour le localiser.

— Eh bien, pour commencer, on dirait bien que Kaye — pardon, Sheila — était encore en relation avec son ex-mari.

— Mmmh. Et, comme par hasard, il lui a rendu une petite visite sur son lieu de travail. Et, toujours comme par hasard, il s'est fait descendre.

— Pendant que, comme par hasard, notre agent immobilier préférée disparaissait de la surface de la Terre.

— Décidément, cette histoire ne me plaît pas, grommela Lorna. Plus on en sait, moins on comprend !

— En tout cas, cette chère Kaye avait pas mal de choses à cacher.

— Bon sang ! J'étais tellement persuadée que Rachel Winslow était liée à cette affaire… Et si jamais je m'étais trompée ?

— Tu veux dire que, finalement, Sam Winslow ne serait peut-être pas coupable ?

— Si tu pouvais tourner ta langue sept fois dans ta bouche avant de dire des âneries, ça m'arrangerait bien, Policzki ! Bon, admettons que ce ne soit pas lui le coupable. Et après ?

— Après, ça nous laisse un autre suspect de taille : Kaye Winslow elle-même, alias Sheila Cunningham.

— Tu penses qu'elle aurait pu liquider son ex avant de prendre la poudre d'escampette ?

— Je ne fais qu'énumérer nos maigres pistes. C'est tout. Mais, si c'est elle qui a commis le meurtre, il lui fallait une bonne raison. Laquelle ?

— Bah ! Il y a des tonnes de bonnes raisons pour dégommer son mari. Moi-même, j'y ai songé, et pas qu'une fois, je te prie de le croire !

— Sauf que là ce n'est pas d'un mari qu'on parle, mais d'un ex-mari.

— Encore mieux. C'est le pire des cas envisageables !

— On dirait que tu parles d'expérience…

— J'ai deux sœurs et un bon paquet d'amies qui ont divorcé. Alors, fais-moi confiance, le bleu : je sais de quoi je parle.

— L'autre possibilité, ce serait que Kaye ait continué à voir son ex pour des parties de jambes en l'air à la sauvette. Avec son penchant pour les aventures extraconjugales, ce ne serait pas très étonnant. Du coup, on pourrait imaginer que Sam ait eu vent de cette liaison adultère et qu'il ait décidé d'y apporter une solution radicale.

Le téléphone portable de Lorna se mit à sonner. Une main toujours sur le volant, elle l'ouvrit pour le porter à son oreille.

— Allô, ici Abrams.

— Ah ! Parfait. J'avais peur de ne pas pouvoir vous joindre.

— Isabel ? Qu'est-ce qu'il y a ?

— C'est cette femme ! Elle n'arrête pas d'appeler pour vous parler : elle va me rendre dingo ! Par pitié, rappelez-la avant que je ne craque complètement !

— Et qu'est-ce qu'elle veut exactement ?

— Elle refuse de me le dire. Apparemment, je ne suis qu'une humble servante... Elle ne veut parler à personne d'autre que vous. Mais elle dit que c'est urgent ; ça fait au bas mot neuf fois qu'elle m'appelle en une heure de temps !

— Ce n'est pas une journaliste, j'espère ?

— Ça, je n'en sais rien. Elle prétend s'appeler Evelyne Wise. Ça vous dit quelque chose, ce nom-là ?

Evelyne Wise... Mais bien sûr ! La mère de Rachel Winslow. Donc, l'ex-belle-mère de Sam.

— Oui, Isabel, ça me dit quelque chose. Vous avez son numéro sous la main ? Attendez, juste deux secondes. Policzki, tu notes ? Je vous écoute, Isabel.

La secrétaire lui donna le téléphone de Mme Wise et Lorna le répéta au fur et à mesure, lentement, pour que son coéquipier puisse le noter.

— C'est bon, Policzki ?

— Affirmatif.

— Ah, enfin ! soupira Isabel. Je vais pouvoir me mettre vraiment au boulot, maintenant.

Et elle raccrocha sans plus de cérémonie.

Malgré ses manières un peu familières et sa tendance à flirter avec tous les hommes qui se présentaient à son bureau, Isabel était vraiment une secrétaire hors pair. Un de ces jours, hélas ! un jeune bellâtre la leur enlèverait pour l'épouser et lui faire une tripotée de bébés. Ce jour-là, se promettait Lorna depuis longtemps déjà, ce serait deuil national à la brigade des homicides.

Pour le moment, il y avait plus urgent que de se lamenter à l'avance sur l'éventuel départ de la perle des secrétaires. Lorna composa de sa main libre le numéro que venait de lui dicter Isabel.

— Allô, ici Lorna Abrams. Police de Boston. J'ai cru comprendre que vous essayiez de me joindre ?

— Eh bien, ce n'est pas trop tôt ! fit une voix hautaine et désagréable à l'autre bout du fil. J'ai pourtant appelé plusieurs fois, et cette petite Mexicaine que vous avez embauchée comme secrétaire — intérimaire, je suppose — s'est montrée particulièrement insolente avec moi. Vous devriez avoir une petite conversation avec elle pour lui expliquer un peu mieux comment accueillir les gens au téléphone.

— Je n'y manquerai pas, répondit Lorna de sa voix la plus suave. Dans l'intervalle, y a-t-il quelque chose que je puisse faire pour vous ?

— Oui : arrêter mon gendre. Enfin, mon ex-gendre, devrais-je dire, puisqu'il a épousé cette pimbêche blonde prétentieuse et mesquine. Oh ! Quelle situation inacceptable, vraiment ! C'est monstrueux, ce qui arrive !

— Madame Wise, voulez-vous que je vienne vous voir en personne ? proposa Lorna. A vous entendre, j'ai bien l'impression qu'il s'agit d'un problème que nous risquons de ne pas pouvoir régler au téléphone.

— Mais c'est ce que je me tue à vous dire, inspecteur ! Je désire déposer une plainte en bonne et due forme contre Sam Winslow. Et on m'a dit que, pour cela, il fallait que je m'adresse à vous.

Les Wise habitaient une maison de style plus californien que bostonien, toute de stuc et de tuiles rouges, qui détonnait au milieu des constructions de la ville d'Andover, plutôt classiques ou coloniales, typiques de la Nouvelle-Angleterre. Installé sur une grande étendue de terrain, l'édifice était particulièrement bien situé. Au bout de la longue allée pavée qui y menait, deux voitures flambant neuves attendaient sagement. Un monsieur qui devait avoir dans les soixante-dix ans était occupé à ratisser la pelouse, sous un érable rouge qui commençait à perdre ses feuilles. En voyant les deux policiers s'arrêter devant sa propriété, il fit une pause et s'appuya de ses deux mains gantées sur le manche de son râteau.

— Bonjour. Puis-je vous aider en quoi que ce soit ? fit-il obligeamment à l'intention des inspecteurs qui venaient de descendre de voiture.

— Monsieur Wise, je présume ? Je suis Lorna Abrams, et voici mon coéquipier, Doug Policzki. Police de Boston. Nous enquêtons sur la disparition de Kaye Winslow. Votre femme nous a téléphoné pour nous dire qu'elle avait quelque chose d'important à nous confier.

— Quelle saloperie ! grommela Wise entre ses dents.

De quoi parlait-il exactement ? se demanda Lorna. De la disparition de Kaye ou du coup de téléphone passé par sa femme ? Impossible de décider. Mais, visiblement, ni l'une ni l'autre des possibilités ne paraissaient enchanter ce charmant monsieur.

— Elle est à l'intérieur, reprit-il. Vous n'aurez qu'à frapper et à entrer : je suis certain qu'elle vous guette déjà.

Lorna et Policzki échangèrent un regard significatif.

— Vous avez une magnifique propriété, fit Policzki en se tournant vers le vieux monsieur, l'air soudain très intéressé. Combien de mètres carrés exactement ?

Il avait ferré son poisson, songea Lorna en lui envoyant un clin d'œil de connivence avant de poursuivre seule son chemin vers la maison.

Jack Wise avait raison : sa femme devait guetter leur arrivée avec impatience, car la porte s'ouvrit en grand avant même que Lorna ait eu le temps de frapper. La silhouette élégante d'Evelyne Wise apparut dans l'encadrement : avec son maintien aristocratique et sa mise en plis qui lui faisait une couronne de boucles gris argent, la vieille dame avait l'air d'une reine mère inflexible.

— Entrez, entrez, dit-elle à l'inspecteur Abrams. C'est tellement affreux ! Il faut absolument que vous interveniez. Il m'a menacée, vous savez ?

— Je suppose que vous voulez parler de Sam Winslow ? dit Lorna tout en passant de l'entrée aux dalles de terre cuite à une grande pièce de réception au plafond élevé, entièrement décorée de bois et de miroirs du plus bel effet.

La chaude lumière du soleil d'après-midi éclairait le plancher ciré, donnant l'impression de marcher sur une grande flaque d'or liquide.

— Bien sûr que je vous parle de lui ! répliqua Mme Wise tout en allant s'installer sur le canapé pour réarranger l'ourlet de sa jupe sur ses genoux croisés. Et je suis absolument furieuse, croyez-moi !

Lorna attendit que la maîtresse de maison l'invite à s'asseoir à côté d'elle. Mais, comme elle n'en faisait rien, l'inspecteur se passa de sa permission.

— Furieuse contre Sam ? demanda-t-elle d'un ton décontracté, comme si elle s'était retrouvée en compagnie d'une vieille connaissance pour un thé entre amies. Sauf qu'il n'y avait pas de thé sur la table basse.

— Contre Sam, contre la police, contre toute cette histoire absolument inimaginable ! déclara la mère de Rachel Winslow. Je sais que j'ai des droits dans cette affaire, mais personne ne semble vouloir les prendre en compte. Ma pauvre petite chérie… C'est vraiment intolérable !

Par la fenêtre du salon, Lorna aperçut Jack Wise qui paraissait absolument enthousiasmé par la conversation qu'il avait avec Doug. Il agitait le bras régulièrement pour désigner des endroits éloignés de sa propriété, sans doute pour mieux en faire l'éloge auprès du jeune inspecteur qui paraissait boire ses moindres paroles. Décidément, Policzki irait loin, doué comme il l'était.

— Vous voulez sûrement parler de votre petite-fille, Gracie ?

— Bien entendu ! répondit la vieille dame en jetant un regard soupçonneux à Lorna, comme si cette dernière avait été atteinte d'imbécillité. Vous me suivez, ou pas ? Sam Winslow est un père indigne. Il est incapable d'élever correctement cette enfant. Alors que, Jack et moi, nous avons tant à offrir à Gracie ! Si elle venait vivre avec nous, elle ne manquerait plus jamais de rien. Mon mari dispose d'une réserve d'argent absolument inépuisable. Et vous savez ce qu'on dit : dans l'autre monde, cela ne lui servira à rien. Alors, autant l'utiliser pour le bien-être de notre unique petite-fille. Nous pourrions l'introduire dans les meilleurs cercles de la société bostonienne. Nous pourrions lui offrir des dîners au country club le plus sélect de la ville, organiser des réceptions où elle inviterait les jeunes issus des meilleures familles de la région… Elle pourrait prendre des leçons de tennis — nous possédons notre propre court, vous savez ? Et elle pourrait aussi suivre des cours d'équitation, que sais-je encore ? Nous avons tellement d'activités à lui proposer, tellement de place pour l'accueillir ! Imaginez qu'elle disposerait de sa propre salle de jeux, en plus de sa chambre et du reste de la maison ! Nous avons aussi une piscine : Gracie pourrait en faire profiter ses camarades. Tout cela, je suis certaine que Sam ne sera jamais en mesure de le lui donner.

Lorna eut envie de répondre à la vieille dame que, si elle et son mari étaient tellement soucieux du bien-être de leur petite-fille, ils n'avaient qu'à lui offrir tout cela sans aucune contrepartie. Mais elle s'interdit d'émettre la moindre remarque en ce sens. Elle préféra souligner l'évidence qui sautait aux yeux.

— Sam est le père de Gracie, dit-elle simplement.

Sous-entendu : *pas vous*. Mais elle n'allait pas heurter de front son interlocutrice.

La réaction d'Evelyne ne se fit pas attendre : de soupçonneux, son regard se fit franchement glacial.

— Je croyais que vous étiez là pour m'aider.

— Je suis là parce que vous aviez l'air paniqué et que vous désiriez me parler en tête à tête. Je suis plutôt accommodante, d'habitude : tout le monde vous le dira. Mais là, franchement, je dois avouer que j'ai du mal à comprendre ce que vous attendez de moi.

— Ce que j'attends ? Que vous l'arrêtiez, pardi ! s'exclama Evelyne Wise, ses yeux lançant des éclairs de colère. Il m'a menacée il n'y a pas deux heures, et…

Lorna se pencha en avant, soudain intéressée.

— Menacée ? répéta-t-elle. De quelle façon ? Est-ce qu'il avait une arme ? Est-ce qu'il vous a rudoyée physiquement ?

— Il m'a annoncé tout de go que si je ne sortais pas de sa propriété je le regretterais !

— Vous a-t-il expliqué ce qu'il entendait par « regretter » ?

— Il m'a menacée d'appeler la police pour qu'on m'arrête pour violation de domicile. Vous imaginez, un peu ? Alors que c'est ma maison !

— Encore une fois, j'ai du mal à vous suivre. Que voulez-vous dire par là ?

— J'ai vécu dans la maison qu'il habite pendant trente ans ! Seulement, maintenant que Rachel n'est plus parmi nous, il prétend que l'endroit lui appartient. Quel toupet ! Mais tout ce qu'il pourra dire n'y changera rien : à mes yeux, cette maison sera toujours la mienne. Pas la sienne !

— Madame Wise, reprit Lorna d'une voix qu'elle espérait calme, ce qui n'était pas évident étant donné l'exaspération qu'elle commençait à éprouver, Sam Winslow est-il légalement propriétaire de son domicile ?

Evelyne Wise eut un petit reniflement de dédain.

— Je ne vois pas comment il pourrait l'être. Nous avions fait don de la maison à Rachel, pas à lui. Mais d'après notre avocat le domicile conjugal lui est revenu du fait de la mort de Rachel. Moi, je suis persuadée que c'est une parodie de justice. Mais Miles Lawson — c'est le nom de notre avocat, et il est très compétent — soutient que Sam a hérité de la maison en toute légalité. C'est un comble, vous ne trouvez pas ?

Lorna commençait à avoir la migraine.

— Bon, fit-elle avec résignation. Reprenons depuis le début, si vous le voulez bien. Revenons à cette histoire de menace. Est-ce qu'il a dit autre chose que ce que vous m'avez rapporté ? A-t-il menacé d'attenter à votre personne physique en quelque manière que ce soit ? Ou est-ce qu'il s'est borné à vous dire qu'il appellerait la police ?

— Parce que vous trouvez que ce n'est pas assez ? Bon sang, inspecteur, il m'a menacée ! Me-na-cée, vous comprenez ce que ça signifie ? Ce genre de choses est interdit par la loi ! Enfin, même vous, vous devriez le savoir — surtout vous, d'ailleurs.

Ce que Lorna comprenait, c'était surtout pourquoi Winslow voulait qu'on le débarrasse de cette mégère. N'importe qui aurait souhaité la voir quitter sa propriété — voire la surface de la Terre. Evelyne Wise était le type même de la belle-mère infernale dans toute sa splendeur. Si jamais la mère d'Ed s'était comportée de la même façon, Lorna était sûre que son mariage n'aurait pas duré plus de cinq minutes. Et qu'au lieu de se promener avec un insigne de police et une arme de service elle se serait retrouvée en prison avec une condamnation de vingt-cinq ans minimum pour homicide volontaire. Parce qu'elle aurait sûrement liquidé l'espèce de vieille pie qui s'agitait devant elle sans l'ombre d'un remords.

— Je comprends que cela ait pu vous perturber, répondit-elle avec une sérénité qu'elle était bien loin d'éprouver. Seulement, j'ai bien peur que la menace dont vous parlez soit trop vague pour que nous puissions entamer une procédure quelconque. Si Sam Winslow avait sorti une arme pour la pointer sur vous, ou s'il vous avait menacée de porter atteinte à votre intégrité physique, alors, oui, son arrestation ne poserait pas de problème. Mais, étant donné qu'il vous a seulement avertie qu'il vous ferait quitter sa propriété manu militari si nécessaire, je crains qu'il soit parfaitement dans son droit.

Evelyne Wise parut s'étrangler de fureur. Son visage congestionné vira brusquement au rouge brique, et Lorna se demanda brièvement si la vieille bique n'allait pas faire une attaque.

— Ce… cet homme est dangereux ! bredouilla-t-elle, visiblement hors d'elle. C'est lui le responsable de la mort de ma fille, et aujourd'hui je suis certaine qu'il a tué sa deuxième épouse ! La petite doit lui être retirée à l'instant même ! Vous êtes vraiment bornée, ou vous le faites exprès ? J'ai déjà parlé à la direction des services sociaux ! Vous m'écoutez quand je vous parle ?

— Je vous écoute, madame, fit Lorna froidement. Mais vous n'avez pas grand-chose de solide à présenter devant un tribunal, soyons réalistes. Vous prétendez que votre gendre est responsable de la mort de votre fille. Mais avez-vous des preuves pour étayer ce que vous avancez ?

— Il n'était pas assez bien pour elle ! cria la vieille dame avec une expression de pure haine dans son regard acéré. Sam Winslow n'est rien d'autre qu'un misérable de basse extraction, issu d'une lignée tout aussi minable ! Son père n'était qu'un ouvrier, un travailleur manuel méprisable. Une fois qu'il a eu jeté son dévolu sur ma fille et le compte en banque bien garni de son père, Sam s'est arrangé pour lui faire subir un lavage de cerveau dans les règles. J'ai bien essayé de lui faire entendre raison, mais croyez-vous qu'elle m'ait écoutée ? Que nenni ! Elle était amoureuse.

En prononçant ce dernier mot, Evelyne grimaça comme si elle avait eu un goût particulièrement âcre dans la bouche. Un peu plus, et elle crachait par terre en signe de dégoût, songea Lorna, atterrée par ce discours de haine.

Sans plus chercher à ménager son interlocutrice, l'inspecteur regarda ostensiblement l'heure sur sa montre-bracelet. Si elle avait espéré obtenir des informations utiles d'Evelyne Wise, elle s'était lourdement trompée. La vieille dame ne faisait que brasser de l'air : elle n'avait rien, absolument rien, qui puisse faire avancer l'enquête.

— Madame Wise, fit Lorna d'un air las, à moins que vous ne produisiez un argument concret, je crains que nous ne perdions notre temps, vous et moi. Détenez-vous la preuve que le professeur Winslow soit impliqué dans la mort de votre fille ? L'avez-vous jamais surpris en train de la maltraiter ? S'est-il montré violent envers elle ? Manipulateur ? Coercitif ? Votre fille vous a-t-elle jamais confié qu'elle avait peur de son mari ?

— Bien sûr que non ! Je vous ai déjà dit qu'il lui avait fait un lavage de cerveau !

Lorna décida d'essayer un autre angle d'approche.

— Et Kaye Winslow ? Vous m'avez dit tout à l'heure que vous pensiez que Sam l'avait tuée, elle aussi. Pourriez-vous m'expliquer sur quoi vous vous appuyez pour affirmer cela ?

— Voyons, ça crève les yeux ! Vous ne comprenez donc pas ? Vous n'avez pas lu l'article sur lui ce matin ? Barbe Bleue, ça ne vous dit rien ? C'est pourtant clair : cet homme suit la même routine, le même schéma, avec toutes les femmes qu'il approche. Ses deux épouses ont toutes deux connu une fin bien trop rapide pour n'être pas douteuse.

Je ne veux surtout pas qu'il arrive la même tragédie à ma petite Gracie.

— Pourquoi ? Que croyez-vous qu'il pourrait faire à Gracie ?

— Mais je n'en sais rien ! Rien du tout ! Je ne suis qu'une femme au foyer, moi, pas un détective ! C'est votre boulot de trouver ce genre de choses, non ?

— C'est toi qui conduis, fit Lorna en jetant les clés à Policzki qui les rattrapa au vol.

Il la regarda d'un air bizarre, mais s'abstint de tout commentaire. Sans doute le visage de sa coéquipière lui suffisait-il comme réponse. Sans rechigner, il s'assit au volant, mit le moteur en route, recula pour faire demi-tour dans l'allée et sortit de la propriété des Wise.

Sans un mot, Lorna attrapa sa ceinture de sécurité qu'elle boucla d'un geste rageur avant de s'affaler contre l'appuie-tête, le menton vers le haut, les yeux fixés au plafond.

— Oh ! Ma pauvre tête ! gémit-elle, les sourcils froncés. Je crois qu'elle va exploser. J'ai révisé ma théorie sur la mort de Rachel Winslow : à mon avis, c'est elle qui s'est tiré une balle à bout portant, uniquement pour échapper à son dragon de mère.

— C'était si épouvantable que ça ? demanda Policzki sans quitter la route des yeux.

— Pire encore que tout ce que tu peux imaginer ! J'ai l'impression d'avoir été passée à la moulinette, tellement cette femme est épuisante. Tu crois qu'il est trop tard pour que je change de voie ? J'aurais dû écouter ma mère et passer un diplôme de secrétaire, basta !

— Je ne sais pas, fit Policzki. D'après ce qu'on dit, le privé, c'est la jungle : c'est à qui mangera l'autre le premier.

— Bon sang, mais quelle perte de temps ! Evelyne Wise — rien que son nom me fait grincer des dents — n'a absolument aucune info intéressante sur Sam Winslow. Que dalle, nib, nada ! Tout ce que j'ai pu en tirer, à part la certitude de n'avoir plus jamais envie de la revoir, c'est qu'elle déteste son ex-gendre. Plus que ça : elle lui voue une haine féroce. Elle maudit jusqu'au sol où il pose le pied. Elle le considère comme le monstre le plus démoniaque que la Terre ait jamais porté. Elle le hait de façon tellement viscérale et injustifiée qu'elle m'a même donné envie de le défendre, c'est te dire à quel point elle dépasse les limites !

— Elle a une bonne raison pour ça ?

— Oh, elle n'en manque pas ! A commencer par le fait que le père de Sam était ouvrier : une profession passible de damnation éternelle, aux yeux de notre respectable représentante de la haute bourgeoisie. D'autre part, quand sa chère et unique fille est décédée, Mme Wise a découvert avec stupéfaction que son gendre héritait des biens qui appartenaient à Rachel. Y compris la maison qu'il habite aujourd'hui, et qui appartenait à ses beaux-parents avant qu'ils ne l'offrent en cadeau à leur fille. Et sais-tu pourquoi elle veut porter plainte ? Parce que Sam l'a priée de sortir de chez lui, faute de quoi il appellerait les flics pour la jeter dehors ! S'il m'avait appelée, je lui aurais volontiers prêté main-forte pour virer cette espèce de peau de vache à coups de pied au derrière ! Elle est complètement timbrée, cette vieille bique ! Et mauvaise, avec ça... Une vraie belle-mère de cauchemar, une caricature comme on n'en imagine même pas !

Policzki s'éclaircit discrètement la gorge.

— Eh bien, je suppose qu'avec tout ça tu n'as pas particulièrement envie d'entendre ce que j'ai récolté auprès du mari de cette charmante vieille dame ?

— Si c'est du même acabit, je t'en prie, épargne-moi ! répondit Lorna d'un air accablé.

— Je pense que ce que monsieur m'a dit devrait t'intéresser, ne serait-ce que pour le contraste avec les déclarations de madame.

— Bon, alors, vas-y.

— Pour commencer, ils ont fait construire leur maison à Andover, il y a environ neuf ans, sur un terrain de douze mille mètres carrés, dans le but de passer une retraite tranquille, parce que madame ne voulait plus habiter en ville. La maison située à Union Square, ils l'ont effectivement donnée à Rachel, et ça pour deux raisons : d'une part, il était devenu clair qu'elle ne quitterait pas son mari pour revenir vivre chez eux. Et, d'autre part, elle et sa fille avaient besoin d'un endroit pour vivre décemment, ce que Sam Winslow n'était pas en mesure de leur fournir, du moins, selon le standing que les Wise estimaient nécessaire à leur unique enfant. Il s'avère que Sam et sa belle-mère ne se sont jamais très bien entendus. Mme Wise a toujours soupçonné Sam d'être intéressé, bien qu'il ne leur ait jamais demandé un sou. A part la maison, il ne profitait aucunement de leurs biens. D'après Jack Wise, Winslow était follement amoureux de Rachel ; il m'a confié que cela se voyait dans ses yeux chaque fois qu'il les posait sur sa chère et tendre épouse. Et, apparemment, c'était réciproque. Bien sûr, monsieur a éprouvé quelques réticences au départ, vu que Sam Winslow n'était pas précisément le genre d'époux qu'il aurait souhaité pour sa fille. Mais comme il était clair que notre professeur rendait Rachel heureuse son père s'est fait une raison. Après tout, c'était ce qui comptait en priorité : que sa fille trouve le bonheur. Il m'a dit que Winslow était quelqu'un de bien. Peut-être un peu trop « dans son monde », par moments. Mais qui peut se vanter de n'avoir aucun défaut ? Il y a pire dans la vie — c'est du moins ce que pense Jack Wise de son ex-gendre. Quand Rachel est morte, son mari s'est effondré. Il lui a fallu pas mal de temps pour s'en remettre, et c'est là que Kaye est intervenue. Il semble qu'elle l'ait véritablement aidé à surmonter sa peine, même si, de l'avis de beau-papa, elle ne lui correspondait pas. Il prétend qu'il a su dès le départ que leur relation était vouée à l'échec. Kaye était un peu trop intéressée par l'argent et le prestige, contrairement à Winslow. Leur mariage a surpris tout le monde. Mais Gracie n'avait que douze ans à l'époque, et Sam était persuadé qu'elle avait besoin d'une présence féminine. Il faut dire aussi que Kaye était absolument époustouflante. N'empêche que Jack Wise ne lui a jamais fait confiance. Elle était trop dure, trop calculatrice. Il doute aussi que Winslow puisse être impliqué dans sa disparition.

Lorna regardait Doug, les yeux ronds, l'air interloqué.

— Tu as réussi à apprendre tout ça en vingt minutes ?

— Je suis également imbattable sur les techniques de fertilisation des parterres de fleurs. Et je connais le nom du meilleur désherbant disponible sur le marché. Côté gazon, j'en connais aussi un rayon : je suis sûr, par exemple, que tu ignores la différence qui existe entre le pâturin des prés et l'herbe plus communément appelée *Cynodon dactylon* ou « gazon des Bermudes » ?

— Arrête de faire ton intéressant, Policzki : tu n'as

même pas de jardin à toi, alors, tes conseils en matière de pelouse…

— Je n'ai pas encore de jardin, c'est vrai. Mais ça pourrait changer.

— Bon, pour revenir à nos moutons, en gros, nous avons deux images complètement opposées de Sam Winslow : celle d'un saint, et celle d'un pécheur impénitent. Ça va être coton de démêler le vrai du faux. D'autant qu'il semble déchaîner les passions, ce brave professeur.

— En effet. Et tout dépend du point de vue.

— Bon sang, ça m'énerve de te demander ça, mais je n'arrive pas à comprendre : comment tu as fait pour obtenir autant de détails en si peu de temps ? Ça tient du miracle, mon garçon !

— Eh bien, disons que ça n'a pas été trop compliqué. J'ai simplement pris ma figure d'enfant de chœur, posé les bonnes questions au bon moment et, surtout, je lui ai servi du « Oui, monsieur » à chaque phrase.

La famille Olson débarqua aux alentours de 17 h 30 le jeudi après-midi pour venir chercher Kevin. Ce fut Michelle qui franchit la porte d'entrée, les yeux brillants d'excitation.

— Salut, madame DeLucca ! lança-t-elle tout naturellement, avant de foncer dans l'escalier pour crier à tue-tête : Kev ! Allez, magne-toi un peu ! On va louper l'avion si tu traînes comme ça !

Une minute à peine s'était écoulée quand l'adolescente redescendit en trombe. Kevin la suivait, chaussé de ses éternelles baskets qui couinaient sur les marches de bois ciré. Mia jeta un coup d'œil au sac à dos minimaliste que son fils portait négligemment sur l'épaule, et fronça les sourcils.

— C'est tout ce que tu emportes ?

— Bah, tu sais bien que nous, les mecs, on n'a pas besoin de grand-chose. Contrairement aux femmes qui trimballent toujours des tonnes de trucs inutiles…

Mia ne releva pas la petite pique, trop stressée pour trouver le temps de plaisanter.

— Tu es bien sûr que tu as tout ce qu'il faut ? Des caleçons de rechange, des chaussettes propres, un ou deux maillots de bain, ton portable…

— Du calme, m'man ! l'interrompit gentiment son grand adolescent de fils. Je gère, t'inquiète.

Arrête de le pressuriser, Mia ! lui souffla une petite voix intérieure — celle de la raison.

Elle décida de suivre ce conseil : au lieu d'insister, elle alla bravement tenir la porte ouverte pour laisser passer son fils et sa copine.

— Allez, profitez bien de ce week-end prolongé en Floride, leur dit-elle avec un sourire forcé.

— Ça, on en a sérieusement l'intention, fit Michelle de la voix suraiguë qu'elle prenait dès qu'elle s'enthousiasmait pour quelque chose. Allez, à plus, madame DeLucca !

Michelle avait déjà la main sur la portière arrière de la voiture de ses parents quand Kevin, qui avait littéralement dégringolé les marches du perron, se retourna brusquement vers sa mère. Il resta quelques secondes figé, à la contempler, debout sur le pas de la porte, avant de remonter l'escalier d'un bond pour la prendre dans ses bras.

— Salut, m'man ! lui dit-il avec une tendresse qui l'emplit d'émotion.

Elle lui rendit son étreinte, la gorge serrée par les pleurs qu'elle retenait depuis l'irruption de Michelle. Elle se força à prendre une voix naturelle, presque enjouée, pour lui murmurer à l'oreille :

— Salut, mon fils. Bon voyage. Et, surtout, appelle-moi quand tu seras arrivé, d'accord ?

Un bref hochement de tête, un rapide baiser sur la joue pâle de sa mère, et Kevin avait rejoint sa petite amie dans la voiture qui démarrait en trombe.

Mia agita joyeusement la main jusqu'à ce que le véhicule ait disparu. Alors, seulement, elle cessa de retenir ses larmes.

Il avait dix-sept ans, enfin ! Tôt ou tard, il faudrait bien qu'elle lui laisse la bride sur le cou. Elle le savait, mais son cœur avait bien du mal à l'accepter. D'autant que, jusqu'à ce que Michelle fasse son entrée dans leur vie, Kevin et elle étaient inséparables. Il était si jeune quand son père était décédé… Pour qu'il ne ressente pas trop douloureusement cette absence, Mia avait centré toute son existence autour de lui. Résultat : il lui était devenu indispensable, presque autant que l'air qu'elle respirait. Seul « homme » à la maison, Kevin était son meilleur confident, son compagnon de tous les instants. Si elle se louait un film, Kev le regardait avec elle, même s'il s'agissait d'une romance sentimentale pour filles. Si elle sortait dîner au restaurant, Kev était là aussi. Il l'accompagnait même quand elle allait faire du shopping. Généralement, il disparaissait dans le rayon électronique quand sa mère essayait des vêtements, mais enfin il lui tenait tout de même compagnie.

Et puis, Michelle était arrivée, et la relation fusionnelle de Mia et Kevin avait irrémédiablement changé. Une porte s'était fermée entre eux — et Mia savait qu'elle ne se rouvrirait jamais. C'était Michelle qui était devenue la moitié inséparable de Kevin. C'était avec elle qu'il passait désormais la plupart de son temps, vers elle que se tournaient ses pensées. Michelle avait remplacé Mia, et brusquement cette dernière se retrouvait plus seule que jamais.

Elle savait bien que son sentiment de dépendance par rapport à son fils n'était pas sain, qu'il n'aurait jamais dû prendre ces proportions pour le bien-être de l'adolescent. Il fallait qu'il coupe le cordon un jour ou l'autre, si tous les deux voulaient accéder à une existence normale d'adultes. C'était dans la nature des choses. Seulement, le cœur de mère de Mia se serrait chaque fois que Kev sortait de la maison en compagnie de Michelle, et elle avait bien du mal à retenir un sentiment de jalousie.

Oui, elle était jalouse de la petite amie de son fils. Ce n'était pas facile à reconnaître, mais c'était ainsi. Et le pire, c'était que, bientôt, elle devrait faire face au grand départ de Kev pour l'université. Là, elle se retrouverait vraiment seule, et si elle ne voulait pas tomber dans un marasme dépressif où elle risquait de s'engluer pour le restant de ses jours il fallait qu'elle se prépare dès maintenant. Même si la date fatidique n'était pas si proche que cela. Elle savait déjà qu'elle mettrait encore plus d'énergie dans son travail — heureusement, elle adorait son métier. Mais elle savait aussi qu'elle ne pourrait pas s'immerger dans les dossiers vingt-quatre heures sur vingt-quatre, sept jours sur sept. Il lui faudrait une autre occupation — quelque chose ou quelqu'un qui l'aide à occuper son temps libre. Sinon, elle deviendrait à moitié folle d'ennui.

En tout cas, pour ce soir, elle avait quelque chose de prévu. Remontant ses manches, elle sortit le dossier qu'elle avait établi pour Policzki et s'assit sur un tabouret de la cuisine pour le réexaminer en détail. Les propriétés qu'elle avait sélectionnées étaient toutes spacieuses et modernes, avec des avantages non négligeables comme un système de sécurité personnalisé (en tant que policier, il apprécierait sûrement), une laverie réservée aux copropriétaires et une salle de musculation et de remise en forme. Policzki serait sûrement content de pouvoir profiter de ce dernier aménagement : il devait fréquenter régulièrement une salle de sport, vu son physique d'Apollon. Musclé sans trop, mince mais pas maigre, il donnait une impression de perfection que Mia trouvait particulièrement séduisante. Sauf qu'elle n'était sans doute pas la seule à penser ça : les femmes devaient lui tourner autour comme des mouches. Ce type pouvait certainement sortir en compagnie d'une cavalière différente chaque soir, s'il le voulait. Mais alors, pourquoi était-il toujours célibataire ? Aucune femme n'avait donc réussi à lui mettre le grappin dessus ? Il y avait là matière à réflexion. Le fringant inspecteur Policzki fêterait bientôt ses trente et un printemps, et malgré ses attraits évidents il n'avait ni épouse ni petite amie officielle. Son rendez-vous de l'autre soir avec la charmante Melissa n'avait pas débouché sur quoi que ce soit de sérieux, si elle ajoutait foi à ce qu'il lui avait dit. Alors, qu'est-ce qui clochait chez lui ? Peut-être qu'il était gay ? Mia haussa les épaules, tant cette suggestion lui semblait ridicule : chaque fois qu'ils s'étaient retrouvés ensemble, l'éclair brûlant qui traversait les yeux de Policzki clamait haut et fort que les femmes ne lui étaient pas indifférentes, loin de là. Quant à sa petite remarque au téléphone sur sa marque de lingerie, elle en avait encore le rouge aux joues. Lui dire qu'il ne la connaissait pas encore suffisamment pour être au courant de ces détails intimes… et cette voix sensuelle et feutrée qu'il avait prise pour lui parler de ça… Non, décidément, il n'était pas attiré par les hommes. Et peut-être pas par toutes les femmes, mais seulement par… Mia s'interdit d'aller au bout de sa pensée. Pas la peine de se faire de faux espoirs. D'autant que c'était elle qui avait parlé de lingerie en premier ; elle l'avait plus ou moins consciemment incité à glisser dans les eaux troubles du flirt. Et elle s'était sentie fondre au téléphone…

— Ça suffit ! lança-t-elle à voix haute.

Les préférences amoureuses de Doug Policzki n'étaient absolument pas son problème. Elle avait deux missions à remplir : lui trouver un appartement et le persuader que Sam n'était pas coupable de meurtre.

Sam…, songea-t-elle avec découragement. Encore un sac de nœuds. Comme si elle n'avait pas assez de soucis comme ça ! Elle avait finalement réussi à le joindre au téléphone dans l'après-midi, et il lui avait semblé étonnamment guilleret. Pour quelqu'un qui venait de se faire traiter de Barbe Bleue par la *Tribune*, avec photo en première page comme un vulgaire criminel dont la tête aurait été mise à prix, il ne lui avait pas paru démoralisé. Pourtant, comme il le lui avait appris, il y avait en plus le problème de sa belle-mère — enfin, son ex-belle-mère — qui voulait lui arracher la garde de sa fille unique. Cela faisait quand même beaucoup pour un seul homme ! Mais apparemment, dans le monde étrange qui était devenu le sien, ce n'était qu'une journée banale. Comme si l'accumulation de catastrophes avait fini par le rendre fataliste.

Jetant un coup d'œil à sa montre, la jeune femme se dit qu'elle ferait mieux d'avaler un dîner rapide avant de se préparer. Elle se fit chauffer une boîte de soupe qu'elle absorba en un temps record, puis prit une bonne douche réconfortante avant d'enfiler le tailleur noir ultrachic qu'elle avait décidé de porter pour son rendez-vous du soir.

Debout devant la psyché de sa chambre, elle tentait d'enfiler une boucle d'oreille en obsidienne particulièrement récalcitrante quand elle entendit son portable biper à trois reprises. Quelqu'un avait dû essayer de la joindre pendant qu'elle était dans la salle de bains et lui laisser un message sur son répondeur. Elle termina la délicate opération qu'elle avait entamée, puis interrogea sa boîte vocale.

La voix masculine au bout du fil était douce, teintée de regret.

— Mia ? Ici Doug Policzki. Ecoutez, je suis vraiment désolé de vous prévenir à la dernière minute, mais j'ai un empêchement pour ce soir et je vais devoir annuler notre rendez-vous. On peut remettre ça à plus tard ? J'espère que ça ne vous compliquera pas trop la vie — enfin, pas plus que votre quotidien depuis quelques jours. Je vous rappelle demain pour qu'on arrange ça.

Il y eut une petite pause, comme une brève hésitation, puis il conclut :

— Bonne soirée à vous.

Eh bien voilà ! se dit Mia, plus déçue qu'elle ne l'aurait imaginé.

Elle tenta bien de se persuader qu'on ne venait pas de lui poser un lapin, mais c'était difficile. Pourtant, il ne s'agissait que d'un rendez-vous d'affaires, rien de plus. Alors, pourquoi se sentait-elle aussi déçue et même presque humiliée ?

Avec un soupir, elle ôta ses jolies boucles d'oreilles ainsi que sa tenue de femme d'affaires qu'elle remplaça par un jean et un T-shirt tout bêtes. Ensuite, elle descendit au rez-de-chaussée. Puisqu'elle n'avait rien prévu d'autre pour cette soirée, autant s'occuper utilement et continuer ce qu'elle avait commencé la veille avec Gracie. Elle emporta donc les deux boîtes de dossiers jusqu'à la cuisine, sa pièce préférée. Pour se donner du cœur à l'ouvrage, elle s'ouvrit une cannette de Coca light et se mit au travail sans plus tergiverser.

Malgré ce qu'elle et sa nièce avaient déjà trié, elle mit un temps fou à vérifier chaque transaction. Mais elle n'avait pas l'intention de se défiler : l'enjeu était trop important pour qu'elle ne mène pas sa tâche à bien. Elle feuilletait donc intégralement chaque dossier, mettant de côté tous les documents qui mentionnaient la First Boston Savings dans une pile qu'elle se promettait bien de regarder de plus près, une fois le gros de son travail terminé.

Vers 23 heures, elle reçut un coup de téléphone enthousiaste de Kevin.

— C'est trooop cool, m'man ! s'exclama-t-il. Si tu voyais l'endroit où on est, tu adorerais : c'est géant ! Ça donne direct sur la plage. Et quand je dis direct, je ne mens pas : on est presque les pieds dans l'eau. Franchement, c'est trop bien. Imagine un peu : dans ma chambre, j'ai même un balcon ! Et puis, écoute.

Il y eut une pause pendant laquelle Mia entendit un clapotis assourdi — sans doute le bruit des vagues.

— T'as entendu, m'man ? C'est l'océan. C'est vraiment génial, non ? Et tu devrais voir les vagues, comme elles sont belles ! C'est le paradis, ici, m'man !

Ils discutèrent pendant encore quelques minutes et, quand Mia raccrocha, elle souriait. Oubliée, sa déception de tout à l'heure.

Il s'écoula encore une heure avant qu'elle n'arrive au dernier dossier. Lorsqu'elle l'ouvrit, elle fut surprise d'y trouver une grosse enveloppe kraft pleine de feuilles volantes. Elle sortit la liasse de papiers, et mit quelques secondes à comprendre ce qu'elle avait sous les yeux. Il s'agissait d'études faites par différents établissements de crédit, chacune concernant une personne différente. Mais qu'est-ce que tout cela venait faire dans les dossiers courants ? Mystère…

Ce n'était pas la présence de ces relevés séparés qui surprenait le plus Mia : elle et Kaye pouvaient juger utile de faire pratiquer une sorte d'évaluation client par différents organismes financiers objectifs, afin d'évaluer la solvabilité des clients ainsi que le risque de non-remboursement de prêt. Elles se livraient à ce genre de vérification quand un acheteur potentiel intéressé par une propriété de grande valeur leur paraissait un peu juste financièrement. Cela leur évitait d'engager des négociations qui n'auraient pas abouti si le client se voyait refuser le prêt nécessaire à la transaction immobilière. Mais c'était une opération exceptionnelle qui concernait normalement une minorité de clients. Et là, il y en avait tout un tas dans un seul dossier. Qu'est-ce que cela voulait donc dire ?

Lentement, pour être sûre de ne rien négliger, Mia tourna les pages. Le problème, c'est qu'elle ne reconnaissait aucun des noms qui y étaient inscrits. Uniquement des clients dont elle n'avait jamais entendu parler — et il n'y en avait pas qu'un ou deux ! Perplexe, elle se leva, s'étira pour chasser la tension qui nouait les muscles de son dos et de son cou, et se prépara une grande tasse de thé qu'elle sirota tout en feuilletant une nouvelle fois les documents.

— Bon, alors, fit-elle à voix haute, la pile de relevés à sa droite, les dossiers portant le nom de Grant Ashford à sa gauche. Je suis sûre qu'il existe un lien entre tout ça — mais lequel ? Il y a un truc qui m'échappe…

Une soudaine lueur d'inspiration la traversa. Elle reprit la pile de relevés et commença à les classer par ordre alphabétique. Elle ne savait pas très bien si ce serait vraiment utile, mais de toute façon elle n'avait rien d'autre à faire ce soir. A part dormir, bien sûr, mais elle savait qu'elle ne trouverait pas le sommeil de sitôt. L'opération de tri lui prit une vingtaine de minutes. Ensuite, elle s'intéressa à l'autre pile, celle des hypothèques immobilières réalisées par la First Boston Savings, et relut lentement tout ça pour voir si certains noms correspondaient.

Minuit était passé depuis longtemps quand Mia trouva enfin ce qu'elle cherchait. Le nom de l'acheteur mentionné sur les deux documents qu'elle tenait en main était Stuart Landers. Si l'on en croyait l'étude faite sur lui par les organismes de crédit, il était plein aux as. La propriété qu'il avait acquise lui avait coûté la modique somme de neuf millions de dollars, et la liste des personnes présentes à la signature de l'acte de vente ressemblait au Who's Who de la communauté immobilière bostonienne. Nom de l'agent le représentant : Kaye Winslow. Nom de l'avocat : Greg Dubrowski. Nom du financier associé : Grant Ashford, pour la First Boston Savings Bank.

Mia cligna des yeux pour être certaine qu'elle ne se trompait pas, puis elle relut avec précaution chaque ligne des deux documents concernés. En tant qu'associée, elle aurait dû être prévenue d'une transaction de cette importance, et normalement les bénéfices engrangés par leur agence se seraient envolés d'un seul coup, compte tenu de la commission faramineuse qu'elles auraient récupérée sur la vente.

Seulement, et c'était là le hic, rien de tel ne s'était produit. Kaye n'avait pas fêté sa victoire au champagne, et le compte de Winslow & DeLucca n'avait pas bougé d'un iota. Non, c'était comme si cette transaction fabuleuse n'avait jamais existé. Mauvais point, songea Mia. Très mauvais, même. Ça sentait le coup fourré.

Il ne lui restait qu'une chose à faire : dès le lendemain matin, elle en parlerait à Marty. Son avis était sûr, sa connaissance du milieu ne l'était pas moins. S'il y avait anguille sous roche, il la décèlerait sans l'ombre d'une hésitation.

La tête bourdonnante, Mia se traîna jusqu'à sa chambre pour une nuit de repos bien méritée. Epuisée tant physiquement qu'émotionnellement, elle sombra dans un sommeil profond. Lorsqu'en plein milieu de la nuit le téléphone se mit à sonner, elle se réveilla en sursaut, la bouche pâteuse, l'esprit embrumé. A tâtons, complètement groggy, elle décrocha.

— Allô ?

— Mia ? Ici Dan Liston.

Il lui fallut une bonne minute pour se rappeler que c'était le propriétaire des murs de l'agence.

— Je… Dan ? fit-elle en bâillant à se décrocher la mâchoire. Qu'est-ce qui se passe ? Un problème à l'agence ?

L'année précédente, il y avait eu une fuite d'eau dans l'appartement juste au-dessus, ce qui avait causé pas mal de dégâts dans les bureaux qu'elle occupait avec Kaye.

— Je suis vraiment confus de vous déranger à une heure aussi tardive, reprit Dan Liston d'une voix sombre. Mais j'ai pensé que vous préféreriez être mise au courant tout de suite : l'immeuble est en feu.

17.

La soirée du jeudi s'était éternisée. Il y avait des papiers à remplir, des coups de téléphone à passer, des recherches d'identités à effectuer... Résultat : le lendemain matin, Lorna se sentait lessivée avant même de commencer sa nouvelle journée de travail. On l'aurait passée au rouleau compresseur comme le coyote des dessins animés qu'elle n'aurait pas été en plus mauvais état ! Ce qui l'énervait tout particulièrement, c'était de voir Policzki frais comme un gardon, son annuaire ouvert devant lui, le doigt sur le cadran de son téléphone.

— Franchement, Policzki, tu n'as pas honte ? grommela l'inspecteur Abrams tout en laissant tomber son attaché-case, son livre de poche et son pique-nique sur un coin du bureau. Quand est-ce que tu rentres chez toi ? Hier soir, quand je suis partie, tu étais exactement à la même place en train de faire la même chose. Et voilà que je te retrouve pile au même endroit ce matin. C'est dingue ! Si tu n'avais pas remplacé ta chemise toute froissée par une propre, je pourrais croire que tu as passé la nuit au bureau. On se demande si tu as une vie en dehors du commissariat !

— Eh bien, on dirait que madame est un peu grincheuse ce matin ! fit Doug tout en raccrochant son téléphone pour pivoter sur son siège, l'air plus amusé que fâché. Tu as dû lire la *Tribune* d'aujourd'hui, je suppose ?

— Non, pourquoi ? commença Lorna avant de se frapper le front du plat de la main, l'air accablé. Et merde ! Qu'est-ce qu'il a trouvé encore, ce foutu Malone ?

— Lis plutôt, tu m'en diras des nouvelles, répliqua Policzki tout en lui lançant l'exemplaire de la *Tribune* daté du jour.

Pendant qu'elle ouvrait le journal, son collègue sortit d'un sac en papier blanc un récipient de polystyrène rempli de café et un muffin.

— Si je t'offre la moitié de mon muffin au blé complet, ça te mettra de meilleure humeur ? demanda-t-il à Lorna.

— Seulement s'il y a plein de pépites de chocolat dedans, bougonna-t-elle, les yeux rivés aux gros titres du quotidien qu'elle tenait entre les mains.

Elle laissa échapper un grognement furieux avant de s'exclamer :

— Ecoute ça ! « Révélations : le passé sordide de l'agent immobilier disparu ». Bon sang de bonsoir ! Mais qu'est-ce qu'il fabrique, cet enfoiré de Malone ? Il veut donc faire capoter notre enquête ?

— Et attends, ça ne s'arrête pas là, fit Policzki. Continue, tu vas voir : la suite est encore mieux !

Lorna s'attaqua au corps de l'article.

— « Selon Mme Rideout, le vrai nom de Kaye Winslow est Sheila Cunningham. Elle a grandi dans un mobile home décrépit, au beau milieu de Trowbridge, dans le Maine : une petite ville où elle a vécu avec son ex-mari, Charlie Cunningham. Qui se trouve être également, oh surprise ! le cadavre jusqu'ici non identifié de l'avenue du Commonwealth, retrouvé par la police dans la cuisine de… »

D'un air écœuré, Abrams jeta le journal sur son bureau, comme s'il lui brûlait les doigts.

— Pitié ! Je ne veux pas lire une ligne de plus ! Où est-ce qu'il va pêcher toutes ces infos, ce salopard ? J'ai à peine le temps de mettre le lieutenant au courant et voilà que cette ordure de Malone étale tous les détails de notre enquête confidentielle dans son torchon ! Mais pour qui il se prend, ce petit con ?

Furieuse, Lorna décrocha son téléphone pour faire un numéro interne.

— Isabel ? aboya-t-elle dans le combiné. Trouvez-moi le numéro de Tommy Malone à la *Tribune*. *Pronto !*

Pour une fois, Isabel ne rechigna pas. Sans doute avait-elle lu l'article, elle aussi ? En tout cas, moins de trente secondes plus tard, elle rappelait Lorna pour lui donner le numéro.

— Merci, ma belle, c'est noté, fit l'inspecteur, crayon en main. Allez, *hasta la vista* !

Comme à son habitude, Malone avait un ton plein d'entrain. Lorna ne prit même pas la peine de se présenter. Etant donné qu'il ne s'embarrassait pas de principes, elle ne voyait pas pourquoi elle aurait dû le faire !

— Tu as perdu la tête, ou quoi ? attaqua-t-elle sans préambule. Franchement, tu vas trop loin, Malone. Je savais que tu n'avais aucun scrupule, mais là tu exagères !

— Bonjour à toi aussi, chère Lorna, fit le journaliste d'une voix plus suave que jamais.

— Mais qu'est-ce que tu as dans le crâne ? On enquête sur un homicide, bon Dieu ! Et toi, tu viens foutre la merde avec ton article ? Tu veux vraiment tout faire foirer, c'est ça ?

— On est venu me voir pour me raconter tout ça, Lorna.

Honnêtement, tu t'imagines que j'aurais laissé tomber une histoire aussi croustillante ?

— Mais merde, à la fin, Tommy ! Ce n'est pas du tout le moment de publier quoi que ce soit sur ce cas ! Déjà qu'on patauge dans ce bourbier, alors, si tu décides en plus de t'en mêler, où va-t-on ? Visiblement, quelqu'un sait où est Kaye Winslow, et son ex-mari s'est pris une balle en pleine tête. Est-ce par la même personne ? Ça, on l'ignore. En tout cas, on essaie de minimiser l'affaire et surtout de ne pas la rendre trop publique, dans l'espoir d'endormir la méfiance du ou des coupables. Et toi, avec tes gros sabots, tu viens tout piétiner ! Tu crois que ça m'amuse ?

— Qu'est-ce que tu veux que je te dise, ma cocotte ? reprit Malone avec cette familiarité qui avait le don d'exaspérer Lorna. Tu fais ton boulot, et je fais le mien. Seulement, moi, j'ai l'avantage d'être au spectacle. Pour un peu, je me croirais au ciné — il ne me manque qu'une grosse portion de pop-corn pour passer d'excellents moments. Allez, bonne journée, ma toute belle !

Sur ce, le journaliste raccrocha, prenant Lorna par surprise. Hébétée, elle resta quelques secondes sans voix, à fixer le combiné d'où s'échappait une sonnerie de fin de communication. Ce petit salopard lui avait tout bonnement raccroché au nez !

— Finalement, j'ai changé d'avis, dit-elle en tendant la main vers son collègue. Donne-moi donc une moitié de ce muffin, Policzki, tu veux ? Ça m'évitera peut-être un ulcère.

Le gâteau dans lequel elle mordit voracement n'avait pas beaucoup de goût ; il fallait s'y attendre, avec une recette au blé complet sans raisins ni chocolat ! Mais le fait de pouvoir passer sa colère sur une nourriture consistante lui fit du bien. Mâchonnant distraitement le gros bout de muffin qu'elle avait arraché à la moitié gracieusement offerte par son coéquipier, elle relit encore une fois l'article de Malone. Elle entendait vaguement Policzki continuer ses recherches téléphoniques sur le mystérieux Carlos. Encore un qui disparaissait sans prévenir ! Ça commençait à faire un peu beaucoup pour Lorna. Mais Policzki, lui, semblait prendre tout ça avec une sérénité parfaite. Comment pouvait-il garder son calme malgré l'accumulation de coups de fil infructueux ? C'était à en perdre son latin.

— Ça ne te gave pas au bout du énième coup de fil inutile ? lui lança-t-elle entre deux appels. Tu vas finir par attraper des crampes à force de composer des numéros de téléphone pour rien !

— Ne t'inquiète pas pour moi, répondit Policzki sans même détacher son regard de l'annuaire ouvert sur son bureau. De toute façon, je n'abandonnerai pas avant d'avoir retrouvé ce type. J'ai fait une promesse à Gracie, et j'entends bien l'honorer.

— Et comme tu tiens toujours tes promesses, et gnagnagna et gnagnagna… Bon sang de bois, Policzki, c'est quand même pas croyable ! On dirait un boy-scout — il ne te manque plus que les culottes courtes et la croix autour du cou. Non mais, franchement, tu dois bien avoir des défauts comme tout le monde ? Ce n'est pas possible d'être aussi parfait, aussi propre sur soi. Allez, laisse-moi deviner : je parie que tu es en réalité un alcoolique notoire.

— Raté !

— Bon, alors, tu as un harem quelque part, au fin fond d'un bled de province.

— Encore raté.

— Ou alors, sous tes airs de garçon bien propret, tu es secrètement accro aux sites Internet porno ?

Cette fois, Policzki esquissa un demi-sourire pendant un quart de seconde avant de reporter toute son attention sur son téléphone.

— Bonjour, madame, fit-il de sa voix polie et virile à la fois. Ici l'inspecteur Douglas Policzki, de la police de Boston. Comment allez-vous ? Bien, merci. Ecoutez, je vous appelle parce que j'essaie de retrouver un jeune homme qui pourrait faire partie de vos employés. Il se prénomme Carlos. C-A-R-L-O-S. C'est cela même. Non, malheureusement, je ne connais pas son nom de famille. Mais je peux vous le décrire : il doit avoir une vingtaine d'années, yeux bruns, cheveux sombres qu'il a récemment rasés. Il habiterait vraisemblablement Boston, quartier est.

Doug s'interrompit pendant une petite minute, hochant la tête et griffonnant sur le calepin qu'il avait ouvert à côté de l'annuaire.

— Mmm hmm… Mmm hmm, fit-il d'un air pénétré. Vraiment ? Oui, tout à fait. Mmm hmm… Bien entendu, je comprends parfaitement. Je sais que ce genre d'information est confidentiel, et je ne voudrais surtout pas vous mettre dans l'embarras. Ecoutez, voulez-vous que je vous donne mon numéro d'identification au registre de la police municipale ? Comme ça, si vous le souhaitez, vous pourrez appeler le central et vérifier que… Mais, bien sûr, je suis tout à fait disposé à patienter quelques instants. Surtout, ne vous pressez pas pour moi : j'ai tout mon temps.

Et voilà ! songea Lorna, mi-énervée, mi-admirative. Une fois de plus, le charme de Policzki opérait miraculeusement. Un vrai petit saint, aimable et poli, à qui on aurait donné le bon Dieu sans confession. Quel que soit leur âge, les femmes étaient incapables de lui résister. Elles se mettaient généralement à rougir et à glousser comme des gamines énamourées, avant de lui fournir exactement ce dont il avait besoin. Bien que Lorna ait déjà assisté à bon nombre d'opérations de ce style, elle en était chaque fois stupéfaite. Peut-être qu'ils auraient dû échanger leurs rôles : lui en gentil, elle en méchante. Parce que si, au premier abord, il pouvait faire peur, dès qu'il voulait bien s'en donner la peine, on oubliait son côté froid et rébarbatif pour ne retenir que l'aspect charmant de son personnage.

— Mmm hmm, fit-il pour la troisième fois depuis le début de ce coup de fil tout en notant quelque chose sur son calepin. R-I-V-E-R-A. Rivera, c'est bien ça ? Merci pour votre aide, Earlene. Vous m'avez vraiment été d'un grand secours.

Il raccrocha avant de faire pivoter sa chaise pour se retrouver face à Lorna qui le regardait toujours.

— Carlos Rivera, conclut-il. Vingt-deux ans. Il travaille comme livreur chez Northeast Freight Services. Il habite dans l'est de Boston. Crâne rasé. On ne l'a pas vu au travail depuis mardi matin. Sa sœur a appelé l'administration de Northeast hier en fin de journée pour les prévenir qu'il était en taule depuis lundi soir.

— Formidable, marmonna Lorna. Franchement, tu m'impressionnes !

— Pourtant, il n'y a pas de quoi, fit Doug avec modestie. J'ai juste été un peu consciencieux, c'est tout. Et persévérant aussi.

— Ouais, enfin, si j'avais la moitié de ta putain de patience d'ange, je serais déjà lieutenant à l'heure qu'il est !

A cet instant, le téléphone de Lorna se mit à sonner. Elle lui jeta un regard soupçonneux, l'air aussi enthousiaste que si l'on avait déposé un poisson mort sur son bureau. Au bout de quelques secondes d'hésitation, elle finit par décrocher :

— Quoi encore ? fit-elle avec une exaspération bien perceptible.

— Eh bien, dit Conor Rafferty d'une voix amusée, heureusement pour nous deux que c'est moi qui t'appelle et pas le commissaire ! Je voulais juste t'informer que je venais de recevoir un coup de fil d'un certain lieutenant Gerrish, de la police du New Hampshire. Ils ont relevé et identifié des empreintes sur la BMW que tu recherchais.

La journée s'éclaira brusquement pour l'inspecteur Abrams.

— Je le savais ! lança-t-elle avec enthousiasme. Je le savais depuis le début ! Je te l'avais bien dit, non, qu'on n'allait pas tarder à avoir une piste sérieuse dans ce sac de nœuds ?

— Aussi pénible que me soit cet aveu, je dois bien admettre que oui, tu me l'avais dit, rétorqua Rafferty. Bon, tu vas passer le reste de ta journée à sauter de joie ou tu veux bien te calmer deux minutes, le temps que je te raconte la suite ?

— Oh mon Dieu, mais c'est un miracle ! Parce qu'il y a une suite ? De mieux en mieux ! s'exclama Lorna.

— Ça, je ne te le fais pas dire. Ça doit être ton anniversaire ou ta fête, parce que là c'est la totale. Félicitations, Abrams. Maintenant, tu ferais mieux de te bouger les fesses rapidos pour filer au fin fond du New Hampshire, parce que la police de là-bas a ouvert le coffre de ta fichue bagnole disparue et qu'ils y ont trouvé un truc plutôt intéressant, d'après ce qu'ils m'ont dit.

*
* *

Trois heures de sommeil, ce n'était pas suffisant. Pas pour Mia, en tout cas. Elle avait foncé à l'agence sans même prendre le temps de se rhabiller correctement. Mais cela ne s'était pas avéré très utile. Quand elle était arrivée sur place, le feu faisait rage, et les pompiers ne l'avaient pas autorisée à s'approcher du bâtiment. Du coup, elle s'était retrouvée reléguée au rang des badauds qui contemplaient la scène, tremblant de froid dans la nuit automnale, impuissante et désolée. Réduite à assister à l'effondrement de tout ce qu'elle avait patiemment édifié — tout ce travail accumulé pendant des années qui se trouvait brutalement réduit en cendres, cela avait de quoi vous dégoûter de la vie !

Elle n'avait pas pu s'arracher à ce triste spectacle, comme hypnotisée par les flammes rouges et jaunes qui léchaient les murs déjà carbonisés de la jolie maison abritant l'agence — son agence, son bébé, en quelque sorte. Ensuite, elle était rentrée chez elle comme un automate, les yeux brouillés de larmes, les mains crispées sur le volant qu'elle tournait mécaniquement.

Une fois pelotonnée sous ses couvertures, elle avait laissé libre cours à son chagrin, secouée de hoquets épuisants, trop découragée pour se faire une raison. C'était tellement affreux — tellement injuste d'en arriver là après tout ce qu'elle avait mis en œuvre pour réussir sa vie professionnelle ! Au bout d'un temps interminable, elle avait fini par retomber dans un sommeil lourd et peuplé de cauchemars où elle se voyait encerclée par les flammes sans espoir d'en réchapper.

Au petit matin, plus exténuée que jamais, elle avait téléphoné à Bev pour lui annoncer la terrible nouvelle. A présent, elles se retrouvaient côte à côte, debout sur le trottoir, les bras ballants, les yeux embués, devant les restes calcinés de ce qui avait été leur bureau. Les pompiers avaient quitté les lieux depuis longtemps, et dans les décombres du bâtiment des hommes en uniforme s'affairaient silencieusement, à la recherche de Dieu sait quoi parmi les restes noircis et tordus qui jonchaient le sol.

Bev passa un bras amical autour de la taille de Mia.

— Rien de tout ça n'est irremplaçable, lui dit-elle avec gentillesse. Ce n'est que du bois, du papier et du plastique, finalement. On a une bonne assurance, et personne n'a été blessé dans l'incendie, c'est tout ce qui compte, non ? Je sais bien que ça a l'air catastrophique, comme ça, mais je suis sûre qu'on va s'en tirer.

Ce « on » rassura Mia plus qu'elle n'aurait su le dire. Bev était vraiment plus qu'une employée modèle : c'était une véritable amie, loyale et fidèle même dans les épreuves. Savoir qu'elle n'était pas seule à affronter les conséquences de l'incendie lui mettait du baume au cœur.

— Moi aussi, je n'arrête pas de me répéter que ce n'est que matériel, que ce n'est pas si grave, répondit Mia. Mais, quand même, ça me fend le cœur de voir les dégâts. J'adorais cet endroit ; c'était moi qui avais peint les murs, qui avais fait la déco intérieure… C'est comme si je me retrouvais amputée d'une partie de moi-même.

— Je comprends.

— Quel incapable, ce Dan Liston ! Si seulement il avait pris la peine de faire installer des extincteurs automatiques d'incendie, on aurait peut-être pu sauver l'essentiel ! Je parie que l'installation électrique du bâtiment datait d'un siècle au moins, et que c'est de là qu'est parti le feu.

A cet instant, elle aperçut M. Li, le propriétaire de la poissonnerie d'à côté, en grande conversation avec l'un des enquêteurs. M. Li avait une famille — une femme et trois filles — dont la survie dépendait entièrement des revenus engrangés par son magasin. Heureusement pour lui, ce dernier avait été moins endommagé que l'agence de Mia. Apparemment, la poissonnerie avait surtout souffert de l'épaisse fumée et de l'éclatement des conduites d'eau, tout comme le magasin du fleuriste qui se trouvait de l'autre côté du bâtiment. Pas besoin d'être expert en sinistres pour deviner que l'incendie avait démarré au niveau de l'agence, étant donné l'état dans lequel elle se trouvait.

En découvrant Mia et Bev serrées l'une contre l'autre, M. Li traversa pour venir leur parler. Hochant la tête d'un air accablé, il leur dit dans un anglais approximatif :

— Mauvais. Très, très mauvais.

— Vous pensez qu'il y a des choses qu'on pourra récupérer dans votre boutique ?

M. Li secoua la tête en signe de dénégation.

— Pas d'assurance.

— Comment ça, pas d'assurance ? Je suis pourtant certaine que Dan a contracté une assurance civile sur le bâtiment.

— Assurance des murs, oui, dit M. Li. Pas sur commerce.

— Oh, non ! C'est terrible ! dit Mia. Qu'est-ce que vous allez faire ?

M. Li haussa les épaules, comme si les mots lui manquaient devant l'étendue de la catastrophe. Il s'éloigna, le dos voûté sous le poids du fardeau qu'il avait à porter désormais, et Mia jura tout bas.

— Et les gens qui habitaient au-dessus ? demanda-t-elle brusquement. Margo, du premier étage ? Et la famille Garcia ? Je ne les vois nulle part. Par pitié, dis-moi qu'ils ont pu sortir avant que…

— Tranquillise-toi, ils vont bien, répondit Bev. Il y avait des alarmes incendie et des détecteurs de fumée en état de marche dans les appartements. Ils n'ont souffert que des émanations de l'incendie — fumée et cendre, principalement. Quand je suis arrivée, j'ai entendu deux enquêteurs en parler. Je crois que c'est la Croix-Rouge qui s'est occupée des locataires.

— Dieu soit loué ! fit Mia, les mains jointes.

Quel soulagement ! Louée soit la Croix-Rouge qui venait en aide aux particuliers sinistrés. Dommage qu'il n'existe pas d'organisme associatif pour panser les blessures des petites entreprises dévastées par ce genre d'accident. Mia n'aurait pas dit non si on était venu lui poser une couverture de survie sur les épaules et lui apporter une tasse de bouillon bien chaud en lui assurant que, d'ici quelques jours au plus tard, tout irait de nouveau pour le mieux.

Malheureusement, ce n'était pas près d'arriver. Son agence n'était plus que ruines. Il lui faudrait repartir de zéro. Tous les dossiers patiemment élaborés pendant des années avaient été réduits en poussière. Toutes les recherches qu'elle avait menées étaient parties en fumée. Mia ne voulait même pas songer aux conséquences auprès des clients de l'agence. Pour l'instant, tout ce qu'il lui restait, c'était les dossiers de Kaye, plus celui qu'elle avait établi pour l'inspecteur Policzki.

Une sorte de pressentiment bizarre lui traversa l'esprit,

mais elle était encore trop bouleversée pour vraiment comprendre ce que lui soufflait sa conscience. Et puis, elle vit Marty Scalia qui venait les rejoindre, Bev et elle, et elle oublia ce qu'elle avait commencé à entrevoir.

— Je viens d'apprendre la nouvelle, fit son vieil ami d'un air navré.

— Marty ! s'exclama Mia tout en serrant presque convulsivement la main qu'il lui tendait. C'est tellement gentil d'être venu…

Il la prit carrément dans ses bras pour une étreinte paternelle qui la réconforta plus qu'un long discours.

— C'est un coup dur, ma belle, commença Marty avant de s'écarter d'elle, l'air inquiet. Bon sang, mais tu es complètement gelée ! Tu n'as pas une veste quelque part ?

L'air hébété, Mia parut seulement découvrir qu'elle avait les bras nus.

— Tiens, mets ça, lui proposa gentiment Marty tout en ôtant sa veste de tweed tout usée pour la lui poser sur les épaules.

Avec gratitude, elle la serra autour d'elle. Si ce vêtement démodé jurait avec le reste de sa tenue, elle s'en moquait bien, du moment qu'il la réchauffait.

— Merci. Oh, Marty ! Qu'est-ce que je vais faire ?

— Pour commencer, tu vas aller dormir parce que tu as une mine épouvantable. Et, quand tu auras récupéré, tu viendras me trouver à l'agence pour que je te prête un bureau.

— Marty Scalia, mon sauveur ? fit la jeune femme avec un sourire ému. Qui aurait pu croire ça ?

— Ecoute, ma mignonne, tu es l'un de mes concurrents directs, d'accord, mais je suis quand même drôlement fier de ce que tu as réussi à édifier. Pas question de laisser

Winslow & DeLucca se faire balayer par un petit feu de rien du tout. Tu peux bien profiter de mes locaux pendant quelque temps. Et vous aussi, ajouta-t-il en se tournant vers Bev qui le remercia d'un signe de tête. J'ai deux bureaux inoccupés pour l'instant : ils sont équipés d'ordinateurs et de tout le tintouin. Tu peux utiliser mon numéro de téléphone ou même ouvrir une nouvelle ligne chez moi avec ton ancien numéro, histoire de ne pas traumatiser tes clients. Tu n'as qu'à me dire ce dont tu as besoin, et je me fais fort de te l'obtenir.

— Merci infiniment, Marty.

— Je t'en prie, ma belle, c'est le moins que je puisse faire, répondit Marty, tout en regardant les restes carbonisés de l'agence. Ils ont une idée de la façon dont l'incendie a commencé ?

— Je n'ai pas encore pu parler à qui que ce soit, répondit Mia en soupirant. Et de toute façon, même si j'avais pu poser des questions, je pense qu'on ne m'aurait pas répondu. M. Li a déjà essayé, et je crois qu'il n'a eu aucune réponse.

— On dirait bien que tu n'as pas grand-chose à faire ici, conclut Marty. Pourquoi tu ne rentres pas chez toi pour te reposer un peu ?

— Parce que je me suis déjà reposée : j'ai dormi trois heures complètes. Je sais, ce n'est pas énorme, mais je serais incapable de me rendormir maintenant. J'ai tellement de choses urgentes à régler ! Il faut que j'appelle les clients de l'agence, plus la compagnie d'assurances, plus celle du téléphone… Quelle heure est-il ? On est déjà vendredi ? J'ai une signature d'acte de vente à 13 h 30 !

Avec un regain d'énergie, elle tendit la veste de tweed à Marty.

Ce dernier la refusa d'un geste.

— Garde-la. Tu me la rendras plus tard.

— Je viens avec toi, ajouta Bev. Je crois que c'est le moment ou jamais de faire des heures supplémentaires.

— Mais tu n'es pas obligée, répliqua Mia.

— Ne l'écoutez pas, mon petit, fit Marty à l'intention de Bev. Elle a vraiment besoin de quelqu'un pour l'accompagner. D'ailleurs, il vaut mieux la surveiller discrètement, sinon elle a tendance à s'attirer les pires ennuis !

Et sur ce clin d'œil il les regarda s'éloigner, le sourire aux lèvres.

Ils atteignirent le New Hampshire en trente-cinq minutes, ce qui était plutôt satisfaisant étant donné qu'ils avaient passé les vingt premières à se démener pour sortir de Boston. La circulation, comme toujours. Une fois Peabody atteint, il ne leur restait plus qu'à prendre l'I 95, toutes sirènes hurlantes, gyrophare tournant à plein régime, jusqu'à l'aire de repos où l'on avait localisé la voiture de Kaye Winslow, légèrement au nord de la frontière qui délimitait les deux Etats voisins.

L'endroit était pittoresque et charmant : un écrin de pelouses verdoyantes, de conifères vert sombre et de feuillus roux, jaunes et or aux couleurs de l'automne. Lorna s'y engagea avant de freiner sur la chaussée pour se garer près de la voiture du shérif local.

L'aire de repos grouillait littéralement de policiers. Sortant leurs badges officiels, Lorna et Policzki enjambèrent le ruban jaune qui tenait en respect les touristes curieux.

Ils atteignirent bientôt le groupe de gens agglutinés

autour du coffre ouvert du coupé BMW rouge vif retrouvé et identifié comme étant celui de Kaye.

Malgré le vent vif qui balayait la scène, le soleil chauffait fort. En s'approchant de la voiture, Lorna repéra une odeur caractéristique — le genre de parfum révélateur qu'elle connaissait bien.

— Salut, les gars ! lança-t-elle sans tourner autour du pot, comme à son habitude. Abrams et Policzki, police de Boston. Qu'est-ce qu'on a là ?

Le plus grand des hommes — sûrement le responsable hiérarchique de tout ce petit monde, Lorna l'aurait parié rien qu'à voir son air important — s'écarta du reste de ses congénères.

— Bonjour. Moi, c'est Farris, fit-il en tendant la main à ses visiteurs. Allez donc jeter un coup d'œil vous-même, vous vous ferez une meilleure idée.

Opinant du chef, Lorna vint se placer juste à côté de la voiture. Debout près d'un dos d'âne, elle jeta un coup d'œil à l'intérieur du coffre : dans un coin, il y avait un ballot de tissu tout froissé. Un vêtement, à n'en pas douter. Rouge vif, assorti à la carrosserie. Sans doute une veste de tailleur.

Mais ce qu'on remarquait tout de suite, c'était que le vêtement en question était maculé de sang.

— Eh ben dites donc ! siffla l'inspecteur Abrams. Ils n'ont pas lésiné sur la quantité de rouge !

— Impressionnant, hein ? commenta Farris.

Juste derrière elle, la voix bien timbrée de Policzki se fit entendre.

— Qui a découvert le véhicule ?

— Le jardinier, tôt ce matin, au moment où il prenait son service. En voyant que la voiture n'avait pas bougé depuis la veille, il s'est dit que quelque chose clochait. Un coupé sport aussi voyant et coûteux abandonné depuis deux jours sans personne dedans, ça lui a semblé bizarre. Du coup, il nous a appelés pour nous donner le numéro d'immatriculation. Comme ça coïncidait avec votre avis de recherche, nous nous sommes déplacés jusqu'ici pour nous assurer que c'était bien la voiture qui avait été signalée comme manquante. C'est comme ça que nous avons ouvert le coffre et trouvé ce que vous voyez là.

Lorna se pencha sur la cinquième porte de la voiture, mais elle n'y vit aucune empreinte.

— Comment avez-vous ouvert le coffre ? demanda-t-elle à Farris.

— En appuyant sur le bouton fait pour ça, dans la boîte à gants.

— Dans la boîte à gants ? Le véhicule n'était donc pas verrouillé ?

— Eh non ! Peut-être que le propriétaire l'a laissé comme ça, ouvert, sur une aire de repos isolée, en espérant que quelqu'un l'en débarrasse ?

— Ou alors, quelqu'un l'a effectivement utilisé pour faire une petite virée, et puis, en percevant l'odeur qui émanait du coffre, cette même personne l'aurait rapporté à l'endroit où elle l'avait trouvé…

Policzki reprit la parole :

— Est-ce que tout ce sang signifie…

— Bonne question.

— J'en ai une autre : si ça veut dire ce qu'on pense, alors, où est le cadavre ?

— J'ai des gens de la brigade qui fouillent les buissons alentour, intervint Farris. Mais bon, rien ne dit que le cadavre en question a été largué dans le coin. On a très bien pu le balancer n'importe où. Ah ! Et il y a autre chose qui vous intéressera sûrement.

L'officier leur indiqua l'aile gauche de la voiture. Lorna s'agenouilla pour mieux voir l'unique empreinte rouge sang qui tachait la carrosserie. Elle était si nette et si bien délimitée que l'on pouvait légitimement se demander si on ne l'avait pas laissée là de façon délibérée.

Le professeur Winslow avait-il amené sa chère et tendre épouse jusqu'ici dans l'après-midi du mardi avant de retourner faire son cours de 16 heures à BBCC ? C'était peu probable, car cela impliquait nécessairement qu'il ait tout préparé dans les moindres détails, chronométrage inclus. Pour mener ce plan à bien, il lui fallait une voiture supplémentaire, donc un complice pour la lui amener.

D'un point de vue logistique, c'était bougrement complexe. Assez pour faire douter Lorna de la validité de sa théorie. Kaye Winslow avait quitté l'agence aux alentours de 14 heures, ce qui voulait dire qu'elle avait dû arriver à la résidence Worthington dix ou quinze minutes plus tard. On pouvait compter cinq bonnes minutes de plus, le temps qu'elle entre dans la maison et qu'elle dépose ses affaires sur l'îlot central de la cuisine. Donc, si monsieur son mari s'était pointé pour les liquider, elle et Charlie Cunningham, ça ne pouvait pas être avant 14 h 20. Ensuite, il fallait imaginer qu'il ait réussi à traîner tout seul le corps de son épouse jusqu'au coffre du coupé — tout cela en plein jour, au vu et au su de tous les voisins. Ce qui ne lui laissait qu'une heure et demie pour régler tout le reste. Une heure et demie — quatre-vingt-dix minutes, pas plus, pas moins, pour sortir de Back Bay, rejoindre l'autoroute, filer au nord direction le New Hampshire, s'arrêter quelque part pour se débarrasser du corps sans vie de Kaye (encore une fois, en pleine journée, avec le risque que quelqu'un le remarque et le signale à la police), laisser son coupé sur l'aire de repos, changer de véhicule et enfin retourner à BBCC pour être à l'heure à son cours. Tout cela en pleine semaine, donc avec une possibilité d'embouteillages non négligeable.

C'était faisable. Hautement improbable, mais pas impossible. Tout dépendait de l'encombrement des routes. Après tout, avec Policzki, ils venaient bien de couvrir la distance Boston-New Hampshire en un temps record. Trente-cinq minutes aller, trente-cinq minutes retour, ça laissait encore une vingtaine de minutes. Moyennant une conduite à la limite de l'excès de vitesse, bien entendu. Non, décidément, c'était un peu trop tiré par les cheveux. Bien sûr, avec la puissance de la BM, ce scénario était envisageable. Mais il était tout de même risqué, même au Massachusetts où les dépassements de vitesse étaient rarement verbalisés. Si le mari de Kaye s'était fait arrêter et qu'on avait regardé dans son coffre, il aurait eu bien du mal à expliquer la présence d'un cadavre en tailleur rouge à l'arrière de son véhicule. Le danger de se faire coincer demeurait trop important. D'autre part, si la circulation était mauvaise — ce qui était le cas quatre-vingt-dix pour cent du temps à Boston —, le professeur serait arrivé en retard à son cours de l'après-midi. Il aurait fallu qu'il soit complètement paniqué pour recourir à ce stratagème compliqué et peu sûr.

Certes, il pouvait avoir tué sa femme et planqué sa voiture par trop reconnaissable dans un coin avec le cadavre encombrant dans le coffre jusqu'à ce qu'il fasse suffisamment sombre, c'est-à-dire après l'interrogatoire qu'il avait subi. Ensuite, à la faveur de la nuit, il lui aurait été nettement plus facile de remonter en voiture pour se rendre tranquillement de l'autre côté de la frontière sans attirer l'attention de qui que ce soit. Personne ne l'aurait alors empêché de se débarrasser du corps, puis de rentrer chez lui sans se presser. Il aurait même pu s'installer confortablement devant la télé pour regarder le fameux talk-show de Jay Leno, vers minuit.

Mais, s'il avait agi ainsi, cela voulait dire que la BM rouge de sa femme était sur l'aire de repos dès le mercredi matin. Alors, pourquoi le témoin aurait-il mis si longtemps à la repérer ? Kaye Winslow avait disparu le mardi dans l'après-midi, et on était vendredi. Si la voiture avait disparu en même temps que sa propriétaire, où diable l'avait-on dissimulée dans l'intervalle ?

— Où est-il, ce jardinier ? demanda Lorna, passablement irritée par la nouvelle impasse dans laquelle elle se sentait engagée. Je souhaite l'interroger.

— Il est à l'intérieur. Il s'appelle Emilio Alonso. C'est un jeune Portoricain. A mon avis, c'est un BP.

— Un quoi ?

— Un BP. Un Boat People, quoi ! Enfin, disons que sa maîtrise de l'anglais laisse nettement à désirer.

— Bien, merci de la précision, fit l'inspecteur Abrams tout en se redressant pour promener son regard sur l'ensemble de la scène. Vous pouvez sonner le rassemblement de vos troupes, à présent. J'ai des gens qui ne vont pas tarder à venir prendre le relais. Ils devraient arriver d'une minute à l'autre.

Policzki avait passé la majeure partie de leurs trente-cinq minutes de déplacement pendu au téléphone pour rameuter les troupes.

— Ce ne sera pas nécessaire, rétorqua Farris d'un air suffisant. Mon équipe d'experts est déjà là, prête à intervenir. Nous vous attendions, c'est tout.

— Sans vouloir vous vexer, Farris, je préfère que ce soit ma propre équipe qui opère sur le terrain.

— Je ne suis pas vexé, rassurez-vous. Mais ce n'est pas vous qui êtes responsable, ici. Alors, il n'y a pas de discussion possible.

— Erreur, répliqua Lorna d'un air passablement énervé. C'est mon enquête, donc, c'est moi qui gère cette scène de crime. Point final.

— Sauf qu'il se trouve que cette scène de crime est précisément au beau milieu du territoire placé sous ma juridiction. Ou peut-être avez-vous raté le grand panneau « Bienvenue dans le New Hampshire », en arrivant ?

— Ecoutez, Farris, je bosse sur cette affaire depuis la disparition de Mme Winslow. Alors, si vous croyez que je vais la filer à un paquet de crétins empotés du New Hampshire, c'est que vous avez un petit pois à la place du cerveau !

— Des crétins empotés, hein ? répéta Farris en haussant dangereusement les sourcils.

— Laissez-moi vous expliquer le topo : combien d'homicides est-ce que vous traitez par an dans votre charmant petit Etat bucolique ? Dix ? Douze maximum ? L'année dernière, rien qu'à Boston, on en a eu soixante-quinze. Soixante-quinze, vous pigez le truc ? Il me semble donc que chez nous on a un tout petit peu plus d'expérience en ce qui concerne les enquêtes sur homicides, c'est tout.

L'air peu commode, le policier se campa sur ses deux jambes écartées, les poings sur les hanches, avant de se pencher vers elle en roulant de gros yeux.

— Qu'est-ce que vous êtes en train d'insinuer exactement, inspecteur ? Que je ne suis pas capable de faire mon travail correctement ?

Refusant de se laisser intimider, Lorna rétorqua :

— Ce que je suis en train d'insinuer, comme vous dites, *inspecteur*, c'est que ce sera mon équipe et aucune autre qui passera cet endroit au crible. Kaye Winslow habitait Boston, et c'est à Boston qu'on l'a vue pour la dernière fois avant sa disparition. Et, si l'on en croit les indices découverts dans la voiture que nous avons sous le nez, il se peut fort bien qu'elle ait été tuée à Boston même. A une centaine de mètres près, le véhicule en question aurait pu être retrouvé sur l'Etat du Massachusetts, et vous n'auriez pas eu la moindre question à vous poser. Alors, maintenant, à moins qu'on ne me sorte un putain d'argument en béton armé pour me prouver noir sur blanc que Kaye Winslow a été tuée ici même et qu'on l'a balancée dans un des buissons du coin, désolée, mais c'est moi qui prends la tête des opérations. D'autres questions ?

Farris contracta ses mâchoires, l'air furibond.

— Si ça ne dépendait que de moi, aboya-t-il, je serais ravi de vous livrer le tout dans un paquet-cadeau avec un beau ruban à frisettes sur le dessus ! Mais, malheureusement pour nous deux, je n'ai pas le choix : je dois suivre la procédure d'usage, point barre. Si vous voulez vraiment récupérer cette affaire, vous allez devoir transiger avec mon supérieur, je vous préviens.

Sur ce, il tourna les talons et s'éloigna, laissant Lorna fulminer toute seule.

— Quel culot ! grommela-t-elle entre ses dents. Non mais quel culot ! Quel petit con prétentieux ! Tu as entendu ça, Policzki ?

Cherchant un appui auprès de son coéquipier, elle se tourna vers lui. Seulement, il était toujours pendu au téléphone.

— C'est exact, disait-il. Farris. F-A-R-R-I-S. Tout à fait. Avec un A. Merci, lieutenant. On attend le coup de fil avec impatience.

Sa communication terminée, Doug referma son portable pour le raccrocher à sa ceinture d'un air satisfait.

— Dix minutes, fit-il à l'intention de Lorna qui le regardait avec des yeux ronds. Dix petites minutes, et Rafferty aura tout arrangé. Il suffit d'attendre, c'est tout.

— Dix minutes, hein ? répéta l'inspecteur Abrams d'un ton courroucé. Eh bien, pendant ce temps, surtout, ne te laisse pas distraire, petit. Personne n'est autorisé à bouger d'un cil avant que Rafferty ne nous rappelle, compris ? Ni notre équipe ni la leur.

Elle jeta un coup d'œil méfiant à la rampe d'accès où le premier des véhicules portant l'insigne de la police municipale de Boston venait d'apparaître.

— Bon, conclut-elle, j'ai un jardinier à interroger, moi.

Emilio Alonso ne devait pas dépasser le mètre soixante. Yeux noirs incisifs, cheveux tout aussi foncés, il avait un teint basané que venait encore assombrir un été passé à travailler à l'extérieur. Assis sur un banc, un gobelet d'eau à la main, il tenait de l'autre un bout de tissu humide qu'il pressait contre son front.

— Monsieur Alonso ?

Levant les yeux, il examina la femme de haut en bas d'un air peu rassuré, avant de répondre à mi-voix :

— *Sí.*

— Bonjour. Je suis Lorna Abrams, de la police de

Boston. Je voudrais vous poser quelques questions, c'est possible ?

L'homme plia soigneusement le morceau de tissu avant de chercher du regard le garde forestier le plus proche. Voyant que personne ne paraissait disposé à l'aider, il reporta son attention sur Lorna. Mais il était clair, à en juger par son regard vide d'expression, qu'il ne comprenait rien à ce qu'elle voulait lui dire.

— Des questions, répéta l'inspecteur en prenant soin de bien articuler. Moi. Vous. Questions. Je peux ?

— *Preguntas ? Sí*, fit le jardinier qui semblait avoir du mal à respirer calmement.

Il ne quittait pas Lorna des yeux. L'air méfiant, il attendait la suite.

— Bien, dit l'inspecteur avec soulagement. Quand avez-vous remarqué la voiture pour la première fois ?

Encore ce regard vide d'expression. C'était rageant !

— *El auto*, fit-elle tout en mimant les gestes d'un conducteur au volant. Quand ? ajouta-t-elle en tapotant le cadran de sa montre. A quelle heure l'avez-vous vue pour la première fois ?

Pour toute réponse, Alonso haussa les épaules d'un air d'excuse. En se retenant de pester contre le sort, Lorna tenta de rassembler les bribes de souvenirs qu'elle avait encore de ses cours d'espagnol de terminale. Mais il s'était écoulé deux décennies depuis qu'elle avait quitté le lycée.

— *Cuándo ?* dit-elle en se félicitant mentalement d'avoir réussi à retrouver ce mot.

— *Cuándo ?*

— Oui, c'est ça. *Cuándo*. Quand ? Quand avez-vous — elle pointa son doigt vers la poitrine du jardinier, puis vers ses yeux — vu *el auto* — nouvelle mimique de conducteur — pour la première fois ? *Primera vez ?*

L'homme se mit à parler en espagnol avec un débit tellement rapide et véhément qu'elle faillit tomber à la renverse.

C'était inutile, songea-t-elle, découragée, tout en essayant de saisir deux ou trois mots parmi le flux incompréhensible qui lui arrivait aux oreilles. Ils auraient vécu sur deux planètes différentes que ç'aurait été pareil.

Avisant le garde forestier qui n'avait pas bougé de son poste, elle lui demanda :

— Cet homme est-il employé par l'Etat du New Hampshire ?

— Non, il travaille pour un de nos sous-traitants.

— Ah ! Et comment a-t-il fait pour appeler les urgences, étant donné qu'il ne parle qu'espagnol ?

— Il a eu de la chance : il est tombé sur une standardiste qui parlait la même langue que lui.

— Et merde ! grommela Lorna tout en réfléchissant à toute vitesse pour décider de ce qu'elle allait bien pouvoir faire de ce témoin impossible à interroger.

Pendant le bref échange verbal entre l'inspecteur et le garde forestier, Alonso avait tourné la tête dans leurs directions respectives, comme s'il suivait un match de tennis et qu'il essayait de ne pas perdre la balle de vue.

Peut-être pouvait-elle demander un peu d'aide ? Il y avait au moins une douzaine de gens qui s'affairaient autour d'eux, vêtus pour la plupart d'uniformes de rangers ou de policiers. Ils faisaient des allers-retours sans paraître abattre beaucoup de vraie besogne. Ça ne les gênerait sûrement pas de jouer le rôle de traducteur… Mettant ses mains en porte-voix, Lorna les interpella bruyamment.

Aussitôt, tous les visages se tournèrent vers elle dans un silence soudain.

— Il y a quelqu'un parmi vous qui parle espagnol ?

En guise de réponse, elle n'eut que des regards vides et des hochements de tête négatifs. Quelques secondes plus tard, chacun retournait à sa tâche — parmi les plus importantes, siroter du café ou discuter. Ce qui ne faisait certes pas avancer le schmilblick !

— Bon sang de bonsoir ! marmonna Abrams. Ils ont déjà entendu parler de la diversité culturelle, dans ce bled ?

Elle sortit son portable pour appeler Policzki qui se trouvait toujours dehors, comme elle le lui avait demandé.

— Salut, gamin. Alors, comment ça va, de ton côté ?

— Rafferty vient juste de nous rappeler pour nous fournir l'autorisation qu'on attendait. J'allais donner le feu vert aux experts légistes qui sont au complet.

— Au complet, tu dis ? Qui as-tu de dispo exactement ? Est-ce que tu as Tavares sous la main ? Ou Morales ?

— Ni l'un ni l'autre. Pourquoi ?

— Je cherche quelqu'un qui parle l'espagnol.

— Moi, je parle espagnol.

— Mouais. Je suppose que tu as dû en faire pendant un an ou deux au lycée, c'est ça ? fit Lorna d'un ton sceptique.

Mais après tout ce serait mieux que rien.

— En fait, la corrigea gentiment son collègue, j'ai fait trois ans d'études supérieures en Arizona avant d'entrer à l'école de police. Avec l'espagnol comme matière principale.

Il fallut quelques instants à Lorna pour comprendre ce qu'il venait de lui apprendre. Mais quand elle eut digéré la nouvelle elle ne fut pas longue à réagir.

— Quoi ? Tu es bilingue espagnol, Policzki ? Ils sont

au courant, à la brigade ? Et pourquoi diable tu ne m'en as rien dit, espèce de petit cachottier ?

— Parce que tu ne me l'as pas demandé, répondit-il avec cette logique imparable qui avait le don d'exaspérer sa coéquipière. Et pour ce qui est de la direction de la brigade, oui, ils sont au courant. Ça figure dans mon dossier — encore faut-il prendre la peine de le lire…

— Dis-moi, est-ce qu'il y a un truc au monde que tu ne sais pas faire, Policzki ? On dirait que j'ai récupéré un surhomme comme partenaire. C'est vrai, quoi ! Enfin, ce n'est pas moi qui vais m'en plaindre. Bon, maintenant que les choses sont claires, dis aux experts de se mettre au boulot sans tarder. Ensuite, si ça n'est pas trop te demander, tu serais bien aimable de ramener ton popotin par ici pour me filer un coup de main, *amigo* !

18.

Les experts légistes avaient fini d'examiner les lieux, et la voiture de la disparue avait été emportée pour des analyses plus poussées. Lorna engagea leur véhicule de service sur un rond-point pour rejoindre l'I 95, direction Boston. Elle attendit d'avoir atteint sa vitesse de croisière pour prendre la parole.

— Quand l'enquête sera terminée, j'embaucherai peut-être ce jardinier consciencieux pour inculquer à mon fils de douze ans une certaine éthique du travail et du mérite. Je n'arrive plus à l'arracher à sa console de jeux, pas même pour qu'il aille tondre la pelouse derrière la maison ! Ces ados, parfois, qu'est-ce qu'ils peuvent être casse-pieds… Bon, dis-moi un peu ce qu'Alonso t'a appris ?

— Il m'a affirmé que la BM n'était pas là mercredi. Elle a dû être déposée pendant la nuit du mercredi au jeudi, pas avant. C'est la première chose qu'il ait remarquée en arrivant sur son lieu de travail, tôt dans la matinée du jeudi. Il voit souvent passer de belles voitures par ici, mais celle-ci a particulièrement attiré son attention parce que c'est le coupé de ses rêves.

— Sans blague ? Est-ce qu'il t'a dit à quelle heure il prenait son service, le jeudi ?

— 7 heures pile. Il est pratiquement certain qu'il aurait remarqué la voiture si elle avait été là dès le mercredi. Vu que c'est la voiture de ses rêves, etc. Ah ! Et je voulais aussi t'informer que, pendant que tu faisais ami-ami avec notre charmant confrère de la police du New Hampshire, j'ai interrogé toutes les personnes qui étaient de service pendant les deux jours qui nous intéressent, et qu'aucune d'entre elles n'a remarqué quoi que ce soit. Seulement, il y a un hic : même si la voiture avait pointé le bout de son capot pendant la journée, tous les gens qui travaillent dans le coin sont coincés à l'intérieur. Ils s'occupent des touristes ou des automobilistes qui ont perdu leur chemin, ce qui veut dire qu'ils n'ont pas franchement le loisir de s'intéresser à ce qui se passe dans le parking ni dans les jardins. Ça, ça relève exclusivement de l'équipe des jardiniers.

— Autant dire que le seul qui serait susceptible de nous aiguiller, c'est le dénommé Alonso.

— Exact. L'autre type qui le seconde habituellement est atteint de pneumonie, ce qui signifie qu'hier Emilio était seul sur le terrain. Or, il se trouve qu'il a passé la majeure partie de l'après-midi à l'autre bout de l'aire de repos pour tondre le gazon.

— Merde ! ronchonna Lorna tout en mordillant pensivement sa lèvre inférieure. Je n'y vois goutte, dans ce merdier total ! Reprenons les faits dans l'ordre : mardi après-midi, Kaye Winslow et sa superbe voiture disparaissent, O.K. ? Ensuite, trente-six heures plus tard — en gros — on retrouve ladite voiture sur une aire d'autoroute à cinquante bornes de Boston, avec un tailleur de femme tout froissé et sanguinolent dans le coffre. Si on n'a pas apporté la voiture ici mardi soir…

— Alors, où diable a-t-elle bien pu passer les jours précédents ?

— C'est exactement ce qui me tracasse.

— J'ai une question supplémentaire. Voilà : la police départementale du New Hampshire fait des rondes assez régulières dans le coin. Or, nous avions lancé une alerte avec une description assez précise du véhicule et de sa propriétaire. Alors, comment se fait-il que personne n'ait remarqué la présence de la BM, même au cours d'une ronde de routine ?

Lorna jeta à son coéquipier un regard de respect et d'exaspération mêlés.

— Merde ! répéta-t-elle pour la énième fois de la journée. Je crois que cette affaire va me coller une de ces migraines…

De retour à la maison, le premier coup de fil de Mia fut pour son agent d'assurances. Comme on était déjà vendredi, la secrétaire proposa de lui envoyer avant la nuit un expert pour constater l'étendue des dégâts. Le deuxième coup de fil de la jeune femme fut destiné à Yolanda Lincoln, son employée à temps partiel. Il fallait qu'elle la prévienne de ce qui était arrivé et qu'elle lui donne l'adresse de leur bureau temporaire. Ensuite, elle appela les services publics pour leur expliquer la situation et régler un certain nombre de points urgents avec eux. Elle fit transférer momentanément tous ses appels vers sa ligne privée à son domicile, en attendant qu'une nouvelle ligne soit installée pour son travail à l'agence de Marty Scalia. Ensuite, avec l'aide de Bev, elle appela tous les gens avec lesquels elles étaient régulièrement en contact afin de les mettre au courant et de les assurer que l'agence Winslow & DeLucca serait de nouveau opérationnelle d'ici quelques jours.

Tout cela leur prit la matinée entière. Pendant que Bev filait acheter deux sandwichs, Mia prit une douche, changea de vêtements et se maquilla avec soin pour essayer de masquer les traces de sa nuit blanche. Sans grand succès, hélas. Debout devant le miroir, elle se trouva un air de déterrée. Tant pis ! Elle n'aimait guère sortir pour affaires avec une mine de papier mâché, mais comme elle n'y pouvait rien elle décida de faire contre mauvaise fortune bon cœur. De toute façon, elle connaissait le seul remède miracle : il lui fallait une vraie nuit de repos. Tant qu'elle n'aurait pas vraiment récupéré de la fatigue accumulée ces derniers jours, elle serait condamnée à se promener avec des poches, voire des valises, sous les yeux.

Après le déjeuner, elle parvint à convaincre Bev de rentrer chez elle.

— Il n'y a plus rien que tu puisses faire, dit-elle à son assistante devenue une véritable amie dans l'adversité. Après mon rendez-vous de 13 h 30, j'ai bien l'intention de rentrer dare-dare à la maison pour me blottir sous les couvertures et dormir jusqu'au lendemain, si possible ! Comme on est déjà vendredi, tu n'as qu'à te dire que le week-end commence un peu plus tôt que d'habitude. Allez, va te reposer, tu l'as bien mérité. D'autant que, la semaine prochaine, il va falloir mettre les bouchées doubles si on veut reprendre du poil de la bête.

— Tu vas vraiment aller direct au lit ? fit l'assistante en prenant l'attitude inquiète d'une mère poule.

— Sûre et certaine. Et je parie que je vais m'écrouler comme une masse dès que ma tête aura touché l'oreiller. Si je m'écoutais, je zapperais la signature de cet après-midi. Mais je veux absolument récupérer le chèque pour le déposer à la banque avant le week-end. On se revoit lundi matin à la première heure à l'agence de Marty, d'accord ? On fera le point ensemble et on avisera de la marche à suivre à ce moment-là.

La signature d'acte de vente se déroula tout à fait correctement. Moins d'une heure plus tard, le chèque de commission était sur le compte de l'agence Winslow & DeLucca, et Mia avait commandé de nouveaux chéquiers pour remplacer ceux qui avaient été détruits dans l'incendie. Il y avait tant de petits détails indispensables à régler, tant de choses à remplacer... Rien que d'y songer, elle en avait mal à la tête. Une tâche abyssale l'attendait, et elle n'était pas au bout de ses peines, elle en avait bien conscience.

L'après-midi était déjà bien entamé lorsqu'elle rentra enfin chez elle, si épuisée que son cerveau avait du mal à faire les connexions nécessaires. Laissant tomber son attaché-case sur la table de la cuisine, elle se traîna jusqu'à son répondeur. Il y avait un message de son agent d'assurances qui l'informait que leur expert en sinistres était venu constater les dégâts sur place et qu'il fallait à présent qu'elle leur dresse une liste détaillée de tout ce qu'elle avait perdu dans l'incendie, avec estimation précise de la valeur marchande, si elle voulait être remboursée. Le plus tôt serait le mieux, concluait son interlocuteur : si tout cela pouvait être prêt d'ici lundi à la première heure, ce serait parfait.

Le corps perclus de fatigue, Mia se débarrassa de ses chaussures à talons, grimpa l'escalier sur la pointe des pieds, ôta son collant et l'abandonna sur le sol de sa chambre. C'était vraiment une torture, les collants ! Quel soulagement quand elle les enlevait à la fin d'une longue journée de travail comme celle-ci ! Libérée de cet instrument de torture, Mia eut le sentiment de pouvoir enfin respirer à fond.

Après avoir rangé son tailleur dans le placard, la jeune femme s'enveloppa dans le peignoir de flanelle légère que Sam et Gracie lui avaient offert pour un anniversaire. Elle avait promis à Bev de dormir pour récupérer, mais elle se sentait trop stressée pour se laisser aller au sommeil. Au lieu de s'allonger dans son lit, elle redescendit pour prendre ses lunettes et s'installer confortablement sur le canapé avec le dossier de Stuart Landers. Elle avait bien l'intention de l'éplucher en détail. Seulement, au bout de quelques minutes à peine, sa vue se brouilla. Elle avait du mal à lutter contre l'épuisement qui engourdissait son corps.

Si seulement elle n'était pas si fatiguée ! Elle avait encore tant de choses à faire ! Tant de soucis qui l'assaillaient sans relâche ! Sam et Gracie, d'une part. La disparition de Kaye. Sa possible implication dans une arnaque immobilière de taille. L'incendie et toutes ses conséquences catastrophiques. Doug Policzki aussi, qui s'insinuait dans ses pensées les plus secrètes, et sa présence constante qui l'ennuyait et l'enthousiasmait tour à tour. Il l'attirait, qu'elle le veuille ou non, malgré leurs différences et la situation malaisée dans laquelle ils se trouvaient. Encore un problème à régler…

Mia ferma les paupières et se laissa aller contre le dossier bien rembourré du canapé. Juste pour quelques secondes, se promit-elle. Après, elle se remettrait au travail.

Moins d'une minute plus tard, elle s'endormait profondément, sans même lâcher le dossier qu'elle avait ouvert sur ses genoux.

*
* *

Policzki avait une bonne demi-douzaine de messages en attente. Il s'assit à son bureau pour les écouter, un stylo à la main afin de prendre des notes si nécessaire sur le bloc sténo posé à côté du téléphone. Les deux premiers messages pouvaient attendre, mais le troisième était trop intrigant pour qu'il ne s'en occupe pas tout de suite.

— Policzki ? fit une voix rocailleuse. Ici Tim Maroni, du bureau des incendies criminels. Je bosse sur un cas qui devrait t'intéresser. J'ai peut-être des infos pour toi. Rappelle-moi à ce numéro.

Après l'avoir consciencieusement noté, Policzki appela son collègue.

— Maroni ? Ici Doug Policzki.

— Salut, Policzki. Si je ne me trompe pas, tu enquêtes sur la disparition de cet agent immobilier ?

— Tout à fait.

— Eh bien, je me suis dit que tu serais sans doute content d'apprendre que son agence a été cramée hier soir.

Policzki sentit son cœur bondir dans sa poitrine. D'une voix qu'il espérait neutre, il s'enquit presque négligemment :

— Des blessés ?

— Non, personne. C'était en plein milieu de la nuit. Les commerces et les bureaux du rez-de-chaussée étaient fermés, et les locataires du premier s'en sont tirés sans dommage.

Le nœud qui lui serrait l'estomac s'estompa un peu. Pas complètement, cependant. Mia n'avait pas été blessée, c'était l'essentiel. Mais son entreprise survivrait-elle à un coup pareil ? Le moral de la jeune femme devait être au plus bas.

— Tu es sûr qu'il s'agit d'un incendie criminel ?

— Oh oui ! Sûr et certain. Ce sont des amateurs qui ont mis le feu au bâtiment. Volontairement. Ils n'ont d'ailleurs pas pris la peine de camoufler leur forfait. On a retrouvé des traces de comburant sur les lieux du sinistre, plus un bidon d'essence de térébenthine vide dans la grosse poubelle de l'arrière-cour. Je ne sais pas si c'est lié à ton affaire, mais d'après mon expérience dans ce métier ça peut avoir un rapport. Je me suis dit qu'il valait mieux que je te mette au courant, histoire que tu voies ce que tu pouvais faire de cette info.

— Et tu as eu raison, fit Doug avec gratitude. Merci, vieux.

Il raccrocha et resta un instant pensif, à se demander ce que tout cela pouvait bien vouloir dire. Il y avait forcément un lien. Une femme disparaissait en laissant derrière elle le cadavre de son ex-mari. Quelques jours plus tard, quelqu'un mettait le feu à son agence immobilière. Le lendemain matin, on retrouvait sa voiture sur une aire de repos avec des vêtements à elle tachés de sang dans le coffre. Policzki était flic ; pour lui, ça faisait un peu trop de coïncidences. Il y avait anguille sous roche — voire baleine sous gravier, tellement c'était gros. Restait à établir une connexion solide entre ces événements dispersés.

Il mourait d'envie d'en discuter avec Lorna, mais il savait qu'elle n'était pas disponible pour le moment. Elle avait filé au labo pour mettre la pression aux experts chargés d'identifier les empreintes. Lorna Abrams s'avérait généralement assez douée dans ce genre d'entreprise. On pouvait même affirmer sans mentir qu'elle y excellait. En tout cas, elle n'était pas joignable. Policzki décida donc de faire avancer les choses dans une autre direction — celle de Carlos Rivera. Grâce à quelques coups de fil judicieux, il apprit où le livreur était détenu. Il laissa un mot à sa coéquipière, bien en vue sur son bureau, pour qu'elle ne s'inquiète pas si elle revenait avant lui.

Je suis allé vérifier deux trois trucs, disait le Post-it qu'il avait rédigé à la hâte. *Je reviens tout à l'heure. Appelle-moi sur le portable si tu as du nouveau pour les empreintes.*

Le reste de ses messages pouvait attendre. Saisissant ses clés de voiture, Policzki se mit en route sans plus tarder pour la prison où Carlos Rivera était incarcéré, histoire d'avoir une petite conversation avec lui.

Vêtu de l'uniforme orange vif des prisonniers, Rivera pénétra dans la salle d'interrogatoire, l'air buté, les lèvres serrées, visiblement peu enclin à coopérer. Il se laissa tomber sur la chaise pliante qui lui avait été attribuée avant de poser les coudes sur la table de Formica pour y appuyer son menton et jauger Policzki qui s'était installé de l'autre côté. Le policier faillit sourire devant le regard insolent que lui adressait le gamin. Carlos essayait bien de jouer les durs, mais on voyait à cent mètres qu'il bluffait. En réalité, il était terrorisé. Pour preuve, le bruit persistant que faisaient ses pieds en tambourinant nerveusement contre le sol carrelé.

Quand le gardien eut refermé la porte derrière lui, Policzki sortit de sa poche une photo de Kaye Winslow et la posa sur la table devant Rivera.

— Tu connais cette femme ? demanda-t-il au petit jeunot qui le fixait sans ciller.

Rivera jeta un regard rapide au cliché avant de reporter son attention sur Policzki.

— Pourquoi ? Ça intéresse qui, de savoir si je la connais ?

— Moi, ça m'intéresse.

— Et vous êtes qui, d'abord ?

Policzki posa son insigne à côté de la photo.

— Ça répond à ta question, je crois. Et toi, tu veux bien répondre à la mienne ?

— J'la connais pas, cette bonne femme, fit Rivera d'un air têtu.

— C'est une dame plutôt élégante, poursuivit Policzki comme s'il n'avait pas entendu le mensonge du gamin. Elle conduit une voiture de luxe, elle porte des vêtements coûteux. Tu pensais peut-être qu'elle serait facile à choper ?

— J'vous ai déjà dit que je la connaissais pas !

— Tu avais planifié ça avec deux ou trois potes, c'est ça ? continua Policzki comme s'il était sourd. Seulement, toi, tu t'es fait coincer, alors ils ont dû faire le boulot à ta place ? C'est comme ça que ça s'est passé ?

— Ecoutez, mec, je sais pas de quoi vous parlez. J'ai rien à voir avec cette meuf. Je l'ai jamais vue de ma vie !

— Tu sais, Carlos, tu es déjà pas mal dans la mouise. J'ai entendu dire que tu avais fait quelques livraisons spéciales en plus de tes commandes normales. Mauvaise nouvelle, mon gars : tu risques de passer un certain temps sous les verrous pour ce genre de trafic. Tu as déjà fait de la prison, Carlos ? Pas en garde à vue, mais en cellule, avec des vrais taulards ? Ça ne ressemble pas à ce que tu connais ici, je peux te l'assurer. Jeune et beau gosse comme tu l'es, tu risques de plaire à pas mal de monde quand tu seras vraiment en taule.

— Allez vous faire foutre ! lança le jeune homme.

— Oh, pour ça, mon garçon, je crois que c'est plutôt toi

qui risques de te faire foutre une grosse branlée ! rétorqua Policzki en utilisant à dessein le langage du gamin. J'ai vérifié ton casier avant de venir : vu que c'est ta première grosse boulette, si tu souris bien gentiment, que tu courbes l'échine et que tu lèches les bottes de tous ceux qui passent dans le coin, le juge sera peut-être sympa avec toi pour la sentence finale. Mais si on ajoute aux charges retenues contre toi d'autres éléments — oh ! je ne sais pas, moi, des choses du genre intrusion dans la vie privée d'autrui, harcèlement, détournement de mineurs sur Internet…

— Foutez-moi la paix avec ça ! J'ai rien fait de ces trucs-là !

— C'est justement pour ça que je te donne une deuxième chance. Regarde bien cette photo, mon gars : tu ne t'étais peut-être pas assez concentré, tout à l'heure. Ou alors, tu n'avais pas bien compris l'enjeu. Réfléchis à ce qui t'attend en prison et fais-moi une réponse claire et satisfaisante.

Rivera lui expédia un regard furieux avant de saisir le cliché pour faire semblant de l'examiner de plus près.

— Maintenant que vous le dites, je l'ai peut-être vue quelque part, cette bonne femme.

— Il paraît qu'ici il y a des douches communes. Tu imagines un peu ? Des douches communes avec des pensionnaires costauds et virils qui n'ont pas froid aux yeux. Tu sais ce que ça signifie, « douche commune », Carlos ?

Un filet de sueur froide courut le long de la tempe du jeune homme.

— Tout ce que j'ai fait, c'est prendre des photos d'elle, bordel ! explosa-t-il soudain. Rien d'autre, c'est juré ! C'est pas une infraction, que je sache, si ? Des photos, merde, juste des photos !

— Tu reconnais donc que tu connais cette personne.

— Mais bordel je l'ai seulement suivie pendant une petite heure, et une seule fois ! Faut bien que je bosse, moi : j'peux pas passer tout mon temps à filer des coups de main gratos ! C'était Gracie qui m'avait demandé de la filer si j'avais le temps. Pour voir si je pouvais trouver des infos qui foutent la belle-doche dans la merde. Elle m'a fait pitié, cette gamine, c'est pour ça que j'ai accepté de l'aider. Mais c'est tout ! J'avais pas d'autre motif que ça, je le jure sur la tête de qui vous voudrez !

Avec une promptitude qui surprit son interlocuteur, Policzki se pencha par-dessus la table pour l'attraper par le col de sa chemise, l'air menaçant.

— Gracie n'est qu'une gamine, comme tu l'as dit toi-même, fit-il avec un calme plus terrifiant que s'il s'était mis à hurler. Elle a quinze ans, tu entends ? Seulement quinze ans. Si jamais je te reprends à communiquer avec elle ou avec d'autres mineures, tu vas regretter de ne pas être à l'abri en taule, parce que je te coupe les couilles et je te les fais bouffer. Pigé ?

Tremblant de peur, Rivera tenta de se dégager.

— Mais je savais pas qu'elle avait que quinze ans, geignit-il en se tenant la gorge. Elle me l'avait pas dit !

Policzki le lâcha, puis se leva et reprit son insigne ainsi que la photo de Kaye Winslow. Sans se départir de son ton tranquille, il posa une dernière fois les yeux sur le jeune homme recroquevillé sur sa chaise.

— Eh bien, tu veux que je te dise, Carlos ? Si j'étais à ta place, à partir de demain, je demanderais leurs papiers d'identité à toutes mes petites copines potentielles. Enfin, c'est juste un conseil d'ami.

*
* *

Tout en se frayant un chemin à travers la circulation monstrueuse du vendredi après-midi, Policzki composa le numéro de téléphone de Gracie Winslow.

— Allô, Gracie ? C'est Doug. Tu as une minute ?

— Je vais avoir des ennuis, c'est ça ?

— Je ne crois pas, non, répondit l'inspecteur tout en s'immisçant de justesse entre un bus et un véhicule amphibie de la dernière guerre reconverti en navette de transport pour les parcours touristiques dans Boston. J'ai retrouvé ton Carlos.

— Quoi ? Mais… mais comment ?

— Ah ha ! J'ai des pouvoirs spéciaux, tu ne le savais pas ? Au fait, tu as parlé à ton père de tout ça ?

— J'avais pas tellement le choix. Je me suis dit que si je ne le faisais pas vous me passeriez les menottes et vous me balanceriez à la flotte.

Policzki retint un sourire. Elle avait du cran, cette petite, et ce n'était pas pour lui déplaire.

— Je croyais qu'il devait te tuer, ton père ? reprit-il sans trahir son amusement. On dirait qu'il ne l'a pas fait !

— Ouais, finalement, c'était pas si terrible que je croyais. Hum… disons que ça a été un peu noyé au milieu d'autres trucs, quoi.

— Ne me dis pas que tu as enfoncé le couteau dans la plaie alors que ton père était déjà aux abois ?

— Ben, un peu, en fait. Mais finalement c'était plutôt mieux comme ça, fit l'adolescente d'un ton évasif. Bon, et Carlos, alors ? Qu'est-ce que ça a donné ?

Policzki s'arrêta à un feu rouge avant de répondre :

— C'est plutôt positif pour toi. Il est impossible que Carlos ait quoi que ce soit à voir avec la disparition de ta belle-mère. Il était retenu par des obligations majeures au moment où c'est arrivé.

— Retenu par des obligations majeures, hein ? répéta Gracie avec un petit rire. Ça, c'est du langage de grande personne qui pense que je suis trop petite pour savoir la vérité. Allez, Doug, soyez franc et dites-moi ce qui s'est réellement passé !

— Il est en garde à vue, Gracie. Depuis lundi soir.

Il y eut un moment de silence à l'autre bout de fil.

— Qu'est-ce que je devrais ressentir, à votre avis ? Du soulagement ?

— Sans aucun doute, répondit Policzki.

— Mais c'était mon ami…

— Alors là, ma mignonne, je vais te parler franchement : tu ferais mieux de te trouver des amis un peu plus recommandables.

Il se gara en double file devant la maison de Mia avant d'activer son gyrophare bleu en guise de warning. Elle mit quelques minutes à venir lui ouvrir la porte. Les yeux embués de sommeil, calfeutrée dans un joli peignoir de flanelle turquoise, elle avait une marque rouge sur le côté du visage, comme si elle s'était endormie sur quelque chose de dur. Elle n'avait vraiment pas l'air en forme, mais au moins elle était bien vivante, et c'était ce qui comptait.

Dès qu'il la vit, il se détendit. Il ne s'était pas rendu compte qu'il était aussi nerveux jusqu'à ce qu'il se retrouve en face d'elle et qu'il constate avec un immense soulagement qu'elle était saine et sauve.

— Inspecteur, fit-elle d'une voix rauque qu'il trouva

sexy en diable. Désolée de vous avoir fait attendre : j'étais en train de faire la sieste.

— Je m'en serais douté. C'est moi qui suis désolé de vous avoir réveillée.

— Pas de problème, dit-elle en bâillant et en passant une main dans ses cheveux encore ébouriffés. Qu'est-ce que vous venez faire par ici ?

— Je viens d'apprendre, pour l'incendie. Je voulais juste m'assurer que vous alliez bien.

— Tout dépend de ce que l'on entend par là, dit la jeune femme. Mais, je vous en prie, entrez.

Il ne se fit pas prier. A peine avait-il posé le pied dans l'entrée qu'il fut assailli par l'odeur particulière qui entourait la sœur de Sam Winslow. C'était peut-être son parfum, ou alors le shampooing qu'elle utilisait. En tout cas, c'était une fragrance fine, délicate et indéniablement féminine qui l'enveloppa comme un nuage tentateur auquel il était incapable de résister. Humant cette odeur avec délice, mais en toute discrétion, il suivit Mia en direction de la cuisine, admirant au passage la souple ondulation de ses hanches en mouvement. Vêtue de ses tenues de travail strictes et élégantes, elle avait une classe folle. Mais aujourd'hui, drapée dans ce peignoir qui épousait ses formes pleines, pieds nus, les cheveux en bataille, elle semblait plus douce. Plus accessible. Plus séduisante que jamais. Dans son métier, il avait l'habitude de côtoyer des femmes de tous âges qu'il semblait généralement ne pas laisser indifférentes. C'était devenu presque routinier pour lui. Par contre, il était rare qu'il s'intéresse de près à l'une d'entre elles. Ce qui était le cas avec Mia DeLucca. Non seulement elle l'intéressait, mais elle le fascinait littéralement. Il se surprit à songer à des choses qui n'avaient absolument rien à voir avec l'enquête qu'il était censé mener. Des choses beaucoup plus personnelles — dangereusement intimes, même. Il n'avait pas le droit de se laisser aller à de tels fantasmes. Pas s'ils impliquaient cette femme-là. Il était en pleine enquête sur homicide, et c'était le frère de la jeune femme qui occupait, pour l'instant, la position peu enviable de suspect numéro un. Raison de plus pour ne pas venir la déranger chez elle sous un prétexte des plus minces.

— J'ai retrouvé Carlos, fit-il d'un ton un peu abrupt pour masquer son émotion.

— Oh ? s'exclama la jeune femme tout en pivotant brusquement sur elle-même, révélant ainsi un aperçu de sa cuisse satinée.

Elle dut s'en rendre compte, car ses joues prirent une teinte subitement rosée pendant qu'elle resserrait hâtivement la ceinture de son peignoir.

— Et alors ? demanda-t-elle.

— Il est en garde à vue. Depuis lundi soir. Ce qui veut dire qu'il ne peut pas être mêlé à la disparition de votre belle-sœur.

— Gracie est au courant ?

— Je l'ai appelée pour le lui annoncer.

— Quel soulagement elle a dû éprouver ! fit la jeune femme d'un air reconnaissant qui toucha profondément Doug. Est-ce que je peux vous offrir quelque chose ? Une tasse de café, peut-être ?

— Merci, mais je ne vais pas rester très longtemps. Ecoutez, Mia… Il y a quelque chose qu'il faut absolument que je vous dise.

La main sur la poignée de la cafetière, elle s'arrêta pour lui lancer un regard interrogateur.

— Quoi donc ?

— Avez-vous parlé de l'incendie avec quelqu'un ?

— J'en ai discuté avec des amis, oui. Des collègues. Des clients, aussi.

— Non, je voulais parler de spécialistes. Des gens chargés d'élucider les origines du sinistre.

— Dans ce cas, ma réponse est non, fit la jeune femme dont le regard s'était soudainement assombri. Pourquoi ?

Les yeux fixés sur son visage inquiet, Policzki déclara lentement :

— J'ai reçu un coup de fil de Tim Maroni, du département des incendies criminels. Quelqu'un a volontairement mis le feu à votre agence.

— Quoi ? s'écria Mia.

Elle devint si pâle que Policzki se demanda si elle n'allait pas s'évanouir. Avisant la cafetière qui s'inclinait dangereusement dans sa main tremblante, il l'attrapa au vol et la reposa sur la plaque chauffante avant qu'elle n'aille s'écraser sur le sol de la cuisine.

— C'était un… un incendie criminel ? répéta-t-elle d'une toute petite voix.

— C'est ce que Tim m'a affirmé. Apparemment, son équipe a retrouvé des preuves irréfutables sur les lieux du sinistre.

— C'est… c'est dégueulasse ! Répugnant ! Infect ! Qui donc aurait l'idée de me faire une chose pareille ?

— Je n'en sais rien. Et c'est justement ce qui m'inquiète. Beaucoup, même. Il y a quelqu'un derrière tout ça. Quelqu'un qui pourrait décider de s'en prendre à vous, la prochaine fois.

— Super ! Merci bien, inspecteur ! Ça me rassure nettement, ce que vous venez de dire ! répliqua la jeune femme avec une ironie cinglante.

— Je ne voulais pas vous effrayer…

— Tant mieux, parce qu'autant vous prévenir tout de suite : je ne suis pas effrayée du tout. Par contre, je suis bien énervée. Furieuse, même. Mais pas question d'avoir peur. Quand j'aurai trouvé qui est responsable de tout ce merdier, je vous promets que je le chope par la peau du cou et que je l'égorge sur-le-champ !

— Attention à ce que vous dites ! la menaça gentiment Policzki. Dois-je vous rappeler que vous êtes en présence d'un inspecteur chargé des homicides ?

— Mais je suis sérieuse ! Quand je pense aux migraines que toute cette histoire me cause… Bon sang, j'ai vraiment des envies de meurtre !

— Moi aussi, je suis sérieux. Je suppose que vous n'accepteriez pas de prendre quelques jours de vacances, le temps que nous réglions tout cela ? Je ne sais pas, moi, vous avez peut-être des amis chez qui vous pourriez aller vous reposer au calme ?

— Vous plaisantez, Policzki ? Mon agence vient de partir en fumée, et ma source de revenus avec. Il faut que je remette de l'ordre dans ma vie, et vite. J'ai de l'argent de côté, certes, ce qui veut dire que je ne suis pas à la rue, enfin, pas encore. Mais mes économies ne dureront pas bien longtemps, surtout avec l'hypothèque qui me pend au-dessus de la tête, plus les frais d'inscription à l'université à la rentrée prochaine pour mon fils. Et puis, il faut bien que je gagne de quoi nous faire vivre en attendant. J'ai aussi deux employées qui attendent leur salaire. Sans parler des clients qui ont besoin de moi pour se repérer dans la jungle de l'univers immobilier. Je ne peux pas abandonner tout ce petit monde comme ça, sur un coup de tête, juste pour vous faire plaisir ! Il y a des rendez-vous à assurer, des signatures à effectuer, des transactions en suspens qui ne sauraient souffrir de délai supplémentaire. Je ne peux pas laisser tomber tout ça. Surtout avec Kaye qui manque à l'appel. J'ai trop de responsabilités pour penser à mon petit confort.

Policzki eut soudain envie de lui confier tout ce qu'il savait. En particulier la découverte qu'ils avaient faite dans le New Hampshire. Mais il n'en avait pas le droit. Il s'agissait d'indices qui devaient rester confidentiels tant que l'enquête ne serait pas terminée. S'il divulguait ce genre d'information, les conséquences seraient graves. On pourrait aller jusqu'à lui retirer son insigne de policier et l'empêcher d'exercer son métier. A bien y réfléchir, il était déjà sorti des clous en venant trouver la sœur d'un suspect à son domicile sans mandat de perquisition ni raison valable. Mais il avait tellement envie de la voir, de l'entendre, de sentir son parfum, de baigner dans son quotidien… C'était comme ça : il n'y pouvait rien.

— Qu'est-ce que vous allez faire ? reprit-il après un court moment de silence. Pour l'agence ?

— L'un de mes amis qui travaille lui aussi dans l'immobilier a gentiment proposé de nous prêter une partie de ses locaux jusqu'à ce que je retombe sur mes pieds. Je devrais réussir à me débrouiller tant bien que mal d'ici mardi au plus tard. Ce n'est pas l'idéal, comme situation, mais ça me laissera le temps de m'organiser.

— Si vous ne pouvez pas quitter la ville, reprit Policzki, pourquoi ne pas prendre une chambre d'hôtel, le temps que nous élucidions ce mystère.

— Ecoutez, Doug, vous êtes un charmant garçon et c'est très sympa de vous inquiéter pour moi, mais je n'ai pas l'intention de fuir le danger. Ce n'est pas mon genre de me carapater dès les premières difficultés.

C'était la première fois qu'elle l'appelait par son prénom. Il aurait dû se sentir heureux qu'elle le traite avec familiarité ; pourtant, il ne pouvait se défaire de l'impression qu'elle venait de lui infliger une rebuffade cuisante, comme s'il avait été un petit enfant capricieux.

Les sourcils froncés, l'air vexé, il fit un pas vers elle.

— Je ne suis pas un charmant garçon, déclara-t-il.

Il avait bien l'intention de lui prouver qu'il n'était plus un gamin, quoi qu'elle puisse penser de lui.

Reculant lentement, la jeune femme se retrouva bientôt acculée au comptoir de granite, l'air presque apeuré.

— Je suis trop vieille pour vous, Policzki, murmura-t-elle dans un souffle.

— Cinq ans, Mia. Seulement cinq petites années d'écart.

— D'accord, mais réfléchissez deux secondes à ce que je vais vous dire : quand j'ai passé mes examens de fin d'année au lycée, en quelle classe étiez-vous ?

— En cinquième, mais…

— Vous comprenez, maintenant ?

— … mais c'était il y a un siècle !

— Quand j'étais au lycée, je faisais du baby-sitting et je gardais des enfants qui avaient votre âge !

— Inutile de chercher de fausses excuses, Mia, coupa Policzki. Ça fait longtemps que nous avons quitté les bancs du lycée. Ces cinq malheureuses années n'ont plus d'importance aujourd'hui.

Elle ouvrit la bouche pour protester, mais la referma sans avoir émis un seul son. Policzki plongea son regard dans le sien et y lut un mélange de sentiments passionnés qui le cloua sur place. Un courant brûlant passa entre eux, les laissant comme hypnotisés, si proches qu'ils percevaient le léger souffle qui s'échappait de leurs lèvres entrouvertes.

Le temps parut se figer brusquement. La réponse négative que Mia avait faite l'instant d'avant était oubliée, balayée par l'appel suppliant de ses pupilles dilatées qui semblaient crier « Oui, oui ! » à ce que tous deux savaient être une énorme bêtise.

Il se rapprocha encore d'elle. De là où il se trouvait, il avait une vue plongeante sur le décolleté de son peignoir où s'incurvait délicieusement la douce vallée ombreuse entre ses seins ronds et fermes. Il n'avait pas eu l'intention de regarder dans cette direction, mais ses yeux se trouvèrent irrésistiblement attirés. La tentation était trop forte pour qu'il n'y cède pas. D'une voix feutrée, tremblante de désir contenu, il lui demanda sans la quitter du regard :

— Quelle marque de lingerie portez-vous donc, Mia ?

La jeune femme ramena maladroitement les pans de son vêtement sur sa gorge, lui interdisant de continuer à se délecter du charmant spectacle qu'elle lui avait involontairement offert. Elle avait beau essayer de paraître choquée, le message de ses grands yeux n'avait pas changé. Il s'était même encore intensifié.

Levant le bras avec précaution, pour ne pas l'effaroucher, Doug effleura sa joue du revers de la main, dans une caresse troublante comme le passage d'une aile de papillon.

Dans la poche intérieure de sa veste, son téléphone se mit à sonner.

Ils se figèrent, brutalement arrachés à l'espèce de torpeur qui les enveloppait tous deux. Deux sonneries. Puis trois. Puis quatre. L'enchantement était brisé. Policzki laissa retomber sa main pour décrocher son portable du clip qu'il portait à la ceinture. Les yeux toujours fixés sur le visage plein de regrets de sa compagne, il répondit d'une voix tendue, presque métallique :

— Allô ?

— Je ne sais pas où tu es encore fourré, aboya Lorna à l'autre bout du fil, mais tu ferais mieux de rappliquer en vitesse au QG. L'empreinte retrouvée sur la BM a été identifiée.

— Et… à qui appartient-elle ?

— Sam Winslow.

19.

Après le départ de Policzki, Mia se mit à faire les cent pas, les bras croisés, se demandant ce qui avait pu se produire pour qu'elle se conduise de manière aussi éhontée avec un homme qu'elle était pourtant sûre de ne pas aimer. Etait-ce une folie passagère due à la fatigue qui lui brouillait l'esprit ? Dire que, jusqu'à ce qu'il lui montre les photos de ses neveux et nièces, elle le jugeait froid, insensible et incapable d'émotions ! Leur petite scène de séduction, tout à l'heure, lui avait encore prouvé le contraire : elle avait lu dans les yeux de l'inspecteur un mélange de passion et de retenue qui l'avait beaucoup séduite. Sans doute parce que, pour une fois, il l'avait laissée entrevoir ce qu'il était vraiment derrière cette carapace dure et glaciale qu'il arborait la plupart du temps. A présent, le mal était fait : en se dévoilant un bref instant, il l'avait attachée à lui plus sûrement que s'il s'était lancé à sa poursuite. Elle était touchée au cœur. Rien que de repenser au courant qui s'était établi entre eux, elle en avait la chair de poule. Emoustillée comme une adolescente !

Si son portable ne s'était pas mis à sonner de façon intempestive, le séduisant inspecteur Doug Policzki se serait retrouvé dans son lit, elle n'en doutait pas. Et elle aurait été consentante. Plus que ça, même. Elle aurait sans doute pris les devants, tellement elle avait envie de lui. Trois jours avaient suffi pour qu'elle passe de l'agacement à… elle ne voulait pas mettre de mots sur ce qu'elle éprouvait à présent. Parce que c'était trop dangereux pour sa santé psychologique et affective. Pas question de reconnaître la force de ses émotions. Cela aurait été comme s'avouer vaincue d'avance.

Difficile aussi de mettre cette attirance subite sur le compte d'un manque purement physique. Elle n'était pas restée complètement chaste après la mort de Nick ; elle était sortie occasionnellement avec d'autres hommes. Des hommes élégants, parfumés, distingués et courtois. Des agents immobiliers, des avocats, des banquiers qui conduisaient des berlines ou des cabriolets luxueux et qui n'hésitaient pas à dépenser plusieurs centaines de dollars pour des chaussures de cuir pleine peau ou des dîners dans des restaurants ultrasélects. Elle s'était laissé embrasser et courtiser par certains d'entre eux, mais jamais aucun ne lui avait fait autant d'effet que la caresse papillon déposée par Policzki sur sa joue frémissante.

Et elle n'avait jamais invité aucun de ces cavaliers à la rejoindre dans son lit.

Doug Policzki, lui, était flic. Son salaire était minable, comparé à celui des hommes qu'elle côtoyait habituellement. Ses chaussures étaient cirées avec soin, mais elles ne provenaient certainement pas d'une boutique de luxe. Lorsqu'il l'avait quittée, tout à l'heure, il était monté dans une vieille Ford de couleur vert bouteille. Rien à voir avec les coupés sport de ses relations à elle. Et puis, il vivait encore chez sa mère, à son âge ! Non, décidément, il n'était pas du tout son genre. Alors, pourquoi la perturbait-il à ce point ?

Mia s'était creusé la cervelle, mais elle avait beau faire, les chiffres parlaient d'eux-mêmes : Doug Policzki venait seulement de naître quand elle était entrée à l'école. Lorsqu'elle avait fêté son diplôme de fin d'études secondaires, il terminait sa classe de cinquième. Ce n'était qu'un gamin ! Pire encore, l'année où son propre fils était venu au monde, Doug Policzki avait fêté ses treize ans.

Il existait une expression pour définir ce qu'elle avait failli faire avec lui un instant plus tôt : on appelait ça « les prendre au berceau ».

Sans compter que, indépendamment de leur différence d'âge, il avait filé juste au moment où les choses prenaient un tour intéressant. Son fichu métier lui prenait tout son temps. En gros, ses horaires de travail étaient encore plus démentiels que les siens. Et ils dépendaient entièrement des caprices des maniaques sanguinaires qui couraient en liberté dans les rues de Boston. Etait-ce vraiment ce genre de relations qu'elle souhaitait ? Une liaison avec un homme qui risquait d'être appelé sur une scène de crime en plein milieu de leurs ébats amoureux ? A n'importe quelle heure de la journée ou de la nuit ?

Bon sang ! Mais qu'est-ce qui lui prenait de se projeter déjà dans un avenir hypothétique avec un homme qu'elle connaissait depuis trois jours et qu'elle n'avait même pas encore embrassé ? Elle délirait complètement ! Si ce n'était pas mettre la charrue avant les bœufs… Elle ne savait rien de Doug Policzki, rien à part qu'il était inspecteur aux homicides et qu'il lui faisait de l'effet. Beaucoup trop d'effet, d'ailleurs. En tout cas, ce n'était pas suffisant comme bases pour échafauder des plans de vie commune !

Vraiment, elle débloquait en ce moment. Elle avait tout de même des problèmes plus graves à régler que son coup de foudre pour un bel inspecteur ! Elle se conduisait comme une adolescente stupide en rêvassant à des amours irréalistes et fantaisistes. Il y avait nettement plus urgent : par exemple, se reconstruire un semblant d'existence après la disparition de Kaye. Ou s'occuper de sa nièce dont la tendance à l'anorexie était plus qu'inquiétante. Ou encore soutenir son frère qui, non content d'être suspect numéro un dans un homicide, cachait à tout le monde des secrets sur les activités de sa femme, au risque de se faire épingler pour refus de coopération avec les forces de l'ordre.

Mia soupira. Dire que mardi matin elle s'était réveillée avec une vie encore parfaitement normale ! Elle était loin de se douter à ce moment-là que son existence tranquille et bien réglée allait brusquement basculer dans le thriller le plus effrayant qu'elle ait jamais connu. Si seulement il existait une télécommande pour changer les circonstances de sa vie comme on changeait de chaîne de télévision…

Il y avait peut-être un remède miracle : se remettre au travail. C'était la seule façon pour elle de ne pas devenir complètement cinglée.

Bon, autant se concentrer sur du concret, à savoir, les documents mentionnant Stuart Landers. Au moins, elle n'aurait pas l'impression de se tourner les pouces bêtement. Avec un regain d'énergie, elle se prépara une théière pour elle toute seule qu'elle posa sur la table de la cuisine, juste à côté du dossier qu'elle avait commencé à étudier avant de céder aux appels du pays des rêves.

Lentement, consciencieusement, elle relut les pages couvertes de caractères serrés sans y trouver la moindre trace d'opérations frauduleuses. Pas d'acte de vente en deux exemplaires, évidemment. Ni de transaction louche. Rien. Pas l'ombre d'une arnaque à l'horizon. Tout était parfaitement en ordre, aucune clause suspecte n'apparaissait nulle part. L'affaire conclue au nom de ce Stuart Landers semblait tout à fait légale et honnête.

Mais alors, pourquoi le vague pressentiment qu'elle avait ressenti à la première lecture de ce dossier ne s'estompait-il pas ?

Peut-être qu'elle devenait parano, en fin de compte. Ce n'était pas parce que le nom d'un des clients sur lesquels Kaye avait demandé une enquête financière apparaissait dans une transaction particulièrement juteuse qu'il y avait forcément eu malversation…

Décidée à en avoir le cœur net, Mia prit son téléphone pour appeler Gwen Freeman, l'agent immobilier qui avait représenté le vendeur du bien, lors de la signature.

— Ah, chère Mia ! s'exclama Gwen. Je voulais justement t'appeler pour te dire à quel point j'avais été désolé d'apprendre ce qui t'est arrivé. J'ai vu Marty ce matin et il m'a mis au courant pour l'incendie. Comme si tu avais besoin de ça ! Ma pauvre amie ! Ça fait beaucoup de catastrophes à la fois. Est-ce que je peux faire quelque chose pour t'aider ?

— Eh bien, oui, justement. Je voudrais que tu essaies de te rappeler les détails d'une transaction où tu représentais la partie vente. Cela remonte à mai dernier. Le vendeur était un certain Dwayne Jordan, et l'acheteur, représenté par Kaye, s'appelle Stuart Landers.

— Mais oui, je m'en souviens très bien. Qu'est-ce que tu veux savoir au juste ?

— Je suis en train de reconstruire du mieux que je le peux la liste des transactions réalisées par l'agence. Remplir notre déclaration d'impôts et calculer les taxes de l'entreprise ne va pas être une partie de plaisir, étant donné que j'ai pratiquement perdu toutes nos archives dans l'incendie. Alors, je prends les devants dès maintenant.

Ce n'était pas un mensonge. Elle savait parfaitement que les prélèvements obligatoires sur les revenus annuels de l'agence seraient une opération cauchemardesque. En temps normal, ça leur prenait déjà une journée complète…

— Bref, je me demandais si tu pouvais jeter un coup d'œil à tes propres archives pour me redonner tous les détails de la vente. Le prix de cession, la commission réalisée par les différentes parties… tout, quoi.

— Ça ne remonte pas à si loin, et bien que j'aie l'air d'un vieux croulant ma mémoire est encore fraîche ! fit Gwen Freeman avec bonne humeur. De tête, je peux même te donner le prix de vente que nous avions fixé au départ : c'était trois millions et demi de dollars, et l'acheteur avait réussi à le faire baisser jusqu'à trois millions tout rond. Je me souviens que Jordan, mon client, était littéralement emballé. Et il y avait de quoi : la propriété dont il voulait se débarrasser était bien près de passer à la démolition. C'était pourtant un bel espace avec énormément de potentiel, mais le bâtiment en lui-même était vétuste. Il fallait refaire intégralement la plomberie et l'électricité, entre autres travaux d'envergure. Bref, l'affaire s'est plutôt bien conclue, et la commission a été à la hauteur de nos espérances : sept pour cent du prix d'achat, partagés à cinquante-cinquante entre mon agence et la vôtre.

Mia regrettait maintenant d'avoir appelé son collègue car ce qu'elle venait d'entendre ne laissait aucun doute sur la nature de cette transaction. D'un côté, elle attendait cette confirmation, mais d'un autre elle aurait préféré se tromper.

— Merci beaucoup, Gwen, pour toutes ces précisions, dit-elle d'un ton qu'elle espérait normal. Ecoute, est-ce que je peux abuser encore un peu de ta gentillesse en te demandant de me faxer une copie de l'acte de vente ? Comme ça, je pourrai l'archiver aussitôt — ce sera toujours ça de pris pour plus tard.

Lorsqu'elle raccrocha, elle se sentait oppressée. Quelle faux-jetonne, cette Kaye ! songea-t-elle, furieuse et triste à la fois. Dire qu'elle avait fait entièrement confiance à cette femme, au point d'en faire son associée… Elle s'était lourdement trompée sur ses qualités de franchise et d'honnêteté. Et cette constatation ne lui faisait pas spécialement plaisir, parce qu'elle lui prouvait qu'elle avait fait fausse route depuis le début.

A l'étage, le fax installé dans son bureau se mit à ronronner, lui rappelant douloureusement l'escroquerie dont elle était indirectement victime.

Elle monta les marches quatre à quatre, son dossier à la main, et récupéra les feuilles encore chaudes que la machine venait de cracher. Il ne lui fallut pas longtemps pour comparer les deux actes qu'elle avait sous les yeux : la banque avait versé neuf millions de dollars pour financer l'achat d'une propriété qui n'en coûtait en réalité que trois. Dwayne Jordan, persuadé d'avoir vendu son bien à la valeur indiquée sur le papier qu'il avait signé, avait reversé la commission prélevée sur le prix de vente avant de quitter la table des négociations avec deux millions sept cent mille en poche, comme convenu légalement. Le calcul était simple : ça laissait encore six millions de dollars, à partager entre Kaye et la bande d'escrocs avec laquelle elle s'était acoquinée.

Qui avait eu sa part du gâteau ? Kaye, évidemment. Plus Greg Dubrowski. Plus Grant Ashford. Plus l'acheteur, dont le vrai nom n'était sûrement pas Stuart Landers, Mia en aurait mis sa main droite à couper. Sans oublier l'expert véreux qui avait surévalué la propriété. Ce qui faisait au total plus d'un million de dollars par tête. Une petite fortune nette d'impôts, bien entendu.

C'était énorme, impensable — et pourtant irréfutable. Mia en avait la preuve noir sur blanc. Impossible de faire comme si elle ne savait rien. Que cette escroquerie ait un rapport ou non avec la disparition de sa belle-sœur et associée, Mia se devait de la signaler aux autorités compétentes. Si elle se taisait par peur du scandale qui rejaillirait forcément sur l'agence, si elle ne mettait pas la police au courant de cet élément de taille à ajouter au dossier de Kaye, elle risquait de payer le prix fort quand la vérité éclaterait au grand jour. Son agence était impliquée jusqu'au cou, puisque c'était son associée qui avait commis cette fraude monumentale. Elle n'aurait aucun moyen de prouver son innocence si elle ne réagissait pas dès maintenant.

Où diable était passée la carte de visite que lui avait donnée Policzki ? Elle descendit fouiller son attaché-case et son sac à main, sans succès. Soudain, elle se rappela qu'elle l'avait emportée au bureau, la veille, en pensant qu'elle aurait peut-être besoin de le joindre au sujet de son projet immobilier. Avait-elle rapporté cette carte chez elle après sa journée de travail, ou l'avait-elle oubliée sur sa table à l'agence, à la merci de l'incendie qui s'était déclaré dans la nuit ? D'un geste nerveux, elle vida le contenu de son sac sur le comptoir de la cuisine et l'éplucha jusqu'à ce qu'elle finisse par retrouver les coordonnées professionnelles de Policzki.

Elle tendait la main vers le téléphone pour appeler l'inspecteur quand le diable d'engin se mit à sonner bruyamment. Vite, elle décrocha, les doigts crispés autour de la carte de visite pour ne pas l'égarer une fois de plus.

— Allô ? Ici Mia DeLucca.

Un sanglot lui répondit, suivi par une voix noyée de larmes :

— T… tante Mia ?

— Gracie ? Qu'est-ce qui ne va pas, mon petit cœur ?

— Ce… c'est papa, bredouilla l'adolescente avant de prendre une grande inspiration pour se calmer. La police vient de l'arrêter !

— Oh, mon Dieu, Gracie ! Ce n'est pas possible ! Non ! s'exclama Mia, le cœur battant à tout rompre, partagée entre la panique et la colère.

Soudain, une idée lui traversa l'esprit… Mais non, elle ne voulait pas croire qu'il ait pu se conduire ainsi. Et pourtant…

— Tu connaissais les policiers qui sont venus chez toi ?

— Oui ! C'était Doug ! fit la gamine d'un ton outragé. J'aurais dû deviner qu'on ne pouvait pas lui faire confiance, à celui-là. Et puis, il y avait aussi la femme flic qui bosse toujours avec lui.

Lorna Abrams. La coéquipière de Policzki.

En un éclair, Mia comprit pourquoi il semblait si pressé de mettre un terme à leur début de relation. Il l'avait abandonnée tout simplement pour aller arrêter son frère, alors qu'elle lui avait ouvert son cœur et pratiquement son lit !

Oui, monsieur l'honnête homme s'était bien gardé de lui avouer la vérité ! Quel fumier, ce type !

— J'arrive, ma puce, dit Mia à sa nièce, tout en courant dans l'entrée, son téléphone coincé entre son épaule et son oreille, pour chercher une paire de baskets à enfiler avant de sortir de chez elle. Ne t'inquiète pas, ma chérie. Rassemble quelques affaires de survie dans un sac, et tiens-toi prête : je viens te chercher. Tu vas passer la nuit chez moi, d'accord ?

— M… mais je ne peux pas ! fit la petite en pleurant. Je ne suis pas à la maison.

Interdite, Mia s'arrêta net, une basket à moitié lacée, l'autre dans la main.

— Comment ça, tu n'es pas à la maison ? Mais où es-tu, alors ?

— Quand la police est arrivée, il y avait aussi une assistante sociale qui m'a dit de la suivre. Je n'avais pas le choix, j'ai obéi… Je suis à Andover, chez grand-père et grand-mère.

Mia sentit son estomac se nouer. Comme si la pauvre Gracie n'était pas déjà assez perturbée ! Non, vraiment, ça dépassait les bornes du supportable.

— Quel salaud ! grommela-t-elle entre ses dents. Quel immonde salopard ! Quand je lui aurai mis la main dessus, je l'étranglerai sur-le-champ !

Winslow n'avait même pas tenté de se débattre ni de protester. Impassible, le regard vide, la mine déconfite, il s'était laissé menotter et conduire à l'arrière de la voiture de service pilotée par Policzki qui l'avait emmené en trombe à travers les rues sombres de Boston, direction le commissariat.

Assise sur le siège passager, son portable à l'oreille, Lorna mettait Rafferty au courant de la façon dont s'était déroulée l'arrestation. Policzki n'en menait pas large : il se sentait à deux doigts de la nausée. Son malaise avait commencé quand il avait pris l'appel de Lorna et s'était enfui comme un voleur du domicile de Mia DeLucca. Ensuite, au fur et à mesure qu'il découvrait les charges retenues contre le frère de la jeune femme, sa sensation d'inconfort s'était intensifiée. Enfin, au moment où il avait dû passer les menottes à un Sam Winslow blême et résigné, Policzki avait bien cru qu'il allait se trouver mal pour la première fois de sa carrière d'inspecteur.

Certes, il ne s'était pas attendu à jubiler : la situation ne s'y prêtait pas vraiment. Peut-être ses instincts de flic commençaient-ils à s'émousser ? Peut-être avait-il été aveuglé dans son jugement par le soutien sans faille que Mia témoignait à son frère depuis le début de cette affaire ? Ou alors, son égarement était à mettre sur le compte de sa fascination pour la jeune femme… Ce n'était pas pour rien que les policiers recevaient l'ordre de ne pas s'impliquer émotionnellement avec les personnes concernées par une enquête en cours. Se laisser aller au piège des sentiments dans ces conditions équivalait souvent à commettre des erreurs de débutant, à se voiler la face, à juger les choses de manière faussée ou à mal interpréter des signes évidents de culpabilité. Tout cela parce qu'on était influencé par le côté sentimental au lieu de rester strictement professionnel, donc objectif. Au mieux, ce genre de faux pas pouvait s'avérer handicapant — au pire, ça engendrait des conséquences aussi dramatiques que la mort.

En tout cas, que son jugement soit ou non faussé, Policzki ne croyait pas vraiment à la culpabilité de Sam Winslow. Aussi, quand des faits indéniables étaient venus confirmer la culpabilité du professeur, il s'était senti lésé. Au lieu de se réjouir de la rapidité avec laquelle l'enquête au départ compliquée avait été résolue, il avait éprouvé une immense déception mêlée d'incrédulité. Quelque chose sonnait faux dans cette élucidation record. Mais quoi ? Doug était incapable de le dire. Pourtant, il était certain que lui et Lorna commettaient une grossière erreur en arrêtant le frère de Mia DeLucca.

Et puis, il y avait le problème de Gracie. Policzki n'oublierait pas de sitôt le regard plein de rancœur qu'elle lui avait lancé quand Loretta Ocasek, l'assistante sociale du secteur, l'avait entraînée vers sa voiture de fonction. Elle n'avait pas prononcé un seul mot, et pourtant ses yeux avaient crié à l'inspecteur la profondeur de sa déception. Elle s'était sentie trahie, bafouée, abandonnée par celui en qui elle avait cru trouver un ami. Résultat : Policzki n'était pas loin de se considérer comme un monstre. Un traître de la pire espèce. Non, cette arrestation ne compterait sûrement pas parmi les moments les plus mémorables de sa carrière.

Winslow s'était laissé faire sans piper mot pendant l'établissement de son dossier criminel. Après les formalités d'usage qui comprenaient une prise d'empreintes, une photo de face et de profil et l'établissement du rapport d'arrestation, Policzki et Lorna l'emmenèrent dans une salle d'interrogatoire.

— Est-ce que vous désirez boire quelque chose, professeur ? s'enquit Lorna d'un ton poli et courtois, comme elle en avait l'habitude. Café ? Soda ? Eau plate ou gazeuse ?

— Rien, merci.

— Est-ce qu'on peut faire quelque chose pour vous mettre plus à l'aise ? ajouta Policzki avant de se mordre la langue devant le regard que lui renvoyait Winslow.

Il avait les mêmes yeux que sa sœur — des yeux bleus si limpides, si purs… Policzki encaissa ce regard comme un uppercut. Le cœur au bord des lèvres, l'estomac tordu par la douleur, il eut à peine le temps de murmurer un « Si vous voulez bien m'excuser quelques instants » avant de se précipiter hors de la salle d'interrogatoire.

Lorna lui adressa un regard intrigué, mais n'émit aucun commentaire, ce dont il lui sut gré. Vite, il alla chercher un paquet de comprimés destinés à combattre l'acidité de l'estomac. A ce rythme, songea-t-il tout en avalant trois pilules coup sur coup, il risquait l'ulcère gastrique avant son prochain anniversaire !

Au bout de quelques instants, il reprit le chemin de la salle d'interrogatoire où Lorna et Winslow l'attendaient toujours.

Lorsqu'il eut refermé la porte derrière lui, ce fut pour se retrouver confronté au regard inquisiteur de Lorna. Inquisiteur, mais aussi inquiet.

— Désolé, marmonna-t-il.

— Tout va bien ?

— Mais oui, tout va bien, répondit Policzki tout en s'installant sur une chaise en face du prévenu. Est-ce que vous comprenez l'ensemble des charges qui sont retenues contre vous, professeur Winslow ?

— Oui.

— Avez-vous tué Charlie Cunningham ? poursuivit Lorna qui s'était assise à côté de son partenaire.

— Je n'ai tué personne. Et d'abord qui est-ce, Charlie Cunningham ?

— Avez-vous tué Kaye Winslow ? enchaîna Policzki sans répondre à la question du professeur.

— Je vous le répète : je n'ai tué personne.

— Que pouvez-vous nous dire sur les vêtements que nous avons retrouvés dans le coffre de son véhicule ?

— Quels vêtements ?

— La veste de tailleur toute tachée de sang. Une veste rouge. Celle que portait votre épouse le jour où elle a disparu.

— Je ne vois pas où vous voulez en venir avec cette histoire de tailleur.

— Allons, Sam, intervint Lorna de l'air d'une maîtresse d'école aux prises avec un élève particulièrement buté. Ne faites pas l'idiot : on a relevé vos empreintes sur la voiture.

— Je ne sais pas de quoi vous voulez parler.

— Nous voulons parler, reprit Policzki, de l'empreinte sanglante retrouvée sur l'aile arrière gauche de la BMW de votre femme. Votre empreinte, monsieur Winslow.

— Rien de plus facile à expliquer : il y a quelques jours, je me suis coupé en remplaçant un feu arrière cassé de la BM. C'est sans doute la raison pour laquelle vous avez repéré mon empreinte sur la voiture… Vous l'avez donc retrouvée ? La BM rouge de ma femme ?

— Votre histoire ne tient pas debout, Sam.

— Mais ce n'est pas une histoire, c'est la vérité ! Regardez ça, vous verrez bien que je ne vous mens pas, rétorqua Winslow tout en leur montrant son index où une grosse coupure avait tout juste commencé à cicatriser. Pourquoi ne m'avez-vous pas prévenu tout de suite que vous aviez retrouvé la voiture de Kaye ?

— Ce n'est pas vous qui posez les questions, professeur, le coupa Lorna. Et le bidon d'essence ? Comment expliquez-vous ce détail ?

Winslow prit un air complètement perdu.

— Quel bidon d'essence ?

— Celui qui a été utilisé pour mettre le feu à l'agence de votre femme, la nuit dernière.

— Je ne suis pas au courant, fit le professeur tout en jetant un regard étonné à Lorna, puis à Policzki, comme s'il quêtait une explication de leur part. L'agence a donc brûlé ?

— Le bidon portait également vos empreintes. Essence de térébenthine. Extrêmement inflammable, cela va sans dire. Il provenait de votre atelier de peinture à l'université, fit Lorna avec un sourire engageant. Est-ce que cela vous rafraîchit la mémoire ?

— Je vous répète une fois de plus que je n'ai pas la moindre idée de ce dont vous voulez parler, répondit Winslow avant de se lever de sa chaise tout en massant machinalement son poignet gauche de sa main droite. Ecoutez, autant ne pas perdre davantage de temps. Vous n'avez qu'à disposer de moi selon les usages. Je vous ai dit tout ce que je devais vous dire. Tant que je n'aurai pas d'avocat, je n'ajouterai pas un mot de plus.

Une demi-heure plus tard, Lorna et Policzki se retrouvèrent dans le bureau du lieutenant Rafferty. Ce dernier avait l'air particulièrement fatigué ; la journée avait été bien longue, et les deux inspecteurs n'ignoraient pas que leur patron était attendu à son domicile par sa formidable épouse, qui n'hésiterait pas à lui passer un savon pour son retard inacceptable.

— Comment ça s'est passé ? demanda Rafferty.

— Comme on s'y attendait, répondit Lorna. Il n'a pas arrêté de répéter qu'il ne comprenait pas ce dont on parlait, après quoi il a fait son malin avec le coup classique du « je ne parlerai qu'en présence de mon avocat ». On s'est dit qu'on allait lui laisser le temps de bien mariner pendant sa nuit en cellule. Peut-être que demain matin il se montrera un peu plus disert.

— Beau travail ! dit le lieutenant. Vous avez tous les deux effectué un boulot exemplaire dans cette enquête. Maintenant, mes enfants, rentrez chez vous et allez dormir un bon coup. Ça vous fera du bien.

Les deux collègues quittèrent le bureau de leur chef.

— On part ensemble ? proposa Lorna à son coéquipier.

— Non, ne m'attends pas ! répondit Policzki d'un air sombre. Il faut que je finisse deux trois trucs avant de partir.

— Tu as entendu les conseils de Conor, mon petit Doug : au dodo ! Pas question de faire des heures sup ce soir, mon garçon. Toi et moi, on a besoin de la même chose : se glisser au lit, fermer les yeux et ne plus penser à rien pendant au moins huit heures. Compter les moutons et…

— Bonne nuit, Abrams ! lança Doug tout en la poussant gentiment vers la porte.

Il se retrouva seul dans les locaux déserts de la brigade des homicides. Son bureau était dans un état déplorable : un vrai capharnaüm. Il ne pouvait pas travailler correctement dans ces conditions. Ramassant une pile de papiers, il ouvrit un tiroir pour les y ranger proprement. Il ne gagnerait pas de points supplémentaires à réorganiser son plan de travail, mais au moins ça lui changerait les idées. Demain, tout serait en ordre. Quoique… demain, on serait samedi. Et le samedi on n'était pas censé travailler. Du moins, chez les gens normaux. Mais Doug officiait depuis trop longtemps au sein de la brigade des homicides pour croire au mythe du week-end serein et tranquille passé chez soi à se reposer. Il en avait entendu parler dans un passé tellement lointain qu'il n'arrivait même plus à se souvenir s'il avait déjà fait l'expérience. En tout cas, il avait fait une croix dessus depuis belle lurette.

Rallumant son portable, il constata qu'il avait quatre messages.

Le premier était clair et succinct. Direct. Sans ambages.

— Rappelez-moi. Et vite !

Impressionnant comme ces quelques syllabes pouvaient contenir une fureur noire ! Cette femme était vraiment exceptionnelle. Le message datait de quatre heures auparavant. Si les trois autres étaient à son image, il ne donnait pas cher de sa peau avant la fin de la journée.

Le deuxième message ressemblait en effet beaucoup au premier.

— Rappelez-moi, Policzki. Dès que vous aurez eu ce message, rappelez-moi.

L'estomac noué, Policzki avala machinalement deux nouveaux comprimés. Il lui fallut prendre son courage à deux mains pour écouter le message suivant.

— J'ai changé d'avis, fit la voix rocailleuse et pleine de mépris de Mia DeLucca — car c'était bien elle. Ce que j'ai à vous dire ne peut pas se régler au téléphone. Il vaut bien mieux que je vous le dise de vive voix. Alors, magnez-vous le train, Policzki : vous avez intérêt à débarquer chez moi *pronto*. Compris ? Conduisez-vous en homme digne de ce nom et venez vous confronter à moi face à face.

De mieux en mieux, songea l'inspecteur tout en essayant de faire disparaître la boule qui lui coinçait la gorge et l'empêchait de respirer librement. Avec un peu de chance, sa colère vengeresse aurait diminué au fur et à mesure des messages. Mais, visiblement, il n'avait pas compté sur la détermination sans faille de Mia ni sur sa force de caractère. Avec l'impression désagréable d'être un condamné à mort tout près de monter à l'échafaud, il écouta le dernier des quatre messages.

— Je vous attends, Policzki. Et je compte bien parvenir à mes fins, je vous préviens. Peu m'importe qu'il soit 3 ou 4 heures du matin quand vous aurez reçu ce message : de toute façon, je ne dormirai pas avant que vous ne soyez venu vous expliquer avec moi !

Policzki referma son portable avec lassitude. Il était épuisé, de mauvaise humeur et plutôt mécontent de lui-même, pour une fois. Mais il n'avait pas le choix : s'il ne se rendait pas chez elle pour lui faire comprendre pourquoi il avait agi de la sorte, il ne s'en tirerait pas vivant, il en était pratiquement certain. Ce qui ne lui laissait pas tellement de choix : soit il obéissait et elle le découperait en morceaux — il ne l'aurait peut-être pas volé, cela dit. Soit il refusait et elle le poursuivrait de sa vindicte jusqu'à ce qu'il craque. Autant se débarrasser de cet aspect déplaisant de l'enquête dès que possible. S'il se dépêchait, il pourrait peut-être dormir cinq ou six heures avant de se rendre au rendez-vous qu'elle ne tarderait pas à lui fixer.

Toujours cette impression étrange de déjà-vu… Policzki n'était pas tranquille, ce soir. Eteignant la lumière de son bureau, il prit sa veste qu'il avait soigneusement déposée sur le dossier de son siège et l'enfila pour aller affronter non pas le froid glacial de cette soirée automnale, mais le juste courroux de Mia DeLucca.

20.

Mia somnolait vaguement sur son canapé, mais quand la sonnette de la porte d'entrée retentit elle se réveilla aussitôt. Jetant un coup d'œil à la pendule, elle vit qu'il était presque 1 heure du matin. Il était temps ! songea-t-elle. Cela faisait des heures qu'elle essayait de le joindre.

Pieds nus, elle marcha résolument vers la porte qu'elle ouvrit en grand.

Pendant les heures qui s'étaient écoulées depuis son premier coup de téléphone, il s'était mis à pleuvoir. Debout sur le seuil, les pieds plantés dans la fine brume qui montait du trottoir où rebondissaient les gouttelettes de bruine, Doug Policzki se tenait face à elle, impassible et raide comme la justice. La pluie avait beau ruisseler le long de son corps, il n'en avait pas l'air plus humain. Si Mia avait perçu ne serait-ce qu'une pointe de regret sur son visage, une infime trace de culpabilité, elle aurait peut-être pu lui pardonner. Mais non. Il se tenait là, planté comme une épine dans sa chair, beau comme un dieu, à peine chiffonné après sa longue journée de travail, le regard vide d'expression, ce masque de policier en exercice qu'elle détestait tant plaqué sur sa figure de joli garçon.

Ce n'était pas un homme, c'était un extraterrestre sans âme qui la contemplait d'un œil morne.

Elle n'eut même pas envie de lui adresser la moindre parole. Tournant les talons, elle se dirigea vers la cuisine sans l'inviter à entrer. Il n'avait qu'à se débrouiller, songea-t-elle avec une joie mauvaise. S'il était vraiment aussi doué et intelligent qu'il s'en donnait l'air, il penserait tout seul à fermer la porte derrière lui et à la suivre. Sinon, il n'aurait qu'à s'en prendre à sa négligence au cas où un intrus pénétrerait dans la maison. Après tout, il portait une arme : il n'aurait qu'à s'en servir — et elle était sûre qu'il n'hésiterait pas une seconde, s'il estimait que tel était son devoir.

Une fois arrivée dans sa pièce préférée, la jeune femme s'appuya des deux mains au comptoir, dos à la porte, pour reprendre contenance et surtout réorganiser ses pensées. Les mots se brouillaient dans sa tête en une danse folle ; elle ne savait plus par quel bout commencer, tellement elle avait de reproches à lancer à l'inspecteur. Il fallait absolument qu'elle reprenne ses esprits si elle voulait sortir vainqueur de cet affrontement.

Dans son dos, une voix s'éleva, bien timbrée, mais désespérément neutre :

— Avant que vous ne vous mettiez à m'injurier, il y a quelque chose que je…

Furieuse, elle se retourna d'un seul coup, ses yeux bleus lançant des éclairs de colère.

— Fermez-la ! Comment avez-vous osé faire ça ?

— Ecoutez, Mia, je…

— Avez-vous seulement une petite idée des dégâts que vous avez causés ? Rien qu'une vague idée ?

Il se redressa, plus raide que jamais.

— J'ai fait ce que j'avais à faire, déclara-t-il d'un ton sec.

— A cause de vous, mon frère se morfond dans une cellule !

— Ce n'est pas à cause de moi, mais de ses mauvais choix. N'essayez pas de me faire porter le chapeau, ce serait trop facile.

— Il n'y a pas que lui : ma nièce vient de se faire embarquer pour une autre prison, chez son dragon de grand-mère, à Andover !

— Je suis désolé pour ce qui arrive à Gracie, répondit Policzki d'un air pincé. Mais ce n'est pas ma faute. Si vous acceptiez d'entendre ma version des faits, vous changeriez peut-être d'avis.

— Sauf que je ne suis pas du tout intéressée par votre version, Policzki ! En ce qui me concerne, vous n'êtes qu'un salopard, un menteur de la pire espèce, un enfoiré de première ! Si vous ne faisiez pas deux fois ma taille, je vous arrangerais le portrait avec un immense plaisir, croyez-moi !

— Vraiment, DeLucca ? rétorqua l'inspecteur tout en se rapprochant d'un pas, le visage sombre et menaçant. Allez-y, ne vous gênez pas. Si ça peut vous soulager, collez-moi une bonne raclée.

— Pas question ! Je ne veux pas vous coller une raclée : ce que je veux, c'est vous écharper vivant ! Vous rouer de coups jusqu'à ce que vous ressembliez à du steak haché ! Vous piétiner à coups de talons aiguilles jusqu'à ce que votre mère soit incapable de vous reconnaître ! Vous arracher les…

— A mon avis, vous auriez bien besoin d'un tour chez le psy pour apprendre à gérer votre colère.

— Gérer ma colère ? Mon cul, oui ! hurla la jeune femme tout en ouvrant brusquement une porte de placard pour en sortir une tasse qu'elle claqua violemment sur le comptoir. Mon frère ne survivra pas à la prison, vous comprenez ça, dans votre grosse tête de flic stupide ? Il n'est pas fort et résistant comme moi. Il n'a jamais été solide. Il n'a pas la moindre chance de s'en tirer. Les autres détenus vont en faire des confettis, voilà ce que vous aurez gagné !

— Encore une fois, ce n'est pas ma faute.

— Bien sûr ! Rien n'est jamais votre faute, hein ? Et Gracie ? Gracie qui se retrouve coincée avec cette horrible bonne femme, cette grand-mère de cauchemar ? Gracie qui a déjà tellement de problèmes à régler ? Mais sans doute n'avez-vous rien remarqué non plus, Policzki. Ce serait trop vous demander que d'accorder un minimum d'attention à vos victimes !

— Comme problèmes, en dehors de son incapacité à se trouver des amis autrement que sur Internet et de sa tendance à l'anorexie, vous songiez à quoi exactement ?

Alors là, si en plus il se mettait à être perspicace et sensible, elle ne donnait pas cher de son argumentation ! Sa colère s'alimentait des défauts de cet homme, mais s'il les transformait brusquement en qualités comment ferait-elle pour rester fâchée contre lui ?

Il n'avait pas le droit, songea-t-elle avec fureur. Pour le moment, il ne devait endosser qu'un seul rôle : celui de bouc émissaire. Elle avait trop besoin d'un exutoire à son exaspération pour se laisser attendrir.

— Un point pour le docteur Spock ! siffla-t-elle. Bon sang, Policzki, je vous ai fait confiance, et Gracie aussi. Et vous, vous en avez profité pour nous doubler honteusement ! Un coup de poignard dans le dos, voilà ce que vous nous avez infligé à toutes les deux !

Avec satisfaction, elle vit qu'elle avait fait mouche : un tic nerveux contracta la mâchoire de l'inspecteur et il serra les poings. L'impassible Douglas Policzki avait donc la faculté de s'énerver ? Quel plaisir de le faire enfin sortir de ses gonds !

— Ça y est ? lança-t-il. Vous avez terminé votre petite comédie ?

— Pas du tout ! Vous n'en êtes qu'au début, si vous voulez tout savoir !

— Dommage pour vous, parce que c'est mon tour, maintenant. Qu'est-ce que vous espériez donc, Mia ? Un traitement de faveur ? Une dispense signée de la main du pape ? Vous ne vous attendiez tout de même pas à ce que j'ignore volontairement les preuves de la culpabilité de votre frère et que je lui offre une carte « Vous êtes libéré de prison », comme au Monopoly ! Ce n'est pas un jeu, Mia. Et vous croyiez quoi, au juste ? Que j'allais me laisser détourner de mon éthique professionnelle uniquement à cause de ce… de cette… de ce vague *truc* impalpable qui se passe entre nous ?

Tout en parlant, il avait esquissé un geste furieux, comme s'il plantait un couteau dans l'air, pour tenter de décrire ce qu'il appelait un « vague *truc* ».

Mia se sentit outragée, humiliée par cette façon désinvolte de liquider le torrent d'émotions qu'elle avait senti couler entre eux, quelques heures auparavant.

— Il n'y a rien entre nous ! répliqua-t-elle.

— Arrêtez de mentir comme une arracheuse de dents ! grommela Policzki. Je suis flic, Mia. Mon métier, c'est de coffrer des sales types, et jusqu'ici je me débrouille plutôt bien. Je prends plaisir à débarrasser la planète d'autant de criminels que je peux. Parce que je crois en la valeur de mon travail. Si exigeant qu'il puisse s'avérer. Je ne suis pas tendre avec les gens que je suis amené à côtoyer, simplement parce que je ne le suis pas davantage avec moi-même. Je me fixe des buts, des idéaux, des règles que je mets un point d'honneur à ne jamais enfreindre. J'essaie d'être toujours objectif et scrupuleux. Si votre frère est derrière les barreaux, c'est que nous avions de bonnes raisons de l'y envoyer. Des preuves irréfutables qui l'impliquent dans un homicide. Des signes qui ne peuvent pas tromper. Et vous savez quoi ? Je devrais être en train de fêter cette nouvelle victoire contre le crime, à l'heure qu'il est. Au lieu de quoi je suis là, à me ronger les sangs pour quelque chose que je sais pourtant être juste. J'en ai l'estomac retourné. Et ça dure depuis la seconde où j'ai passé les menottes aux poignets de Sam Winslow. Vous savez pourquoi ? Parce qu'à la minute même où je le mettais en état d'arrestation j'ai su que j'avais foutu en l'air ma seule chance de construire quelque chose avec vous, voilà pourquoi !

Il y eut quelques secondes de silence, comme si la pièce tout entière résonnait encore sous le choc de cette révélation. Comme si l'univers avait besoin d'un peu de temps pour digérer pareille nouvelle.

Les yeux étrécis, Mia s'avança d'un pas vers son adversaire, le regard étincelant.

— Oh ! fit-elle simplement, d'un air dangereusement calme. Alors, c'est ça que vous pensez, hein ?

— Evidemment que oui, bon sang de bois ! Qu'est-ce que vous voulez que je pense d'autre ?

— Dans ce cas, vous êtes un imbécile, Policzki. Un

pauvre abruti qui a besoin qu'on lui tienne la main comme à un gamin incapable de voir plus loin que le bout de son nez.

Franchissant en trois grandes enjambées l'espace qui les séparait encore, elle leva les mains vers son visage pour l'attirer sans douceur vers le sien, emprisonnant ses lèvres viriles au passage.

Surpris, Policzki retint sa respiration brièvement avant d'envelopper Mia dans ses bras musclés pour lui rendre son baiser avec une telle force qu'elle crut sentir le sol se dérober sous ses pieds.

Ils s'embrassaient à pleine bouche, avec une avidité encore aiguillonnée par le ressentiment qu'ils éprouvaient l'un envers l'autre. Nouant ses bras souples autour du cou puissant de Doug, Mia lui rendit la pareille, jouant de ses lèvres et de sa langue avec une habileté consommée, comme si elle menait contre lui une véritable joute amoureuse. Sans se démonter, il la plaqua contre lui pour la faire reculer sous ses assauts, lui meurtrissant presque la bouche tant il la dévorait de baisers. Lorsqu'elle fut acculée à l'îlot central de la cuisine, ils s'écartèrent quelques instants, essoufflés comme après une course de fond.

— Alors, je suis toujours un gamin ? fit l'inspecteur d'une voix rauque.

— Je n'ai jamais dit ça, prétendit Mia qui avait la chair de poule. Vous devez me confondre avec quelqu'un d'autre.

D'un geste ferme et doux à la fois, il lui inclina la tête en arrière pour l'embrasser délicatement dans le cou, à l'endroit le plus sensible, lui arrachant un gémissement de plaisir.

Continuant son exploration, il promena sa langue le

long de son cou, dans le creux de sa clavicule, et jusqu'au décolleté de son peignoir où il enfouit son visage avec un léger soupir.

— J'espère que vous comprenez bien, fit Mia, un peu haletante, que ça ne change rien à la donne.

Relevant la tête, Policzki la contempla en silence.

— Je suis toujours furieuse contre vous, précisa la jeune femme en se sentant un peu ridicule.

— Ah ! Oui, je vois bien ce que vous voulez dire, répliqua-t-il d'un air sérieux, comme toujours.

Reprise par un accès de désir plus fort que le premier, Mia saisit sa cravate pour la dénouer et la lui passer par-dessus la tête. Après l'avoir jetée à terre, elle le regarda une nouvelle fois dans les yeux.

— Autant dire que vous avez intérêt à ce que ce soit bien. Mieux que bien, même. Ça ne suffira sûrement pas pour que je vous accorde mon absolution, mais…

Elle s'interrompit, juste le temps de tirer les manches de sa veste. Il devina son intention et se débarrassa souplement du vêtement qui glissa au sol dans un bruissement.

— Mais peut-être que ça m'incitera à arrondir un peu les angles avec vous, conclut la jeune femme d'une voix taquine.

Elle resta interdite devant son holster. Quel casse-tête de le lui enlever sans rompre le charme ! Elle avait à peine posé les mains dessus que Policzki le débouclait en un tournemain pour le déposer lui-même sur le comptoir auquel elle était toujours adossée.

— Et Dieu sait que vous avez besoin d'arrondir les angles, lui souffla-t-il à l'oreille.

— Alors, ne me décevez pas, surtout ! dit-elle avant de

s'attaquer aux boutons de sa chemise qu'elle lui enleva d'un geste.

La chemise alla rejoindre la veste sur le sol de la cuisine pendant que Mia restait pantoise devant la musculature impressionnante de l'inspecteur Douglas Policzki. Son corps d'Adonis mis en valeur par son T-shirt moulant d'un blanc immaculé, il avait vraiment une allure éblouissante. Et puis, il sentait bon, même après une journée marathon passée à faire respecter la loi, songea-t-elle tandis qu'elle se blottissait avec délice contre son torse viril. Comme s'il attendait avec impatience de supprimer la dernière barrière entre eux, Policzki ôta son T-shirt pour l'envoyer voler à terre. Et Mia resta bouche bée.

Torse nu, il était encore plus impressionnant. Mince et musclé à la fois, avec une peau qui semblait si douce — une vraie peau de bébé, en contraste avec la fermeté de ses abdominaux et la solidité de ses pectoraux… La tentation était trop forte : il fallait qu'elle le touche. Qu'elle s'imprègne de son contact. Du bout des doigts, elle dessina des sillons au hasard sur la poitrine de son compagnon, follement émoustillée par ce simple effleurement. Il était aussi agréable à toucher qu'à sentir. Peut-être même plus encore. Poursuivant sa caresse, elle laissa ses mains courir à plat sur ce torse parfait, ces épaules carrées, ces bras dans lesquels elle mourait d'envie de se blottir de nouveau. Elle s'enhardit jusqu'à poser les lèvres au creux de sa poitrine, juste sous le plexus, à un endroit où elle sentit battre furieusement le cœur de l'inspecteur.

Comme électrisé par cette nouvelle audace, Policzki défit la ceinture du peignoir de Mia pour écarter les pans de son vêtement. Elle frissonna sous l'intensité du regard qu'il promenait sur ses formes mises à nu. Elle allait protester quand il glissa ses mains tièdes le long de ses hanches pour lui caresser voluptueusement les fesses. Nouant les bras autour de son cou dans un élan incontrôlable, Mia se laissa soulever pour lui passer les jambes autour de la taille, à moitié étourdie par tant de sensualité soudaine.

Incapable de se retenir, elle se pressa contre lui, goûtant le contact de sa peau nue contre la sienne. Il baissa la tête pour capturer ses lèvres une nouvelle fois, et ils échangèrent un long baiser dévorant, presque douloureux tellement ils avaient envie l'un de l'autre. D'une main tremblante, Mia défit la ceinture de son pantalon, passa les doigts sous l'élastique de son boxer pour le dénuder complètement.

Comme s'il percevait son impatience, il l'aida avec une maîtrise consommée, ôtant ses chaussures et ses chaussettes en deux temps trois mouvements pour se débarrasser du reste de ses vêtements, aussi pressé qu'elle d'en arriver au vif du sujet, tout cela sans lâcher sa bouche qu'il embrassait presque voracement.

Comme tout à l'heure, ils arrêtèrent leur baiser à regret, pantelants, les sens en émoi.

— Où est la chambre ? demanda-t-il d'une voix éraillée par le désir.

— Là-haut.

— Trop loin, marmonna-t-il. Tant pis !

D'un seul mouvement, il la souleva pour l'asseoir sur le granite frais de l'îlot central de la cuisine. D'une main, il lui écarta doucement les cuisses pendant que, de l'autre, il faisait glisser son peignoir le long de ses bras minces.

Plongeant son regard dans celui de Policzki, Mia osa des caresses plus précises, plus poussées, plus intimes.

A tâtons, elle atteignit enfin l'endroit le plus fragile et le plus dur à la fois du corps de Doug. Elle frissonna de plaisir contenu : il l'attendait. Il était prêt. Il la voulait autant qu'elle le désirait.

De ses deux mains, elle esquissa un début de caresse appuyée autour du membre viril de celui qui allait devenir son amant. Sans le quitter des yeux, elle chuchota d'un air mi-pâmé, mi-paniqué :

— J'ai trente-six ans, Policzki. Je suis trop vieille pour faire l'amour sur le comptoir de ma cuisine à une heure et demie du matin, les rideaux ouverts et les lumières allumées.

— Personne ne nous regarde, haleta Policzki. Personne n'est encore debout à cette heure indue.

— Facile à dire, murmura Mia tout en continuant à le caresser, laissant ses doigts habiles courir sur lui. Ce n'est pas toi qui vas devoir supporter les regards choqués des voisins, demain matin.

Inclinant la tête, il la mordilla délicieusement au creux du cou.

— Mia ? lui souffla-t-il tout bas.

Elle l'amena près d'elle, tout près, juste au bord de son intimité, pour qu'il sente combien elle avait envie de lui. Le souffle coupé, elle eut à peine assez de force pour lui répondre :

— O… Oui ?

— Pour l'amour du ciel, tu veux bien te taire ?

Elle n'eut pas le loisir de protester : il la tenait à sa merci, et le temps qu'elle comprenne ce qu'il venait de lui dire, il l'avait pénétrée de toute la force de son désir brûlant.

*
* *

Lorsqu'il la quitta, il faisait encore nuit. Il n'avait dormi que quatre heures et se sentait fourbu. Ils avaient fait l'amour comme des fous. Partout. De la cuisine à la chambre où ils avaient fini par s'échouer, épuisés mais heureux. Il dégagea doucement son bras sur lequel elle reposait, tiède et tendre, déposa un baiser léger sur son épaule nue et remonta la couverture sur elle pour qu'elle n'ait pas froid.

En tenue d'Adam, il descendit l'escalier pour aller récupérer ses affaires éparpillées sur le sol de la cuisine. Il ne remit que son pantalon et son T-shirt, enfila ses chaussures sans prendre la peine de passer ses chaussettes, reboucla son holster sur son épaule parce qu'il se sentait vulnérable sans son arme de service, et fit une boule du reste de ses vêtements. Chemise, veste, cravate, chaussettes et boxer se retrouvèrent serrés en un gros tas informe qu'il fourra sous son bras pour sortir de la maison.

Bras nus dans la fraîcheur de la matinée d'octobre, il frissonna tout en se glissant derrière le volant.

Le soleil pointait ses premiers rayons à l'horizon quand il se gara dans l'allée menant à la maison de ses parents. Il coupa le moteur avec l'impression que ce début de journée marquait un véritable commencement, un tournant sans précédent dans sa vie jusqu'ici réglée au millimètre.

De l'autre côté de la rue, le vieux M. Tucci sortait ses poubelles. Gêné, Policzki cacha du mieux qu'il put le ballot de vêtements qu'il tenait dans sa main gauche, pendant que de l'autre main il adressait un petit signe amical au voisin. Tant qu'il y était, il aurait aussi bien pu se promener avec un panneau « Je sors d'une nuit de sexe » que son malaise n'aurait pas été plus manifeste. Sans s'attarder davantage, il se hâta de franchir les quelques mètres qui le séparaient de la porte d'entrée pour s'engouffrer à l'intérieur, comme un voleur. Tout juste s'il n'avait pas jeté un coup d'œil prudent par-dessus son épaule au dernier moment, pour vérifier que personne ne l'épiait !

Sa mère était déjà levée, constata-t-il avec un serrement de cœur. Vêtue de sa confortable robe de chambre molletonnée, elle lisait le journal du matin tout en mangeant un petit pain au miel pour accompagner sa tasse de café décaféiné.

— Eh bien, fit-elle tout en lui décochant un regard perspicace par-dessus le bord de son journal, j'allais te demander où tu avais passé la nuit, mais je crois que la réponse s'impose d'elle-même, vu ton état débraillé.

Il sentit le sang lui monter au visage. Bon Dieu ! jura-t-il intérieurement. Il approchait les trente et un ans ; il exerçait le dur métier de flic depuis dix ans, dont cinq passés aux homicides, à côtoyer les individus les moins recommandables et à assister aux pires horreurs que puissent commettre des êtres humains. Il avait dû affronter des dealers, des drogués, des maquereaux, des prostituées et même un tueur en série. Cinq ans plus tôt, il avait pris une balle en pleine poitrine pendant une arrestation musclée. Il était solide, endurci, impassible. Et pourtant il était encore capable de rougir comme un gamin devant sa mère.

Autant se jeter à l'eau tout de suite, songea-t-il tout

en inspirant profondément pour calmer les battements précipités de son cœur.

— M'man, lâcha-t-il d'un air sombre, je vais déménager.

Elle prit le temps de tourner la page des infos locales avant de répondre d'un air tranquille :

— Il était temps.

Une bombe ne lui aurait pas fait plus d'effet. Il regarda fixement sa mère, l'air incrédule.

— Quoi ? Si tu voulais te débarrasser de moi plus tôt, tu n'avais qu'à le dire !

— Susceptible, hein, mon garçon ? Tu sais très bien que je ne tiens pas particulièrement à me débarrasser de toi. Seulement, tu as trente ans, maintenant. Tu dois vivre ta vie. Voler de tes propres ailes… Comment s'appelle-t-elle ?

— Qui ça ?

— N'essaie pas de me raconter des histoires, fils. Tu rentres à pas d'heure avec tes sous-vêtements roulés en boule sous ton bras, alors ne me prends pas pour une idiote : il y a une femme là-dessous !

Elle tourna une nouvelle page de son quotidien avant d'ajouter d'un air faussement blasé :

— C'est avec elle que tu t'installes ?

— Non, je veux un endroit rien qu'à moi. Je vais investir. Dans un appartement.

— Et pourquoi tu ne t'installes pas avec elle ?

— C'est un peu compliqué…

Cette fois, sa mère baissa carrément le journal pour le regarder droit dans les yeux, avec cette acuité qui le faisait encore frémir, malgré les années qui s'étaient écoulées depuis qu'elle le réprimandait pour un bonbon chipé.

— C'est toujours compliqué, à t'entendre. Elle est quoi, cette femme ? Mariée ? En instance de divorce ? Lesbienne ?

— M'man ! protesta Policzki avant de céder à sa curiosité. Elle est veuve.

— Plus vieille que toi ?

— Tu lis dans mes pensées ou quoi ?

— Tu ne m'as pas répondu. Plus vieille de combien d'années ?

— Elle a trente-six ans.

— Pff ! Si tu trouves ça vieux… Ton pauvre père avait dix ans de plus que moi, et ça n'a jamais posé de problème. Qu'est-ce que tu trouves de compliqué là-dedans ?

— Eh bien, pour commencer, je viens d'arrêter son frère pour meurtre.

— Merde ! s'exclama la très distinguée Linda Policzki. Alors toi, quand tu te mets dans les ennuis, c'est jusqu'au cou, hein ? Bon, c'est quoi son nom, à cette femme ?

— Mia.

— Elle est jolie ?

— M'man, si tu la voyais… Une vraie déesse !

— Bon, et tu crois qu'elle va me plaire ?

Il se laissa un instant de réflexion avant d'affirmer :

— Je ne le crois pas : j'en suis sûr.

Policzki traînait lamentablement ce matin, et il avait une mine de déterré.

— Qu'est-ce qui t'arrive ? lui demanda Lorna tout en déposant son attaché-case sur son bureau.

— Fatigué, grommela Doug, les épaules affaissées, le nez sur sa tasse de café comme si la fin du monde était toute proche et qu'il cherchait à l'éviter en se roulant en boule dans un coin.

— Tu n'es pas énervé contre moi, par hasard ?

— Non.

— Bon, alors, qu'est-ce que t'as, Policzki ? Tu t'es levé du mauvais pied, ma parole ! Où est passée ton allégresse habituelle ? Comment ça se fait que tu n'es pas déjà en train de bosser ?

— Peux pas, marmonna le jeune inspecteur. J'ai besoin de manger un truc — un beignet, tiens ! Collant, gras et outrageusement sucré, plein de lipides saturés, avec des colorants et des parfums chimiques pour faire bonne mesure.

— Ouh là ! Tu m'inquiètes sérieusement ! Depuis quand tu manges des beignets, toi ?

— Une fois de temps en temps, rétorqua Doug avec irritation, ça me rassure de faire comme si j'étais un mec normal. Pourquoi ? Ça te pose problème, Abrams ?

Eh bien ! songea Lorna. Il n'était vraiment pas de bonne humeur aujourd'hui, pour le prendre sur ce ton !

— Allez, viens, pauvre petit malheureux ! On va aller t'acheter un beignet avant que tu n'arraches la tête de quelqu'un d'un coup de dents.

Il suivit Lorna jusqu'au distributeur automatique, et jongla avec les boutons et les pièces de monnaie pour récupérer enfin un vieux beignet périmé glacé au miel emballé dans du papier cellophane. Lorna ne se serait jamais risquée à y goûter, mais elle s'abstint de le faire remarquer à Doug car elle n'avait pas envie de se faire fusiller du regard avant même de commencer sa journée de travail.

— On va se promener un peu ? proposa Policzki, son

infâme beignet dans une main, son café encore brûlant dans l'autre. J'ai besoin de discuter.

Au moins, ils progressaient dans la bonne direction, songea Lorna pour qui une discussion était toujours préférable à un silence tendu. Elle ne savait pas ce qui tracassait tant son collègue, mais elle était sûre d'une chose : en parler ensemble ne pourrait qu'améliorer la situation.

Ils quittèrent le commissariat pour déambuler le long du trottoir. Policzki croqua dans son beignet.

— Bon sang de bonsoir ! lança-t-il, la bouche pleine, l'air horrifié. Pourquoi tu ne m'as pas prévenu ?

— Je me suis dit qu'il valait mieux te laisser faire ta propre expérience, répondit l'inspecteur Abrams avec un demi-sourire. Tu devrais faire plus attention à ce que tu réclames, petit. Tout le monde sait bien que les beignets industriels, c'est de la merde en boîte !

— Moi qui croyais que la cuisine de ma mère était la pire nourriture de l'univers, me voilà servi : ce truc défie les lois les plus élémentaires du bon goût et de l'alimentation équilibrée !

— Bon, on pourrait peut-être passer aux choses sérieuses, non ? l'interrompit Lorna. Ça t'ennuierait de me dire ce qui ne va pas ?

— Je vais demander à Rafferty de me retirer l'enquête, répondit Policzki après avoir dégluti avec difficulté.

— Quoi ? Tu es atteint d'une grave maladie, c'est ça que tu hésitais à me dire ? Ecoute, mon garçon, tu es jeune et fort, alors, il n'y a aucune raison que tu ne viennes pas à bout d'un méchant microbe. Ou d'un vilain virus. C'est quoi ? Un cancer ? Une MST ? Tu as demandé un second diagnostic ? Parfois, les médecins se plantent totalement, et…

— Je ne suis pas malade.

Plus soulagée qu'elle ne voulait se l'avouer, Lorna laissa échapper un bref soupir.

— Bon. Dans ce cas, pourquoi voudrais-tu que Rafferty te retire l'enquête ?

Les yeux obstinément fixés sur un point imaginaire, loin devant eux, Policzki répondit d'une voix morne :

— J'ai fait quelque chose que je n'aurais pas dû faire. Quelque chose de grave, qui risque de compromettre toute notre enquête. Quelque chose de mal à tellement de niveaux que je n'arrive même plus à les compter.

— Arrête ton char, Policzki ! Toi, l'enfant de chœur, tu aurais fait un truc répréhensible ? Laisse-moi rire ! Tu ne ferais pas de mal à une mouche, même si on voulait t'y forcer ! Ça ne fait pas partie du programme qu'on t'a installé à la naissance, petit.

— Il a dû y avoir un bug dans le programme, alors, parce que j'ai commis une grave erreur.

— Mais quoi, enfin ? Qu'est-ce que tu as bien pu faire de si affreux pour que tu m'en parles avec des larmes dans les yeux ?

— Avant tout, je veux que tu saches que je n'avais pas prévu ce qui est arrivé. Ça n'aurait pas dû se produire, en toute logique. Je n'arrive même pas à comprendre comment ça a pu se faire… Enfin, si, je sais tout de même comment ça s'est passé — n'importe qui âgé de plus de dix ans sait ce genre de choses, d'ailleurs. Mais ce qui me perturbe, c'est que je n'arrive pas à comprendre ce que…

— Par pitié, Policzki, le coupa Abrams, exaspérée par ses tergiversations interminables. Viens-en au fait !

Il la regarda bien en face, l'air accablé.

— Mia et moi…, commença-t-il d'un ton hésitant. Avec Mia DeLucca… on a… euh…

— Dieu tout-puissant ! s'exclama Lorna, les mains jointes, les yeux écarquillés. Ne me dis pas que tu as fait l'amour avec Mia DeLucca !

Policzki ferma les yeux et avala péniblement sa salive.

— Si.

— Eh bien, il était temps ! Je commençais à me demander si tu allais jamais connaître les bras d'une femme, mon garçon ! Quoique, si tu m'avais demandé mon avis, je t'aurais sans doute conseillé de choisir quelqu'un d'autre.

— Désolé, mais tu n'étais pas disponible pour une consultation express, rétorqua Doug, l'air vexé.

— Mais enfin pourquoi est-ce que tu n'as pas choisi miss Iowa plutôt que la sœur de notre suspect numéro un ? Qu'est-ce qui s'est passé, au fait, avec cette charmante véto du fin fond de la cambrousse ? Elle était moche comme un pou, c'est ça ?

— Même pas, avoua Policzki d'un air piteux. C'était une vraie beauté. Seulement, il n'y a pas eu de déclic.

— Quoi ? Quel déclic ?

— Ben, le truc qui fait que ça accroche ou pas, quoi ! Enfin, Abrams, tu sais bien : soit ça fait tilt, soit ça reste au niveau de la simple amitié.

— Et avec DeLucca ça fait tilt ?

— Oh que oui !

— Là, c'est grave. Vraiment grave, conclut Lorna, les sourcils froncés, tout en étudiant avec curiosité le visage inhabituellement expressif de son coéquipier. Cela dit, je suis plutôt impressionnée. Atterrée aussi, bien sûr, mais favorablement impressionnée. Mia DeLucca, c'est la classe incarnée, tout de même.

— Ça, oui ! Elle est merveilleuse.

— Même si son frère est actuellement en… Oh, merde !

— Tu vois ? Quand je te disais que tout allait mal !

— Bon. Il va falloir qu'on réfléchisse sérieusement au problème. Tu n'as pas l'intention de refaire l'amour avec elle, si ?

— Ça, je ne peux pas te le jurer.

— Douglas Policzki, mon garçon, je t'en supplie, ne me dis pas que tu es tombé amoureux !

— Eh bien, maintenant que tu en parles, je dirais que c'est tout à fait possible. Presque sûr, même.

— Oh mon Dieu ! s'exclama l'inspecteur Abrams avant de poser une main toute maternelle sur le bras de son jeune collègue. Ecoute, gamin, tu ne vas quand même pas gâcher la carrière prometteuse qui t'attend sur un coup de tête. Tout ça pour une femme.

Policzki prit une gorgée de café qu'il avala avec lenteur.

— Désolé, mais tu arrives un peu tard. Les conseils tactiques d'après la bataille, ça n'est jamais très utile.

— Est-ce que tu pourrais au moins t'éloigner d'elle le temps que cette enquête soit bouclée ?

Au regard éperdu que lui lancèrent les grands yeux bruns de son coéquipier, Lorna comprit qu'elle lui en demandait trop.

— Bon, bon, d'accord, je retire ce que j'ai dit. Laisse tomber.

— J'ai déjà retourné le problème cent fois dans ma

tête, et je ne vois qu'une solution : il faut que Rafferty me retire l'enquête.

— Pas question ! Qu'est-ce que je ferais sans toi ?

— Tu n'as qu'à te trouver un autre partenaire.

— Mais enfin, Policzki, tu es bouché à l'émeri ou quoi ? Tu sais très bien que je ne veux pas d'autre partenaire que toi !

Visiblement surpris, Doug haussa les sourcils d'une manière que Lorna aurait trouvée comique si elle ne s'était pas sentie aussi préoccupée.

— Dis donc, Abrams, je ne savais pas que tu m'appréciais autant que ça !

— Ouais, eh bien, pas la peine de l'ébruiter, hein ? grommela Lorna, gênée d'avoir été prise en flagrant délit de sentimentalisme. De toute façon, si jamais on me posait la question, je nierais tout en bloc, alors… Bon, pour en revenir à nos moutons, qui d'autre est au courant de ton incartade ?

— Personne à part toi, moi, Mia et… et ma mère, malheureusement, fit Policzki en levant les yeux au ciel. Comme par hasard, elle m'attendait dans la cuisine quand je suis rentré ce matin à l'aube avec mes sous-vêtements sous le bras !

Lorna se retint de justesse d'éclater de rire.

— Bon, fit-elle en reprenant son sérieux, en ce qui concerne le grand chef, je doute qu'il te félicite s'il apprend ce qui s'est passé. Pour ta mère, là, mon garçon, désolée, mais tu vas devoir te débrouiller tout seul. Ecoute, tu es un flic du tonnerre. Intelligent, posé, réfléchi. C'est pour ça qu'on fonctionne si bien, tous les deux. Moi, j'ai tendance à me précipiter, parfois…

— Vraiment ? Je n'avais pas remarqué.

Ignorant sa remarque sarcastique, Lorna continua son laïus :

— Mon impulsivité naturelle, tu l'équilibres avec ton flegme imperturbable.

— Où veux-tu en venir, avec toutes ces louanges, Abrams ?

— C'est simple : tu ne vas rien dire à Rafferty. Ni à personne d'autre, d'ailleurs. On va faire comme si cette conversation n'avait jamais eu lieu, et on continuera l'enquête tous les deux, sans rien changer au programme. Tu vas rester le flic calme et impassible que tu as toujours été, compris ? Si tu agis bêtement et que je pâtis de tes âneries, je risque de regretter de t'avoir aidé à sortir du pétrin où tu t'es fourré. Tu ne voudrais pas me faire regretter ma décision, n'est-ce pas ?

— Et notre code éthique ? Le conflit d'intérêt, ça te dit quelque chose ?

— Tu m'écoutes quand je te parle ? J'ai dit qu'on oubliait tout ça, point final. Mais peut-être que tu n'as pas bien compris les enjeux ? Si jamais tu rapportes cette histoire à Rafferty, tu seras viré. Au mieux, tu écoperas d'un blâme qui signera la fin de ta carrière. Si tu te sabordes, je te préviens tout de suite que je ne resterai pas sans rien faire. J'irai raconter à Rafferty que je savais tout depuis le début et que j'ai volontairement omis de le mettre au courant. Tu n'es pas seul dans cette galère, gamin : si tu coules, je coule avec toi. Maintenant, c'est à toi de choisir.

— Eh ! C'est du chantage !

— Peut-être bien. Mais c'est la seule solution que je te propose, alors, tu vas devoir faire avec.

— Ce que tu peux être emmerdante, parfois !

Un sourire radieux éclaira le visage de Lorna Abrams.

— Voyons, mon garçon, tu dis ça comme si ce n'était pas une qualité !

Lorsqu'ils rejoignirent leur bureau, Rafferty les attendait de pied ferme, la mine sombre. Il aurait visiblement préféré être ailleurs en cette belle matinée de samedi.

— Je viens de recevoir un coup de fil, leur annonça-t-il. Au sujet de Winslow. Il est disposé à parler.

21.

Gracie était la seule passagère de moins de trente-cinq ans à prendre le train de banlieue à Andover en direction de Boston. La seule également à transporter un sac à dos et un chat dans une grande cage en plastique. Le samedi, de toute façon, il n'y avait pas grand monde sur cette ligne. Ce qui n'était pas plus mal, vu qu'elle n'était pas du tout certaine que Ralph ait le droit de prendre le métro. Enfin, la chance devait être avec elle puisque personne ne lui posa de questions gênantes, pas même l'agent de sécurité de la MBTA[1] qui somnolait à l'avant du wagon, une tasse de café à la main.

Ralph détestait se retrouver enfermée dans sa cage. Elle avait manifesté son mécontentement en miaulant tristement tout le long du trajet entre la maison des grands-parents Wise et la station de métro.

Pour tenter de la calmer, Gracie passa deux doigts par la porte grillagée de la cage. D'abord méfiante, la chatte les renifla délicatement, puis elle se mit à ronronner comme un petit moteur.

1. Sigle de la *Massachusetts Bay Transportation Authority*, compagnie exploitant les lignes de métro de Boston et des environs (*NdlT*).

Les vieux allaient être furibards. Et l'assistante sociale aussi. Sans compter tante Mia qui la gronderait sûrement. Tant pis ! De toute façon, elle n'aurait pas supporté de rester une nuit de plus dans cet endroit. S'il n'y avait eu que grand-père, encore, elle aurait tenu le choc. Mais grand-mère lui tapait vraiment sur le système. Ce n'était pas une gentille mamie comme dans les contes pour enfants : c'était un monstre avec des cheveux blancs ! Gracie et Ralph n'étaient même pas arrivées chez elle depuis une demi-journée que la vieille sorcière se plaignait déjà de retrouver des poils de chat partout sur ses précieux meubles ! Combien de temps se serait écoulé avant qu'Evelyne ne conduise Ralph à la fourrière la plus proche ?

Quel bordel, quand même ! songea l'adolescente tout en caressant distraitement la petite tête fine de son animal favori. Comme si p'pa avait pu assassiner quelqu'un ! S'il avait été capable de tuer, il aurait réglé son compte à Kaye depuis un sacré bout de temps. Bon, d'accord, quand on le poussait à bout, il pouvait se mettre sérieusement en colère. Mais depuis quand était-ce un crime de s'énerver contre sa femme ou sa fille ? Il y avait quand même un grand pas entre se fâcher tout rouge contre Gracie pour qu'elle range sa chambre et tirer sur quelqu'un à bout portant. Qu'est-ce qu'il croyait, ce minable de Doug Policzki ? Ah ! Il l'avait bien eue quand il lui avait servi son petit couplet de confiance et d'honnêteté ! Parce qu'elle était tombée dans le panneau en beauté. Elle avait bêtement cru qu'il faisait partie des gentils. Quelle idiote elle avait été !

En tout cas, on ne l'y reprendrait pas à accorder sa confiance aussi facilement.

Le train de banlieue s'arrêta dans un grincement de roues à North Station ; c'était là que Gracie et Ralph devaient descendre, et l'adolescente se hâta de sauter à bas du wagon, vérifiant qu'elle n'avait rien oublié dans son compartiment. Elle se sentait littéralement affamée. Le seul restaurant d'ouvert à cette heure matinale était le MacDo de la gare. Elle y acheta un menu petit déjeuner, ressortit de la boutique, s'assit à même le sol à côté du panier de son chat, dos au mur, et se jeta voracement sur son sandwich garni de saucisses. Ce ne fut que lorsqu'elle commença à lécher les miettes de pain qui lui collaient encore aux doigts qu'elle se rendit compte de la rapidité avec laquelle elle avait englouti son repas. Ses cuisses ne lui pardonneraient jamais une telle entorse au régime draconien qu'elle s'imposait depuis plus de deux ans. Mais elle était tellement affamée qu'elle n'avait même pas réfléchi avant de s'empiffrer comme une goulue.

Haussant les épaules, elle chiffonna l'emballage de son sandwich, termina en vingt secondes chrono son verre de Coca light et le mit à la poubelle. Ensuite, son sac à dos négligemment jeté sur une épaule, la cage de Ralph sous l'autre bras, elle se mit en route pour la maison de tante Mia, dans le quartier de North End.

Ce n'était pas très loin de la station de métro, mais il avait plu pendant la nuit, et le ciel restait menaçant. Une bande de gros nuages noirs assombrissait l'horizon, se rapprochant dangereusement. Gracie hâta le pas en espérant arriver chez sa tante avant que la voûte céleste ne se fissure et qu'un véritable déluge ne lui tombe sur la tête.

Mais plus elle se rapprochait de son but, plus elle se sentait inquiète. Qu'allait dire tante Mia ? Elle ne serait sûrement pas très contente de la voir débarquer chez elle, ça, Gracie en était persuadée. Mais elle n'avait pas d'autre endroit où aller. Chez sa tante, au moins, elle ne serait pas coupée du monde comme à Andover. Elle n'était pas restée longtemps, mais elle avait eu l'impression d'étouffer dans cette grande maison calfeutrée où il ne fallait pas prononcer un mot plus haut que l'autre et où elle n'avait aucune nouvelle de son père.

D'un pas alerte, Gracie gravit les quelques marches du perron de la jolie maison de sa tante pour se retrouver devant la porte. Elle hésita un instant, mais Ralph se mit à miauler piteusement, ce qui la décida. Elle ne pouvait pas rester là indéfiniment, à se demander si oui ou non sa seule parente digne de ce nom allait bien vouloir l'accueillir.

Inspirant profondément pour se donner du courage, elle appuya sur la sonnette une fois, puis une deuxième. De l'autre côté du battant de bois, elle entendit des pas se rapprocher. Elle allait sonner une troisième fois quand le verrou tourna et que la porte s'ouvrit sur le visage intrigué de Mia. Pendant quelques secondes, ni l'une ni l'autre ne prononça le moindre mot. Et puis, tante Mia laissa échapper un « Et merde ! » étouffé qui venait sûrement du fond du cœur.

Sans lui laisser le temps de refermer la porte, Gracie s'avança d'un air à la fois suppliant et déterminé.

— Coucou, tante Mia ! Ralph et moi, on vient s'installer chez toi, d'accord ?

— Je n'arrive pas à croire que tu te sois enfuie, dit Mia d'un air atterré. Qu'est-ce que je vais bien pouvoir faire de toi, Gracie Lee Winslow ? Tes grands-parents vont forcément croire que c'est moi la responsable de ta fugue, et Dieu sait que je n'ai pas besoin d'ennuis supplémentaires en ce moment !

Perchée sur un des tabourets de bois de la cuisine, son chat sur les genoux, Gracie répondit d'un air abattu :

— Ne me dis pas que toi aussi tu vas me tourner le dos, tante Mia ! Toi, la seule personne sur laquelle j'ai toujours pu compter !

Le coup classique de la culpabilité… Un des plus vieux trucs utilisés par les ados pour s'attirer les faveurs des adultes. Le pire, c'est que ça marchait à tous les coups. Elle était vraiment maligne, cette petite Gracie. Peut-être un peu trop pour son âge.

— Mais non, je ne vais pas te tourner le dos ! répondit Mia tout en passant une main dans sa chevelure toute décoiffée. Sincèrement, je n'en ai pas l'intention. Seulement, je n'ai pas le droit de te garder ici. Les services sociaux t'ont placée sous la garde de tes grands-parents, ce qui veut dire que, si tu t'installes ici malgré leur décision, je risque d'avoir de gros problèmes.

— Tu veux me renvoyer chez eux ? geignit Gracie d'un air si pathétique que Mia en eut le cœur serré.

— Pour l'instant, oui, répondit-elle d'une voix douce. Mais je vais te faire une promesse : si jamais ton père va en prison pour de bon, je déposerai une demande auprès du tribunal pour qu'on m'accorde ton droit de garde.

— Contre mes grands-parents ? Mais ils gagneront forcément ! Ils sont pleins aux as ! Les gens riches l'emportent toujours, rétorqua Gracie d'un air désolé.

— Pas nécessairement, la corrigea Mia avant de s'asseoir sur le tabouret d'à côté pour prendre la petite main glacée de sa nièce dans les siennes afin de lui communiquer un peu de sa chaleur et de son énergie. Ecoute, trésor : tu as quinze ans. C'est un âge où on est capable de savoir ce qui vous convient le mieux pour vivre au quotidien. Si tu expliques au juge, calmement et de façon raisonnée, que tu préfères vivre avec moi plutôt qu'avec tes grands-parents, il t'écoutera sûrement et il prendra tes sentiments en compte.

— Vraiment ?

— Vraiment. Je ne peux pas te promettre que ta demande sera satisfaite, mais à mon avis il y a de fortes chances pour que ça marche.

Au lieu de s'enthousiasmer pour cette perspective, Gracie berça doucement son chat contre elle avant d'enfouir son visage dans sa fourrure.

— Et Ralph ? objecta-t-elle d'une voix étouffée. Grand-mère la déteste.

En mère attentive, Mia savait reconnaître les tentatives de manipulation d'un adolescent, quel qu'il soit. Tout comme elle savait céder quand c'était nécessaire.

— Ralph peut rester ici. Avec Kev et moi.

— Promis juré ? demanda la fillette avec un regard soupçonneux.

— Promis juré. Mais seulement si tu acceptes que je te ramène à Andover. Et si tu me promets en échange d'y rester jusqu'à ce que je puisse entamer les démarches nécessaires pour te faire sortir de là. Sinon…

Elle s'interrompit, sachant parfaitement quel coup elle allait infliger à sa nièce. Mais elle n'avait pas d'autre choix.

— Sinon, rideau pour Ralph.

Gracie parut réfléchir intensément, comme si elle pesait le pour et le contre. Puis elle hocha lentement la tête en signe d'acquiescement.

— O.K. Du moment que Ralph est saine et sauve, je devrais pouvoir supporter grand-père et grand-mère pendant quelque temps. Pas trop, mais bon… Après tout, j'ai réussi à tenir pendant deux ans à l'académie Bellerose alors qu'il n'y avait que des crétines et des abrutis autour de moi !

Le visage sombre, soudain, elle ajouta d'un air inquiet :

— Et papa ? Qu'est-ce qui va lui arriver ?

— Pour le moment, je n'en sais pas plus que toi. Je vais tout faire pour lui rendre visite aujourd'hui même. Et puis, je vais aussi avoir une petite discussion avec la police. Histoire de voir ce que je peux faire pour l'aider.

Ce n'était pas la seule raison pour laquelle Mia tenait à revoir Policzki. Ils avaient été trop occupés, la nuit précédente, pour qu'elle le mette au courant de la fraude immobilière. Mais il fallait qu'il sache. Et puis, ça lui ferait du bien de se décharger de ce souci sur quelqu'un d'autre. Quelqu'un de plus qualifié qu'elle pour démêler des embrouilles illégales. Quelqu'un d'officiellement responsable.

Inconsciente de la situation, Gracie émit un petit reniflement méprisant.

— Comme si tu pouvais faire confiance aux flics après ce qui s'est passé !

Comment expliquer à cette gamine de quinze ans qu'elle se trompait peut-être ? Comment lui faire comprendre que, dans la vie, les choses n'étaient pas toutes blanches ou toutes noires ? Qu'il fallait accepter de nuancer ses opinions si l'on voulait s'en sortir ?

— On ne peut pas les juger aussi vite, dit-elle simplement. Ce n'est pas leur faute.

— C'est sa faute à lui ! rétorqua Gracie d'un ton chargé d'amertume. Je lui faisais confiance. Mais en fin de compte, eh bien, tu sais quoi ? Doug ne vaut pas mieux que les autres.

Mia n'était pas certaine d'avoir la même opinion que sa

nièce. Bien sûr, elle n'avait pas énormément de points de comparaison, mais elle pouvait sans risque affirmer que, sur un certain plan au moins, Doug valait nettement mieux que la plupart des hommes ! Et elle ne pouvait pas mettre ça sur le compte de la nouveauté — parce qu'il lui avait prouvé par trois fois qu'il savait se montrer satisfaisant. Plus que satisfaisant, même…

Elle se sentit rougir au souvenir de cette nuit torride. Doug Policzki lui avait ouvert des horizons insoupçonnés — par exemple, ce comptoir de granite, elle ne le regarderait plus jamais de la même façon qu'avant !

Elle s'obligea à reporter son attention sur sa nièce qui la regardait d'un air farouche.

— Il ne vaut peut-être pas mieux que les autres, dit-elle, mais il n'est pas pire non plus. C'est juste…

Elle s'interrompit, cherchant les mots adéquats. L'expression que l'inspecteur avait employée lors de leur rencontre impromptue au Skywalk lui revint à la mémoire, et elle termina sa phrase comme sous sa dictée :

— C'est juste quelqu'un qui essaie de faire son boulot correctement, point final.

— Ah ouais ? lança Gracie. Et ben, son boulot, ça schlingue grave, voilà !

— Tu sais quoi ? Je suis sûre que certains jours il lui arrive de penser la même chose que toi.

A cet instant, le téléphone se mit à sonner. Quelle plaie ! C'était toujours au pire moment que ce satané engin venait l'interrompre ! Il fallait absolument qu'elle termine sa conversation avec Gracie. Mais d'un autre côté, étant donné les circonstances, elle ne pouvait pas se permettre d'ignorer cet appel. Si jamais c'était encore une mauvaise nouvelle, il valait mieux qu'elle soit au courant le plus vite possible pour y faire face dignement.

Lorsqu'elle décrocha, une voix inconnue répondit à son « Allô » un peu sec.

— Madame DeLucca ? Permettez-moi de me présenter : Frank Patterson. Je dois déménager et je suis intéressé par l'une des propriétés mises en vente sur le site de votre agence.

Il lui fallut un petit moment pour se rappeler qu'elle faisait transférer tous ses appels professionnels sur sa ligne privée, à cause de l'incendie.

— Mais bien sûr ! répondit-elle avec un enjouement forcé. De quel bien s'agit-il ?

— Une maison de trois pièces avec deux chambres, style ranch, à Brighton, rue Revere. J'aimerais beaucoup la visiter ce matin, si ça ne vous dérange pas trop. Vous comprenez, je ne suis ici que pour quelques jours, et j'ai très peu de créneaux libres pour trouver un futur logement. J'imagine que vous êtes vous-même très occupée, mais si vous pouviez me faire visiter cette maison entre deux rendez-vous je vous en serais très reconnaissant.

Pendant quelques secondes, Mia se sentit prise de court. Les vingt-quatre heures précédentes avaient été tellement chaotiques qu'elle avait totalement oublié ses obligations d'agent immobilier. Pour la première fois depuis qu'elle s'était lancée dans l'aventure, elle eut envie de répondre non à ce client potentiel. Elle n'avait pas la tête à organiser des visites, aujourd'hui ! Mais elle se ressaisit rapidement : mieux valait battre le fer tant qu'il était chaud. On ne savait pas comment cette histoire avec Kaye allait tourner, et l'agence serait peut-être bientôt en manque de clientèle sérieuse. Sans compter qu'avec l'incendie qui avait ravagé leurs locaux elle n'était pas sûre de pouvoir se maintenir la tête hors de l'eau très longtemps. Un acheteur, c'était sacré. Elle devait s'occuper de lui, et vite.

Le bien convoité par ce M. Patterson était situé rue Revere. Au numéro 2300. C'était l'une des propriétés repérées par Kaye. Les propriétaires précédents étaient installés à Atlanta depuis août, et la maison n'avait pas encore trouvé preneur. Il y avait une raison à cela : les deux chambres étaient vraiment petites, et quand il pleuvait le sous-sol suintait un peu.

— Je vois tout à fait ce dont vous voulez parler, reprit-elle à l'intention de son interlocuteur. Ecoutez, si cela vous convient, nous pouvons nous retrouver sur place en fin de matinée.

— Ce serait vraiment idéal. Pour être honnête, ajouta l'homme avec un petit rire d'excuse, je suis déjà devant la maison. Je vous appelle de mon portable.

Jetant un coup d'œil à sa montre, Mia calcula mentalement le temps qu'il lui faudrait pour arriver là-bas en tenant compte des embouteillages. On était samedi, il n'était pas dix heures du matin…

— Dans ce cas, je prends la route tout de suite et je vous rejoins d'ici… disons, une demi-heure ?

— Impeccable ! Merci mille fois, répondit Patterson. Je vous attends.

Quand Mia raccrocha, elle était tout à fait réveillée.

— Ecoute, ma puce, dit-elle à sa nièce qui attendait toujours, assise sur son tabouret, je dois faire visiter une maison, ce matin. Je t'emmène avec moi, comme ça, dès que ce sera terminé, je te déposerai chez tes grands-parents, d'accord ?

Gracie soupira exagérément fort — encore un truc typique des ados pour attendrir les adultes.

— Bon, d'accord.

Avant de partir, Mia appela les Wise pour les mettre au courant. Heureusement, ce fut Jack et non Evelyne qui décrocha.

— Allô, Jack ? Ici Mia DeLucca. Je voulais juste vous avertir que Gracie était chez moi. Elle s'est présentée devant ma porte ce matin avec son chat sous le bras.

— Dieu soit loué ! fit le grand-père d'un ton empreint de soulagement. Evelyne était comme folle. Elle voulait prévenir la police, mais je l'en ai empêchée. Je lui ai dit que Gracie finirait bien par réapparaître quelque part. En fait, je me doutais qu'elle était allée vous retrouver. Elle vous aime beaucoup, vous savez ?

Jack Wise était vraiment un homme bien. Comment avait-il pu supporter son énergumène de femme pendant pratiquement quarante ans ? Cela restait un mystère pour Mia.

— Autant vous prévenir que Gracie ne va pas très bien, poursuivit-elle. Elle s'inquiète énormément pour son père. Elle ne voulait pas vous désobéir sciemment, mais… Bon, ne nous voilons pas la face : elle a sûrement cherché à vous désobéir volontairement. Seulement, c'était pour une bonne cause. Elle n'a pas agi très intelligemment, mais ce n'est qu'une enfant, et…

— Bien sûr, je comprends, dit Jack avec un empressement plein de sollicitude. Qui ne serait pas inquiet à sa place ? Le contraire m'aurait beaucoup étonné, à vrai dire. Enfin, maintenant que nous savons qu'elle est saine et sauve, voulez-vous que nous venions la chercher chez vous ?

— C'est très gentil, mais il se trouve que je dois prendre

la voiture ce matin pour raisons professionnelles. Du coup, je peux la déposer chez vous après ma visite. Elle sera là pour le déjeuner, sauf imprévu.

— Mais il n'y a pas urgence, dit le grand-père de Gracie. Cette pauvre petite est perturbée, de toute évidence, et elle a besoin de se confier à quelqu'un qui la comprend. Une tâche qui, malheureusement, ne nous revient pas, à ma femme et à moi. Aux yeux de Gracie, nous ne sommes que deux vieux schnocks ennuyeux — et franchement elle n'a pas tout à fait tort, cette petite.

Dehors, il pleuvait à torrents. Mia ouvrit son parapluie et courut se mettre à l'abri dans sa voiture, suivie de près par Gracie. Une fois le parapluie replié, elles se précipitèrent à l'avant du véhicule et claquèrent les portières derrière elles en même temps. Les chaussures de Mia étaient déjà trempées ; encore une paire qu'elle devrait jeter en rentrant.

— Bon sang, quelle idée de vouloir visiter une maison par un temps pareil ! grommela la jeune femme, de fort méchante humeur.

— C'est qui, ce type ? fit Gracie en s'ébrouant.

— Un certain Patterson. Il n'est pas là pour très longtemps. Enfin, croisons les doigts : la maison qu'il songe à acheter, ce n'est pas vraiment une bonne affaire, mais il avait l'air plutôt pressé, alors on va peut-être pouvoir la lui refiler.

Les embouteillages se révélèrent beaucoup plus importants qu'elle ne le supposait. La pluie battante rendait la visibilité quasiment nulle, et on aurait dit que tous les Bostoniens s'étaient donné le mot pour prendre leur voiture à ce moment précis. Dire qu'elle aurait pu rester tranquillement au chaud chez elle, à discuter avec sa nièce en sirotant un bon café… Franchement, la santé mentale du dénommé Patterson laissait à désirer : visiter une maison dans ces conditions, ce n'était vraiment pas l'idéal. Il allait forcément trouver l'endroit lugubre et prendre la fuite en hurlant…

Mia faillit manquer la rue Revere, une toute petite voie qui partait sur le côté de l'avenue du Commonwealth. Au dernier moment, elle braqua sur sa droite pour s'y engager, passa sans s'arrêter devant les appartements locatifs qui abritaient essentiellement des étudiants, traversa un carrefour et finit par se garer dans l'allée d'une petite maison style ranch, pas très loin d'une autre voiture — sans doute celle de son client.

— Toi, tu restes là, dit-elle à Gracie. Si je ne te retrouve pas assise à cette place quand je reviens, je garde Ralph en otage.

— T'inquiète, tante Mia, j'ai pas l'intention de filer.

En maugréant, Mia s'extirpa de son véhicule. Elle avait à peine rouvert son parapluie que le vent s'engouffrait dessous avec une violence qui le lui arracha presque des mains. Elle parvint à le stabiliser, mais dans l'effort qu'elle dut faire pour lutter contre la bourrasque elle se retrouva complètement trempée. La pluie avait redoublé d'intensité, et le temps que Patterson sorte de sa voiture avec un journal plié au-dessus de sa tête en guise de protection elle sentit ses chaussures se gorger d'eau comme des éponges.

Ensemble, ils coururent vers le porche de la maison pour se mettre à l'abri. Une fois leur destination atteinte, Mia referma son parapluie dégoulinant pendant que l'homme se débarrassait des restes de son journal réduit en bouillie. Il lui tendit une main humide.

— Frank Patterson, cria-t-il pour couvrir le bruit de la pluie qui martelait le toit et le sol.

Mia eut immédiatement l'impression de l'avoir déjà

vu. Mais où et quand ? Impossible de s'en souvenir. Elle croisait tellement de monde dans son métier…

— Mia DeLucca, cria-t-elle en retour. Ravie de vous rencontrer.

— Quel temps ! poursuivit Patterson pendant que la jeune femme sortait la clé de sa poche pour l'introduire dans la serrure. Merci d'être venue aussi vite.

— Je vous en prie, dit-elle en ouvrant la porte. Ça fait partie de mon métier.

Mia s'avança la première dans l'entrée qu'éclairait à peine la lumière glauque de cette matinée pluvieuse.

— Attention, il fait très sombre ! dit-elle en tâtonnant sur le mur à la recherche de l'interrupteur.

Poussé par une nouvelle bourrasque, son client pénétra précipitamment derrière elle. A cet instant, elle trouva l'interrupteur et appuya dessus avec soulagement.

Une lumière pâlotte, d'un jaune tremblotant, inonda le tapis de l'entrée, laissant apparaître la silhouette de Kaye Winslow. La jeune femme tenait un pistolet qu'elle pointait droit sur Mia.

Derrière la sœur de Sam, l'homme qui prétendait s'appeler Frank Patterson referma la porte à clé.

— Coucou, Mia ! lança Kaye avec un sourire énigmatique. Alors, comme ça, il paraît que tu poses plein de questions sur moi ?

22.

Dehors, la pluie tombait sans discontinuer dans un bruit assourdissant. A l'intérieur, une sorte de lourdeur humide s'était installée. Les papiers épars sur les bureaux avaient les coins tout mous ; l'air semblait peser une tonne et sentait vaguement le moisi. Pour le plus grand inconfort des quatre personnes — Abrams, Policzki, Winslow et Andrew Meriwether, l'avocat du prévenu — qui étaient installées de part et d'autre de la table en Formica, au milieu de la petite salle d'interrogatoire qu'on avait mise à leur disposition. D'un air impassible, l'avocat posa son attaché-case sur la table.

— Mon client et moi-même avons longuement discuté en tête à tête, annonça-t-il, et il m'a informé de son désir de vous communiquer des informations qui pourraient l'impliquer de manière périphérique dans des activités criminelles. En tant qu'avocat, je le lui ai fortement déconseillé. Je voudrais donc vous proposer une sorte de marché : nous vous divulguons les informations en notre possession, et en échange vous ne tenez pas le professeur Winslow ici présent pour responsable pénalement de ce qu'il va vous avouer.

— Arrêtez de vous payer notre tête ! répliqua Policzki.

Votre client est accusé de meurtre. Il n'est pas en position d'exiger quoi que ce soit.

— Bien. Dans ce cas, nous ferions peut-être mieux de renoncer à cet entretien, déclara l'avocat d'un air pincé.

— Non ! lança Winslow, s'attirant d'un seul coup l'attention des trois autres personnes présentes dans la salle. Il faut que j'aille jusqu'au bout de ma confession.

Son avocat lui adressa un long regard scrutateur.

— Vous vous souvenez de ce dont nous avons parlé ensemble ?

— Bien sûr que je m'en souviens. Mais bon sang, Andy ! J'en ai marre de cette histoire. Qu'on en finisse une bonne fois pour toutes, c'est tout ce que je veux.

— Vous souhaitez vraiment retrouver votre vie privée étalée en première page des journaux à scandale, Sam ? objecta l'avocat. Réfléchissez, voyons ! Pensez à votre fille.

— De toute façon, ma vie est catastrophique, répondit Winslow. Alors, comment voulez-vous que la situation empire ?

Meriwether leva les mains en signe d'abandon.

— Comme vous voudrez. Mais c'est votre tombe que vous allez creuser.

— Exact, mais si quelqu'un doit la préparer autant que ce soit moi, vu que je suis le premier concerné, rétorqua le professeur avant de passer une main sur son menton, comme s'il hésitait une dernière fois avant de se lancer.

Il inspira profondément, ferma les yeux, les rouvrit et commença sa confession :

— Six mois après notre mariage, Kaye a découvert que pendant des années j'avais entretenu des… comment dire ? des liaisons secrètes avec… avec d'autres hommes, fit-il d'un ton hésitant, levant les yeux périodiquement vers les inspecteurs suspendus à ses lèvres. Voilà, c'est dit : je n'en suis pas particulièrement fier, mais c'est comme ça. Lorsque j'ai rencontré ma première femme, Rachel, je suis tombé follement amoureux d'elle. Pendant les dix ans qu'a duré notre union, jamais je ne l'ai trompée. Je l'aimais trop pour ça. Pourtant, mon penchant inavouable ne m'a jamais quitté ; je le sentais caché au fond de mon être, et de temps à autre il revenait à la charge pour me torturer sournoisement. C'est une tendance que j'ai souvent maudite, mais dont je ne pouvais me débarrasser, malgré mon amour sincère pour Rachel.

Le silence qui accueillit cette déclaration était si profond que Policzki ne perçut qu'un seul son : le ronronnement d'un ventilateur portatif, placé là pour combattre un peu l'humidité étouffante de la salle d'interrogatoire.

— Il y a deux ans, j'ai épousé Kaye, continua Winslow, et pendant les premiers mois de notre union nous fonctionnions plutôt bien tous les deux. Pas comme avec Rachel, bien sûr, mais notre relation était solide. Du moins, c'est ce que je croyais. Jusqu'à ce que Kaye apprenne mon terrible secret et s'en serve pour me faire chanter.

— Comment l'a-t-elle su ? demanda Policzki.

— C'est moi qui le lui ai avoué. Pas très malin, me direz-vous — et vous aurez mille fois raison. Je ne suis pas bon juge en ce qui concerne les personnes de mon entourage. Je pensais qu'elle comprendrait, que cela augmenterait notre complicité... Mais j'ai découvert qu'elle n'était pas du tout le genre de femme que je croyais avoir épousée.

— Et pourtant vous êtes resté marié avec elle.

Sam releva la tête pour regarder Policzki droit dans les yeux, l'air résigné.

— Vivre seul, c'est terrible. On se sent si… perdu. Abandonné. Isolé, fit le professeur tout en passant machinalement les doigts dans sa longue chevelure souple. Je suppose que Kaye avait de bonnes raisons pour vouloir rester avec moi. Lesquelles, je n'en sais strictement rien, mais elle devait tout de même trouver un certain avantage à notre union. En tout cas, peu de temps après ma confession, elle a commencé à me tromper. Sûrement parce que je n'étais pas assez viril pour la garder à la maison — du moins, de son point de vue.

De l'autre côté de la table, Lorna se pencha en avant et ouvrit la bouche pour prendre la parole. Mais sur un regard de Policzki elle se rassit normalement sur sa chaise, les lèvres pincées, sans dire un mot.

— Il y a deux semaines, poursuivit Winslow, j'ai rapporté à la maison un gros paquet de courrier que j'ai commencé à éplucher. Sans le faire exprès, j'ai ouvert une enveloppe adressée à Kaye : à l'intérieur, il y avait un relevé de compte émis par une banque des îles Caïmans. Quand j'ai vu le solde dont disposait ma femme, j'ai d'abord cru que j'avais besoin de lunettes ou que c'était une blague : d'après ce relevé, elle possédait plus d'un million de dollars déposé sur un compte dont je n'avais jamais entendu parler ! Quand elle est rentrée après sa journée de travail, je l'ai mise au pied du mur. Elle a commencé par nier tout en bloc, mais, comme j'insistais, elle a fini par m'avouer qu'avec des collègues elle avait mis au point une énorme escroquerie immobilière. Elle ne m'a pas révélé tous les détails ; elle m'a juste dit qu'ils avaient fait une affaire particulièrement juteuse et que cet argent était à elle, et rien qu'à elle. Evidemment, j'ai vu rouge, et nous nous sommes disputés comme des chiffonniers. Même si je ne connaissais pas exactement les limites de la légalité dans le monde de l'immobilier, je savais bien qu'elle avait fait une grosse bêtise, et que ça risquait fort de nous retomber dessus à tous les deux. Je lui ai demandé combien de temps elle croyait pouvoir tromper son monde avant que le fisc ou même un auditeur bancaire ne la repère et ne vienne lui demander des comptes. Elle m'a rétorqué qu'elle prenait le risque — il y avait tellement d'argent en jeu que ça en valait la peine, selon elle. Quand je l'ai menacée d'aller la dénoncer, elle a joué son joker. Elle m'a prévenu que, si je faisais ça, elle ne se gênerait pas pour révéler au monde entier le secret que je lui avais confié.

— Donc, elle vous a fait du chantage, dit Policzki de son air impavide.

Winslow lui renvoya un regard empreint de lassitude.

— Comprenez-moi, inspecteur : j'ai une fille de quinze ans et je suis sur le point d'être titularisé — enfin, je l'étais, jusqu'à il y a peu, précisa Sam avec un petit rire sans joie. Je peux dire adieu à ce rêve, maintenant. Même dans les cercles universitaires qui s'enorgueillissent d'une ouverture d'esprit exemplaire, l'homophobie est bien vivace, hélas. A titre personnel, les dégâts ne seraient pas moindres. Je viens d'un milieu très conservateur. Mes parents ne sont plus de ce monde, mais j'ai des tantes, des oncles, des cousins qui me rejetteraient sûrement s'ils apprenaient… Même ma sœur, dont je suis si proche, n'est pas au courant. Je n'ai jamais pu me résoudre à le lui avouer. J'avais tellement peur de lire de la déception dans son regard ! Quant à Gracie… C'est une gamine fragile. Comment croyez-vous qu'elle aurait réagi en apprenant que son père n'est qu'une « tapette », comme disent ses copains ados ? J'ai donc gardé le silence. Kaye me connaît bien : elle savait que je n'aurais pas le courage de voir ma réputation irrémédiablement ternie. Elle savait que je me tairais *ad vitam aeternam* s'il le fallait.

— Où est-elle, Sam ? demanda Lorna avec douceur. Où est votre femme, à présent ?

— Je n'en sais rien.

— Vous l'avez tuée ?

— Non. Mais j'avais autre chose à vous dire : depuis que Kaye a disparu, je n'arrête pas de recevoir des coups de fil anonymes. On me téléphone et, quand je décroche, personne ne parle. Par contre, on me laisse des messages énigmatiques pour bien me faire comprendre qu'on garde un œil sur moi. On me menace de terribles conséquences si jamais je décide de parler. Une fois, on m'a même passé quelques mesures d'une chanson des Village People avant de raccrocher sans un mot.

Il eut un nouveau rire sans joie.

— C'est fin, comme symbolisme, n'est-ce pas ? Quand je pense qu'ils ont même appelé ma sœur…

— Mia ? Vos détracteurs ont appelé Mia ? lança Policzki. Quand ?

— Il y a quelques jours. On lui a demandé de me transmettre un message spécifiant que l'on me surveillait.

Elle ne lui avait rien dit. Son associée avait disparu juste après un homicide où elle était impliquée, de près ou de loin, son frère était dans la panade, et Mia n'avait pas soufflé mot de ces appels anonymes à Policzki.

— J'étais comme fou quand j'ai découvert que Kaye avait déposé une demande de divorce. Vous comprenez, nous en avions parlé ensemble, et elle avait accepté d'attendre jusqu'à ce que ma titularisation soit effective. Je pensais que la commission universitaire chargée de statuer sur mon cas serait plus favorablement impressionnée par mon dossier si j'avais l'air d'avoir une famille « normale ».

— Bref, vous avez demandé à Kaye de vous servir de pare-feu, conclut Lorna d'un ton tranquille.

La mâchoire de Winslow se contracta brusquement.

— Appelez ça comme vous voudrez, grommela-t-il.

L'inspecteur Abrams se pencha vers lui, l'air sérieux.

— Pourquoi avez-vous fait brûler l'agence de votre épouse ?

— Mais je me tue à vous répéter que ce n'est pas moi qui ai mis le feu à cette putain d'agence ! explosa le professeur avant que son avocat ait eu le temps de l'arrêter. Pourquoi est-ce que j'aurais fait une chose pareille ?

— Pour protéger votre femme. Il y avait peut-être des preuves écrites dans son bureau, des indices qui vous désignaient tous deux comme coupables d'infraction grave à la loi.

— Je vous répète que je n'ai rien à voir avec l'incendie de l'agence.

— Allons, Sam, ne vous butez pas, ça ne sert à rien. On a retrouvé vos empreintes sur le bidon d'essence de térébenthine qui a servi à allumer le feu.

— Je vous ai déjà expliqué que n'importe qui à l'université aurait pu y avoir accès, à ce fichu bidon. L'atelier de peinture est plein de substances de ce genre.

— Qui a la clé de l'atelier ?

— Pas mal de gens. L'équipe de nettoyage pour commencer. Maureen, la secrétaire du département. Et aussi mon assistant, David Briggs.

Policzki reprit la parole :

— Ces personnes auraient-elles une raison pour mettre

le feu à l'agence de votre femme et vous faire porter le chapeau ?

— Pour être honnête, je n'en vois aucune.

— Même pour David Briggs ? fit Lorna. Il a peut-être des griefs contre vous — après tout, vous êtes son supérieur hiérarchique.

Winslow pinça les lèvres.

— David n'a rien à voir avec cet incident.

— Vraiment ? Comment pouvez-vous en être si sûr, professeur ? David Briggs serait-il votre amant ?

A ces mots, le prévenu serra les poings. Une veine se mit à palpiter frénétiquement dans son cou.

— Non, répondit-il d'une voix sourde.

— Et le coup de téléphone ? insista Lorna pour ne pas lui laisser de répit. Kaye a appelé quelqu'un à l'université juste avant de s'évanouir dans la nature.

— Je vous ai déjà dit que ce n'était pas moi qu'elle avait appelé. Pourquoi est-ce qu'elle aurait voulu me joindre ? Nous nous étions à peine parlé depuis notre réveil.

— Avez-vous tué Charlie Cunningham, professeur Winslow ?

— Mais merde, à la fin ! Je vous ai répondu hier que je ne connaissais même pas ce foutu bonhomme !

— Pourtant, vous devriez. C'est lui le premier mari de Kaye.

— Voyons, c'est complètement ridicule. Kaye n'a jamais épousé personne à part moi.

— De toute évidence, vous ne lisez pas la *Tribune*. Je vais vous poser la question encore une fois, pour vous donner une dernière chance de plaider coupable : avez-vous tué Kaye Winslow, professeur ?

Cette fois, le prisonnier s'accrocha des deux mains au

rebord de la table, si fort que ses articulations blanchirent d'un seul coup.

— JE — N'AI — TUE — PERSONNE !

Son avocat posa une main sur son bras.

— Ça suffit, Sam ; calmez-vous, maintenant. Inspecteur, cet entretien est terminé, ajouta-t-il en décochant un regard noir à Lorna.

Gracie se rencogna instinctivement sur le siège passager, même si elle savait que personne ne pouvait l'apercevoir à travers les vitres teintées de la voiture de sa tante. C'était comme avec les miroirs sans tain : d'un côté, on voyait tout sans problème, de l'autre, pas moyen de repérer la moindre présence. Quand ils étaient plus jeunes, avec Kev, ils adoraient la grosse berline de tante Mia : ils la trouvaient trop cool. Ils faisaient semblant d'être des stars de cinéma en déplacement dans une limousine. Ou alors, ils jouaient aux mafieux, se désignant à tour de rôle comme parrain et garde du corps. Bref, ils s'amusaient comme des petits fous à s'inventer des scénarios farfelus.

En tout cas, aujourd'hui, elle était bien contente de l'anonymat que procuraient ces vitres teintées. Parce que quelque chose ne tournait pas rond. Mais alors, pas du tout. Mia était censée faire visiter la maison à un certain M. Patterson ; sauf que l'homme qui était sorti de la voiture stationnée dans l'allée pour entrer à la suite de sa tante dans la maison en question ne pouvait pas s'appeler Patterson. C'était quelqu'un d'autre — quelqu'un que Gracie connaissait bien. Et pour cause : elle avait passé assez de temps chez lui à jouer avec sa petite fille, Deirdre, pour le reconnaître entre mille. C'était le meilleur ami de son père. Enfin, celui que son père prenait pour son meilleur ami. Parce qu'il changerait sûrement d'opinion s'il savait que Kaye couchait avec Vince Tedeschi depuis juillet dernier.

Non, décidément, quelque chose ne tournait pas rond, Gracie le sentait aux nœuds qui lui tordaient le ventre. Kaye avait disparu de la circulation, laissant derrière elle un cadavre dans une cuisine de gros bourges. Et voilà que Vince, qui avait une liaison avec sa belle-mère depuis des mois, se pointait à un rendez-vous avec sa tante Mia sous un faux nom, soi-disant pour visiter une vieille maison toute pourrie, un jour où personne n'osait mettre le nez dehors tellement il pleuvait. D'un autre côté, tante Mia rapportait les dossiers de Kaye chez elle pour regarder si elle n'y trouvait pas une trace de fraude immobilière. Et comme par hasard, la nuit suivante, l'agence prenait feu.

Cela faisait un peu trop de coïncidences à la suite. Pas besoin d'être particulièrement intuitif pour deviner qu'il y avait un lien entre tous ces événements. En tout cas, si Vince se trouvait ici, dans cette maison déserte, il y avait gros à parier que Kaye n'était pas loin. Et, si les deux lascars s'étaient débrouillés pour attirer Mia dans ce traquenard, la visite de la maison risquait fort de ne pas s'achever sur un contrat de vente en bonne et due forme.

Gracie réfléchit plus intensément qu'elle ne l'avait jamais fait dans sa courte existence. Dans la maison, les stores qui masquaient les fenêtres n'avaient pas bougé d'un millimètre. Pourtant, elle savait qu'il se passait des choses à l'intérieur — des choses graves, très graves, même. Doucement, avec précaution, l'adolescente entrouvrit sa portière juste assez pour se glisser dehors. Le visage éclaboussé de grosses gouttes de pluie, elle s'aplatit contre la carrosserie et referma la portière derrière elle. Sans bruit ni mouvement brusque, évidemment. Juste pour que la lumière intérieure s'éteigne — ç'aurait été trop bête de trahir sa présence maintenant. Elle eut un bref soupir de soulagement quand le déclic de la portière se fit entendre, discret et léger. Tant pis si elle contrevenait aux ordres de tante Mia. Cette dernière lui avait bien recommandé de rester tranquille, mais si elle ne tentait rien Gracie avait bien peur de ne plus jamais revoir sa tante chérie.

Jetant un dernier regard inquiet en direction de la maison toujours silencieuse, elle remonta le capuchon de son sweater sur sa tête et fourra ses mains dans ses poches. Le visage obstinément baissé vers le sol pour ne pas risquer d'être reconnue, elle se redressa d'un seul coup pour s'éloigner rapidement de cet endroit dangereux, espérant avoir l'allure d'un plouc quelconque surpris par le déluge et pressé de se mettre à l'abri.

Dès qu'elle eut tourné le coin de la rue, elle se mit à courir comme une dératée, si vite qu'elle crut que ses poumons allaient éclater. Lorsqu'elle atteignit l'avenue du Commonwealth, elle avisa une pizzeria et s'y s'engouffra, haletante, le cœur battant. Le type derrière le comptoir devait avoir seulement deux ou trois ans de plus qu'elle, et il lui décocha un regard étonné. Bien sûr, elle devait avoir l'air d'un rat d'égout, avec son pull trempé et ses chaussures qui faisaient « floc floc » à chaque pas ! Elle lui renvoya un regard noir qui eut l'air de le dissuader de poser des questions. Tant mieux ! Elle n'avait pas le temps de se soucier du qu'en-dira-t-on. Essuyant ses paumes moites sur le coin le moins mouillé de son sweater, ce qui n'était pas évident à trouver, elle sortit son portable et appela le commissariat.

Il fallait qu'elle agisse, et vite. Trépignant d'impatience, elle attendit que la voix d'une standardiste lui réponde pour lancer d'une traite :

— Je m'appelle Gracie Winslow. Il est de la plus haute importance que je puisse joindre l'inspecteur Doug Policzki, du département des homicides. C'est pour une urgence.

Après avoir quitté la salle d'interrogatoire, les deux inspecteurs s'étaient retrouvés dans le bureau de Rafferty pour lui faire leur rapport et éplucher en détail l'entretien avec Winslow et son avocat. Lorna semblait très satisfaite.

— Je ne suis pas d'accord avec toi ! lui lança soudain Policzki. J'ai une autre théorie.

Lorna lui adressa un regard stupéfait. Quant à Rafferty, il prit un air ennuyé. Visiblement, il n'avait pas tellement envie que son subordonné lance un pavé dans la mare à ce stade de l'enquête. Jetant un coup d'œil à sa montre, il demanda :

— Combien de temps ça va prendre de l'exposer ?

— Cinq minutes. Mettons dix au maximum.

Rafferty soupira ostensiblement.

— Il y a intérêt à ce que ce soit vraiment important, parce que je devrais déjà avoir rejoint ma femme pour déjeuner.

— Et si Winslow nous disait la vérité, en fin de compte ? reprit Policzki. Et s'il n'était pas coupable ?

— Arrête, Doug ! s'exclama Lorna. Ne me dis pas que tu as cru à son histoire larmoyante !

— De toute façon, ce n'est pas à nous de décider s'il est coupable ou non, trancha Rafferty. Nous sommes simplement chargés de réunir des preuves. La culpabilité ou l'innocence, c'est l'affaire du juge. Cela dit, en ce qui concerne ce cas précis, les preuves sont pour le moins accablantes.

— C'est justement ça qui me chiffonne, dit Policzki. Je voudrais juste que vous m'écoutiez deux minutes, parce que j'ai pas mal réfléchi là-dessus. Je sais bien que vous travaillez depuis plus longtemps que moi aux homicides, mais mon instinct me dit que Winslow ne peut pas être le coupable. S'il avait vraiment voulu liquider sa femme, intelligent et bardé de diplômes comme il l'est, il aurait sûrement pris la peine de couvrir un peu mieux ses arrières, par exemple en effaçant les traces de son crime au lieu de les disperser comme les cailloux du Petit Poucet.

— Voyons, Doug, répliqua Lorna, tout le monde sait bien ici, à commencer par toi, que les criminels commettent parfois des bêtises surprenantes. Et ce type n'est visiblement pas un pro du meurtre. Quand on manque d'expérience, on peut très bien faire des erreurs de débutant. On s'imagine qu'on est plus malin que les forces de l'ordre, et on néglige des détails essentiels par excès de confiance en soi.

— Le prévenu en question ne m'a pas paru spécialement sûr de lui, objecta Policzki. Ce qui m'a frappé chez lui, c'est plutôt sa frustration, son incompréhension totale des charges retenues contre lui, et aussi une certaine franchise. Sans parler de sa peur absolument paralysante.

— Toi aussi, tu serais terrorisé si tu étais à sa place.

— Oui, mais ce n'est peut-être pas parce qu'il se sait coupable qu'il a peur. Et si quelqu'un essayait de lui faire porter le chapeau ?

— Bon sang, Policzki, arrête de délirer ! On n'est pas dans une série télé ! Réveille-toi, mon garçon.

— Essaie d'oublier ton côté flic cynique et désabusé pendant deux secondes, Lorna, tu veux ? Sois objective et réponds-moi franchement : qu'est-ce qui saute aux yeux tout de suite quand on regarde cette affaire d'un peu plus près ?

— J'en sais rien, moi ! lança l'inspecteur Abrams. Et je te signale en passant que je suis un peu vieille pour apprécier les devinettes. Alors, s'il te plaît, renonce au suspense.

— La réponse est simple : trop de preuves.

— Comment ça, trop de preuves ?

Se tournant vers Rafferty, Policzki commença à énumérer d'un air pénétré :

— Tout d'abord, Kaye Winslow disparaît trois jours après une grosse dispute avec son mari, et pile le lendemain de sa demande de divorce. Derrière elle, on retrouve le cadavre de son ex. Ces deux événements — la disparition de madame et la mort de monsieur l'ex-mari — coïncident très exactement avec un moment de la journée où le professeur Winslow ne donne pas de cours à la fac. Cerise sur le gâteau, il n'a pas d'alibi.

Il reporta son regard sur Lorna, comme pour mieux la convaincre.

— Ensuite, tu reçois un bouquet de fleurs anonyme avec une petite carte qui mentionne Rachel Winslow. Evidemment, on fouille un peu dans cette direction, et paf ! Qu'est-ce qu'on trouve ? Une histoire de mort non élucidée qui concerne, comme par hasard, la première épouse de notre cher professeur ! Bien entendu, nos soupçons se cristallisent sur Barbe Bleue, comme l'ont surnommé les médias locaux. Bizarre comme les cadavres semblent se multiplier dans le sillage de ce type… Sans compter qu'apparemment il y a des fuites dans l'enquête : au fur et à mesure qu'on découvre des détails sur Winslow, ce journaleux sans scrupule de Malone les publie dans son torchon. Alors que normalement il n'aurait jamais dû avoir vent de ce genre d'infos. Etrange, non ? Etape suivante : on retrouve la voiture de Kaye avec une veste pleine de sang dans le coffre. Une veste qui, oh, surprise ! correspond pile poil à la tenue qu'elle portait le jour de sa disparition. Le hasard fait décidément bien les choses… Surtout si l'on ajoute à ça la belle empreinte sanglante visible sur la carrosserie de la voiture de la disparue — identifiée comme celle de monsieur, évidemment. Suite de la série noire : l'agence immobilière de madame est victime d'un incendie criminel. Sur le bidon d'essence de térébenthine abandonné bien en vue juste derrière les ruines du bâtiment, qu'est-ce qu'on trouve ? Mais les empreintes de monsieur, bien sûr ! Ça alors, quelle coïncidence extraordinaire ! Allons, soyons réalistes : vous ne trouvez pas que ça fait un peu beaucoup ?

Policzki fit une petite pause, juste pour s'assurer qu'il avait toujours l'attention de son auditoire. Le lieutenant l'écoutait sérieusement. Quant à Lorna, elle avait beau continuer d'afficher une petite moue sceptique, elle était ferrée, elle aussi.

— Seulement, on apprend aujourd'hui que le professeur cachait un terrible secret. Un secret honteux que sa femme connaissait, et qu'elle l'avait menacé de divulguer s'il la dénonçait, elle, pour ses malversations. Pourquoi donc irait-il nous raconter ce qu'il considère visiblement comme la plus grande disgrâce de son existence, s'il était coupable ? C'est là le hic : s'il s'est déjà débarrassé d'elle, il n'a plus à craindre qu'elle le dénonce. Donc, pourquoi dévoilerait-il son secret à des policiers qui viennent de l'arrêter ? Ce serait fournir une preuve de plus de sa culpabilité — ça ne tient pas debout. Vous ne croyez pas que son avocat l'aurait empêché de lâcher le morceau ? Quel avantage aurait-il à nous révéler ces infos s'il était coupable, comme on s'obstine à le croire depuis le début ?

— Il essaie de brouiller les pistes, voilà tout, rétorqua Lorna en haussant les épaules.

Ignorant la remarque de sa coéquipière, Policzki se pencha vers Rafferty, assis de l'autre côté du bureau.

— Tous les indices, toutes les preuves vont dans une seule et unique direction : celle de Sam Winslow. Vous y croyez, vous, lieutenant ? Depuis quand les preuves sont-elles unanimes ? Depuis quand une enquête se solde-t-elle par une accumulation d'évidences aussi aveuglantes ? Personnellement, je n'y crois pas du tout. Les coupables, pros ou pas, essaient toujours plus ou moins d'effacer les traces de leurs forfaits. Ils dissimulent les indices ; ils ne les laissent pas comme ça, en plein milieu de la scène du crime. Sam Winslow est soit le criminel le plus incompétent que j'aie jamais rencontré, soit le bouc émissaire idéal.

Rafferty tambourina des doigts sur le dessus de son bureau, signe de sa perplexité pour qui le connaissait bien.

— Décidément, cette affaire me casse les pieds depuis le début.

— Vous êtes d'accord avec ce que je vous ai dit ? Vous comprenez ce qui me semble louche dans cette histoire ?

— Je voudrais bien répondre non, mais malheureusement je ne peux pas.

— Bon sang, Conor ! s'emporta Lorna. Elle ne tient pas debout, sa théorie ! Elle est pleine de trous ; c'est bien simple, on dirait un gruyère !

A cet instant, quelqu'un frappa à la porte.

— Oui ? fit Rafferty.

Le battant s'ouvrit, laissant apparaître le visage de Gail, la standardiste du week-end, qui fit un signe à Policzki.

— Désolée de vous déranger, mais j'ai un coup de fil pour vous, inspecteur Policzki. Une gamine qui dit s'appeler Gracie Winslow. J'ai bien essayé de lui dire que vous étiez occupé, ajouta-t-elle avec un haussement de sourcils en guise d'excuse à l'intention de Rafferty, mais elle a insisté en m'affirmant que c'était très important. Elle a même dit que c'était pour une urgence.

Policzki se leva d'un bond.

— Vite, transférez son appel sur ma ligne ! ordonna-t-il à Gail avant de se tourner vers le lieutenant. Vous m'autorisez à… ?

— Allez-y, Policzki, bougonna Rafferty. De toute façon, avec la migraine que vous m'avez collée… On reprendra cette discussion plus tard.

D'un pas pressé, Policzki rejoignit son propre bureau pour décrocher le combiné de son téléphone fixe.

— Allô, Gracie ? Qu'est-ce qui se passe ?

— Je sais où est Kaye ! fit l'adolescente dans un chuchotement empreint de peur et d'excitation. Elle est avec Vince Tedeschi, un copain de mon père. Dans une maison à Brighton. Tante Mia est à l'intérieur avec eux. Venez vite, Doug : je crois qu'ils veulent la tuer !

Policzki était cramponné à son siège, tandis que Lorna conduisait à tombeau ouvert, éclaboussant les trottoirs au passage, évitant de justesse camions et taxis. Elle faillit renverser une vieille dame et son caniche qui traversaient en dehors des clous ; heureusement, au dernier moment, la passante se rangea sur le côté en tirant si fort sur la laisse de son chien que les pattes du pauvre animal quittèrent la terre ferme. Impassible, Lorna n'avait même pas ralenti une seconde, les yeux rivés à la route. Elle poursuivit son chemin sans même remarquer le geste grossier que lui adressait la mamie imprudente.

— Le coup de fil à BBCC, fit Policzki après quelques minutes de silence, ce n'était pas pour appeler Sam : c'était pour joindre Vince Tedeschi. Elle s'était fourrée dans le pétrin avec Cunningham, et elle a demandé à Vince de venir lui prêter main-forte.

— D'accord, tu avais raison ! grommela Lorna sans lâcher l'accélérateur. Dieu sait que ça me coûte de l'avouer, mais tu avais raison sur toute la ligne.

— Attention ! s'exclama Policzki, l'air affolé. Bon sang, Abrams, tu conduis vraiment comme une tarée ! Je vais avoir des cheveux blancs quand on descendra de voiture — si on s'en sort vivants. Mais à la vitesse où tu vas on risque de se retrouver tous les deux dans un cercueil avant même d'avoir dit ouf !

— Pff ! fit Lorna en haussant les épaules. Et d'abord tu es bien trop jeune pour avoir des cheveux blancs.

— Ah ouais ? Je suis sûr que j'en ai déjà à cause de toi !

— Si tu n'aimes pas la façon dont je conduis, cria Lorna pour couvrir le bruit du moteur, tu n'as qu'à prendre ma place ! Je te rappelle juste que si je roule un peu vite c'est pour aller sauver les fesses de ta copine, monsieur le trouillard !

— D'accord, d'accord, je ne fais plus aucun commentaire sur ta conduite de dingue ! Par contre, pour en revenir à Tedeschi, c'est très possible qu'il ait eu accès aux fournitures de l'atelier de peinture, non ? Pendant que la secrétaire était en pause déjeuner, par exemple, puisque Sam nous a dit qu'elle avait une clé du local. Ça n'a pas dû être trop compliqué pour lui de se pointer dans le département des beaux-arts, vu qu'il est membre permanent de la faculté — il est titulaire de son poste, lui, contrairement à Winslow. Même s'il avait croisé des collègues, personne n'aurait été surpris de le voir trifouiller dans le bureau de l'accueil. J'imagine qu'il a dû récupérer le trousseau, monter à l'étage, ouvrir tranquillement la porte de l'atelier et y prendre le bidon d'essence de térébenthine. Ensuite, il est sûrement retourné reposer les clés, et personne ne s'est douté de rien. Ni vu ni connu je t'embrouille !

— O.K., tu es plus malin que moi, répliqua Lorna. C'est bon, tu as gagné sur ce coup-là. Inutile de retourner le couteau dans la plaie.

Devant eux, un feu venait de passer au rouge. Ni une ni deux, Lorna mit en route la sirène et le gyrophare de la voiture pour traverser le carrefour en trombe. Ils arrivèrent intacts de l'autre côté, au grand soulagement de Policzki qui se trouvait à la place du mort. A Boston, les gens avaient généralement tendance à ignorer les signaux des véhicules prioritaires. Leur chevauchée fantastique tenait donc du miracle.

— Ma fille m'a appelée ce matin, dit Abrams au bout de quelques minutes de silence.

Elle passait du coq à l'âne, comme souvent. Policzki, habitué à ces changements de sujet brutaux, n'eut aucune difficulté à se mettre dans le bain.

— La mariée qui ne se marie plus, c'est ça ?

— C'est ça. Sauf que maintenant le mariage est de nouveau d'actualité. Elle m'a expliqué qu'avec Derek ils étaient tellement stressés par les préparatifs du grand tralala qu'ils n'arrivaient plus à communiquer normalement, que c'était pour ça qu'ils s'étaient disputés, mais qu'ils s'aimaient toujours, peut-être même plus encore qu'avant le clash.

— Fais gaffe : carrefour droit devant ! Et alors ?

Lorna remit la sirène pour traverser, puis l'éteignit de nouveau pour continuer sa conversation.

— Alors, ils se sont décidés à limiter les frais et l'énervement du grand mariage qu'ils voulaient au départ, et ils ont choisi de réduire les festivités. Ce sera une cérémonie intime, finalement. Trente, trente-cinq invités au maximum. Avec un repas de famille tranquille et détendu au lieu d'une énorme réception mondaine et guindée.

Elle tourna brièvement la tête pour essayer de lire un panneau de signalisation, mais elle roulait tellement vite qu'elle ne parvint pas à déchiffrer ce qui était inscrit dessus.

— On est bientôt arrivés ? demanda-t-elle à son copilote.

— On ne doit plus être bien loin, maintenant. Je crois que c'est la prochaine à… Mais oui, c'est là ! Regarde : Gracie nous attend.

A travers le rideau de pluie qui tombait sans discontinuer, Lorna aperçut la silhouette frêle d'une adolescente vêtue d'un sweat-shirt informe qui dégoulinait comme une vieille serpillière trempée. Coupant la route à un taxi qui la klaxonna furieusement, l'inspecteur Abrams déporta sa voiture dans la file de droite pour s'arrêter dans un crissement de freins juste devant la pizzeria où la gamine s'était réfugiée en les attendant. Sans perdre de temps, Policzki tendit la main vers la portière arrière qu'il déverrouilla pile au moment où Gracie posait la main sur la poignée. Deux secondes et demie plus tard, la fillette se laissait tomber sur la banquette avec un soupir de soulagement.

— Eh ben, je suis bien contente de vous retrouver, tous les deux !

— Ça va ? lui demanda Policzki.

— Ouais, mais je me les gèle depuis tout à l'heure.

— Tiens, prends ma veste, fit Doug en la lui lançant.

— Où est-ce qu'on va ? demanda Lorna.

— Première à droite, répondit l'adolescente. Après, ce sera le deuxième pâté de maisons, sur le trottoir de gauche. Une baraque grise, style ranch.

L'inspecteur Abrams lança un coup d'œil dans le rétroviseur à l'adolescente qui venait de s'ébrouer comme un petit chien mouillé.

— Surtout, planque-toi ! Si jamais Kaye ou Tedeschi te voyaient, ça risquerait de tout faire foirer.

Obéissante, Gracie s'aplatit contre le siège de la banquette arrière, tandis que Lorna roulait à une allure tout à fait tranquille, ni trop lente ni trop rapide, pour ne pas attirer l'attention.

— Policzki ?

— La voiture de Mia est stationnée dans l'allée. Pas loin d'une berline grise — une voiture de location, sans doute. Il y a un garage attenant à la maison, avec un passage couvert entre les deux. Les stores sont tirés. Lumière visible à droite — sûrement la salle à manger ou le salon, vu la taille des vitres. Les deux maisons autour sont assez proches, mais cachées par des buissons de lilas et de… forsythia, si je ne m'abuse. Les voisins d'en face ont une vue plongeante sur la maison. Ah ! Et le panneau « A vendre » a été renversé sur le sol, juste à côté de l'allée.

Lorna avait atteint l'extrémité du pâté de maisons. Elle ralentit et mit son clignotant.

— Tu as oublié un truc, Policzki.

— Quoi donc ?

— Tu ne m'as pas précisé si, dans la poubelle de la cuisine, c'était des emballages de bouffe chinoise ou thaïlandaise ! dit-elle d'un air ironique, avant de tourner une, puis deux fois à gauche pour se retrouver dans la rue parallèle à celle qu'ils venaient de quitter. Bon, sérieusement, tu peux me dire quand on arrive derrière la maison qui nous intéresse ?

— On y est presque. Ralentis encore… C'est là. Gare-toi en face.

Une fois arrêtés, ils étudièrent en silence l'arrière du numéro 2300 de la rue Revere. Il y avait trois fenêtres plus une porte qui menait directement au passage couvert. Le bâtiment n'était pas grand, de forme rectangulaire, avec une minuscule courette où une corde à linge suspendue à quatre poteaux de bois branlants prenait un bon quart de l'espace disponible.

S'ils rataient leur opération sauvetage, Mia DeLucca mourrait à coup sûr. A moins qu'elle ne soit déjà passée dans l'autre monde. Lorna adressa un regard inquiet à Policzki. C'était un garçon foncièrement bon, et pour la première fois depuis qu'ils avaient commencé à travailler ensemble elle avait l'impression qu'il était vraiment épris. DeLucca devait être exceptionnelle pour que Doug baisse sa garde devant elle. Si elle mourait, il passerait le restant de ses jours à en vouloir à Lorna qui, de son côté, s'en voudrait au moins autant.

Il n'y avait qu'une solution : sauver Mia. Coûte que coûte. Il fallait qu'ils réussissent, point final.

Lorna coupa le moteur, laissant Policzki continuer à étudier le bâtiment avec le calme affiché qu'elle lui avait toujours connu. Mais ce n'était qu'une apparence. Pour qui ne le connaissait pas à fond, il aurait pu sembler impassible, neutre, froidement décidé à accomplir sa mission. Mais Lorna savait bien qu'il n'était pas tranquille, au fond. En fait, il était même horriblement nerveux. Pour preuve, il transpirait.

Ce fut ce détail qui fit peur à Lorna : depuis toutes ces années où ils faisaient équipe, elle ne l'avait jamais vu transpirer.

— Quand on est coéquipiers, fit-elle d'une voix qu'elle aurait voulue plus assurée, c'est un peu comme si on était mariés. Il faut faire confiance à l'autre. Etre prêt à le suivre jusqu'en enfer si nécessaire.

Pas de réponse.

— Quand tout ça sera terminé, poursuivit Lorna, je t'achète une dizaine de beignets dégoulinants de confiture. Tu auras bien gagné le droit de vivre dangereusement.

Toujours pas de réponse.

— On y va tous les deux, Policzki, compris ? lui dit-elle. Je te fais confiance, petit. Je sais que tu ne me laisseras pas tomber. Tu te rappelles la petite conversation qu'on a eue ?

— Oui, marmonna Doug, les yeux obstinément fixés sur la maison.

— Bien. Alors, on y va, fit Lorna avec détermination, avant de se retourner vers Gracie qui tremblait toujours, emmitouflée dans la veste de Doug. Toi, tu restes dans cette voiture, compris ? Est-ce qu'il faut que je t'attache au volant ?

— Non. Pas la peine, répondit l'adolescente.

— Tu n'as pas intérêt à désobéir, crois-moi sur parole ! Sans ça, je te jure que tu seras privée de sortie pendant un bon bout de temps !

Sur ces mots, Lorna sortit de la voiture pour aller ouvrir le coffre. Elle en extirpa une grande couverture qu'elle passa à Gracie par la porte arrière.

— Ecoute-moi bien, ma cocotte : si jamais ça tourne mal, pas question d'aller chercher des secours toute seule, d'accord ? Tu restes dans la voiture jusqu'à ce que les renforts arrivent. O.K. ?

Gracie hocha la tête en signe d'acquiescement.

— Bien, fit Lorna. Alors, à tout à l'heure.

Pistolet en main, Policzki et elle s'avancèrent prudemment, choisissant de passer par les cours qui flanquaient l'arrière des maisons voisines de leur cible. Ils durent se frayer un chemin à travers une véritable forêt de vigne vierge et de ronces, sauter au-dessus d'un petit ruisseau — ils en ressortirent d'ailleurs avec les chaussures à moitié trempées. Par miracle, personne ne vint leur demander ce qu'ils fabriquaient là, arme au poing, en pleine journée. Heureusement pour eux, le temps exécrable avait dû dissuader les voisins de sortir dans leur jardin.

En tout cas, il fallait agir vite. Policzki toucha légèrement le bras de sa collègue pour lui indiquer d'un mouvement de menton la direction de la maison. D'un commun accord, ils se mirent à courir vers leur but, tout en prenant bien garde de ne pas se relever complètement, afin de rester dissimulés derrière les massifs d'arbustes. Lorsqu'ils eurent atteint la maison, ils se plaquèrent au mur, le souffle court. Lorna amorça son pistolet, au cas où quelqu'un sortirait de la maison pour leur tirer dessus.

Rien de tel ne se produisit. Un peu rassurée, elle suivit

Policzki le long du mur. Soudain, il stoppa net sa progression, si brusquement qu'elle faillit lui rentrer dedans. Un doigt sur les lèvres, il pointa son arme vers la fenêtre au-dessus de lui.

— Quoi ? murmura Lorna.

— Pas de moustiquaire, chuchota Policzki.

Levant la tête, l'inspecteur Abrams constata que, comme toujours, son coéquipier avait le sens de l'observation. Effectivement, la fenêtre sous laquelle ils se trouvaient était la seule à ne pas posséder de cadre grillagé destiné à empêcher les insectes d'entrer.

— Je vais te faire la courte échelle, fit Policzki sur le même ton étouffé. Regarde si c'est fermé à clé.

Après avoir prestement rangé son pistolet dans son holster, Lorna se mit en devoir d'escalader la façade avec l'aide de son partenaire. Ils eurent un peu de mal à s'organiser, mais finalement ils parvinrent à leurs fins.

— Tu vois quelque chose ? murmura Policzki.

— Ça donne sur une chambre. Je vais essayer de manœuvrer la fenêtre, mais je ne garantis rien.

Levant la main, elle poussa doucement sur le battant qui s'ouvrit sans difficulté, à sa grande surprise. Les gonds avaient dû être huilés récemment, car on n'entendit même pas un petit grincement. A tel point que Lorna eut des doutes, tout à coup. C'était tellement facile. Est-ce que ça ne cachait pas un traquenard ? Ou alors, c'était une mise en scène pour la caméra cachée ? Orchestrée par… par qui, au juste ?

— Tu vas pouvoir passer ?

— Pas encore, mais j'y suis presque, murmura Lorna en se haussant sur la pointe des pieds pour s'accrocher des deux mains à l'appui de la fenêtre. Un peu plus haut, et c'est bon !

D'une poussée, Policzki la fit grimper sur ses épaules. Il était costaud, ce petit, c'était indéniable. Sans doute une conséquence de son régime équilibré à base de yaourts aux germes de blé et de muffins complets. En tout cas, il était solide pour la soutenir comme ça. Elle chercha désespérément quelque chose qui lui permette de monter carrément sur l'appui de la fenêtre. Mais il n'y avait rien : ni crochet ni aspérité, rien qui puisse lui servir de marchepied assez résistant.

— Attends ! chuchota Policzki.

Et il la poussa des deux mains au niveau des fesses, juste assez pour qu'elle puisse enjamber le rebord et s'agripper aux montants de la fenêtre.

Elle resta quelques secondes dans cette position inconfortable, à cheval sur l'encadrement, la jupe remontée sur les cuisses, le corps couché en avant pour éviter d'être trop visible.

— Si jamais tu te permets de me regarder par en dessous, Policzki, souffla-t-elle d'un air faussement menaçant, je t'envoie mon mari pour qu'il te colle la raclée de ta vie. Je te préviens, il mesure un bon mètre quatre-vingt-dix pour presque cent vingt kilos, alors, ce n'est pas de la gnognotte !

Elle exagérait à peine. Ed faisait un mètre soixante-dix et avoisinait les quatre-vingt-dix kilos. Avec des poignées d'amour qui s'étaient pas mal développées ces dernières années, songea Lorna avec nostalgie. Enfin, son mari en imposait quand même !

Avec effort, elle passa son autre jambe par-dessus l'appui de la fenêtre, manqua son rétablissement et tomba lourdement sur le lit en dessous avec un bruit sourd qui dut se répercuter jusqu'à la frontière de l'Etat voisin.

Elle resta allongée quelques instants, un peu sonnée par le choc, sûre et certaine qu'on allait venir la tuer à bout portant. Le souffle coupé, elle attendait anxieusement la suite des événements quand Policzki montra son nez par la fenêtre, se hissa sans effort sur l'appui et retomba souplement sur le lit à côté d'elle, avec la grâce et la légèreté d'un danseur étoile.

— Parfois, murmura Lorna, tu m'énerves vraiment, tu sais ?

La pièce était chichement meublée. A l'évidence, personne n'y vivait, mais les précédents habitants avaient laissé deux ou trois objets derrière eux : un radio-réveil, des livres sur les étagères fixées au mur d'en face, un poster de chat en équilibre sur un fil avec la légende « Tiens bon, mon minet » inscrite en dessous.

A peine Policzki avait-il esquissé un pas en direction de la porte que sa chaussure émit un couinement affreusement sonore. Derrière lui, Lorna s'immobilisa. Avec la pluie dont elles étaient imbibées, leurs chaussures ne leur seraient d'aucune utilité ; elles risquaient plutôt de les trahir. D'un même mouvement, les deux inspecteurs s'en débarrassèrent et continuèrent leur prudente progression. Pistolet en main, ils sortirent sur le palier pour repérer la disposition des pièces. Comme c'était la mode dans les années cinquante pour les maisons de style « ranch », l'espace se divisait en une sorte de hall central qui donnait sur les deux chambres côté jardin et sur la cuisine et la pièce à vivre côté rue. De cette dernière s'échappaient des voix, ainsi qu'un faible rai de lumière. Reculant d'un pas, Policzki se heurta à Lorna avec un murmure d'excuse, retourna dans la chambre et considéra brièvement les volumes qui encombraient les étagères poussiéreuses. En silence, il souleva deux gros livres qu'il soupesa brièvement avant d'en garder un seul — un dictionnaire encyclopédique. Etant donné que ce n'était pas vraiment le moment de se plonger dans une étude linguistique approfondie, Lorna se dit que son coéquipier devait avoir une bonne raison de prendre ce gros bouquin. Mais laquelle ? Mystère !

— Qu'est-ce que tu fous avec ça, Policzki ? Tu te prends pour MacGyver ou quoi ?

— Quelle surprise ! lança Mia. Alors finalement tu n'es pas morte ?

— Eh non ! Je suis même bien vivante, rétorqua Kaye avec un petit sourire ironique. Ça t'étonne ?

— Tu m'excuseras, mais j'ai dépassé le stade de l'étonnement depuis un bon bout de temps. J'en suis plutôt au stade de l'exaspération et de la colère noire, tu vois ? Est-ce que tu as la moindre idée de la somme d'ennuis que m'a value ta disparition ?

— Crois-le ou non, répondit Kaye, mais ce n'était pas intentionnel. Disons que les choses ont un peu échappé à mon contrôle. Il fallait que je reprenne le dessus. Si Charlie ne s'en était pas mêlé, on ne se retrouverait pas dans cette situation inconfortable aujourd'hui.

— Charlie ? C'est qui, ce Charlie ?

— Mon ex-mari. Il ne voulait pas me ficher la paix. S'il n'avait pas eu les dents aussi longues, il serait encore en vie à l'heure actuelle. Mais il voulait me dépouiller de mon argent durement gagné, et ça lui a coûté plus cher qu'il ne l'imaginait. Pourtant, je lui avais déjà donné sa part, mais ça ne lui suffisait pas. Cette espèce d'enflure voulait en plus la moitié de *MA* part, tu imagines un peu ? Qu'est-ce que je pouvais faire ? Je n'allais pas céder à ses exigences insensées !

— Tu parles d'un argent durement gagné ? lança Mia avec mépris, essayant de faire abstraction du pistolet que Kaye pointait droit sur elle. Ce n'était pas le tien : tu te l'es octroyé abusivement. Et, ce faisant, tu n'as pas hésité à ternir la réputation de l'agence — *mon* agence. Tu m'as laissée toute seule face aux problèmes monstrueux que ta disparition soulevait. Et pour couronner le tout tu as mis le feu à nos locaux !

— Il fallait que je détruise toutes les preuves de ma petite transaction. Sam m'avait vraiment fait peur en me parlant des agents du fisc qui risquaient de me coller aux basques. Je me suis dit qu'ils ne pourraient pas me pincer s'il n'y avait plus ni dossiers, ni ordinateurs, ni agence à explorer.

— Malin, comme plan ! Sauf que ça n'a pas fonctionné, Kaye. Tes dossiers n'ont pas brûlé avec le reste. Ils sont dans mon salon. Et j'ai trouvé ce dont tu voulais tellement te débarrasser. Je suis au courant pour l'affaire Stuart Landers.

— Je sais. Les nouvelles vont vite dans le petit monde des agents immobiliers ! Enfin, j'aurais préféré que tu ne te mêles pas de ça. Je t'ai toujours beaucoup appréciée, Mia. Tu étais ce qui ressemblait le plus à une amie pour moi. Les femmes ne m'aiment pas, en général, mais toi…

Un bref instant, le pistolet vacilla au bout du bras tendu de Kaye.

— Je n'avais pas l'intention que ça se termine de cette manière, continua-t-elle. Je comptais divorcer, et Vince, de son côté, devait quitter sa femme pour moi. Nous nous serions mariés et nous aurions pu vivre heureux et tranquilles grâce à tout cet argent. N'est-ce pas, mon cœur ?

Le faux Frank Patterson sortit de l'ombre pour venir glisser son bras autour de la taille fine de Kaye.

— En effet, dit-il. On y était presque. Jusqu'à ce que tout s'écroule à cause de cet imbécile de Charlie.

— Du coup, nous avons été obligés d'improviser, reprit Kaye. On a changé de plan : on a décidé de me faire passer pour morte et de faire porter le chapeau à Sam. Ce n'était pas bien difficile, tête à claques comme il l'est… On allait pouvoir recommencer une nouvelle vie quelque part, sous de nouveaux noms. Ce n'était pas la première fois pour moi, de toute façon. Sauf que ce coup-ci j'avais un joli parachute doré pour amortir mon rétablissement.

— Et tu te fichais éperdument de ceux que tu devais écraser sur ton passage, conclut Mia d'un ton amer.

— Je ne voulais pas te faire de mal personnellement, rétorqua Kaye, une lueur dure dans son beau regard. C'est uniquement ta faute si tu te retrouves ici avec un flingue pointé sur toi. L'agence a toujours compté beaucoup plus pour toi que pour moi, et je savais qu'il te resterait au moins ça pour survivre. Au bout d'un certain temps, les gens auraient fini par oublier les circonstances étranges de ma disparition, et tout serait rentré dans l'ordre. Même si Sam ouvrait sa grande gueule, on aurait été loin, en sécurité.

— Parce que Sam était au courant de l'arnaque ? demanda Mia.

— Il avait découvert le pot aux roses, en fouinant dans mes papiers, comme toujours. Mais je savais bien qu'il n'oserait pas aller me dénoncer, parce que je le tenais par la peau du cou. Ton cher frère a lui aussi un ou deux secrets inavouables dont personne ne se doute à part moi.

— Des secrets ? Mais quels secrets ? Tu bluffes, Kaye.

— Ah oui ? Et que dirais-tu si je t'annonçais solennellement que Sam est gay ? Homo ? Pédé comme un phoque ? Ah ha ! Là, tu changes de figure, pas vrai ? Je croyais que tu t'en doutais, mais à voir la tête de trois pieds de long que tu fais ton frérot n'avait pas dû te mettre au courant de son vice caché, finalement.

Effectivement, Mia n'était pas au courant. Mais, maintenant que Kaye lui avait dévoilé le secret de son frère, beaucoup de choses inexpliquées prenaient un sens nouveau. Des décisions prises par Sam au cours de sa vie, son look si soigné, certaines remarques qu'elle avait entendues à son sujet… En fin de compte, elle comprenait mieux certains aspects de son comportement qui lui avaient paru étranges sur le moment.

— Je l'avais deviné depuis bien longtemps, intervint l'homme que Kaye avait appelé Vince. Longtemps avant qu'il n'épouse Kaye. Mais je n'avais rien dit à personne. Ça ne regardait que lui, après tout. J'ai donc préféré garder le silence.

Mia le regarda un peu plus attentivement.

— Je vous connais, fit-elle au bout de quelques secondes de réflexion. Je vous ai déjà vu quelque part.

— Je m'appelle Vince Tedeschi. Je suis prof de maths.

— A l'université, bien sûr ! Vous êtes un collègue de mon frère — un ami, même. Enfin, c'est ce qu'il croyait ! s'exclama Mia avant de reporter un regard outré sur sa belle-sœur. Tu as trompé mon frère avec l'un de ses amis ? Comment as-tu osé ?

— Sam s'en foutait comme de l'an quarante, rétorqua Kaye en haussant ses jolies épaules. Tout ce qui lui importe, c'est sa sacro-sainte réputation. Le reste, ça ne lui fait ni chaud ni froid. Il fallait bien que je trouve un peu de réconfort quelque part, puisque lui s'avérait totalement incapable de m'en procurer. Et quand je dis réconfort…

Elle eut un petit rire déplacé avec un clin d'œil entendu en direction de son amant. Cela suffit à mettre Mia hors d'elle.

— Et maintenant, hein, qu'est-ce que tu vas faire ? s'emporta-t-elle, ses yeux bleus lançant des éclairs de colère. Tu vas me liquider pour pouvoir t'enfuir avec ton amant ? Mais, ma pauvre Kaye, tu délires complètement ! Tu ne pourras jamais échapper aux conséquences de ton forfait. Ça te poursuivra partout, jusqu'à la fin de ta carrière, quoi que tu fasses, où que tu ailles. Tôt ou tard, quelqu'un prendra connaissance du dossier compromettant. Quelqu'un qui repérera du premier coup d'œil les deux actes de vente que tu avais fait établir. Et ce jour-là tu seras vraiment dans le pétrin, c'est moi qui te le dis. Sans compter qu'avec le témoignage de mon frère qui finira sûrement par briser la loi du silence tu seras cuite — carbonisée, même. Tu seras obligée de passer le restant de tes jours en cavale, à te planquer pour échapper à la police.

— Et quand bien même ce serait vrai ? Je te rappelle, ma très chère belle-sœur, que j'ai beaucoup de sous dans ma poche ! Assez en tout cas pour me fournir un revenu confortable pendant des années. Je vais partir avec Vince, si loin que personne ne nous retrouvera jamais.

— C'est vrai, Vince ? demanda Mia. Vous êtes prêt à

abandonner tout ce que vous aviez — votre poste à la fac, votre famille, votre maison — pour vivre avec cette… cette traînée ? Ce n'est pas très rigolo, la cavale à perpétuité. Vous avez des enfants, non ? Est-ce que vous comprenez que vous ne les reverrez jamais ? C'est ça que vous voulez ? Tout perdre d'un seul coup ?

— Kaye et moi, nous nous aimons, fit Vince d'un air têtu. C'est tout ce qui compte.

— Je vois que tu as réussi à embobiner un idiot de plus. Félicitations ! lança Mia d'un ton ironique, en se tournant de nouveau vers sa belle-sœur. Tu as une recette miracle pour ça ?

— Ferme-la ! siffla Kaye d'un air mauvais.

— Je serais curieuse de voir combien de temps durera votre « amour », Vince, une fois que l'argent vous aura filé entre les doigts. Avec les goûts de luxe de Kaye, faites-moi confiance, la coquette somme que vous avez empochée ne durera pas bien longtemps. Et quand la source sera tarie je ne voudrais pas être à votre place pour le retour de bâton. Vous serez obligé de reprendre un emploi, même le plus minable, rien que pour rembourser les traites de la villa somptueuse qu'elle vous aura fait acheter. Je vous vois bien tous les deux, forcés de trimer comme des esclaves pour payer une hacienda ridiculement grande au fin fond du Mexique, tiens ! s'esclaffa Mia.

— Ferme-la ! répéta Kaye, les yeux étrécis de colère. Tu commences à m'énerver sérieusement.

— Eh bien, vas-y, tire-moi dessus ! Depuis le temps que tu me menaces de ton arme… Quoi, qu'est-ce qu'il y a ? Tu n'arrives pas à appuyer sur la détente ? Tu hésites ?

— Très bien, puisque tu insistes, je ne vais pas me faire prier plus long…

Avant que Kaye ait pu terminer sa phrase, quelque chose tomba à terre dans un bruit retentissant qui les fit sursauter tous les trois. Kaye ne fit ni une ni deux : elle pivota sur ses talons et envoya une balle en plein dans la couverture du gros dictionnaire encyclopédique qui venait d'atterrir juste derrière elle, sorti de nulle part.

— Police ! cria l'inspecteur Lorna Abrams. Personne ne bouge !

Pistolet au poing, Kaye fit volte-face. Sous les yeux horrifiés de Mia, Doug Policzki plaqua la jeune femme au sol pour tenter de lui arracher son arme. Dans la mêlée, la crosse du revolver échappa aux doigts de Kaye et roula hors de sa portée sur le plancher poussiéreux. Vince Tedeschi, encore choqué par ce retournement de situation, fit mine de se pencher pour le ramasser, mais il s'arrêta net en sentant l'arme de Lorna se poser contre sa tempe.

— Essaie un peu pour voir ! lui souffla-t-elle à l'oreille. Mon index pourrait bien appuyer accidentellement sur la détente.

— Je veux un avocat, bredouilla Tedeschi, l'air complètement paniqué. Je ne dirai rien tant que je ne serai pas assisté d'un avocat !

— Ben voyons ! C'est ce qu'ils disent tous, ricana Lorna tout en lui passant les menottes et en le projetant d'une bourrade dans le dos vers le canapé. Allez, en avant marche, et sans discuter !

De l'autre côté de la pièce, Kaye gisait à terre, sur le dos, maintenue prisonnière par la poigne de fer de Policzki. Il l'obligea à remonter les bras au-dessus de la tête pour la menotter solidement.

— Sale petit poulet de merde ! cria la belle-sœur de Mia. Saloperie de fumier !

— Mmm, intéressant, comme vocabulaire, pour une pro de la com', dit Lorna.

— Allez, debout, princesse ! ordonna Policzki à Kaye qu'il remit sans douceur sur pied pour la pousser vers le divan où son comparse était tenu en respect. Et n'essayez pas de filer, compris ?

Pendant que Lorna appelait des renforts, Policzki se tourna vers Mia. Tremblante, pâle comme un linge, elle s'agrippait presque désespérément à l'encadrement de la porte, comme si ses jambes menaçaient de se dérober sous elle. Elle devint plus livide encore quand elle constata que Policzki avait une entaille au-dessus de l'œil gauche et que sa chemise avait été déchirée pendant la courte lutte qui l'avait opposé à Kaye. Voyant qu'elle allait se trouver mal à la vue du sang qui coulait jusque sur l'aile de son nez, l'inspecteur s'essuya sommairement le visage avec sa manche de chemise, tout en traversant la pièce pour aller rejoindre la jeune femme.

— Tu… tu saignes ! bredouilla-t-elle d'un air affolé.

— Ça ne sera pas la première fois, ni la dernière, hélas, dit Policzki. Bienvenue dans mon univers, Mia ! Par contre, autant te prévenir tout de suite : si jamais tu refais une crétinerie pareille, je t'étrangle de mes propres mains !

— Pourquoi ? Qu'est-ce que j'ai fait ?

— On ne t'a jamais dit que c'est dangereux de provoquer quelqu'un qui te menace d'une arme ?

— Ah ! rétorqua Mia en haussant les épaules. Ce n'est que ça ?

— Espèce de petite folle stupide !

— En tout cas, j'ai bien aimé le coup du dico qui tombe du ciel, fit-elle, le regard pétillant de malice.

— Je m'en doutais. Toi et ton goût pour le spectacle…

— A mon tour de te prévenir, inspecteur Policzki : je n'ai pas l'intention d'abandonner mon indépendance pour tes beaux yeux, tiens-le-toi pour dit !

— Moi non plus, rassure-toi. Je compte toujours acheter un appart rien qu'à moi. Mais je t'autorise à m'aider pour la déco.

— Merci de la proposition. Mais je crois que ça ne me suffira pas. Enfin, je veux dire que j'aimerais bien… que ça me plairait si, tous les deux, on…

— Moi aussi, ça me plairait, la coupa gentiment Policzki, tout en lui caressant doucement la joue du revers de la main.

— Oui, ce serait bien si on pouvait… enfin, tu vois, quoi… tenter l'aventure. Essayer, au moins. Tous les deux. Pour voir si ça marche. Si ça fait tilt.

— Qu'est-ce que tu essaies de me dire, DeLucca ? Que tu veux qu'on officialise notre relation, c'est ça ?

— Eh bien… oui, c'est ça. Enfin, je crois.

— Je t'embrasserais bien pour sceller ce contrat-là, répliqua Policzki, une lueur de désir dans ses yeux sombres, mais je suis en service commandé. C'est contre les règles.

— A quelle heure se termine ta journée ? demanda la jeune femme en se rapprochant encore de lui. Je ne cherche pas à te fliquer, attention : c'est juste au cas où tu aurais encore envie de m'embrasser à ce moment-là.

Faisant mine de regarder autour de lui, comme pour vérifier que personne ne les espionnait, il passa une main dans ses cheveux.

— Disons que d'ici quelques heures tout au plus ça devrait être bon. Tu vas rentrer chez toi te mettre à l'abri, d'accord ? Je te rejoins le plus vite possible.

— Je t'attendrai, inspecteur de mon cœur.

— Tu as ton portable sur toi ?

— Non, mais il n'est pas loin. Je l'ai laissé dans la voiture avec… Oh, mon Dieu ! J'allais oublier Gracie ! Est-ce qu'elle…

— Elle va bien, ne t'inquiète pas, l'interrompit Policzki, une expression de tendresse sur son visage habituellement si impassible. Elle t'attend dans ma voiture de service. Elle t'a désobéi en courant nous prévenir, mais ne sois pas trop dure avec elle : sans son coup de fil, tu serais sûrement morte à l'heure qu'il est.

Policzki ferma les paupières un court instant, comme pour chasser la vision apocalyptique que cette simple phrase avait suscitée dans son esprit. Lorsqu'il rouvrit les yeux, Mia y vit briller une émotion qu'elle n'y avait jamais remarquée auparavant. Sans s'appesantir sur cette marque de faiblesse, elle le regarda décrocher le téléphone qu'il portait à la ceinture.

— Tiens, ma belle, fit-il en lui tendant le portable. Appelle ta nièce si tu veux. Elle a vraiment été formidable, tu sais ?

Il effleura de nouveau sa joue du bout des doigts — un contact simple et délicat qui suffit pourtant à enflammer les sens de la jeune femme.

— Je crois, ajouta l'inspecteur, qu'elle a hâte d'avoir de nos nouvelles.

Le 1er mars

Rédemption - M.J. Rose • N°318

Psychothérapeute à Manhattan, Morgan Snow est confrontée à la disparition de Cleo Thane, une call-girl de luxe qui comptait parmi ses patientes. Une disparition d'autant plus inquiétante qu'elle survient au moment où un tueur en série s'en prend aux prostituées de la ville dans le but de sauver leur âme...

Noire révélation - Brenda Novak • N°319

Madeline n'avait que 16 ans lorsque son père, le respectable Révérend Barker, a mystérieusement disparu. Vingt ans plus tard, au moment où la voiture de son père est retrouvée, Madeline espère découvrir la vérité sur la nuit du drame. Mais de sulfureux indices sont retrouvés dans la voiture, qui laissent Madeline perplexe, et réveillent de douloureux souvenirs.

Noces de sang - Carla Neggers • N°320

Abigail Browning est veuve. Car l'homme qu'elle aimait a été assassiné pendant leur lune de miel, sur une île du Maine... Sept ans plus tard, elle est devenue flic et ne parvient pas à oublier ce crime, resté impuni. Jusqu'au jour où un appel anonyme la pousse à retourner sur l'île et à affronter le passé de son mari défunt...

Intention mortelle - Karen Harper • N°321

Lauren Taylor se fige lorsqu'elle découvre dans un journal le portrait-robot d'un pyromane recherché par toute la police du pays : elle connaît cet homme. C'est elle qui l'a introduit dans son village isolé du Montana, grâce à son avion de tourisme. Un homme responsable de dix incendies criminels. Un homme qui aime s'attaquer aux femmes seules et les voir brûler vives...

Un printemps à Blossom Street - Debbie Macomber • N°322

Lorsque Lydia Hoffman ouvre sa boutique sur Blossom Street, elle réalise son rêve de toujours. Car à travers la laine qu'elle y vend et les ateliers de tricot qu'elle anime, c'est son goût de la vie qu'elle transmet. L'envie d'avancer envers et contre tout qui guide son existence depuis qu'elle a vaincu la maladie. La boutique devient le rendez-vous privilégié de trois femmes – Jacqueline la bourgeoise, Carol, la jeune mariée en mal d'enfant et Alix la rebelle – qui, par delà leurs différences, vont se découvrir bien plus proches qu'elles ne le croyaient...

La dame au fleuret - Elaine Coffman • N°323

Ecosse et France, 1746

Lady Kenna Lennox doit fuir ses Highlands natales pour échapper à l'ennemi juré de sa famille, lord Ramsay, qui a assassiné son père et ses trois frères. Résolue à venger les siens, elle décide de se rendre à Paris pour apprendre à y manier l'épée avec le meilleur maître d'armes d'Europe, et de rentrer en Ecosse afin d'y affronter lord Ramsay en duel. Forte de cette résolution, elle se rend au port d'Edimbourg par un jour de neige, et use de son charme pour persuader un ombrageux capitaine corsaire, cloué à quai par la tempête, de l'embarquer à son bord...

Neige de sang - Rachel Lee • N°324 *(réédition)*

Quand l'avion où se trouvaient son mari et ses deux enfants explose, Jennifer ne songe plus qu'à mourir à son tour. Suicide ? Il n'en est pas question : ses parents en nourriraient une terrible culpabilité. Elle fait donc appel à un tueur à gages, avant d'apprendre que l'enquête sur la mort de sa famille a conclu à un attentat. Qui se cache derrière ce plan diabolique ? Jennifer va devoir faire vite pour le découvrir, avec l'aide de l'homme qui lui a révélé l'existence du mystérieux tueur. Un tueur embusqué déjà lancé à ses trousses, et que rien ni personne ne peut plus arrêter...

Le venin - Erica Spindler • N°325 *(réédition)*

Enceinte d'un ancien amant de sa mère, un homme pervers et violent, Julianna prend la fuite et décide de faire adopter l'enfant. Mais pas par n'importe qui. Par Richard et Kate Ryan, un couple parfait à ses yeux, à travers lequel elle vit par procuration. Jusqu'au jour où elle décide de s'immiscer réellement dans leur vie. En épiant Kate, elle s'efforce alors de lui ressembler au point de lui voler son identité et sa place dans le cœur de son mari...

L'ennemi sans visage - Heather Graham • N°326 *(réédition)*

Le soir du meurtre de sa mère, la petite Madison a douze ans. Avant de s'évanouir, elle sent l'étreinte glacée de la mort dans le cœur de sa mère, elle voit le sang couler... Douze ans plus tard, elle est de nouveau la proie de visions au moment où des meurtres se produisent. Mais jamais elle ne voit le visage de l'assassin. Les visions enferment Madison dans le cercle de la terreur, tandis que le serial killer se rapproche d'elle. Car ce n'est pas par hasard qu'il choisit chaque fois des femmes rousses, belles, et tatouées d'une rose. Comme elle...

Composé et édité par les
éditions Harlequin
Achevé d'imprimer en décembre 2007

BUSSIÈRE
GROUPE CPI

à Saint-Amand-Montrond (Cher)
Dépôt légal : janvier 2008
N° d'imprimeur : 71916 — N° d'éditeur : 13285

Imprimé en France